LES AVENTURIERS DE L'ART MODERNE

*

BOHÈMES

DAN FRANCK

Les Aventuriers de l'art moderne

(1900-1930)

*

Bohèmes

CALMANN-LÉVY

Pour Simon Michaël Ouazana.

Un monde sans art serait aveugle à lui-même. Il serait enfermé entre les bornes de règles simplistes. C'est pourquoi, quand ils s'installent, les totalitarismes censurent, interdisent et brûlent. Ainsi crèvent-ils le regard de la pensée, du rêve, de la mémoire et de l'expression des différences. La terre d'où naissent les artistes.

Ce vocable, qui les qualifie plutôt qu'il ne les définit, suscite moues et commentaires. Autant l'Art est noble, majuscule, simple et beau, autant l'artiste est minuscule, objet de dédain et souvent de rejet. C'est que le fond a trop souvent été gommé au profit de la forme. Depuis les bleus de chauffe de Picasso, les cravates en bois de Vlaminck, les chapeaux de Braque, les bagarres surréalistes, quelques naïfs et beaucoup de malveillants prennent la partie pour le tout, le déguisement pour l'œuvre d'art, et oublient (ou ignorent) que l'habit ne compte que pour ce qu'il est : une apparence.

Les peintres du Lapin Agile autant que les poètes de la Closerie des Lilas affichaient parfois des tenues extravagantes, organisaient des fêtes inouïes, tiraient le revolver et provoquaient le bourgeois de mille façons pour une raison essentielle : à l'époque, le bourgeois ne les aimait pas. Il campait sur le quadrilatère d'un ordre ancien quand les plumes et les pinceaux frayaient avec l'anarchisme comme ils le feront plus tard avec le communisme et le trotskisme. Mondes inconciliables.

Cependant, au-delà des questions de mœurs et de costumes, il y a l'œuvre. Avant toute chose, l'artiste produit des œuvres d'art. Picasso peut s'habiller comme il l'entend, Alfred Jarry dégainer aussi souvent qu'il le souhaite (il ne s'en est pas privé), Breton et Aragon faire le coup de poing contre ceux qu'ils méprisent, leurs frasques comptent peu au regard des sillages qu'ils ont tracés. L'art moderne est né entre les mains de ces sublimes trublions. De 1900 à 1930, ils ne se sont pas contentés de mener ces vies d'artistes qui les ont rendus détestables à certains et que beaucoup ont enviées : ils ont surtout inventé le langage du siècle.

On les a également haïs pour cela. Les scandales d'Ubu roi, du Sacre du printemps, *de la « cage aux fauves », des « cubisteurs » ou du* Bonheur de vivre *exposé par Matisse au salon des Indépendants de 1906, donnent la mesure des violences que suscitent les avant-gardes. Stravinski, pourtant voué à mille gémonies, admettait ces déchaînements ; il estimait que ce n'était pas au public de se montrer indulgent à l'égard des artistes, mais à ces derniers de comprendre la vindicte dont ils sont parfois l'objet : lui-même eût haussé les épaules s'il avait entendu ses propres œuvres un an avant leur création.*

Les avant-gardes dérangent toujours. Mais la société finit par les intégrer. Les tendances les plus modernes font oublier les audaces des générations précédentes. En son temps, l'impressionnisme avait provoqué la fureur du public et de la critique. Le néo-impressionnisme l'avait rendu bien pâle avant d'apparaître à son tour sous des couleurs plus ternes face aux horreurs fauves, elles-mêmes balayées par les monstruosités cubistes. En poésie, les romantiques ont été détrônés par les parnassiens qui furent balayés par les symbolistes en qui Blaise Cendrars voyait des « poètes déjà classés ». En musique, *Bach coiffe la tradition baroque, Haydn, Mozart et Beethoven ouvrent l'orchestre aux machines symphoniques de Berlioz, devenues bien harmonieuses face au dodécaphonisme. Quant à Erik Satie, pour la critique de son époque, c'est à peine s'il avait droit au statut de musicien...*

À l'orée du siècle, la France était la capitale des avant-gardes. Mais pas seulement. Deux écoles cohabitaient à Montmartre. L'une s'inscrit sans rupture dans la tradition de Toulouse-Lautrec : Poulbot, Utrillo, Valadon, Utter et les autres n'ont jamais provoqué les foudres qui tombèrent sur les épaules des locataires du Bateau-Lavoir. Là, on peignait dans les formes. Ici, on les brisait pour rechercher l'art nouveau. Mêlant les langues et les cultures, puisant dans un terreau d'une incroyable diversité, les Espagnols Gris et Picasso, le Hollandais Van Dongen, l'Italo-Polonais Apollinaire, le Suisse Cendrars, mais aussi les Français Braque, Vlaminck, Derain et Max Jacob s'échappaient des règles pour libérer la peinture et la poésie de contraintes trop lourdes.

De l'autre côté de la Seine, à Montparnasse, Modigliani l'Italien, Diego Rivera le Mexicain, Krogh le Scandinave, les Russes Soutine, Chagall, Zadkine, Diaghilev, les Français Léger, Matisse, Delaunay – parmi beaucoup d'autres – enrichissaient aussi le patrimoine artistique. Dans les années 20, arriveront les écrivains américains, Tzara le Roumain, les Suédois, d'autres Russes, de nouvelles nations... Paris deviendra la capitale du monde. Sur les trottoirs, ils ne seront plus cinq, dix ou quinze, comme à Montmartre. Mais des centaines, des milliers. Un foisonnement d'une richesse inégalée, pas même, plus tard, à Saint-Germain-des-Prés. Peintres, poètes, sculpteurs et musiciens mêlés. De tous pays, de toutes cultures. Classiques et modernes.

Mécènes riches et marchands par hasard. Les modèles et leurs peintres. Écrivains et éditeurs. Des sans-le-sou comme des milliardaires.

Avant la Première Guerre mondiale, si Picasso était déjà riche, la plupart de ses compagnons vivaient dans une incroyable pauvreté. Après 18, ils s'achetaient des Bugatti et des hôtels particuliers. Le temps des rapins lumineux s'achevait. Guillaume Apollinaire, mort deux jours avant l'armistice, emporte avec lui l'époque des pionniers. Modigliani, disparu en 1920, clôt le ban des vies vagabondes que connurent Villon et Murger. Le Bulgare Jules Pascin ferme à jamais la porte des trente premières années du siècle : le temps des bohèmes.

Ils avaient choisi de vivre à Paris, ville fraternelle, généreuse, qui sut offrir la liberté à ces peuples venus d'ailleurs. Aujourd'hui, Picasso, Apollinaire, Modigliani, Cendrars et Soutine ne seraient plus là. Ils auraient été rejetés loin de la Seine. L'Espagnol pour usage de drogue, l'Italo-Polonais pour recel, l'Italien pour scandale sur la voie publique, le Suisse pour vol à l'étalage, le Russe pour misère chronique et mendicité à peine déguisée.

On pourrait accumuler d'autres raisons. Toutes démontreraient que les artistes, de nos jours comme hier, marchent plus souvent sur les bordures qu'au centre des allées. Ils restent ce qu'ils n'ont jamais cessé d'être et qui les rend si particuliers. Ils sont des personnes déplacées.

Parler de ceux d'hier, c'est aussi aimer ceux d'aujourd'hui. La mémoire est reflet, l'ombre, une projection. Par-delà les décennies, les artistes demeurent les frères de leurs aînés.

L'exigence est leur première compagne. Modigliani, Soutine et Picasso, qui ne se sont jamais donnés qu'à leur art, critiquaient Van Dongen et quelques autres, partis du côté du grand monde. Pour eux, ces compagnons d'une époque s'étaient reniés, presque compromis. Ils étaient devenus comme des techniciens. Des artisans de la peinture. Or, les artisans ne sauraient être des artistes. Pierre Soulages, un jour, m'a donné la clé de la différence : « L'artiste cherche. Il ignore le chemin qu'il empruntera pour atteindre son but. L'artisan, lui, emprunte des voies qu'il connaît pour aller vers un objet qu'il connaît également. »

C'est lumineux.

L'artiste travaille seul, n'emploie personne et n'a pas de profession. Peindre ou écrire ne relève pas d'une question de métier ; il s'agit d'une respiration. L'outil lui-même est incertain. Si l'idée meurt, ou l'imagination, si la tête est en panne, rien ni personne ne sauvera l'homme asphyxié par le néant. Et nul ne le remplacera : l'œuvre d'art est unique, tout comme celui qui la produit. Les cariatides de Modigliani ne sont comparables à aucune autre. S'il est arrivé à Robert Desnos d'acheter un fusain de Picasso vendu pour une composition de Braque, c'est parce que, pendant la grande période du cubisme synthétique, les deux artistes faisaient œuvre commune.

L'un comme l'autre cherchaient. Le doute constitue l'éternel langage de l'artiste face à lui-même. L'œuvre nouvelle n'est jamais acquise. Elle ne repose sur rien, pas même sur la précédente. Le succès, la curiosité sont éphémères. Chaque fois, il faut repartir de zéro. Ce zéro est un gouffre. L'artiste vit seulement sur son souffle. Si celui-ci vient à manquer, tout cède. Ainsi va l'homme face à l'œuvre naissante.

Bohèmes *naît dans les ateliers du Bateau-Lavoir et grandit sur les trottoirs de la Ruche et de Montparnasse.*

Il croise un roman, Nu couché*. *Il en emplit les espaces, les creux et les mystères non dévoilés.*

J'ai écrit les deux livres ensemble, pendant plusieurs années, me reposant de l'un sur l'autre, incapable de les diviser, de les séparer. Ils sont les deux frères siamois de la même aventure littéraire : l'un est roman, l'autre est chronique. Je n'aurais pas pu écrire Nu couché *sans écrire* Bohèmes, *et* Bohèmes *n'existerait pas sans* Nu couché. *L'histoire de ces hommes qui firent pousser l'art moderne sur la terre de leurs différences est si riche qu'un livre ne m'a pas suffi à épuiser les pièces du kaléidoscope que depuis tant d'années je porte à mon regard. Ils sont d'extraordinaires mais tenaces compagnons. À les fréquenter, j'ai perdu la raison qui m'avait conduit vers eux.*

J'ai d'abord écrit Nu couché. *Dans sa première version, le livre m'échappait. Il coulait sous son propre poids. Le réel noyait la fiction. Les personnages nés de mon imaginaire rendaient les armes face aux héros du Bateau-Lavoir et du carrefour Vavin. Ceux-là valaient peut-être un roman, mais ceux-ci le méritaient tout autant.*

J'ai recommencé. J'ai ôté de Nu couché *les échelles qui m'avaient permis de grimper à l'assaut de ma forteresse. Je les ai disposées ailleurs. Et j'ai écrit les deux livres parallèlement.*

Nu couché *visite les ateliers, les cafés et les bordels de l'époque à travers des inventions qui n'appartiennent pas seulement aux témoins du moment. Il est comme une création fixée dans un cadre.*

Bohèmes *explore le tableau dans ses lumières et ses richesses. Il raconte les artistes de Montmartre et de Montparnasse avec la voix du conteur.*

---

* Dan Franck, *Nu couché*, Éditions du Seuil, 1998.

Je ne suis pas historien d'art. L'écrivain a son propre langage. C'est ici le mien. Une manière d'écrire un autre roman : celui des personnages, des lieux, des œuvres que le siècle, tournant la page, emporterait sur une île déserte s'il lui plaisait de se retrouver lui-même, à l'ombre de sa mémoire.

> ... Faire en sorte, au moins quelque
> temps, d'être moins terrible d'aspect
> qu'avant : linge, cirage, peignage, petites
> mines...
>
> Verlaine à Rimbaud.

Deux hommes remontent la rue Didot, à Paris, dans le XIVe arrondissement. Ils ont vingt ans à peine. Ils sont camarades de classe. Ils n'échangent aucune parole. Ils marchent rapidement sur le trottoir.

À leur gauche, l'hôpital Broussais exhibe ses flancs de muraille. Ils passent sous le porche, suivent des allées qui les conduisent dans un bâtiment puis dans un autre, jusqu'à une grande pièce tout en long où on les prie d'attendre. L'homme qu'ils recherchent, un ancien taulard récidiviste, n'est pas là.

Ils se renseignent. On les fait patienter. Enfin, une infirmière les conduit dans une salle assez vaste encombrée de six lits en fer placés de part et d'autre d'une fenêtre ouvrant sur le jardin.

Celui qu'ils sont venus voir occupe la couche du milieu, à droite de la fenêtre. Son identité est inscrite sur une pancarte, au-dessus de l'oreiller. Il a le cheveu gris, des yeux de faune, un front massif, une barbe comme de la mauvaise herbe. Il porte un bonnet, une chemise grossière marquée au nom de l'hôpital.

Les deux visiteurs se présentent. L'homme alité se redresse, débarrasse son lit des journaux et des livres qui s'y trouvent. Puis il se lève. Il enfile un pantalon usé, un gilet maculé de taches anciennes, enfin une robe de chambre de l'hôpital dont il boucle la ceinture.

Il précède ses visiteurs dans le couloir.

Ils se hâtent vers la cour. Là, pendant plus d'une heure, ils échangent des confidences tout en croisant des vieillards souffreteux qui reluquent sans aménité cet étrange trio composé de deux étudiants bien sanglés dans leur monde et d'un pensionnaire à la dégaine de clochard.

Ils se séparent.

Un an plus tard, l'homme est sorti de l'hôpital Broussais. Il marche difficilement, s'appuyant sur une canne. Dans une rue de Montmartre, il croise l'un de ses jeunes visiteurs et ne le reconnaît pas. Celui-ci s'arrête et se présente. Ils parlent un court instant.

« Offrez-moi un verre », demande l'ancien taulard.

Il ouvre un porte-monnaie sans rondeurs et dit que toute sa fortune se trouve là. Quelques pièces... Il dit aussi qu'un serveur, le trouvant trop mal mis, vient de le jeter hors du bistrot où il s'était assis.

Ils entrent dans un café et commandent.

« Où demeurez-vous ? » demande l'étudiant.

L'autre hausse tristement les épaules.

« Je ne demeure pas. Je loge à la nuit[1]. »

Ainsi parlait le poète. Non pas à la fin de ce siècle mais à la fin du précédent. L'homme sans domicile, c'est Paul Verlaine. Ceux qui l'écoutent, Pierre Louÿs et André Gide. Aujourd'hui, Verlaine dormirait dans le métro.

La misère a la dent dure.

I

LES ANARTISTES
DE LA BUTTE MONTMARTRE

LE MAQUIS DE MONTMARTRE

> Tout en haut de la Butte Montmartre
> s'érige la basilique de Notre-Dame de la
> Galette. Cette sacrée bâtisse, une des
> hontes de notre époque, fait la nique à
> Paris qu'elle domine – preuve matérielle
> que les ratichons sont toujours tout-puis-
> sants.
>
> LE PÈRE PEINARD, 1897.

Quand le siècle commence, Montmartre et Montparnasse se regardent : deux collines d'où vont naître les
beautés du monde d'hier, et aussi celles d'aujourd'hui.
Deux rivages du fleuve Haussmann qui, en édifiant ses
immeubles et ses avenues pour le bien des bourgeois, a
rejeté le mal blanc populaire aux bordures de Paris.
Vieille méthode qui qualifie le centre.

À droite, le Bateau-Lavoir. À gauche, les fumées de
la Closerie des Lilas. Entre les deux, coule la Seine. Et
toute l'histoire de l'art moderne.

Montmartre élève son Sacré-Cœur. C'est Byzance-
sur-Seine. Un pâté tout blanc qui monte qui monte qui
monte au-dessus des moulins à vent, des vignes et des
potagers.

Monsieur Thiers a frappé les trois coups. En provoquant Montmartre, il a récolté la Commune. Les Parisiens
ont gardé les canons de la ville qui se trouvaient là. Et ce
n'est évidemment pas un hasard si le Sacré-Cœur a été

édifié à l'endroit même où commença la Commune : le goupillon fera expier la faute révolutionnaire.

La basilique coiffe des hôtels obscurs, des cabarets qui rient, des baraques légères, bois ou carton goudronné, qui grimpent elles-mêmes à l'assaut de la colline, dans un entrelacs de lilas et d'aubépine. Au cœur de ce maquis interlope, Isadora Duncan et ses jeunes élèves dansent grec, en tunique et pieds nus, allègres. Montmartre est un village. On y chante, on y danse, on y mange et on y dort économique. Les demeures particulières de l'avenue Junot n'ont pas encore dit leur premier mot. Les maisons closes font table ouverte rue d'Amboise. On rêve encore des jupons de la Goulue, des hanches de Rayon d'Or, du coup de jambe de Valentin le Désossé, collaborateur notaire le jour, danseur la nuit, seul homme du Quadrille Réaliste dont les embardées enflammaient les foules de l'Élysée-Montmartre, bientôt victime des ailes du Moulin-Rouge.

Bruant insulte le bourgeois. Satie gymnopédise au Chat Noir, boulevard Rochechouart, où Alphonse Allais fait ses débuts. À la baguette : Rodolphe Salis. Lorsque, quinze ans avant le tournant du siècle, l'établissement passe son tour au profit du Mirliton, le journal *Le Chat noir* continue de griffer tous azimuts. Allais va jusqu'à tremper sa plume dans l'encrier d'une identité plus renommée : il signe ses articles d'un pseudonyme, Francisque Sarcey, lequel n'est ni plus ni moins que le nom d'un critique d'art dramatique en chair, en os et très en vue au journal *Le Temps*. Une blague parmi d'autres... Quant à Jane Avril, la maîtresse du poète, elle pose pour Toulouse-Lautrec. Celui-ci peint, mais il n'est pas le premier. Les ombres qui hantent le quartier sont fameuses : Géricault, Cézanne, Manet, Van Gogh, Moreau, Renoir, Degas... Celles qui se profilent n'ont pas encore de noms. Ce ne sont que des silhouettes.

Elles retiennent leur souffle, apprennent dans les musées, s'installent où la place est libre et attendent leur heure. D'abord Montmartre. Puis Montparnasse. Après, si les muses les portent loin, le monde entier...

Est-ce pour se protéger, pour cultiver ses différences, que Montmartre s'est érigée en commune libre ? On peut y voir une blague, et il y a de cela. Mais pas seulement. Il y a aussi ce désir de singularité, de liberté, qui, à l'aube du siècle, conduisit quelques natifs de l'endroit à décider que la place du Tertre serait la capitale d'un territoire autonome.

On vota. La proposition l'emporta à la majorité absolue. Après quoi, on élut un maire. Jules Depaquit, dessinateur de son état, fut donc choisi comme premier administrateur de la commune libre de Montmartre. Il avait obtenu ses lettres de noblesse quelques années auparavant pour avoir transité par le dépôt de la préfecture de police : il avait laissé entendre qu'il était l'auteur de l'attentat commis contre le restaurant Véry, boulevard Magenta.

Blanchi de ce noir-là (les responsables étaient en vérité des anarchistes qui avaient voulu venger Ravachol, arrêté à une table de la brasserie), il avait gagné une notoriété qui s'accrut avec son élection, au point qu'il devint une figure essentielle de sa nouvelle patrie : chantée par Francis Carco, louée par Roland Dorgelès, admirée par Nino Frank et par Tristan Tzara qui verra en lui l'un des précurseurs du mouvement dada. Il devait aussi séduire Picasso qui viendra souvent l'écouter déclamer des vers au Lapin Agile.

Jules Depaquit laissa une œuvre que Satie mit en musique pour la Comédie parisienne, qui fut transcrite par Darius Milhaud et jouée par les Ballets russes dans un décor d'André Derain en 1926 : *Jack in the box*. Cette pantomime montrait un homme porteur d'une grosse horloge traversant et retraversant la scène sur toute sa longueur sans que quiconque comprenne quel était son rôle. Celui-ci était dévoilé à l'issue du dernier acte : l'homme était horloger.

Depaquit gagnait sa vie en vendant des dessins humoristiques aux journaux prévus pour. Il la perdait dans les bistrots, où il entrait tout droit pour en ressortir tout penché.

Il veillait scrupuleusement à ses emplois du temps : une semaine d'assiduité, trois semaines de ripailles. On ne sait à quel moment du mois il eut l'idée de ce mot d'ordre hautement politique qui allait mobiliser toutes ses énergies officielles : obtenir l'indépendance de son peuple et la séparation de Montmartre d'avec l'État français.

Il vanta les mérites de ce nouveau statut dans mille communes étrangères situées pour la plupart en Seine-et-Oise, où on l'invitait comme le plénipotentiaire d'une nation en marche. Au programme : vins et fanfares.

À l'intérieur de ses propres frontières, Jules Depaquit avait mis au point une méthode infaillible pour boire à l'œil. Quand il n'avait plus le rond, il pénétrait dans un café. Triste et abattu. Le manteau aux épaules, une valise à la main. On lui demandait :

« Où partez-vous, monsieur Depaquit ? »

Et lui répondait, une larme entre les cils :

« Je retourne dans mon pays.

— Où c'est, votre pays ?

— Sedan.

— Sedan, si loin ?

— Si loin. Comprenez ma tristesse... »

On se désespérait ensemble. On ouvrait une bouteille pour se consoler, on la vidait pour aller mieux. Quand on avait oublié, Jules Depaquit montait sur les tables et hurlait :

« La Prusse est entrée dans Sedan, mais Montmartre résistera ! »

On levait les verres à la vaillance des troupes du Tertre.

Généralement, elles abdiquaient à l'aube après avoir fort bien abreuvé ses sillons. Mais Depaquit, acclamé par les siens, ne pouvait se résoudre à capituler. Il n'était pas Napoléon III.

Sauf, peut-être, ce jour où tout Montmartre prit les armes et arbora l'uniforme des soldats de 1870 pour défendre Francisque Poulbot, le peintre des gavroches de la Butte.

Poulbot était un amateur de fêtes et de défilés. Chaque année, afin de consoler sa compagne qui n'était pas encore passée devant monsieur le maire, il organisait un faux mariage suivi par les populations alentour. Pour l'occasion, chacun se déguisait. Puis, toute la nuit, on dansait, on buvait, on applaudissait la mariée...

Poulbot avait un différend avec son propriétaire, qui voulait l'expulser. Le peintre appela les siens à la rescousse. Il suggéra qu'on revêtît l'uniforme des armées qui avaient défendu Paris assiégée avant l'embrasement de la Commune, qu'on se barricadât chez lui, prêt à vendre chèrement sa peau contre l'attaque du probloc.

Celui-ci céda avant l'assaut final. Poulbot maintint la convocation fraternelle. Au jour dit, les ruelles de Montmartre charrièrent un bataillon de cuirassiers, de zouaves, de lanciers, d'artilleurs et de fédérés, tous munis de chassepots et très martialement costumés. Si l'on en croit Roland Dorgelès, tard dans la nuit, les troupes montmartroises furent rejointes par des soldats de la garde nationale venus tout droit de Montparnasse, déguisés pareillement et porteurs de baïonnettes effilées qui laissèrent pantois les vrais agents plantés sur le vrai passage de cette fausse section allant au pas.

Les patrouilles essaimèrent sur les boulevards, mettant en joue les passants sortant des cinémas. On singea la guerre jusqu'au petit matin. L'armistice fut signé après que, sabre au clair et clairon en bouche, les troupes du général Poulbot eurent attaqué le Moulin de la Galette.

Les fêtes et les provocations de ces joyeux compagnons attiraient curieux et touristes, un monde venu des grands boulevards, en redingote et huit-reflets. Par chance, les omnibus à chevaux ne montaient pas jusqu'à la Butte : ils s'arrêtaient place Blanche, après quoi il fallait grimper le long des ruelles étroites pour atteindre le centre des plaisirs. Montmartre demeurait à l'écart, protégeant ses différences. Elle avait ses propres louangeurs, qui étaient membres de la même famille. Celle-ci n'avait pas encore révélé sa branche cadette, plus attentive au croisement des arts, dont les aînés s'appelleront Pablo Picasso, André Salmon, Max Jacob et Guillaume Apollinaire.

Pour l'heure, Depaquit et les siens mènent la danse. Juché sur les tables des cafés, Carco chante *La Marseillaise*, et Mac Orlan réveille ses copains en jouant du clairon sous leurs fenêtres. Tous sont anars côté cœur. Ils mangent, mais mal, boivent largement au-dessus de la moyenne, dorment ici et là, où ils trouvent et quand ils peuvent, pas encore dans le métro, dont la ligne nord-sud unit Montmartre à Montparnasse. Leurs papiers ne sont pas toujours en règle, leur domicile vaguement fixe, il leur arrive de tendre la main. Certains barbouillent des toiles qui se vendent à peine, quelques-uns font de la musique, beaucoup sont passés maîtres dans l'art de piquer dans l'assiette du voisin. Mais le voisin est généreux : il fait crédit et ferme les yeux. Sur les fourneaux des bistrots, chauffent des marmites dans lesquelles les restaura-

teurs plongent de larges cuillers pour leurs clients dans
la dèche. C'est la soupe populaire. Les peintres et les
poètes y trinquent avec les libertaires qui, au début
de ce siècle, fourmillent à Montmartre.

Le hasard n'explique évidemment pas seul qu'ils se
soient trouvés là, ensemble, dans un quartier en bordure
de ville, sur les marges des grands boulevards. Les
ruelles montantes et sinueuses où on s'est battu naguère
au corps à corps abritent les hommes, les journaux et
la mémoire. Libertad tient ses causeries populaires rue
Muller. Le journal *L'Anarchie,* qui ne compte ni directeur ni rédacteur en chef, et dont le code moral et typo-
graphique interdit l'emploi des majuscules, campe rue
du Chevalier-de-la-Barre. *Le Libertaire* est rue d'Orcel.
Ses rédacteurs retrouvent leurs amis et leurs lecteurs
dans l'arrière-salle du Zut, un café de la rue Norvins que
la police fermera bientôt pour protéger les oreilles de
l'État des propos subversifs que les habitués tiennent au
comptoir. Steinlen, peintre suisse (auteur des affiches du
Chat Noir), prêchera ailleurs la révolution à venir. Et
monsieur Dufy aura sa fiche à la préfecture pour avoir
abrité un confrère dont la palette était barbouillée au noir
et au rouge incendiaires.

Dans les années précédant la première guerre, Juan
Gris se fera courser puis provisoirement embastiller pour
avoir été confondu avec Garnier, bien placé dans la
bande à Bonnot comme dans l'œilleton de la maréchaussée. Pierre Mac Orlan, piéton et chroniqueur de la Butte,
attribue à un électricien de son *Quai des brumes* une
tâche dont s'acquittaient souvent les libertaires du
maquis : la fabrication de faux papiers. C'est lui qui
rend service au déserteur de la Coloniale venu chercher
une nouvelle identité. Il accompagne son geste d'un propos classique pour l'époque et pour le lieu : « Je suis

repéré par les poulets à cause d'une histoire de journal anarchiste [1]. »

Signac, Vallotton et Bonnard participent à des tombolas où leurs œuvres sont mises à prix pour le seul bénéfice du *Révolté*, journal libertaire fondé par Élisée Reclus et Jean Grave. Van Dongen, ami de l'écrivain anarchiste Félix Fénéon, y prend part lui aussi. En 1897, il illustre la traduction néerlandaise d'un ouvrage de Kropotkine, *L'Anarchie, sa philosophie, son idéal*. Vlaminck proclame haut et fort des convictions ravageuses (sans bémol et avec variante, hélas, pendant l'Occupation)...

Les anars et les artistes, cependant, s'ils partagent les mêmes idéaux, ne font pas le coup de poing ensemble. Peintres et poètes ne jouent pas avec les machines infernales des poseurs de bombes. Mais ils les soutiennent souvent. Et ils sont les premiers sur la ligne de départ des comédies, des farces, des attrape-nigauds, des provocations et des chahuts en tout genre. Eux aussi tournent le dos au confort sucré, douillet et bien bordé des lits bourgeois. À Montmartre, comme plus tard à Montparnasse, les artistes demeurent résolument opposés aux géométries parfaites des figures bien disposées. Ils sont des rebelles.

LITRILLO

BOIRE BEAUCOUP : Chauffer le four, churluper, faire jambe de vin.

Aristide BRUANT.

À seize mille lieues de Paris, en pleine prose transsibérienne, Cendrars se désespérait : *Dis, Blaise, sommes-nous bien loin de Montmartre ?*

Avant la guerre, la Butte était encore au centre, et le monde, alentour.

Celui qui contribua le plus au rayonnement et aussi, hélas, au saccage de la Butte, c'est Utrillo. Il ne le voulait pas, de la même manière qu'il ne voulait pas peindre. Ce fut ainsi. Quand ses places du Tertre et ses Moulins de la Galette s'envolèrent à Drouot, tous les rapins de la Butte et de Navarre barbouillèrent des copies et jouèrent à la manière de. Au départ, il fallait bien manger. À l'arrivée, c'est Montmartre qui fut bouffée...

Utrillo, drôle de bonhomme.

Un enfant du pays, né en 1883 rue du Poteau, sous des frondaisons libres sinon libérées, plus proches, là encore, des objurgations du père Peinard que du manuel de la conjugalité versifié par Géraldy.

Sa mère, c'était Suzanne Valadon. Petite, la bouille ronde, un regard bleu extraordinairement lumineux qui en alluma plus d'un. Une des très rares femmes qui ne fût pas danseuse et dont Montmartre conserva le souvenir. Une indépendance de mœurs et d'esprit qui faisait tache sur les sagesses de l'époque.

Elle venait de la campagne. Fille d'une mère femme de ménage et d'un père qui s'enfuit après sa naissance. Montée très jeune à Paris, le mensonge aux lèvres : elle prétendait avoir quelques années de moins, être issue d'une famille riche, et trompait son monde sur son prénom : Suzanne lui fut soufflé plus tard ; pour l'état civil, elle était Marie-Clémentine, et pour les artistes qui l'employaient comme modèle, Maria.

Elle fit mille métiers avant de devenir acrobate au cirque Fernando. À la suite d'une chute, elle dut changer d'activité. Devint modèle. Posa, librement et à ses heures, pour Puvis de Chavannes, Toulouse-Lautrec, et deux antidreyfusards notoires, signataires en octobre 1898 du manifeste barrésien de la Ligue de la patrie française : Renoir et Degas. Ce dernier l'encouragea à peindre.

Elle fut la maîtresse de presque tous ses mentors. Et aussi celle d'Erik Satie. Le musicien lui envoya trois cents lettres en six mois. Il l'appelait « mon petit Biqui », ce qui n'émouvait pas la belle Suzanne. L'idylle dura peu et fut assez corsée : la dame ne manquait pas de répondant.

Elle eut un fils, donc, Maurice, né d'un père dont on ne sait pas grand-chose sinon rien : contrairement à certaines thèses ou hypothèses, il ne fut sans doute pas le peintre et critique d'art catalan Miguel Utrillo, grand camarade de Picasso au cours de ses premières années montmartroises ; la plupart des amis d'Utrillo, sans doute avec raison, voyaient surtout en Miguel un amant généreux en reconnaissance paternelle. Rien ne confirme non plus l'affirmation de Francis Carco, qui prétend que le père de l'artiste était un certain Boissy, peintre, pauvre et alcoolique.

Pendant quelques années, Suzanne Valadon mena une vie pas sage de mère célibataire. Puis elle se maria une première fois avec un fondé de pouvoir ami de Satie, homme riche qui envoya Maurice à Sainte-Anne et qu'elle finit par remplacer par l'un des meilleurs amis de son fils. Le nouvel élu s'appelait André Utter. Il travaillait ponctuellement comme électricien et, plus volontiers, comme peintre. Lorsqu'elle l'enleva à ses œuvres pour qu'il se consacrât aux siennes, Suzanne Valadon avait près de quarante-cinq ans. Utter en avait vingt de moins qu'elle, et trois de moins que Maurice. Le beau-père était le plus jeune du trio – auquel il faut ajouter la grand-mère maternelle, qui vivait avec le reste de la tribu.

La famille était bizarre, ce qui ne l'empêchait pas d'être une famille. Maman peignait sous le regard des deux jeunes gens dont l'un était son fils et l'autre son mari. Les deux copains s'aimaient d'amour fraternel, et même confraternel : ils peignaient aussi. Sous cet angle, la toile était donc très harmonieuse, malgré les qu'en-dira-t-on.

Elle pêchait ailleurs, et depuis longtemps. À cause de Maurice. Il s'était abonné très tôt à la dive bouteille. Pas comme ses copains de la Butte, qui, vivant avec le soleil et la lumière, travaillaient le jour et trinquaient la nuit. Utrillo, c'était tout le temps. Un drame pour sa mère. Un calvaire pour lui-même. Une horreur pour les voisins, qui devaient subir les hurlements du peintre lorsque Utter et Valadon l'avaient enfermé afin qu'il s'assèche un peu. Il insultait sa mère et son beau-père. Il crevait ses toiles. Il jetait mille objets par la fenêtre. Tandis que Suzanne Valadon, désespérée, sombrait dans des crises de nerfs bruyantes et mouvementées, le fiston s'emparait de sa flûte et jouait une sonate pour instrument solo, lui qui ne savait pas lire une seule note de musique et comprenait à peine l'utilité de boucher les trous avec ses doigts.

Autour de lui, tous n'avaient qu'un rêve : qu'il se taise. Donc, qu'il peigne.

Il avait commencé ainsi, sur les conseils d'un psychiatre que Suzanne avait consulté à Sainte-Anne. Le médecin avait dit : « Trouvez-lui une occupation qui l'éloigne du vin. »

Elle avait fait comme Degas avec elle-même, quelques années plus tôt : elle l'avait encouragé à peindre. Elle le bouclait dans une pièce avec ses pinceaux et ses couleurs, lui apportait une pile de cartes postales et disait : « Je t'ouvrirai quand tu auras fini. »

Quand Utrillo peignait, rien n'avait d'importance sinon l'œuvre en cours. Il ne songeait ni à boire ni à manger. Mais sitôt qu'il avait fini, il ralliait l'un de ses ports d'attache où une bouteille était à l'ancre.

Il détestait peindre à l'extérieur. Le regard d'autrui lui pesait comme une lourde indiscrétion. Pour ne pas être épié, il s'appuyait à un mur. Et quand on insistait, il se tournait vers l'importun, qui finissait par fuir sous l'insulte et la colère. Après quelques années passées à récriminer contre la curiosité de ses contemporains avides du spectacle de la peinture, Utrillo ne représenta plus le petit monde de Montmartre que d'après cartes postales.

Francis Carco, qui l'a vu au travail, a témoigné du sérieux tranquille avec lequel il choisissait parmi les clichés qu'il avait amassés, avec quel soin, quelle méticulosité il agrandissait son sujet, reportant les mesures à l'aide d'un compas et d'une règle sur le carton qui lui servirait de support. Dorgelès, qui fut aussi son ami, a noté l'exigence presque maladive avec laquelle le peintre tenait à ce que tout fût parfaitement et justement représenté :

Jamais sa production ne lui semble assez fidèle. Il compte les rangées de pierres, couvre soigneusement les toits, ravale les façades. Pour rendre la couleur, il écrase ses tubes et rage de ne pas trouver le bon. « Elles ne sont pas en blanc d'argent, les façades, hein ? Ni en blanc de zinc... Elles sont en plâtre... » Il veut obtenir le même blanc crayeux. L'idée baroque lui vient ainsi de peindre les maisons avec un mélange de colle et de plâtre qu'il applique au couteau. [...] Souvent, il prenait pour sujet une église [...] « J'aime ça, faire des églises », nous expliquait-il [1].

Le vendredi était un jour calme. Grâce aux églises, précisément. Utrillo les adorait. Surtout la cathédrale de Reims, en raison du culte particulier qu'il vouait à Jeanne d'Arc. Le vendredi était consacré à la Pucelle. Les tiroirs et les étagères du peintre étaient encombrés de médailles, de bustes, d'objets divers se rapportant à la sainte. Il priait pour elle.

Le samedi, il retrouvait les joies de l'enfer. Un médecin qui l'hébergea pendant quelques semaines confia à Francis Carco qu'il buvait entre huit et dix litres de vin par jour. Et qu'un soir, ayant tout sifflé de la cave au grenier, il entra dans la chambre conjugale, découvrit les réserves d'eau de Cologne du couple et avala les cinq bouteilles qui se trouvaient là.

Sur la Butte, les gamins de Montmartre l'appelaient Litrillo. Ils le suivaient à pas comptés lorsque, après avoir éponger sa détresse, le peintre parcourait les ruelles, coudes au corps, faisant *teuf-teuf-teuf* et lâchant des jets de fumée imaginaires afin d'imiter le plus parfaitement possible une locomotive démoniaque qui, affirmait-il, venait de se retourner, ne laissant au monde qu'un survivant, Litrillo soi-même, *teuf-teuf-teuf* – après quoi, il rentrait chez lui jouer avec un train mécanique, un vrai, dont il ajustait les rails sur le sol.

Le poète André Salmon raconte qu'un jour, après

avoir échappé à la double surveillance de sa mère et de son beau-père, Utrillo se réfugia dans un hôtel de Montmartre, les poches remplies du matériel nécessaire pour tirer un feu d'artifice. Il le fit, seul dans sa chambre, mettant finalement le feu à la bâtisse qui fut bientôt encerclée par les pompiers et la police. Dehors, certains criaient : « Au feu ! » À quoi d'autres répondaient : « Au fou ! »

Mais il n'était pas fou, le pauvre Maurice. Il le cria publiquement, un peu plus tard, après que Francis Carco eut publié un livre qui lui était consacré [2]. En total désaccord avec le portrait que l'écrivain avait tracé de lui, Utrillo s'enferma à double tour dans son atelier de la rue Cortot, et balança par la fenêtre des dizaines de dessins au dos desquels il avait inscrit : *Monsieur Carco dit que je suis fou. Non, je ne suis pas fou. Je suis alcoolique.*

Lorsque, chapitrés par Suzanne Valadon, les bistrotiers de Montmartre lui fermaient leur porte, il allait s'enivrer dans les bocards de la Chapelle ou de la Goutte d'Or. Il revenait le visage tuméfié. Le lendemain, sa mère recevait une carte postée la veille, où son fils, qui l'adorait et l'admirait, avait seulement écrit : *Pas ivre !*

Quand il n'avait plus un sou vaillant, il échangeait une illustration contre un verre de vin, voire d'absinthe. Ou encore, il s'asseyait sur le trottoir et distribuait ses œuvres aux passants. Pour quelques francs, il acceptait de dédicacer une toile et de livrer lui-même. Pour un peu moins, il vendait ses vues de Montmartre dans des échoppes de Pigalle, chez Jacobi, boucher à la retraite, ou chez Soulié, lutteur reconverti dans le trafic d'art.

Il dut son salut d'artiste à un ancien clown et ancien pâtissier installé dans une ancienne pharmacie de la rue Laffitte. Clovis Sagot avait noué le contact avec les artistes en leur offrant les bonbons et les sirops qu'il avait découverts dans les caves de son officine. Il se prétendait marchand de tableaux ; au dire de beaucoup (notamment de Picasso qui fut aussi son client), il n'était que brocanteur. Cependant, il s'y connaissait indéniablement en matière d'art. Suffisamment en tout cas pour avoir rapidement compris quels bénéfices il pouvait escompter de la peinture : à la veille de la guerre, la galerie Clovis Sagot faisait sa publicité en des termes dépourvus de toute ambiguïté :

Du 2 500 % !

———

SPÉCULATEURS !
achetez de la peinture !

———

Ce que vous paierez
200 francs aujourd'hui
Vaudra 10 000 francs
dans dix ans.

———

Vous trouverez les jeunes
Galerie Clovis Sagot,
46 rue Laffitte

Clovis Sagot commença minuscule. Il proposa à Utrillo d'acheter cinq francs ses petites toiles, dix francs les moyennes et vingt francs les plus grandes. Maurice sauta sur cette occasion inespérée qui lui permettait de boire sans compter. Il multiplia les vues de Montmartre et les verres au comptoir. Puis, poussé par Suzanne Valadon, il quitta Sagot pour un autre marchand, Libaude, ex-

commissaire-priseur en chevaux doublé d'un animateur
de revue, qui accepta de s'occuper du fils à condition
que la mère se portât garante. Le contrat signé, il offrit à
l'artiste une cure de désintoxication. Une fois encore, elle
n'eut aucune utilité.

Quelques années plus tard, après que Montmartre eut
rejoint Montparnasse, vint chez Utrillo le modèle préféré
de tous les peintres de l'époque : Alice Prin. Foujita,
Kisling, Man Ray et beaucoup d'autres avaient déjà
représenté cette jeune femme vive et gouailleuse dont
les frasques, les manières et la silhouette étaient connues
du monde entier. Elle se rendit chez Maurice Utrillo qui,
à son tour, voulait faire son portrait.

Il la planta devant son chevalet, lui fit prendre la pose
et peignit pendant trois heures. Au terme de la séance,
Kiki de Montparnasse demanda à voir le portrait.

« Bien sûr ! » répondit Utrillo.

Il s'écarta de la toile. La jeune femme s'approcha.
Elle considéra, pétrifiée, le dessin d'Utrillo. Brusquement, elle éclata de rire. Ce rire que tous les bistrots de
la rive gauche connaissaient. Elle se pencha encore pour
vérifier qu'elle ne se trompait pas. Mais non. Elle avait
bien vu. Ce n'était pas son visage qui s'étalait sur la
toile. Ni son corps. Rien qui fût à elle. Pendant trois
heures, Utrillo avait peint une petite maison à la campagne.

LA VIE EN BLEU

Il y a maintenant, comme en tout pays, d'ailleurs, tant d'étrangers en France qu'il n'est pas sans intérêt d'étudier la sensibilité de ceux d'entre eux qui, étant nés ailleurs, sont cependant venus ici assez jeunes pour être façonnés par la haute civilisation française. Ils introduisent dans leur pays d'adoption les impressions de leur enfance, les plus vives de toutes, et enrichissent le patrimoine spirituel de leur nouvelle nation comme le chocolat et le café, par exemple, ont étendu le domaine du goût.

Guillaume APOLLINAIRE.

Les Montmartre du Mirliton, celui du Moulin de la Galette et du Quadrille Réaliste, c'est le Montmartre national. Avec ses noms qui chantent tout seuls, évoquant aussitôt les grâces et les magies d'un lieu : la place du Tertre ; d'une époque : la croisée de deux siècles ; de personnages : Bruant, Toulouse-Lautrec, la Goulue, Valadon, Utrillo, Mac Orlan, Carco, Dorgelès...

Côtoyant ceux-là, présents depuis quelques années déjà, il y avait aussi les étrangers. Artistes, mais pas seulement.

La France du Second Empire avait encouragé l'immigration afin de réaliser ses travaux nouveaux. Depuis, l'industrie des mines et des métaux embauchait à tire d'annonces les bonnes volontés manuelles. Il y avait aussi les travailleurs des champs – beaucoup de Polonais –, les étudiants – beaucoup de Roumains –, les intellectuels et les artistes fuyant les persécutions tsaristes – beaucoup de Juifs. À cet égard, la France avait plutôt bonne réputation : en 1791, elle avait été le premier pays à accorder la citoyenneté et l'égalité des droits aux Juifs. Elle y avait gagné une image qui avait franchi toutes les frontières. Au début de ce siècle, elle incarnait la nation des libertés, des tolérances et des droits de l'homme. Des centaines de peintres et d'écrivains vinrent y vivre car ils pouvaient exprimer en ce pays des richesses, des sensibilités, des langages, qui n'avaient pas droit de cité chez eux. L'art moderne, né sur les rives de Montmartre et de Montparnasse, est le fruit de ces brassages multiples.

En son temps, Bordeaux avait accueilli un Espagnol illustre qui s'était éteint dans ses murs : Francisco Goya. À l'orée du siècle, un autre peintre, lui aussi espagnol, débarque en France : Paul, Diègue, Joseph, François de Paule, Jean, Népomucène, Crépin de la Très Sainte Trinité Ruiz y Picasso.

Le jeune homme a dix-neuf ans. Il a la réputation d'être un artiste extraordinaire. À dix ans, il dessinait aussi bien que son professeur de dessin. Lorsqu'il en eut quatorze, son père déposa pinceaux et couleurs à ses pieds, renonçant à un art où son propre fils le dépassait déjà. À seize ans, il était reçu brillamment à l'académie royale de Madrid. Lorsqu'il arriva à Paris, il n'était plus seulement un enfant prodige.

Il ne connaît pas encore la France et ne compte pas s'y arrêter longtemps. S'il envisage bien de quitter son pays natal, c'est parce qu'il lui paraît trop pauvre, trop étroit, et sa famille parfois bien pesante. Mais s'il doit franchir durablement le cap des Pyrénées, ce sera plutôt pour l'Angleterre et ses préraphaélites...

Picasso est à Paris pour l'Exposition universelle de 1900. Une de ses œuvres, *Les Derniers Moments* (recouverte en 1903 par *La Vie*), a été choisie pour représenter son pays. À l'occasion de cette manifestation, il retrouve ses amis espagnols de Montmartre. Il décide de rester.

Sur un dessin datant de cette époque, Picasso s'est croqué devant la porte de l'Exposition en compagnie de ses camarades. Ce dessin en dit long sur la position que, déjà, il s'octroie dans la bande : il est le premier. Plus petit que les autres, mais sous sa silhouette, en gros, plus lisible que l'identité notée sous le profil de ceux qui le suivent, il a écrit : *Moi.*

Les cinq Espagnols se donnent le bras : Pichot, Ramon Casas, Miguel Utrillo, Casagemas. Et une femme, Louise Lenoir, Odette de son nom de modèle, qui fut la maîtresse de Picasso.

Ces Espagnols connaissent déjà la France, particulièrement Montmartre. À Barcelone, en hommage au Chat Noir parisien, ils ont fondé un café-cabaret qu'ils ont appelé Els Quatre Gats (Les Quatre Chats). C'est là que, grâce aux affiches, Picasso a découvert la culture européenne, l'impressionnisme, Cézanne, Gauguin, Rodin...

Ses amis étant à Montmartre, il vient à Montmartre. Un peintre catalan, Isidre Nonell, lui cède son atelier rue Gabrielle. Puis il habite boulevard de Clichy, dans une chambre mise à sa disposition par un autre Espagnol, Manyac. Sa silhouette trapue, la frange qui tombe sur un œil noir et vif, l'odeur du tabac gris échappé d'une bruyère courte, tout cela devient vite familier aux Montmartrois.

On le croise souvent en compagnie de son plus vieux compagnon, Manuel Pallarès, et d'un écrivain catalan, Jaime Sabartés, qui lui restera fidèle jusqu'à la mort.

Chez Nonell, rue Gabrielle, Picasso a habité avec son ami Casagemas, qu'il connaît depuis l'époque des Quatre Gats.

Casagemas est probablement le plus « politique » des artistes de la colonie espagnole. Il est lié au mouvement libertaire. On retrouve sa signature à côté de celle de Picasso au bas d'une pétition demandant la libération des anarchistes espagnols emprisonnés à Madrid en 1900. Peut-être est-ce en raison de ce compagnonnage que Picasso sera pendant un temps soupçonné par la police française d'appartenir au mouvement anarchiste – ce qui se révélera faux en dépit d'une réelle sympathie pour cette cause et pour certains de ses défenseurs, comme Francisco Ferrer dont l'exécution, en 1909, le révoltera.

Politique, Casagemas est aussi sensible, fragile, et très amoureux. Il s'est épris de Germaine, une jeune fille qui pose comme modèle à Montmartre et, parfois, dans le lit de Picasso. Mais sa flamme se consume seule. Il parle de suicide. Pour lui changer les idées, Picasso l'entraîne en Espagne. Les bordels n'ont pas raison de sa passion. Casagemas revient à Paris. Le soir de son arrivée, il convie quelques amis à dîner dans un restaurant du boulevard de Clichy. Germaine est du nombre. Casagemas annonce à tous qu'il quitte la France pour revenir définitivement dans son pays. La belle ne bronche pas. Le peintre renouvelle ses multiples propositions de mariage. Elle hausse les épaules. Il sort un pistolet de sa poche, tire sur Germaine sans la toucher, applique l'arme sur sa propre tempe et se loge une balle dans la tête.

Picasso, très ébranlé par la disparition tragique de son camarade, peint plusieurs toiles le représentant, notamment *La Mort de Casagemas* (1901) et *Casagemas dans son cercueil* (1901). *La Femme au chignon* (1901), regard dur et bouche crispée, évoque très certainement Germaine.

La mort de Casagemas marque un tournant dans son œuvre. Jusqu'alors, il peignait à la manière de Toulouse-Lautrec. Il admirait cet artiste qu'il avait découvert aux Quatre Gats. Il choisissait des personnages et des sujets que son aîné n'eût pas reniés, et les peignait avec des couleurs vives que le public appréciait. Ainsi, *Le Moulin de la Galette* (1900). Son œuvre, alors, se vendait. Mais il abandonne peu à peu ce style pour une peinture plus tragique, plus intérieure, correspondant à la pauvreté dans laquelle vit la communauté espagnole de Montmartre. C'est la période bleue.

Celle-ci est composée pour partie d'une monochromie bleue dont on a beaucoup dit qu'elle s'inspirait du Greco. Elle suggère la mélancolie et l'affliction, la misère, souvent morale, que côtoie l'artiste peu après son arrivée à Paris. Plusieurs fois, il s'est rendu à la prison de femmes de Saint-Lazare pour y voir des prisonnières. Elles apparaissent souvent dans son œuvre et témoignent de l'intérêt que Picasso porte alors à une certaine image de la douleur.

Le bleu convient à cette vision du monde et aux conditions dans lesquelles il travaille, enfermé la nuit dans son atelier, s'éclairant à la lampe à pétrole.

Il se pose alors les trois mêmes questions que tous ses amis : comment vivre, peindre et manger ?

Le moins pauvre de tous, c'est le sculpteur et céramiste Paco Durrio. Il a été l'élève de Gauguin. Il est resté son ami. Il possède des dessins, des aquarelles et une quinzaine de toiles de l'exilé des îles Marquises. C'est lui qui le fera connaître à Picasso.

Paco offre souvent le gîte, et sa table est ouverte. Quand on ne vient pas, c'est lui qui se déplace : souvent, il dépose un morceau de pain ou une boîte de sardines devant la porte de Picasso. Il a un culte : les amis. Sur son lit de mort, il confiera : « C'est emmerdant de laisser les copains. »

Le premier à profiter de cette générosité n'est pas Picasso mais un Catalan, Manuel Martinez i Hugué, dit Manolo. Il est noir de partout, œil et cheveu, pauvre, dévoué, débrouillard, farceur comme un lutin. Il est le seul avec qui Picasso parle encore catalan. Dans les bistrots, il présente celui-ci comme sa sœur. Manolo aimerait sculpter mais ne peut pas, faute de glaise et de matériel. Alors il peint, héroïquement car personne ne lui achète ses toiles. Il mange un jour sur deux, dort où on l'invite, chaparde tout ce qu'il trouve.

Un été, Paco lui prête sa maison. Lorsqu'il revient, quelques semaines plus tard, le sculpteur l'accueille avec une joie un peu forcée. Il rend les clés et décampe. L'autre fait le tour du propriétaire. Tout est en place. Sauf les Gauguin. Manolo les a vendus à Vollard.

« Toi, déclare un jour Picasso à son ami, aucun peloton ne t'exécutera jamais.

— Pourquoi ? demande Manolo.

— Parce que tu les ferais trop rire ! »

Il est passé maître dans l'art de se sustenter en jouant. Il a rodé la technique dans les lieux du culte. Lorsqu'il est arrivé à Paris, sa première visite fut pour une église. Il se trouva en présence d'un pratiquant bien mis qui ne savait où poser son derrière. Une femme surgit d'un recoin obscur de la nef. Elle tendit une chaise, l'autre offrit une pièce, il s'assit, elle disparut. Manolo répéta maintes fois l'opération, ce qui lui permit d'absorber des nourritures terrestres plus substantielles qu'une hostie trempée dans un bol d'eau bénite.

Lorsqu'il ne va pas à l'église, il pratique la méthode de la loterie. Il frappe aux portes des maisons de Montmartre et présente le dessin d'un buste en marbre qu'il prétend sculpter.

« Cent sous le numéro ! »

Il échange la pièce qu'on lui tend contre un morceau de carton numéroté. Puis tire sa révérence. Personne ne gagne jamais : le buste n'existe pas. Quand on lui demande quel numéro est sorti, il répond :

« Celui de Salmon ! »

Quelques années plus tard, ayant enfin acquis de quoi acheter le matériel dont il a besoin, il gruge Kahnweiler. Celui-ci lui achète régulièrement ses sculptures. Pour l'une d'entre elles, Manolo lui réclame une augmentation.

« Pourquoi ? demande le marchand.

— Parce qu'elle sera mieux que les autres.

— C'est ce que vous dites toujours.

— Cette fois, c'est vrai.

— Nous verrons après...

— Alors, je ne peux plus travailler. »

Kahnweiler n'est pas seulement un commerçant. C'est un esthète et un ami de ses artistes. Manolo ne l'ignore pas. Il insiste :

« Elle sera plus grande que les autres. Il me faut plus de matériel, mais vous la vendrez plus cher.

— Elle est beaucoup plus grande ?

— Infiniment. »

Kahnweiler donne quelques billets supplémentaires. Sous la tignasse noire, l'œil noir de Manolo est doré comme du bonheur.

L'été passe. Aux premières couleurs de l'automne, Kahnweiler reçoit la sculpture de l'Espagnol. C'est une femme accroupie. Ni plus ni moins grande que les autres œuvres de l'artiste. Le marchand convoque ce dernier.

« Vous m'aviez promis une sculpture de grande taille.

— C'est le cas.

— Je ne vois pas...

— Vous l'avez mal regardée... »

Manolo se plante devant son travail.

« Il s'agit d'une femme...

— Je vois bien.

— Cette femme est accroupie.

— Je vois toujours.

— Et si elle se lève ?

— Si elle se lève ? reprend Kahnweiler, dubitatif.

— Si elle se lève, elle sera grande ! Très grande ! »

Picasso l'Espagnol, lui, se débrouillait mieux que les fantassins des bistrots. Pour vivre, il avait une réponse toute trouvée : il peignait et vendait ses toiles. Déjà. Semblable et différent en même temps. De tous les artistes ayant grandi sous le frontispice de Montmartre, il sera non seulement le plus riche mais aussi l'un de ceux qui auront connu la dèche le moins longtemps.

Picasso était trop fier pour envoyer des dessins humoristiques à *L'Assiette au beurre*, au *Cri de Paris* ou au *Charivari*, comme faisaient Marcoussis, Gris, Van Dongen, Warnod – et bien d'autres. Il se défiait du « second métier » : « Quand on a quelque chose à dire, à exprimer, toute soumission devient insupportable[1]. » Plutôt que d'accepter les propositions des journaux, il attendait les marchands.

Le premier, son compatriote Manyac, lui céda donc une chambre dans son appartement, boulevard de Clichy. Il lui versait une mensualité de cent cinquante francs en échange de sa production. C'était peu, mais suffisant pour ne pas crever de faim.

Tant que Picasso resta dans le style Toulouse-Lautrec, Manyac le soutint. Mais lorsqu'il aborda la période bleue, le marchand s'éloigna : invendable. Picasso dut se résoudre à traiter avec des boutiquiers qui s'occupaient d'art comme d'autres de fruits et légumes.

La plupart étaient brocanteurs. Ils déposaient la marchandise sur le trottoir, devant leur échoppe. Entre un vieux fer à repasser et une poussette sans roues, les badauds pouvaient trouver une œuvre d'Utrillo, du Douanier Rousseau ou de Picasso.

Comme les autres, l'Espagnol dut traiter avec Libaude et, surtout, avec Clovis Sagot, par qui Utrillo était déjà passé.

Au premier abord, le contact avec l'ancien pâtissier était facile : il était rond et aimable comme la pâte. Et puis il appréciait vraiment la peinture. Sinon elle, du moins les couleurs. Les choses se gâtaient dès lors qu'on était entraîné à parler argent. Et quand on n'en parlait pas soi-même, Sagot se chargeait d'amener la conversation sur ce sujet qu'il privilégiait entre tous. Ainsi, chaque fois qu'il débarquait chez Picasso, un bouquet de fleurs à la main. Il l'offrait très gentiment puis demandait au peintre :

« Il vous plaît ? »

Picasso hochait la tête.

« Vous pourriez peut-être le peindre ? »

L'Espagnol grommelait.

« Oui ?

— Je ne sais pas...

— Mais si ! s'exclamait le marchand. Un aussi beau bouquet ! »

Il s'emparait du bouquet et l'exhibait devant Picasso.

« Moi, je vous offre les fleurs, vous, vous les peignez, et après... après ? »

Picasso ne répondait pas.

« ... Après, pour me remercier, vous me faites un petit cadeau : vous m'offrez le tableau ! »

Sagot lançait un sourire en dollars.

« Et je suis gentil ! Je vous laisse les fleurs ! »

Un jour, il proposa à Picasso d'acheter quelques-unes de ses toiles.

« Combien ?

— Sept cents francs.

— Pas question. »

Le peintre quitta la rue Laffitte et remonta sur la Butte.

Le soir même, n'ayant rien à se mettre sous la dent, il regrettait son intransigeance. Le lendemain, il revenait chez Sagot.

« Vous avez changé d'avis ?

— Je n'ai pas vraiment le choix.

— Formidable ! » s'exclama le marchand.

Il ouvrit les bras à son grand artiste.

« Je vous prends tout. Cinq cents francs...

— Sept cents !

— Pourquoi sept cents ?

— Mais hier...

— Hier, c'était hier ! »

Picasso, furieux, quitta la boutique.

Le lendemain, après un soir de disette, il était de retour.

« Aujourd'hui, s'écria Sagot, rayonnant, je suis de bonne humeur.

— C'est-à-dire ? risqua Picasso, sur ses gardes.

— C'est-à-dire, trois cents francs. »

L'artiste peintre abandonna la partie.

Il jouait aussi avec le père Soulié, cet ancien lutteur qui avait déjà croqué Utrillo. Sa boutique se trouvait face au cirque Médrano. Le père Soulié était d'abord et avant tout alcoolique, puis brocanteur, spécialisé dans l'achat et la revente de literie et de vieux matelas. Il était devenu marchand de tableaux par le jeu des échanges : il vendait aux artistes de la toile qu'ils payaient en gouaches ou en dessins quand ils n'avaient pas d'autre monnaie à proposer. Ces œuvres – Renoir, Lautrec, Dufy... – étaient ensuite exposées directement sur le trottoir.

Soulié traitait les peintres comme des clients à peu près ordinaires, marchandant sur tout, refusant de leur faire crédit. Un jour, il vint chez Picasso pour passer commande. Il lui fallait absolument un bouquet de fleurs pour le lendemain : il l'avait promis à un client. Picasso n'avait rien en stock.

« Alors faites-m'en un ! suggéra le marchand. Pour vous, ce n'est pas bien compliqué.

— Je n'ai pas de blanc.

— Qu'avez-vous besoin de blanc !

— Vous pourriez m'avancer l'argent pour en acheter...

— Oubliez le blanc ! C'est si banal ! »

Picasso peignit un bouquet que Soulié lui acheta vingt francs. Il n'était même pas sec quand il l'emporta. Encore s'agissait-il là d'un prix exceptionnel dû au fait que le marchand avait passé commande. Normalement, il payait trois francs la gouache. Et Picasso n'était pas plus mal loti que les autres : c'est chez le père Soulié qu'il acheta cinq francs une œuvre du Douanier Rousseau, *Portrait de madame M*. Le tableau traînait sur le trottoir. Picasso l'observait sous le regard intéressé du marchand.

« Prenez cette dame, elle fera bien chez vous ! »

Et comme le peintre ne se décidait pas :

« Cent sous ! Vous repeignez dessus, et comme c'est un grand format, si vous me faites un joli bouquet de fleurs, je vous le rachèterai au même prix ! »

Picasso acquit la toile mais ne la recouvrit pas.

Le premier marchand véritable qu'il rencontra était une marchande : Berthe Weill. Ses peintres l'appelaient « la Merweil »... C'était une petite bonne femme bigleuse qui portait des loupes en guise de verres. Elle vivait de pas grand-chose, s'accordant peu de bénéfices sur la vente de ses tableaux. Elle dormait et mangeait dans sa galerie de la rue Victor-Massé : une simple boutique tendue de fils sur lesquels, accrochées grâce à des pinces à linge, pendouillaient des œuvres de Matisse, Derain, Dufy, Utrillo, Van Dongen. Bientôt, s'ajouteraient des peintures de Marie Laurencin, Picabia, Metzinger, Gleizes et, bien entendu, Picasso. Amoureuse des arts, Berthe Weill contribua presque autant au rayonnement de l'art moderne que Vollard, Paul Guillaume, Rosenberg et Kahnweiler. Elle aida beaucoup Picasso, à qui elle avait acheté, par l'intermédiaire de Manyac, une partie de ses œuvres datant de la période Lautrec, puis, après que le médiateur s'en était allé, quelques gouaches de la période bleue. Mais quelques-unes seulement.

Si l'on en croit ses livres de comptes ouverts devant Francis Carco en 1908, Berthe Weill achetait un Utrillo dix francs, un Dufy trente francs (autant que Rouault), un Matisse soixante-dix francs, un Lautrec six cents francs. La cote de Picasso s'établissait entre trente et cinquante francs en moyenne[2]. Elle revendait ses œuvres à des amateurs relativement fortunés, comme André Level, collectionneur, Marcel Sembat (déjà amateur de Matisse) ou Olivier Saincère, qui deviendra secrétaire général de l'Élysée lorsque Raymond Poincaré y prendra ses fonctions. Ainsi, cette petite bonne femme énergique et dévouée à ses peintres parvint à faire connaître Picasso en dehors du périmètre étroit de la Butte Montmartre.

Berthe Weill était du genre pète-sec. Le commissaire divisionnaire du IXe arrondissement en fit la triste expé-

rience un jour de 1917. Dans une galerie de la rue Tait-
bout, Berthe Weill avait organisé la première exposition
de Modigliani. Elle avait demandé à Blaise Cendrars de
rédiger un poème qui accompagnerait un dessin du
peintre italien sur les cartons d'invitation qu'elle distri-
bua aux amateurs.

Le soir du vernissage, il y avait autant de monde dans
la boutique qu'à l'extérieur. D'un côté, des amateurs
d'art ; de l'autre, des passants abasourdis par les nus
exposés en vitrine. Ils mandèrent un agent, qui en référa
au commissaire. Celui-ci fit passer le message : on
devait décrocher. Berthe Weill refusa. Elle fut immédiatement convoquée dans le bureau du policier. Elle dut
traverser la rue sous les huées et les quolibets des messieurs en guêtres et des dames en bibis.

Le commissaire était furibard :

« Je vous ordonne de m'enlever toutes ces ordures !

— Et pourquoi ? demanda la galeriste.

— Ces nus !... »

L'homme de loi en postillonnait. Quand il eut repris
ses esprits, il répondit, la voix éraillée par la colère :

« Ces nus... Ils ont des poils ! »

Il fallut fermer. Pour aider Modigliani, qui vivait dans
une profonde misère, Berthe Weill lui acheta cinq peintures. Elle le défendit avec autant d'opiniâtreté qu'elle
avait soutenu Picasso durant ses premières années parisiennes, alors qu'elle aussi se défiait des œuvres de la
période bleue. Mais, tandis que le peintre espagnol croiserait un jour la route des richesses, l'Italien ne devait
jamais connaître la fortune. Et à peine la bonne fortune.

DEUX AMÉRICAINS À PARIS

> J'avais présenté à un client deux études
> de Cézanne. Et lui, tout de suite : « Je ne
> veux pas de ces machines où il reste des
> blancs... »
>
> Ambroise VOLLARD.

La période bleue ne convenait pas non plus à
Ambroise Vollard.

Il découvrit Picasso par l'intermédiaire de Manyac, et
vendit des œuvres du peintre espagnol en 1901, puis à partir
de 1906. À l'époque, il avait exposé Manet, Renoir,
Cézanne, Van Gogh, Gauguin. Son activité ne ressemblait
nullement à celle des brocanteurs – marchands de couleurs
auxquels, au moins au début du siècle, s'apparentait Berthe
Weill. Vollard avait pignon sur rue. Il fut l'un des premiers
à acheter les œuvres de Derain et de Vlaminck et à s'intéresser au sculpteur Maillol. Il était très lié à Pissarro, qui lui
avait fait découvrir les impressionnistes.

Ambroise Vollard avait acquis ses plus grandes lettres
de noblesse en organisant en 1895 une exposition des
œuvres de Cézanne que Durand-Ruel et les frères
Bernheim avaient refusée. Dans ses Mémoires, il décrit
par le menu l'énergie qu'il dut déployer pour découvrir
la retraite du peintre, lequel dissimulait soigneusement
son adresse [1]. Après l'avoir dénichée, il eut un entretien
avec le fils de l'artiste, auquel il parla de son projet
d'exposition. Quelques jours plus tard, il reçut un

énorme rouleau contenant cent cinquante œuvres du peintre. Manquant alors de moyens, Vollard les exhiba encadrées de baguettes grossières. Sa renommée – et celle de Cézanne – naquit à cette occasion. Elle permit à Vollard de se consacrer aux peintres qu'il aimait et admirait tout en se livrant à une activité d'éditeur qui le passionnait : il choisissait les meilleurs papiers, les meilleurs graveurs pour publier des livres qu'il faisait enrichir par des artistes (comme La Fontaine illustré par Chagall, Verlaine par Bonnard, Mirbeau par Rodin...).

Au fil des années, la galerie Vollard devait devenir l'un des hauts lieux de l'art moderne. Elle se trouvait rue Laffitte, la principale artère du marché de la peinture à Paris, où étaient aussi Bernheim et Durand-Ruel (qui avait ouvert une succursale à New York en 1886). Matisse, Rouault, Picasso et bien d'autres jeunes artistes y déambulaient souvent pour découvrir la production de leurs aînés.

La vitrine de la galerie Vollard ne ressemblait pas à celle des autres. Quand il la remarqua après avoir vu les Renoir, les Pissarro et les Monet exposés rue Laffitte, Chagall n'en crut pas ses yeux : tout n'était que saleté et vieux journaux. Quant à l'habit, il faisait parfaitement le moine. La porte poussée, le visiteur découvrait un bureau, un poêle, une sculpture de Maillol, des tableaux retournés contre le mur, quelques toiles de Cézanne pas même encadrées. Et partout, de la poussière. On comprenait le mot de Vlaminck, qui assurait que lors de sa première exposition chez Vollard, il envoyait chaque jour sa femme de ménage épousseter les meubles et les tableaux.

Derrière le bureau, à demi somnolent, un homme est assis. Un Créole natif de la Réunion. La petite quarantaine. Grand, massif, le crâne dégarni, la barbe courte.

Renoir dira : proche du chimpanzé. Les clients pense-
ront : la peinture ne l'intéresse pas. Car Vollard se
dérange à peine pour ceux qui entrent dans la galerie. Il
ouvre un œil, demande ce qu'on souhaite, écoute, se
soulève à demi puis s'affaisse de nouveau et répond :

« Revenez demain. »

Le lendemain, il montre les œuvres qu'il est allé chercher dans sa caverne d'Ali Baba : la cave, où mille
richesses sont entreposées. Ayant repris place derrière
son bureau, il s'assoupit jusqu'au moment où le visiteur
montre une toile.

« Celle-là ?

— Cinquante francs, répond Vollard sans hésiter.

— Quarante.

— Je vous avais dit cinquante... Vous m'en proposez
quarante... Ce sera soixante-dix.

— Mais... »

Vollard secoue la tête, montrant qu'il est inutile de
discuter.

« Et qu'est-ce qui me prouve que cette œuvre n'est
pas un faux ?

— Rien.

— Comment, "rien" ?

— Cette œuvre date de 1830. Je n'étais pas né...
Allez savoir ! »

Le client considère le marchand d'un air dubitatif et
demande :

« Vous pouvez me montrer un ou deux Cézanne ? »

Vollard montre. Le quidam s'extasie.

« Combien, celui-là ?

— Deux cents francs.

— Vous croyez que la cote de Cézanne va monter ?

— Je n'en sais fichtre rien ! »

Le client hésite. Vollard consent à donner quelques
explications :

« J'ai acheté cette toile douze francs l'année dernière.
Je vous la vends presque vingt fois plus cher...

— Ça prouve que la cote est en hausse !

— Ça prouve qu'elle est en hausse aujourd'hui !
Mais demain, peut-être que ce tableau ne vaudra même
plus ses douze francs ! »

Sous ses allures rudes et désagréables, Vollard dissimulait une âme matoise. Il était comme un chat à l'affût.
Lorsqu'il voulait un peintre, il l'avait. Il n'achetait pas
seulement deux ou trois toiles, mais la totalité de la production. Ainsi fit-il avec Vlaminck et Derain : fasciné
par les violences picturales des fauves, il se rendit dans
l'atelier de l'un puis dans celui de l'autre, observa,
bourru, les œuvres qui s'y trouvaient, et dit :

« J'achète.

— Vous achetez quoi ?

— Tout. »

La plupart du temps, il ne signait pas de contrat : la
parole suffisait.

Quand il vendait, et s'il voulait s'en donner la peine,
il n'était plus un chat mais un renard. Grâce à Alice
Toklas, nous savons à quel jeu il s'est livré avec Gertrude et Léo Stein.

Il faut imaginer la scène. Deux Américains fraîchement débarqués en France, poussant la porte de chez
Vollard. Elle, massive comme une bûcheronne, en sandales de cuir avec lacets ; le cheveu très court accentuant
encore l'aspect hommasse d'une personne basse sur
pieds ; la poigne d'un garde du corps, un sourire possible, le verbe haut, péremptoire et intarissable. Lui, très
raide, sévère, avec chapeau, barbe rousse et gilet, paraissant presque fluet au côté de sa sœur. Et Vollard, assoupi
derrière son bureau, vêtu de son manteau légendaire et

de ses croquenots si grands et si vieux que les pointes piquent vers le haut, comme des babouches.

Il ne se lève pas. Il ignore qu'il se trouve en face des plus grands mécènes de Paris. Depuis leur arrivée, en 1903, les Stein ont écumé les galeries et les ateliers. Ils ont une fortune à dépenser, et cette fortune, ils comptent la consacrer à l'achat d'œuvres d'art.

Impassible et en état de demi-sommeil, Vollard attend. Léo demande s'ils peuvent voir des paysages de Cézanne. Vollard se lève pesamment. Il emprunte l'escalier qui mène à ses richesses. Cinq minutes s'écoulent avant que le marchand revienne, une petite toile à la main. Il la montre. C'est une pomme.

« Excusez-nous, remarque Gertrude. Un fruit, ce n'est pas un paysage... Nous voudrions voir un paysage.

— Pardon ! » s'exclame Vollard.

Il reprend l'escalier et disparaît. Les Américains rient.

Quand le marchand revient, c'est avec une toile plus grande que la première. Il la présente à ses deux visiteurs. Qui la regardent avec grand intérêt. Cette fois, c'est Léo qui parle. Il dit :

« Monsieur Vollard, nous ne voulons pas vous importuner... Nous souhaitons un paysage, et vous nous apportez un nu ! »

À son tour, Vollard regarde la toile : c'est une femme de dos.

« Excusez-moi ! Je reviens... »

Pour la troisième fois, il reprend l'escalier. Réapparaît quelques minutes plus tard, porteur d'un très grand cadre.

« Vous voulez un paysage ? Voici un paysage ! »

La peinture est inachevée. Il y a bien un paysage, mais il est minuscule. Le reste de la toile est vide.

« C'est mieux, admet Gertrude Stein. Mais si nous

pouvions voir une œuvre plus petite et complètement finie, nous serions enchantés.

— Je vais voir », grommelle Vollard.

Il repart. Le frère et la sœur patientent. Ils entendent des pas. Mais ce n'est pas le marchand : une femme assez âgée débouche de l'escalier et les salue aimablement avant de disparaître dans la rue.

Léo et Gertrude se regardent, n'y comprenant rien. Ils rient. À nouveau, un pas se fait entendre. Et une autre femme apparaît.

« Bonsoir, m'sieurs-dames ! »

Elle suit la première dans la rue Laffitte. Gertrude éclate d'un rire sonore et exprime son avis à son frère : le marchand est un fou. Les deux femmes qui viennent de passer sont des peintres qui travaillent dans les profondeurs de la galerie. Chaque fois, Vollard leur demande d'achever à la hâte une pomme, un bout de nu, un fragment de paysage, et quand il leur montre, il jure que c'est du Cézanne. En fait, il n'a pas de Cézanne du tout !

Ils s'amusent à l'unisson. Mais Vollard revient. Il leur présente une nouvelle toile : un vrai paysage tout à fait fini. Et superbe. Les deux Américains achètent le Cézanne puis s'en vont.

Vollard devait expliquer à ses amis qu'il avait reçu la visite de deux Américains ahuris et fadas qui riaient sans cesse. Il avait très vite compris que plus ils riraient, plus ils achèteraient.

Il ne s'était pas trompé : il les avait si bien fait rire que les Stein revinrent souvent. Dans la même année, ils acquirent deux nus de Cézanne, un Monet, deux Renoir et deux Gauguin.

La cave de Vollard était un lieu magique et multiple. Elle abritait des chefs-d'œuvre, mais aussi une cuisine et une salle à manger. Car le marchand aimait recevoir. Il n'était pas seulement renfrogné et habile. Il était aussi curieux, bavard à ses heures, adorant apprendre et colporter des ragots, amateur de littérature populaire ; d'une extrême civilité, surtout avec les dames, qu'il adorait bien qu'il ne se fût jamais marié. À une question que Vlaminck lui posait sur les raisons de son célibat, il répondit qu'une épouse légitime, certainement, lui aurait demandé des tas d'explications sur Cézanne. « Rendez-vous compte ! Quel ennui de devoir expliquer ! »

À sa table, on mangeait essentiellement du poulet au curry, plat principal de sa Réunion natale. Le marchand invitait les artistes et les acheteurs qu'il aimait. Notamment Rouault, qui déjeunait chaque jour en sa compagnie ; et l'irascible Degas, antisémite et emmerdeur, qui ne pardonna jamais à Berthe Weill d'avoir installé sa galerie de peinture près de chez lui. À son propos, Vollard racontait qu'un jour où il s'était rendu chez le peintre pour lui montrer une toile, il avait par mégarde laissé tomber un fragment de papier d'un demi-centimètre carré qui s'était perdu dans une rainure du plancher. Degas s'était précipité en criant :

« Attention ! Vous mettez du désordre dans mon atelier ! »

L'infect déchet fut promptement ramassé.

Un soir que le marchand l'avait invité à dîner, Degas avait posé sept préalables à son acceptation : il ne voulait pas de beurre dans les plats, pas de fleurs sur la table, seulement un voile de lumière, que le chat fût enfermé, qu'il n'y eût aucun chien, que les femmes ne fussent pas parfumées, que le dîner fût servi à sept heures et demie exactement.

Bon appétit...

Ses invités savaient qu'immédiatement avalée la dernière bouchée du repas, Vollard croiserait les mains der-

rière la tête, s'appuierait au mur et s'enfuirait dans ses
rêves.

Il avait la maladie du sommeil. Il piquait du nez à
table, dans les fiacres, derrière son bureau, et se plaignait
sans cesse d'avoir mal dormi. Il critiquait son lit, qu'il
jurait de changer (et qu'il conserva, de même que son
manteau et ses chaussures qu'il promettait pourtant dix
fois par semaine de jeter à la poubelle). Cet état de demi-
somnolence faisait dire à ses amis (et à ses ennemis)
qu'il s'était enrichi en dormant. Les peintres pour qui
il posa, notamment Renoir, le suppliaient de ne pas embrasser Morphée pendant les séances. Pour le tenir éveillé,
Bonnard l'obligea à garder un chat sur ses genoux.
Cézanne alla jusqu'à l'installer sur un tabouret lui-même
placé sur quatre piquets plantés au sommet d'une estrade.

« Si vous tombez, le tabouret tombe aussi, entraînant
les piquets et l'estrade !

— Et alors ?

— Alors, ça vous réveillera ! »

Ce fut un supplice. Après cent quinze séances de pose
et quelques chutes malencontreuses, le modèle
demanda :

« On a bientôt fini ?

— Pas tout à fait, répondit Cézanne.

— Au moins, êtes-vous content ? »

Le peintre prit du recul, observa et répondit :

« Je ne suis pas mécontent du devant de la chemise... »

Ambroise Vollard devait mourir en 1939 d'un accident de voiture. Le chauffeur conduisait tandis que le
marchand ronflait à l'arrière. Deux versions furent don-
nées de l'accident. Les uns prétendirent que la limousine
était passée sur un nid-de-poule et que Vollard, n'ayant
rien vu venir pour cause d'assoupissement profond,

cogna de la tête contre la custode. Il serait donc mort en dormant. La mariée est trop belle. Georges Charensol avance une thèse plus réaliste[2] : après que la voiture eut dérapé, un bronze de Maillol, qui se trouvait sur la plage arrière, aurait brisé le crâne du marchand d'art. Ainsi, sans doute, est mort Ambroise Vollard, touché par une double grâce : Maillol et le sommeil.

CYPRIEN

> On parle de Max Jacob. Je vois un ver
> luisant contre un mur : c'est Max qui
> écoute.
>
> Raymond Queneau.

Dans les rues de Montmartre, remontant de chez Vollard, marche un homme qu'éclaire vaguement la flamme bleue des réverbères à gaz. Il est affublé d'une pèlerine de berger breton en drap gris doublé de flanelle rouge. Il a le crâne dégarni, une grosse tête, les épaules étroites, une bouche spirituelle et un regard tantôt fixe, tantôt mobile qu'on n'oublie pas. Il porte monocle. Sous la dignité et l'élégance, perce la misère commune aux rapins de la Butte.

À qui le questionne sur son enfance, il raconte qu'une troupe de bohémiens l'a enlevé lorsqu'il avait trois ans ; qu'il fut désossé et coupé en rondelles avant d'être retrouvé quelques années plus tard sur le parvis de l'École normale.

Il ne faut surtout pas le croire : l'homme est un poète.

Il a également d'autres cordes à son arc artistique : il peint depuis toujours. Au lycée de Quimper, son professeur de dessin le tenait pour un barbouilleur, ce qui dénotait de sa part un manque coupable de perspicacité.

Ses parents souhaitaient l'École normale pour leur fils, qui choisit la Coloniale, où il fit quelques classes. Par manque de souffle et de muscle, il fut écarté de la conscription militaire. Un beau jour, sans bagage, sans manteau, avec seulement quelques francs dérobés dans le porte-monnaie maternel, il vint à Paris. Il découvrit rapidement que le pinceau ne nourrissait guère plus que la plume. Il fut tour à tour professeur de piano, précepteur, employé, critique d'art, balayeur, apprenti-menuisier, clerc d'avoué, secrétaire, employé de commerce, bonne d'enfants.

Il est d'une pauvreté inouïe. S'il est vêtu avec élégance, c'est grâce à la générosité de son père, tailleur à Quimper. Et s'il marche vers le boulevard de Clichy, c'est pour rencontrer un artiste dont il vient de voir soixante-quatre tableaux exposés chez Ambroise Vollard : Pablo Picasso.

Cette peinture l'a fasciné. Elle ne rappelle en rien, expliquera-t-il, celle des peintres qui se soucient de passer le plus harmonieusement de la lumière à l'ombre, ou inversement. Elle ne ressemble pas non plus à l'impressionnisme, qui choque encore le public en dépit de l'engouement qui commence à naître pour Renoir et Degas. Elle n'est pas comparable aux travaux des artistes que Max Jacob appelle « les grands décorateurs », fils putatifs de Delacroix et de Rubens, qui alignent le métrage sur des murs à remplir. Elle n'est proche ni de la touche divisée de Signac, ni de ceux qui imitent les symbolistes, Puvis de Chavannes ou Maurice Denis. Elle est moins mordante que l'œuvre de Toulouse-Lautrec. Cependant...

> *Il [Picasso] imitait tout cela mais ses imitations étaient emportées par un tel tourbillon de génie qu'on ne sentait plus dans cette exposition d'innombrables toiles que la force détonante d'une personnalité entièrement nouvelle et originale* [1].

Max Jacob découvre le peintre dans l'appartement que celui-ci partage avec Manyac, boulevard de Clichy.

Il lui fait part de son admiration, sous le regard intéressé d'une dizaine d'Espagnols qui font cuire des haricots sur une lampe à alcool. Picasso remercie. Les deux hommes se congratulent, se serrent les mains et s'étreignent sans bien comprendre ce qu'ils se racontent : l'Espagnol parle sa langue, et le Français la sienne. Ce qu'ils savent, c'est qu'un magnétisme passe entre eux.

Picasso montre ses œuvres : des dizaines de toiles empilées les unes par-dessus les autres. Puis il invite son visiteur à manger et à boire avec ses compagnons. Après quoi, ils chantent. Comme ils ne connaissent pas les mêmes airs, Beethoven sert de chorale commune : jusque tard dans la nuit, les guitares suivent le chant des symphonies.

Le lendemain, Max Jacob convie son nouvel ami chez lui. L'Espagnol, comme toujours, débarque avec sa bande. Max lit ses vers à une assistance qui n'y comprend rien, sinon le ton et les gestes. Cela suffit. Picasso en pleure d'émotion. Il déclare à Max Jacob qu'il est le seul poète français de l'époque. En échange du compliment, le seul poète français de l'époque offre quelques-uns de ses biens les plus précieux à son louangeur : une gravure sur bois de Dürer, des images d'Épinal qu'il est encore un des rares à collectionner, et toutes les lithos de Daumier qu'il possède.

Picasso l'entraîne dans sa bande d'Espagnols. On y rit, on y chante, on y danse toute la nuit.

Le groupe a plusieurs repaires. Le premier s'appelle le Zut, cet estaminet de la rue Ravignan où viennent tous les anarchistes de la Butte. Trois pièces en enfilade, plus sinistres les unes que les autres. Des lampes à pétrole éclairent ce lieu plutôt glauque, tenu par un petit bonhomme à toque et longue barbe qui porte des pantalons de velours marron, des sabots et une ceinture de flanelle d'un rouge gueulard. Il s'appelle Frédéric Gérard, surnommé Frédé. Son bar est ouvert à tous les pauvres, à tous les exclus de la ville. Bien que ne connaissant aucune note de musique, le gargotier joue de la guitare, parfois du violoncelle. Il chante des romances parisiennes, souvent accompagné par d'autres artistes qui viennent lui donner la main. Dehors, rôdent les pierreuses, les malfrats, les déserteurs, les clans qui se cherchent au couteau, les faussaires, les maquilleurs de timbres-poste : les habitués du maquis.

L'enseigne du Zut annonce la couleur : *Bière.* C'est le seul alcool. Ni vins ni digestifs. Frédé verse la moussante directement de la cruche dans les verres posés sur les tonneaux qui font office de tables. Parfois, il sert des œufs au jambon. Lorsqu'on entend des coups de feu venus du dehors, ponctuation habituelle des frasques de la bande des Apaches, il rassure ses amis les immigrés : si la police vient, il les cachera. Tous craignent d'être refoulés aux frontières. Mais Frédé la grande gueule, Frédé l'anar parigot, veille.

Il a quelques années de plus que le gros de sa troupe, et il comprend ces hommes libres qui vivent comme des potaches. Ils n'ont pas ces responsabilités sociales et familiales qui pèsent si lourd sur les respectables épaules de ceux qui habitent *en bas*, loin de la Butte. Ici, la seule famille, c'est celle des amis. Et la sociale, c'est la vie d'artiste : échevelée, hors normes. Les manières des peintres et des poètes ne sont ni plus ni moins que les déclinaisons, par le geste, des emportements qu'expriment, par le mot, Libertad et le père Peinard. Picasso et Max Jacob comme les autres.

En 1902, l'Espagnol repart pour quelques mois dans son pays. Quand il revient, il partage plusieurs chambres d'hôtel avec un ami sculpteur. Il est rongé par la misère et découragé par la mévente de ses toiles. Max, qui a cinq ans seulement de plus que lui, joue au grand frère et s'occupe de son cadet. Il l'appelle « mon Petit ». Faisant preuve d'une incroyable générosité, il se fait engager comme manutentionnaire par les magasins Paris-France, bazars dirigés par son cousin. Le poète balaie le sol et livre les courses en poussant devant lui une charrette à bras. Avant de se faire renvoyer au bout de huit mois pour « incapacité générale », il partage la recette avec Picasso.

Les deux amis vivent ensemble dans une chambre que Max a louée boulevard Voltaire. La vie de bohème est difficile. Un soir qu'ils regardent par la fenêtre, une pensée commune les traverse. Picasso, le premier, se détourne. Il prend le poète par le bras et dit :

« Il ne faut pas avoir d'idées comme cela. »

Ils dorment à tour de rôle : Max, la nuit, pendant que Pablo peint. Pablo, le jour, quand Max travaille. Lorsqu'ils sont ensemble, le soir, l'employé de Paris-France insuffle un peu de courage à son ami alors que Manyac, Berthe Weill et Ambroise Vollard s'éloignent de la période bleue.

Certains jours, sous le nom de Maxime Febur, Max se rend dans des galeries où il se fait passer pour un collectionneur riche. Il demande :

« Vous avez des œuvres de Picasso ? »

La plupart du temps, on répond que non. On ne connaît pas. Max joue les ahuris :

« Comment ? Mais c'est un génie ! Quelle faute pour une galerie comme la vôtre de ne pas exposer un artiste de cette envergure ! »

Pour Picasso, Max Jacob incarne la providence : non seulement il l'aide, mais il lui fait également découvrir un monde des lettres qui jusqu'alors ne lui était que hiéroglyphes. Et Picasso fait comme il fera toujours : il s'instruit, il puise. Ainsi qu'il le reconnaîtra lui-même, il ne donne pas : il prend.

Pour Max Jacob, les choses sont plus simples : Picasso est la personne la plus importante de son existence. Il dira : « La porte de ma vie. » Il l'admire en grand et sans détails. Fasciné, par exemple, par la coquetterie de son ami, il le regarde, bouche bée, choisir avec amour une paire de chaussettes assortie au caleçon du jour...

Le poète chante le peintre. Le peintre dessine le poète. Après Baudelaire et Delacroix, Zola et Cézanne, ils ouvrent pour leur temps le bal de la plume et des couleurs. Bientôt viendront d'autres poètes et d'autres peintres : Léger et Cendrars notamment. Picasso lui-même attirera Salmon, Apollinaire puis Cocteau, Éluard, Breton, Reverdy, René Char... Mais c'est Max Jacob qui lui fit découvrir Ronsard, Verlaine, Vigny, Baudelaire, Rimbaud et Mallarmé, l'ouvrant aux horizons de la poésie auxquels il sera sensible toute sa vie ; Max Jacob qui fut le premier pilier de la bande de Picasso, du moins celle qui succédera aux Espagnols ; Max Jacob qui favorisera la fréquentation du beau monde, la rencontre avec les couturiers-mécènes, Paul Poiret et Jacques Doucet...

Picasso ne fut pas le seul à profiter des générosités et des richesses si variées du poète. Pour Francis Carco, sans Max Jacob, « la Butte eût à coup sûr perdu le plus clair de son esprit[2] ». C'est indéniable.

Montmartre d'abord, Montparnasse ensuite l'ont follement aimé. Lorsqu'il survenait quelque part, il était applaudi, acclamé, fêté. Il promenait sa redingote noire, son haut-de-forme et son monocle dans des mondes contradictoires dont il faisait son miel. Apprécié des bourgeois en cosy-corner pour son intelligence, sa drôlerie, ses apparences qui pouvaient être semblables aux leurs, ses mots d'esprit un peu canaille. Goûté de ses amis de misère pour sa générosité, lui qui partageait tout et plus encore. Juif, mais converti. Breton, et il y tient.

Au-dehors, éblouissant, « cancanier et sublime, serviable, empressé, badin, profond, coquet, persifleur[3] ». Mais terriblement sensible, écorché vif, capable de pleurer, de demander pardon. Spirituel, lançant ses piques comme un javelot, droit au cœur. Estimé des dames pour ses manières parfaites, lui qui n'aimait que les hommes.

Il fut amoureux de quelques femmes, une au moins, trois au plus. La première s'appelait Cécile – elle deviendra Mademoiselle Léonie, la maîtresse de Matorel dans *Saint Matorel*. Nul ne la connaissait. Fernande Olivier mentionne son existence, mais sans doute ne l'at-elle jamais rencontrée. Si l'on en croit une lettre adressée par Max Jacob à Apollinaire en 1904, il comptait se fiancer avec elle :

> *J'omettais hier de te dire que je ne suis plus libre de disposer de ma soirée aujourd'hui. J'ai promis d'assister à un dîner de fiançailles... Oui ! les miennes : je me marierai dans deux ou trois mois. Le présent avis tient lieu d'invitation[4].*

La jeune fille avait dix-huit ans. Elle travaillait aux magasins Paris-France. L'idylle fut brève. À l'en croire, Max rompit parce qu'il était trop pauvre pour pouvoir l'aider. Il pleurait en la congédiant.

Après la guerre, alors qu'il était assis à la terrasse d'un café de Pigalle en compagnie de Juan Gris et de Pierre Reverdy, une femme vint à passer. Max s'empourpra et balbutia : « Cécile ! » Les autres suivirent du regard une matrone sans beauté ni grâce qui se perdit dans les rues alentour.

Avant d'être un amant parfait ou imparfaitement comblé, Max Jacob était surtout l'un des grands poètes de son temps, aussi alerte dans l'alexandrin que dans le vers libre et le poème en prose. Mais il resta toujours dissimulé derrière les autres, effaçant son talent sous prétexte qu'il était mineur. Et cela dans les premières années du siècle, mais aussi plus tard, quand il aura acquis une notoriété véritable – ce qui ne signifie pas, hélas pour les poètes, la fortune.

Lorsque Apollinaire publia *Alcools*, Georges Duhamel, qui était critique au *Mercure de France*, écrivit que certains poèmes étaient des plagiats de Verlaine, Rimbaud et Moréas, et que d'autres étaient inspirés de Max Jacob. Max prit la plume et répondit à Duhamel que son assertion était fausse : il prétendit n'avoir écrit aucun poème avant sa rencontre avec Apollinaire. C'était un mensonge. La grande vertu de Max Jacob, dira Valery Larbaud, c'était l'humilité.

Dans les années 30, totalement démuni, il consentira à se produire sur une scène de théâtre. Chaque soir, devant une salle comble, il commencera son spectacle par cette phrase : « Mesdames et messieurs, vous ne me connaissez pas. Personne ne me connaît. Cependant, je suis dans le Larousse. »

Il était poète. Poète et pas romancier. La différence ? Il l'expliqua un jour à Pierre Béarn, en présence d'un jeune homme qui se trouvait dans le minuscule appartement parisien de Max, Charles Trenet : « Le romancier écrira : *Une robe verte* et un poète écrira : *Une robe d'herbes*[5]. »

Il avait fait ses classes dans une entreprise où il était employé. La direction lui avait demandé de rédiger un discours qui serait lu à l'enterrement du fils d'un des gros fournisseurs de la maison. Max Jacob se documenta sur le fournisseur éploré et dressa un éloge circonstancié autant qu'argumenté qui vantait les mérites civiques, moraux, économiques et financiers du défunt. Mais il rata sa cible : le défunt en question n'avait pas eu le temps de faire ses preuves ; il s'agissait d'un enfant...

Son premier conte, *Le Roi Kaboul et le marmiton*

Gauvin, fut offert aux écoliers méritants lors d'une distribution des prix. L'école étant laïque, on l'avait prié de remplacer les églises par des hôtels de ville, et les curés par des instituteurs. Ce qui n'était pas sans contradiction avec le personnage : Max Jacob ne méritait guère plus les lauriers des morales exemplaires que ceux de l'athéisme pratiquant.

Il distribuait ses volumes lui-même, les éditait à compte d'auteur ou, pour quelques-uns d'entre eux, par souscription chez Kahnweiler : ainsi, *Saint Matorel* (1911) et *Le Siège de Jérusalem* (1914), illustrés d'eaux-fortes de Picasso. Il finança lui-même l'édition du *Phanérogame* et du *Cornet à dés*.

« Vis comme un poète », lui avait dit Picasso lorsqu'il travaillait à Paris-France.

Sans doute était-ce une manière de lui suggérer d'abandonner non seulement la charrette à bras du coursier, mais aussi le pinceau. Max peignait des gouaches figuratives, usant de couleurs, de poudre de riz, de la cendre de ses cigarettes, de noir de fumée, de café et de poussière. Il ne renonça jamais à la peinture. Mais il délaissa les métiers divers qu'il avait pratiqués jusqu'alors pour ajuster de nouvelles cordes à son arc : l'écriture, bien sûr, mais aussi la cartomancie.

Il lisait dans les lignes de la main, dans le marc de café, il connaissait la Kabbale et le langage des astres. À tous ses amis, il offrait des talismans, dessins, pierres, morceaux de cuivre ou de fer gravés de hiéroglyphes incompréhensibles, fétiches en tout genre parfois recouverts de signes cabalistiques. Ceux qu'il n'aimait pas récoltaient des objets très lourds que l'astrologue leur conseillait de toujours conserver sur eux, faute de quoi le mauvais sort se chargerait de les rappeler à l'ordre. Ainsi allaient-ils, les ennemis de Max Jacob, trimballant dans leur sac une plaque de fonte ou, au fond de leur poche, un granit bien dense...

Il s'était fait connaître comme astrologue en publiant dans *L'Intransigeant* l'horoscope de Joseph Caillaux. Depuis, on lui demandait de prédire l'avenir : les petites gens de Montmartre, qui payaient d'une soupe ou d'une paire de chaussettes ; le couturier Poiret, qui ne pouvait choisir un costume sans en référer au point de vue de Monsieur Max ; les dames du monde, qui raffolaient de ce petit bonhomme si drôle et si bizarre, dont la présence décorait à merveille les dîners d'Auteuil et de Passy.

Car Max Jacob était d'une drôlerie légendaire. Outre ses talents de plume et d'étoiles, il savait imiter comme personne. Il singeait ses parents (sa mère chantait des airs d'opérette), les hommes politiques, les vedettes de cabaret, levait haut la jambe, pantalon retroussé, tous poils dehors, coassant dans l'aigu comme une danseuse hululant. Ou bien, il s'affublait d'un chiffon rouge en guise de fichu et jouait les vieilles dames outragées... Il adorait se faire remarquer : « Le besoin de plaire est chez moi une passion effrénée [6] », confessera-t-il.

Un soir, il y eut bagarre au Lapin Agile. Ça arrivait souvent. Quelqu'un fut blessé au ventre d'un coup de tire-bouchon. C'était moins fréquent. Max Jacob dut comparaître comme témoin devant le tribunal correctionnel. Il vint, parfaitement vêtu. On lui demanda son témoignage. Il le donna : à voix tout à fait basse, zézayant, s'appliquant à ce que rien ne fût audible sinon le mot « tire-bouchon », dix fois prononcé sur le mode majeur. Le président du tribunal était furieux. Max Jacob fut renvoyé sur les bancs. Il se mit à pleurnicher, clamant très fort que s'il avait su qu'on le maltraiterait à ce point, jamais il ne serait venu... Le prétoire s'en tire-bouchonnait, cette fois sans dégâts.

Dans les soirées, son humour et ses talents d'imitateur

faisaient merveille. Les gens du monde qui l'avaient convié parce que c'était chic de montrer ça, un hurluberlu qui sait se tenir, gravissaient le lendemain les pentes de Montmartre pour se faire tirer les cartes par le jeune homme.

Il arrivait que la bourgeoisie smart vînt s'encanailler sur la Butte. Dorgelès décrit les messieurs en frac visitant les ateliers des peintres, moins pour y acheter des toiles que pour lorgner les modèles – dont ils supposaient, bien entendu, qu'elles étaient les maîtresses de l'artiste – ; les dames s'ébaubissant devant les lampes à pétrole, si désuètes, les cuisines-salles de bains, si spartiates, les rites de ces peuplades vaguement indigènes... Quand elles débarquaient de leurs rutilantes automobiles ou de leurs calèches attelées conduites par des cochers en noir, ces dames n'en menaient pas bien large. C'est charmant ici, mais un peu loin du monde. Enfin, il y a des arbres... Elles retroussaient leur robe à froufrous pour se hâter jusqu'au 7 de la rue Ravignan où officiait ce cabaliste qu'elles ne connaissaient pas toujours et que Paul Poiret, leur cher couturier de si grand luxe, leur avait conseillé. Elles poussaient la porte. Et tombaient du mystère enchanteur si ravissant à pressentir aux réalités des poètes de ce monde.

Catastrophe !

En 1907, Max Jacob habitait au fond d'une cour, une sorte de débarras coincé entre deux immeubles, ouvrant sur les poubelles. Le local était minuscule (comme tous ceux qu'il habita) et très sombre. On eût dit un ancien cagibi à ordures qu'on eût débarrassé de ses déchets et de ses balais pour le louer cent francs par an. Il ne trompait pas sur l'extrême indigence du poète, qui écrivait avec un porte-plume à deux sous, mangeait du riz au lait, empruntait cinquante centimes pour prendre le tramway, se serrait la ceinture afin de rembourser aussi vite que possible, et dépensait la plus grande partie de ses maigres revenus en combustible pour sa lampe à pétrole, qui brûlait jour et nuit tant la pièce unique était sombre. « La politique du pétrole l'emporte sur la politique du riz ! » s'écriait-il joyeusement quand on le plaignait. Il avait connu pire : deux ou trois hivers dans une pièce sans feu, lui-même étant dépourvu de manteau et mangeant une livre de pain par jour.

Il faisait le ménage avec soin. La pièce était meublée d'un sommier posé sur quatre briques, d'une table, d'une chaise, d'une malle dans laquelle le poète rangeait ses manuscrits. À force d'opiniâtreté, il avait obtenu du propriétaire qu'il creusât une ouverture dans le zinc de la toiture pour y loger une lucarne. Sur le plus grand mur, à la craie, étaient dessinés les signes du Zodiaque, un Christ, un portrait de Max peint par lui-même à l'époque où il portait la barbe, et diverses inscriptions dont l'une frappait immédiatement le regard : *Ne jamais aller à Montparnasse.*

Max recevait le lundi. Il était d'une grande courtoisie avec ses clients. Il les accueillait lui-même et les priait de prendre place dans un coin de la chambre, où plusieurs habitants du quartier attendaient déjà. Il s'en allait de son côté dire la bonne aventure à celui qu'on avait interrompu.

Un magnifique paravent à quatre feuilles partageait la pièce. Max le céda un jour à un Allemand amateur d'art qui, après avoir acheté quelques toiles aux peintres du Bateau-Lavoir, acquit également ses manuscrits (peut-être même les premières bribes de *Saint Matorel*). Lorsqu'il promit de les éditer agrémentés d'eaux-fortes et de gravures, Max le regarda avec de l'eau dans les yeux. Quand l'autre lui tendit quelques billets, Max se crut au paradis. Le saint homme lui demanda, en prime, de lui céder le paravent. Max accepta. Dommage : les quatre feuilles avaient été peintes par Picasso. Mais quand on sait que le jeune amateur d'art, présenté comme tel par les chroniques de l'époque, s'appelait Daniel-Henry Kahnweiler, on comprendra l'intérêt qu'il portait au paravent.

Ces dames qui venaient de si loin étaient immédiatement frappées par l'odeur de l'endroit. Elles se bouchaient le nez, victimes d'effluves mêlés – tabac, pétrole, encens et éther. Le tabac, car Max fumait. Le pétrole, car il fallait bien s'éclairer. L'éther, car le poète en était si friand que sa chambre « était plus odorante que la boutique d'un apothicaire [7] ».

Pierre Brasseur rapporte un propos que lui tint Max Jacob, qui illustre parfaitement les contradictions morales du chef du druidisme, une école de poètes qui comptait entre deux et cinq adhérents, et dont l'activité première consistait à couper du gui rue Ravignan :

> *L'honnêteté est une petite maison où il y a un parfum d'encens, ce qui est fort désagréable, et une seule porte que l'on trouve tout de suite ; la malhonnêteté est beaucoup plus vaste, elle sent le miel et l'alcool, on ne trouve aucune porte et pourtant il y en a beaucoup ; méfiez-vous, car cette maison est séduisante et on a du mal à en sortir [8].*

Max Jacob aurait voulu être un saint. Et sans doute crut-il que c'était arrivé le 22 septembre 1909, à quatre heures de l'après-midi. Ce jour-là, alors qu'il rentrait chez lui le plus normalement du monde, le Christ lui apparut sur le mur de sa mansarde. Révélation fondamentale qui transforma sa vie et dont lui-même a fait le récit :

> *... Après avoir enlevé mon chapeau, je m'apprêtais, en bon bourgeois, à mettre mes pantoufles, quand je poussai un cri. Il y avait sur mon mur un Hôte. Je tombai à genoux,*

mes yeux s'emplirent de larmes soudaines. Un ineffable bien-être descendit sur moi, je restai immobile sans comprendre. Il me sembla que tout m'était révélé [...] Instantanément aussi, dès que mes yeux eurent rencontré l'Être ineffable, je me sentis déshabillé de ma chair humaine, et deux mots seulement m'emplissaient : mourir, naître[9].

Plus lyrique :

Je suis revenu de la Bibliothèque nationale ; j'ai déposé ma serviette ; j'ai cherché mes pantoufles et quand j'ai relevé la tête, il y avait quelqu'un sur le mur ! il y avait quelqu'un ! il y avait quelqu'un sur la tapisserie : ma chair est tombée par terre ! j'ai été déshabillé par la foudre ! Oh ! Impérissable seconde ! Oh ! Vérité ! Oh ! Pardonnez-moi ! Il est dans un paysage, dans un paysage que j'ai dessiné jadis, mais Lui ! Quelle beauté ! élégance et douceur ! Ses épaules ! Sa démarche ! Il a une robe de soie jaune et des parements bleus. Il se retourne et je vois cette face paisible et rayonnante[10]...

D'autres révélations surgiront dans la vie de Max Jacob. Assez cocasses pour la plupart.

Le 17 décembre 1914, alors qu'il est confortablement installé dans une salle de cinéma, suivant avec passion les tribulations en cape et en épée des héros de Paul Féval, un importun vient s'asseoir à son côté. Max est obligé de ramener son manteau à lui. Il grommelle un peu, pousse son bras sur l'accoudoir du siège, et se replonge dans les aventures de *La Bande des habits noirs*. Puis son œil coulisse sur la droite. Et là, stupeur, perfection, éblouissement : le voisin nouveau n'est autre que le Seigneur Soi-même. Tranquillement installé dans une salle de cinéma. Bras et jambes croisés, on imagine, pour un peu, Il sucerait un esquimau ! Max est à genoux. Le spectacle n'est pas à l'écran : il est dans la salle.

Une autre fois, alors qu'il prie dans une église, il entend une voix :

« Max ! Ce que tu peux être moche ! »

Le pénitent se retourne. Qui voit-il à côté de lui ? Une dame en blanc : la Vierge Marie. Il s'écrie :

« Mais non, madame la Vierge ! Je vous assure que vous exagérez ! »

Lui-même a raconté cette rencontre impromptue à André Billy. On en retiendra ce qu'on veut. L'essentiel, c'est que, cinéma pour cinéma, il décide de hâter les opérations nécessaires à la bonne cause : sa propre conversion.

Il s'y emploie depuis que son visiteur en soie jaune et parements bleus s'est incarné sur son mur. Mais ce n'est pas facile : le curé de Saint-Jean-Baptiste, place des Abbesses, a un peu ricané ; celui du Sacré-Cœur, aussi. Pourquoi cet ostracisme ? « Ils doivent avoir sur moi des renseignements déplorables », suppose Max Jacob[11].

Les amis quant à eux éclatent carrément de rire. Picasso, que Max veut prendre pour parrain, a proposé *Fiacre* comme nom de baptême. Max s'insurge : outre qu'il est ridicule, ce nom, qui est celui du patron des jardiniers et des cochers, est aussi une discrète allusion à ses préférences.

Bravant les moqueries, les ricanements, les difficultés que l'Église place sur son chemin, le poète, clown sautillant et tragique, obtient enfin ce à quoi il aspire : après avoir longuement enquêté pour apprécier la réalité de sa foi, les pères de Sion, spécialistes dans les transferts de cette nature, adoptent leur nouvelle ouaille. Max est converti. Le parrain, magnanime, a accepté de troquer *Fiacre* contre *Cyprien*, qui est l'un de ses prénoms.

La révélation puis la conversion ne changeront rien aux manières du nouveau catholique. Côté pile, il prie.

Même, il n'arrête pas. Au point que ses amis s'interrogent : pourquoi tant ? Vlaminck y voit une jouissance mêlée d'une pointe de masochisme. Sans doute n'a-t-il pas tort. Car Cyprien fait également du prosélytisme, et dans d'étranges conditions. Ainsi, au fond d'un bouge de Pigalle, tente-t-il un soir de convertir une prostituée. Il est agenouillé devant elle, lui tenant les mains pour mieux la persuader :

« Étreignez la foi !

— C'est où ?

— Embrassez...

— Jamais dans le travail ! »

La demoiselle regarde, interloquée, cette surprise monoclée, chauve, vêtue d'un manteau noir impeccable bien qu'élimé, qui lui raconte des histoires d'anges et de petit Jésus. Là-dessus, entre son protecteur qui, au premier coup d'œil, juge les choses différemment. Il se précipite vers le suborneur de sa marcheuse, le soulève par le collet, lui prend les mains et brise net ses deux pouces.

Max recommence, mais ailleurs. Il a bientôt tant et tant de faiblesses à se reprocher que les églises de Montmartre ne lui suffisent plus. Il va plus loin, là où les curés ne le connaissent pas. C'est plus facile pour se confesser : entre ses goûts pour les messieurs, sa passion pour les flacons de drogue, ses frasques très diverses et immensément variées, les chuchotis de confessionnal provoquent l'horreur en face, du côté des hommes en noir. Surtout quand ils se répètent.

Lorsqu'il rentre chez lui, Max fait un détour par la pharmacie de nuit de la gare Saint-Lazare. Il achète une bouteille d'éther. Enfermé dans sa chambre, il sniffe tout en parlant à Dieu et à la Vierge Marie. Il les tutoie. Il raconte sa journée comme à de bons camarades. Les vapeurs pharmaceutiques l'emportent sur des petits

nuages tout blancs où il s'installe commodément, souvent, trop souvent au dire des voisins et de la concierge
qui, bien involontairement, inhalent eux aussi les fra-
grances amères.

On étouffe toujours les scandales, car on l'aime bien,
le poète. Rue des Abbesses, tout le monde le connaît. Il
écoute les potins du village, il les raconte à d'autres, on
se confie à lui, il s'incline devant l'épicière comme si elle
était une princesse... Est-il moins crédible qu'Utrillo, qui
raconte que Max a essayé de le violer après lui avoir
fait prendre de l'éther ? Qui croire, et pourquoi choisir ?
L'un et l'autre comptent parmi les plus grandes figures
de Montmartre. Chacun à sa manière. Et c'est là un autre
paradoxe de Max Jacob : il n'aimait pas Montmartre. Il
se défiait de ses « petits maquereautins pâlots que les
romances poétisent stupidement », de ses « petits faussaires » et de ses « petits brigands ». Il préférait l'humanité du Paris ouvrier et bourgeois. Il n'était là que parce
que ses amis s'y trouvaient. Quand ils partirent, il s'en
fut également. Grâce à un miracle qui lui donna les
moyens de s'expatrier.

Le miracle, ce fut un accident.

Un jour de janvier 1920, alors qu'il traversait une avenue, il fut renversé par une voiture. Il récolta quelques
petites blessures, mais, surtout, une indemnité. Il confia
à Vlaminck qu'il avait tant prié la Vierge Marie qu'elle
avait fini par le prendre en pitié. Plutôt que de le voir
réduit à mendier ou à mourir de faim, elle avait provoqué l'accident. Grâce à la rente que lui versa la
compagnie d'assurances, Max Jacob vécut un peu mieux
– ou un peu moins mal.

À la veille de sa mort, il voyait encore le bon côté des
choses. Encadré par deux gendarmes, il envoya plusieurs

lettres à ses amis. Dans l'une d'elles, il écrivait que les
deux policiers étaient « très gentils » avec lui.

Ils étaient gentils car ils avaient accepté de poster la
lettre. Mais ils l'emmenaient à Drancy. Quelques
semaines avant son arrestation, sur le registre de l'église
de Saint-Benoît, où il avait fait retraite, Max avait inscrit
ceci : *Max Jacob : 1921* (date de son arrivée)-*1944*.
C'était prémonitoire. Il savait. Sur la route qui le menait
à la mort, il envoya une lettre au curé de Saint-Benoît :

> *Monsieur le Curé,*
> *Excusez cette lettre de naufragé écrite avec la complai-*
> *sance des gendarmes. Je tiens à vous dire que je serai au*
> *Drancy tout à l'heure. J'ai des conversions en train. J'ai*
> *confiance en Dieu et en mes amis.*
> *Je remercie Dieu du martyre qui commence* [12].

Il fut parqué à Drancy, non comme catholique mais
comme juif. Il envoya plusieurs SOS à ses amis, leur
demandant de l'aide. Guitry, Cocteau, Salmon et
quelques autres intervinrent auprès de la Gestapo et des
autorités allemandes. Le 15 mars 1944, ils obtinrent
enfin l'ordre d'élargissement. Mais il était trop tard :
Max Jacob était mort dix jours plus tôt d'une broncho-
pneumonie foudroyante.

L'une de ses dernières lettres était pour André Salmon. Il le priait de trouver Picasso afin qu'il le sauvât.

On ne sait précisément ce que fit Picasso, et même
s'il fit quelque chose. Certains l'accusèrent de n'avoir
pas bougé, quelques-uns d'avoir bougé si peu, les autres
l'excusant car il était apatride et, à ce titre, menacé.

La passion essentielle, souvent démesurée, que Max
Jacob nourrissait pour Picasso lui causa bien des souf-
frances. Le poète était gravement paranoïaque. André
Salmon raconte une histoire qui démontre son extrême

sensibilité. Il lui lut certain jour un poème qu'il écrivait, et qui mettait en scène un serpent. Max s'en revint chez lui. Picasso le découvrit en pleurs : il croyait que Salmon l'avait comparé à un serpent.

Il suffisait que le peintre s'abstînt de répondre aux lettres du poète pour que celui-ci sombrât dans d'infernales douleurs. À cet égard, la correspondance échangée entre les deux hommes est éloquente :

Picasso à Max, 1902 :

Mon cher Max, il fait lontant que ye ne vous ecrit pas. Se pas que ye ne me rapelle pas de toi mais ye traballe vocoup pour ça que ye ne te ecrit.

Picasso, en 1903 :

Mon cher Max, encore que ne te ecrive pas très suvent ne penses tu pas que ye te oublies [...] Ye traballe comme ye peux pas que ne ai asez de la galette pour faire des autres choses que ye voudrais ye passe des journes sans pouvoir traballer et ce tres embetant.

Max, en 1904 :

Peut-être que tu n'as pas reçu ma dernière carte ? Dans cette crainte je t'écris celle-ci, et ça n'est pas une petite affaire car n'ayant pas deux sous, j'ai dû vendre quelques livres pour y arriver. Je n'ai pas besoin de te dire que ma chambre est à toi...

Max, de Quimper, en 1906 :

Mon cher ami, je pars demain 16 avril à huit heures du soir, je serai chez nous après-demain à neuf heures du matin. Quelle fête de vous revoir tous ! de te revoir, mon cher ami [13].

On pourrait multiplier les échanges épistolaires, la démonstration serait la même : Picasso travaille, Max attend.

Il avait un « truc » à lui que ses amis connaissaient : dans sa correspondance, mieux que les propos de surface, la signature révélait l'affection que le poète portait à ceux à qui il s'adressait : si le *J* de *Jacob* descendait très bas sur la page, cela signifiait qu'il aimait. Si la consonne était ramassée, en dépit de tous les mots sucrés qui laissaient croire à l'amitié la plus pure, il n'aimait pas. Pour Picasso, le *J* tire la langue.

En 1927, pendant un long silence du peintre, dans une lettre à Jean Cocteau, Max éclate :

> *Je ne suis pas content de lui ! Ah non !... non !... non ! Craint-il... mais au fait que craint-il ? Que j'aille me faire inviter à déjeuner ? que je lui demande trois francs ? [...] Il veut me faire cesser les intimités de la rue Ravignan ? Déjà avant la guerre tout cela était mort, brisé* [14]...

Un peu plus tard encore, Paul Léautaud confirme :

> *Max Jacob, en ce moment absolument sans le sou, est allé le* [Picasso] *voir. Max Jacob a rendu à ses débuts de grands services à Picasso. Il était commis dans un magasin de nouveautés. Pas payé lourd. Trouvait encore le moyen de donner à Picasso de quoi manger et de travailler tant bien que mal à sa peinture. Max Jacob est, paraît-il, un homme incapable de rien demander pour lui. Picasso lui a dit : « Eh ! bien, Max, Comment cela va ? » Max Jacob lui répond : « Oh ! cela ne va pas, mais tu sais, pas du tout, pas du tout. » Picasso : « Allons, allons, Max, on sait bien que tu es riche. » Max Jacob, avec sa finesse habituelle : « Oui, Picasso, je sais qu'il faut, pour toi, que je sois riche* [15]. *»*

L'une des dernières images que Max Jacob conservera de son plus vieil ami, son frère, son compagnon des premières heures, c'est celle d'un repas pris à Saint-Benoît, le 1er janvier 1937. Il semble que ce soit la seule fois où Picasso ait rendu visite au poète dans son lieu de retraite. Il arriva en fin d'après-midi, conduit par son chauffeur, accompagné de son fils Paulo et de Dora Maar. Ils dînèrent ensemble. Max lévitait. Picasso se moquait. Durant tout le repas, il se joua de son hôte. Du moins est-ce ainsi que Max rapporta la rencontre. À minuit, au moment de repartir, Picasso proposa à Max Jacob de le ramener à Paris. Le poète s'écria :

« Ah ! non ! »

La lourde voiture s'ébranla vers la capitale.

Sept ans plus tard, alors qu'il remontait à son tour vers le nord, vers le camp de Drancy où la religion de son enfance l'avait rabattu, peut-être Max Jacob songea-t-il à un échange qu'il avait eu avec Picasso au cours de ce dîner à Saint-Benoît. Le poète avait demandé au peintre :

« Pourquoi es-tu venu le 1er janvier ? »

Le peintre avait répondu :

« Le 1er janvier, c'est le jour de la famille.

— Tu te trompes, avait répliqué le poète. Le 1er janvier, c'est le jour des morts. »

GUILLAUME LE BIEN-AIMÉ

C'est exquis ! délicieux ! admirable !
Mony, tu es un poète archi-divin, viens
me baiser dans le sleeping-car, j'ai l'âme
foutative.

Guillaume APOLLINAIRE.

Picasso, Max Jacob, Guillaume Apollinaire. Alors que
bientôt, sur la crête de Montmartre, va naître un art qui
embrasera le monde de la peinture, ces trois-là sont les
premiers lanciers de la nouveauté en marche.

Max Jacob fait la connaissance d'Apollinaire en 1904.
C'est Picasso qui l'emmène dans un bar du quartier
Saint-Lazare, l'Austin Fox, où il a rencontré le poète la
veille. L'Austin Fox est un lieu de rencontres pour les
jockeys, et de rendez-vous pour ceux qui attendent le
train : ainsi Apollinaire, qui habite encore chez sa mère,
au Vésinet.

La première fois qu'il le rencontre, Max est séduit par
l'élégance de celui qui lui disputera la plus haute place
du podium auprès de Picasso. Guillaume Apollinaire est
alors un jeune homme bien bâti, vêtu d'une veste
anglaise et d'un gilet barré par une chaîne de montre. Il
ressemble à un Pierrot lunaire avec une tête en forme de
poire. Cette description, faite par Max lui-même, correspond trait pour trait et rondeur pour rondeur à un portrait
que Picasso exécutera de son autre ami poète en 1908.

Surtout, Max Jacob voit Apollinaire comme le verront

tous ceux qui l'approcheront, les peintres, les écrivains, les poètes, les marchands d'art, les éditeurs – les multiples camarades comme les quelques ennemis.

Guillaume Apollinaire est assis à une table. Il fume une petite pipe. Il tend une main un peu molle à Picasso et à Max Jacob sans cesser la conversation qu'il a entreprise avec ses voisins, des courtiers, des voyageurs de commerce. Il leur parle de Pétrone et de Néron. Il sort un livre de sa poche, puis un autre, un troisième : il semble que les replis de ses vêtements dissimulent des ouvrages de toute nature, prose, vers, philosophie, curiosités, que Guillaume exhibe, tend, reprend, lit – puis il cherche ailleurs, s'enthousiasme, rit, compose un quatrain, parle d'une ville, chantonne, décrit une image, l'odeur d'un plat, les accents d'une poskotznika, pousse une clameur subite, demande une stout, se renverse et disserte sur la littérature érotique, passe à Buffalo Bill, à l'empereur romain Pertinax, à Paul Fort et Jean Papadiamantopoulos, sort un numéro de *La Revue blanche* d'une de ses poches-tiroirs, priant l'assistance de réfléchir à cette question essentielle sur laquelle il a lui-même longuement disserté : pourquoi la tiare de Saïtaphernès serait-elle méprisable pour la seule raison qu'elle serait fausse ?

Se lève soudain et déclare :

« Allons nous promener. »

Puis entraîne dans son sillage une cour de lettrés et d'artistes qu'il emporte à travers Paris, d'une bizarrerie à l'autre, chantonnant parfois, s'arrêtant pour noter, proposant brusquement de trouver une voiture pour aller marcher du côté de Rueil, en forêt de Saint-Cucufa.

Cet homme-là est d'une curiosité insatiable. Tout ce qui est neuf, imprévu, bizarre, l'intéresse. Il est capable de s'arrêter devant des maçons construisant un mur et de les admirer pendant de longues minutes. Après quoi il murmure, le plus sérieusement du monde :

« La maçonnerie est un vrai métier. Pas comme la poésie... »

Sa culture est prodigieuse et prodigieusement diverse. Il parle cinq langues. Il lit tout. Il a une passion pour Nick Carter, Fantômas et Buffalo Bill, dont il ne rate pas un seul numéro et qu'il dévore en marchant dans les rues.

« C'est une occupation poétique du plus haut intérêt ! » s'exclame-t-il.

Il offre ces romans à épisodes à ses amis. Bientôt, toute la bande pille la Bibliothèque montmartroise, boulevard de Clichy. On lit des journées entières. Le soir, on commente les aventures de Juve et de Fandor. Max Jacob songera même à créer une « Société des Amis de Fantômas ». Plus tard, les surréalistes adoreront : en rédigeant avec une rapidité digne de l'écriture automatique, les auteurs ne faisaient-ils pas de la prose surréaliste sans le savoir ? Quant à Cendrars, il ira jusqu'à intituler un poème du nom du héros commun. Mieux encore : il concevra *Moravagine* comme une suite à *Fantômas*. Pourtant, hormis le rythme endiablé des aventures, les deux œuvres ne se ressemblent pas. L'une est née dans l'imaginaire d'un écrivain. L'autre résulte d'un travail de commande accepté par un graphomane talentueux, mondain patenté, amateur de jolies bagnoles – Pierre Souvestre –, et de son nègre, journaliste au *Poids lourd,* auteur d'un manuel sur les mille et une manières de bien entretenir son automobile – Marcel Allain.

Apollinaire explique le mode d'emploi littéraire de *Fantômas* à ses amis. Les deux auteurs roulent pour le compte des éditions Fayard : chaque mois, ils doivent livrer un volume d'environ quatre cents pages. L'objectif de l'éditeur est simple : faire mieux que Gaston Leroux.

Souvestre et Allain ont mis au point une méthode de rallyemen. Ils se voient pendant trois jours, le temps d'inventer une histoire et de la structurer selon un plan précis. Après quoi, ils tirent les chapitres au sort, quitte à en échanger certains en cas de panne. Puis c'est chacun chez soi, la bouche dans le dictaphone, au plus près d'une dactylo qui emporte les rouleaux de cire sans que les auteurs se relisent. Au résultat, cela donne un style à cent à l'heure avec tête-à-queue grammaticaux multiples.

Tout en reconnaissant que l'œuvre est écrite « n'importe comment », Apollinaire en admire l'imaginaire débridé – conforme, d'ailleurs, à la campagne de publicité, première du genre, qui a salué la naissance de *Fantômas*.

Son propre travail littéraire n'est pas exempt de ces variétés qui font toute la richesse du personnage. Apollinaire écrit en vers, en prose, des poèmes, des calligrammes, des récits, des articles, des textes érotiques. Mœurs et morale de l'époque, crainte du scandale : il dissimule sous une couverture factice, tout en haut de sa bibliothèque, la meilleure de ces œuvres, celle que Picasso tient pour le plus beau livre qu'il ait jamais lu : *Les Onze Mille Verges*.

Quelques mois après sa rencontre avec Max Jacob et Picasso, Apollinaire devient responsable d'une énigmatique revue de culture physique pour laquelle le peintre dessine trois esquisses du poète nu, musclé comme un haltérophile, doté d'une petite tête au regard ébahi devant ce corps d'athlète. Puis il est éditeur, chargé de deux collections dont l'une s'appelle *Les Maîtres de l'amour*, et l'autre *Le Coffret du bibliophile*. Il y publie les œuvres de l'Arétin et du marquis de Sade, qu'il contribue ainsi à sortir des cachots de la censure.

Son désir de plaire est tel que peu lui résistent. Ses paradoxes lui permettent d'être partout à l'aise. Dans les soirées parisiennes, Guillaume Apollinaire, en frac, s'incline devant les dames pour leur baiser délicatement le blanc des mains. Ici comme ailleurs, il discourt, tel un savant, puis éclate d'un rire énorme, enfantin, un peu vulgaire. Il est capable des politesses les plus exquises comme des pitreries les moins gracieuses. Sous le regard ahuri de ses camarades, il se glisse un jour dans la peau d'un juif pieu, entre dans un bordel de la rue des Rosiers et, s'adressant à la sous-maîtresse, lui demande si l'établissement respecte les lois religieuses.

Il achète *Le Temps,* explique au commerçant qu'il souffre de coliques chroniques, et que *Le Temps,* à condition d'être bien appliqué sur les intestins, soigne admirablement cette défaillance.

Toujours dans la veine scatologique, qu'il affectionne particulièrement, il aime passer devant l'étal d'une pâtisserie du passage Guénégaud, lever la patte sur les gâteaux exposés à l'extérieur et déposer l'empreinte délicate d'un pet odorant.

Plus sage, il cuisine pour Vlaminck des poires à la moutarde accompagnées de pissenlits à l'eau de Cologne...

Au premier abord, tout cela ne colle pas avec ce qu'il donne à voir de lui-même : un bourgeois bien mis, cravaté, portant gilet et chaîne de montre. Appréciant ses aises et le confort. Employé de banque dans un établissement de la rue de la Chaussée-d'Antin. Superstitieux, aimant se faire prédire l'avenir, évitant de passer sous les échelles. Habitant chez sa mère, une maison luxueuse du Vésinet. Dont l'enfance s'est déroulée, tel un tapis soyeux, sur les marches des palaces de la Riviera, Italie,

Nice, Monaco. De son vrai nom Wilhelm Apollinaris (un breuvage qu'on retrouve dans *Les Onze Mille Verges*) de Kostrowitzky, descendant d'un ancien officier de l'armée royale des Deux-Siciles (et non pas d'un prélat de l'Église catholique comme on l'a cru pendant longtemps) et de la fille d'un officier polonais de la chambre privée du pape.

De grands mots pour une réalité toute simple : Guillaume Apollinaire est métèque et apatride. Il est le fils d'un homme parti quelques années après sa naissance, qui a laissé dans son sillage un parfum de mystère très romanesque ; et d'une femme, la Kostrowitzka, qu'on imagine aussi agile qu'une écuyère de l'amour, libre, promenant ses enfants de chambre en hôtel, écumant les villes et les palaces au gré de la fortune, du jeu, des amants, des saisons. Pour l'époque : le comble du dévergondage. Circonstances aggravantes : Guillaume fut dreyfusard en son temps, proche lui aussi des thèses libertaires, collaborateur d'un journal aux couleurs franchement noires : *Le Tabarin*.

Car, contrairement à Max Jacob, lorsqu'ils se rencontrent, Guillaume a déjà publié. Pas des livres, certes, mais des articles. À *La Revue d'art dramatique* et à *La Revue blanche*, dont le secrétaire de rédaction, l'écrivain Félix Fénéon, a été jugé pour ses sympathies anarchistes (Mallarmé témoigna en sa faveur). L'équipe rédactionnelle de *La Revue blanche* était prestigieuse, et Guillaume y a côtoyé nombre de plumes qui sont ou deviendront fameuses : Zola, Gide, Proust, Verlaine, Jarry, Claudel, Léon Blum, Octave Mirbeau, Jules Renard, Julien Benda...

Avec quelques amis, Alfred Jarry et Mécislas Goldberg parmi d'autres, Apollinaire a également fondé une revue, qui compte un siège social – le domicile de sa mère –, un secrétaire de rédaction – André Salmon –, un titre – *Le Festin d'Ésope* – et neuf numéros. En 1904, il va y publier *L'Enchanteur pourrissant*.

Apollinaire a plusieurs titres encore. Quelques années auparavant, alors qu'il avait à peine vingt ans, il a écrit un petit livre érotique qui s'est distribué sous le manteau (des messieurs) et les robes (des dames) : *Mirely, ou le petit trou pas cher*. Tout un programme. Et, avant encore, lorsque sa mère, son frère Albert et lui-même ont débarqué à Paris dépourvus des richesses grâce auxquelles la Kostrowitzka avait mené grande vie, le poète rédigeait des articles de réclame, qu'on n'appelait pas encore publicité. Il a aussi été nègre pour un feuilletoniste de renom qui publiait, sous son identité, des histoires à épisodes dans le journal *Le Matin*. Nègre encore pour le bénéfice d'un étudiant qui le rémunéra contre la rédaction d'une thèse de doctorat portant sur les écrivains de l'époque de la Révolution.

Ainsi vivent les poètes. Quand ils ne font pas du journalisme, tantôt chiens écrasés (comme Dorgelès), tantôt chroniques artistiques (comme Salmon), tantôt théâtre (comme Léautaud), ils publient des contes dans les journaux (comme Alain-Fournier), ou écrivent des livres licencieux pour un libraire du faubourg Poissonnière, Jean Fort (comme Alfred Jarry ou Pierre Mac Orlan qui, une fois n'est pas coutume, les signe de son vrai nom : Pierre Dumarchey).

Au Fox, où Picasso et Max Jacob viennent attendre leur nouvel ami à la sortie de son travail, Apollinaire n'en finit pas d'ouvrir l'éventail de ses compétences. Car il a aussi été secrétaire et précepteur de français. Et il a un diplôme. Celui de l'union des Sténographes. On le dévisage avec étonnement. Et lui, superbe :

« Je sais écrire aussi vite que je parle.

— Ça vous sert à quelque chose ?

— À rien. À rien du tout... »

D'autant qu'il ne compose ni comme Salmon, ni comme Jacob. Il n'a pas besoin de table. Ou si peu. Il est plus proche d'Erik Satie, dont il se plaît à rappeler qu'il crée ses œuvres en marchant d'Arcueil à Montparnasse, s'arrêtant pour noter ses gammes à la lueur des réverbères. À l'instar du musicien, le poète se promène dans Paris en chantant un air, toujours le même, sur lequel viennent se poser ses rimes et ses vers, « comme une abeille sur une fleur », écrira Max Jacob – qui poursuit ainsi : « Cette poésie était terriblement inspirée. Il allongeait les notes pour mettre une syllabe de plus ou au contraire en supprimer. » Paul Léautaud, qui sera un soir l'hôte d'Apollinaire et de sa femme, entendra celle-ci fredonner le même air... alors qu'elle recopiait au propre les vers de son mari.

Il paraît riche, mais il est pauvre. Sa mère – « maman », comme il dit – assure une partie de l'ordinaire. Elle boit sec, rhum et whisky.

Au Vésinet, dans la grande maison sise au milieu d'un parc, Vlaminck et Derain ont rencontré la Kostrowitzka. Elle promenait ses chiens, deux setters au poil fauve. Elle avait un fouet à la main. Les deux peintres se sont demandé si elle conduisait à la même baguette son amoureux depuis longtemps, un monsieur Weill (que Max Jacob prendra à tort pour le père de Guillaume), employé à la Bourse, qui s'était démené pour procurer du travail aux fils Kostrowitzky. Les voisins prétendaient que oui.

Albert, le plus jeune des deux enfants, proche du Sillon catholique de Marc Sangnier, est un jeune homme sage et tranquille. Raisonnable. Sa mère l'écoute avec intérêt et admiration. L'autre, le poète, qu'elle aime pourtant d'un amour protecteur, elle ne le comprend pas. Un bon à rien en bourse, en travaux manuels, en presque

tout. Il n'a jamais un sou devant lui et craint toujours
d'en manquer. Il voudrait troquer un poste stable, fixe
et considéré d'employé de banque contre un statut de
poète. Qu'est-ce que c'est, un poète ?

Chaque fois, Guillaume encaisse les grelots du tiroir-
caisse maternel sans même songer à rendre la monnaie :
il aime sa mère. Il la défend. Il maudira Max Jacob
d'avoir écrit une chanson à sa gloire, que les copains,
quand ils veulent se moquer, entonnent en chœur :

> *Épouser la mère d'Apollinaire*
> *La mère d'Apollinaire*
> *De quoi qu'on aurait l'air ?*
> *De quoi qu'on aurait l'air ?*

Il a l'air d'un petit garçon obéissant. Sa mère n'a à
peu près rien lu des œuvres de son fils (qui ne les lui
envoie pas), et lorsqu'elle jettera un œil sur *L'Hérésiarque & Cie*, elle fermera bien vite la paupière sur ces
histoires tout à fait scabreuses et incompréhensibles.
Elle croisera un jour Paul Léautaud à qui elle dira :

« Mais mon autre fils aussi écrit ! Celui qui est au
Mexique !

— Quel genre de littérature ?

— Des choses très compliquées... Des articles dans
un journal financier. »

Pour elle, Guillaume est un enfant quelque peu insupportable. Alors qu'il se trouve en Rhénanie, petit bébé
de vingt et un ans perdu dans la grande Allemagne où
il voyage comme précepteur, elle lui écrit comme s'il
portait encore des culottes courtes. Elle veut savoir ce
qu'il fait, comment il dépense son argent, s'il s'intéresse
encore à sa famille, lui donne quasiment l'ordre de lire
les journaux allemands pour apprendre la langue, lui
enjoint de ne pas mettre ses économies dans son porte-

feuille où les pickpockets, plus malins que lui, auraient tôt fait de le trouver... Elle le réprimande parce qu'il a oublié d'écrire le jour de Noël, lui recommande de penser à BIEN lécher le timbre à coller sur l'enveloppe, d'acheter des chaussures si elles ne coûtent pas plus de huit marks, de boire à table, vin, bière, sinon lait, de ne pas faire de bêtises... Elle veut savoir si ses draps sont suffisamment changés et lui suffisamment lavé, ses effets bien raccommodés et par qui. Avec une autorité incroyable, elle exige qu'il réponde à son courrier, et pas ses lettres habituelles, qui semblent avoir été écrites par un imbécile. Enfin, il est prié de corriger son orthographe :

> *Surveille-toi dans tes lettres : c'est honteux pour un garçon ayant fait ses classes de faire tout le temps des fautes d'orthographes [sic]. Je comprends que ce ne sont que des fautes d'inattentions [sic], mais si tu écris ainsi à d'autres personnes ils [sic] commenteront tes lettres plus sévèrement et c'est honteux* [1].

Jusqu'à l'âge de vingt-sept ans, Guillaume habitera chez maman. À vingt-huit, à vingt-neuf, il lui rendra visite tous les dimanches et, chaque fois, rituellement, lui apportera un petit balluchon de linge sale à laver. En échange, il emportera des pots de confitures faites maison. Et partira, rondement gavé de morue ou de pâtes.

Jamais elle n'aimera ses amis. Ni ceux de Montmartre, ni Vlaminck, ni Derain, qu'Apollinaire amena une première fois au Vésinet parce que, la bourse étant plate et l'estomac dans les talons, il avait pensé pouvoir se sustenter lui-même et sustenter ses deux amis dans le salon familial : il espérait que sa mère les inviterait tous trois à partager la table de ses convives. On les avait introduits dans une antichambre, entre le billard et la salle de musique. Sur un bahut, une cage enfermait un

singe aveugle ; affamé lui aussi, il avait rongé les barreaux dorés au point d'en perdre la vue.

Assis sur des chaises dures, les trois amis avaient
écouté sans mot dire mais en salivant grandement le
choc des fourchettes et des couteaux qui leur parvenait
de la pièce voisine. On avait commencé sans eux.
Entrée, plat, fromages, pâtisseries. Même le singe était
muet. Ils furent finalement introduits dans la salle à
manger après que tous les invités eurent décampé, eux
et leur hôtesse, fuyant l'arrivée des artistes.

Ils eurent les restes.

Guillaume Apollinaire avait hérité de sa mère le péché
de gourmandise. « Le vin sonnait dans son ventre, la
viande claquait entre ses dents », a écrit Chagall[2]. Il
aimait manger, se goinfrer, avaler les plats les uns derrière les autres, recommencer jusqu'à plus faim, plus
soif, à satiété, toujours.

À table, il rayonnait. Ses bonnes joues bien gonflées,
le bedon calé comme il faut, le col ouvert, la ceinture
d'un cran desserrée, il attendait le signal du départ et se
lançait tous azimuts dans la carte des plats et des vins. Il
choisissait les mets les plus variés, car, excepté la viande
rouge, il aimait tout. Avec une préférence pour les tripes
et les petits fours glacés, le risotto dont il surveillait lui-
même la cuisson pour les amis quand il invitait à dîner.

Apollinaire au restaurant, c'était un spectacle : la serviette autour du cou, s'empiffrant d'une volaille dont il
brisait les os entre les dents et les mains, faux col ouvert,
la bouche petite devenue énorme et en sauce, le sourire
s'allongeant au fil des plats. Se levant brusquement
après avoir avalé deux bœufs gros sel et trois côtelettes,
disant : « Attendez-moi. Maintenant, il faut que j'aille
chier au Lutétia. » Car il connaissait les meilleurs lieux
d'aisances de Paris, qu'il conseillait toujours à ses amis.

Quand il revenait, et s'il avait Carco à sa table, le

poète achevait son repas, commandait un café et reprenait un petit bouillon gras en guise de digestif.

Si c'était Derain et Vlaminck, par exemple chez Chartier, rue Montmartre, on jouait à qui s'empiffre le plus. La règle était simple et des plus conviviales. Il s'agissait d'avaler tous les plats de la carte. Et quand c'était fini, on recommençait. Celui qui calait le premier avait perdu. Puis on payait. Rarement Apollinaire.

Le poète au restaurant, c'était la main à la poche, une brusque pâleur, puis une exclamation : « J'ai oublié mon portefeuille ! » Et lorsqu'il avait fait le coup aussi souvent que Depaquit s'en allant pour Sedan, il perdait aux concours de boustifaille jusqu'au moment où Vlaminck disait :

« Ne t'inquiète pas, c'est mon tour. »

Aussitôt, il reprenait trois plats en sauce en même temps que le moral.

Apollinaire était parcimonieux à l'extrême. Pour ne pas dire plus. Peur du manque, angoisse du créateur face à des revenus aléatoires, un oiseau sur la corde raide des droits d'auteur...

Là encore, il avait puisé la monnaie de cette pièce dans la bourse maternelle. Celle-ci avait connu des hauts, des hauts et des bas, puis des bas. Il avait fallu s'adapter. Guillaume avait été à rude école...

Cependant, il ne fut jamais comme Harpagon face à son bas de laine, et cela pour une bonne raison : il n'avait pas de bas de laine ; il fut souvent très pauvre, jamais riche. Il était plutôt comme un enfant conservant ses six sous.

Soupault rapporte que pendant la guerre, il accompagnait souvent Apollinaire, qui travaillait alors à la censure, dans les bâtiments de la Bourse. Ils passaient rue de la Banque, où se trouvait un brocanteur. Guillaume s'arrêtait à l'étal. Il regardait tout : les vieilles clés, les porte-plume réservoirs, les bustes, la faïence, les poids et les mesures... Il s'émerveillait devant ces objets. Il appelait le marchand :

« Ce vase, combien vaut-il ?

— Dix sous...

— Dix sous ? »

Il le contemplait encore, ravi, puis le reposait brusquement, faisant la moue.

« Dix sous, c'est trop cher. »

S'emparait d'une vieille pipe, caressait l'écume ou la bruyère, admirait la courbure, et demandait :

« Pour cette pipe ?

— Deux sous.

— Deux sous ? Mais elle ne les vaut pas ! »

Navré, il poursuivait son chemin. Le lendemain, il revenait, et même si le vase valait cinq sous et la pipe un seul, il n'achetait ni l'un ni l'autre.

Pour le faire enrager, il existait un bon moyen : ouvrir ses placards devant lui et feindre de dérober un objet qui s'y trouvait. Apollinaire cavalait après l'indélicat, ordonnait, suppliait, exigeait que lui fût rendu ce bien qui lui appartenait en propre. Il le récupérait toujours, et toujours sous des quolibets aimables. Car on ne lui en voulait pas. Cette faiblesse était admise. On connaissait le mode d'emploi : il suffisait de ne rien lui demander.

Cet homme qui dépensait en comptant se dépensait sans compter dans ses amours. Lorsqu'il rencontre Picasso et Max Jacob, il revient de Londres. Il est allé tenter sa chance, son ultime chance, auprès d'une jeune fille dont il est follement épris. Elle s'appelle Annie Playden. Il l'a rencontrée trois ans auparavant, chez la vicomtesse de Milhaud. À l'époque, il donnait des cours de français à la fillette de la maison, Gabrielle. L'anglais était assuré par une gouvernante britannique, la belle

Annie. Il s'en est épris à Paris et l'a suivie en Rhénanie,
où la famille a planté sa tente aristocratique. Cette
migration lui a permis d'oublier un autre amour, Linda,
de visiter l'Allemagne et d'écrire sur ce pays – les *Rhé-
nanes* et quelques pages admirables qu'il reprendra dans
Le Poète assassiné et *L'Hérésiarque & Cie.*

Mais sa grande occupation, son champ clos, plus que
les cours de français prodigués à la petite Gabrielle, c'est
la gouvernante anglaise. Il lui envoie des vers qu'il a
déjà adressés à Linda et que d'autres, plus tard, décou-
vriront à leur tour, toutes se croyant l'unique. Il lui parle
en français, elle répond en anglais. Ils se comprennent
peu, mais pour la jeune fille, l'affaire est claire : il la
courtise. Et l'obtient sans doute. « Je l'aimai charnellement mais nos esprits étaient loin l'un de l'autre »,
confie la belle[3].

En tout cas, dans ses lettres, elle l'appelle *chéri*...

Pendant près d'une année, ils nouent des rapports
amoureux et clandestins. Puis, un mauvais jour, Annie
les dénoue : « Kostro », comme elle l'appelle, est d'une
nature sauvage et emportée ; il heurte le tempérament
chaste et réservé de la jeune fille. Un jour, il l'a emmenée au bord d'un précipice et lui a mis le marché en
main :

« Vous m'épousez ou je vous jette en bas. »

Elle l'a convaincu que l'échange n'était pas équitable.
Le lendemain, elle a pris le large, et Guillaume s'est
retrouvé seul sur la terre ferme des abandons.

Ce n'était pas la première fois, et ce ne sera pas la
dernière : s'il sait prendre, il ne garde pas. On le rejette.
Il est le mal-aimé de ces dames. Il en souffre. À toutes,
il écrit des épîtres en vers, d'abord pour conquérir, puis
pour continuer, pour recommencer enfin. Flamme et
passion. Fougue et volupté. Il aime autant le sentiment

que l'érotisme. Rien ne l'arrête. Annie Playden ne veut plus de lui ? Il ne peut y croire.

Elle résiste, cependant, et Guillaume revient à Paris. Pour un temps. Il flirte avec une voisine. Lorsqu'il apprend qu'Annie est de retour dans son pays, l'Angleterre, il accourt. Il propose à sa bien-aimée de l'enlever, lui offre mariage, enfants, fortune, l'affuble de chapeaux et de boas qui effraient la famille bien-pensante de la jeune fille. Un soir, il lui tend un piège. Il l'invite à dîner chez l'un de ses amis, écrivain albanais. Annie a obtenu la permission de neuf heures. Quelques minutes avant le neuvième coup du gong, alors que le dîner n'est plus qu'un souvenir, elle perçoit une étrange animation dans la pièce voisine. Elle va voir : la compagne de l'écrivain albanais prépare un lit.

« Pour qui, la chambre ? demande-t-elle.

— Mais pour nous ! » répond suavement Kostro.

À neuf heures dix, Annie Playden est de retour chez elle. Elle se barricade derrière l'ire de ses parents.

Guillaume revient une nouvelle fois à Paris, l'oreille basse. Va-t-il abandonner pour autant ? L'année suivante, il repart à Londres. Cette fois, il propose à sa dulcinée un titre de comtesse. Nenni. De fuir en France. Nenni. Quoi donc, alors ?

« Rien ! » s'écrie la jeune gouvernante.

Et comme le poète insiste encore, de guerre lasse, elle franchit un nouveau pas : elle avait enjambé la Manche pour lui échapper, elle place désormais un océan entre eux. L'Atlantique les séparera à tout jamais. Apollinaire ne franchira point le pas jusqu'en Amérique...

Annie, cependant, aura sa *Chanson du Mal-Aimé*, comme Louise, quinze ans plus tard, aura ses *Calligrammes*.

Adieu faux amour confondu
Avec la femme qui s'éloigne
Avec celle que j'ai perdue
L'année dernière en Allemagne
Et que je ne reverrai plus.

Lorsqu'il rentre de Londres, en 1904, Apollinaire quitte la banque dans laquelle il travaillait et devient rédacteur en chef du *Guide des rentiers*. Il ne connaît rien à la Bourse, mais il fait semblant. Lorsqu'il mettra sa plume au service de la peinture, devenant le troubadour des artistes qu'il côtoie, de nombreuses langues, et pas forcément méchantes, reprendront le même refrain sur une autre chanson : on prétendra qu'il ne connaît rien à la peinture.

Pour l'heure cependant, il n'a encore que très peu écrit sur l'art. Il discourt au Fox comme il le fera plus tard au Flore. Sa cour n'est pas seulement composée de Picasso et de Max Jacob. Elle compte aussi un écrivain qu'il admire, Alfred Jarry, et deux peintres fauves qu'il a rencontrés dans le train, entre Le Vésinet et Paris : Vlaminck et Derain. La bande est déjà formée. Il lui manque encore un lieu.

C'est Picasso qui le découvre, en 1904, lorsqu'il revient de son quatrième voyage en Espagne. Son ami Paco Durrio, le sculpteur céramiste, quitte l'atelier qu'il occupe à Montmartre. Une pièce bizarre dans un lieu invraisemblable. Une ancienne manufacture de pianos construite en 1860, devenue résidence d'artistes par la grâce de panneaux en bois cloisonnant le local. L'endroit étant accroché à flanc de colline, on y entre par le dernier étage. Puis on descend, glissant dans des couloirs sombres, brûlants l'été, glacés l'hiver. Les ateliers reçoivent la lumière par de larges fenêtres ouvrant sur Montmartre. Au premier étage, il y a un point d'eau : le seul. Et des toilettes : les seules. Les plafonds des pièces inférieures constituent les planchers des étages supérieurs. D'une pièce à l'autre, on entend tout : les matelas qui grincent, ponctués par d'autres gémissements, les chants, les cris, le bruit des pas... Les interstices des planches de bois ne laissent rien ignorer des faits et gestes des voisins. Les portes ferment à peine.

Picasso, cependant, est enchanté. Il regarde avec gourmandise cette étrange bâtisse tout en bois qui ne ressemble à rien. Il la baptise la Maison du Trappeur. Max Jacob a une autre idée. La baraque ressemble à ces barques à fond plat sur lesquelles les lavandières frottent le linge sur la Seine. Il lui donne un nom qui, parti de la rue Ravignan, fera le tour de l'univers : le Bateau-Lavoir.

LA BELLE FERNANDE

Mes yeux sont des kilos qui pèsent la sen-
sualité des femmes.

Blaise CENDRARS.

Picasso habite tout en haut, c'est-à-dire au rez-de-
chaussée. Sur la porte de l'atelier, à la craie, il a inscrit
ces mots, inspirés des enseignes des cafés : *Au rendez-
vous des poètes*. Quand il pousse le panneau, le visiteur
(ils sont nombreux) découvre une petite entrée donnant
sur une chambre minuscule au parquet pourri. Puis il
pénètre dans une pièce meublée d'un sommier et d'un
poêle en fonte rouillé. Il règne là une odeur de tabac
noir, de pétrole et d'huile de lin. Dans la pénombre, on
distingue une cuvette qui fait office de lavabo sur
laquelle traînent une serviette et un méchant bout de
savon. Il y a aussi une chaise en paille, des chevalets,
des toiles de toutes dimensions, des tubes de peinture
sur le sol, des pinceaux, des récipients pleins d'essence.
Une table à tiroir abrite une souris blanche apprivoisée,
dont Picasso s'occupe beaucoup, et que n'effraiera pas
la chienne Frika, une aimable bâtarde. Une grosse lampe
à pétrole constitue le seul éclairage. Dans un coin de la
pièce, un tub en zinc contient des dizaines de livres. Ici,
une malle noire sert de siège. Là, un seau rempli d'eau
attend d'être vidé. Partout, c'est le foutoir.

Sauf sur le lit.

Sur le lit, alanguie, repose une jeune fille de vingt-trois ans, grande, blonde, belle, d'une grâce exquise, que le peintre contemple de toute la puissance magnétique de ses yeux noirs. Fernande Olivier. Elle est sa grande amoureuse. Celle qui remplace les femmes des bordels et les quelques autres qui sont venues puis reparties, avec qui le jeune Pablo a fait ses classes. Elle ne les a pas encore toutes détrônées. Cela viendra.

Fernande, il l'a vue la première fois près de la fontaine de la rue Ravignan. Puis il l'a croisée devant le point d'eau, au premier étage. Ils ont échangé quelques mots brefs. Elle habite aussi le Bateau-Lavoir. Ils se sont aperçus de nouveau, place Ravignan, où Picasso campe avec sa bande. Le peintre l'a intriguée en raison de ses « grands yeux lourds, aigus et pensifs à la fois, pleins d'un feu contenu [1] ». Il lui est apparu comme sans âge. Elle a aimé le dessin de ses lèvres, un peu moins le nez épais qui lui confère une sorte de vulgarité. Il a des mains de femme. Il est mal habillé, gauche. Elle le croit timide et orgueilleux.

Lui, il a été séduit par son allure, ses chapeaux, une élégance à laquelle il n'est pas habitué.

Un soir de pluie, il la rencontre dans les sombres couloirs de la Maison du Trappeur. Il tient un chat entre les mains, qu'il vient de recueillir sur une gouttière. Il le lui offre.

Elle lui raconte sa vie, beaucoup d'épines et peu de guirlandes : une enfance malheureuse, des parents qui la rejettent, un mari employé de commerce avec qui elle s'est liée pour échapper à l'enfer des familles ; un enfant perdu, un divorce pénible après coups et blessures, une liaison avec un sculpteur qui l'a encouragée à devenir modèle. Quelques amants. Des rêves, des tristesses...

Picasso est fou d'elle. Un matin, il demande à Apollinaire de l'aider à astiquer le Rendez-vous des poètes. Pendant toute la journée, ils frottent les sols, les murs et

même le plafond avec un balai. Le soir, le peintre présente l'atelier à Fernande. Il espère qu'elle succombera
bien vite...

Elle tombe, en effet, raide étendue, victime de l'effet
conjugué des senteurs d'eau de Cologne, de térében-
thine, de pétrole et de Javel. Mais ce n'est pas pour toujours, et, cette fois-là, ce n'est pas pour longtemps : elle
a ses amants, et il a l'énigmatique Madeleine, un modèle
mystérieux qu'on reconnaît dans *La Femme au casque
de cheveux* et *La Femme à la chemise* (elle est surtout
le personnage du magnifique *Nu assis* qu'achètera Gertrude Stein).

Pour autant, Picasso est très amoureux. Plus qu'une
langueur : un coup de foudre. Lui, le jeune Espagnol,
encore brut de décoffrage, pas très soigné, s'exprimant
mal en français, grand fornicateur de bordels, au bras
de cette femme splendide, bien vêtue, divinement parfu-
mée, un peu bourgeoise comme elles le seront toutes.

Quand elle vient chez lui, il la dévore d'un regard
implorant. Il dissimule les objets qu'elle oublie. Lorsqu'elle s'éveille, il est à son chevet, transi. Il oublie ses
amis, il oublie de peindre, sinon elle. Il la supplie de
venir vivre avec lui. Elle hésite. Elle craint sa jalousie
et sa violence. Lui, toujours, l'accable de ses assauts
qui l'effrayent un peu. Mais lorsqu'il lui rapporte des
cadeaux, elle fond. Il n'a pas un sou vaillant, ce qui ne
l'empêche pas de lui offrir des livres, du thé, des bouteillons de parfum, ces parfums dont elle raffole, si odorants
et si puissants que lorsqu'elle est quelque part, il suffit
de renifler pour le savoir. Alors on s'exclame :

« Madame Picasso n'est pas loin ! »

Il la dessine sans cesse. Elle pose et observe. Dans la
pièce, le désordre est grand, ce qui ne la gêne pas. En
revanche, la gentillesse de l'hôte des lieux n'excuse pas
son « manque de soin corporel ». *In petto*, Fernande se

promet de lui faire comprendre que lorsqu'on reçoit une femme, il faut être propre. Déjà, elle s'octroie un rôle dans l'éducation du jeune homme.

Elle a du pain sur la planche. Car en plus, Picasso est jaloux. De tout et de tous, comme il le sera toujours, sa vie durant. Il ne supporte pas que ses femmes ou ses amis lui échappent, sauf quand il le décide lui-même. Il se comporte avec Fernande comme il se comportera près de cinquante ans plus tard avec Françoise Gilot, à qui il conseillera, sans vraiment rire, de porter un voile sur la tête et une robe qui lui descende jusqu'aux pieds : « Ainsi, vous seriez encore moins aux autres, ils ne vous posséderaient pas. Même des yeux[2]. »

La belle Fernande, il voudrait la cloîtrer chez lui. Qu'elle ne sorte pas. Qu'elle renonce à poser ailleurs ; déjà, Picasso déteste que les femmes de sa vie ne soient pas exclusivement représentées par lui. Fernande pose une fois, à demi nue, un sein bien exposé, pour Van Dongen (*La Belle Fernande*, 1906). Elle récolte immédiatement une baffe. Et une scène homérique un jour qu'il la soupçonne d'avoir volontairement attiré le regard d'un client attablé dans un bar. Depuis, elle ne sort plus. Il préfère se charger de tout, courses comprises, plutôt que de risquer un échange de clins d'œil.

Cet aspect possessif du personnage amuse ses amis. Apollinaire brocarde gentiment le peintre lorsqu'il le fait parler ainsi dans *La Femme assise* :

> *Pour aboir braiment une femme, il faut l'aboir enlevée, l'enfermer à clef et l'occouper tout lé temps[3].*

Picasso alterne le chaud et le froid. Il n'est jamais tiède. Dans cet univers de lourde pauvreté, il trace des arabesques conjugales multicolores : elle ne travaillera plus, il lui achètera des livres, il fera tout pour elle.

Un matin, il lui promet une surprise pour le soir.

« Tu vas m'offrir mon portrait ? »

Il enfonce les mains dans les poches de son bleu de chauffe, sourit énigmatiquement et répète :

« Surprise... »

Elle vient le soir. Il l'attend avec une grande impatience. Il lui montre quelques objets qu'il vient d'acquérir : une petite lampe à huile, une pipe au long tuyau de bambou dont l'embout est en ivoire.

« C'est du nouveau tabac ?

— Viens... »

Il la fait se coucher sur la natte qui recouvre le sol. Il s'allonge auprès d'elle. Il accomplit quelques gestes étranges qu'elle observe avec suspicion : il ouvre une boîte qui renferme une pâte sombre ressemblant à de l'ambre ; il roule une petite boule entre ses doigts, la pique à la pointe d'une aiguille, allume la lampe à huile, chauffe la boule à la flamme, la pose sur l'extrémité de la pipe et aspire. Puis il tend l'instrument à sa compagne. Ainsi découvre-t-elle qu'on fume chez Picasso, et pas seulement le tabac noir qu'il enfourne dans sa bouffarde. Il est aussi grand amateur d'opium.

Ils s'endorment au petit matin.

Elle reste trois jours chez lui. Picasso travaille la nuit. Quand elle part, elle est amoureuse.

LE BATEAU-LAVOIR

> Il y avait une fois un poète si pauvre, si
> mal logé et si dépourvu que, lorsque
> l'Académie française lui offrit un fau-
> teuil, il demanda la permission de l'em-
> porter chez soi.
>
> André Salmon.

Elle rencontra Guillaume Apollinaire. Elle le trouva gros, jovial, aimable. Élégant, la tête comme une poire, des yeux fort rapprochés, des sourcils en virgules, la bouche petite, l'air d'un enfant, calme, grave, doux, emphatique, charmeur.

Max Jacob : le regard fuyant, la bouche spirituelle et méchante, les épaules étroites, un petit air de province. Elle fut frappée par le sentiment d'inquiétude qui semblait l'animer, et par sa crainte des femmes.

Bientôt, ils se virent tous les soirs. Chez Pablo la plupart du temps. Apollinaire s'invitait souvent, Max Jacob, jamais : il fallait qu'on l'en priât.

On mangeait à table, partageant une serviette dont chacun avait un coin et dont Apollinaire fit un conte [1]. Souvent, il y avait des huîtres portugaises, car à huit sous la douzaine, c'était un mets qu'on pouvait s'offrir. Et quand on ne le pouvait pas, on descendait au sous-sol du Bateau-Lavoir, on frappait à la porte en bois sur laquelle ces mots étaient inscrits : *Sorieul, cultivateur*, et on tentait de négocier à crédit des artichauts, des asperges, des oignons, que le locataire, par un miracle jamais expliqué, faisait pousser chez lui.

Apollinaire disait ses vers, maladroitement et sans grâce. Max Jacob, drôle, brillant, faisait rire l'assistance jusqu'à l'aube. Dans *La Femme assise*, devenu Moïse Deléchelle sous la plume de Guillaume Apollinaire, il est « un homme couleur de cendre dont le corps, en toutes ses parties, est musical ». Et que fait-il, cet homme-orchestre ?

Il se tape sur le ventre pour imiter les sons profonds du violoncelle ; de ses pieds il tire les résonances rauques de la crécelle ; la peau tendue de ses joues est un cymbalum aussi sonore que ceux des tziganes de restaurant et ses dents, sur lesquelles il frappe au moyen d'un porte-plume, rendent les sons cristallins des orchestres de bouteilles dont jouent certains artistes de music-hall, ou qui font le chic de certaines grandes orgues mécaniques dans les carrousels de foires [2].

On improvisait des pièces de théâtre qu'on jouait après s'être déguisés ; la chienne Flika, accrochée à une chaîne métallique qu'elle traînait derrière elle, se chargeait des bruitages. Aux degrés inférieurs, le peintre Jacques Vaillant assurait la multiplication des effets grâce à ses propres fêtes, sonores et endiablées. Le silence revenu, on parlait d'art, de poésie, de littérature. Lorsque Guillaume Apollinaire avait raté le dernier train pour sa mère et Le Vésinet, il dormait au Bateau-Lavoir, sur un matelas de fortune, ou dans une chambre d'hôtel de la rue d'Amsterdam.

Le matin, si c'était l'hiver et si l'hiver était rigoureux, Picasso restait au lit, se réchauffant sous les couvertures. Si c'était l'été, il se levait et peignait nu. Lorsqu'on frappait et qu'il travaillait, il n'ouvrait pas. Quand on insistait, il chassait l'intrus avec force insultes. S'il s'agissait du pâtissier de la rue des Abbesses, c'était Fernande qui répondait. Elle s'écriait :

« Je ne peux pas vous ouvrir, je suis toute nue !... Laissez les paquets devant la porte ! »

C'était une méthode pour payer plus tard : la veille, elle avait passé commande en demandant qu'on livre ; elle s'acquitterait de sa dette quand elle le pourrait...

Il y avait aussi une autre manière, qui consistait à dérober les bouteilles de lait déposées à l'aube au seuil des appartements cossus. Mais alors, il fallait se lever tôt...

Quand c'était un marchand, la concierge prévenait. Habitant la maison voisine, elle surveillait les entrées et se précipitait lorsque la mine était bonne – c'est-à-dire lorsqu'elle ne ressemblait pas à celle d'un créancier. Alors, elle tambourinait à la porte des peintres et criait :

« Cette fois, c'est du sérieux ! »

Si c'était chez Picasso, il cachait Fernande sous les draps et tirait le battant. Il recevait Sagot ou Libaude, s'efforçant de se montrer aimable. Outre qu'il ne les aimait pas, il appréciait encore moins d'avoir à se débarrasser d'œuvres qu'il estimait souvent inachevées. Après, il était incapable de peindre pendant plusieurs jours.

On se consolait chez Azon, rue Ravignan. Grâce à André Salmon, on y mangea à crédit et très copieusement pendant quelques demi-lustres. Constatant que la patronne était une lectrice assidue du *Matin*, le journaliste-poète-écrivain s'était fait passer pour l'auteur du feuilleton qu'elle dévorait chaque jour. Confondu sur dénonciation et d'après photo, il se résigna à manger moins.

On allait aussi chez Vernin, rue Cavallotti, bistrot populaire fréquenté par des ouvriers et des employés. Si l'ardoise était trop lourde, on déposait un objet au mont-

de-piété, qui se trouvait dans le voisinage, et on le reprenait sitôt qu'on le pouvait. Les jours de chance, quand
on se débrouillait bien, on collait l'addition sur le
compte d'un tiers. Et si Max Jacob était présent, c'était
le bonheur : son père réglait la note. Il était convenu
d'un pacte avec le bistroquet : Max payerait ses repas
aussi souvent que possible, et s'il laissait une dette à la
fin du mois, son père la couvrirait. À une condition : que
les menus fussent toujours composés d'un hors-d'œuvre,
d'un plat, fromage ou dessert, un café à midi et une
demi-mesure de vin rouge le soir.

À l'insu de l'autorité paternelle, Max avait renégocié
le pacte. Il pouvait transformer les hors-d'œuvre, plat,
fromage, dessert, café, vin, en stouts, quinquina, marc et
autres alcools qu'il offrait à ses amis grâce au mécénat
paternel. Ainsi festoyait-on joyeusement, à raison d'un
équivalent repas par jour.

De retour chez soi, il arrivait que Picasso sortît sa
lampe à alcool, sa pipe et sa petite boîte à opium. Il avait
découvert cette drogue auprès d'un couple d'habitués de
la Closerie des Lilas, à Montparnasse. D'autres familiers
du café y goûtaient, parmi lesquels, peut-être, Alfred
Jarry : *Les Minutes de sable mémorial*[3] contiennent une
dose d'opium, avec lèvres brûlantes, corps astral et nar-
ghilé idoine ; et sans doute aussi Blaise Cendrars, à
Pâques et à New York : « Je lui ai donné de l'opium
pour qu'il aille plus vite en paradis. »

À partir de 1910, la coco détrônera l'opium, puis la
consommation générale baissera : pendant la guerre,
l'usage des stupéfiants sera plus sévèrement réprimé.

À l'époque du Bateau-Lavoir, l'opium était à la
mode : on l'achetait à des officiers de marine qui le
ramenaient de Chine et d'Indochine. Il suffisait de se
rendre dans une boutique de la rue Croix-des-Petits-
Champs, de demander « une petite boîte », de déposer

vingt-cinq francs sur le comptoir, et on repartait avec le matériel nécessaire et la substance qui va avec.

Ainsi équipés, les invités de la Maison du Trappeur s'étendaient sur la natte que Fernande avait déjà expérimentée, puis, tout en buvant du thé froid au citron, se laissaient aller à la magie des paradis artificiels.

On prenait également du haschich. À en croire Fernande Olivier, il procurait d'étranges effets. Un soir qu'on avait fumé chez Princet, un mathématicien plus ou moins assureur de Montmartre (en qui, étrangement, certains verront le théoricien du cubisme), Apollinaire fut traversé par une crise d'ubiquité : il se croyait au bordel. Quant à Picasso, il entra dans une sorte de transe douloureuse, hurlant et pleurant que depuis qu'il avait découvert la photographie, il avait compris que son art ne valait plus rien, et que le mieux qu'il pût faire, c'était se tuer.

On fuma beaucoup à Montmartre, jusqu'en 1908. Cette année-là, un peintre allemand du Bateau-Lavoir, Wiegels (le Krauss du *Quai des brumes*), se pendit après avoir absorbé de l'éther, du haschich puis de l'opium. Picasso jura de n'y plus toucher. Max Jacob continua aussi allègrement. Avant la guerre, Guillaume Apollinaire fumait de l'opium avec Picabia (presque quotidiennement, affirma ce dernier) ; il en prenait encore lorsqu'il connut Lou : dans les premiers mois de 1915, il alla avec la muse des *Calligrammes* dans une fumerie d'opium, à Nice.

Le plus souvent cependant, plutôt que de fumer, les artistes buvaient. Hormis Vlaminck, qui n'absorbait que de l'eau, et Picasso, qui goûtait modérément l'alcool, les cafés de la Butte alignaient les verres au comptoir.

On n'allait plus au Zut, fermé par la police pour cause de prolifération anarchiste. Mais on avait suivi le père Frédé. Il avait repris le Cabaret des Assassins, précédemment tenu par la mère Adèle, une amie de la Goulue qui avait succédé à un illustrateur et poète communard, André Gill. Le Lapin à Gill, rebaptisé Au Lapin Agile, situé rue des Saules, devint l'un des hauts lieux des jeux de Montmartre, et le nid préféré de la bande de Picasso. Y venaient aussi Carco, Dorgelès, Mac Orlan... L'enseigne représentait un lapin sautant d'une casserole, hommage au lapin à la gibelotte que confectionnait la mère Adèle.

Le Lapin était une bâtisse noyée dans la verdure, avec bar, salle, terrasse, et animaux à profusion. L'intérieur était sombre, astiqué tous les jours par la femme de Frédé, Berthe la Bourguignonne. Des lampes à pétrole accrochées à des fils de fer fixés au plafond dégringolaient sous des abat-jour rouges, diffusant une lumière de gargote. Aux murs étaient accrochés un grand Christ blanc sculpté par Wasselet, des œuvres d'Utrillo, de Poulbot, de Suzanne Valadon, et un autoportrait de Picasso costumé en arlequin (*Au Lapin Agile*, 1905). Une grande cheminée en plâtre servait d'abri à un commando de souris blanches. Elles disputaient leur territoire à un singe, à une corneille apprivoisée et, surtout, à l'âne de Frédé, Aliboron, dit Lolo, qui broutait tout et partout, peignait à ses heures, et dont une œuvre sera exposée au Salon des Indépendants de 1910. On y reviendra.

Berthe était aux fourneaux, et les fourneaux étaient bons. Frédé tenait la caisse et faisait crédit. On buvait bien, souvent beaucoup. La boisson de choix, conseillée par le patron et appréciée de la clientèle, était la « combine », mélange de cerises, de vin blanc, de grenadine et de guignolet. Les fins de semaines, le bar et la grande salle étaient combles, emplis des habitués de la maison auxquels se mêlaient les curieux venus s'encanailler dans ce lieu qui sentait bon la fille et l'artisterie.

Tout Montmartre fréquentait le Lapin. C'est là que Picasso et Fernande rencontrèrent le tonitruant Harry Baur (le peintre l'avait surnommé El Cabo), et le très discret Charles Dullin. Celui-ci ne s'enflammait que lorsqu'il assouvissait son amour du théâtre en récitant des vers de Baudelaire, Rimbaud, Verlaine et Laforgue. Il ne les disait pas, il les crachait. La mèche en bataille, le regard scintillant, vivant sa poésie comme s'il était brûlé par elle, il captivait son auditoire qui se taisait toujours pour l'écouter. Après quoi, Dullin faisait la manche et mangeait un sandwich que Berthe lui offrait.

Frédé recevait avec bonheur Picasso et ses amis. Le peintre était un familier non seulement de la maison, mais aussi de la famille. Il fit le portrait de la fille de Berthe, qui devait épouser Pierre Mac Orlan : *La Femme à la corneille* (1904) représente Margot et son oiseau apprivoisé. Il venait avec Fernande, avec Max Jacob, avec Guillaume Apollinaire, avec ses amis, tous peintres ou poètes, qui constituaient sa garde rapprochée. Picasso était un pivot autour duquel tous s'assemblaient. Lorsqu'elle le vit débarquer chez elle la première fois, accompagné du gros Apollinaire, du longiligne Salmon et des trois armoires à glace qu'étaient Braque, Derain et Vlaminck, Gertrude Stein songea qu'il ressemblait à Napoléon escorté de ses grenadiers.

Les autres n'étaient peut-être pas des grenadiers. Picasso, lui, indéniablement, était un chef de bande.

LA CAGE AUX FAUVES

> Ce que je n'aurais pu faire dans la vie qu'en jetant une bombe – ce qui m'aurait conduit à l'échafaud –, j'ai tenté de le réaliser dans l'art, dans la peinture, en employant la couleur pure au maximum.
>
> Maurice DE VLAMINCK.

« As-tu entendu parler de Racine, La Fontaine et Boileau ? » demanda ironiquement Max Jacob à André Salmon peu après leur première rencontre. « Eh bien, c'est nous ! »

Lorsqu'il vint pour la première fois au Bateau-Lavoir, Salmon découvrit Picasso peignant pieds nus dans son atelier. Il s'éclairait à la bougie. Abandonnant son travail, il montra ses œuvres au nouveau venu. Tel un démiurge, il passait de toile en toile, bousculant les châssis et les cadres, présentant son travail sans le moindre commentaire, allant d'un coin à l'autre de l'atelier pour y chercher, au milieu de toutes ses peintures, celle qu'il voulait. À son tour, Salmon, comme Jacob, Apollinaire et tant d'autres, se laissa emporter par l'invention prodigieuse qu'il découvrit ce soir-là.

Grand, mince, lui aussi fumeur de pipe, Salmon écrivait déjà des poèmes et était également journaliste. Avec Paul Fort, pilier d'un Montparnasse encore dans les limbes, il avait fondé une revue fameuse, *Vers et Prose*. Sous un aspect sec et sévère, il dissimulait un grand talent d'invention qui amusait beaucoup le petit monde de la Maison du Trappeur.

Il y avait aussi André Derain, qui habitait un atelier de la rue Tourlaque (le même qu'avait occupé Bonnard), au bas de la rue Lepic. Venu d'un milieu relativement aisé, Derain avait quitté la route polytechnicienne sur laquelle ses parents l'avaient lancé, pour emprunter les sentiers plus escarpés de Montmartre et de la peinture. Il avait cependant conservé de cette vocation industrielle un goût prononcé pour la chose manuelle. Il aimait acheter au marché aux Puces de vieux appareils qu'il rafistolait et entreposait chez lui. L'un de ses passe-temps favoris consistait à fabriquer des petits aéroplanes en carton qu'il s'évertuait à faire voler. Il collectionnait les instruments de musique déglingués et leur rendait une âme musicale. Il lisait beaucoup, n'ignorant rien de la littérature de son époque. Sa peinture, profonde, ordonnée, solide, avait quelque chose de terrien, de puissant, qu'on retrouvait dans ses attitudes et sa carrure. Ses modèles racontaient qu'il les prenait parfois sur ses genoux pour travailler, leur enserrant la taille d'une main et peignant de l'autre. Il lui fallait voir, mais aussi toucher.

Avant de s'installer rue Tourlaque, Derain avait vécu à Chatou, le village de sa naissance. C'est là qu'il avait rencontré son grand copain Vlaminck, avec qui il avait longtemps peint sur les bords de Seine, et qu'il présenta à Matisse. De cette rencontre allait naître un rejeton scandaleux : le fauvisme.

Les deux compères avaient un jour décidé qu'ils seraient célèbres, et que le premier qui connaîtrait la gloire, celle-ci étant symbolisée par la publication d'une photo dans le journal, offrirait un repas pantagruélique à son malheureux concurrent. Vlaminck emporta le menu : il vint un matin chez Derain, *Le Petit Journal* à

la main. Sa bobine s'affichait en troisième page. Derain,
stupéfait, lut la légende : il s'agissait d'une publicité
pour les pilules laxatives Pink, vantées par *Maurice de
Vlaminck, artiste peintre.*

Ce dernier, Derain, Manguin, Marquet, Camoin, et
surtout Matisse, devaient faire scandale au Salon d'Automne de 1905. Ce salon avait été créé deux ans auparavant pour permettre aux jeunes artistes d'exposer leurs
œuvres. Il faisait pendant au Salon des Indépendants,
créé par Seurat et Signac, qui s'était lui-même développé contre les Salons officiels, les jurys et les récom-
penses. De tout temps, les artistes boudés par les
académies s'étaient retirés des manifestations, quand ils
n'en avaient pas été chassés par les censeurs. Ainsi
Courbet à son époque et, plus tard, Degas. Pissarro et
Manet choisirent, eux, d'exposer dans un Salon concédé
par Napoléon III pour l'occasion : le Salon des Refusés.

Matisse, Vlaminck et leurs complices allaient à leur
tour provoquer quelques éclats au troisième Salon d'Automne. Ils débarquèrent avec des toiles dont ils avaient
fabriqué les cadres eux-mêmes avec du bois cédé à crédit par un menuisier de Chatou. Ils s'étaient écartés des
règles picturales nées de l'impressionnisme et du pointillisme, où la peinture, selon Vlaminck, stationnait comme
dans un cul-de-sac. Pour Matisse, « la peinture, en particulier parce qu'elle est divisionniste, détruit le dessin [1] ».

Les trublions représentaient la lumière autrement, par
la seule puissance de la couleur. L'été précédant le
Salon, Matisse avait écrit de Collioure à Derain, le pres-
sant de le rejoindre afin de découvrir l'exceptionnelle
lumière de ce village des Pyrénées-Orientales. Derain
avait accepté l'invitation. Les deux peintres avaient travaillé de concert. Derain avait découvert là une nouvelle
conception de la lumière qui revenait à nier les ombres.

« Je me suis laissé aller à la couleur pour la couleur »,
devait-il écrire à son ami Vlaminck.

Ses *Vues de Collioure* (1905) le démontrent aisément.
Quant à *La Femme au chapeau* (1905) de Matisse, avec
ses bleus, ses rouges, ses verts, cette danse inouïe de
couleurs jetées aux faces conservatrices de bien des visiteurs, elle provoqua rires et colères – et le scepticisme
d'André Gide, qui parla de peinture « raisonneuse »,
théorique, hors de toute intuition.

Ces peintres se situaient plus dans la lignée de Gauguin et de l'expressionnisme de Van Gogh que dans
celle de Cézanne. Leurs œuvres, vigoureuses dans les
couleurs et les contrastes, étaient regroupées dans une
salle unique que le critique Louis Vauxcelles, très en
cour mais rétif à l'art moderne, qualifia de « cage aux
fauves ». Le fauvisme était né. Trois ans plus tard, avec
d'autres, ce même critique comparera la peinture de
Braque exposée chez Kahnweiler à des cubes. D'où le
cubisme. Cet homme-là, à sa manière, était un vision-
naire...

Le scandale fut tel que le président de la République
refusa d'inaugurer la manifestation. La presse se
déchaîna. *Le Figaro* parla d'un pot de peinture jeté à la
tête du public. Parmi les florilèges qui furent consacrés
aux fauves, Vlaminck aimait présenter cet article du
Journal de Rouen, daté du 20 novembre 1905 :

> *Nous arrivons à la salle la plus stupéfiante de ce salon*
> *fertile, cependant, en étonnements. Ici, toute description,*
> *tout compte rendu, comme toute critique, deviennent égale-*
> *ment impossibles, ce qui nous est représenté n'ayant – à*
> *part les matériaux employés – aucun rapport avec la pein-*
> *ture ; des bariolages informes ; du bleu, du rouge, du*
> *jaune, du vert, des taches de coloration juxtaposées au petit*
> *bonheur ; les jeux barbares et naïfs d'un enfant qui*

s'exerce avec la boîte à couleurs dont on lui fit don pour
ses étrennes [2].

La critique ne s'était pas encore faite à l'idée que la
peinture ne visait plus à représenter *objectivement* le
monde et la nature. Pour cela, il y avait la photographie.
Le scandale, depuis la fin du XIXe siècle, venait de ce
que les artistes s'éloignaient de plus en plus de la réalité,
recomposant le monde à leur manière. Ils ne se livraient
plus à la seule *représentation* – comme s'il était possible
de décalquer la nature sur une toile ! – ; ils cherchaient
l'expression. L'art nègre, à cet égard, leur apportera
beaucoup.

Après avoir passablement choqué pour des questions
de lumière avant de devenir quasiment irresponsables en
matière de formes, les peintres descendaient donc dans
l'arène de la critique, brandissant des œuvres dont le rouge
n'était pas la plus agressive des couleurs. Ils reçurent mille
banderilles. Matisse, Derain, mais aussi Vlaminck.

Plus sauvage encore que son copain de Chatou, Maurice de Vlaminck rendait la lumière en écrasant ses tubes
sur la toile. Il peignait à l'instinct, brutalement, et ne
s'embarrassait d'aucun précepte théorique. Longtemps,
il cultiva une violence que son complice disciplina peu
à peu. Lorsque Derain s'engagea sur la voie des écoles
et des académies, Vlaminck rompit avec lui.

Vlaminck, blond-roux, regard naïf planté dans un
visage têtu, parfois fermé, était une grande gueule. Il
bouffait, hurlait, riait à gorge déployée. Il détestait non
seulement les écoles et les académies, mais aussi les
musées, les cimetières, les églises. Il affirmait que l'anarchisme l'avait conduit au fauvisme.

J'ai satisfait ainsi à ma volonté de détruire de vieilles
conventions, de « désobéir », afin de recréer un monde sen-
sible, vivant et libéré [3].

Et concluait en assurant que s'il avait peint, le meilleur représentant du fauvisme eût été Ravachol.

C'est une opinion. Vlaminck en avait un certain nombre, qu'il exprimait toujours haut et fort. Du poing s'il le fallait. Ce qui valait pour lui valait aussi pour les siens. Georges Charensol raconte qu'un jour où Vollard déjeunait chez lui, l'appétit manqua à ce dernier lorsqu'il vit la fille du peintre, sept ans, allumer une cigarette à table. Il lui fit gentiment remarquer que fumer, à cet âge... La gamine, qui n'avait rien d'une petite fille modèle, se tourna vers le marchand, et répondit :

« De quoi tu te mêles, vieux con [4] ? »

Pour la plus grande joie du papa, qui n'était guère plus tendre avec ses contemporains.

Vlaminck n'aimait pas vraiment Montmartre. Il s'y rendait de temps à autre pour festoyer avec ses copains puis, à l'aube, rejoignait la banlieue à pied. À l'époque où il rencontra Picasso, il vivait d'expédients pour nourrir sa femme et ses trois filles (ses premières toiles, faites d'une peinture brute directement sortie du tube, craquent, victimes de la mauvaise qualité des couleurs et des supports). Il faisait des courses cyclistes et des courses d'aviron ou grattait du violon dans des orchestres tziganes. Il avait également joué les compères dans des foires où, pour quelques francs, il combattait des armoires à glace et se laissait mettre au tapis avant la fin du deuxième round. Enfin, il écrivait des livres. Il prétendait que la matière première en était moins chère que celle qu'exigeait la peinture. Il a produit quelques romans aux titres évocateurs : *D'un lit dans l'autre* ou *La Vie en culotte rouge*. Plus tard, il devait rédiger ses Mémoires, ravageuses et pas toujours tendres pour ses camarades de l'époque.

Il crut que la chance, enfin, lui avait souri lorsqu'il

vendit sa première toile aux Indépendants. Renseignements pris, il s'aperçut que son bienfaiteur venait du
Havre, et qu'il avait acheté les deux toiles qui lui sem-
blaient les plus laides pour les offrir à son gendre. La
première était signée Vlaminck, et la seconde... Derain.

Le troisième costaud de la bande, c'était Georges
Braque. Normand, né à Argenteuil. Son grand-père et
son père dirigeaient une entreprise de peinture en bâtiment. L'un et l'autre peignaient en amateurs. Braque
suivit les cours des Beaux-Arts au Havre où il travailla
avec un peintre décorateur. Il arriva à Montmartre en
1900 puis renonça à la peinture que pratiquait son père
pour suivre les voies d'un art moins artisanal. Il habita
rue des Trois-Frères et, en 1904, prit un atelier rue d'Orsel, non loin du Bateau-Lavoir. Il rencontra Picasso en
1907 – plus tard que les autres.

Grand, taillé dans le muscle, le cheveu sombre et
bouclé, calme, solide, allant comme un ours, Braque
émerveillait les filles avec qui il dansait au Moulin de la
Galette. Lorsqu'il prenait l'omnibus attelé Batignolles-
Clichy-Odéon qui traversait la Seine pour rejoindre la
rive gauche, il grimpait sur l'impériale et chantait, s'accompagnant à l'accordéon.

Braque était reconnaissable à son bleu de mécano, à
ses chaussures jaune canari et au galurin qu'il portait
enfoncé sur le crâne. Pendant quelques mois, toute la
bande porta le même chapeau : au cours d'une vente
publique, le peintre en avait acheté une centaine pour un
prix dérisoire. Il les avait offerts à ses amis.

Kees Van Dongen, Néerlandais, aussi carré que
Braque, roux et barbu, s'installa dans la Maison du
Trappeur en 1905. Il avait fait tous les métiers : vendeur
de journaux sur les grands boulevards, peintre en bâtiment, coursier, lutteur de foire... Comme beaucoup, il
vendait aussi des dessins à la très satirique *Assiette au*

beurre, et d'autres, à caractère érotique, à *Frou-Frou* ou à des publications distribuées sous le manteau. Il est l'un des rares du Bateau-Lavoir à avoir peint la vie de Montmartre, cherchant ses modèles parmi les prostituées arpentant les trottoirs, les boutiquières de la place du Tertre ou les danseuses du Moulin de la Galette : les autres, bien qu'habitant là, se détournèrent des sources d'inspiration qui animaient Willette, Utrillo, Poulbot et Toulouse-Lautrec.

Van Dongen vivait avec les étrangers de Montmartre, mais peignait plutôt comme les Français. Ce qui devait le conduire loin des bouleversements de l'art moderne (détestant toute théorie artistique, il ne participait pas aux soirées de Picasso), au cœur des salons parisiens où nichaient les dames de la haute société : elles rêvaient de se voir peintes avec perles et boucles d'oreilles par ce géant qui, bientôt, organiserait des fêtes grandioses et fastueuses dans son atelier de Denfert-Rochereau.

André Salmon, la dent toujours un peu dure, critiqua sa peinture, trop colorée à son goût, estimant que Van Dongen confondait la palette de ses couleurs avec les boîtes de maquillage de ses modèles. Quant à Picasso, il le fuira bientôt, considérant qu'étant plus à l'aise sur les planches de Deauville que partout ailleurs, Van Dongen était devenu un peintre mondain. Peut-être aussi ne lui pardonnait-il pas d'avoir fait plusieurs portraits de Fernande Olivier, et d'être ainsi à l'origine de nombreuses scènes conjugales (la belle Fernande, devenue jalouse à son tour, se défendait en disant que Picasso lui-même avait peint tant d'autres femmes...).

Au Bateau-Lavoir, Van Dongen avait vécu dans une telle pauvreté qu'il ne voulut jamais remettre ce couvert-là. Il partageait un atelier avec sa femme, Guus, et sa petite fille, Dolly. Guus était végétarienne. Chez les Van Dongen, on ne mangeait que des épinards. La famille était accueillante. Elle subsistait dans un espace où les chevalets se disputaient avec les lits, le berceau, la table, le bruit des voisins, la chaleur insoutenable l'été, le froid givrant l'hiver, et les quelques sous qui suffisaient à peine à nourrir l'enfant. Maintes fois, Picasso, Max Jacob et André Salmon durent se cotiser pour acheter du talc à la pharmacie la plus proche. Quand, enfin, Dolly s'était endormie, langée et repue, les Van Dongen comptaient la monnaie pour savoir s'ils pouvaient manger à leur tour. Ce qui n'était pas toujours le cas.

Lorsque Vollard lui acheta quelques toiles, Van Dongen installa sa petite famille dans un appartement de la rue Lamarck et se loua pour lui-même un atelier proche des Folies-Bergère. Il coupa enfin aux épinards, et on ne le revit plus sur la Butte. Il allait plus volontiers du côté du Palais-Royal. Il mangeait des plats en sauce et de la viande très rouge dans un restaurant où il prit ses habitudes et qui, dans sa réclame, vantait la présence du peintre dans ses murs :

Où peut-on voir Van Dongen
mettre la nourriture dans sa bouche,
la mâcher, digérer et fumer ?

Chez Jourdan, restaurateur,
10, rue des Bons-Enfants

Juan Gris vivait lui aussi en famille. Il vint au Bateau-Lavoir en 1906 et s'installa dans l'atelier abandonné par Van Dongen. C'était un jeune homme de dix-neuf ans, au teint mat, au regard et aux cheveux noirs. « Un jeune

chien débordant de vie, affectueux, bon, un peu
pataud [5] », dira Kahnweiler qui fut sans doute son meilleur ami à Paris.

Comme les autres, Gris subsistait dans des conditions
misérables. Il vendait des dessins aux journaux illustrés
jusqu'au jour où Sagot lui acheta des toiles. Sur les murs
de son atelier, il inscrivait au fusain les chiffres correspondant aux produits qu'il obtenait à crédit chez
les commerçants de la Butte. Lorsqu'il avait récolté
quelques pièces, il demandait à Reverdy de faire l'addition puis réglait sa dette.

Gris habitait le Bateau-Lavoir, mais il fuyait le tohu-
bohu du Lapin Agile. Il buvait peu, sinon du café. On le
croisait dans les couloirs de la Maison du Trappeur, mélan-
colique et replié sur lui-même. Il caressait la chienne de
son compatriote de la main gauche, affirmant que si elle le
mordait, il lui resterait la main droite pour peindre.

Picasso éprouvait une violente jalousie à l'égard de
Juan Gris. Il n'appréciait ni l'amitié que lui portait Ger-
trude Stein, moins encore celle qui le liait à Kahnweiler.
Dans les années 20, Diaghilev commanda à Gris les
décors et les costumes de son nouveau ballet, *Cuadro
Flamenco* ; finalement, il se dédit et fit travailler
Picasso. Cette affaire ne facilita pas les rapports entre
les deux hommes.

L'aîné n'avait pas grand-chose à reprocher à son
cadet, sinon son indépendance et le fait qu'il fût espagnol lui aussi. Là encore, Picasso voulait être le seul et
l'unique.

Gris resta au Bateau-Lavoir pendant plus de quinze
ans. Deux femmes partagèrent sa vie : Josette, qu'il avait
connue en 1913, et la mère de son fils. Lorsqu'il faisait
soleil, on accrochait le gamin par ses langes au cham-
branle de la fenêtre. Picasso aima autant cet enfant qu'il
s'était attaché à la petite fille de Van Dongen.

Gris mourut à quarante ans d'une leucémie que les médecins avaient confondue avec une tuberculose. Son agonie fut terrible. Il habitait alors Boulogne, près de chez Kahnweiler. De son jardin, ce dernier entendait hurler son ami.

Lorsqu'il apprit la mort de son compatriote, Picasso fut très affecté. Gertrude Stein, frappée par cette douleur venant après tant d'acrimonie sans cesse et sans cesse exprimée, lui fit sévèrement remarquer que ses larmes étaient bien malvenues...

De tous les peintres présents au Bateau-Lavoir, Gris était celui qui se maintenait le plus à distance de la bande de Picasso. Les autres partageaient tout : le gîte, le couvert, la fête, et même l'habillement.

La petite troupe choisissait ses tenues le dimanche, au marché Saint-Pierre. Lorsqu'elle défilait dans les rues de Montmartre, elle offrait le spectacle d'une section de Branquignol en marche.

Fidèle à sa peinture de l'époque, Derain avait adopté le genre fauve : costume vert, gilet rouge, chaussures jaunes, manteau blanc à carreaux noirs et marron, tout cela directement importé d'Angleterre ; plus tard, plus sobre, il choisira le bleu, et uniquement le bleu : la tenue de mécano pour l'ouvrage, des costumes, tous bleus, soigneusement rangés par ordre de saleté dans sa penderie, pour aller dans le monde.

Vlaminck, adepte lui aussi de l'école de Chatou, arborait du tweed à carreaux, un melon décoré d'une plume de geai et une magnifique cravate multicolore, en bois, que Guillaume Apollinaire admirait pour le double usage qu'on pouvait en faire : matraque en cas de coup dur, violon lorsqu'on la retournait pour faire couiner les boyaux de chat qui étaient tendus côté pile.

Quand il n'était pas tiré à quatre épingles en prévision des points d'esprit qu'on attendait de lui dans les dîners

chics où il était convié, Max Jacob donnait dans le genre
magicien : cape en soie, chapeau claque et monocle ; ou
dans la mode bretonne : kabik et brandebourgs.

André Warnod avait une cape en velours, Francis
Carco des gants impeccablement blancs (il en possédait
quatre douzaines), Mac Orlan, qu'on croisait dans les
ruelles de la Butte avec son basset accroché aux talons,
arborait des chandails multicolores et des bas de cycliste.

Picasso avait élu le bleu de travail des ouvriers zin-
gueurs, des espadrilles, une casquette, une chemise de
coton rouge à pois blancs achetée également au marché
Saint-Pierre. Il essaya la barbe (qu'on lui trouve dans
l'*Autoportrait en bleu*, 1901), mais la coupa rapidement.
Il finira par détester le genre rapin et les artistes qui
s'affichent. Raison pour laquelle, lorsqu'il se sera défait
de son bleu légendaire, il critiquera Modigliani et ses
débordements de tous ordres. Pourtant, à l'époque du
Bateau-Lavoir déjà, le peintre italien (il vint à Paris en
1906) tranchait sur les autres par l'élégance de son vête-
ment : velours et chemise toujours impeccablement
propre. Il était vêtu aussi classiquement que Guillaume
Apollinaire, à qui on ne connut pas les accoutrements
de ses camarades.

Dans ces tenues diverses et variées, les peintres de la
rue Ravignan faisaient du surréalisme avant la lettre. Ils
dévalaient les ruelles la nuit en hurlant : « Vive Rimbaud ! À bas Laforgue ! » provoquant parfois des scandales qui se terminaient en pugilats. Ainsi ce jour où,
ayant traversé la Seine, ils se retrouvèrent sur le pont des
Arts où Derain, pour montrer sa force, tordit la rampe de
l'escalier conduisant aux berges. Après quoi, sa femme
et lui se lancèrent dans un combat sonore ponctué de
coups et d'injures, jusqu'au moment où la maréchaussée
pointa son mufle. La scène s'acheva au poste de police.

Tout ce qui paraissait désordre était bon à prendre. Surtout l'art, quand il n'était pas officiel. On aimait les poètes maudits. Aux strapontins des théâtres, on préférait la piste du Moulin de la Galette où, pour quatre sous, on pouvait danser tout l'après-midi des quadrilles et des polkas enflammés qui brûlaient les pieds et l'âme. Bientôt, on découvrirait les formes étranges de l'art nègre. En attendant, la bande descendait vers les boulevards pour applaudir d'autres artistes aussi iconoclastes que ceux de la Butte Montmartre : les boxeurs et les saltimbanques.

DU CÔTÉ DES SALTIMBANQUES

L'enfant m'a pris la main et je l'ai gardé contre le malheur.

Max Jacob.

Picasso enviait Braque et Derain, qui pratiquaient la boxe. Il tenta une fois d'enfiler les gants contre ce dernier. Un direct du droit l'envoya au tapis, et il ne recommença plus jamais. Il se contentait de contempler, fasciné, les coups qui s'échangeaient sur les rings des salles où la bande se retrouvait.

Ils allaient aussi au cirque. Ils avaient une préférence pour le cirque Médrano, qui avait succédé au cirque Fernando, peint par Toulouse-Lautrec, Degas et Seurat. Ils s'y rendaient plusieurs fois par semaine. Ils étaient les amis des clowns, Alex, Rico, Ilès, Antonio et, surtout, Grock, qui commençait. Apollinaire devait cultiver cette passion jusqu'à sa mort, allant applaudir Guignol aux Buttes-Chaumont pendant la guerre, lui qui, déjà, était membre de l'association Nos marionnettes. En 1905, dans *La Revue immoraliste*, qui ne compta qu'un numéro et où il chroniquait la peinture, la littérature et le théâtre, il parlait des Arlequin et des Colombine qu'on voit à Rome, établissant un lien entre Picasso et lui :

Voilà des êtres qui enchanteraient Picasso.
Sous les oripeaux éclatants de ces saltimbanques sveltes,

on sent vraiment des jeunes gens du peuple, versatiles, rusés, adroits, pauvres et menteurs.

Quand il quittait les hauteurs de Montmartre pour descendre vers le boulevard Rochechouart, où se trouvait le cirque, Picasso rejoignait le monde de la jovialité et de l'ouverture. Jamais il ne riait autant qu'au bar de Médrano. Il en aimait les coulisses plus que le devant de la scène, et c'est d'ailleurs ainsi qu'il peignit les gens du cirque : non pas en représentation mais sur la route, répétant leurs numéros, en famille ou ici et là, dans le cadre habituel de toute vie. Cette période heureuse, illustrée par la réapparition de la thématique des Saltimbanques (1905), mettait un point final à la période bleue. Picasso était entré dans la période rose, qui fut longtemps, et à tort, attribuée à l'arrivée de Fernande dans sa vie. En fait, l'ouverture au monde qui caractérise ce style avait été entamée du temps de Madeleine.

Madeleine est un pivot essentiel dans la vie de Picasso, tant sur le plan affectif que dans l'histoire de son cheminement artistique. Elle fut l'une des premières femmes qui comptèrent dans sa vie, avant Fernande. Pour des raisons assez mystérieuses, le peintre en taira l'existence jusqu'à la mort de celle-ci, refusant de la contredire lorsqu'elle s'attribuait le rôle qui revenait à l'autre. D'après Pierre Daix, seul Max Jacob avait connu cette femme ; Pierre Daix, qui reçut la confidence de la bouche même de Picasso :

Un jour de 1968, Picasso sortit de l'atelier, à mon arrivée à Mougins, un remarquable portrait de profil qu'il n'arrivait pas à retrouver jusque-là parce que le carton s'était encastré dans le cadre d'un des tableaux de sa collection. « C'est la Madeleine », me dit-il, puis, voyant ma surprise : « J'ai failli avoir un enfant d'elle... » [...] Précision qui nous ramenait en 1904. Or, si l'on regarde

comment le thème de la maternité a resurgi dans l'œuvre,
on trouve la splendide gouache de la Maternité rose, *au*
visage infiniment plus proche de celui, aigu, de Madeleine
que de Fernande[1].

Picasso a toujours considéré Arlequin comme son
double. Lorsqu'il peint *Famille d'Arlequin*, confiant un
bébé à Arlequin, ou *Famille d'acrobates avec un singe*,
c'est sa propre paternité qu'il représente. Et donc, en
filigrane, Madeleine plutôt que Fernande. D'ailleurs, ce
n'est pas un hasard si *Maternité rose* inaugure chez
Picasso ce qu'on a appelé la période rose.

Cette question de la maternité posait réellement de
gros problèmes au couple Picasso : Fernande Olivier ne
pouvait avoir d'enfant. C'était probablement un drame
pour elle, et c'en était aussi un pour son amant. La
période rose de leur vie renferme un sombre épisode qui
resta secret pendant de nombreuses années.

En 1907, Fernande Olivier décida d'adopter un
enfant. Elle s'en fut à l'orphelinat de la rue Caulaincourt
et ramena une petite fille. On l'appela Raymonde (mais
André Salmon la nomme Léontine, et personne n'a pu
déterminer son âge avec exactitude : une dizaine d'années sans doute...). Pendant quelques semaines, on s'in-
téressa beaucoup à elle, à cet univers nouveau qui
s'ouvrait dans la Maison du Trappeur. Picasso, en bon
papa artiste, fit son portrait à l'encre de Chine (*Portrait
de Raymonde*, 1907). Mais la gamine prenait de la place.
Elle était turbulente. On ne pouvait plus dormir une partie du jour et travailler la nuit. Ce n'était plus comme
avant. Il fallait trouver une solution.

On chercha. En vérité, ce n'était pas bien compliqué :
quand un poids devient trop lourd, il suffit de le déplacer. De le mettre ailleurs. De le déposer là où on l'a pris.
De le rendre, en quelque sorte.

Ainsi, après avoir joué avec ses nouveaux parents pendant trois mois, et, semble-t-il, contre la volonté du père, Raymonde fut ramenée à sa condition première. Orpheline, rue Caulaincourt. C'est Max Jacob, le bon Max Jacob, qui fut chargé de la commission.

Dans *La Négresse du Sacré-Cœur*, André Salmon a romancé la scène[2]. À l'en croire, Max, Samaritain dévoué, se fit morigéner par un employé des Enfants assistés, qui le prit pour un père indigne. On lui expliqua la règle : s'il ne revenait pas sur sa décision, jamais plus il ne pourrait adopter de nouveau la fillette. Celle-ci fondit en larmes. Max aussi. Il emmena la gamine déjeuner dans un restaurant. Il y perdit ses économies. Le soir tombé, il revint rue Caulaincourt. Puis il s'en fut en courant.

Avait-il pris de l'éther ce jour-là ?

L'histoire fut confirmée à Hubert Fabureau[3]. Mais ni Fabureau ni Salmon ne mentionnent le nom de Fernande ou de Picasso. Les deux auteurs parlent d'*un ménage d'artistes* ; dans *La Négresse du Sacré-Cœur*, Max Jacob apparaît sous l'identité de Septime Febur (ce nom qu'il utilisait pour vanter Picasso dans les galeries)...

Pourquoi tant de précautions autour de Picasso ? Pourquoi ses thuriféraires l'ont-ils si bien protégé, et pendant si longtemps, ne rompant la loi du silence que beaucoup plus tard ? Pourquoi n'a-t-on retenu de la première époque du Bateau-Lavoir (celle qui précède la naissance du cubisme) que les charmants chahuts de cet extraordinaire potache ?

Parce que cinq ans seulement après son arrivée à Paris, Picasso était déjà au centre d'un faisceau où tous convergeaient, victimes ou héros de son pouvoir, de la fascination qu'il exerçait sur ceux qui l'approchaient. Au Bateau-Lavoir, il était présent partout : on l'admirait, on se définissait par rapport à lui, il inspirait, on l'inspirait... Il attirait autant par ce qu'il faisait que par ce qu'il était. On le ménageait. On allait vers lui plus qu'il ne venait aux autres. Même Guillaume Apollinaire, qui se distinguait parce qu'il n'habitait pas Montmartre, gagnait mieux et différemment sa vie, tranchait sur le groupe par sa mise, ses manières et ses attitudes, paraissait souvent à la remorque de son ami. Ainsi pour tout, jusques et y compris les illustrations que le peintre accordait à ses amis poètes pour leurs œuvres : il ne se préoccupait pas toujours de savoir de quoi il s'agissait, donnait le fruit de ses travaux du moment, parfois des esquisses, voire des brouillons qui valaient surtout parce qu'ils étaient signés par Picasso.

Pivot autour duquel tous s'assemblaient, Picasso aimait également unir les gens comme les genres autour de lui. Les couples aussi : à cet égard, il avait l'âme généreuse. C'est lui qui présenta Marie Laurencin à Guillaume Apollinaire, Marcelle Dupré à Georges Braque, et, probablement, Alice Princet à André Derain...

Il était également au centre des tiraillements entre les uns et les autres. Jusqu'aux *Demoiselles d'Avignon*, rares étaient ceux qui critiquaient son œuvre. Elle faisait l'unanimité – et lui à travers elle. Le Bateau-Lavoir était comme un laboratoire où s'échangeaient idées, points de vue, découvertes, tout cela mêlé en une extraordinaire fraternité artistique d'où la jalousie, pour l'heure et seulement dans ce domaine, était bannie. À l'exception de Juan Gris, moins assuré que les autres, tous savaient que la dèche fondrait un jour, au soleil de la reconnaissance. Il suffisait d'attendre ce jour. On patientait ensemble, se montrant les œuvres nouvelles, tableaux et poèmes. L'école était commune, enrichie par des langages divers.

L'art n'était donc pas encore l'enjeu de rivalités majeures. Seul l'artiste se prêtait à ce rôle.

Quel artiste ?

Picasso.

Furieusement jaloux lui-même, des femmes, des hommes, des hommes tournant autour des femmes, des femmes ne tournant pas autour de lui, des hommes boudant les rôles de disciples ou d'admirateurs, il était bien normal qu'il eût suscité autour de sa personne des jalousies comparables.

Cette jalousie était purement affective. Apollinaire, Max Jacob et André Salmon ne se mesuraient pas par œuvres interposées. Ils enviaient les rôles de premier que Picasso accordait à celui-ci ou à celui-là. Le plus malheureux était sans conteste Max Jacob, détrôné par Apollinaire sur le podium de la poésie, par Fernande Olivier sur le podium de l'affection, bientôt par Braque sur le podium de la création artistique.

On pouvait croire indélébiles ces connivences si bien orchestrées. Le temps montra qu'il n'en était rien. Elles durèrent le temps de la pauvreté et des révolutions artistiques. Picasso aima puis délaissa Max Jacob. Il aima puis délaissa André Salmon. Il aima Guillaume Apollinaire, qui prit la première place, et que remplaça Jean Cocteau après la guerre et la disparition de l'auteur d'*Alcools*... Tous avaient reconnu le peintre comme le porte-drapeau de l'art moderne. Beaucoup souffrirent de disgrâces affectives qui n'étaient parfois que passagères, mais qui les meurtrirent très profondément. Picasso, quant à lui, se promenait, impérial, au milieu des siens, sans se soucier des pleurnicheries, des médisances et des petits malheurs alentour. Il était à sa place. Cette place était la première.

LE TEMPS DES DUELS

> Si j'écris, c'est pour faire enrager mes
> confrères ; pour faire parler de moi et ten-
> ter de me faire un nom. Avec un nom on
> réussit avec les femmes et dans les
> affaires.
>
> Arthur CRAVAN.

Jeux de mains, jeux de vilains. Rue Ravignan, en
hommage à Alfred Jarry qui dégaine à la Closerie des
Lilas, on tire et on ferraille dans tous les coins.

Picasso ne se sépare pas de son browning. Il tire (en
l'air) pour se débarrasser des importuns. Il tire quand il
rentre au Bateau-Lavoir, chef d'une bande de joyeux
drilles bien parfumés à l'alcool. Il tire de sa fenêtre pour
réveiller les voisins.

Un soir, il invite trois Allemands à venir voir ses
œuvres au Bateau-Lavoir. Puis il les entraîne au Lapin
Agile. Sur la route, ses visiteurs l'entretiennent d'art et
de théorie esthétique. Picasso ne supporte pas. Il dégaine
et tire. Les trois Allemands prennent la fuite.

Quand on lui tient des propos désobligeants sur
Cézanne, il exhibe son arme et menace :

« Taisez-vous... »

Lorsque Berthe Weill émet quelques réserves quant à
l'argent qu'il attend d'elle, il ne bronche pas mais sort
son pistolet et le pose sur la table. Une fois, dans un
café où il s'ennuie, il lâche quelques projectiles en direc-

tion du plafond. Les balles cependant n'atteignent jamais personne.

Dorgelès, lui, attend au coin d'un immeuble le bellâtre qui lui a volé son amoureuse. Et Apollinaire, assis à la table d'un café, attend que Max Jacob, choisi comme témoin, règle les questions matérielles avec un critique qu'il a provoqué en duel pour cause d'éreintement littéraire. La joute n'aura pas lieu. On se bornera à croiser le fer autour des additions que les deux combattants durent régler le temps que les témoins se débrouillent.

À l'époque, on envoie aussi facilement des fleurs que ses témoins. Les journaux ont des chroniqueurs spécialisés qui couvrent les insultes mondaines, les médisances démasquées, les ragots des salles d'armes où se déroulent les séances d'entraînement. Ils sont au petit matin sur l'île de la Jatte ou au vélodrome du parc des Princes, lieux convoités par les offensés comme par les offenseurs.

Par chance pour les deux amis du Bateau-Lavoir, si Picasso est le champion de la revolverisation, celle-ci est toujours sans conséquence, et si Apollinaire est le roi du duel, il s'agit de duels avortés.

La première fois, c'était en 1907. La deuxième, peu avant la guerre. La troisième l'opposa à Fabian Avenarius Lloyd, alias Arthur Cravan, qui se prétendait le neveu d'Oscar Wilde par sa mère. Un adversaire de taille : deux mètres pour cent kilos.

Cravan avait de multiples cordes à son arc, et son arc était provocateur, anarchiste, violent et... déraisonnable. Une vraie vocation. Il avait acquis ses lettres de noblesse sur les bancs du collège, où un professeur qui avait eu le tort de vouloir le réprimander se retrouva sur les genoux du mauvais élève, déculotté puis fessé dans les règles de l'art.

Ce n'était qu'un début.

Chassé de l'école, Cravan se rendit à Berlin où il prit la fâcheuse habitude de se promener dans la ville, quatre filles de joie juchées sur les épaules. Le responsable de la police lui ferma ses frontières au nez, arguant que Berlin n'était pas un cirque.

Paris était plus libérale. Cravan s'y rendit et fit ses comptes : une nuit avec une prostituée coûtant moins cher qu'une nuit à l'hôtel, il allia l'utile à l'agréable et s'offrit ce plaisir. Puis il s'improvisa comédien-poète : sur scène, il réclamait le silence à coups de trompette et de gourdin.

Il resta le temps d'un livre à la librairie Brentano's : engagé comme vendeur, il fut renvoyé pour avoir jeté un volume à la face d'une cliente qui lui demandait de se hâter.

Pour mieux se défendre contre les coups portés par le patronat, il se perfectionna dans le domaine de la boxe, devint champion amateur et s'entraîna à la Closerie des Lilas : il poussait la porte, insultait les consommateurs et se battait avec eux jusqu'à l'éjection.

Ses emplois de service étaient plus divers et plus variés encore que ceux d'Apollinaire. Il les alignait sans complexe : il avait été tour à tour, parfois simultanément, chevalier d'industrie, marin sur le Pacifique, muletier, cueilleur d'oranges en Californie, charmeur de serpents, rat d'hôtel, bûcheron en Australie, ex-champion de France de boxe, petit-fils du chancelier de la reine, chauffeur d'automobile à Berlin, cambrioleur.

Il était surtout poète et journaliste, responsable d'une revue qui ne compta que cinq numéros et qu'il distribuait lui-même à l'aide d'une voiture de quatre-saisons : *Maintenant*. Sa prose vantait les qualités et les mérites de son oncle, Oscar Wilde, et critiquait les défauts de tous les autres.

Parmi ses cibles préférées :

Gide : *Son ossature n'a rien de remarquable ; ses mains sont celles d'un fainéant [...] Avec ça, l'artiste montre un visage maladif, d'où se détachent, vers les tempes, de petites feuilles de peau plus grandes que des pellicules, inconvénient dont le peuple donne une explication en disant vulgairement de quelqu'un : « il pèle* [1] *».*

Suzanne Valadon : *Elle connaît bien les petites recettes, mais simplifier ce n'est pas faire simple, vieille salope* [2] *!*

Delaunay : *Il a une gueule de porc enflammé ou de cocher de grande maison [...] Avant de connaître sa femme, Robert était un âne ; il en avait peut-être toutes les qualités* [3].

Marie Laurencin : *En voilà une qui aurait besoin qu'on lui relève les jupes et qu'on lui mette une grosse... quelque part.*

Apollinaire, dans le même article, était décrit comme *juif et sérieux* (Cravan prenant soin de préciser qu'il n'avait aucun préjugé contre les juifs, les préférant même aux protestants).

C'est ce qu'on appelle faire feu de tout bois.

Guillaume envoya ses témoins au directeur de la revue *Maintenant*. Il était moins fâché pour lui-même que pour Marie Laurencin, qui avait partagé sa vie pendant plusieurs années.

Après quelques négociations subtiles, les intercesseurs obtinrent un double rectificatif de Cravan. Les deuxièmes textes nuançaient les premiers sans les déformer tout à fait.

Pour Apollinaire : *Monsieur Guillaume Apollinaire n'est point juif, mais catholique romain. Afin d'éviter à l'avenir les méprises toujours possibles, je tiens à ajouter que monsieur Apollinaire qui a un gros ventre, ressemble plutôt à un rhinocéros qu'à une girafe, et, que pour la tête, il tient plutôt du tapir que du lion, qu'il tire davantage sur le vautour que sur la cigogne au long bec.*

Pour Marie Laurencin : *En voilà une qui aurait besoin con lui relève les jupes et con lui mette une grosse astronomie au Théâtre des Variétés* [4].

L'affaire en resta là. Arthur Cravan devait encore faire parler de lui pendant quelque temps. Il vendit notamment un vrai Matisse et un faux Picasso, ce qui lui rapporta assez d'argent pour rallier l'Espagne au début de la guerre...

Quant à Apollinaire, il rangea l'épée au fourreau, et relut les poèmes et les articles qu'il avait écrits en hommage à Marie Laurencin.

C'est Picasso qui lui avait présenté la jeune fille en 1907. Il l'avait remarquée chez le marchand Sagot. À l'époque, Marie Laurencin avait vingt ans. Elle étudiait la peinture à l'académie Humbert, boulevard de Clichy. Elle avait pour voisin de chevalet un certain Georges Braque.

Fernande Olivier l'a décrite avec un visage de chèvre, un regard de myope, un nez trop pointu, un teint d'ivoire sali, des mains longues et rouges, l'air d'une petite fille vicieuse. Sans compter qu'elle était poseuse, s'écoutait parler, jouait les naïves.

Elle la détestait. Probablement parce que, dans ce groupe où les femmes étaient peu nombreuses, Marie Laurencin était susceptible de lui disputer le titre de première dame. André Salmon, plus poète mais non moins cruel, résume en deux mots le propos : Marie Laurencin ? *Une belle laide* [5].

Et Apollinaire, relatant dans *Le Poète assassiné* le rôle que l'Oiseau du Bénin (Picasso) joua dans la rencontre entre Tristouse Ballerinette (Marie Laurencin) et Croniamantal (lui-même) :

> *Il (l'Oiseau du Bénin) se tourna vers Croniamantal et lui dit :*
>
> *« J'ai vu ta femme hier soir.*
>
> *— Qui est-ce ? demanda Croniamantal.*
>
> *— Je ne sais pas, je l'ai vue, mais je ne la connais pas, c'est une vraie jeune fille, comme tu les aimes. Elle a le visage sombre et enfantin de celles qui sont destinées à faire souffrir. Et parmi sa grâce aux mains qui se redressent pour repousser, elle manque de cette noblesse que les poètes ne pourraient pas aimer car elle les empêcherait de pâtir. J'ai vu ta femme, te dis-je. Elle est la laideur et la beauté*[6]*.*

Précision : ces lignes furent écrites trois ans après la rupture...

Marie Laurencin était aussi mince que son amant était rond. Ce qui ne les empêchait pas de se rencontrer sur de multiples terrains, à commencer par leur histoire : elle était issue d'une famille créole et n'avait pas connu son père. Elle vivait encore chez sa mère, à Auteuil, alors que Guillaume venait de quitter la sienne. Il habitait rue Léonie (qui deviendra la rue Henner) et ne se rendait plus au Vésinet que pour la visite rituelle du dimanche.

Lorsqu'elle venait chez lui, Marie Laurencin grimpait les deux étages en sautant à la corde. Elle redescendait pareillement. Il la suivait. Il l'emmenait au Bateau-Lavoir, où on la supportait plus qu'on ne l'aimait. On lui reprochait une ingénuité factice qui dissimulait mal un penchant trop clair pour les goûts de la bourgeoisie. Mais ce qui déplaisait à tous séduisait Apollinaire : il avait les mêmes inclinations. Le gentil Douanier Rousseau l'avait d'ailleurs très bien compris, qui les dessina tous deux (*La Muse inspirant le poète*, 1909) sous des traits aussi peu ressemblants que possible mais d'une grande vérité s'il s'était agi d'un portrait-charge : lui, costumé en notaire, et elle, en maîtresse d'accueil.

Guillaume et sa muse recevaient dans le nouvel intérieur du poète. Il était interdit de déranger, de salir, de s'asseoir sur le lit ou de manger sans autorisation. Picasso et Max Jacob, qui y dînèrent maintes fois, subirent un soir les foudres de leur hôte parce que, profitant de ce que celui-ci avait le dos tourné, ils s'étaient avisés de dérober deux rondelles de saucisson qui se trouvaient sur la table.

Apollinaire surveillait la cuisine et sa muse devenue gâte-sauce. Lorsque c'était trop cuit, il y avait de l'huile sur le feu. Lorsque ça ne l'était pas assez, pareillement. Guillaume était exigeant, autoritaire, passablement tyrannique et aussi jaloux que Picasso. Un bonheur pour ces dames. Il retrouvait le sourire si la table était bien mise, la chère délicate et les vins convenables. Alors, Marie devenait son petit soleil. Surtout si, s'étant cotisés, les convives avaient apporté de quoi améliorer l'ordinaire très ordinaire des repas apollinairiens : l'inévitable bœuf en daube doublé d'un risotto. Qui valait mieux que le repas de pommes crues arrosées de cognac auquel eurent droit Jean Metzinger et Max Jacob un soir d'étranges ripailles.

Quand toutes les conditions d'une soirée paisible étaient réunies, c'était un régal de voir le poète dévorer l'entrée (concombres puis escargots), se jeter sur le menu principal, prendre parfois une portion supplémentaire d'un de ses mets favoris (tripes), avaler le dessert (petits fours glacés), se régaler d'une surprise offerte par un invité (caramels). Après, s'étant débarrassé de son faux col, le maître de maison retroussait ses manches et aidait au service.

Lorsqu'il était dans ses bons jours conjugaux, Apollinaire se montrait d'une galanterie irréprochable. Il n'admettait pas que l'on se moquât de sa chère Marie. Il la défendait contre Max Jacob avec autant d'empressement qu'il avait pris les armes pour secourir sa maman, moquée par le même. Lequel, en manière de plaisante-rie, avait également composé une petite chanson à la gloire de la muse :

> *Ah ! l'envie me démange*
> *De te faire un ange*
> *De te faire un ange,*
> *En chatouillant ton sein*
> *Marie Laurencin*
> *Marie Laurencin.*

Marie Laurencin fut certainement la muse du poète comme Fernande Olivier fut l'égérie du peintre. L'une a ses couleurs, l'autre, ses mots : *Alcools* et un fragment des *Calligrammes*. Rares cependant sont les femmes de la Butte qui, à l'instar de celles de Picasso et d'Apolli-naire, entrèrent dans la vie des artistes pour en sortir par les toiles et les poésies.

Francis Carco en convient, en termes choisis :

> *Les femmes n'ont pas tenu un grand rôle dans notre bande. On les prenait comme elles étaient, pendant un mois ou deux, puis elles s'en allaient toutes seules et nous écri-vions des vers en songeant qu'elles auraient aussi bien fait de ne pas venir*[7].

C'est évidemment exagéré, comme souvent chez Carco. Cela n'enlève rien à l'essentiel. Il y avait certes des femmes au Bateau-Lavoir : Kees van Dongen était marié, et Juan Gris aussi. Mais quand ces messieurs tenaient le pinceau, ces dames s'occupaient du patri-moine. Guère plus.

Par chance, cette grande ouverture d'esprit sera bien-

tôt contrariée. Quelques années encore, et les femmes
de Montparnasse, plus nombreuses, rejoindront celles de
Montmartre. L'histoire ne serait pas la même si Suzanne
Valadon, Fernande Olivier puis Marie Laurencin
n'avaient pas donné la main à leurs amies de la rive
gauche, les Kiki, les Beatrice Hastings, les Marie Vassilieff, les Youki, les Gertrude Stein, les Sylvia Beach,
les Jeanne Hébuterne, les Adrienne Monnier, et tant
d'autres encore, qui joueront un rôle considérable dans
le développement de l'art après la Première Guerre mondiale. Alors, nul ne surpassera ni n'égalera plus l'intolé-
rable misogynie d'un chroniqueur de la revue *Vers et
Prose* qui, en 1907, racontait avec envie l'émerveille-
ment qui fondit sur Alfred de Musset une nuit qu'il put
se promener seul au musée du Louvre. Non pas parce
qu'il était seul : parce qu'il était « à l'abri de ses contemporaines [8] ». Et le chroniqueur de narrer aux lecteurs de
la revue la joie qu'il éprouvait lui-même, semblable à
celle de Musset, lorsqu'il se retrouvait le vendredi à Avignon. Pourquoi le vendredi ? Parce que ce jour-là, en
mémoire de la Passion, les femmes ne sortaient pas. Un
vrai paradis : « L'on sent enfin qu'on aime la merveille
pour elle-même. »

Le nom de ce grand homme partisan de la préférence
masculine ?

Charles Maurras.

GÓSOL

Ordonner un chaos, voilà la création.

Guillaume APOLLINAIRE.

Un matin de printemps de l'année 1906, un fiacre découvert conduit par un cocher s'arrêta au bas des marches de la rue Ravignan. Un homme était assis à l'arrière. Il descendit pesamment, conseilla au cocher d'aller s'installer à une table de bistrot, et se dirigea d'un bon pas vers l'entrée du Bateau-Lavoir. La concierge, qui avait assisté à la scène, estima qu'un individu venu en un tel équipage ne pouvait vouloir que du bien à ses locataires. Elle fila dans les couloirs jusqu'à l'atelier de Picasso. Elle toqua à la porte et annonça :

« Il y a du beau monde, et c'est peut-être pour vous.

— Quel genre ? demanda une voix de l'autre côté du battant.

— Genre rue Laffitte. Un marchand tout ce qu'il y a de bien. »

Le marchand venait en effet de la rue Laffitte, et c'était Vollard. Ayant appris par Apollinaire que Picasso avait abandonné la période bleue pour des œuvres plus vivantes, il voulait voir.

Il vit. Une heure plus tard, alors qu'ils arrivaient à leur tour rue Ravignan, André Salmon et Max Jacob assistèrent à un spectacle proprement incroyable : le marchand sortait de la Maison du Trappeur avec deux toiles que les poètes reconnurent immédiatement : Picasso ! Il les cala dans le fiacre, à l'arrière, puis, de la même démarche alourdie, s'en revint par où il était venu. Quelques minutes passèrent, et Vollard réapparut. Cette fois, il plaça trois toiles dans le fiacre. Puis quatre ! Puis cinq ! Lorsque la voiture fut chargée, il y avait au moins vingt toiles à l'arrière.

Vollard s'embarqua, prenant place à côté du cocher. Le fiacre tourna bride et glissa, au pas, en direction des grands boulevards. Max Jacob ne se contenait plus. Il avait les yeux mouillés. Il étreignait André Salmon, remerciant tous les dieux du ciel d'avoir porté secours à son ami vénéré.

Cette année 1906 se présentait comme une année faste. Au Bateau-Lavoir, on avait déjà reçu un collectionneur qui paraissait assez farfelu mais qui, tout de même, avait acheté des œuvres de Picasso. Il avait découvert ce dernier grâce à Berthe Weill. Il s'appelait André Level. Il avait raconté une histoire abracadabrante mais si généreuse qu'on s'était pris d'estime pour cet amateur d'art. Faute de moyens pour acquérir seul des toiles contemporaines, Level s'était groupé avec quelques amis pour fonder une association, la Peau de l'Ours, qui achetait pour la communauté. Les onze membres versaient une cotisation annuelle dont disposait Level, promu gérant. À ce titre, il visitait les galeries et les ateliers afin de découvrir des jeunes peintres dont il proposait les œuvres à ses « associés ». Les toiles étaient attribuées à chacun par tirage au sort ; il était convenu que toutes seraient remises en vente dix ans après la fondation de la Peau de l'Ours. Une partie des bénéfices reviendrait aux peintres.

Comment ne pas être séduit par une telle idée ? D'autant que, sur proposition d'André Level, les amis de l'association avaient décidé qu'en 1906, ils ne choisiraient que des œuvres de Picasso. Et après cet heureux événement, voici que survenait Vollard !

Il avait acheté pour deux mille francs or. Deux mille francs or ! Ce soir-là, on sabla le champagne au Bateau-Lavoir. Le lendemain, Picasso s'offrit un portefeuille qu'il glissa dans la poche intérieure de sa veste, laquelle fut fermée par une épingle à nourrice.

Quelques jours plus tard, il emmenait Fernande Olivier en vacances : Barcelone puis Gósol, un village de Catalogne perdu dans les montagnes.

Max Jacob et Guillaume Apollinaire escortèrent le couple jusqu'à la gare d'Orsay. Chacun tenant une anse du lourd panier dans lequel le peintre avait mis ses tubes et ses pinceaux, ils descendirent la rue Ravignan. Un fiacre fut hélé, qui conduisit l'heureux équipage jusqu'au départ des trains. Sur le quai de la gare, d'autres amis attendaient. Ce fut un hourvari.

Le séjour à Gósol dura jusqu'à l'été. Il permit à Picasso d'achever un tableau qu'il avait commencé l'hiver précédent et qu'il ne parvenait pas à finir. Un tableau d'une extrême importance dans l'évolution de son œuvre.

Quelques mois auparavant, il avait reçu une autre visite qui avait comblé sa tirelire d'une aise passagère. Conduits par Henri-Pierre Roché, deux étranges Jules et Jim s'étaient présentés à la porte de l'atelier : Gertrude et Léo Stein. Après avoir acheté des Cézanne chez Vollard, ils avaient acquis *La Femme au chapeau* de Matisse dans la « cage aux fauves » du Salon des Indépendants. Puis Léo était tombé en arrêt devant un tableau de Picasso exposé chez Sagot. Il était revenu avec sa sœur pour le lui montrer. Mais elle ne l'aimait pas.

« Ce sont les jambes qui vous gênent ? avait demandé Sagot.

— Les pieds.

— Alors coupez-les ! »

Ils n'en avaient rien fait. Pour cent cinquante francs, Léo Stein avait finalement acheté la *Fillette au panier de fleurs* (1905). Puis il avait convaincu sa sœur de l'accompagner jusqu'au domicile de ce peintre espagnol dont ni l'un ni l'autre, jusqu'alors, n'avait entendu parler. Roché, qui fréquentait la bande du Bateau-Lavoir comme il fréquentait tout ce que Paris comptait d'artistes, avait servi d'intermédiaire. Au cours de cette première visite, les Stein avaient acquis plusieurs tableaux. Grâce à quoi, pendant quelques semaines, Picasso avait pu acheter du matériel, s'abstenant de recouvrir d'anciennes toiles pour en peindre de nouvelles.

Picasso et Gertrude devinrent rapidement très amis. Fasciné par son physique, l'Espagnol proposa à l'Américaine de faire son portrait. Elle accepta. Il la voulait comme Ingres avait peint *Le Portrait de monsieur Bertin* : assise, massive, définitive.

La première séance de pose commença. Le peintre avait installé son modèle dans un fauteuil déglingué, lui-même prenant place sur une chaise face au chevalet. Le nez collé à la toile, il traça d'abord l'esquisse : Gertrude ramassée sur elle-même, les mains sur les genoux, légèrement voûtée ; une puissance presque masculine, en arrêt, comme en attente.

Tout se passa au mieux ce premier jour. La famille Stein vint chercher son héroïne à l'issue du travail. Chacun se montra enchanté. Au point de considérer que le tableau, en l'état, pouvait être considéré comme achevé, payé, emporté, exposé.

« Et puis quoi ? demanda Picasso.

— Vous voulez que je revienne demain ? » s'enquit Gertrude de cette voix basse et profonde qui correspondait si bien à l'allure que l'artiste lui avait donnée sur la toile.

Elle revint non seulement le lendemain, mais encore pendant plusieurs mois. Tous les après-midi, elle quittait la rue de Fleurus pour se rendre à Montmartre, poussait la porte du Bateau-Lavoir et s'asseyait en face du peintre, dans le fauteuil déglingué.

Parfois, Léo venait rendre une petite visite. Parfois, c'était Fernande. Elle trouvait les Stein un peu ridicules, surtout Gertrude, avec ses costumes en velours côtelé et ses sandales à lacets. Mais elle lui reconnaissait de l'opiniâtreté : il en fallait pour rester ainsi immobile pendant plusieurs heures, devant Pablo qui ne desserrait pas les lèvres.

Se voulant aimable, Fernande proposa de lire au modèle les *Fables* de La Fontaine. L'offre fut acceptée. Ainsi coulèrent les jours, au gré des livres et de la conversation. Soudain, après quatre-vingt-dix séances de pose, Picasso abandonna ses pinceaux. Devant Gertrude consternée, il avoua :

« Je ne vous vois plus quand je vous regarde. »

Il venait de peindre le visage.

Il l'effaça.

Il partit pour Gósol.

Un ami sculpteur lui avait vanté ce village catalan situé non loin d'Andorre, dans les Pyrénées, pour son extrême dénuement. On y accédait à dos de mulet, puis le monde s'évanouissait. Alentour, ce n'était que nature, les bruns et les jaunes des montagnes, la simplicité d'une vie que la modernité n'avait pas abîmée. Les habitants, aimables et hospitaliers, étaient pour beaucoup des contrebandiers. Exactement ce dont Picasso avait besoin.

C'est à Gósol qu'il ébaucha cette manière nouvelle qui devait le conduire, un an plus tard, à l'achèvement de cette révolution artistique que constitua *Les Demoi-*

selles d'Avignon. Dans la nudité des paysages, la simplicité des populations, il affina son style. Il cherchait ce
que Gauguin avait découvert à Tahiti : une pureté, une
forme de primitivisme. Quelque chose d'autre. Une nouveauté. Il s'agissait pour lui de définir ses différences
d'avec l'art traditionnel tout en renouant avec les valeurs
de ses débuts, lorsqu'il peignait les exclus de Montmartre ou les femmes de la prison de Saint-Lazare ; une
critique : de la peinture, de la société, de la culture éta-
blie... Renverser les convenances, se retrouver soi-même
comme naguère, jeune sympathisant anarchiste libre
d'esprit.

D'abord, il peignit à la manière d'Ingres, dont *Le Bain
turc*, au Salon d'Automne de 1905, l'avait fasciné. Ce
fut *Fernande à sa toilette*, d'un classicisme extrême.
Puis se mêlèrent de multiples inspirations : les statues
ibériques d'avant la conquête romaine, vues au Louvre ;
la vierge de Gósol, qui date du XIIe siècle, dont les traits
sont exagérés, les orbites démesurées et vides ; les travaux de Matisse, aussi, et ceux de Derain...

Picasso regardait en lui, cherchait, découvrait. Et il peignit le *Grand Nu rose* (1906). Fernande sur un fond rose.
Nue. Les cheveux relevés, les mains jointes. Avec un
visage plus sombre que le corps, pas de regard mais des
yeux sans orbites, allongés, comme fendus. Inexpressive.
Dépourvue de toute subjectivité psychologique.

L'ébauche d'un masque.

Lorsqu'il rentra à Paris, fuyant une épidémie de
typhoïde qui s'était déclarée à Gósol, Picasso se planta
devant le portrait de Gertrude Stein, et, sans même
revoir son modèle, d'un seul trait, il peignit la tête qu'il
avait effacée.

L'ébauche d'un masque. Les contreforts des *Demoiselles d'Avignon*. Les balbutiements d'un art nouveau :
le cubisme.

UN APRÈS-MIDI RUE DE FLEURUS

> MATISSE : couleur, PICASSO : forme.
> Deux grandes tendances, un grand but.
>
> Wassily KANDINSKY.

Rue de Fleurus, n° 27. Une maison à deux étages, un atelier attenant. Côté pavillon, quelques chambres, une salle de bains, une cuisine où l'on dîne. Côté atelier, une vaste pièce, des meubles cirés de la Renaissance italienne, un poêle, deux ou trois tables encombrées de fleurs et de porcelaines, une cheminée, une croix massive pendue entre deux fenêtres, des murs chaulés où pas un pouce carré n'est libre. Sur les murs : Gauguin, Delacroix, Greco, Manet, Braque, Vallotton, Cézanne, Renoir, Matisse, Picasso. Et d'autres.

Nous ne sommes pas dans un musée. Et comme, à l'époque, la plupart de ces tableaux ne valent pas grand-chose, la porte de l'atelier s'ouvre avec une clé unique ; une de ces clés plates américaines qui se glissent dans la poche et qui tranchent sur les appendices énormes et tintinnabulants qui sonnent dans les manteaux des Parisiens.

Les Stein habitent là. Chaque samedi, ils reçoivent. C'est table ouverte, ou à peu près. Pour avoir le droit d'entrer, il suffit de répondre à la question rituelle lancée par la maîtresse de maison : « Qui vous envoie ? » par un nom d'artiste dont les œuvres sont exposées là.

On pénètre alors dans le vaste atelier où se presse une

foule disparate – peintres, écrivains, poètes... Une fois par semaine, chez les Stein, on mange et on boit à l'œil, ce qui, par ces temps de vaches maigres, est appréciable. D'autant que pour peu qu'on s'intéresse à l'art moderne, la compagnie est des plus agréables.

Celui qui parle au fond, les doigts glissés dans les poches de son gilet, entouré d'une foule d'admirateurs qui lui donnent la réplique, c'est Guillaume Apollinaire. Inutile de tenter une joute oratoire contre lui : il connaît tout sur tout, et gagne toujours. Miss Stein, pourtant si souvent satisfaite d'elle-même, avoue ne l'avoir emporté qu'une fois contre lui, et seulement parce que le poète était saoul.

Le grand costaud au visage fermé qui se tient devant la cheminée, c'est Braque. Il est mécontent parce que l'une de ses œuvres, placée au-dessus de la cheminée, noircit sous les assauts de la fumée. Et les deux aquarelles de Cézanne qui voisinent à côté s'assombrissent également. Braque grommelle, songeant que la prochaine fois qu'il sera de corvée d'accrochage (lui, le plus grand de tous, tient le tableau tandis que le concierge enfonce le clou), il demandera à être déplacé. Et regrette de n'avoir rien dit lors du dernier dîner. Mais il a une excuse : à table, chaque peintre était assis face à ses propres toiles, au côté de ses collègues. Dans ces conditions, difficile de critiquer...

Ce soir-là, Picasso était présent. Comme à son habitude, il ne bronchait pas. Détestation des mondanités et difficulté à bien s'exprimer en français. Il considérait avec ironie le professeur Matisse, qui disserte si bien et si parfaitement.

Picasso, ce jour-là, est dans le même état que son copain de la rue d'Orsel : furieux. Il vient de repérer, accrochées aux murs, deux de ses toiles ; elles ont changé d'aspect et luisent plus qu'elles ne devraient :

Gertrude Stein les a fait vernir. Cette femme, décidément, aime tout ce qui brille...

Max Jacob essaie de raisonner son ami. Il y parviendra tout juste : Picasso ne quittera pas la pièce, mais il ne remettra pas les pieds rue de Fleurus pendant de longues semaines.

Comme il cherche Fernande Olivier du regard, un inconnu s'approche et désigne le tableau que le peintre a achevé après son séjour à Gósol :

« C'est Gertrude Stein ?

— Oui.

— Le portrait ne lui ressemble pas... »

Picasso hausse les épaules :

« Aucune importance : c'est elle qui finira par lui ressembler. »

Fernande parle avec une petite femme vêtue de gris et de noir. Elle est jeune, arbore des boucles d'oreilles en verre, mais sa voix, très basse, et ses manières, sévères, la vieillissent. On la confond souvent avec la femme de chambre, ce qu'elle n'est pas. Pourtant, à la voir converser avec Fernande Olivier, on pourrait vraiment le croire. Elle est là en même temps qu'ailleurs. Écoutant sans entendre. Très dépendante de Miss Stein, elle n'accorde pas beaucoup de valeur aux propos de madame Picasso, que l'hôtesse du jour rince habituellement à la glace pilée : « Elle parle de trois choses, et trois choses seulement : les chapeaux, les parfums, les fourrures. »

Pas cette fois-là. Elles s'entretiennent des cours de français que Fernande pourrait donner à Alice Toklas. Tout en répondant aux questions posées par son futur professeur, l'Américaine veille à l'ordinaire : qui boit, qui ne boit pas, qui mange, où sont les petits fours, en manque-t-il, pourquoi miss Stein n'est-elle pas encore là, l'écoutera-t-on avec suffisamment d'attention, ne devra-t-elle pas intervenir pour éloigner les importuns qui risqueraient de troubler l'échange que l'écrivain-mécène entretiendra obligatoirement avec l'artiste-professeur, monsieur Matisse ? Et Brancusi qui s'approche, ne va-t-il pas perturber l'harmonie de la conversation ?

Alice Toklas vénère sa patronne et amie au point de l'aider à se grandir sous les multiples facettes qui composent la rareté de sa personne. Gertrude se voudrait un diamant littéraire. Elle se prend pour le génie novateur des lettres mondiales. La Picasso de la littérature. Alice le lui fait croire. C'est son plus grand rôle. En plus de dactylographier son œuvre.

Miss Stein vient d'apparaître à la porte de l'atelier. Elle porte ce jour-là une robe en velours marron qui prend sa taille en étau et enferme les épaules dans un carcan dont les chairs s'échappent en bourrelets indisciplinés. Pour se protéger du froid, elle a enfilé de grosses chaussettes de laine qu'elle a poussées, enfoncées et casées dans des sandales à lanières qui font scouitch sur le parquet ciré.

Au premier coup d'œil, miss Stein s'assure que tous ses invités ont remarqué son arrivée. Satisfaite sur ce point, elle tend une liasse de feuillets manuscrits à miss Toklas et lui demande de les taper, interligne 2, sur l'Underwood de la chambre. Puis elle soupire et dit qu'écrire est une activité terriblement déprimante. Mais la chance lui sourit : elle vient d'envoyer un texte resplendissant à une revue new-yorkaise qui a eu l'honneur d'en publier trois depuis le début de l'année.

Elle file en direction du grand tableau peint par Picasso et s'installe sous son propre portrait. Aussitôt, Henri Matisse, Robert Delaunay, Maurice de Vlaminck, trois pique-assiette font cercle autour d'elle.

Gertrude Stein est le chef d'orchestre de ces réunions d'artistes et s'aime dans ce rôle. Assise sous son portrait comme Saint Louis sous son arbre, elle dispense ses commentaires avec autorité, jetant un regard de paysanne furibarde sur qui l'interrompt. Elle ne supporte ni les écrivains qui n'admirent pas les quelques nouvelles qu'elle a publiées dans les journaux américains, ni les peintres quand ils ne lui sont pas dévoués, elle qui est leur bienfaitrice matérielle et morale. À ceux qui refusent de se rendre dans les salons officiels, elle offre un lieu d'exposition grâce à quoi on les connaît et on les reconnaît. Ainsi Picasso. Et à qui Matisse doit-il de manger désormais à sa faim ? À elle.

Gertrude Stein aime beaucoup les Matisse. Quand elle va chez eux, sur les quais près de Saint-Michel, elle est toujours agréablement surprise par l'ordre qui y règne. Picasso, c'est la bohème. Matisse, c'est la pauvreté élégante. On mange à peu près aussi peu chez l'un que chez l'autre, mais, rive gauche, les apparences sont sauves. Madame Matisse sait préparer le bœuf miroton. Elle est totalement dévouée à la cause de son mari. Un jour, Matisse l'a fait poser déguisée en romanichelle, une guitare à la main. Elle s'est endormie et l'instrument est tombé. La famille avait juste ce qu'il fallait pour manger, mais elle a préféré crever de faim et faire réparer la guitare. Ainsi Matisse a pu terminer son tableau.

Une autre fois, Gertrude Stein a vu une magnifique corbeille de fruits posée sur la table. Il était interdit d'y toucher : elle était réservée à l'artiste, pour son travail. Afin que les fruits ne pourrissent pas, on avait coupé le chauffage dans l'appartement. Matisse peignait sa nature morte engoncé dans un manteau, les mains prises dans des gants de laine.

Gertrude Stein aime beaucoup inviter Matisse et Picasso ensemble. Ils s'admirent, ils ne s'apprécient pas beaucoup, ils se mesurent tout le temps. C'est un magnifique spectacle !

Matisse et Picasso, l'image vient de l'un d'eux, c'est pôle Nord et pôle Sud. Le Français a conservé une raideur qui allait comme un gant à sa main de scribe lorsqu'il rédigeait les actes de l'avoué qui l'employait. Il est sérieux. Il ne rit pas. Sa famille, ce ne sont pas les amis mais sa femme et sa fille. Il invite peu. Quand il parle, c'est le plus sérieusement du monde, pour convaincre. « Il ne savait pas rire, ce beau peintre de la joie de vivre [1] », a regretté André Salmon.

Dorgelès, dans un article passablement xénophobe, a décrit sa « barbe soucieuse » et ses « bésicles austères » pareilles à celles d'« un attaché militaire allemand » – mais il est vrai que Dorgelès se rapprochera de *L'Action française* et finira par écrire dans *Gringoire*.

Apollinaire, plus brillant, s'est montré plus lapidaire : « Ce fauve est un raffiné ». Il l'a décrit peignant avec solennité plusieurs toiles à la fois, un quart d'heure pour chacune, citant Claudel et Nietzsche s'il se trouvait des étudiants dans la pièce.

L'Espagnol, lui, est silencieux. Il s'exprime beaucoup avec ses yeux, et ses yeux se moquent. Il est sauvage quand le Français est poli. Fuyant les cercles et les salons. Passionné et le montrant.

Les deux peintres ont cependant quelques points communs : l'intérêt qu'ils portent au primitivisme, l'amitié que leur porte l'hôtesse de la rue de Fleurus, l'attention crispée qu'ils se portent l'un à l'autre.

Sur les murs sont accrochées des œuvres de tous deux. Ils savent déjà ce que les Stein ont compris depuis qu'ils les ont découverts : ils sont les deux géants de l'art moderne.

Chacun aura ses prosélytes : Matisse, ce sera Léo et son frère Michaël ; Picasso, ce sera Gertrude. Pour l'heure, les lézardes n'ont pas encore fissuré la complicité qui lie les frères et la sœur. Mais déjà, Matisse est jaloux de la sollicitude que l'Américaine prodigue à cet Espagnol de douze ans son cadet ; et jaloux encore de Braque et de Derain, qui s'éloignent de son cercle pour approcher les mystères qui se trament dans les étages du Bateau-Lavoir.

Une question taraude le Professeur : de quoi s'agit-il ?

LE BORDEL D'AVIGNON

> Voici Tahiti vraie, c'est-à-dire : fidèle-
> ment imaginée.
>
> Paul GAUGUIN et Charles MORICE.

À Montmartre, comme sur les quais de Saint-Michel, bouillonne un chaudron auquel personne n'a encore véritablement goûté, mais qui s'annonce brûlant : le primitivisme ; l'art nègre.

Picasso est allé à Gósol, et Matisse revient de Collioure. La frontière espagnole sépare le village dans la montagne du petit port de pêche. Mais l'art se moque bien des frontières. Sur les hauteurs, Picasso découvrait une simplicité nouvelle ; en bas, Matisse explorait des univers proches.

Gertrude Stein sait où et comment le croisement s'est opéré.

Un jour, qui n'était pas un samedi, Matisse devait venir chez elle. Rue de Rennes, il a stoppé net devant la vitrine de chez Heymann (surnommé le « Père sauvage »), un marchand de curiosités exotiques où était exposée une statuette africaine en bois noir. Il est entré et l'a achetée (cinquante francs). Il s'agissait d'une statue Vili du Congo, représentant un personnage assis, tête levée, yeux creux. Extraordinaire en ceci que les formes et les proportions relevaient de l'imaginaire plus que de la représentation, et que, contrairement aux pratiques de la sculpture occidentale, le tissu musculaire ne comptait pas.

Matisse est venu rue de Fleurus, où Picasso est passé. Il a vu l'objet. C'était après Gósol. Il l'a longuement observé puis il est rentré à Montmartre. Un choc s'était produit.

Le lendemain, Max Jacob l'a découvert dans son atelier, occupé à dessiner des têtes étranges, dont les yeux, le nez et la bouche étaient reliés par un même trait. Max, d'ailleurs, s'est plu à démentir la dame de la rue de Fleurus, affirmant que la statue Vili avait été présentée à Picasso par Matisse, chez lui, au cours d'un dîner qui réunissait aussi Apollinaire et Salmon.

Apollinaire n'en a pas parlé, et Salmon a oublié.

Matisse connaissait l'art nègre pour s'être souvent rendu au musée d'Ethnographie du Trocadéro qui présentait des objets océaniens, africains et américains rapportés par les coloniaux. Ces objets étaient entassés dans des armoires poussiéreuses, quand ils n'étaient pas présentés dans les caisses qui avaient servi au voyage. Apollinaire devait s'élever contre une présentation si désinvolte de telles richesses. Il proposa qu'elles fussent accueillies au Louvre – où Picasso se rendait souvent pour admirer les statuettes ibériques (dites « ibères ») qui s'y trouvaient. À cette époque, le peintre espagnol ne fréquentait pas encore le musée du Trocadéro.

Dans ce jeu à deux, se glisse cependant un troisième personnage, dont le rôle fut déterminant : André Derain.

Derain se passionne pour l'art nègre depuis plus longtemps que les autres. Le Trocadéro, il connaît. Et aussi le British Museum, où, en 1906, il a découvert des œuvres primitives de Nouvelle-Zélande. Il en a beaucoup parlé à Matisse lors de leurs recherches communes sur le fauvisme, et aussi à Vlaminck :

Je suis un peu ému par mes visites dans Londres et au Musée national, ainsi qu'au Musée nègre. C'est pharamineux, affolant d'expression[1].

C'est Derain qui poussera Picasso à franchir les portes du musée d'Ethnographie. Lui aussi, lui surtout, qui lui montrera un masque Fang. Ce masque provoquera chez le peintre espagnol un choc comparable à celui qu'il reçut en voyant la statue Vili de Matisse.

Ce masque a une histoire, et l'histoire est antérieure à ce fameux soir où Matisse s'est présenté rue de Fleurus après être entré chez Heymann. Si Gertrude Stein est certainement à l'origine de la rencontre entre Matisse et Picasso, elle n'est pas la marraine de l'art nègre. Carco, Dorgelès, Warnod et Cendrars peuvent en témoigner.

La marraine est un parrain : Maurice de Vlaminck. Il se trouve un après-midi à Argenteuil, au bord de la Seine, où il a peint pendant plusieurs heures. Il quitte le rivage et entre dans un café. Il commande un vin blanc à l'eau de Seltz. À peine a-t-il bu la première gorgée qu'il remarque trois objets bizarres coincés sur une étagère entre deux bouteilles de Pernod. Il se lève, s'approche et découvre trois sculptures nègres. Deux sont peintes en ocre rouge, ocre jaune et blanc : elles viennent du Dahomey. L'autre est noire : Côte d'Ivoire. Le peintre est profondément troublé. Selon ses propres mots, « remué au fond de lui-même ». Ces statuettes lui révèlent l'art nègre.

Il les achète, les payant d'une tournée générale. Puis il les entrepose chez lui.

Quelques jours plus tard, il reçoit la visite d'un ami de son père. Cet homme remarque les objets africains et lui en offre trois autres : deux statues de Côte d'Ivoire et un masque Fang, que sa femme juge si laids qu'elle ne veut pas déparer son intérieur avec. Vlaminck est aux

anges. Il accroche le masque au-dessus de son lit.
Derain, quand il le découvre, est paralysé par l'émotion.
Il veut acheter. Vlaminck refuse.

« Même vingt francs ?

— Même vingt francs. »

Huit jours plus tard, Derain revient. Il en propose cinquante francs. Vlaminck cède. Son complice emporte le
masque dans son atelier, rue Tourlaque. C'est là que
Picasso le découvre. Et ici que son intérêt pour l'art
nègre prend sa source.

Le fait de savoir si le premier fut Matisse et le second
Picasso, ou Picasso le premier et Matisse le second, n'a
finalement pas beaucoup d'importance. Il y a eu Gósol
pour l'un, Collioure pour l'autre, Derain pour les deux...
et Gauguin pour tous.

Car Gauguin fut lui aussi fasciné par les pièces océa-
niennes et africaines qu'il découvrit en son temps lors
de l'Exposition universelle, et dont une rétrospective
organisée autour des *Tahitiennes* au Salon d'Automne
de 1906 bouleversa tout à la fois Matisse, Picasso et
Derain. C'est à partir de là qu'ils commencèrent à collectionner ces richesses venues d'un autre temps, d'une
autre culture, qui contestaient l'art traditionnel et élevaient la subjectivité du créateur à un point jamais
atteint jusqu'alors. Les primitifs, reconnus comme « artistes purs » par un Kandinsky encore russo-germanique,
ne s'attachaient « dans leurs œuvres qu'à l'essence intérieure, toute contingence étant par là même éliminée[2] ».

Matisse et Picasso intégrèrent peu à peu l'art nègre
dans leur création. Le premier en l'adjoignant à ses
tableaux, le second en faisant de la statuaire nègre le
centre de ses compositions. À partir de là, enfin, le duel
Matisse-Picasso ne va plus s'accomplir à pinceaux mou-

chetés mais au vu de tous, sur des toiles immenses, immenses chefs-d'œuvre.

Matisse dégaine le premier. Au Salon des Indépendants de 1906, il expose une toile et une seule. Elle va devenir légendaire : *Le Bonheur de vivre*. Cette toile est gigantesque, autant par sa taille (175 cm x 241 cm) que par sa nouveauté. Elle constitue un mélange de ce primitivisme que l'artiste a découvert à Collioure, d'un fauvisme policé, d'une poésie onirique qui rappelle *L'Après-midi d'un faune* de Mallarmé, de la déformation des corps à la Gauguin. *Le Bonheur de vivre* rompt avec le néo-impressionnisme.

La critique, évidemment, s'en donne à cœur joie. Épousant les rires et les moqueries de ceux qui se détournent, elle parle de « divagations transcendantales », de « toile vide », de pensée musicale, littéraire mais aucunement plastique. On vilipende la juxtaposition des couleurs, les contours parfois trop fins, parfois trop lourds, les déformations anatomiques, l'abandon du pointillisme pour des aplats colorés. Même Signac, qui avait pourtant acheté un autre objet de scandale, *Luxe, calme et volupté*, estime que Matisse s'est fourvoyé ; Signac qui, avec son ami Seurat, avait en son temps souffert de l'ostracisme des impressionnistes romantiques, et que Pissarro avait dû imposer contre Monet et Renoir.

Matisse, qui se révélera terriblement conservateur lorsqu'il s'agira de défendre le cubisme, se trouve donc à la pointe de l'avant-garde en 1906. L'année précédente, aux Indépendants, à propos de *Luxe, calme et volupté*, Charles Morice, pourtant ami de Gauguin, lui avait reproché d'avoir rejoint la clique « des pointillistes et des confettistes ». La cérémonie avait recommencé quelques mois plus tard avec *La Femme au chapeau*. Matisse est le plus scandaleux des innovateurs.

Même ses fidèles hésitent. Léo Stein, lui aussi, est désemparé devant *Le Bonheur de vivre*. Il y va, il y retourne. Finalement, la toile lui apparaît pour ce qu'elle est : l'événement du Salon, l'œuvre marquante du siècle qui commence, celle qui consacre Matisse comme le grand maître de la peinture moderne. Il achète.

L'année suivante, le peintre récidive. C'est le *Nu bleu : souvenir de Biskra* (1907), inspiré d'un voyage qu'il a fait en Algérie au printemps 1906. La critique, de nouveau, demeure hermétique à ces contours bizarres, toujours déformés à la manière de Gauguin, à ce visage semblable à un masque, à cette peau irisée de bleu. Louis Vauxcelles reconnaît qu'il ne comprend rien à ce qu'il définit comme un « schématisme vacillant » dont Matisse et Derain (qui expose *Les Baigneuses*) sont les premiers architectes. D'autres décrivent l'artiste comme un « roublard », sa peinture comme un « univers de laideur ».

Cette fois encore, Léo Stein et sa sœur achètent le tableau.

Pendant ce temps-là, très loin du couvent des Oiseaux où « le fauve raffiné » va installer son académie (avant de se replier sur le couvent du Sacré-Cœur, aux Invalides), Picasso travaille. Dans le chahut du Bateau-Lavoir, il poursuit ses propres recherches. Sous le regard troublé de Max Jacob, il dessine des formes et des figures qui ressemblent aux gravures des cavernes préhistoriques. Après le *Portrait de Gertrude Stein*, il peint l'*Autoportrait* (1906) et l'*Autoportrait à la palette* (1906). Puis il se lance dans plusieurs bustes de femmes, notamment le *Buste de femme à la grande oreille* (1907).

Il prépare sa réponse à Matisse. Il affûte ses armes. Il connaît l'œuvre de son rival pour l'avoir vue chez les

Stein. Comme beaucoup, lui aussi a été ébranlé. Mais il pense que ceux qui affirment que la peinture de Matisse est révolutionnaire se trompent. Elle est un sommet de l'art, mais de l'art classique. Le langage le plus moderne, oui, mais pour exprimer la tradition. C'est aussi ce qu'affirme Kandinsky à peu près à la même époque : il voit en Matisse l'un des grands maîtres de la peinture contemporaine, un génie des couleurs, mais un impressionniste viscéral qui, comme Debussy, n'a pas rompu avec « la beauté conventionnelle ».

On a dit que l'artiste est allé trop loin ? Dans son for intérieur, Picasso pense que Matisse s'est arrêté trop tôt. La rupture, la vraie rupture, passera par lui.

Après des mois de recherches et d'esquisses préparatoires, à l'hiver 1906, Picasso pose la pointe de son pinceau sur la gorge de celui qu'il veut dépasser. Il commence *Les Demoiselles d'Avignon.* Dans son esprit, cette œuvre est sa réponse au *Bonheur de vivre* de Matisse.

Les esquisses montrent qu'il comptait initialement représenter un marin dans un bordel, et faire entrer un étudiant en médecine dans la pièce où le jeune homme et cinq femmes se tenaient. Pourquoi Avignon ? Parce que, exécutant son œuvre, Picasso songeait à la calle d'Avignon (Avynyo), près de laquelle il habitait à Barcelone et où il achetait son papier et ses couleurs. Quant au marin, il s'inspirait de Max Jacob : celui-ci avait assuré à Picasso qu'il était originaire d'Avignon, ville qui, par ailleurs, comptait alors de nombreuses maisons closes. Au cours de ses études préparatoires, Picasso avait peint son ami poète revêtu d'une sous-chemise de marin. Initialement, l'une des femmes devait être Fernande Olivier, l'autre Marie Laurencin, et la troisième, la grand-mère avignonnaise de Max. Picasso a confirmé ce fait à Kahnweiler en 1933 [3].

Au fur et à mesure de l'avancement du travail, le marin a disparu, et l'étudiant s'est transformé en femme. Lorsque le tableau est achevé, il représente cinq femmes dont quatre debout, nues. Leurs visages portent l'empreinte des statuettes ibériques et des masques nègres. Contrairement à l'œuvre de Matisse, toute en courbes, en couleurs, et paraissant, aujourd'hui au moins, extraordinairement harmonieuse, l'œuvre de Picasso est sombre, d'une violence inouïe. Les corps des femmes sont disloqués, taillés à angles vifs, grands pieds, grosses mains, poitrines coupantes ou sans existence, les nez écrasés, tordus, du bleu sur une jambe, une disgrâce dans certains mouvements, des gueules, des masques, des yeux béants fixant celui qui observe, une orbite creuse et noire, la dissymétrie ibérique côté droit, la statuaire nègre côté gauche, des géométries nettes qui annoncent le cubisme. Pierre Daix note fort justement que la violence du *Bordel* rappelle la fougue d'*Une saison en enfer*, et que Picasso, à l'époque de la composition de la toile, lisait assidûment Rimbaud[4].

Il ne s'agit plus de poésie, d'indolence, de rêveries mallarméennes. On est au bordel, dans les réalités les plus crues. À Matisse, Picasso oppose cette œuvre, plus grande encore que *Le Bonheur de vivre*. Non pas la fin, fût-ce la plus moderne, de l'univers antérieur, mais le commencement d'un nouveau monde. *Le Bordel* est au *Bonheur* ce que *Le Sacre du printemps* de Stravinsky est aux derniers *Quatuors* de Beethoven.

Personne ne comprend. Lorsque Picasso montre l'œuvre à quelques intimes du Bateau-Lavoir, il y a de la gêne. Braque s'en sort par une pirouette : « C'est comme si tu voulais nous faire manger de l'étoupe et boire du pétrole ! » Manolo, comme à son habitude, lance un bon mot : « Si tu allais chercher tes parents à la gare et qu'ils arrivent avec une gueule pareille, avoue que tu ne serais pas content ! » Léo Stein est horrifié. D'autres prétendent que l'œuvre est inachevée. Derain craint qu'on ne retrouve Picasso pendu à son tableau.

Mais le pire, c'est Apollinaire. Lui d'habitude si prompt à défendre les audaces de l'art moderne, surtout lorsque Picasso est aux commandes, se tait. Il ne consacre pas un mot au tableau et n'en mentionne même pas l'existence dans ses articles critiques.

Seule Gertrude défend l'artiste. Sans aller jusqu'à acheter la toile...

Celle-ci resta longtemps dans les ateliers successifs du peintre. Elle fut exposée pour la première fois en 1916, au cours du Salon d'Antin organisé par André Salmon. C'est lui qui, à cette occasion, suggéra que pour des raisons de convenance et de censure, *Le Bordel d'Avignon* (ainsi nommé par Picasso) ou *Le Bordel philosophique* (ainsi nommé par Apollinaire et Salmon) devînt *Les Demoiselles d'Avignon*. Picasso accepta à contrecœur : il n'aima jamais ce nom.

Après l'exposition du Salon d'Antin, l'œuvre fut roulée et peu montrée. En 1923, André Breton convainquit Jacques Doucet, couturier et mécène, de l'acquérir. En 1937, une galerie new-yorkaise l'acheta puis la vendit au Museum of Modern Art de New York.

Aujourd'hui encore, *Les Demoiselles* suscitent bien des commentaires. Les historiens d'art débattent entre eux afin d'apporter une réponse à deux questions posées depuis les origines du tableau : quelle est la part de l'art nègre dans sa composition ? Peut-on considérer l'œuvre comme le point de départ du cubisme ?

À la première question, il fut d'abord répondu que l'art ibérique se retrouvait dans la partie droite du tableau, la plus « révolutionnaire », les emprunts étant reconnaissables aux hachures, à la forme des oreilles et des yeux de deux demoiselles, l'une debout, l'autre accroupie ; que cette dernière avait été peinte d'après le portrait d'un paysan fait par Picasso à Gósol – les carnets d'esquisses le prouvant sans grande contestation possible. Et que l'œil creux de la demoiselle de gauche témoignait au contraire de l'influence de l'art nègre. À l'appui de cette thèse, les historiens ont avancé quelques dates tendant à prouver que lorsqu'il commença *Les Demoiselles*, Picasso connaissait la statue Vili de Matisse et le masque Fang acquis par Derain auprès de Vlaminck, mais pas, ou à peu près pas, le musée d'Ethnographie du Trocadéro ; qu'il manquait donc de sources d'inspiration.

Il est vrai que Picasso commença d'acquérir un peu plus tard les objets nègres qui allaient bientôt encombrer l'atelier du Bateau-Lavoir (*L'Oiseau du Bénin*, nom choisi par Apollinaire pour désigner Picasso dans *Le Poète assassiné*, se rapporte à une pièce appartenant à la collection du peintre). Il est vrai également qu'il en posséda moins que Matisse, champion dans ce domaine. Enfin, il est non moins vrai qu'à partir des années 1938-1939, Picasso lui-même déclara que si, à l'époque du Bateau-Lavoir, tout le monde avait vu l'influence de l'art nègre dans *Les Demoiselles*, c'était pour la bonne raison que chacun découvrait alors ces nouveautés culturelles ; mais qu'en vérité, il fallait y voir une influence à peu près exclusivement ibérique.

L'apport de l'art nègre dans l'œuvre du peintre est également contesté par Pierre Daix, et par Pierre Reverdy. Contrairement à celui-là, celui-ci argumente sans adresse, niant l'influence de Cézanne dans le cubisme, celle d'Ingres dans les œuvres de 1905 et celle de la statuaire nègre dans la période précédant le cubisme. Le poète se trompe. Il a cependant des excuses : il écrit dans les années 20, donc au plus près de l'histoire ; il vénère son modèle, aussi essentiel à l'art, selon lui, que Descartes le fut à la philosophie.

John Richardson a tenté d'introduire une nuance nouvelle dans ce débat de spécialistes. Suivant en cela un certain nombre d'anthropologues et d'historiens d'art, il affirme que les visages des demoiselles sont des répliques incontestables de masques africains ; et que Picasso a refait ces visages après avoir visité le musée du Trocadéro. Richardson rappelle en outre qu'à l'époque où Picasso niait l'apport de l'art nègre dans cette œuvre, la guerre d'Espagne s'était conclue par la victoire de Franco : revendiquer l'influence ibérique dans *Le Bordel*, c'était aussi revendiquer ses racines espagnoles. Entre l'élaboration du *Bordel* et les propos tenus par le peintre avant les années 40, il y avait eu Guernica, le musée du Prado dont les Républicains avaient confié la direction à Picasso, enfin, les massacres commis par les troupes africaines engagées dans les légions franquistes. La terre d'Espagne, alors, était d'autant plus à défendre qu'elle avait été suppliciée et battue. Cette question était suffisamment essentielle aux yeux de Picasso pour qu'il se fâchât sans aucune hésitation avec André Salmon, qui devait couvrir la guerre pour *Le Petit Parisien* du côté monarchiste. De ce jour, il refusa de lui serrer la main et se détourna de lui.

La seconde question, celle du cubisme, reste posée. Salmon comme Jacob ont toujours considéré – et écrit – que *Les Demoiselles d'Avignon* constituaient le point de départ du cubisme. Kahnweiler, qui va bientôt devenir le marchand de Picasso, aussi. Et lorsqu'on observe la partie droite du tableau, on y reconnaît clairement les formes nouvelles qui seront le mode d'expression de cette école. Mais Pierre Daix précise :

On considère à présent, depuis l'exposition au Museum of Modern Art of New York, en 1989-1990, que la naissance du cubisme implique, en plus de la reconstruction des formes naturelles, l'approfondissement de l'expression cézanienne des volumes qui s'est manifestée d'abord chez Braque au cours de l'année 1908 et chez Picasso dans la version finale des Trois femmes [5].

Pour Daix, les *Trois femmes* sont comme un achèvement de l'évolution du travail introduit par *Les Demoiselles d'Avignon*. Si cubisme il doit y avoir, il se situe là plutôt qu'ailleurs. Une fois encore, les exégètes s'empoignent.

Mais Matisse, dans tout cela ?

Il a vu *Le Bordel d'Avignon* dans l'atelier du Bateau-Lavoir (il y fut conduit par les Stein), et a très bien compris contre quoi et contre qui était dirigée la violence de son cadet : contre l'art qualifié de moderne, donc contre lui-même. Aux yeux de l'étranger, ne passe-t-il pas pour le représentant de la tendance la plus nouvelle de la peinture française ? Il est furieux, bien sûr : il déclare qu'il « enfoncera » Picasso.

La rivalité entre les deux hommes est grande. Si l'on en croit Salmon, elle se manifeste chez les « picassiens » par des signes d'une puérilité impressionnante : Matisse ayant offert à Picasso un portrait de sa fille Marguerite – un mauvais portrait, précise l'écrivain pour justifier ce don –, la bande entra un jour dans un bazar de la rue des Abbesses, acheta des fléchettes et, de retour au Bateau-Lavoir, les balança, visant au mieux, sur le visage de la fillette. Par chance, il s'agissait de projectiles de marque Eurêka, avec embouts en caoutchouc.

Matisse, de son côté, s'interrogeait sur l'identité des petits malins qui peignaient des slogans en son honneur sur les murs de Montmartre : *Matisse rend fou* [6] !

Sa route, cependant, devait bientôt l'emporter du côté des jurys et des académies de peinture : un autre monde...

En 1908, les relations entre les deux peintres se refroidirent car Braque fut refusé par le comité qui décidait des accrochages au Salon d'Automne. Matisse, qui, trois ans auparavant, avait fait scandale dans le même Salon, était membre du comité. On prétendit en outre qu'il avait critiqué le cubisme naissant. Les griffes du fauve étaient devenues coussinets.

La brouille, par chance, ne dura pas. À l'aube de la Première Guerre mondiale, Matisse et Picasso faisaient du cheval ensemble au bois de Boulogne. Ils se rencontraient dans leurs ateliers respectifs. Ils échangeaient des œuvres. En 1914, ils échappèrent tous deux à la mobilisation. En 1937, parmi d'autres, ils furent condamnés par les nazis comme représentants de l'« art dégénéré ». Lorsque les Allemands entrèrent dans Paris, Matisse était absent. Picasso protégea son œuvre, qui se trouvait dans une chambre forte proche de la sienne, à la banque. Pour Matisse, selon le mot de Brassaï, Picasso était « son camarade et son rival, sa bête noire et son frère d'armes [7] ».

Après la guerre, il rendit visite à Matisse (il s'était réfugié à Nice). Toute rivalité avait alors disparu entre les deux artistes. Ils parlèrent de leur peinture et de celle des autres. Matisse se montra presque paternel. Il allait bientôt s'éteindre. Il donna. Il transmit. Et Picasso écoutait. La rue de Fleurus était loin. Ni l'un ni l'autre n'avait plus besoin de Gertrude Stein pour les départager. Ils savaient qu'ils étaient tous deux les grands maîtres de l'art moderne.

LE GENTIL DOUANIER

Un tout petit oiseau
Sur l'épaule d'un ange
Ils chantent la louange
Du gentil Rousseau

Guillaume APOLLINAIRE.

Un peintre étrange, qu'on n'attend guère en ce lieu, fréquente lui aussi la bande du Bateau-Lavoir. Il a près de soixante-cinq ans, a l'apparence d'un vieux monsieur très digne, porte canne et chapeau mou, et trottine, un peu courbé, de Plaisance, où il habite, jusqu'aux hauteurs de la Butte. Son visage traduit une bonté généreuse ainsi qu'une grande perméabilité aux sentiments : il s'empourpre à la moindre contrariété. Henri Rousseau entre dans le troisième âge et sort à peine de l'enfance. Sa peinture reflète une naïveté qu'Élie Faure a comparée à celle d'Utrillo, les deux peintres partageant selon lui le même état d'innocence.

On l'appelle le Douanier Rousseau, car il a été employé à l'octroi de Paris, chargé de vérifier les denrées alimentaires entrant dans la capitale. À l'âge de cinquante ans, il a pris sa retraite pour se consacrer à la peinture. Il n'a suivi aucune école d'art. Il est totalement autodidacte. Il ignore la perspective et toutes les règles picturales. Il peint à l'instinct, soigneusement. Son histoire est toute simple, surtout quand ce n'est pas Apollinaire qui la raconte.

Tu te souviens, Rousseau, du paysage aztèque,
Des forêts où poussaient la mangue et l'ananas,
Des singes répandant tout le sang des pastèques
Et du blond empereur qu'on fusilla là-bas.

Les tableaux que tu peins, tu les vis au Mexique,
Un soleil rouge ornait le front des bananiers,
Et valeureux soldat, tu troquas ta tunique
Contre le dolman bleu des braves douaniers.

Le poète pèche par excès d'imagination lorsqu'il écrit qu'Henri Rousseau représente les paysages mexicains découverts pendant la guerre du Mexique, à laquelle il aurait participé en tant que sergent commandant une section1 de soldats français. Car en vérité, le Douanier Rousseau n'est allé ni au Mexique ni en Amérique. Seulement à Angers, 3pendant son service militaire, et à l'Exposition universelle de 1889, où il a peut-être découvert des paysages exotiques reconstitués qui l'auraient éventuellement inspiré par la suite. Apollinaire se trompe donc lorsque, en une formule lapidaire, il affirme que les œuvres de Rousseau « sont l'unique chose que l'exotisme américain ait fournie aux arts plastiques [1] ». Et Blaise Cendrars n'est pas plus véridique quand, à son tour, il met la main à la pâte de la légende :

Viens au Mexique !
Sur ses hauts plateaux les tulipes fleurissent
Les lianes tentaculaires sont la chevelure du soleil
On dirait la palette et les pinceaux d'un peintre
Des couleurs étourdissantes comme des gongs,
Rousseau y a été
Il y a ébloui sa vie.

Rousseau, c'est lui, et lui tout seul. D'aucune école, donc, ni d'aucune époque. Pas plus proche des impressionnistes, dont il est pourtant le contemporain, que des tenants de l'art nègre. Les fauves peut-être, mais seulement par erreur : *Le Lion ayant faim* a en effet été accroché à côté des toiles de Matisse, de Vlaminck et de Derain au fameux Salon d'Automne de 1905. Louis Vauxcelles, qui admirait Rousseau, prétendait que son cas démontrait « que le plus ignare et inculte des êtres peut être un artiste doué ». On a dit de lui qu'il était comme un sourd-muet de la peinture, seul et intuitif, allant gentiment sur un bonhomme de chemin que nul ne partageait avec lui et dont lui-même ignorait les règles – si règles il y avait.

Le paradoxe de cet artiste absolument unique dans le genre qui est le sien, c'est qu'il témoigne d'un classicisme certes difficilement classable, mais qui reste incomparable avec les audaces des créateurs du Bateau-Lavoir ; or, il a connu la gloire grâce à eux.

C'est Alfred Jarry qui le présenta aux deux éminences du *Mercure de France*, Alfred Valette et sa femme Rachilde, puis à Apollinaire ; Jarry, né lui aussi à Laval, qui fut le grand ami du Douanier, dont on ne sait pas, à l'instar de beaucoup d'autres, s'il préféra le peintre à l'hurluberlu – ou inversement. Quoi qu'il en soit, ce fut lui, le moins conservateur des auteurs, qui lança l'aimable bonhomme dans les pattes du *Mercure de France*, lequel contribua grandement à le faire connaître. Puis vinrent les peintres de l'avant-garde, fort respectueux du regard émerveillé avec lequel Rousseau observait la nature.

Picasso le premier. En 1908, il acheta – cinq francs – une toile du peintre chez le père Soulié : *Le Portrait de Mme M.* (1895), qui représentait sa première épouse. Par la suite, il devait en acquérir d'autres. Picasso fut évidemment intéressé par le primitivisme qui se dégage de l'œuvre du Douanier. Lui qui cherchait tant à s'éloigner des académismes découvrit là une manière qui n'était pas la sienne ; mais c'en était une, assurément.

Le Douanier Rousseau habitait rue Perrel, près de Montparnasse. Seul : il était deux fois veuf et avait tour à tour perdu ses enfants, à l'exception d'un seul.

Une affichette en carton était placardée sur sa porte :

Dessin, peinture, musique. Cours à domicile, prix modérés.

Il vivait misérablement. Deux fois par semaine, il préparait un ragoût qu'il remisait sous son lit et qui devait assurer sa pitance hebdomadaire. Malheureusement pour lui, tous les pauvres du quartier connaissaient le jour de ripaille. À peine le ragoût était-il prêt qu'ils débarquaient chez le Douanier. La semaine ne durait pas deux jours...

Il recevait quelques élèves chez lui et vendait leur portrait aux commerçants du quartier (lorsque le Museum of Modern Art de New York s'avisa de retrouver ses œuvres, on en découvrit une chez un plombier, une autre chez un cultivateur...). Jusqu'au moment où Vollard, Uhde et Paul Rosenberg s'intéressèrent à lui, seuls quelques amis achetaient ses toiles : Delaunay, Serge Férat et sa demi-sœur, Hélène d'Œttingen.

La misère, cependant, n'empêchait pas le Douanier d'inviter chez lui. Après avoir économisé en jeûnant pendant huit jours, il envoyait régulièrement des cartons d'invitation agrémentés d'un menu vantant ses soirées artistiques. Ainsi, pour celle du 1er avril 1909 :

Programme

Céciliette (polka)
Les Clochettes (mazurka)
Églantine (valse)

Polka des bébés
Rêve d'un ange (mazurka)
Clémence (valse) [2]

À ces petites fêtes intimes venaient le boulanger et l'épicier qui assuraient l'ordinaire d'Henri Rousseau, ainsi que la bande du Bateau-Lavoir presque au grand complet. L'hôte faisait asseoir ses visiteurs sur des chaises, en ligne, lui-même prenant place près de la porte afin d'ouvrir aux nouveaux arrivants. On mangeait et on buvait ce qu'il y avait – parfois rien. Chacun récitait une poésie ou une comptine. Après quoi, le Douanier s'emparait de son violon et jouait une romance pour l'assemblée. Quand la fatigue venait, il s'allongeait tout habillé sur le vieux canapé de son atelier, et s'éveillait au matin, émerveillé et prêt à peindre.

La solitude finissant cependant par lui peser, il décida de se remettre en ménage et de fonder un nouveau foyer. Il s'enticha d'une personne, lui fit une cour assidue, et comme les parents de l'élue montraient quelque réticence à abandonner leur unique héritière entre les mains d'un peintre sans le sou, il pria ses amis de lui venir en aide. Un beau jour, il débarqua chez Vollard, bataillant contre une toile qui le dépassait de toute sa stature. Il la présenta au marchand qui la jugea admirable.

« Parfait, répondit le peintre. Ainsi, vous pourriez me donner une attestation comme quoi je fais des progrès ? »

Le marchand n'en croyait pas ses oreilles. Rousseau expliqua qu'il souhaitait se marier et qu'un certificat de bonne conduite aiderait ses futurs beaux-parents à lui accorder la main de leur fille.

« Quel âge a votre fiancée ? demanda Vollard. Elle n'est pas majeure ? Il lui faut le consentement de ses parents ?

— Non, répondit Rousseau, affichant un sourire d'extase... Elle a cinquante-quatre ans. »

Il obtint son attestation, et une autre d'Apollinaire. Pour autant, le mariage ne se fit jamais. Le bon Douanier Rousseau resta célibataire.

Il lui avait fallu plusieurs mois pour achever le portrait de Marie Laurencin et de Guillaume Apollinaire. Non pour des raisons d'inspiration ou de création. Simplement, il voulait absolument qu'il y eût des œillets au bas du tableau, et il dut attendre, pour en trouver, que la saison fût propice à son désir de végétation.

Apollinaire raconte encore que lorsqu'il peignait une toile d'inspiration fantastique, la réalité de sa peinture le prenait à la gorge ; pris de panique, il courait à la fenêtre...

Autre trait rapporté par quelques témoins, dont Georges Claretie, journaliste au *Figaro* : à la suite d'une escroquerie dont il fut la victime, Rousseau fut condamné à une peine de prison. Lorsque le juge lui accorda le sursis, le peintre s'exclama :

« Merci, monsieur le président ! Pour vous remercier, si vous le souhaitez, je ferai le portrait de votre dame ! »

À peine son avocat, maître Guilhermet, avait-il achevé sa plaidoirie, que le Douanier s'était tourné vers lui et, à voix très forte, avait demandé :

« Maintenant que tu as fini, je peux m'en aller ? »

Maître Guilhermet reconnaissait deux talents à Alfred Jarry : d'avoir fait *Ubu roi* et le Douanier Rousseau. Mais, comme beaucoup d'autres, il se demanda longtemps si les pitreries de l'artiste résultaient d'une franche niaiserie ou d'un talent consommé pour la comédie. Il se posa la question une première fois, un jour que son client téléphonait dans son cabinet. Il appelait Laval. Il hurlait dans le combiné. L'avocat lui suggéra de parler moins fort.

« On t'entend !

— Toi, tu m'entends ! Mais pas les autres !

— Bien sûr que si... Le téléphone...

— Sottises ! » l'interrompit Rousseau.

Il plaça le creux de la main sur le récepteur et ajouta :
« Je parle à des gens qui habitent Laval ! C'est loin,
Laval ! Comment veux-tu qu'ils m'entendent si je ne
crie pas ? »

Ses amis, peintres ou non, se réjouissaient de ses naïvetés, si comparables à son œuvre. Picasso l'aimait, et
il aimait Picasso. Il lui disait : « Nous sommes les deux
plus grands peintres de l'époque, toi dans le genre
"égyptien" [primitiviste], moi dans le genre moderne[3]. »
L'Espagnol ne bronchait pas. Sans doute n'en pensait-il
pas moins...

En 1908, quelques mois avant de quitter le Bateau-
Lavoir, Picasso décida d'organiser un banquet en l'honneur du Douanier Rousseau. Il s'agissait pour lui de
célébrer la toile qu'il avait achetée au père Soulié, ainsi
que le peintre qui l'avait créée.

La fête avait été longuement préparée. Fernande et
Picasso avaient fixé des branches et des feuilles d'arbres
sur les poutres de la pièce. Le plafond en était aussi
tapissé. Des masques nègres pendaient aux murs. Devant
la verrière, on avait fabriqué un trône à l'aide d'une
chaise posée sur une caisse. Derrière cette chaise, sur les
murs, entre drapeaux et lampions, une banderole était
tendue : « Honneur à Rousseau ! ». *Le Portrait de
Mme M.* était posé sur un chevalet, au milieu de l'atelier.
On l'avait entouré de tissus bariolés et de guirlandes.

La table était mise : une longue planche soutenue par
des tréteaux sur laquelle on avait disposé la vaisselle
prêtée par le restaurant Azon. Le repas, commandé chez
Félix Potin, avait été payé par tous : pour l'occasion, le
Bateau-Lavoir s'était cotisé.

On attendit. À huit heures, les livreurs n'étaient toujours pas là. Les invités commençaient à arriver : Braque,
Jacques Vaillant, Dalize, Gertrude Stein et Alice Toklas,
enrubannée dans un chapeau tout neuf.

À huit heures et demie, il n'y avait toujours rien. On
se renseigna. Félix Potin s'était trompé de jour. Panique
et branle-bas de combat. En un clin d'œil, tous ceux qui
étaient là se dispersèrent rue Ravignan, rue Lepic et rue
des Abbesses pour faire le tour des commerçants amis.
On se retrouva dans les bars avoisinants avec ce qu'on
avait trouvé : des pâtisseries et du riz. La colonie regagna en hâte la Maison du Trappeur. Il fallut porter Marie
Laurencin, trop ivre pour aller droit. Dans l'atelier, elle
s'étala sur les tartes qu'on avait remisées au creux du
canapé. Elle se redressa, battant des jambes et des mains,
se retrouva, piaillant et toute en sucre, dans les bras des
convives. En quelques minutes, l'assemblée était collante et poisseuse. Fernande se mit à insulter « la Belle
laide ». Il fallut les séparer.

Le calme revenu, on passa à table. C'est alors que la
porte s'ouvrit sur Apollinaire, qui s'était chargé d'aller
chercher le Douanier Rousseau en fiacre. Le peintre,
médusé, heureux, demeurait immobile dans l'entrée, son
petit chapeau sur la tête, sa canne dans la main gauche
et son violon dans l'autre. On le poussa, on le tira, on
le fêta. Apollinaire récita un poème. Salmon fit de même.
On but beaucoup. Marie Laurencin, toujours pétulante,
chantait des mélodies normandes. Guillaume la répriman-
dait à voix basse. Comme cela ne suffisait pas à dompter
ses ardeurs, il l'entraîna dehors. Lorsqu'ils revinrent, elle
était plus calme.

Rousseau s'installa sur le trône qu'on lui avait pré-
paré. Salmon dansait sur la table. Il fallut le maîtriser.
Picasso le poussa dehors. Léo Stein s'était placé devant
l'élu de ce soir-là pour le protéger des assauts de l'assis-

tance. Mais le peintre s'était assoupi. Au-dessus de lui, il y avait un lampion dont la cire tombait goutte à goutte sur le sommet de son crâne. Quand il s'éveilla, il s'amusa de ce gentil chapeau qui se façonnait lentement sur sa tête. Lorsque le lampion prit feu, il fallut grimper sur les chaises et sur les tables pour éteindre le début d'incendie. L'ordre rétabli, le Douanier s'empara de son violon et, tout en s'accompagnant avec son instrument, chanta des airs de sa jeunesse :

Aïe ! aïe aïe que j'ai mal aux dents !

Sous les applaudissements, il entama une autre comptine :

Moi je n'aim' pas les grands journaux
Qui parl' de politique
Qu'est-c' que ça m' fait qu'les Esquimaux
Aient ravagé l'Afrique...

Succombant sous l'effort, il s'endormit de nouveau.

Au cours de la nuit, d'autres visiteurs poussèrent la porte : Frédé et son âne Lolo, qui se mit à brouter allègrement les vêtements des uns et les chapeaux des autres ; un couple d'Américains, elle en robe du soir et lui en costume sombre, stupéfaits devant les manifestations artistiques de ces mauvais polissons français. Ils décampèrent assez vite.

À l'aube, les convives se cotisèrent pour offrir un fiacre au Douanier Rousseau. On le raccompagna jusqu'à la voiture, on posa sur ses genoux sa canne et son violon, et on l'embrassa bien fort.

Cette fête, qui fut l'une des dernières de la grande époque de la rue Ravignan, a été diversement commentée. Selon Fernande Olivier, il s'agissait, pour la bande,

« de monter un bateau au Douanier ». Dans un article publié en 1914 par *Les Soirées de Paris*, Maurice Raynal décrit les événements comme si, en effet, le jeu de tous avait été de se moquer du Douanier Rousseau. Gertrude Stein reste neutre. Salmon s'insurge contre les interprétations malveillantes. Il défend le peintre :

> *Nous n'avons pas aimé Henri Rousseau pour sa maladresse, pour son ignorance du dessin ; nous ne l'avons pas chéri pour sa candeur énorme [...] Nous l'avons aimé, homme, pour sa pureté, sa bravoure devant la vie cruelle, pour une sorte d'angélisme, et, artiste, pour ce sens surprenant qu'il eut de la grandeur, pour sa magnifique ambition de la vaste composition quand, à part Picasso et, moins profondément, Matisse, si peu d'artistes composaient à cette époque[4].*

Il est probable que si Picasso a organisé la réception chez lui, s'il a rangé et ordonné la Maison du Trappeur, s'il a recouvert *Les Demoiselles d'Avignon* et, en quelque sorte, plié ses bagages, ce n'était pas pour se payer la tête d'un mauvais peintre ; c'était certainement pour recevoir un artiste qu'il aimait et admirait.

Bien sûr, Henri Rousseau le faisait rire. Il s'amusait de ses naïvetés et de ses rêveries de vieillard-enfant. Mais tous riaient, et tous s'amusaient. Pour autant, tous ne pensaient pas, comme Raynal et Derain (qui devait changer d'avis), que le Douanier Rousseau était un imbécile (Derain à Salmon, après que ce dernier eut publié un article sur le peintre : « Alors quoi, c'est le triomphe des cons ? »). Et même si Picasso jouait, il ne se moquait probablement pas, et Apollinaire non plus : si l'on en croit Max Jacob, le peintre ne l'eût pas permis. Beatrice Hastings, la future fiancée de Modigliani, l'apprit à ses dépens : Picasso lui ferma sa porte après qu'elle eut médit sur le compte de l'artiste.

Rousseau, quoi qu'il en soit, menait son tout petit bonhomme de chemin sans jamais s'offusquer. On le raillait ? C'était la preuve qu'on s'intéressait à lui. Et en matière de peinture, il n'avait de leçons à recevoir de personne : il se savait fort doué.

Il eut le mérite d'inaugurer une série de banquets dont Braque et Apollinaire seraient, en d'autres lieux et en d'autres temps, les héros à venir. Il devait également clore en apothéose l'époque rêvée d'une vie d'artiste qui allait bientôt traverser la Seine pour mettre le feu à Montparnasse.

Un mois avant son ultime salut, il était amoureux. Hélas, Eugénie-Léonie se refusait à lui. Henri Rousseau plaida ses couleurs :

> ... *Donc, nous devons procréer, mais à nos âges, nous n'avons pas cela à craindre. Oui, tu me fais bien souffrir, car, heureusement, je me sens encore. Unissons-nous, et tu verras si je suis incapable de te servir* [5].

Il n'eut pas le temps de jouer les étalons. Un jour de septembre 1910, ses amis reçurent un faire-part de décès : Henri Rousseau était mort à l'hôpital Necker, victime d'une gangrène. Tous étaient conviés au service religieux qui devait se tenir à l'église Saint-Jean-Baptiste-de-la-Salle, rue Dutot.

Personne ne s'y rendit : le carton avait été envoyé trop tard. Les obsèques avaient déjà eu lieu.

LE VOL DE LA JOCONDE

> ... Un garde républicain l'accompagne.
> Apollinaire, nous regrettons cette sévérité
> inadmissible de l'administration péniten-
> tiaire, a les menottes aux mains.
>
> *Paris-Journal*, mercredi 13 septembre 1911.

Les Picasso déménagent.

Les transporteurs qui convoient les quelques meubles du Bateau-Lavoir au nouvel appartement du boulevard de Clichy n'en reviennent pas. Pour eux, c'est un coup du sort. Ou un héritage. Par quel miracle peut-on quitter un baraquement en bois, bizarre et crapoteux, pour une maison des plus bourgeoises avec, côté atelier, vue sur le Sacré-Cœur et, côté appartement, vue sur les arbres de l'avenue Frochot ? Un salon, une chambre, une salle à manger, un coin pour le service, vue dégagée, calme, tout confort.

Un rêve carré.

Tout change, même les meubles. Le bric et broc devient chic et choc : acajou rustique, menuiserie italienne, buffets anciens en chêne, divan Louis-Philippe, piano... La chambre est une vraie chambre, le lit, un vrai lit, avec barreaux en cuivre. On exhibe le cristal et la porcelaine. Mieux : lorsqu'elle arrive dans son nouvel intérieur, madame Picasso écrit à Gertrude Stein pour la prier de demander à Hélène, la cuisinière, de chercher

« une bonne » ! On la logera, on la nourrira, on lui donnera quarante francs par mois.

Quand elle découvre l'oiseau rare, madame Picasso lui octroie une chambre dans laquelle on place la table ronde, l'armoire teinte au brou de noix et tous les meubles qui faisaient l'ordinaire des meilleurs jours du Bateau-Lavoir.

Sauf que pour la jeune personne, ce n'est pas la vie d'artiste : elle est priée de mettre un joli tablier blanc pour servir à table. Ménage chaque jour dans toutes les pièces, sauf dans l'atelier de Monsieur. Là, les géométries deviennent sinusoïdales. Des toiles, des pinceaux, des tubes de couleur, des palettes. Des masques et des statues nègres un peu partout, des instruments de musique, des meubles hétéroclites. Sans compter les collections : de la bimbeloterie bleue, des tasses, des bouteilles, des fragments de tapisserie effilochés, des boîtes, de vieux cadres... Et que dire de la guenon, du chien et des trois chats ?

Monsieur a demandé qu'on ne touche à rien, surtout pas à la poussière : quand elle est bien étalée partout, elle ne le dérange pas ; c'est quand elle est agitée par le plumeau qu'elle devient dangereuse : elle vient sur les toiles. Pour éviter les problèmes, on n'entre pas. Interdiction absolue. Dans cette pièce-là, le ménage, c'est une fois par trimestre, pas plus. Dans le reste de l'appartement, on s'agite quand Monsieur et Madame sont réveillés, c'est-à-dire, la plupart du temps, lorsque la matinée est bien avancée. La demoiselle en profite pour paresser, ce qui déplaît à la patronne : la « bonne » néglige le service.

Dans son nouvel intérieur, Picasso devient irritable, note Fernande. Il se réfugie dans son atelier, sorte de Bateau-Lavoir reconstitué. Il exige des nourritures saines – poisson, légumes et fruits –, conformes à une santé qu'il

estime devenue fragile. Il se met au régime. Il boit plus
d'eau que de vin. Son humeur s'assombrit. Il sort moins,
et avec réticence. Est-ce parce que, désormais, on va plus
dans le monde que naguère ? Frank Haviland, porcelai-
nier de Limoges, amateur d'art nègre, touchant également aux pinceaux, reçoit en grand dans son atelier de
l'avenue d'Orléans. Et Paul Poiret, couturier fameux,
invite fastueusement. Il n'est pas encore au sommet de
la mode, mais il y vient. Grâce à lui et à ses robes, déjà,
les femmes ne portent plus de corset. Il aime l'art et les
artistes. Lorsqu'il vient boulevard de Clichy, il admire
tout, en gros et sans détails. Les toiles exposées dans
l'appartement sont magnifiques, extraordinaires, mer-
veilleuses, admirables, uniques ; les coussins : sublimis-
simes ; la vue : splendissimo. Paul Poiret est un homme-
superlatif.

Tout cela satisfait sans doute Picasso, qui préfère parfois le veau gras social aux vaches maigres héroïques.
Mais l'excès l'irrite. Il ne retrouve sa bonne humeur que
le dimanche, lorsque viennent les amis : Salmon, Apollinaire et Max Jacob. Ou encore, quand il rejoint son vieil
ami Manolo, qui a émigré à Céret.

Céret est alors un petit village catalan situé dans les
Pyrénées-Orientales. Tout comme il s'était réfugié à
Gósol quelques années auparavant, Picasso s'y rend une
première fois au cours de l'été 1911. Là, au milieu des
vergers, de la campagne et des maisons anciennes, il se
retrouve lui-même.

Il loge d'abord à l'hôtel, puis dans une maison isolée au
cœur des montagnes. Le soir, il rejoint ses amis. Braque
descend de Paris, puis Fernande. Pendant un temps, le
couple retrouve l'harmonie de naguère. Picasso peint
comme à Gósol, et comme à Gósol, lorsqu'il rentrera à
Paris, sa peinture aura changé. Comme à Gósol, enfin, le
séjour est interrompu par un bouleversement imprévu.

En 1906, c'était une épidémie de typhoïde. En 1911, c'est un gros titre paru à la une de *Paris-Journal* : on a volé *La Joconde* au Louvre. Lorsque, le 29 août, un certain Géry-Piéret avoue dans les colonnes du même journal qu'il a dérobé trois statuettes au musée, Picasso et Fernande font précipitamment leurs valises et rentrent dare-dare à Paris. L'heure est grave.

Ce Géry-Piéret, Picasso le connaît très bien. Trop bien. C'est un aventurier belge, ami d'Apollinaire dont il fut également le secrétaire épisodique. Le poète l'a rencontré à l'époque où il travaillait comme journaliste au *Guide des rentiers*. Il l'a présenté à Picasso. En mars 1907, pour cinquante francs, celui-ci lui a acheté deux têtes ibériques en pierre qui venaient du Louvre. Le musée était alors comme une passoire. Dans un sens et dans l'autre. Francis Carco rapporte que Roland Dorgelès avait installé pendant quelques semaines un buste d'un de ses amis sculpteurs dans la Galerie des Antiques sans que personne s'avisât de la supercherie. Picasso lui-même, sur le mode de la boutade, avait un jour lancé à Marie Laurencin : « Je vais au Louvre. Veux-tu que je te rapporte quelque chose ? »

Donc, Géry-Piéret avait ses entrées au musée. Les choses n'étaient peut-être pas aussi faciles que les a décrites Blaise Cendrars qui, avec son exagération coutumière et ce talent d'invention romanesque qui caractérise ses témoignages, présente l'aventurier belge comme un joyeux drille pariant une bouteille de champagne qu'il rapporterait du Louvre un objet précieux dissimulé sous le manteau – après avoir, s'il vous plaît, serré la main des gardiens ! Mais enfin, ce Géry-Piéret, fort débrouillard, a bel et bien cédé deux têtes à Picasso. Le malheur tient en ceci qu'après la disparition de *La Joconde*, il a vendu une troisième tête à *Paris-Journal* (contre deux cent cinquante francs, ce qui ne vaut pas les cinquante mille francs proposés pour la restitution de Mona Lisa) ; le quotidien s'est assuré une publicité à bon compte en exhibant la statuette avant de la restituer. Bien évidemment, l'ancien secrétaire du poète affirme aussi être le suborneur de *La Joconde*. *Paris-Journal* publie donc un éditorial incendiaire critiquant la perméabilité des entrées et des sorties. Apollinaire lui-même a donné le 24 août un article dans ce sens à *L'Intransigeant*. Il commence par ces lignes : « *La Joconde* était si belle que sa perfection faisait partie désormais des lieux communs de l'art. » Plus loin : « Le Louvre est plus mal gardé qu'un musée espagnol. »

Ce qui prouve bien sa naïveté.

Car la justice peut considérer qu'il a trempé dans l'affaire. Il a en quelque sorte servi d'intermédiaire entre son copain aventurier et son ami peintre. En 1907, il a bien tenté de persuader ce dernier de rendre les statuettes. Picasso a refusé : « Il les avait abîmées pour découvrir certaines arcanes de l'art antique et barbare à la fois auquel elles ressortissaient[1]. » Les deux têtes ibériques constituaient une des bases de ses recherches sur le primitivisme, et elles ont leur rôle dans l'élaboration des *Demoiselles d'Avignon* (la bouche ronde de la femme de droite, les oreilles démesurées de trois d'entre elles, l'asymétrie générale...).

C'est pourquoi Picasso et Fernande reviennent précipitamment de Céret : si Géry-Piéret a rendu la troisième tête dérobée, il se peut que les limiers du Louvre, assistés de ces messieurs de la Préfecture, partent en quête des deux autres.

Apollinaire, de son côté, a bien compris le danger. Il vient donc chercher ses amis à la gare, et les voilà partis tous trois boulevard de Clichy. Une seule question se pose : comment se débarrasser de l'objet du délit ?

Le poète se désespère, s'accuse de négligence, maudit l'ami indélicat, prévoit la flétrissure et le déshonneur. Picasso n'en mène pas plus large que son compère. Fernande Olivier, témoin plus calme et passablement cruel, note qu'ils ressemblent « à des enfants contrits, épouvantés[2] ».

En cette heure grave, réapparaît une donnée essentielle que les deux artistes avaient quelque peu oubliée : ils sont étrangers. Ils craignent qu'on ne les expulse.

Ils passent la soirée boulevard de Clichy. Ils imaginent mille solutions avant de se rallier à celle qui leur paraît la moins périlleuse : balancer les statuettes dans la Seine. C'est Fernande qui l'écrit. Aussitôt pensé, aussitôt fait. Ou presque. Madame Picasso donne un coup de main pour chercher une grande valise, glisser les œuvres d'art à l'intérieur et pousser le peintre et le poète vers la porte. Puis dans les rues. Blaise Cendrars, si imaginatif, les décrirait rasant les murs, l'œil aux aguets, courbés sous le poids de leur bagage. Il ferait résonner un bruit insolite qui propulserait les deux receleurs sous un porche, le cœur battant. Puis il les entraînerait vers la Seine, l'un devant l'autre, le premier surveillant les avants, et le second les arrières. Jusqu'au moment où un remous de l'ombre, plus important que les autres, les précipiterait sur la route du retour, suant, paniqués, courant presque.

Lorsque Fernande Olivier leur ouvre la porte, à deux heures du matin, ils sont blêmes. Et la valise est toujours là.

« Vide ?

— Non, pleine », bougonne Picasso.

Ils entrent. Ils réfléchissent de nouveau. Finalement, ils adoptent une solution déjà expérimentée par Géry-Piéret : on rendra les têtes ibériques à *Paris-Journal*. Les seuls qu'on tiendra au courant, c'est Chichet, le directeur, et André Salmon, qui travaille là-bas. La publicité offerte au journal vaut bien le secret de la confidence.

Apollinaire passe la fin de la nuit sur le canapé du salon. Au petit matin, il reprend la valise et exécute le plan prévu. Selon Albert Gleizes, Picasso l'accompagne. Les deux hommes gagnent la gare de l'Est par les boulevards extérieurs, placent la valise à la consigne et attendent l'heure d'ouverture des bureaux de *Paris-Journal*.

Le lendemain, par l'intermédiaire du journal, le Louvre récupère les statuettes.

Ouf !

Pas vraiment. Le 7 septembre au matin, à l'heure du laitier, on sonne chez Apollinaire.

Police.

Perquisition.

Arrestation.

Le poète est embarqué Quai des Orfèvres. Inculpé de recel de malfaiteurs et complicité de vol. Conduit directement à la prison de la Santé. « Il me sembla que, désormais, j'étais dans un lieu situé hors de notre terre et que j'allais m'anéantir. » Il n'a droit à aucun égard. Au greffe, il reçoit une chemise, une serviette, des draps et une couverture. À travers des couloirs glauques, on le conduit jusqu'à la onzième division, quinzième cellule. La porte se referme sur lui. Les verrous sont tirés.

> *Avant d'entrer dans ma cellule*
> *Il a fallu me mettre nu*
> *Et quelle voix sinistre ulule*
> *Guillaume qu'es-tu devenu.*

Il n'a rien compris. Il est sonné. Sur l'un des montants de sa couchette, il découvre l'identité d'un de ceux qui l'ont précédé en ce lieu sinistre : *Dédé de Ménilmontant, pour meurtre.*

Il attend.

> *Que lentement passent les heures*
> *Comme passe un enterrement.*

Boulevard de Clichy, on se fait tout petit. Un jour passe. On espère un peu. Mais le lendemain, à l'aube, coup de sonnette. Police judiciaire. Le monsieur est en civil, ce qui ne l'empêche pas d'exhiber sa carte et de prier Pablo Picasso de le suivre au Palais.

Dans la chambre, le peintre enlève son pyjama. « Picasso, tremblant, s'habilla en hâte ; il fallut l'aider ; il perdait la tête de peur[3]. »

On peut le comprendre : le peintre est espagnol, suspecté par la police française de sympathies anarchistes. Il risque, au pire, l'arrestation, au mieux, l'expulsion...

Fernande le regarde marcher sur le boulevard en compagnie de son cerbère. Ils montent dans l'autobus Pigalle-Halle-aux-Vins. Picasso jure qu'il n'est pour rien dans cette histoire, qu'il ne sait même pas de quoi il s'agit. Mais le pandore n'y peut rien. Cette affaire n'est pas la sienne.

Dépôt. Cabinet du juge d'instruction. Picasso, entendu comme témoin, répète qu'il n'est pas au courant. Qu'à cela ne tienne. La justice a des informations.

« Lesquelles ?

— Un poète qui se prétend de vos amis.

— Je ne connais pas de poète. »

Il en bafouille, Picasso. Le juge détaille la déposition du poète en question : il a mentionné le nom de Picasso devant Géry-Piéret dont on sait aujourd'hui qu'il est le voleur des œuvres d'art ; ledit Géry-Piéret s'est rendu chez le peintre et lui a vendu deux têtes ibériques.

« Je ne suis au courant de rien, répète Picasso sans assurance.

— Il dit aussi que vous ignoriez la provenance de ces œuvres d'art...

— ...

— Nous avons un témoin. »

Le témoin a attendu quatre heures dans la souricière du Palais de justice, le nez collé aux barreaux. Puis on l'a sorti de son trou et conduit, menotté, dans une pièce contiguë au cabinet du juge.

Celui-ci ouvre la porte. Le témoin entre. Il a les traits creusés, il est blanc, hagard, ses yeux sont rougis, il porte une barbe de deux jours, il a égaré sa cravate, et son faux col tient à peine. Il s'assied sur la chaise qu'on lui indique. Picasso le regarde puis, aussitôt, se détourne. Il fixe le mur, en face.

« Connaissez-vous cet homme ? demande le magistrat.

— Non », déclare Pablo Picasso.

Sur sa chaise, Guillaume Apollinaire a un hoquet.

« Non, répète Picasso, s'entêtant comme un enfant perdu : je n'ai jamais rencontré ce monsieur. »

Il n'ajoute rien.

Mais, bientôt, il bafouille, se désespère, revient sur ses déclarations – tandis qu'Apollinaire, bouleversé, ne peut émettre un seul son.

Assis derrière son bureau, le juge, interloqué, considère ces enfants en proie à des terreurs pires que nocturnes, qui se lamentent comme si le ciel des Pères Noël leur était tombé sur la tête. Il renvoie l'un chez lui, et l'autre à la Santé.

Le même jour, Géry-Piéret, sous le nom d'emprunt de Baron Ignace d'Ormesan (qu'Apollinaire avait utilisé dans *L'Hérésiarque & Cie*), écrit à la justice pour disculper l'emprisonné.

Pendant ce temps-là, dans Paris, on s'agite. À main

gauche, les amis d'Apollinaire, conduits par André Salmon, René Dalize, André Tudesq et André Billy, lancent une pétition demandant l'élargissement du poète (monsieur Frantz Jourdain, président du Salon d'Automne, refusa de la signer). À main droite, la presse raciste, sous les flambeaux de Léon Daudet et d'Urbain Gohier, s'en donne à cœur joie :

Le secrétaire du Juif ou Polonais pornographe – l'un des brigands du Louvre – est un Belge. Quand on connaîtra toute la bande, on n'y trouvera que des étrangers ou des métèques [4].

Derrière les barreaux, le métèque est accablé :

Dans une fosse comme un ours
Chaque matin je me promène
Tournons tournons tournons toujours
Le ciel est bleu comme une chaîne
Dans une fosse comme un ours
Chaque matin je me promène.

Heureusement, cela ne dure pas. Le 12 septembre, Guillaume Apollinaire est libéré. Mais l'affaire n'est pas close. Par l'intermédiaire de Gleizes, le poète rencontre le substitut Granié. Lequel ne le rassure pas : il a protégé un individu qui a volé l'État et recelé des biens dérobés dans un musée national.

« Quels sont les risques ? demande Apollinaire.

— La correctionnelle.

— Mais encore ?

— Une condamnation. »

Le poète est défait.

« L'idéal serait de passer devant les Assises...

— Pardon ?

— Vous ne pouvez nier le délit, argumente le substitut. En correctionnelle, les juges appliqueront la loi sans discussion. Aux Assises, on peut s'expliquer... »

Apollinaire ne tient pas du tout à s'expliquer devant une cour d'assises.

« Il n'y a pas d'autre solution ?

— Le non-lieu.

— Ai-je une chance de l'obtenir ?

— Nous verrons... »

Il y avait une chance. Et Apollinaire l'obtint. En janvier 1912, il fut lavé de tout soupçon. Mais cette histoire, pour lui dramatique, laissa quelques séquelles. Dans son cœur d'ami, et même s'il n'en parla jamais, comment le Mal-Aimé ne souffrit-il pas des défaillances de Picasso ?

> *Un de ses amis les plus chers ne l'avait-il pas renié à l'occasion d'une confrontation, en perdant la tête jusqu'à déclarer qu'il ne le connaissait pas ?* demande Albert Gleizes. *Il m'en parlait avec amertume et une émotion non dissimulée* [5].

Cette amertume, soit dit en passant, ne déplaisait certainement pas à Gleizes qui, voulant être reconnu comme l'inventeur du cubisme, détestait Picasso.

Il n'empêche que le peintre fut temporairement victime de la froideur des amis du poète. Cette disgrâce, bien légère cependant, s'accompagna d'une trouille diffuse qui l'obséda quelque temps : il refusa d'emprunter la ligne Pigalle-Halle-aux-Vins par laquelle il avait été emmené au Dépôt ; dans la rue, il se retournait sans cesse, craignant d'être l'objet d'une filature ; lorsque la sonnette retentissait boulevard de Clichy, l'inquiétude l'envahissait.

Cinquante ans plus tard, dans *Paris-Presse*, Picasso avouait au journaliste qui l'interrogeait sur l'affaire du vol de *La Joconde* que sa propre attitude lui avait inspiré, et lui inspirait encore, un sentiment qui n'était ni plus ni moins que de la honte [6]. Ce qui semble aisément compréhensible. Car Apollinaire avait quant à lui si bien protégé le peintre des foudres de la place publique que jamais son nom ne fut cité dans la presse. Ni même dans les ouvrages que ses contemporains consacrèrent aux relations entre les deux hommes. Mieux encore : dans sa préface aux œuvres poétiques de Guillaume Apollinaire [7], André Billy, témoin de l'époque et acteur indirect de cette malheureuse affaire, ne mentionne pas non plus l'identité de Picasso ; il se contente de parler du peintre X...

La Joconde fut retrouvée en 1913. Elle avait été dérobée par un citoyen italien qui travaillait au Louvre et voulait rendre l'œuvre à son pays. Apparemment, la boucle était bouclée.

Pour tout le monde peut-être, sauf pour Apollinaire.

Un an plus tard éclatait la Première Guerre mondiale. Le poète s'engagea aussitôt. Il apparut à tous ses amis que cette volonté de défendre un pays qui n'était pas le sien sonnait ainsi qu'une revanche. C'était comme si Apollinaire avait voulu recouvrir les menottes honteuses par les trois couleurs de l'étendard : sa manière à lui de faire oublier le sourire dévastateur de Mona Lisa.

SÉPARATIONS

> Affaire F.O. Il n'y a pas à dire : je me
> monte, je me monte. Je suis déjà amou-
> reux en imagination. Je serai bien déçu
> s'il n'y a rien. Plus que déçu.
>
> Paul LÉAUTAUD.

L'affaire du vol de *La Joconde* constitue un pivot
autour duquel va s'ouvrir une nouvelle ère, douloureuse
pour les uns, heureuse pour les autres, fertile en formes
et en couleurs. C'est le temps des virages et celui des
ruptures. Sur le livre des arts, frémit la page de Montmartre. « J'irai au Lapin Agile me ressouvenir de ma
jeunesse perdue », écrira bientôt Blaise Cendrars.

Marie Laurencin rompt avec Guillaume Apollinaire :
à Auteuil, un séjour à la Santé, ça ne pardonne pas. Fernande Olivier assure que Marie n'avait pas écrit à son
amoureux lorsqu'il était à la Santé. Le déshonneur de la
prison s'est ajouté aux nombreuses infidélités du poète
et à une mésentente devenue chronique : déjà, Marie
avait refusé de l'épouser car il avait trop mauvais caractère. Et puis, si l'on en croit Picasso, le couple s'ennuyait un peu au lit... Quand on sait les ardeurs dont
témoigne Mony Vibescu dans *Les Onze Mille Verges*...

Profondément blessé, Apollinaire quitte Auteuil pour
aller vivre pendant quelques mois chez Robert et Sonia
Delaunay. Bientôt, il rendra la monnaie de sa pièce à
Tristouse Ballerinette – en termes choisis :

J'étais inconnue, pensait-elle, et voilà qu'il [Croniaman-
tal] m'a faite illustre entre toutes les vivantes.

    On me tenait pour laide en général avec ma maigreur,
ma bouche trop grande, mes vilaines dents, mon visage asy-
métrique, mon nez de travers. Me voilà belle à cette heure,
et tous les hommes me le disent. On se moquait de ma
démarche virile et saccadée, de mes coudes pointus qui
remuaient dans la marche comme des pattes de poule. On
me trouve maintenant si gracieuse que les autres femmes
m'imitent. Quels miracles n'enfante pas l'amour d'un
poète[1] *!*

Pendant la guerre, le poète en question échangera
quelques propos épistolaires plus aimables avec sa
muse. Mais celle-ci, à en croire Philippe Soupault, ren-
verra cruellement l'ascenseur. Soupault, qui vouait une
immense admiration à Apollinaire, n'admit pas que la
jeune femme moquât cruellement et sordidement l'homme
qui avait partagé avec elle plusieurs années de sa vie. À
cela, Marie Laurencin ajoutait deux travers impardon-
nables aux yeux de l'auteur du *Nègre* : elle était d'une
prétention que rien dans son œuvre ne justifiait ; et, pire
que tout, elle était très liée à Marcel Jouhandeau...

Apollinaire, donc, traverse une période difficile,
autant parce que sa muse s'est éloignée que pour l'incer-
titude morale dans laquelle il se trouve : il n'a pas
encore obtenu son non-lieu, les attaques de la presse de
droite l'ont épouvanté, il craint de ne pouvoir obtenir sa
naturalisation et, toujours et encore, d'être expulsé de
France.

Pour l'aider, ses amis André Salmon, René Dalize,
André Tudesq, André Billy et Serge Jastrebzoff se coti-
sent et reprennent un journal, *Les Soirées de Paris*, dont
ils lui confient la direction. En un seul numéro, les
abonnés passent de quarante à... un seul[2]. Mais les
demandes de services de presse affluent du monde

entier, ce qui ravit Apollinaire. Une fois par mois, en compagnie de Serge Jastrebzoff, il fait le tour de Paris en taxi afin de déposer des exemplaires de la revue chez les libraires.

Serge Jastrebzoff, plus connu sous son identité de peintre – Serge Férat –, est le demi-frère de la baronne d'Œttingen. Elle est russe, riche, cultivée, mondaine, elle habite un hôtel particulier faubourg Saint-Germain, et elle touche à tout : peinture, littérature, et Croniamantal, dont elle fut l'éphémère maîtresse.

Du côté de Clichy, tout ne va pas non plus pour le mieux dans le meilleur des mondes conjugaux. Là aussi, Mona Lisa a provoqué quelques grimaces. Est-ce, comme certains l'ont dit, parce que Fernande s'est montrée très dure à l'égard d'Apollinaire ? Ou parce qu'elle a témoigné dans cette situation d'une ironie qui transparaîtra dans ses écrits et que Picasso n'apprécie pas ? Ou encore parce qu'elle est volage ? Ou, enfin, parce que les mondanités lui tournent la tête ? Toujours est-il que le couple est en crise.

On a longuement glosé sur l'irascibilité du peintre qui travaillait à cette époque en tandem avec Braque. On a également parlé de l'incompréhension de la belle Fernande à l'égard de l'œuvre que construisait Picasso. Quoi qu'il en soit, les orages se sont accumulés. Elle lui reproche de trop se soucier de ses petites douleurs physiques, et lui, d'acheter trop de robes et trop de parfums. Elle dit qu'il est « bête comme chou », qu'il ne sait rien faire que peindre, qu'il est seulement un enfant précoce. Il critique ses gémissements continuels.

Les scènes enflent, se multiplient. Un jour, Fernande Olivier prend son envol. Elle se pose ailleurs pendant quelques jours, puis revient à tire-d'aile. Mais le ver est dans le fruit. Il va croître tout seul jusqu'en 1912 (des

années plus tard, Picasso devait avouer que la première
fois qu'il s'était séparé de sa muse de Montmartre, ce
n'était pas pour des histoires d'eau de Cologne ou de
froufrous vestimentaires ; c'était à cause de Raymonde,
la petite fille adoptée puis rendue).

La bande, pour le moment, fait comme si de rien
n'était. Elle a délaissé le Lapin Agile pour le Grelot,
place Blanche, ou pour l'Ermitage, boulevard de Rochechouart : comme on le fait depuis toujours, on suit
Picasso. Les peintres se retrouvent entre eux, sous l'œil
suspicieux des habitués qui boivent des bocks au comptoir. Chacun à sa place, et que personne ne bouge.
Quand les jeunes filles succombent au baratin des
artistes, changeant de camp l'espace d'une rencontre,
des bagarres éclatent : on voit même Picasso faire
mordre la poussière à un quidam qui l'avait bousculé.

Les habitués – Max Jacob, Apollinaire, Braque... –
comptent les points, assistés par de nouveaux venus :
Férat et sa baronne de sœur, Metzinger, Marcoussis, les
futuristes italiens...

Ces derniers se repèrent vite : cherchant par tous les
moyens à se singulariser, ils portent des chaussettes
assorties à leur cravate, mais de couleurs différentes. Ils
sont peintres et poètes. Leur chef de file, Filippo Tom-
maso Marinetti, a résolu le problème de l'alexandrin et
du vers libre, comme le prouve l'extrait de son poème
Train de soldats.

> *tlactlac ii ii guiiii*
> *trrrrrrtrrrrrr*
> *tatatatôo-tatatatatôo*
> *(ROUES)*
> *urrrrrr*
> *cuhrrrr*
> *gurrrrrrr*
> *(LOCOMOTIVE)*

> *fuufufufuufufu*
> *fafafafafa*
> *zazazazazaza*
> *tzatzatzatza. tza* [3]

Au-delà de l'aspect provocateur de leurs accoutrements, déclamations et autres banderilles plantées dans
la sagesse de la Belle Époque, il faut accorder aux futuristes le rôle qui leur revient dans les révoltes à venir :
ils furent les premiers, avant Dada et les surréalistes, à
tenter d'allumer la mèche des explosions futures. Mais
ils le firent avec une évidente maladresse, surtout quand
ils se vantèrent d'être les précurseurs de l'art de demain.
Il leur fallait à tout prix être en accord avec les termes
du *Manifeste du futurisme*, signé par Marinetti, publié
par *Le Figaro* du 20 février 1909 :

> *Article 4 : Nous déclarons que la splendeur du monde*
> *s'est enrichie d'une beauté nouvelle : la beauté de la*
> *vitesse. Une automobile de course avec son coffre orné de*
> *gros tuyaux tels des serpents à l'haleine explosive... une*
> *automobile rugissante, qui a l'air de courir sur de la*
> *mitraille, est plus belle que la* Victoire de Samothrace.
> *Article 9 : Nous voulons glorifier la guerre – seule*
> *hygiène du monde, le militarisme, le patriotisme, le geste*
> *destructeur des anarchistes, les belles Idées qui tuent, et le*
> *mépris de la femme.*
> *Article 10 : Nous voulons démolir les musées, les biblio-*
> *thèques, combattre le moralisme, le féminisme et toutes les*
> *lâchetés opportunistes et utilitaires.*

Cela donne une exposition chez Bernheim-Jeune, un
éreintement dans *La Nouvelle Revue française*, Jacques
Copeau parlant d'« une prose déclamatoire, incohérente
et bouffonne [4] », un engagement à venir au côté du Duce
italien, une flèche d'Apollinaire :

*Les futuristes sont des jeunes peintres auxquels il fau-
drait faire crédit si la jactance de leurs déclarations, l'insolence de leurs manifestes n'écartaient l'indulgence que
nous serions tentés d'avoir pour eux[5].*

Cela donne enfin un tour de valse chez les Picasso :
Fernande s'envole avec Umbaldo Oppi, peintre futuriste.
Lorsqu'elle redescendra sur terre, elle comprendra que
le présent se conjugue désormais à l'imparfait : Picasso
est parti de son côté.

Il est avec Éva Gouel, à Céret. Éva était la fiancée de
Marcoussis. Ils se sont beaucoup vus à l'Ermitage, à
quatre. Puis Picasso et elle, seuls. Prétextant l'exiguïté
de son atelier boulevard de Clichy, le peintre en a loué
un autre dans son ancien Bateau-Lavoir. Non pas la Maison du Trappeur, mais une pièce à l'étage au-dessous.
C'est là, sans doute, qu'il est entré dans le rôle de
l'amoureux clandestin, rôle qu'il a prolongé durant l'hiver 1911 et le printemps de l'année suivante.

Ce n'est pas une passade, et Marcoussis est malheureux. Ses amis l'encouragent à oublier : ce n'est pas
facile ; à se montrer magnanime : il essaie. Quand la
colère déborde, on lui conseille de faire comme le
Christ.

« Et qu'a-t-il fait, le Christ ?

— Il a pardonné à la femme adultère.

— Facile ! Ce n'était pas la sienne ! »

Picasso est amoureux fou de cette jeune femme d'à
peine trente ans, fine, jolie, d'un caractère égal et
joyeux. Il la peint et note, au-dessous du tableau, *Ma
Jolie*. Pour fuir Fernande, il l'emmène dans les Pyrénées, puis, comme il craint les visites intempestives,
s'embarque pour Sorgues, où Braque le rejoint. Ainsi
s'achève, dans la médiocrité, une passion de huit ans.

Avec Fernande, disparaît l'ombre tutélaire du Bateau-Lavoir. Elle en avait été la reine, et la seule.

Elle ne devait plus jamais revoir Picasso. Après la rupture, elle travailla chez Poiret, puis auprès d'un antiquaire, enfin, dans une galerie de tableaux. Elle récita des poèmes au Lapin Agile, fut caissière au comptoir d'une boucherie... Dans les années 30, elle vivait misérablement en donnant des cours de prononciation aux Américains descendus en grappes à Montparnasse. Max Jacob alla trouver Picasso pour lui demander de l'aider. Il ne bougea pas. Alors elle décida de publier ses Mémoires. Elle s'en fut au *Mercure de France*. On la fit monter dans un bureau sombre où travaillait un homme à binocles. Deux vestons le protégeaient du froid. Le premier était élimé, taché, décousu. Le second était seulement sale. Il était plus court que l'autre, mais moins abîmé : sans doute était-ce la raison pour laquelle son propriétaire avait choisi de le porter par-dessus son homonyme.

De grandes feuilles de papier journal étaient étalées au sol. Les titres du jour étaient recouverts par des quignons de pain séchant à l'abri des manuscrits débordant des étagères.

L'homme souleva ses binocles, salua l'apparition et se présenta. Il s'appelait Paul Léautaud. Il aimait les animaux, particulièrement les chats. Lorsqu'il ne travaillait pas au *Mercure*, il s'occupait de ses protégés. Il leur cherchait de bonnes adresses pour les placer ou, plus immédiatement, de quoi manger. Les croûtons étaient pour eux. Si la demoiselle voulait bien s'asseoir...

Fernande Olivier avait entendu parler de Paul Léautaud. C'était très peu de temps après sa rupture avec Picasso. Peut-être par Guillaume Apollinaire. Léautaud dînait au champagne en compagnie d'une femme. Alors qu'il portait son verre à ses lèvres, son hôtesse avait retenu son geste et s'était écriée :

« Vous ne trinquez pas ?

— Certainement », avait fait l'autre.

Comme il ne prononçait ni mot ni toast, la dame s'était écriée :

« Si vous ne savez pas faire mieux, buvez au moins à la santé des bêtes !

— Bien sûr ! »

Léautaud avait choqué son verre contre celui de sa vis-à-vis et, tout sourires, avait murmuré :

« À votre santé, chère madame... »

Fernande Olivier raconta ses misères à l'auteur du *Petit Ami*. Qui fut touché par sa détresse. À sa manière, qui n'est jamais celle des autres :

> *Madame F.O. partie, je dis à madame de Graziansky (l'employée aux abonnements) que, tout de même, si elle est gênée comme elle dit, encore jolie femme comme elle est, elle pourrait prendre un amant*[6].

Quand il la revoit, il l'examine, se dit qu'elle a certainement « un fessier merveilleux ». Mais, hélas, « la peau rosée des blondes ». Puis il revient sur son avis : elle doit être rousse. Il finit par lui poser la question : elle est châtain-roux. Un jour, il la trouve belle, le lendemain, tout à fait déplaisante. « Elle a des marques roses sur la poitrine, au-dessus de l'entre-seins. »

Il cueille des fleurs pour elle dans son jardin. Il les apporte rue de la Grande-Chaumière, où elle habite. En face, se dresse le bâtiment de l'Académie de peinture. Léautaud est un peu jaloux : il pense que si la jeune femme veut faire l'amour, elle n'a que l'embarras du choix. S'en veut d'être si âgé – soixante ans – et elle si jeune – il lui donne quarante ans, elle en a quarante-six.

Il est amoureux, Léautaud. En hausse d'intensité quand il comprend qu'elle a encore « ses époques », mais en baisse lorsqu'elle lui raconte sa vie d'artiste, la bohème, le Lapin Agile... « Je préfère de beaucoup une bonne putain bourgeoise. »

Mais quand elle vient chez lui, dans la journée le plus souvent, il aimerait bien. Seulement, il est timide. Il n'ose pas. Elle est assise sur un transatlantique dans son jardin. Il lui découvre des jambes « énormes », un bourrelet de chair à la taille, des bras comme des cuisses, les seins sur le ventre. N'empêche : « J'étais vraiment en érection. » Il a acheté une bouteille de champagne, qu'il finit par boire seul après son départ.

Bientôt, elle lui fait des confidences : Marie Laurencin ignorait le plaisir ; Apollinaire ne pouvait faire l'amour qu'entièrement vêtu ; Max Jacob fréquentait des sergents de ville et des gardes républicains moustachus ; rue Ravignan, il y avait un charbonnier qui était amoureux d'elle et qui déposait du charbon devant la porte de la Maison du Trappeur sans jamais songer à demander de l'argent ; elle s'entendait très bien « sensuellement » avec Picasso...

Elle est toujours très attachée à lui : inquiète quand elle apprend qu'il est malade, le défendant sans cesse, à tout propos. Lorsqu'elle parle de lui, Léautaud lit l'émotion, peut-être le regret, sur son visage.

Un jour cependant, elle éclate : le problème, avec Picasso, c'est qu'elle s'ennuyait terriblement. Il ne parlait pas, toujours et toujours absorbé par son travail... Mais elle oublie. Elle s'insurge lorsque Léautaud lui avoue la confidence que lui a faite Serge Férat à propos de ce jour sinistre où le peintre et Apollinaire ont été confrontés dans le cabinet du juge d'instruction : il a dit ne pas le connaître. Fernande crie au scandale, évoque

des histoires de jalousie, Picasso ayant volé une maîtresse à Férat qui se serait vengé ainsi...

À la demande de Georges Charensol, Léautaud rédige
la préface des Mémoires de Fernande Olivier (dont le
Mercure a seulement publié quelques extraits, Valette
ayant considéré que l'ouvrage ne se vendrait pas). Lorsque Picasso apprend que le livre va être imprimé, il tente
d'intervenir auprès des éditions Stock pour en stopper
l'exploitation : il propose de payer tous les frais liés à
la publication. Il ne parvient qu'à la retarder : l'ouvrage
sort finalement en 1933.

Près de vingt ans plus tard, victime d'une détresse
comparable, Fernande Olivier écrira un nouvel ouvrage.
Madame Braque en informera Picasso. On ne sait si ce
fut pour en ajourner la publication ou pour accomplir un
geste désintéressé et généreux (comme il le fit plus tard
avec Hans Hartung, l'aidant à passer en Espagne pendant
l'Occupation), mais le peintre enverra à son ancienne
amoureuse une somme assez conséquente.

Pendant trente ans, l'ouvrage restera dans les armoires
de Fernande Olivier.

CUBISME

La nature, pour nous, hommes, est plus
en profondeur qu'en surface.

Paul CÉZANNE.

Marie Laurencin s'en est allée, Fernande aussi. Max
Jacob, après avoir goûté aux charmes de Cécile, peut-
être d'une autre femme, manque de s'éprendre d'une de
ses cousines. En 1912, à Quimper, le jour de l'Assomp-
tion, il regarde passer une procession quand on l'appelle.
Il se retourne et découvre un cousin et deux cousines.
L'une d'elles se nomme Éva. Max entraîne tout ce joli
monde en direction de l'évêché. Dans le jardin, on avise
un mûrier. Les cousines encouragent Max à grimper
le long du tronc. Il accomplit la prouesse. Éva est
conquise : un poète sportif !

Cela suffit pour qu'elle lui offre ses lèvres. Max y
goûte. Il n'est pas peu fier d'« avoir mis en train
Mlle Éva[1] ». Mais, exploit pour exploit, il préfère les
mûriers. Et renonce vite à la lubie des demoiselles : il
revient à ses amours habituelles.

Dans la bande de Picasso, il est toujours présent, mais
il commence à perdre du terrain. Pour plusieurs raisons.

Il inhale trop d'éther. Picasso, qui n'absorbe plus
aucune drogue depuis la mort de Wiegels, accepte mal la
dépendance de son ami dans ce domaine. C'est devenu
n'importe quoi. Et comme ce n'importe quoi jette un
froid dans les assemblées amicales, Max Jacob invente

sans cesse des prétextes pour justifier son appétence. Il prétend souffrir des dents et calmer la douleur par l'absorption d'éther. Ses parents, chez qui il se rend parfois, s'étonnent que ces douleurs dentaires ainsi soignées plongent leur fils dans le délire. Ils exigent qu'il aille chez un dentiste de leur choix. Max Jacob, qui déteste les dentistes et ne souffre aucunement des dents, envisage un temps d'arrêter ses pratiques pharmaceutiques. Il le fait peut-être dans sa Bretagne natale, mais pas à Montmartre.

C'est un premier délit.

Le deuxième résulte de sa susceptibilité maladive : il transforme souvent de simples broutilles en séismes destructeurs. Non seulement à l'égard de Picasso, mais aussi avec Apollinaire. Celui-ci, parfois, lui bat froid. Ils sont en rivalité face au peintre. Max Jacob se plaint souvent de ce que le poète ne songe qu'à rire avec lui, sans vraiment prendre en considération son travail littéraire. Or, tandis que Picasso gagne en argent et Apollinaire en notoriété (il a obtenu trois voix au Goncourt pour *L'Hérésiarque & Cie*), Max demeure dans la cour des plus petits. Cette situation alimente encore une paranoïa naturelle. Dans des lettres aussi enfantines que certains propos du Douanier Rousseau, Max accuse Apollinaire de le fuir, de passer à Montmartre sans venir le saluer, de ne jamais le convier à ses fêtes, de lui poser de multiples lapins... tout en lui jurant une amitié indéfectible et éternelle.

C'est une autre raison.

Enfin, le poète lui-même reproche à Picasso un travers à ses yeux impardonnable : il devient un enrichi. Depuis que Vollard lui a acheté ses toiles, il oublie ses vieux amis et une complicité unique née dans les misères partagées. Max en pleure. Par malchance, il étire lui-même le fil tendu entre les deux hommes : peu après le banquet Rousseau au Bateau-Lavoir, il vend quelques dessins de Picasso. Il justifie son geste par la pauvreté (réelle) dans laquelle il se trouve et dont les autres ne souffrent plus.

Picasso déteste entendre son ancien camarade de misère raconter – et donc rappeler – leur période de vaches maigres et la solidarité qui les liait à cette époque-là.

Max mène sa barque à contre-courant des autres.

En 1911, il publie à compte d'auteur *La Côte, « recueil de chants celtiques, anciens, inédits »*. Cet ouvrage, comme il l'avouera quelques années plus tard à Tristan Tzara[2], a été conçu pour se moquer de Paul Fort, de Francis Jammes et, d'une manière plus générale, de la littérature populaire, qu'il juge « grotesque » (ce qui tendrait à confirmer le jugement d'André Salmon, qui considérait que Max Jacob feignait d'aimer cette littérature pour complaire à Apollinaire). Il le vend lui-même et gagne sa vie ainsi. Cette forme de gagne-pain lui apparaît comme une « mendicité déguisée ». Picasso n'en pense peut-être pas moins.

Quand les autres déménagent pour des appartements plus grands et plus luxueux, il reste dans des taudis, rue Ravignan, rue du Chevalier-de-la-Barre ou rue Gabrielle. Certes, il est parfois l'invité de Picasso à Céret. Mais il ne peut s'offrir le voyage. Le peintre doit écrire à Kahnweiler pour lui demander de donner à son ami poète les quelques billets nécessaires aux frais de chemin de fer et d'autres, pour son argent de poche.

Par bonheur, dans les Pyrénées, c'est le grand amour. Tout en prêtant, du côté de Montmartre, une épaule réconfortante à Fernande, Max se lie d'amitié avec Éva. Il apprécie sa vivacité, son dévouement à la cause ménagère du foyer Picasso, et au maître lui-même. Ce dernier retrouve la première place au Panthéon affectif de l'invité.

Ils vont en Espagne assister à une corrida. « L'Espagne est un pays carré et en angles[3] », note Max Jacob, exprimant une idée assez sotte développée par Gertrude Stein, qui considérera bientôt l'Espagne comme le pays du cubisme.

À Céret, le poète dessine des paysages géométriques. Il ne se promène pas, et les autres non plus. Au thym et à la lavande des montagnes, ils préfèrent les cafés, emplis d'éthéromanes et de « pédérastes » (écrit Max à Apollinaire). Ou l'intérieur des maisons, où l'on travaille beaucoup. Max peint et écrit des vers. Picasso, suivant Braque, fait ses papiers collés.

Ce n'est pas la première fois que les deux peintres travaillent ensemble à Céret. Lors d'un séjour antérieur, ils se sont déjà retrouvés dans une maison isolée au cœur des montagnes. Leur complicité est ancienne : elle date de 1908, l'année qui suivit le Salon des Indépendants où Braque exposa ses premiers paysages de l'Estaque. Bien que différentes et menées individuellement, leurs recherches sur les formes et les volumes devaient inévitablement les conduire l'un vers l'autre.

Pour Picasso, tout part des arts nègre et ibérique. Cette influence double se retrouve dans le tableau mythique, *Les Demoiselles d'Avignon*, que le peintre conserve recouvert ou roulé dans son atelier. Peu de visiteurs ont eu le privilège de voir cette œuvre. Cependant, même si elle choque, elle jouit d'une réputation considérable qui s'accroîtra avec les années.

Pour Braque, tout vient de Cézanne.

En son temps, le maître d'Aix a été hué comme le furent les fauves et comme le seront les cubistes, comme le fut Berlioz et comme le sera James Joyce : c'est le lot des avant-gardes. Refusé dans les salons officiels, en butte aux lazzi et à la stupidité ambiante, Cézanne, qui admirait Delacroix et que Gauguin louait, refusa d'exposer pendant vingt ans. Monsieur Camille Mauclair, éminent spécialiste des arts, l'en félicita : sa peinture, à ses yeux, était « la plus mémorable plaisanterie d'art de ces quinze dernières années ».

Dix ans avant sa mort, grâce à Vollard, Cézanne fut enfin reconnu : non seulement dans son œuvre antérieure, née du travail avec Pissarro et les impressionnistes d'Auvers-sur-Oise, mais aussi dans ses recherches sur les formes, les volumes, l'ordre des plans, la fragmentation, les déformations. « Il a élevé la *nature morte* au rang d'objet extérieurement *mort* et intérieurement vivant », résume magistralement Kandinsky[4].

Il voulait découvrir « les assises géologiques » de la Sainte-Victoire, et s'y employait en respectant la perception humaine de l'espace. Selon lui, il convenait de traiter la nature « en termes de sphère, de cylindre et de cône ». On comprend qu'Apollinaire ait décrété que les dernières œuvres de Cézanne étaient d'essence cubiste, et, surtout, l'intérêt que Picasso lui portait.

Et Braque plus encore.

Après la mort de Cézanne, accompagné d'Othon Friesz, il descend à l'Estaque, près de Marseille, et peint plusieurs œuvres, structurées, simplifiées et monochromes, qu'il expose au Salon des Indépendants de 1907. L'année suivante, le Salon d'Automne accepte deux tableaux sur les huit présentés. Braque refuse cette humiliation. Kahnweiler l'expose alors dans sa galerie, rue Vignon, et demande à Apollinaire une préface au catalogue. Les *Maisons à l'Estaque* comptent parmi les toiles accrochées. Ce sont elles que ces messieurs du Salon d'Automne ont refusées : des cubes de couleur ocre, des maisons sans portes ni fenêtres, des volumes enchevêtrés les uns par-dessus les autres. Non plus la représentation objective de la nature, mais son interprétation réinventée en dehors des canons traditionnels, une simplification, un ordonnancement et une déformation des volumes qui correspondent à une approche déjà connue : celle de Picasso. Concernant Braque, il s'agit presque d'une vocation. À en croire Jean Paulhan, lorsqu'il vint à Paris, le peintre havrais s'en fut au Louvre pour copier des œuvres de Raphaël. D'abord, il fit assez ressemblant. Mais plus il peignait, plus il déformait...

Kahnweiler expose également le *Grand Nu* (1908) de Braque, qui constitue comme une réponse à la violence des *Demoiselles* et des *Trois Femmes* de Picasso, dont il critique la sauvagerie et le primitivisme, à ses yeux outranciers. Le *Grand Nu*, parent proche du *Nu debout* (1907) de Matisse, est une œuvre d'inspiration cézanienne, anguleuse, dépourvue de clair-obscur, moins primitive et plus « lisible », cependant, que le feu de l'Espagnol. Première grande toile de Braque, elle constitue une œuvre majeure du cubisme naissant.

Matisse n'aime pas. Il fait partie du jury du Salon d'Automne qui a bouté Braque hors de ses murs. Il s'est gaussé de ces « cubes » et s'est détourné. Après lui, Louis Vauxcelles, dans le numéro du *Gil Blas* daté du 14 novembre 1908, a repris le mot. Puis, ou à peu près simultanément, le critique Charles Morice. Le nom de cette école (s'il s'agit d'une école) a donc été probablement inventé par Matisse. Certes, il s'en est défendu par la suite. Mais Apollinaire et Kahnweiler confirment. Et les cubes dont il était question se rapportaient aux œuvres de Braque, non à celles de Picasso. Enfin, plus tard, Matisse affirmera que le premier tableau cubiste qu'il a vu était une œuvre de Braque que Picasso lui montra dans son atelier. Un atelier dont il s'éloigna bientôt, furieux contre le peintre espagnol qui avait rallié à lui Derain et Braque. Et, sans doute, un peu morveux d'avoir refusé ce dernier au Salon d'Automne...

Pourquoi un tel scandale autour des œuvres des deux peintres ? Parce qu'ils mettent en cause la tradition. La perspective n'existe plus, et le clair-obscur, qu'ils estiment être une tricherie utilisée pour rendre compte de la profondeur, pas davantage. Ils s'écartent du principe datant de la Renaissance selon lequel le spectateur d'une œuvre la regarde d'un point de vue unique. Ils observent un paysage et ferment alternativement l'œil droit puis le gauche : ils ne voient pas la même chose. De même lorsque le point de vue change. Ces différences sont essentielles. Ils en tiennent compte.

John Berger attribue une double origine au cubisme : Cézanne, pour l'importance accordée à la relativité de l'angle de la vision ; Courbet, qui apporta à la tradition picturale classique une matérialité autre que celle due à la lumière et à l'ombre.

> *Avant Cézanne, tout tableau était dans une certaine mesure comme une vue à travers une fenêtre. Courbet avait essayé de l'ouvrir pour aller dehors. Cézanne brisa la vitre. La pièce devint partie du paysage, l'observateur partie de la vue*[5].

Pour l'un, le matérialisme. Pour l'autre, la dialectique. Pour les deux, à condition qu'ils soient ensemble, le matérialisme dialectique. Le cubisme, nul ne l'a jamais contesté, fut une révolution.

L'impressionnisme, en son temps, avait scandalisé une opinion peu habituée à ce que les peintres lui montrent une réalité interprétée – fût-ce par des lois optiques. Les cubistes vont encore plus loin : ils se jouent des lumières et des ombres. Braque : « On me disait : il suffit de mettre des ombres. Non, ce qui compte d'abord, c'est la pensée qu'on se fait[6]. »

Ils opposent un art de conception à un art d'imitation. Ils se moquent du respect des sensations visuelles prôné par les impressionnistes. Ce qu'ils veulent, c'est montrer l'objet dans son essence. Tel qu'on le conçoit, non tel qu'on le voit. En cela, ils se rapprochent de Gauguin, qui considérait que l'impressionnisme avait un outil, l'œil, que l'esprit n'approchait pas. Picasso : « Quand le peintre cubiste pensait : *Je vais peindre un compotier*, il se mettait au travail, sachant qu'un compotier en peinture n'avait rien de commun avec un compotier dans la vie[7]. »

L'utilisation des figures géométriques permet de présenter toutes les facettes d'un objet, au-delà d'une apparence immédiate. Il ne s'agit pas de « faire ressemblant ». Il faut aller plus loin. La couleur elle-même ne doit pas s'adapter à des phénomènes passagers, comme la lumière, l'angle, le temps, tous éléments traduisant l'irruption du monde extérieur ; elle doit inscrire l'objet dans ce qu'il a de durable. Braque : « Je n'ai plus besoin de soleil, je porte ma lumière avec moi. »

Les impressionnistes puisaient les sources de leur inspiration là où ils vivaient, c'est-à-dire, pour beaucoup d'entre eux, près de Paris, sur les bords de l'eau, dans des paysages mouillés, où la lumière varie. Les cubistes habitent la ville, et lorsqu'ils s'expatrient, c'est pour les villages du Sud, où les reliefs sont plus durs que ceux des bordures de Seine ou d'Auvers-sur-Oise. Baudelaire : « Le midi est brutal et positif. » Il lui oppose le Nord, « souffrant et inquiet », se consolant « avec l'imagination[8] ». Et Derain, écrivant de Collioure à Vlaminck : « La lumière pousse de tout côté son immense clameur de victoire. Ce n'est pas comme ces brumes du Nord qui compatissent si bien à votre douleur[9]. »

Comment mieux définir l'opposition des anciens et des modernes ?

Les cubistes intègrent dans leurs œuvres des éléments de la vie quotidienne qui, estiment-ils, jouent un rôle dans la perception artistique de leurs semblables : ainsi les arbres, les maisons, les instruments de musique, les enseignes des magasins, les panneaux publicitaires, les journaux, les objets de tous les jours. Les papiers collés permettent d'opposer les matières, les textures, les couleurs, de les assembler en des juxtapositions hétérodoxes qui donnent à voir différemment les objets les plus usuels – ainsi les guitares et les violons de Picasso, notamment *Le Violon* (1912), composé de papiers collés autour d'une boîte en carton.

Les cubistes utilisent des matériaux simples, voire grossiers, qui s'opposent à une vision précieuse de l'art : il n'y a pas de bijoux chez eux, pas de froufrous vestimentaires, mais du sable, du papier, du bois. Ils sont à l'orée d'un siècle où la science a son mot à dire, le temps de la radioactivité, de la Bakélite, du néon, du cinématographe et de la relativité einsteinienne. Les cubistes sont résolument modernes. Ils tournent le dos au romantisme.

Les fauves, de leur côté, étaient allés très loin dans les recherches sur la couleur : la découplant de la réalité visible, ils l'avaient pliée au seul regard de leur pensée. Comme l'exprimera Fernand Léger, qui viendra au cubisme dans sa dernière étape, il faut désormais se préoccuper de la question de la composition et de celle de l'espace. Picasso : « Nous étions à la recherche d'une base architectonique dans la composition, d'une austérité qui pourrait réinstaurer l'ordre. »

PREMIERS DE CORDÉE

> Qu'est-ce que l'art pur suivant la conception moderne ? C'est créer une magie suggestive contenant à la fois l'objet et le sujet, le monde extérieur à l'artiste et l'artiste lui-même.
>
> BAUDELAIRE.

Après une première période qualifiée de précubiste ou de cézanienne marquée par la déformation des corps et des objets, Braque et Picasso s'orientent vers une nouvelle voie : le cubisme analytique. Ils sont au cœur de leur sujet. Plutôt que d'utiliser le clair-obscur, tromperie reposant sur une illusion, ils tentent d'exprimer la troisième dimension – profondeur et volume – de l'objet peint en le représentant sous tous ses angles, selon des plans superposés. Afin que ces objets soient facilement identifiables, ils les choisissent dans la vie quotidienne. Cette étape est marquée par la monochromie, gris et ocres, et par l'austérité.

Les deux peintres fondent leurs recherches sur un travail de construction : ils élaborent des sculptures en papier, fer et carton. Ainsi répondent-ils très directement à Baudelaire qui voyait dans la sculpture, excepté la sculpture « de l'époque sauvage », un art de second ordre, ou « complémentaire ». C'en est même stupéfiant. C'est comme s'ils prenaient à rebours le point de vue du poète, dégageant un endroit positif d'un envers négatif. Que reproche Baudelaire à la sculpture ? De ne pas autoriser le point de vue unique ; d'obliger le spectateur à tourner autour d'elle pour en appréhender les richesses (s'il y en a) ; de montrer « trop de faces à la fois [1] ».

Ces faiblesses vues par Baudelaire constituent autant de richesses aux yeux de Braque et de Picasso. Ils partent donc de leurs constructions « légères » et tentent de traduire sur la toile les résultats obtenus. Ainsi vont-ils de la sculpture à la peinture, ou encore de la peinture à la sculpture, en un travail d'aller-retour d'où naîtra, par exemple, la *Tête de Fernande* (1909), sculptée par Picasso d'après les portraits de Fernande peints à Horta de Ebro, ou, dans les années 1912, la série des guitares, fondée sur un modèle en carton tridimensionnel.

Le problème, dans ces représentations qui se voudraient totales, c'est que les points de repère ont disparu.

Le *Portrait de Daniel-Henry Kahnweiler* (1910), chef-d'œuvre du cubisme analytique, fut fait en deux étapes, après de très nombreuses séances de pose. Sa première manière parut insatisfaisante à Picasso, parce que le tableau était incompréhensible. Alors, il ajouta ce qu'il appelait des « attributs », des repères, des signes, grâce à quoi l'œil s'y retrouve : l'ombre d'une oreille, l'arête du nez, un fragment de cravate, l'ébauche d'une chevelure, les mains croisées...

Et c'est précisément pour réinsuffler une clarté dans leurs œuvres que les deux peintres vont ensuite aborder un nouveau stade dans leur travail et parvenir au cubisme synthétique. Il s'agit cette fois d'introduire dans la toile un détail, un signe qui permette d'identifier l'objet, rendant ainsi au spectateur les indices qu'on avait retirés antérieurement. C'est le clou que Braque peint en trompe-l'œil dans *Broc et cruche* (1910), les caractères d'imprimerie, les papiers collés et les fragments de matière qui apparaîtront bientôt chez Gris et Picasso, peu avant l'utilisation du Ripolin par ce dernier. La recherche consiste également à rendre par la peinture, grâce aux collages des papiers sur la toile, le relief et le volume des objets (comme les guitares) choisis pour modèles.

La création du cubisme par Braque et Picasso constitue donc une œuvre commune fondée sur des préoccupations semblables et des recherches parallèles menées conjointement. Cette complémentarité exceptionnelle n'a pas d'équivalent dans l'histoire de l'art.

Qui a fait quoi ?

Cette question, un peu vaine, ne se justifie que pour rendre à César ce qui appartient à César, et à Braque ce que la notoriété de Picasso lui a ôté.

L'empreinte de Cézanne, c'est Braque, plus profondément. Mais celle du primitivisme, c'est Picasso. Si Picasso a « cézannisé » son primitivisme, c'est en totale harmonie avec Braque.

La première œuvre qualifiée de cubiste, c'est Braque. Mais celle dont on a dit qu'elle ouvrait la voie, c'est Picasso.

La première toile cubiste exposée dans un salon officiel, le Salon des Indépendants de 1908, c'est Braque. Fernande Olivier a prétendu que celui-ci s'était inspiré d'une œuvre de Picasso (*Les Trois Femmes*, 1908), et que l'Espagnol était furieux contre son camarade. Mais Apollinaire n'en souffle mot, et Max Jacob affirme le contraire : Picasso, qui n'exposait jamais dans les manifestations officielles (il se défiait de l'imbécillité de la critique et des scandales qu'elle alimentait), a poussé Braque à le faire.

En 1912, Braque entre dans une quincaillerie et achète un rouleau de papier imitant le bois [2]. Il le colle sur une toile (*Compotier et verre*, 1912). Ainsi invente-t-il le papier collé. Picasso y viendra à son tour. C'est lui qui réalisera le premier collage, utilisant alors un morceau de toile cirée (*Nature morte à la chaise cannée*, 1912).

En 1911, à Céret, dans *Le Portugais*, Braque avait utilisé le trompe-l'œil, les lettres et les chiffres au pochoir, pour représenter un musicien vu de l'autre côté d'une vitre de café sur laquelle ces chiffres et ces lettres étaient inscrits. Un an plus tard, dans *Le Violon*, Picasso insère une partition sur laquelle deux mots apparaissent : *Jolie Éva* (en hommage à sa nouvelle amoureuse). Auparavant, il avait peint sur des toiles ovales, reprenant une idée de Braque.

En 1912, Braque recourt à la cendre et au sable mêlés à l'huile. Picasso y viendra quelques mois plus tard.

À l'automne 1912, Picasso réalise une sculpture en carton, *La Guitare*, inspirée des constructions cubistes en papier élaborées par Braque à la fin de l'année précédente.

Alors ?

Alors, on pourrait approuver Pierre Cabanne lorsque, à propos de Picasso (qui le reconnaissait), il parle de « science du larcin légitime[3] ».

Ou Nino Frank, infiniment plus sévère :

> *Picasso est à coup sûr l'un des héros de notre temps et son plus admirable artiste, livré depuis toujours à cet égoïsme sacré qui le fait profiter de tout et de tous, prenant son bien dans toutes les poches, exploitant amitiés et amours, fourrant tout en vrac dans son travail. On a pu prétendre qu'il était le maquereau de l'époque, et c'est un peu vrai[4]...*

Ou encore suivre Jean Cocteau, qui, pendant la guerre, forcera si bien la porte d'un Picasso vénéré que le peintre promènera le poète dans les ateliers de Montparnasse, où les battants ne s'ouvraient qu'à demi : sitôt

qu'ils savaient que Picasso approchait, les artistes dissi-
mulaient leurs œuvres avant de lui ouvrir.

> *Il va me prendre ma façon de peindre les arbres, décla-*
> *rait l'un, et l'autre : Il va me prendre le siphon que j'ai*
> *introduit dans la peinture. On attachait une grande impor-*
> *tance au moindre détail, et si les collègues craignaient la*
> *visite de Picasso, c'est qu'ils savaient que son œil allait*
> *tout voir, tout avaler, tout digérer, et tout restituer chez lui*
> *avec une richesse dont ils étaient incapables* [5].

On peut également entendre Picasso lui-même. Longtemps après l'époque cubiste, il expliquait que pendant
toutes ces années, Braque et lui se voyaient chaque jour
(au grand dam de Max Jacob et de Gertrude Stein,
jaloux tous deux de cette connivence artistique qu'ils ne
pouvaient partager). À Montmartre tout d'abord, puis à
Céret, à Sorgues et à Montparnasse. Ils jugeaient et se
critiquaient. Braque a parlé d'une complicité comparable
à « une cordée en montagne ». Certes, l'un était plus
inspiré par les paysages et les natures mortes tandis que
l'autre passait aisément de l'objet au portrait. Mais ils
voulaient élaborer un art collectif, anonyme, et leurs
œuvres étaient presque communes. Au point que celles
de la période analytique se distinguent à peine les unes
des autres. La plupart n'étaient pas signées, ou si elles
le furent, ce fut postérieurement. Kahnweiler, à cet
égard, tantôt infirme, tantôt confirme. Il note [6] qu'entre
1908 et 1914, les deux peintres signaient au dos de leurs
œuvres ; il voit dans cette pratique un désir, commun à
d'autres artistes, de ne pas rompre la géométrie de la
toile tout en affirmant son origine. Mais ailleurs [7], il
rejoint Picasso en lui reconnaissant, à lui autant qu'à
Braque, un désir d'« exécution impersonnelle ».

Ce désir, qui manifestement tenait à cœur aux deux

artistes, ne fut partagé avec nul autre. Ils le revendiquèrent pour eux-mêmes et seulement pour eux-mêmes.

Seuls Derain (vaguement) et Gris (surtout) trouvaient grâce à leurs yeux. Mais pas Léger, qui se considérait comme l'un des piliers du cubisme (ce que lui reconnaissait Kahnweiler).

Derain avait été l'un des premiers peintres à s'intéresser à l'art nègre. Il était également un grand cézannien. Après un séjour à l'Estaque, il avait démontré qu'indépendamment des couleurs, les formes et la composition comptent beaucoup dans la représentation de la nature. Ses *Baigneuses*, exposées aux Salon des Indépendants de 1907, affirmaient la géométrisation des lignes, dont Picasso s'inspira probablement pour gommer les rondeurs de la première version des *Demoiselles d'Avignon*. Derain, élément essentiel de la naissance du cubisme, s'effaça par la suite, laissant filer devant lui les deux chevau-légers du papier collé.

Gris, plus intellectuel, plus « scientifique » que Braque et Picasso, mena ses recherches sur le collage et le trompe-l'œil parallèlement à celles des deux autres. Il avait coutume de dire : « Cézanne part d'une bouteille pour aboutir à un cylindre, moi je pars d'un cylindre pour aboutir à une bouteille. » Au Salon des Indépendants de 1912, il exposa son *Hommage à Picasso* (1912), déférence à celui qu'il considérait comme le chef de file des cubistes. À la déclaration de la guerre, comme ses pères fondateurs ne travaillaient plus ensemble, il devint le héraut du cubisme orthodoxe.

La guerre sépara Braque et Picasso comme elle en sépara beaucoup. Des années plus tard, Picasso confiera à Kahnweiler que la dernière fois qu'il vit Braque et Derain, c'était le 2 août 1914, le jour où il les conduisit à la gare d'Avignon. Il s'agissait certes d'une image, mais elle avait du sens : après, rien ne fut plus comme avant.

Sous-lieutenant au front, Braque fut blessé à Neuville-Saint-Vaast, puis trépané. Picasso ne put jamais s'enorgueillir que d'un grade conféré gentiment par Apollinaire, repris plus moqueusement par Derain : général du cubisme.

Les deux hommes se revirent ensuite, mais épisodiquement. La cordée était rompue. Un peu à l'image de ces formes explosées qu'ils avaient inventées ensemble, et qui, par la désarticulation, l'éclatement et le bouleversement, anticipaient si bien le tableau d'une guerre qui pulvérisa le monde.

Les années passant, Braque témoigna de la réserve à l'égard de son ancien compagnon. Cette distance mettait Picasso en rage : il ne comprenait pas la raison d'une telle froideur.

Contrairement à Max Jacob, Braque savait se défendre. Il refusait de se laisser prendre aux petites manœuvres souvent douloureuses auxquelles Picasso se livrait avec ceux auxquels il était attaché.

Picasso affirmait que nul ne l'avait aimé comme Braque, qu'il n'était qu'une sorte de madame Picasso. L'autre voulait bien récupérer cette pièce-là, mais à une seule condition : rendre la monnaie. Le rapport de forces, d'accord, mais si l'on est deux à jouer. Dans les années 50, il en fit une démonstration éclatante sous le regard quelque peu appréciateur de Françoise Gilot.

Picasso s'invita chez son ancien complice, qui habitait alors près du parc Montsouris, une extraordinaire maison construite par l'architecte Auguste Perret. Braque se montra passablement froid, et nullement empressé auprès de Françoise Gilot. Picasso en fut d'autant plus blessé que son ami ne les avait pas conviés à déjeuner. Il rentra chez lui, quai des Grands-Augustins, et ôta du mur de son atelier un tableau de Braque qui s'y trouvait depuis longtemps.

Quelques semaines plus tard, il décida de revenir avec sa compagne. Il comptait sur cette visite pour tester les sentiments de Braque à son égard : il arriverait quelques minutes avant l'heure du déjeuner ; si leur hôte ne les invitait pas, il saurait à quoi s'en tenir et romprait définitivement avec lui.

Un peu avant midi, Picasso et Françoise Gilot se présentent donc devant la maison de Braque. Le maître des lieux les fait entrer. Il y a là un convive qui goûte déjà aux délicieux effluves d'un gigot en fin de cuisson. Picasso s'attend qu'on dresse deux couverts supplémentaires. « Mais, note Françoise Gilot, si Pablo connaissait son Braque par cœur, Braque connaissait encore mieux son Picasso [8]. » Il n'ignore pas que s'il convie Picasso à déjeuner, celui-ci remportera le bras de fer et ricanera de sa faiblesse.

Il l'entraîne dans son atelier. Pendant une heure, il lui présente ses dernières œuvres. L'odeur de la viande monte jusqu'à l'étage. Picasso est enchanté à l'idée de gagner la joute qu'il a organisée.

Braque, plus encore.

Il propose à Picasso et à Françoise Gilot de leur montrer quelques sculptures. On admire. Picasso fait remarquer que la viande doit être à point. Braque ne répond pas mais suggère de voir maintenant des lithographies. On admire de nouveau. Il est près de deux heures. Picasso s'agite. Il déclare à Braque que Françoise ne connaît pas ses toiles fauves.

« Qu'à cela ne tienne », répond Braque.

Il a déjoué la manœuvre de Picasso : les toiles fauves se trouvent dans la salle à manger.

On descend. Sur la table, trois couverts sont dressés. Pas un de plus.

Passe une demi-heure. L'invitation n'a toujours pas été proposée. Picasso s'entête : pour prolonger le temps, il prie leur hôte de lui montrer de nouveau des toiles qu'il a déjà vues. Très calme, Braque obtempère. Ils restent une heure à l'étage. Puis une nouvelle heure dans l'atelier. À quatre heures et demie, le gigot ne sent plus rien, et c'est l'heure du goûter. Picasso prend congé. Il est tout à la fois en proie à la colère... et à l'admiration. À l'issue de cette promenade digestive, il raccroche sur le mur de son atelier la toile de Braque qu'il avait décrochée.

Les deux peintres s'aimaient et se respectaient. Mais ils étaient devenus rivaux. Cette rivalité était aggravée par la jalousie quasiment congénitale de Picasso. À l'instar de Fernande Olivier (mais avec plus d'ironie et davantage de détachement), Françoise Gilot en a témoigné. Elle raconte la fureur de Picasso lorsqu'il découvrit qu'après que Reverdy eut publié un ouvrage illustré par lui-même, il en avait publié un second illustré par... Braque ! Et la colère qui s'empara de lui quand il apprit que le même Reverdy passait plus de temps chez Braque que chez lui. Ou encore, ce jour où s'étant rendu chez Braque, il y découvrit René Char, qui n'était pas venu quai des Grands-Augustins depuis plusieurs semaines !

Lorsque Braque mourut, Picasso lui rendit hommage en exécutant une lithographie. Il y inscrivit ces mots : « Encore aujourd'hui je peux te dire je t'aime. » Cela en surprit quelques-uns. Ceux qui se souvenaient de ses propos antérieurs : « Braque a voulu faire des pommes, comme Cézanne, et n'a jamais pu faire que des pommes de terre. » Ceux qui, comme Sonia Delaunay, se rappelaient les insupportables médisances que Picasso prononçait à l'encontre de son ancien compagnon.

Mais il est vrai qu'à la mort de Juan Gris, ses larmes en avaient également surpris plus d'un. Cet homme-là avait quelque chose du crocodile...

LES CUBISTEURS

> On va croire peut-être que j'ai un parti
> pris contre le cubisme. Aucunement : je
> préfère toutes les excentricités d'un esprit
> même banal aux œuvres plates d'un
> imbécile bourgeois.
>
> Arthur CRAVAN.

En 1912, la galerie La Boétie, à Paris, expose près de deux cents tableaux qualifiés de cubistes. Deux ans auparavant, les peintres présents, qui se réunissaient dans leurs ateliers, notamment à Puteaux, chez Jacques Villon, avaient fondé la Section d'Or. En 1911, au Salon des Indépendants, salle 41, ils avaient organisé la première exposition collective cubiste. Étaient présents Delaunay, Gleizes, Léger, Metzinger, Jacques Villon, Marcel Duchamp, Kupka, Picabia, Lhote, Segonzac, Archipenko, Roger de La Fresnaye et Le Fauconnier.

Mais ni Braque ni Picasso.

Eux, ils n'exposent que dans la galerie de Kahnweiler ou dans celle d'Uhde. Ce refus obstiné de se mêler à ceux qui revendiquent haut et fort un titre qui devrait leur revenir de droit marque le mépris qu'ils éprouvent pour ceux que Braque appelle les « cubisteurs ». Picasso, plus direct encore, n'hésite pas à affirmer : « Il n'y a pas de cubisme [1]. » Ce qui se révèle aussi provocateur que la phrase qu'il devait prononcer sur l'art nègre dans les années 20 : « L'art nègre ? Connais pas... » Et qui traduit, outre un désir de se distinguer, son dégoût des écoles et des théories.

Il est aidé en cela par ses thuriféraires. Reverdy, on l'a vu, nie l'influence de Cézanne, d'Ingres et de l'art nègre dans l'œuvre du maître. Pendant la guerre, il ira jusqu'à se battre avec l'un des défenseurs de l'« autre clan » ; au point que Max Jacob suggérera de créer deux groupes : celui de Braque, Gris, Picasso, Reverdy, et celui de Lhote, Metzinger et leurs amis.

Cocteau, autre inconditionnel, est plus exclusif encore :

> *Lorsque je parle de cubisme, je demande qu'on ne lise jamais : Picasso. Un tableau de Picasso ne saurait être cubiste, pas plus qu'un drame de Shakespeare ne peut être shakespearien* [2].

Robert Desnos est plus sévère pour les cubisteurs, mais plus subtil à l'égard de Picasso :

> *Alors que tant d'autres peintres se sont enfermés dans la stérilisante formule du cubisme, ravis d'avoir enfin trouvé un moyen de voiler leur impuissance par l'illisible, Picasso n'a jamais su ce qu'était une formule. Il crée comme il sent* [3].

Braque et Picasso considèrent que les peintres de la Section d'Or n'ont fait qu'ajouter à leurs œuvres des formes géométriques, mais que cette adjonction n'est pas inhérente à leur démarche. Ils n'écoutent pas les sornettes qui laissent entendre que Bergson a eu une influence sur le cubisme (ce que niera le philosophe). Ou encore, que celui-ci relève de la mathématique. Ils se gaussent des exégèses simplistes qui tendraient à prouver que les recherches des cubistes reposent sur les travaux de divers scientifiques, notamment Princet, ce mathématicien qui travaillait dans une compagnie d'assurances et qui fréquentait la bande du Bateau-Lavoir.

Si Princet se plaît à tracer des figures géométriques visant à démontrer des relations de cause à effet entre le compas et le pinceau, cela regarde les peintres de la Section d'Or. Mais ni Braque ni Picasso. Eux, les histoires de troisième, quatrième ou cinquième dimension, cela ne les concerne pas. Ils n'ont pas, et n'ont jamais eu recours à des lois mathématiques ou géométriques qui les eussent rendus dépendants d'un système. Pour eux, il n'existe aucune théorie du cubisme. Gleizes, Metzinger et Raynal (parmi d'autres) labourent des terres qui leur sont étrangères.

Picasso, comme toujours, s'est donc éloigné après avoir lancé son pavé dans la mare. Lorsque les remous agitent la surface, il est déjà ailleurs. Loin des autres.

Braque, de même. Beaucoup plus tard, il confiera à Jean Paulhan : « Il y a longtemps que j'avais foutu le camp. Ce n'est pas moi qui ferais du Braque sur mesure[4]. »

Lorsque le scandale du cubisme bat son plein, les deux fondateurs de l'art nouveau laissent leurs alliés répliquer aux escarmouches. Max Jacob notamment, qui, contrairement à d'autres, se veut un sanctuaire face aux anathèmes, au bruit et à la fureur. À qui se trouve désorienté devant une œuvre cubiste, il prodigue quatre conseils :

1er Arrivez devant le tableau sans parti pris de sarcasme facile.

2e Considérez la peinture comme on regarde une pierre taillée. Appréciez les facettes, l'originalité de la taille, sa lutte avec la lumière, la disposition de la ligne et des couleurs [...].

3e Se raccrocher à un détail qui donne la clé de l'ensemble, le fixer un bon moment et le modèle surgira.

4ᵉ Sur cette dernière comparaison se laisser transporter vers les régions de l'Allusion puissamment exquise⁵.

Max Jacob aussi se veut cubiste. Cubiste littéraire (de même que Reverdy auquel, sur ce point, il s'associe). Dans une œuvre déjà hirsute, complexe, extraordinairement riche et inclassable, faite de poèmes en prose, de bribes de conversations entendues ici ou là, de jeux sur les mots, de la gymnastique d'un esprit fort leste, il ajoute la corde cubiste :

> *Le cubisme en peinture est l'art de travailler le tableau pour lui-même en dehors de ce qu'il représente, et de donner à la construction géométrique la première place, ne procédant que par allusion à la vie réelle. Le cubisme littéraire fait de même en littérature, se servant seulement de la réalité comme d'un moyen et non comme d'une fin⁶.*

Les notables en place, cependant, ne comprennent pas plus *Le Cornet à dés* qu'ils n'ont compris l'Estaque, les baigneuses, les guitares et autres instruments d'une musique trop atonale à leur goût. Pour eux, le cubisme est une attaque contre le naturalisme. Une attaque venant de l'étranger. L'Italie est visée, qui veut torpiller l'art national en envoyant ses sous-marins futuristes. Et l'Allemagne, qui délègue ses artilleurs en les personnes de Wilhelm Uhde et de Daniel-Henry Kahnweiler, les marchands des cubistes. Sans compter la Russie, qui danse sur nos traditions – Debussy ! Ravel ! – grâce aux figures espionnes de Diaghilev et de ses ballets.

En 1912, un député socialiste s'insurge contre le fait que cette peinture venue de l'étranger est exposée dans les musées nationaux. On parle de *Kubisme*, d'art boche. Lorsque la guerre viendra, les fureurs se multiplieront.

La médecine s'en mêle à son tour. Après y avoir longuement réfléchi, le docteur Artault, de Vevey, cité à comparaître par Guillaume Apollinaire, explique le cubisme comme l'exploitation d'un phénomène pathologique :

> *Il suffit, en effet, d'observer, yeux mi-clos, un tableau cubiste pour y retrouver, au milieu des zigzags et des lueurs décroissantes, les déformations et les formes floues des objets, caractéristiques des irisations monochromes et sautillantes, de cet accident que nous nommons le scotome scintillant, symptôme le plus fréquent de la migraine ophtalmique* [7].

Pour la médecine, donc, Braque, Picasso et consorts sont atteints de migraine. Manière aseptisée d'exprimer l'avis médical et l'opinion commune : ils sont tombés sur la tête.

Même Léon-Paul Fargue, qui admirait Lautréamont et aimait Jarry, ne comprend pas cette peinture qui souffre selon lui d'une crise d'« intellectualité ». Il prône un retour au grand impressionnisme et rejette les artistes cubistes dans les poubelles de l'art :

> *Vous êtes des peintres de réunion publique – ou de restaurant de tempérance, de réfectoire végétarien... Vous êtes des demi-instruits, vous aviez « la tête trop faible pour l'instruction ». Vous n'allez donc jamais à la campagne qu'avec vos idées de quartier, vos idées d'école, vos sages idées révolutionnaires, qui ne sentent même pas le pétrole, mais la pipe morte, le sur, la serviette humide et le vieux moutardier, comme les salles de banquets littéraires* [8]...

Les banderilles viennent aussi d'un camp qu'on pouvait croire plus ouvert.

Fidèle à l'image qu'il veut donner de lui-même, Arthur Cravan se déchaîne.

Metzinger : *Un raté qui s'est accroché au cubisme* [9]. *Sa couleur a l'accent allemand. Il me dégoûte.*

Marcoussis ? *De l'insincérité, mais l'on sent comme devant toutes les toiles cubistes qu'il devrait y avoir quelque chose, mais quoi ?*

Gleizes ? *Aucun talent.*

De Segonzac ? *Ne fait plus que de petites saloperies.*

Archipenko : *T'es rien toc* [10].

Et tout à l'avenant.

Montmartre aussi entre dans la danse. Dorgelès, alors journaliste à *Paris-Journal*, ne supporte pas cette démolition des sujets, des formes et des couleurs. Il voit ses meilleurs amis, Gleizes, Marcoussis, Delaunay, briseur de tour Eiffel, et Maurice Raynal (qu'il qualifie d'« esthématicien »), s'engager dans une voie qui nie la tradition, les impressionnistes et les pompiers. L'équerre remplace le pinceau. L'important, c'est de se faire remarquer.

Soutenu par son ami André Warnod, Dorgelès décide d'apparaître à son tour. Il n'est pas besoin d'écrire des textes assassins, de prononcer des excommunications tonitruantes : d'autres le font déjà. Mieux vaut provoquer le ridicule. Faire une blague dont toute la presse rendra compte.

Il lance un mouvement : l'excessivisme. Et un peintre : Joachim-Raphaël Boronali, futuriste italien né à Gênes. Cet artiste, dont en effet la presse va bientôt parler, ne ressemble pas aux autres. Il a le teint gris, le poil plutôt long, il marche sur quatre pattes, et il ne parle pas : il braie. C'est l'âne du père Frédé : Aliboron, dont l'anagramme a donné Boronali.

Un matin, Dorgelès s'en va quérir un huissier faubourg Montmartre. Il lui raconte son projet et lui explique ce qu'il attend de lui. Spécialiste des filatures conjugales et des constats d'adultère, monsieur Paul-

Henri Brionne n'en croit ni ses yeux ni ses oreilles. Mais le rire l'emporte, et il accepte.

L'écrivain et le pris de justice remontent sur la Butte où André Warnod les attend. Dorgelès et lui font sortir Lolo du Lapin Agile, lui attachent au bout de la queue un pinceau trempé dans l'outremer, disposent une toile vierge sur un tabouret, lequel est placé sous l'arrière-train de l'animal. On lui fait risette, on l'appâte avec des carottes, et la bestiole, toute contente, agite la queue. Ainsi marque-t-elle sa première empreinte d'artiste animal.

L'huissier note.

Les deux amis déplacent le cadre pour donner plus de vigueur au travail en cours, et comme la monochromie ne suffit pas à l'artiste, on change la palette, trempant dans d'autres pots le pinceau fixé à l'extrémité de cette dextre bien particulière.

Après l'outremer, le rouge. Le cobalt, le cadmium et l'indigo. Quand le solipède marque quelques moments de fatigue, Berthe lui donne du tabac à ronger, et l'huissier ses cigarettes. Puis Frédé chante *Le Temps des cerises* : l'âne commence à battre la mesure. Lorsqu'il s'arrête pour de bon, *Et le soleil s'endormit sur l'Adriatique* s'étale sous les yeux émerveillés des amateurs d'art.

L'huissier note.

Dix jours plus tard, s'ouvre le Salon des Indépendants. *Et le soleil s'endormit sur l'Adriatique* est exposé en bonne place. Des amis de Dorgelès, mis dans la confidence, s'enthousiasment devant cette œuvre majeure d'un futuriste italien que nul ne connaît encore mais qui, à n'en pas douter, fera son chemin jusqu'à atteindre les cimes de l'art moderne. Retenez ce nom : Joachim-Raphaël Boronali, grand maître de l'excessivisme.

On retient. On s'extasie. On critique. On trouve que

c'est un peu fauve du côté du ciel, vague de formes, trop empreint de la personnalité du peintre, énigmatique sinon symbolique : que représentent ces traînées rouges figurant au centre de la toile : un nez ? la lune ? un Pierrot divin ?... *Le Matin*, *Comœdia*, *La Lanterne*... toute la presse en parle. Et plus encore lorsque Dorgelès arrive à la rédaction du *Matin*, brandissant les preuves de la supercherie. Stupeur et flottement. Mais cela ne dure que quelques heures. Le lendemain, à l'encre noire, barrant la une du quotidien, apparaissent les quelques mots qui définissent le cubisme tel qu'il est considéré à l'époque :

Un âne chef d'école.

L'huissier a témoigné.

GUILLAUME APOLLINAIRE
PREND L'ASCENSEUR

> Les savants sont heureux. Si j'étais savant, je saurais refaire un de mes tableaux.
>
> Georges BRAQUE.

Lundi 1er octobre 1912 : vernissage au Salon d'Automne. Sur les marches du Grand Palais, monsieur Frantz Jourdain, président de la manifestation, accueille le ministre de l'Instruction publique. Après les congratulations d'usage, l'honorable assemblée parcourt les salles et les couloirs.

Quelques jours auparavant, descendus de Montmartre et de Montparnasse, les plus riches en fiacre, les plus pauvres poussant des charrettes à bras sur lesquelles étaient empilées leurs œuvres, s'acclamant les uns les autres, riant et chantant, les artistes sont venus là pour accrocher les toiles retenues par le jury.

Les officiels visionnent. Se pâment devant Renoir, Degas, Bonnard, Vuillard, Manet. Chuchotent respectueusement chez Fantin-Latour et chez Maillol. Bougent imperceptiblement les sourcils, mais avec tact, en passant près des anciens canards admis désormais au bercail, et même aux places d'honneur : Matisse, Van Dongen, Friesz. S'ébaubissent devant le *Portrait de Cézanne* par ce cher Pissarro. Pénètrent, enfin, dans une pièce plus sombre.

Là, c'est carrément obscène. On serre les pince-nez, on ôte les monocles. Monsieur Frantz Jourdain et ses vice-présidents n'ont pas pu faire autrement que d'en repêcher quelques-uns, de ces cubistes tout crottés, parce que, explique monsieur le notable à monsieur le ministre de l'Instruction publique, le Salon d'Automne, ça représente quand même l'art moderne. On ne pouvait pas les éviter. D'autant qu'il y en a deux, un Albert Gleizes et un Jean Metzinger, qui viennent de publier un ouvrage sur la question, ça s'appelle *Du cubisme*, et les journaux en parlent beaucoup...

Courage, fuyons.

Dans l'assistance, tout le monde n'est pas d'accord. Il y a là monsieur Paul Fort, poète, monsieur Claude Debussy, compositeur, monsieur Guillaume Apollinaire, journaliste. Ceux-là observent et discutent entre eux. Un peu à l'écart, se tient monsieur Louis Vauxcelles, qui couvre l'événement pour le *Gil Blas*, et qui a copieusement assaisonné Picabia, « le cubiste doré sur tranche », Léger, « tubiste », Picasso, « Ubu-Kub », et beaucoup d'autres, pourfendus allègrement à longueur de pages.

Monsieur le juge en matière artistique donne le bras à Madame. Il s'apprête à lancer une de ses piques dont il a le secret lorsque deux barbouilleurs en forme, surgis de derrière les géométries de Dunoyer de Segonzac ou de celles de Roger de La Fresnaye, l'entourent, l'insultent, le font tomber plus bas que la terre où Marcoussis, Metzinger, Picabia, Lhote, Le Fauconnier, Gleizes, Léger, Duchamp et Villon se tordent de rire.

On parle d'échanger adresses, armes et témoins.

Le soir même, dans *L'Intransigeant*, Guillaume Apollinaire relate l'événement :

Un petit incident a eu lieu ce matin. Quelques peintres cubistes ont pris à partie un de nos confrères, monsieur

Vauxcelles, et l'ont copieusement injurié. Mais tout s'est borné à un échange de paroles vives [1].

Le surlendemain, dans les colonnes du même journal, l'arroseur arrosé répond au directeur :

> *Faites-moi l'honneur de croire qu'il n'est pas de mon caractère de me laisser injurier « copieusement » sans répondre à l'insulteur.*
>
> *J'ai, en effet, répliqué aux deux jeunes malappris, que l'incident aurait sa solution normale sur le terrain. Ils se sont aussitôt récusés, les principes de la morale cubiste leur interdisant sans doute de se battre.*
>
> *Je vous serais obligé d'insérer cette lettre, car je serais marri d'être mis en mauvaise posture devant vos nombreux lecteurs.*
>
> *Croyez-moi, je vous prie, votre tout dévoué.*
>
> *Louis Vauxcelles.*
>
> *P.-S. : Un mot encore : les deux jeunes gens susdits auraient peut-être pu attendre « pour me prendre à partie » que je fusse seul. Madame Vauxcelles me donnait le bras quand s'est produit l'incident. Or, c'est entre hommes qu'on doit régler certaines questions* [2].

Le cubisme, on le voit, a besoin d'avocats.

Le plus énergique d'entre tous, c'est Guillaume Apollinaire. Pour lui, la défense du cubisme, attaqué partout, relève du combat et de la mission. Il s'agit aussi de soutenir une avant-garde dans laquelle Apollinaire s'inscrit également comme poète. C'est d'abord là qu'il prend ses marques.

Il sait ce qu'il doit au symbolisme, qui a libéré le vers de ses contraintes et des règles pesantes de la prosodie. Mais il se veut plus moderne encore. Être le grand défenseur du vers libre. À l'exemple des peintres

cubistes, mêler la poésie aux choses de la vie, aux nouveautés, aux images, et ordonner cette palette selon ses
propres couleurs : une époustouflante culture, une
incroyable fantaisie. Ainsi fera-t-il du Guillaume Apollinaire.

En 1913, il publie *Alcools* aux éditions du Mercure
de France. Il a regroupé dans ce recueil des textes écrits
entre 1898 et 1912. C'est un bouquet composé des fleurs
de sa mémoire et des feuillages du monde : Guillaume
à la Santé, souffrant de mille maux d'amour, insom-
niaque et angoissé ; mais aussi les hangars de Port-Aviation, le pape Pie X, les prospectus, les affiches, les
sténodactylographes, l'avion, les sirènes... Plus de ponctuation, la coupe des vers suffisant au rythme de la
poésie.

L'année suivante, Apollinaire commence à écrire ses
Calligrammes. Le jeu des lettres formant des figures
n'est pas nouveau. Mais comment ne pas voir dans ces
poésies-images l'application de ce que les mots conte-
naient déjà dans *Alcools* et que les reproductions des
titres de journaux, les jeux typographiques, les dessins
intégrés, les gammes musicales soulignent et renforcent
encore : les collages cubistes ? La facette littéraire des
audaces picturales ? L'extrême pointe de l'avant-garde ?
Une invention généreuse, protéiforme, dont les déclinaisons se retrouveront quinze ans plus tard dans le *42e
Parallèle* de Dos Passos ?

Lorsqu'il défend la modernité d'autrui, Apollinaire se
défend aussi lui-même. Il participe également à cette
révolution de l'art moderne dont il n'est pas seulement
le chroniqueur complaisant. Il estime qu'il doit s'engager du côté du nouveau langage comme on s'engageait
en 1789 du côté de la révolution. Il est poète. Son arme,
c'est la plume. Il ferraille donc avec sa plume.

Entre 1910 et 1914, il officie à *L'Intransigeant*. Sal-

mon, lui, est à *Paris-Journal* (il signe d'un pseudonyme : « La Palette », et rejoindra bientôt le *Gil Blas*,
où il livrera l'assaut à la forteresse Vauxcelles).

Aux yeux de ses amis, Guillaume Apollinaire est un
poète exceptionnel, un ami merveilleux, mais un bien
piètre critique. Picasso ne le prend pas au sérieux : selon
lui, il « sent » plus qu'il ne sait. Pour Braque, il n'y
connaît rien, confond Rubens et Rembrandt. Vlaminck
ironise sur « son incompétence et sa verve fantaisiste ».
D'autres encore, comme Juan Gris, s'amusent de découvrir sous la plume du journaliste une opinion qu'ils ont
eux-mêmes émise en réponse à une question posée.

On l'utilise quand il s'agit d'aller au feu : Guillaume
adore tout ce qui est nouveau, et se précipite dès lors
qu'il faut enfoncer une porte fermée. Il est le chantre
des avant-gardes. Quitte à reléguer au magasin des
accessoires des accessoires qui n'en sont pas. L'impressionnisme, par exemple. Dans sa préface au catalogue
de l'exposition Braque (1908), après avoir ménagé
« quelques maîtres magnifiquement doués » (qu'il ne
cite pas), il sonne la charge : « L'ignorance et la fréné-
sie, voilà bien les caractéristiques de l'impressionnisme » ; celui-ci « n'a été qu'un instant pauvrement et
seulement religieux des arts plastiques » ; les impressionnistes ont essayé « d'exprimer fiévreusement, hâtivement, déraisonnablement, leur étonnement devant la
nature ».

C'est fiévreux, hâtif et déraisonnable. Quant à Braque
lui-même, dont il est question après tout puisque Kahnweiler le célèbre après que les salons officiels lui eurent
fermé leurs portes, « il exprime une beauté pleine de
tendresse et la nacre de ses tableaux irise notre entendement ». De la poésie plus que de la critique. Des phrases
qui traversent la peinture sans toujours en discerner les
ruptures, des mots qui scintillent ainsi qu'une palette en

vers, des images, une immense bonne volonté, un manque d'analyse parfois déconcertant.

Dans cette préface aux œuvres de Braque refusées au Salon d'Automne, Apollinaire se félicite que le succès ait récompensé Picasso, Matisse, Derain, Vlaminck et quelques autres. Il déplore qu'il n'ait pas encore honoré Vallotton, Odilon Redon, Braque et... Marie Laurencin.

Si elle est (encore) sa muse, il est son troubadour. Il la chante partout, sur tous les tons.

En 1908, dans *Les Peintres nouveaux* : « Mademoiselle Laurencin a su exprimer, dans l'art majeur de la peinture, une esthétique entièrement féminine. »

Même année, dans *L'Intransigeant*, auquel Apollinaire donne une chronique régulière, « La vie artistique » : « Je ne trouve pas de mots pour bien définir la grâce toute française de mademoiselle Marie Laurencin. »

En 1909, à propos du Salon des Indépendants : « Mademoiselle Marie Laurencin apporte à l'art une grâce forte et précise qui est très nouvelle. »

Au Salon d'Automne de 1910, où Marie a été refusée : « Notons que des artistes importants, comme monsieur André Derain, Marie Laurencin, Puy, etc., n'avaient pas exposé. »

En 1911 : « Le clou du Salon aurait pu être la salle des cubistes, s'ils avaient tous exposé, s'il ne manquait ni Delaunay ni Marie Laurencin... »

Un peu plus loin, le critique regrette également l'absence de Picasso, de Derain, de Braque et de Dufy ; nul, à part lui, ne songerait à associer Marie Laurencin, qui se destinait à la peinture sur porcelaine et dont les œuvres évoquent des pastels tout en rondeurs, à ces quatre-là ! C'est ce qui s'appelle coucher sa maîtresse sur le papier...

Il en est d'autres, en revanche, que Guillaume n'aime

pas. Peut-être parce que Picasso n'aime pas non plus, peut-être également parce que ces artistes ne participent pas de l'art nouveau et scandaleux. Van Dongen, qui préfère la géométrie ronde des perles en nacre aux lignes brisées des figures cubistes, en prend pour son grade dans *L'Intransigeant*.

1910 : « Les tableaux de monsieur Van Dongen sont l'expression de ce que les bourgeois souffrant d'entérite appellent aujourd'hui de l'audace. »

Quelques mois plus tard : « Monsieur Van Dongen fait des progrès dans la banalité... »

En 1911, il n'est plus qu'un « vieux fauve » exposant « des sortes d'affiches ». Deux ans encore, et ses tableaux paraissent au critique « les plus inutiles du monde ».

Un coup de bec en passant à Vlaminck : « Il gâche son tempérament à peindre des cartes de visite. » Une vacherie pour Matisse (1907) – on devine l'ombre de Picasso derrière le propos : « Monsieur Henri Matisse est un novateur, mais il rénove plutôt qu'il n'innove. » Bientôt reviendra l'heure des révérences. Apollinaire, alors, contribuera à renforcer la stèle sur laquelle est monté le maître du couvent des Oiseaux et que nul ne songera plus à démolir.

Lorsqu'il s'agit de Picasso, tout est simple. Jamais Apollinaire ne l'éreinte. Quand il n'aime pas, et s'il n'aime pas, il préfère ne pas écrire. Ainsi, après *Les Demoiselles d'Avignon* : tout comme Braque, Derain et les quelques visiteurs qui ont vu la toile au Bateau-Lavoir, il n'a sans doute pas apprécié l'œuvre ; à tout le moins, sa nouveauté l'a paralysé. Mais à partir de 1910, il bat le tambour. Il a retrouvé l'énergie nécessaire pour consacrer son ami et le hisser à la place qui, à ses yeux, lui revient de droit : la meilleure.

Dans *Poésie*, une revue publiée dans le Sud-Ouest, il

rend compte du Salon d'Automne, employant pour la première fois le mot « cubisme » et critiquant « la métaphysique plastique » que les journalistes ont décelée chez les exposants, parmi lesquels Jean Metzinger ; selon lui, il ne s'agit que d'« une plate imitation sans vigueur d'ouvrages non exposés et peints par un artiste doué d'une forte personnalité et qui, en outre, n'a livré ses secrets à personne. Ce grand artiste se nomme Pablo Picasso ». Dans le même article, il précise sa pensée : « Le cubisme du Salon d'Automne, c'était le geai paré des plumes du paon. »

Le paon est d'accord, forcément. Mais pas les autres. En réponse à ses articles parus dans *L'Intransigeant*, la rédaction reçoit bientôt des plaintes de plus en plus nombreuses émanant des peintres victimes des articles d'Apollinaire. Elle répond par des rectificatifs qui blessent le critique. Celui-ci envoie ses témoins contre les mécontents. La direction finit par déplacer la chronique en des pages moins exposées. Apollinaire conclut en quittant *L'Intransigeant* pour *Paris-Journal*.

Il n'était pas Baudelaire, et Picasso n'était pas son Delacroix. Soixante ans après les *Salons* de son illustre aîné, nul doute qu'il reprenait à son compte le souhait d'une critique subjective et passionnée, non explicative mais ludique telle que la revendiquait l'auteur des *Fleurs du mal*. Mais il ne pénétrait pas les profondeurs. Rarement on lit sous sa plume une analyse aussi fine que peuvent l'être celles de *La Madeleine dans le désert* ou des *Dernières paroles de Marc Aurèle*[3], quand ce n'est pas de *L'Eugène Delacroix*[4], signées par Baudelaire en 1845 et 1846.

Apollinaire a son opinion, certes. Mais trop souvent, il aime à la partager. Moins avec ses lecteurs, ce qui serait raisonnable, qu'avec ses proches – ce qui l'est moins. Il lui arrive de changer d'avis en fonction du goût de ses petits camarades ou, plus grave encore, de l'évolution de ses amitiés et inimitiés. En bref, en clair et sans faux-fuyants : il est le roi du copinage. Ce qui lui crée de nouveaux problèmes.

En 1911, lorsque dans la salle 41 du Salon des Indépendants se retrouvent les peintres cubistes réunis pour leur première exposition collective, Apollinaire s'enflamme. Il prend la défense des « cubisteurs ». C'est ainsi qu'il contribue à créer un mouvement qui, dans l'esprit de ses deux fondateurs – Braque et Picasso –, n'existe pas. Il admet la place prépondérante de l'un d'eux au moins dans le processus de création, il le rappelle à tour de lignes et à tour d'articles, mais, allant à l'encontre de l'opinion des deux, auxquels se joint bientôt Kahnweiler, il proclame haut et fort que le cubisme est une école dont Braque (revenu pour l'occasion), Gris, Gleizes, et bien entendu, mais dans certaines de ses œuvres seulement, l'éternelle Marie Laurencin, forment une partie des troupes. Sans oublier Metzinger, Lhote, Delaunay, Archipenko, Le Fauconnier, Dunoyer de Segonzac, Luc-Albert Moreau et Fernand Léger qui, jusqu'à la guerre, vont être loués, avec plus ou moins d'enthousiasme, par le poète.

Apollinaire ne sait plus où il en est. Il aime trop, il donne trop, il discerne trop peu. Il est tiraillé entre son amitié pour Picasso, celle qu'il voue désormais au couple Delaunay (qui déteste l'Espagnol), sa reconnaissance envers Picabia qui, plus riche que tous ses compagnons de fortune et d'infortune, finance l'édition de ses *Méditations esthétiques*... Et lorsque, pour complaire à Picasso, Braque et Kahnweiler, il lâche du lest, s'efforçant de prendre quelque distance avec ce qui va peu à peu lui apparaître comme un système, il est trop tard : le bien (ou le mal, selon) est fait. Apollinaire a si bien défendu la jeune peinture qu'elle apparaît désormais comme un mouvement, une école. Au point que beaucoup, suivant Vlaminck et Francis Carco, se demanderont bientôt ce que serait devenu le cubisme sans Guillaume Apollinaire.

LE POÈTE ET LE MARCHAND

> L'art est l'enfant de son temps.
>
> Wassily KANDINSKY.

Le cubisme sans Apollinaire ? Cette question, Daniel-Henry Kahnweiler ne se la pose pas. Lui, il n'écrit pas dans les journaux, mais il contribue tout autant que le poète à la défense de ses peintres. Il est le marchand des cubistes comme les Bernheim sont ceux de Matisse, comme Durand-Ruel fut celui des impressionnistes et Vollard celui de Cézanne, de Gauguin et des nabis.

À vingt-trois ans, dans une ancienne échoppe tenue par un tailleur polonais de la rue Vignon (près de l'Opéra), Kahnweiler a ouvert une galerie. Seize mètres carrés à peine, mais vingt-cinq mille francs or apportés par une famille de financiers allemands. Et un pari risqué : le jeune homme avait un an pour faire ses preuves. S'il échouait dans le commerce de tableaux, il revenait dans le giron.

Mais il a réussi. Au Salon des Indépendants, il a acheté des Derain et des Vlaminck. Puis il s'est occupé de Van Dongen et de Braque. En 1907, grâce à Wilhelm Uhde qui lui a parlé des *Demoiselles d'Avignon*, il s'est rendu au Bateau-Lavoir et a rencontré Picasso. Contrairement à beaucoup d'autres, il a été fasciné par ce tableau. Il a immédiatement compris quelle rupture il représentait dans l'histoire de l'art. Il a voulu l'acheter mais, prétextant qu'il n'était pas fini, Picasso a refusé.

Kahnweiler a dû se contenter des dessins préparatoires. Cependant, il est revenu. Lorsque Vollard s'est effacé, il a pris sa place auprès du peintre.

Fernande Olivier l'a décrit comme un audacieux têtu. Terriblement opiniâtre. Montant à l'assaut de la tour qu'il voulait prendre, et ne la quittant plus qu'après avoir obtenu le bien convoité.

Il faut croire qu'il s'agissait d'une méthode, puisqu'il procédait pareillement quarante ans plus tard. Il s'invitait chez Picasso et n'en bougeait plus. S'installait et prenait ses aises. Le peintre tentait de le provoquer par des reproches ou des propos très durs : le marchand niait avec calme ou acquiesçait benoîtement. Il leur arrivait aussi de se lancer dans des discussions philosophiques où Kahnweiler veillait à ne pas l'emporter ; s'il gagnait cette manche théorique, il perdrait la bataille commerciale : jamais Picasso n'eût accepté d'aller deux fois au tapis. Les heures s'écoulant, l'ennui s'installant, Kahnweiler ne bougeant pas de son fauteuil, Picasso finissait par céder : il vendait.

Françoise Gilot raconte que dans les années 1944-1945, alors que Kahnweiler n'avait pas d'exclusivité, Picasso le plaçait en concurrence avec un autre marchand. Il s'agissait de Louis Carré, dont la galerie, une des plus importantes de l'époque, se trouvait avenue de Messine. L'artiste convoquait les deux hommes chez lui, quai des Grands-Augustins, et les abandonnait dans l'antichambre. Ils y restaient une heure en tête à tête. Puis le peintre invitait l'un d'eux à le suivre dans son atelier. En général, c'était Louis Carré. Respectant le principe picassien selon lequel qui aime bien châtie bien, l'artiste plaçait ainsi celui qu'il préférait sur une poêle à frire.

Dans l'atelier, on discutait, et plus longuement que nécessaire : le temps qu'il fallait au visiteur de l'antichambre pour se consumer jusqu'à présenter une face

de semelle. Lorsque le peintre et son marchand réappa-
raissaient, Kahnweiler était tout gris. Pour peu que Carré
affichât une expression heureuse, laissant entendre que
les jeux étaient faits (même s'ils ne l'étaient pas), le
pauvre Kahnweiler devenait vert.

Picasso l'embarquait à son tour dans l'atelier, où il lui
était dès lors facile de le balader d'un prix à un autre.
« Ce fut l'un de mes premiers aperçus de la technique
de Picasso, qui consistait à se servir des gens comme au
jeu de quilles, visant une personne avec la boule pour
en faire tomber une autre », conclut Françoise Gilot [1].

À cette passe entre chat et souris, c'était toujours le
fromage qui l'emportait. Il était loin le temps où Braque,
Derain, Vlaminck et Picasso débarquaient en bleus de
chauffe dans la petite galerie de la rue Vignon, ôtaient
leur casquette et lançaient : « Patron, on vient pour la
paie ! »

Kahnweiler fut le marchand des cubistes, titre qu'il a
hautement revendiqué. À quoi, ironiquement, Apollinaire eût pu répondre, retournant la question : d'accord,
mais quels cubistes ?

Si c'est Braque, Picasso, Gris et Léger, que Kahnweiler tenait pour « les quatre grands cubistes [2] », le fait est
incontestable. Sinon, il y a usurpation de titre. Apollinaire le savait bien, qui écopa de nombreuses volées
de bois vert émanant d'un homme qui, peu ou prou,
consciemment ou non, enviait l'intimité qui liait le peintre
au poète.

L'un et l'autre étaient des amis des arts. Ils les défendaient ardemment, chacun avec ses armes. Tout comme
Vollard avant lui, Kahnweiler édita des poètes que ses
peintres illustrèrent : des merveilles pour bibliophiles,
imprimées à cent exemplaires.

Il fut le premier éditeur d'Apollinaire, qui fut également son premier auteur : en 1909, paraissait *L'Enchan-*

teur pourrissant, illustré de trente-deux gravures sur bois de Derain (le *Saint Matorel* de Max Jacob, illustré par Picasso, viendra en 1911). Tirage : cent exemplaires ; état des comptes cinq ans plus tard : cinquante exemplaires vendus. Perle littéraire :

> *La demoiselle le tâta et sentit qu'il avait le corps très bien fait. Et elle l'aima extrêmement, accomplit sa volonté et cela tout cela à sa mère et à autrui.*

Kahnweiler aimait et admirait le poète, il respectait l'érudit, mais il méprisait le critique. Il le jugeait mondain et ignorant de l'histoire de l'art. Pour lui, les *Méditations esthétiques* n'étaient que de tristes bavardages. Il ne supportait pas l'aspect anecdotique des articles, moins encore l'énergie avec laquelle le poète prenait la défense des peintres cubistes réunis dans la salle 41 du Salon des Indépendants de 1911. Et lorsque Apollinaire réitéra l'année suivante avec les artistes de la Section d'Or, Kahnweiler s'emporta et gronda. Il voulait que le critique établît publiquement une distinction claire : qui était cubiste et qui ne l'était pas ? De quel côté se situait-il ?

Le marchand demanda à Braque et à Picasso d'obliger leur ami à prendre position. Ils s'y refusèrent : peut-être partageaient-ils l'opinion de Kahnweiler, mais ils ménageaient le poète.

Apollinaire, qui venait de publier *Alcools* aux éditions du Mercure de France (avec, en frontispice, son portrait par Picasso), apprit le trouble jeu de Kahnweiler. Il arma sa plume et répondit :

> *... J'apprends que vous jugez que ce que je dis sur la peinture n'est pas intéressant, ce qui de votre part me paraît singulier. J'ai défendu seul comme écrivain des peintres que vous n'avez choisis qu'après moi. Et croyez-*

*vous qu'il soit bien de chercher à démolir quelqu'un qui en
somme est le seul qui ait pu poser les bases de la prochaine
compréhension artistique*[3] *?*

À quoi le marchand d'art répondit :

*J'ai reçu de vous une lettre bien singulière. En la lisant,
je me suis demandé si je devais me fâcher. J'ai préféré
rire*[4].

Pour Kahnweiler, les choses étaient claires : les
peintres qu'il exposait rue Vignon, dont il vendait les
œuvres à l'étranger, étaient les seuls peintres cubistes.
Les autres n'étaient que de mauvais suiveurs. Il ne s'en
occupait pas.

En 1912, il s'était lié avec ses artistes par contrat. Le
principe était simple : il achetait toute la production à
des conditions définies à l'avance. Il exigeait l'exclusivité. Les prix variaient selon les formats. Derain était
mieux rétribué que Braque, qui touchait trois fois moins
que Picasso. Celui-ci avait discuté les clauses pied à
pied : il avait offert à Kahnweiler une exclusivité de
trois ans concernant toute son œuvre, sauf sa production
ancienne et les portraits qu'on pourrait lui commander ;
il garderait cinq tableaux par an pour lui-même, ainsi
que des dessins ; Kahnweiler achèterait les autres
tableaux, les gouaches, et au moins vingt dessins par an.

Le marchand avait signé. Il avait confiance : la clientèle ne manquait pas. Elle n'était plus seulement composée de Gertrude Stein ou d'un bouquet de Français
éclairés. Depuis quelque temps déjà, les collectionneurs
étrangers débarquaient à Paris pour rencontrer ces
cubistes qui n'en étaient pas tout en en étant quand
même.

Le premier d'entre eux était russe. Il s'appelait Ser-
gueï Tchouchkine. Cet industriel du textile possédait le

palais Troubetskoï à Moscou. Il avait acheté des œuvres de Derain et de Matisse. Ce dernier s'était rendu à Moscou pour accrocher *La Danse* et *La Musique*. Ces œuvres étaient exposées sur les murs du palais, à côté de Van Gogh, Monet, Cézanne et Gauguin.

Tchouchkine s'intéressait à Picasso depuis 1908. Il acquit bientôt les tableaux les plus importants des périodes bleue, rose et cubiste (sa collection reviendra à l'État après la révolution de 1917, enrichissant les musées de Moscou et de Saint-Pétersbourg). Son intermédiaire privilégié restait Kahnweiler.

Celui-ci était sur tous les fronts. Sauf sur un seul : les Salons nationaux. Il recommandait à ses peintres de suivre l'exemple de Picasso, et leur interdisait de s'exposer aux ricanements des critiques qui parcouraient le Grand Palais en compagnie des sommités de la République. En France, pour voir les œuvres de Braque, Derain, Gris et Picasso, il fallait se rendre chez les collectionneurs qui appréciaient. Ou encore, dans la petite galerie de la rue Vignon. On pouvait aussi passer les frontières. Car, paradoxalement, alors qu'aucun de ces artistes n'exposait plus dans les Salons officiels parisiens, ils étaient tous à Berlin, à Cologne, à Munich, à Amsterdam, à Londres et à Moscou.

Pour commencer.

LA PEAU DE L'OURS

> Nous retournerons tous rue Ravignan !
> [...] nous n'aurons été vraiment heureux
> que là.
>
> Pablo PICASSO.

Ils sont aussi à Paris, ce lundi 2 mars 1914. Hôtel Drouot, salles 6 et 7. Il y a là des curieux, des journalistes, des marchands venus d'Allemagne, des gens du monde, des amateurs éclairés, comme Marcel Sembat, député socialiste de Paris.

Dans la foule, on reconnaît la garde rapprochée de Picasso : Max Jacob, Kahnweiler, Serge Férat et la baronne d'Œttingen. Au premier rang, devant maître Henri Beaudoin, commissaire-priseur, et ses deux experts, Druet et les frères Bernheim, les membres fondateurs de la Peau de l'Ours, attendent que les enchères commencent. Dix ans après avoir créé leur association, ils vendent. Depuis 1904, ils ont chacun gonflé la cagnotte commune de deux cent cinquante francs chaque année. Ils ont réparti les tableaux entre eux ainsi que le prévoyait le règlement élaboré par eux-mêmes. Ils s'en défont aujourd'hui. Ils récupéreront leur mise, augmentée d'intérêts minimaux (3,5 p. 100). André Level, le gérant de l'association, recevra 20 p. 100 des sommes restant pour prix de ses services. Les artistes se partageront le reste. L'opération n'a pas été conçue à des fins spéculatives mais pour faire connaître l'art moderne et pour aider les peintres à vivre. La préface du catalogue donne le *la* :

> *Des amis se sont réunis, il y a dix ans, pour former une collection de tableaux et surtout garnir, orner les murs de leurs logis. Les belles œuvres du passé étant presque inaccessibles, ils se laissèrent aisément persuader, jeunes la plupart et fondant espoir en l'avenir, de faire confiance à des artistes jeunes aussi ou récemment découverts. Il leur semblait honorable de courir les risques que comportent les choses nouvelles...*

Qu'ont-elles acheté en dix ans, ces personnes généreuses ? Cent cinquante œuvres : Van Gogh, Gauguin, Odilon Redon, Vuillard, Maurice Denis, Bonnard, Vallotton, Signac, Sérusier, Maillol ; mais aussi Dufy, Van Dongen, Herbin, Dufrenoy, Flandrin, Roger de La Fresnaye, Othon Friesz, Marquet, Metzinger, Rouault, Dunoyer de Segonzac, Verhoeven, Vlaminck, Derain, Matisse, Willette et Picasso. Des presque classiques, des fauves, et, surtout, ceux que tout le monde attend : les cubistes. Car même si ces derniers présentent des œuvres moins géométriques que celles qui font scandale ailleurs, c'est la première fois qu'ils affrontent le marché national. La vente de la Peau de l'Ours, chacun le sait, est un test décisif pour l'art moderne.

Maître Henri Beaudoin adjuge la première œuvre à sept cent vingt francs : *L'Aquarium*, de Bonnard, présentée dans le catalogue comme une « étude de poissons et de crustacés ».

Vlaminck fait moins bien avec *Écluses à Bougival*, martelées à cent soixante-dix francs.

Le *Boulevard maritime*, de Dufy, est proposé à cent francs et emporté pour cent soixante.

Metzinger, avec un paysage cubiste, ne décolle pas des cent francs. Mais Roger de La Fresnaye voit les

cubes de sa *Nature morte aux anses* s'envoler pour trois
cents francs. Utrillo fait la même chose, au mieux, et la
moitié, au pire. Derain, trois cents francs pour le *Vase
de grès*, deux cent quinze francs pour *Pêches dans une
assiette*, deux cent dix francs pour *La Chambre*.

Moins bien que Marie Laurencin, qui, avec quatre
cent soixante-quinze francs, justifie enfin l'opiniâtreté
de son ancien compagnon, toujours journaliste. Beaucoup moins bien que Dunoyer de Segonzac, dont *La
Mare*, proposée à trois cents francs, est adjugée huit
cents francs.

Le Violoncelliste de Gauguin part à quatre mille francs.
Autant que les *Fleurs dans un verre*, de Van Gogh. Avec
Étude de femme et *La Mer en Corse*, Matisse démarre à
neuf cents francs. *Feuillages au bord de l'eau* dépasse les
deux mille francs, et *Compotier de pommes et oranges*
double le cap des espérances en s'enlevant pour cinq mille
francs. C'est mieux que Van Gogh.

La salle applaudit.

Mais Picasso n'a pas encore dit son premier mot. Il
est au-dessus de la mêlée. Les toiles achetées par les
amis d'André Level sont plus anciennes que ses dernières œuvres cubistes, mais peu importe : on juge
moins les périodes bleue et rose que l'homme, son esprit
novateur, et ceux qui l'ont suivi. Après avoir longtemps
œuvré dans l'ombre, le Bateau-Lavoir est descendu en
salle des ventes. Et lorsqu'il propose le premier carton
de Picasso, *Femme et enfants*, maître Beaudoin, à sa
manière et sans le savoir, enterre Montmartre, le Montmartre des artistes splendides qui attendaient la gloire.

Car la gloire est là. *Femme et enfants* sont adjugés mille
cent francs. Mais c'est un carton. *L'Homme à la houppelande* part à mille trois cent cinquante francs. *Les Trois
Hollandaises* atteignent cinq mille deux cents francs.

La rumeur enfle dans la salle : c'est mieux que

Matisse. Les huissiers déposent alors une toile gigantesque sur l'estrade : la *Famille de saltimbanques*
(1905). Mise à prix : huit mille francs. (André Level
l'avait achetée mille francs.) Les enchères commencent.
Elles montent. Elles montent dans l'enthousiasme des
uns, dans la fureur des autres. Les critiques haineux
affûtent déjà les lames de leurs crayons. Les défenseurs
du cubisme se frottent les mains. Et lorsque le marteau
du commissaire-priseur frappe la table, c'est comme s'il
cognait sur le vieux monde. Onze mille cinq cents
francs. L'œuvre la plus chère vendue ce jour-là.

La salle, debout, applaudit à tout rompre. Beaucoup
s'en vont. Les mauvaises langues, et elles sont nombreuses, notent que le marchand qui a acheté *L'Homme
à la houppelande* et *Famille de saltimbanques* est un
Allemand : Justin Tannhauser. Dans cinq mois, cinq
mois exactement, peut-être verra-t-on là un signe prémonitoire. Pour le moment, les curieux se débandent.

Ils se heurtent à un autre Allemand. Daniel-Henry
Kahnweiler joue des coudes pour sortir. Il faut qu'il
annonce la nouvelle à Picasso. La vente a rapporté cent
quinze mille francs. À lui seul, le peintre a réalisé le
quart de ce qu'il faut bien appeler un chiffre d'affaires.

Kahnweiler, enfin libéré, se précipite vers un fiacre.
Car Picasso n'est pas là. Picasso n'est pas venu. Il est
ailleurs, comme toujours.

Où est-il donc, en ce jour de gloire ?

Pas à Clichy, et pas à Montmartre non plus. César à sa
manière, il a franchi le Rubicon : il a traversé la Seine. Il
va désormais se mêler au grand monde, dont les
flammes électriques l'éloigneront à tout jamais des bou-
gies de Montmartre.

Picasso a quitté les terres de sa naissance artistique.
Il n'est plus au Bateau-Lavoir. Il est sur la rive gauche.
Il est à Montparnasse.

II

MONTPARNASSE
S'EN VA-T-EN GUERRE

LA RUCHE

> Voici le Montparnasse qui est devenu
> pour les peintres et les poètes ce que
> Montmartre était pour eux il y a quinze
> ans : l'asile de la belle et libre simplicité.
>
> Guillaume APOLLINAIRE.

De l'autre côté de la Seine, les Sacré-Cœur n'existent pas. Au passage du siècle, le Mont Parnasse était le royaume des écuries, des fermes, de quelques fêtes foraines plantées à l'angle des boulevards, des troupeaux de chèvres allant le long des rues.

Vivaient là des hommes de lettres plutôt que des hommes d'images, beaucoup de poètes en noir, peu de peintres en bleu, une sagesse assise entre les académies de peinture et les immeubles en pierres de taille et portes cochères. Montparnasse campait sur des positions schizoïdes : la bourgeoisie marchait dans le crottin. Elle n'avait aucun monument où se recueillir.

Les couleurs de l'endroit étaient celles de la poésie. Naguère, les étudiants montaient du Quartier latin pour déclamer des vers sur ces hauteurs encombrées des déjections des carrières proches. Puis ce furent les garçons de ferme et d'écurie, les maraîchers, les ouvriers travaillant au percement du boulevard Raspail.

Il y avait aussi quelques sculpteurs : les jardins et les entrepôts leur offraient l'espace nécessaire à leur travail. Ils profitaient également de l'aménagement des immeubles.

Les architectes avaient construit des bâtisses bourgeoises pour les bourgeois, et, dans les cours, des ateliers d'artiste pour les artistes : verrières et lucarnes propices à la lumière, grande hauteur sous plafond afin que les œuvres puissent être jugées et observées de haut. Nombre d'ateliers avaient également pris la place des fermes, divisées et dotées de larges verrières.

Montparnasse s'était donc ouvert aux Beaux-Arts. Le quartier comptait des académies de renom : celle de Bourdelle notamment, dont l'enseignement était plus libre que celui de maîtres officiels ; des encadreurs et des marchands de peinture ; quelques marchés aux modèles qui se tenaient à la porte de l'académie de la Grande Chaumière ou à l'angle de la rue du même nom et du boulevard du Montparnasse : des boxeurs, des dactylographes, des ouvrières – beaucoup d'Italiens, moins pudiques que les autres.

Montparnasse avait aussi ses Bateau-Lavoir. Il s'agissait de cités d'artistes où les locataires venaient, partaient, revenaient, au gré des pièces de leur porte-monnaie. Il y avait l'impasse du Maine, où sculptait Bourdelle. Il y avait la cité Falguière, qu'on appelait aussi la Villa rose en raison de la couleur de ses murs. Foujita y vécut, et Modigliani, qui fut expédié au loin par la propriétaire, madame Durchoux, pour paiement de loyer trop souvent différé.

Il y avait surtout la Ruche, qui dressait sa rotonde impasse de Dantzig. Elle était l'un des lieux les plus importants de Montparnasse. Tous les artistes y firent au moins un tour ; beaucoup y restèrent. La Ruche était le Bateau-Lavoir des peintres juifs venus des pays de l'Est.

La cité était l'œuvre d'un mécène, Alfred Boucher, sculpteur pompier. En revenant de l'Exposition universelle de 1900, il avait racheté les restes des pavillons dus au sieur Gustave Eiffel et les avait fait assembler sur un terrain préalablement acquis non loin des abattoirs de Vaugirard. De nombreux ateliers se dressaient autour du bâtiment principal, ancien pavillon des Vins, dont le toit rappelait une ruche. De part et d'autre de l'entrée, deux cariatides avaient fait le déplacement depuis le pavillon d'Indonésie. La grille extérieure venait du pavillon de la Femme. Les petits bâtiments, parmi lesquels un théâtre de trois cents places (où Louis Jouvet fit ses classes) et des salles d'exposition, se dressaient au milieu des pelouses et des allées – allée des Fleurs, allée d'Amour, allée des Trois-Mousquetaires...

Boucher louait les ateliers pour un prix modique aux peintres pauvres. Ils disposaient d'une pièce unique qu'ils appelaient « le cercueil » : un triangle doté d'une plate-forme au-dessus de la porte, où les locataires dormaient sur un matelas mince. Pas d'eau, pas de gaz, pas d'électricité ; de sombres corridors, des monceaux d'ordures, des gouttières percées. Mais, au-delà des paliers circulaires et des portes numérotées, les chants des Italiens, les discussions des Juifs, les cris des modèles chez les Russes.

Avant la guerre, de son propre aveu, Chagall faisait figure d'exilé, lui qui travaillait seul et tard, ne recevant que quelques visiteurs : Cendrars le premier, suivi d'Apollinaire. Lorsqu'ils rentraient le soir, en bandes éméchées et bruyantes, les artistes de la Ruche balançaient des pierres contre ses fenêtres pour inciter l'artiste à les rejoindre. Mais Chagall, enfant d'une pauvre famille de Vitebsk, aidé par un avocat député russe à la Douma, était plus sérieux que les autres. Il cultivait seul un art qu'il définissait comme celui de l'état d'âme, peignait nu devant ses toiles, ne se plaignait pas, se nourrissait d'une tête de hareng le premier jour de la semaine, de la queue le lendemain, de croûtes de pain les jours suivants. Il jouissait d'un atelier avec balcon intérieur.

À l'exception de quelques-uns, comme le Normand Fernand Léger, grand ami d'Archipenko, la plupart des locataires de la Ruche venaient donc d'Europe centrale. Le dimanche, ils retrouvaient quelques vestiges de leur pays. Des forains débarquaient, des joueurs d'accordéon, des baladins... Du quartier Saint-Paul, montait un marchand juif à longue barbe noire qui arrêtait sa charrette à bras devant les grilles et distribuait les harengs, le foie haché, le pain noir, autant de goûts et d'odeurs qui rappelaient l'enfance.

Tous étaient des immigrés. Ils étaient arrivés quelques années avant la guerre. Ils ne constituaient pas encore cette École de Paris qui devait devenir fameuse et connue dans le monde entier. Archipenko, sculpteur russe, venu en 1908. Lipchitz, sculpteur lituanien, venu un an plus tard. Kikoïne, lituanien également, petit-fils de rabbin, socialiste et bundiste, qui avait étudié à l'école des Beaux-Arts de Wilno avec Krémègne et Soutine. Krémègne, qui passa la frontière clandestinement en 1912, toujours abattu, d'une grande maladresse dans ses gestes et ses mouvements, un peu jaloux de Soutine, dont il se considérait comme l'égal. Mané-Katz, qui quitta Kiev pour la Ruche en 1913. Chana Orloff, qui vint la même année. Kisling le Polonais, élève brillant des Beaux-Arts de Cracovie, plus gai, plus joueur que beaucoup d'autres, aimant les fêtes, le vin et la peinture. Léon Bakst, peintre et décorateur, qui réalisa en 1909 les décors de *Cléopâtre*, premier des ballets russes qui fit fureur au Châtelet sous les pointes de Pavlova et de Nijinski. Soutine, le plus misérable d'entre tous, qui chantait en yiddish tout en peignant. Et encore Zadkine (arrivé en 1909, à l'âge de dix-neuf ans), Epstein, Gottlieb, Marevna, les sculpteurs Lipsi, Joseph Csaky, Léon Indenbaum...

Quand ils découvrirent la France, ces immigrés n'avaient

pas plus de vingt ans. Ils avaient laissé derrière eux une famille, des amis, une tradition. Ils n'avaient aucune arme sinon leurs crayons et leurs pinceaux. Ils les avaient fourbis chez eux, jusqu'à un certain point. Le point, c'était à la fois le numerus clausus des universités et la rigidité des coutumes spirituelles. La loi hassidique condamnait l'idolâtrie et, donc, la reproduction des visages :

> *Tu ne feras pas de statue ni aucune forme de ce qui est dans le ciel en haut, ou de ce qui est sur la terre en bas, ou de ce qui est dans les eaux au-dessous de la terre* [1].

À l'Est, l'art juif était religieux. Il n'existait aucune autre tradition. Les Juifs, repliés dans les ghettos, étaient imperméables au monde extérieur. Les artistes dessinaient comme les enfants lisent : le jour, pour ce qu'ils pouvaient montrer ; la nuit, pour ce qu'ils devaient cacher. À la lumière, la vie quotidienne du shtetl ; dans l'ombre, toutes les images bannies, dérobées puis rendues à la feuille blanche, dans la clandestinité des chambres closes. Pour s'émanciper, il n'existait qu'un moyen : partir.

Et partir aussi pour fuir l'antisémitisme officiel et ancestral. Dans de nombreux pays, les portes des universités étaient fermées aux Juifs. L'académie royale de Saint-Pétersbourg, notamment, leur était interdite.

Lorsqu'ils arrivèrent, ces hommes déracinés ne connaissaient de la langue française qu'un seul mot : Paris. Ils avaient choisi cette ville car d'autres, qui s'y trouvaient déjà, avaient fait passer le message. À Paris, on pouvait vivre et peindre en hommes libres. À Paris, les artistes juifs travaillaient comme les autres. Ils avaient le droit de tout dire, de tout montrer. Certes, ils connaissaient la misère ; mais pour la plupart, ils la côtoyaient déjà. Ils ignoraient la langue ; mais ils l'apprendraient. L'essentiel, c'était de peindre au grand jour, enfin. Libres, éloignés des écoles : autant de l'impressionnisme que du cubisme nouvellement découvert. Paris, comme l'écrirait De Chirico peu après, était un lieu où convergeaient les hommes, les idées, les états d'âme, la création. Paris, pour tous, c'était la capitale du monde.

UBU ROI

> Dieu est le plus court chemin de zéro à
> l'infini.
> Dans quel sens ? dira-t-on.

Alfred JARRY.

Jusqu'à la guerre, les peintres de la Ruche ne croisaient pas leurs couleurs avec celles des artistes du Bateau-Lavoir. Un fleuve séparait les deux mondes. Quand la bande de Picasso traversait la Seine, c'était surtout pour rencontrer les hommes de plume amis de Guillaume Apollinaire. Car Montparnasse bruissait du murmure des poètes. Les rimailleurs étaient toujours les rois de l'endroit, et les gribouilleurs encore à leurs basques. Montparnasse ne vivait pas aux rythmes conjugués du Dôme et de la Rotonde, mais à la cadence versifiée de la Closerie des Lilas.

La Closerie est le premier de tous les cafés qui firent la réputation du quartier. Jadis, elle était un simple relais sur la route de Fontainebleau. Sa gloire et son nom lui vinrent de sa promiscuité avec le bal Bullier. Celui-ci était situé avenue de l'Observatoire, en face du Luxembourg. Jusqu'à la guerre, on y dansa au milieu des lilas. On allait ensuite se rafraîchir dans le petit bistrot qui, en haut du boulevard, mêlait Saint-Michel à Montparnasse, les étudiants et les artistes. Ils furent nombreux à trinquer à l'ombre de la statue du maréchal Ney, fusillé avenue de l'Observatoire après l'île d'Elbe, rapportée à l'ombre du café au moment de la construction du chemin de fer de Sceaux.

La Closerie fut l'un des camps retranchés du dreyfusisme. Elle devint aussi la base arrière du Flore, où Charles Maurras réunissait ses Camelots. Y vinrent également Monet, Renoir, Verlaine, Gide et Gustave Le Rouge ; enfin, un poète dont le rôle fut essentiel dans la rencontre des arts de Montmartre et de Montparnasse : Paul Fort.

Aujourd'hui, ses *Ballades françaises* ne font plus chanter grand monde, à l'exception de quelques-unes :

> *Le p'tit cheval dans le mauvais temps, qu'il avait donc du courage !*

Mais il était un prince. Le prince des poètes. Il fut élu là à la suite de Verlaine, de Mallarmé et de Léon Dierx. Cinq journaux, *La Phalange, Gil Blas, Comœdia, Les Nouvelles* et *Les Loups*, organisèrent en 1912 un référendum pour nommer un successeur à Dierx qui venait de mourir. Trois cent cinquante plumes votèrent pour Paul Fort : il fut considéré comme le meilleur héritier des traditions littéraires françaises.

Paul Fort n'avait pas le sou. Lorsqu'on lui demandait de quoi il vivait, il répondait, le sourire aux lèvres :

« Mais de ma plume, voyons ! »

Il copiait ses propres œuvres et les vendait aux collectionneurs de manuscrits et d'autographes.

Chaque mardi, il réunissait les siens à la Closerie des Lilas, tenue alors par le père Combes. L'assistance honorait joyeusement la poésie, le vin, la fête et les chansons.

Le maître des cœurs avait une gueule et des façons de mousquetaire. Mince, le cheveu long, la moustache effilée, une cravate noire prise sous une veste boutonnée jusqu'au col, il riait, il portait des toasts, il racontait des histoires, un cheveu sur la langue. Il menait la danse. À minuit, souvent, de sa petite voix criarde, il improvisait de géniales poésies. Parfois, debout sur une table, il chantait, accompagné par un piano, d'autres voix, des vivats qui mouraient à l'aube.

Son compère, Jean Papadiamantopoulos, Jean Moréas de son nom de plume, écoutait, raillait, versifiait dans la fumée et les brumes de l'alcool. Cet homme d'une prodigieuse culture, qui promenait ses lecteurs chez Chateaubriand, Vaugelas, Barrès ou madame de La Fayette, était assis à sa table attitrée, ivre, le huit-reflets vissé près du monocle, le monocle tombant sur une moustache teinte, et la moustache chatouillant des propos souvent désobligeants émis par une bouche tirant à droite et encensant Barrès et Maurras. Ce qui n'était pas forcément pour déplaire à son compagnon d'un soir, secrétaire de rédaction du *Mercure de France*, qui vint une fois là et jura de n'y plus remettre les pieds : Paul Léautaud. Deux choses l'incommodèrent : la saleté de Moréas, légendaire et confirmée, et le taux d'alcoolémie général. En plus, ce soir-là, Léautaud avait le cafard : il venait d'apprendre qu'en cinq ans et demi, son *Petit Ami* s'était vendu à cinq cents exemplaires...

C'est avec Moréas et Salmon qu'en 1905, Paul Fort avait fondé une revue fameuse : *Vers et Prose*. Les trois compères avaient emprunté deux cents francs, les avaient convertis en timbres-poste et avaient envoyé deux mille lettres aux premiers abonnés pressentis.

Vers et Prose fut un monument des lettres françaises jusqu'à la guerre, dont elle fut victime. Elle ouvrit ses pages à des poètes et à des écrivains illustres : Maeterlinck, Stuart Merrill, Barrès, Gide, Maurras, Jules Renard, Apollinaire... Elle avait son siège au domicile de son fondateur, rue Boissonnade. Pierre Louÿs en trouva le titre. *Vers et Prose* se proposait de réunir « le groupe héroïque des poètes et des écrivains de prose qui rénovèrent le fond et la forme des lettres françaises, suscitant le goût de la haute littérature et du lyrisme longtemps abandonné ».

Les troubadours du symbolisme recouraient à la force de l'image, une force mystérieuse que l'analyse ne pouvait expliquer. Il s'agissait d'évoquer l'« âme des choses, [...] les secrètes affinités des choses avec notre âme[1] ». Il fallait suggérer, non décrire.

La revue rassemblait toutes les tendances de la « jeune littérature ». Paul Fort restait néanmoins le héraut d'un symbolisme dont l'heure de gloire avait sonné depuis quelques années déjà.

Les grands défenseurs de cette école étaient Henri de Régnier, Saint-Pol Roux et, un jour sur trois, Jean Moréas, qui changeait d'école plus souvent que de chemise. Ils s'élevaient contre les réalistes – Zola –, les romantiques – Chateaubriand, Hugo, Lamartine –, et contre les parnassiens – Banville, Leconte de Lisle, Baudelaire, Coppée. Ils leur reprochaient d'avoir cherché des vertus analytiques et critiques dans leurs vers, et de ne pas avoir séduit la jeunesse. Ils cognèrent allègrement sur ceux-là, mais aussi sur Flaubert et sur Catulle Mendès, qui considérait Verlaine comme un poète très secondaire.

Le symbolisme, cependant, n'a pas marqué durablement l'histoire de la littérature. Il fut surtout un passage, une réaction qui ne dura guère plus d'une dizaine d'années.

Le grand combat des symbolistes puis des post-symbolistes, c'était le rythme. Il fallait s'affranchir des règles conventionnelles, libérer l'alexandrin de ses douze chaînes, foncer vers le vers libre. Les colonnes de *Vers et Prose* sont pleines de débats et de réflexions portant sur cette question, à laquelle même Mallarmé répondit, *post mortem* : il déplorait dans l'alexandrin « un abus de la cadence nationale, dont l'emploi, ainsi que celui du drapeau, doit demeurer exceptionnel ».

Dès le premier numéro, la revue compta quatre cent cinquante abonnés. Il y en eut bientôt dans le monde entier. Aux souscripteurs, l'équipe offrait des livres en cadeaux. Elle ouvrit ses pages à la publicité : éditeurs, libraires, fabricants de bibliothèques, banques et établissements financiers.

En 1910, les éditions Vers et Prose furent créées. On organisa des banquets gigantesques qui réunissaient près de cinq cents convives pour les poètes qu'on aimait. Le mardi, à la Closerie, les fêtards étaient moins nombreux. Mais aussi bruyants. Ils ne venaient pas seulement de Montparnasse. Beaucoup traversaient la Seine. Ils marchaient depuis Montmartre. Quand ils poussaient la porte du bistrot pour assister aux mardis de Paul Fort, les peintres du Bateau-Lavoir ne se retrouvaient pas en terrain inconnu : l'ivresse de leurs couleurs se mêlait admirablement aux jeux des mots et des plaisirs des poètes de la Closerie des Lilas.

C'est à la Closerie, dans les années 1905, que la bande de la place Ravignan se lia avec un ami d'Apollinaire qui venait parfois au Fox : Alfred Jarry. Jarry, qui leur communiqua à tous la passion des armes à feu. « Jarry, celui qui revolver », dira Breton à propos de cette statue que les surréalistes vénérèrent et avec qui ils partagèrent deux passions : la poésie et le tir à balles réelles.

Guillaume Apollinaire fut le premier à le mettre en joue :

> *Alfred Jarry [...] m'apparut comme la personnification d'un fleuve, un jeune fleuve sans barbe, en vêtements*

mouillés de noyé. Les petites moustaches tombantes, la
redingote dont les pans se balançaient, la chemise molle et
les chaussures de cycliste, tout cela avait quelque chose de
mou, de spongieux : le demi-dieu était encore humide, il
paraissait que peu d'heures auparavant il était sorti trempé
du lit où s'écoulait son onde[2].

À l'époque, Jarry était le créateur de la pataphysique,
dont Ubu et Faustroll seront les premiers chantres.
Qu'est-ce que la pataphysique ?

> *Une science que nous avons inventée, et dont le besoin*
> *se faisait généralement sentir*[3].

Cette science se proposait d'observer le monde à partir de ses exceptions, de ses paradoxes, en dehors des
habitudes et des conformismes de la pensée (René Daumal, puis Boris Vian et Raymond Queneau, dans le
cadre du Collège de pataphysique, développeront les travaux de Jarry).

Quand Apollinaire rencontra Jarry, celui-ci avait déjà
publié maints articles dans *L'Art littéraire* ou *Le Mer-*
cure de France. Plusieurs de ses ouvrages avaient déjà
été édités, comme *César-Antéchrist, Les Jours et les*
Nuits, Le Surmâle. Il passait surtout pour l'auteur d'une
pièce à scandale qui avait révolté le Paris bien-pensant
sagement assis au théâtre de l'Œuvre, le 9 décembre
1896 : à la première réplique – *Merdre !* –, la salle était
debout.

Alfred Jarry habitait rue Cassette, un appartement à
sa mesure sinon à son image. Il était situé au troisième
étage et demi. Guillaume Apollinaire et Ambroise Vollard se rendaient souvent chez lui. On frappait à une
porte minuscule, enchâssée dans l'escalier. Lorsque le
battant s'ouvrait, le visiteur le recevait en pleine poitrine. Une voix venue de l'intérieur lui commandait de

se baisser pour que le locataire pût voir le visage de celui qui se présentait.

S'il était un ami, Jarry le priait d'entrer. Il découvrait alors une pièce très basse de plafond où on ne pouvait marcher qu'en se pliant : le propriétaire de l'immeuble avait partagé en deux ses appartements, comptant doubler ses profits en les louant à des locataires de petite taille. Vollard, qui était grand, raconte que Jarry tenait tout juste dans le sens de la hauteur. Le marchand assure encore qu'il vivait là avec une chouette dont le haut du crâne était blanchi par le plâtre du plafond ; l'écrivain lui-même, qui frottait parfois, avait des mèches blanches. On ne sait aujourd'hui si la chouette était en chair, en os ou en porcelaine, même si André Breton devait se plaindre lui aussi de l'odeur de la cage à hiboux.

Jarry dormait dans un lit très bas et écrivait allongé. Sur un mur était accrochée une toile (disparue depuis) que son ami le Douanier Rousseau avait faite de l'écrivain. On y voyait, paraît-il, Jarry en compagnie d'un perroquet et d'un caméléon. On y voyait surtout, rapporte André Salmon, les retouches que le modèle avait apportées à l'œuvre : il avait découpé sa silhouette, en sorte que la toile s'ornait d'un trou grandeur nature.

Jarry ne pouvait pas se voir en peinture. Il ne pouvait pas se voir du tout.

Quand il voulait se dégourdir les jambes, il prenait sa bicyclette et se rendait au Plessis-Chenet, en bordure de Seine. Près de la propriété de Valette, le directeur du *Mercure de France*, et de sa femme, la romancière Rachilde (de son vrai nom Marguerite Eymery), il avait acheté un terrain minuscule où il avait construit un baraquement : le Tripode. Il s'agissait d'une construction en bois qui occupait presque toute la surface de sa « propriété » : seize mètres carrés. Il y restait l'été, gobant des poissons qu'il pêchait lui-même.

Jarry mangeait fort peu. Sauf pour rire. Assis un jour à une table d'un bistrot de la rue de Seine avec Salmon, il appela le patron.

« Un cognac, s'il vous plaît.

— C'est tout ?

— Non. Je voudrais aussi un café.

— Mais...

— Un café, un morceau de gruyère et une compote de fruits.

— C'est un dessert que vous voulez !

— Pour commencer, oui. Après, vous m'apporterez un demi-poulet.

— Et puis ?

— Et puis un macaroni.

— Une entrecôte, ça vous irait ?

— Saignante.

— Le tout en même temps ?

— Dans l'ordre de la commande. »

Le bistrotier acquiesça d'un air entendu.

« Après les viandes, je voudrais des radis, ajouta Alfred Jarry... Et un potage.

— C'est tout ?

— Non. J'aimerais aussi un Pernod... Un Pernod bien fort. »

Le patron du restaurant posa alors sa main sur l'épaule de son client et soupira :

« Arrête là ! Tu vas te faire du mal !

— Enlevez votre patte ! Et apportez-moi de l'encre rouge dans un petit verre.

— Ce sera fait. »

Ce le fut. Jarry trempa un sucre dans le verre et but toute l'encre.

Ce jour-là, il était au régime. La plupart du temps, il ne mangeait que de la viande froide et des cornichons.

Ce qui ne l'empêchait pas de boire beaucoup. De

l'herbe sainte de préférence. Celle-ci était le nom poétique qu'il donnait à l'absinthe. Selon Rachilde, qui fut sa meilleure amie et lui resta fidèle jusqu'à sa mort, il avalait deux litres de vin blanc et trois Pernod entre l'heure de son lever et celle du déjeuner ; puis des alcools à table, du café accompagné de marc en guise de digestif, plusieurs apéritifs avant le dîner ; avant de se mettre au lit, il calait son estomac avec une dose de Pernod, une dose de vinaigre et une pointe d'encre.

Personne ne le vit jamais ivre. Seulement malade quand, pour lui jouer un tour, la fille des Valette remplaça l'alcool de son verre par de l'eau trop pure...

Lorsqu'il rencontra Apollinaire, les deux hommes marchèrent dans Paris pendant toute une nuit. Alors qu'ils se trouvaient sur le boulevard Saint-Germain, un quidam s'approcha d'eux pour leur demander le chemin de Plaisance. Jarry sortit un revolver de sa poche, le braqua sur l'inconnu, lui ordonna de reculer de cinq mètres... et lui indiqua la route à suivre.

Les six-coups, c'était la grande affaire de notre Ubu littéraire. Les histoires relatant ses faits d'armes sont innombrables.

Un soir qu'il dîne chez Maurice Raynal, Manolo, l'ami de Picasso, s'approche de lui. Il voudrait seulement le connaître, ce qui déplaît à l'autre. Il ordonne au sculpteur de le laisser tranquille et de quitter le salon au plus vite. Comme l'Espagnol ne bouge pas, Jarry sort son revolver et tire dans les rideaux.

Une autre fois, il se trouve attablé dans un café, assis à côté d'une dame. Pour une raison mystérieuse, il se prend d'antipathie pour un consommateur voisin. Il se lève, dégaine et tire dans une glace. La glace explose. Affolement. Très calme, Jarry se rassied puis, se tournant vers la dame, lui dit :

« Maintenant que la glace est rompue, causons. »

Alors qu'il s'exerce à déboucher des bouteilles de champagne au pistolet, tirant dans le jardin d'une maison qu'il a louée à Corbeil (il l'avait appelée *Le Phalanstère*), survient la propriétaire, affolée :

« Mais arrêtez, monsieur ! Vous allez tuer mon enfant !

— Aucune importance, rétorque Jarry : nous vous en ferons un autre ! »

Il se vantait : Jarry n'aimait pas les femmes, et personne ne lui connut jamais la moindre liaison.

Il tire lorsqu'un piéton se met sur son passage, il tire pour faire taire des enfants qui l'importunent, il tire lorsqu'il ne peut monter dans un omnibus surchargé. Même quand il ne porte pas son revolver, il ne désarme pas.

Il assiste un soir à un concert. Il se présente au contrôle vêtu d'une chemise en papier sur laquelle est peinte une cravate à l'encre de Chine. Cette tenue n'inspirant pas confiance, on l'envoie dans le poulailler. Il ne bronche pas. Mais lorsque, le silence étant descendu dans la salle, le chef d'orchestre s'apprête à lancer la musique, il se lève et s'écrie :

« C'est un scandale ! Comment peut-on laisser entrer dans cette salle les spectateurs des trois premiers rangs, qui dérangent tout le monde avec leurs instruments de musique ? »

Le 28 mai 1906, après avoir reçu les derniers sacrements et rédigé son testament, il écrit à Rachilde :

> *Le père Ubu, qui n'a pas volé son repos, va essayer de dormir. Il croit que le cerveau, dans la décomposition, fonctionne au-delà de la mort et que ce sont ses rêves qui sont le Paradis. Le père Ubu, ceci sous condition – il voudrait tant revenir au Tripode –, va peut-être dormir pour toujours.*

Le lendemain, il ajoute un post-scriptum :

Je rouvre ma lettre. Le docteur vient de venir et croit me sauver [4].

Il le sauve, en effet. Pendant près d'un an et demi, Jarry survit. Chaque jour, armé de deux revolvers et d'un bâton plombé, il se rend chez son médecin. Sa situation est des plus misérables. Rongé par les dettes et la tuberculose, il cache à chacun ses délabrements. Il s'habille des vêtements dont ses amis ne veulent plus. Il attend que tout finisse.

Le 29 octobre 1907, Jarry n'ouvrant pas lorsqu'on frappe à la porte du troisième étage et demi, Valette fait forcer la serrure. L'écrivain est sur son lit, incapable de bouger. On le transporte à l'hôpital de la Charité. Pendant deux jours, inlassablement, il exhale un souffle murmurant : « Je cherche, je cherche, je cherche... »

Le docteur Stephen-Chauvet, qui l'examine, note chez le malade un calme exceptionnel. Jarry est anémié. Son foie est en compote, le pouls très faible. Il ne se plaint pas.

Il meurt le 1er novembre 1907 d'une méningite tuberculeuse. Il souffrait également d'une intoxication éthylique chronique, mais celle-ci ne fut en aucun cas la cause de son décès [5].

Il avait légué le Tripode à sa sœur et, a-t-on dit (Max Jacob le premier), son revolver à Picasso. On ne sait ce qu'est devenue sa bicyclette, une Clément luxe 96 course sur piste achetée en 86 et qui n'était pas réglée à la mort du propriétaire.

Disparu à trente-quatre ans, Jarry n'a pas eu le temps de tenir sur scène le rôle qui lui revenait. Ses frasques et ses chahuts constituent un langage que les amis de son époque savaient lire. Apollinaire le premier :

> *Alfred Jarry a été homme de lettres comme on l'est rarement. Ses moindres actions, ses gamineries, tout cela, c'était de la littérature*[6].

Breton le second :

> *[...] À partir de Jarry, bien plus que de Wilde, la différenciation tenue longtemps pour nécessaire entre l'art et la vie va se trouver contestée, pour finir anéantie dans son principe*[7].

Quel meilleur hommage peut-on rendre à Jarry, qui voulut tant être Ubu et se comporta dans la vie ainsi que ce personnage qu'il définissait lui-même comme l'« anarchiste parfait » ?

Mais le drame de Jarry tient en ceci que sa réputation repose sur une imposture : il n'est pas le père d'Ubu. Il ne l'a jamais été.

Cette pièce qui l'a consacré, et largement consacré, n'est pas de lui. Il est auteur, et grand auteur, ses livres en font foi : mais *Ubu roi* est une œuvre collective à laquelle il n'a pour ainsi dire pas participé. Le père Ubu est une geste rédigée par des potaches du lycée de Rennes qui voulaient se moquer de leur professeur de physique, le père Hébert, un homme dépourvu de toute autorité, que ses classes se plaisaient à chahuter. Lorsque Jarry est arrivé en rhétorique, à l'âge de seize ans, la pièce existait déjà. Elle s'appelait *Les Polonais*, et les auteurs en étaient les frères Morin. Jarry est le créateur du titre et du nom de son personnage. Celui-ci vient sans doute d'une contraction de Hébert, appelé Hébée ou Eb par les potaches. Hébée est devenu Ubu.

C'est sans doute encore Jarry qui a ajouté les scènes

antimilitaristes à la création d'origine. Mais pas plus la
Chandelle verte que Cornegidouille ne sont de lui.
Moins encore le fameux *Merdre* qui ouvre la première
scène. Confidence de Charles Morin :

> *Nous étions encore des gosses ; nos parents ne voulaient*
> *naturellement pas que nous fassions usage du mot tel qu'il*
> *était ; alors, nous avons imaginé d'y intercaler un r ; voilà*
> *tout* [8] *!*

Cependant, Ubu doit à Jarry d'avoir fait le tour du
monde. C'est lui en effet qui posa le personnage sur une
scène de théâtre. Au lycée de Rennes, tout d'abord, où
les élèves jouaient. Puis en d'autres endroits, parfois
avec des marionnettes.

La critique s'enthousiasma. On parla de Shakespeare,
de Rabelais. *Vers et Prose* salua cette « immortelle tragédie burlesque, un des chefs-d'œuvre du génie français ». Longtemps après la mort de Jarry, *L'Action
française* applaudissait encore à cette caricature de
Robespierre, de Lénine, du bolchevisme en marche... De
quoi bien faire rire les frères Morin, qui ne bronchèrent
pas. Certes, ils furent toujours quelque peu exaspérés par
le rôle que Jarry s'octroyait, se faisant passer pour l'auteur unique de l'œuvre commune. Mais ils ne vendirent
pas la mèche. Ils s'en expliquèrent : la plaisanterie, qui
se moquait du monde de l'époque, plus particulièrement
des ors du milieu littéraire, les amusait grandement ; liés
naguère à leur condisciple, et sachant combien *Ubu*
l'aida au début de sa carrière, ils se réjouirent de la notoriété que lui apporta cette farce ; enfin, ils avaient autorisé Jarry à faire ce qu'il voulait des *Polonais*, à la
double condition qu'il en changeât le titre et les noms
des personnages en sorte que nul ne pût faire le rappro-
chement avec le père Hébert et le lycée de Rennes...

Pour le reste, *Ubu* resta aux yeux de ses deux créateurs un amusement, une farce, et mieux encore : une *couillonnerie*.

Même s'il fut sans doute l'auteur d'*Ubu enchaîné* et d'*Ubu cocu*, même si le personnage d'Ubu apparaît dans ses propres ouvrages (notamment dans *Les Minutes de sable mémorial* et *César-Antéchrist*), *Ubu roi* n'appartient donc pas à Jarry. Son ami Ambroise Vollard le savait si bien que pendant la Grande Guerre, il reprit le flambeau et écrivit une suite à la saga : *Les Réincarnations du père Ubu*, illustrées par Rouault.

Cette usurpation pesa lourdement sur le destin de Jarry. Et aussi, sur ses épaules. On ne connaît guère de confidences faites par lui-même sur *Les Polonais*. Une fois cependant, il se confia :

> *On m'écrase sous Ubu. Ce n'est qu'une fumisterie de potaches qui n'est même pas de moi [...] J'ai fait et surtout je faisais bien autre chose. Mais ils sont tous là à me boucher la route avec Ubu. Il faut que je le parle, que je le mime, que je le vive. On ne veut que ça*[9] *!*

La fille de Valette et de Rachilde confirme n'avoir jamais entendu Jarry être appelé autrement qu'Ubu :

> *C'était comme un masque, il le quittait parfois chez nous, en famille. Et parfois nous parlions tous comme le père Ubu*[10].

Ce rôle envahissait Jarry. Mais il le joua et accepta tous les rappels. Il apparut sur la scène de sa vie comme un calque de ce personnage qui tient tout à la fois de Macbeth, de Falstaff, de Gargantua, de Tykho Moon et de Polichinelle. Qui se dresse sur le théâtre de l'existence en criant *Merdre !* Qui scandalise les salons mondains par ses provocations, son insolence et, là encore, par une conduite qui tient plus du lâcher de banderilles libertaires et anarchistes que du cul béni posé sur le velours des académies. Dont, enfin, toute la vie apparaît comme une tragi-comédie en un acte.

2 AOÛT 1914

Ce jour-là, la foudre tomba dans le cœur des hommes.

Joseph Delteil.

Ubu n'était pas raisonnable.

Le siècle non plus. À peine a-t-il l'âge de raison que déjà il s'en va-t-en guerre.

Le 28 juin 1914, l'archiduc François-Ferdinand tombe sous les balles d'un fanatique serbe. Le 28 juillet, l'Autriche-Hongrie déclare la guerre à la Serbie. Le 31, l'Allemagne lance un ultimatum à la France et à la Russie. Le même jour, Jean Jaurès est assassiné. Le 1er août, la France mobilise. Le lendemain, sous un soleil radieux, les troupes quittent l'École militaire et les casernes de Paris. La fleur au fusil, le casque au côté, dans un cliquetis d'épées, de sabres et de baïonnettes, drapeaux et musique en tête, les troupes remontent les avenues et convergent vers les gares. Cuirassiers, dragons, artilleurs, tirailleurs et fantassins de l'armée en marche n'ont qu'un cri : *À Berlin !* Ils comptent s'y rendre en une semaine et revenir aussi vite à Paris, portant le scalp du Kaiser à la pointe des fusils.

Dans les cafés de Montparnasse, on célèbre les victoires à venir. Le carrefour Vavin a détrôné le Lapin Agile et les hauteurs du boulevard. À la veille de la guerre, suivant Picasso, les artistes ont traversé la Seine.

Ils ont fui les touristes débarquant à Montmartre. On a
semé rive droite. Mais la récolte se fera à Montparnasse.

Ici, la Closerie des Lilas ne mène plus la danse. Elle
s'est embourgeoisée. Le pastis est passé de six à huit
sous. Par mesure de représailles, peintres et poètes sont
descendus voir plus bas. Ils ont poussé les portes de
deux bistrots solidement ancrés de part et d'autre d'un
carrefour assez large : le Dôme et la Rotonde. Le premier a ouvert quinze ans avant l'autre. Il est composé
de trois salles où les Allemands, les Scandinaves et les
Américains jouent au billard. Le second compte deux
avantages : une machine à sous et une terrasse exposée
au soleil. Bientôt, il s'agrandira, avalant ses voisins, le
Parnasse et le Petit Napolitain. C'est là que les artistes
se retrouvent pour conspuer le Kaiser.

Ce 2 août, le carrefour Vavin ressemble à tous les
autres. Sauf que, côté sud, c'est la fête ; côté nord, c'est
la défaite. La Rotonde a fait le plein. En face, le Dôme
est vide. Les Allemands ont délaissé le tapis vert. Désormais, ils arboreront le casque à pointe sur l'autre versant
de la frontière. Les rapins, qui jusqu'alors croyaient que
l'art n'avait pas de frontières, ont tristement raccom-
pagné leurs amis germains au seuil des voies de chemin
de fer où les a convoqués l'empereur Guillaume. Ils sont
partis pour Berlin ou pour Zurich. Sous les huées des
foules.

L'époque est à l'antigermanisme forcené, et dans tous
les domaines. L'art n'échappe pas à la règle. Le lendemain de la vente de la Peau de l'Ours, *Paris-Midi* a
publié un article qui illustre la pensée commune :

> *De gros prix ont été atteints par des œuvres grotesques
> et informes d'indésirables étrangers... Ainsi, les qualités de
> mesure et d'ordre de notre art national disparaîtront-elles
> peu à peu à la grande joie de monsieur Tannhauser et de
> ses compatriotes qui, le jour venu, n'achèteront plus des*

> *Picasso mais déménageront gratis le musée du Louvre que ne sauront pas défendre les snobs aveulis ou les anarchistes intellectuels qui se font leurs complices inconscients*[1].

Apollinaire lui-même donne la mesure. Il condamne Romain Rolland et tous les écrivains pacifistes qui ne prennent le parti que de la paix. Il clame et revendique ses sentiments « antiboches ». Lors de la publication d'*Alcools*, il assurera que les Allemands ont traduit *Zone*, le premier poème d'*Alcools*, sans jamais lui donner un mark de droits d'auteur.

> *Quand ils n'incendient pas de cathédrale française, ils volent les poètes français*[2].

Est-ce parce qu'il n'ira jamais au front qu'André Gide sera l'un des rares à prôner la réconciliation franco-allemande sans laquelle, écrira-t-il, l'Europe ne se fera pas ? Il prêchera longtemps dans le désert : toute la littérature française de l'époque, jusqu'aux années 30, est empreinte de ce patriotisme étroit déjà dénoncé à la fin du siècle précédent par Remy de Gourmont.

En 1917, on ira jusqu'à renommer l'eau de Cologne en eau de Louvain, les bergers allemands en bergers alsaciens, la rue de Berlin en rue de Liège, la rue Richard-Wagner en rue Albéric-Magnard. « J'espère bien qu'à la paix on débaptisera la rue de la Victoire », conclut Paul Léautaud, scandalisé[3].

La Rotonde échappe quelque peu à la règle : le nationalisme y est moins féroce qu'ailleurs. Tandis que les armées défilent, le père Libion, propriétaire en titre et en fonds du café, offre à boire depuis le matin. Il distribue à ses artistes les multiples plaisirs que renferment ses caves. Une main à la hanche et l'autre vérifiant l'angle de sa moustache, tout de gris vêtu selon son habitude, il observe les troupes qui remontent le boulevard. Sur les bordures, les dames lancent des fleurs aux pioupious. Les officiers, en tuniques noires et pantalons rouges, saluent martialement. *La Marseillaise* abreuve tous les sillons.

Au passage de la Rotonde cependant, les notes se font plus aigres et les paroles virent de bord. La troupe et les badauds conspuent ces hommes jeunes qui boivent à la santé des marches militaires mais qui, en guise d'uniforme, arborent des chemises multicolores ouvertes sur des peaux pas de chez nous. Et retentit ce cri maurrassien qui écorchera encore les oreilles du siècle finissant : « Dehors les métèques ! »

C'est vrai qu'ils ne sont pas d'ici, et ça se voit. Ils sont même doublement d'ailleurs. Leurs voix ont un accent, mais leurs costumes aussi. Et leurs manières. Leurs occupations. Certains viennent de pays éloignés. Les autres, pas. Ils partagent cependant des mœurs semblables, incompréhensibles à la plupart. Ils se tiennent sur les bords. Sur les marges. Sur les trottoirs. À l'écart des foules nombreuses qui accompagnent la troupe.

Mais ce jour-là, il y a méprise. S'ils sont des métèques, ils ne sont pas des planqués. Étrangers, certainement, différents, bien sûr, et s'ils refluent dans le café, à l'abri derrière les rideaux du père Libion, ce n'est pas par lâcheté mais pour se protéger de ces insultes qui furent hideuses naguère comme elles le restent aujourd'hui. Ce qu'ils ne disent pas, les métèques, c'est qu'ils ont tous pris connaissance de l'appel lancé par deux d'entre eux : l'Italien Ricciotto Canudo et le Suisse Blaise Cendrars :

Des étrangers amis de la France, qui pendant leur séjour
en France ont appris à l'aimer et à la chérir comme une

seconde patrie, sentent le besoin impérieux de lui offrir leurs bras.

Intellectuels, étudiants, ouvriers, hommes valides, de toute sorte – nés ailleurs, domiciliés ici –, nous qui avons trouvé en France la nourriture matérielle, groupons-nous en un faisceau solide de volontés mises au service de la plus grande France.

Ce qu'ils ne disent pas, c'est que le 1er août de cette année-là tombant un samedi, ils attendent tous le lundi pour s'inscrire dans les centres de recrutement.

Et le lundi, Polonais en tête, ils sont près de cent mille à se rendre rue Saint-Dominique pour s'engager dans la légion. Après quoi, feuille de route en main, ils foncent au carreau du Temple acheter des capotes, des pantalons, des vareuses, des képis qu'ils transformeront en atours militaires.

En quelques semaines, les anciens du Bateau-Lavoir se séparent à tout jamais, et Montparnasse perd ses frères d'ailleurs, partis défendre la patrie nourricière dans les boyaux du Nord. Apollinaire file à Nice où il s'engagera. En gare d'Avignon, Pablo Picasso accompagne Braque et Derain sur le chemin de la guerre. Moïse Kisling revient de Hollande pour prendre les armes. Blaise Cendrars l'accompagne, et Per Krogh, Louis Marcoussis, Ossip Zadkine...

Le 2 août, à Paris, monsieur Frantz Jourdain, président éclairé du Salon d'Automne, s'écrie : « Enfin, le cubisme est foutu ! » Ce ne sont probablement pas là les pensées de Léger, Lhote et Dunoyer de Segonzac, mobilisés avec leur classe d'âge. Ni celles de Carco et Mac Orlan, qui partent aussi. Moins encore celles de Modigliani et du peintre italo-chilien Ortiz de Zarate, refusés à la Légion et ailleurs parce que trop faibles et trop chétifs pour manier le Lebel. Mané-Katz est trop petit, et Ehrenbourg menacé de tuberculose. Ceux-là restent, en compagnie de Diego de Rivera, Brancusi, Gris et Picasso.

Foujita part à Londres ; il ira en Espagne puis reviendra à Paris. Pascin fera étape en Angleterre avant de gagner les États-Unis où, avant lui, seront arrivés Picabia et Duchamp. Delaunay, quant à lui, a besoin d'un alibi. Certains prétendent qu'il fut réformé pour un souffle au cœur, voire des accès de folie. Cendrars rompra avec lui considérant, comme beaucoup d'autres, qu'il s'est plus simplement planqué en Espagne et au Portugal avec sa femme Sonia.

Les jours suivants, les semaines suivantes, que reste-t-il à Montmartre ? À Montparnasse ? Des avenues vides, des cafés sommés de se coucher avec le couvre-feu, un bal Bullier transformé en dépôt de munitions, une misère noire privée, cette fois pour longtemps, des couleurs de la fête. Il n'y a rien à manger et rien à boire. Le maire du XIVe, Ferdinand Brunot, grammairien et professeur à la Sorbonne, démissionne de la faculté pour s'occuper de son arrondissement. Il crée des soupes populaires pour les indigents. Le parti socialiste ouvre quant à lui des *soupes communistes.* Dans leurs ateliers, les peintres qui restent crèvent de froid, de faim et de pauvreté.

La Ruche est réquisitionnée au profit de réfugiés arrivant des terres de Champagne. Les pelouses deviennent des potagers. Les arbres sont étêtés pour servir de bois de chauffage. Un matin d'hiver, le concierge qui, l'été, arrosait ses locataires d'un jet d'eau glacé, monte dans l'atelier de Chagall. Celui-ci, parti en vacances à Vitebsk à la veille de la guerre, n'a pas pu rentrer (il ne reviendra qu'en 1923). Le gardien du temple vide l'atelier des toiles qui s'y trouvent. Il vérifie que la peinture imperméabilise la toile puis, satisfait, redescend au rez-de-chaussée. Les œuvres à la main, il se dirige vers son clapier. La toiture est abîmée. Il la défait et, avec un sourire de mécène, la remplace par ces protections venues du ciel : les peintures de Chagall.

SOUS LES LAMPADAIRES VOILÉS

> Nous avons à Montparnasse des cantines
> d'artistes qui donnent à leur tempérament
> naturel l'occasion d'oublier aux dépens
> de la décence et jusqu'à la danse les dou-
> leurs nationales et les autres.
>
> Max Jacob.

Paris la guerre, Paris misère. La ville s'habilla des couleurs ternes des manques et des restrictions. Les lampadaires et les feux des voitures furent voilés. Les vitres s'ornèrent de sparadraps antibombardements. Il fallut s'habituer à des règles nouvelles. La disette étendant sa grisaille sur les populations, chacun découvrit cette vieille loi des indigents : la vie est un tube digestif ; l'argent permet seulement de saliver : quinze sous le pot-au-feu, treize sous la portion d'épinards, deux sous la livre de poires, un sou le chocolat...

La guerre coupa les vivres de tous les artistes étrangers qui vivaient à Paris. Les marchands avaient déserté la ville. Les galeries étaient fermées. L'argent que certains recevaient ne passait plus les frontières. Il fallait patienter de longues heures pour obtenir quelques boulets de charbon qui permettaient d'avoir chaud le temps d'un regret. Rodin lui-même, bien que malade, gelait sur sa stèle car nul ne se préoccupait de lui fournir du combustible pour se soigner.

Les artistes, cependant, se montraient solidaires les

uns des autres. Ce n'était pas là une nouveauté. Naguère déjà, Caillebotte avait soutenu ses amis impressionnistes en leur achetant des toiles, en organisant des expositions, en donnant de l'argent à Monet, Pissarro et Renoir. Dans les années 10, les Russes de Paris avaient organisé des bals de charité pour venir en aide aux plus pauvres d'entre eux. En 1913, dans *Vers et Prose*, Salmon, Billy et Warnod avaient annoncé la création d'une entraide littéraire chargée de recueillir des fonds pour les écrivains sans ressources. Dès 1914, dans sa petite chambre de la rue Gabrielle, Max Jacob écrivait aux amis partis au front, recevait d'eux des nouvelles qu'il transmettait à tous. En 1915, le poète organisera une souscription pour envoyer dans le Midi le peintre italien Gino Severini, qui se mourait de faim et de tuberculose. Ortiz de Zarate, grand ami de Max Jacob (lui aussi avait vu le Seigneur lui apparaître sur un mur), agit de même le jour où il découvrit Modigliani sans connaissance dans son atelier : il battit le rappel des amis pour expédier le peintre se soigner en Italie, dans sa famille.

Des cantines s'ouvrirent, qui n'étaient pas seulement subventionnées par les autorités municipales. Ainsi celle que Marie Vassilieff mit à la disposition des peintres, dans l'impasse du Maine où elle habitait. Durant toute la durée du conflit, se croisèrent chez elle les artistes installés à Montparnasse depuis longtemps, les rescapés de la conscription et du Bateau-Lavoir, les grandes figures des années de la guerre et de l'après-guerre.

Marie Vassilieff venait de Russie. Après avoir étudié la peinture à Moscou, elle séjourna en Italie et arriva en France en 1912. Elle fut brièvement l'élève de Matisse et fonda une académie de peinture impasse du Maine. Youki Desnos rapporte que quelques semaines seulement après sa venue, alors qu'elle se reposait sur un banc, elle fut abordée par un vieux monsieur bien mis,

bien poli et fort discret, qui jouait passablement du violon et superbement du pinceau. Il la demanda en
mariage. Il comptait quarante années de plus que la
jeune fille, avait été fonctionnaire à l'octroi de Paris, et
s'appelait Henri Rousseau.

Marie Vassilieff avait gardé sa main. Elle l'employait
à peindre et à sculpter, à tirer les cartes pour ses amis,
et à leur offrir cette pétulance généreuse grâce à laquelle,
en ces temps de guerre, ils pouvaient encore conjuguer
au présent un triste passé antérieur.

La rumeur prétendait qu'avant 14, la tsarine lui
envoyait des roubles, et la contre-rumeur la montrait à
Munich, distribuant des tracts communistes. À la fin de
la guerre, elle sera soupçonnée de travailler pour le
compte des bolcheviks.

Sa cantine était connue de tout Montparnasse. Lieu
privé, elle était dispensée de couvre-feu. Quand les
artistes poussaient sa porte, c'était comme si les promesses de la nuit estompaient les trahisons du jour.

Aux murs, des toiles : Chagall, Léger, Modigliani. Au
sol, quelques tapis effrangés. Sur les étagères, les pou-
pées-portraits en feutre que Marie Vassilieff fabriquait
puis vendait au couturier Poiret ou aux bourgeois de la
rive droite qui les empilaient dans les angles droits de
leurs cosy-corners. Partout, des chaises dépareillées, des
poufs décousus, des centaines d'objets glanés au marché
aux Puces.

Derrière le bar, à la vaisselle, haute comme une demi-
pomme et plus vivace encore qu'un ludion, officiait le
phénix des hôtes de l'endroit. Sur deux réchauds, l'un à
gaz, l'autre à alcool, Marie et une cuisinière préparaient
la tambouille générale. Il en coûtait à chacun quelques
dizaines de centimes pour un bol de bouillon, des
légumes, parfois un dessert. Les plus riches avaient droit
à un verre de vin et trois cigarettes de Caporal bleu.

On mangeait, on chantait, on jouait de la guitare. On récitait des vers, aussi. On parlait en russe, on s'exclamait en hongrois, on riait dans toutes les langues. Lorsque sonnaient les sirènes des alertes, il suffisait de chanter plus fort pour recouvrir les peurs et les dangers.

Le lendemain, dans la journée, les peintres se retrouvaient au Dôme ou à la Rotonde. Ils y restaient des journées entières. Les cafés étaient chauffés. On pouvait y dérober des restes de nourriture : Libion ne bronchait pas. Avant guerre, il fermait pareillement les yeux lorsque sa clientèle glissait dans les sacs ou dans les poches les soucoupes et les couverts qui constituaient l'ordinaire du trousseau des artistes. Il ne se montrait sourcilleux que sur deux points : les dames devaient conserver leur chapeau, et les messieurs ouvrir ailleurs leurs bouteillons d'éther ou leurs sachets de coco. Pour le reste, le patron était d'une bienveillance exemplaire. Il avait ordonné aux serveurs de ne pas exiger le renouvellement des consommations, en sorte qu'avec un seul petit crème, devenu boisson locale en ces temps de disette, chacun pouvait rester au chaud pendant longtemps. Pourquoi le café-crème ? Parce que c'était un breuvage pour pauvres : pas assez bon pour être bu d'un trait, pas assez mauvais pour être négligé dans la tasse, chaud et pas cher. Les café-crémistes de la Rotonde buvaient à lampées minuscules, se lavaient dans les lavabos, se chauffaient à la chaleur du poêle. Libion allait jusqu'à faire la queue lui-même devant les bureaux de tabac pour procurer à ses artistes les cigarettes qu'ils ne pouvaient s'offrir. Il les aimait. Il les protégeait. Il fut à Montparnasse ce que le père Frédé avait été à Montmartre.

La plupart des peintres et des poètes du Bateau-Lavoir étaient au front, mais ceux qui étaient restés à Paris se retrouvaient eux aussi chez le père Libion. Les anciens de Montmartre y découvraient les figures de Montparnasse, qu'ils connaissaient parfois. Braque, Derain, Apollinaire étant sous les drapeaux, Max Jacob, Vlaminck, Salmon et Picasso représentaient le contingent très amaigri de la place Ravignan. Ils côtoyaient les artistes qui allaient s'emparer du carrefour Vavin et l'habiller de couleurs aussi vives, aussi riches que celles de la Butte d'hier : le Polonais Kisling, le Japonais Foujita, l'Italien Modigliani, le Suisse Cendrars, le Lituanien Soutine... Pour tous ceux qui étaient restés sur le carreau de Paris, pour les permissionnaires, les réformés, les convalescents, franchir le seuil de la Rotonde, c'était comme repousser la Marne jusqu'au bout du monde.

CHAÏM ET AMEDEO

> J'ai le cœur qui tire.
>
> Chaïm SOUTINE.

Chaïm Soutine vient à la Rotonde pour apprendre à lire. Quand le peintre n'a pas les moyens de payer les cafés-crème exigés par sa préceptrice en échange de ses compétences, Libion met la main à la poche. Ainsi participe-t-il au rayonnement de la langue française. Soutine en a bien besoin.

Il est l'un des plus misérables d'entre tous. Bouffé de l'intérieur, rongé par l'angoisse, dévoré par l'exigence. Détesté par beaucoup, Chagall le premier, qui lui reproche sa maussaderie, ses manières de rustre, sa brutalité.

Soutine à la Rotonde, c'est Quasimodo en proie à la fièvre. Assis au fond du café, il répète après elle les mots que lui enseigne sa répétitrice. Elle est laide. Il ne la regarde pas. Il se protège dans un manteau gris qui fuit en lambeaux. Ses larges épaules sont comme l'écrin du visage. Le menton est replié sur le cou, et le cou engoncé dans une écharpe de laine. La chevelure, d'un noir luisant, disparaît dans un chapeau aux bords rabattus, une casemate sous laquelle brûle le regard. Soutine regarde tout et partout. Pour voir qui l'aime, qui ne l'aime pas, qui lui fera du mal, qui lui offrira un crème ou une cigarette. Il crève de froid. Il meurt de faim. Alors, il dit : « J'ai le cœur qui tire. » Souvent, il fouille dans les poubelles du quartier pour découvrir une vieille frusque ou un godillot craquelé échangeable contre un hareng ou un œuf.

Offrir un repas à Soutine est le plus beau cadeau qu'on puisse lui faire. À table, il est un croquemitaine. Il ne mange pas : il bâfre. Il croque les os. Il aspire la sauce. Son visage, du front au menton, devient une palette masticatoire. Il en met partout. Il s'essuie avec les mains. Il lèche ses doigts. Il ne sait pas se tenir. Il ne connaît pas le mode d'emploi de la vie.

Il aime les belles maisons. Mais il ne veut pas les souiller. Un jour qu'il est invité dans un hôtel particulier, chez des gens riches, il s'excuse, quitte la table et descend dans le parc. Il cherche un arbre. Il se débraguette et pisse contre le tronc. « Pourquoi ? » lui demande-t-on.

Avec un accent épouvantable, il répond :

« C'est si beau chez vous que je ne voudrais pas salir... »

Une autre fois, alors qu'un de ses marchands lui offre une chambre dans un hôtel de luxe de Marseille, Soutine disparaît et se réfugie près du port, dans un bordel pour matelots où il passe la nuit.

Il aime la boxe. Quand la salle hurle et vocifère parce que l'un des costauds est au tapis, le visage tuméfié et ensanglanté, Soutine sourit, aux anges. Il se lève et applaudit à contretemps. Sa peinture sera ainsi faite : tourmentée, violente, riche de déformations. Il est sauvage comme son œuvre. Paroxystique.

Il ne peint pas sur des toiles neuves mais recouvre des croûtes qu'il achète au marché aux Puces de Clignancourt. Quand le résultat lui déplaît, c'est-à-dire presque toujours, il déchire au couteau ce qu'il vient de faire. Pareillement lorsque celui à qui il montre son travail ne montre pas assez d'enthousiasme. Les peintres de Montparnasse se sont tous passé le mot : personne ne doit critiquer les œuvres de Soutine. Sinon, il les pulvérise.

Quand il manque de matériel, il reprend les toiles, s'arme de fil et d'aiguilles, recoud des morceaux dépareillés et peint ces visages déformés, ces membres tordus, ces outrances qui font son génie. Il est plus brutal encore que Van Gogh, plus fauve que Vlaminck.

Il ne se rend pas dans les Salons qui exposent la peinture contemporaine, mais il passe ses journées au musée du Louvre, devant les maîtres flamands qu'il vénère. Et aussi devant Courbet, Chardin, Rembrandt, surtout, à ses yeux le premier d'entre tous. Il apprend la lumière. Il cherche cette ouverture que la vie ne lui apporte pas. Replié sur lui-même, le regard bas, les mains enfouies dans les poches de son manteau où se répandent quelques mégots de cigarette, il quête alentour un os à ronger, un verre à boire, un détail à peindre, une raison de sourire.

Lorsque la porte de la Rotonde s'ouvre sur Modigliani, son visage, soudain, s'éclaire. Il se désintéresse de l'apprentissage de la langue pour suivre la promenade de l'Italien entre les tables. Amedeo est l'exact contraire de Chaïm. Il va des uns aux autres, sourire aux lèvres, sanglé dans une veste et un gilet de velours qui dissimulent une chemise taillée dans une toile à matelas. Une longue écharpe le suit comme un sillage. Il est d'une grande beauté, affable, joueur.

Il s'assied devant un inconnu, repousse tasses et soucoupes de ses longues mains nerveuses, sort un bloc et un crayon de sa poche, se met à chantonner et commence un portrait sans même demander l'accord de son vis-à-vis. Il l'achève d'un seul trait, en trois minutes, signe, arrache la feuille et la tend superbement à son modèle.

« Il est à vous contre un vermouth. »

Ainsi boit-il. Ainsi mange-t-il.

Soutine, lui, n'a pas ces facilités. Il gagne sa survie en charriant des caisses dans les gares. Il est bien d'accord avec Modigliani, qui affirme haut et fort que les artistes ne doivent faire que de l'art, et qui ne gagnera jamais sa vie autrement qu'avec ses pinceaux ; seulement lui ne sait que le chuchoter, et à un interlocuteur unique : lui-même.

Quand l'Italien sort de sa poche *La Divine Comédie* – l'ouvrage ne le quitte jamais – et déclame du Dante à haute voix pour tous les consommateurs qui se trouvent là, le Lituanien attend d'être chez lui pour lire Baudelaire, et se rend seul aux concerts Colonne où la musique classique le plonge dans l'extase.

Soutine ne donne rien car il n'a rien. Modigliani n'a que ses dessins, mais la moitié de Montparnasse en possède : quand il ne les échange pas contre un verre, il les offre. Il les vend aussi, quelques sous chacun. Sa générosité est légendaire. André Salmon raconte que la première fois qu'il rencontra Picasso, dans un café de la rue Godot-de-Mauroy, l'Italien lui donna le peu d'argent qu'il possédait.

Modigliani porte des vêtements usés jusqu'à la corde, mais il les porte comme un prince. Il est toujours rasé de frais. Il se lave, même à l'eau glacée. Soutine est sale. Un jour, un médecin découvrira un nid de punaises dans son oreille droite.

Il ne plaît guère aux femmes. Il ne sait pas comment les aborder. Il est timide. À Wilno, une jeune fille de la bourgeoisie juive s'est éprise de lui. Elle l'a invité chez ses parents. Soutine s'est montré rogue, comme d'habitude. Il a projeté la sauce tomate sur les murs et le jaune d'œuf sur les tapis. Il lui fut beaucoup pardonné : les artistes ont d'autres talents que ceux de la bienséance.

On attendait qu'il fasse sa demande. Lui, il cherchait

les mots, les gestes, il ne trouvait pas. Maladroit et effrayé. On lui tendait des perches qui glissaient sous son entendement. Pour qu'il comprenne mieux et plus vite, les parents achetèrent un appartement destiné au futur jeune couple. On l'y promena. Soutine dit que c'était beau. Peut-être pissa-t-il dans la cheminée. Mais il ne desserra pas les lèvres. Rendue au rez-de-chaussée, la jeune fille décida de se choisir un autre mari.

Plus tard, Soutine vainquit ses timidités. C'était dans une chambre d'hôtel, avec une dame du service. Il osa prendre sa main. Il osa promener son pouce sur la paume. Enchanté, l'œil ravi, il osa un compliment : « Vos mains sont douces comme des assiettes ! »

À Paris, il va au bordel. Il s'assied sur le velours rouge de la banquette. Lorsque la sous-maîtresse frappe dans ses mains, six femmes entrent. Elles font des mines. Soutine ne regarde pas les plus belles, les plus désirables. Il emporte dans les chambres celles qui ressemblent le plus à sa peinture : elles ont les traits déformés, la peau rougie par l'alcool et les défaites.

Modigliani séduit les femmes. Elles sont attirées par sa fougue, sa beauté, cette allure aristocratique que tout le monde lui reconnaît. Il a eu un fils (il l'a toujours nié), né de ses amours passagères avec une jeune étudiante canadienne, Simone Thiroux. Elle l'aime encore. Elle lui envoie des lettres extraordinairement touchantes :

> *Ma pensée la plus tendre va vers vous à l'occasion de cette nouvelle année que je désirerais être l'année de réconciliation morale entre nous [...] Je jure sur la tête de mon fils qui pour moi est tout qu'aucune idée mauvaise ne passe en mon esprit. Non mais je vous ai trop aimé et souffre tellement que je réclame cette chose comme une dernière supplication [...] Je vous en supplie ayez pour moi un regard bon. Consolez-moi un peu je suis trop malheu-*

*reuse et demande une petite parcelle d'affection qui me
ferait tant de bien*[1].

Mais Modigliani est amoureux d'une poétesse
anglaise, correspondante à Paris d'un journal britannique, *The New Age*. Beatrice Hastings. Elle est belle.
Élégante. Elle porte souvent une robe noire décorée de
bas en haut par son amant. Elle boit du whisky. Elle a
les yeux verts et arbore d'invraisemblables chapeaux.
Elle est exubérante, riche et cultivée. Elle joue du piano.
C'est une amie de Katherine Mansfield et, pour l'époque,
une pétroleuse indigne : elle défend l'avortement.

Elle emporte son amant à Montmartre, où elle vit. Ils
font l'amour et se battent, s'insultent en public, jouent à
l'amour fou, à la passion dévastatrice. Modigliani a
l'âme jalouse. Au Dôme, chez Baty, chez Rosalie ou à
la Rotonde, chacun compte les points du pugilat. Les
empoignades du peintre sont sonores et publiques. Surtout quand les môminettes ou les Picon-curaçao l'enflamment. Alors il devient violent. Ou encore, il chante
à tue-tête dans les rues, aborde les passants, pirouette en
tous sens sur les trottoirs. Il lui arrive de s'endormir dans
une poubelle, où les éboueurs le délogent au matin.

Il faut dix verres à Soutine pour qu'il se perde un peu
à lui-même, accepte de se lever et d'esquisser quelques
pas d'une danse maladroite qu'il accompagne de deux
couplets en yiddish. Après quoi, il se rassied et pleure.

Amedeo dégivre lentement : son rire, un rire d'enfant,
se plie, se casse, devient amer pour se coucher dans le
silence et les nostalgies.

Un peu plus tard, si Amedeo demande à Soutine de
chanter de nouveau, il répond qu'il ne sait pas.

« Alors dis quelques mots en yiddish.

— Je ne connais pas.

— Mais hier...

— Tu n'as pas bien entendu.

— Et ton prénom ? Chaïm, ça ne veut pas dire *vie* ?

— J'ai oublié. »

Il a tout oublié. Il jure qu'il ne parle pas le yiddish. Il jure aussi que sa vie d'avant ne l'intéresse pas. Il méprise sa famille et le shtetl d'hier que, contrairement à Chagall et Mané Katz, il ne peint pas – même si sa fascination pour le sang des animaux vient peut-être des rituels de son enfance.

Modigliani est du Sud. Le soleil d'Italie est moins contraignant que la lune de Russie, et les séfarades mieux trempés dans les beautés du monde. Amedeo est juif, et il veut que ça se sache. Il lui arrive de jouer du poing contre les antisémites. Il est italien, aussi, et il ne l'oubliera jamais. À Paris, il sera toujours en manque de son pays ; à Livourne, il n'aura de cesse que de revenir en France. Invariablement, il répète qu'il retrouve ses forces en Italie mais qu'il ne peut peindre que tourmenté. Le tourment, c'est Montparnasse.

Toute sa famille a toujours soutenu Amedeo. Lorsqu'il a choisi d'abandonner ses études pour se consacrer au dessin, nul ne l'en a empêché. En 1902, il s'est inscrit à l'École libre de nu de Florence puis, l'année suivante, aux Beaux-Arts de Venise. En 1906, il est venu à Paris avec l'accord de ses parents, et un petit pécule offert par sa mère. Maintes fois il retournera à Livourne. Modigliani n'a jamais peint ni sculpté en opposition aux siens.

Soutine a vécu dans un ghetto de Smilovitchi, près de Minsk. Il est le dixième enfant d'un ravaudeur très pauvre qui battait son fils lorsqu'il le surprenait à dessiner. Ses frères aînés agissaient de même, raillant et condamnant son désir de peindre. La volonté du père, c'était que Chaïm devînt cordonnier. À seize ans, il transgressa la Loi en portraiturant le rabbin du village.

La punition fut immédiate : il fut enfermé par le boucher de Smilovitchi dans la chambre froide du magasin, puis violemment frappé. Pour éviter le scandale, le commerçant accepta de donner une somme de vingt-cinq roubles à la famille, grâce à quoi Soutine partit pour Minsk où il prit des cours de dessin tout en travaillant comme retoucheur dans un laboratoire de photo. Puis ce fut l'académie des Beaux-Arts de Wilno, où le jeune Chaïm rencontra Kikoïne et Krémègne. Grâce à la générosité d'un médecin de la ville, il put venir à Paris. À l'époque, il n'avait à peu près rien lu. Modigliani connaissait déjà Mallarmé et Lautréamont. Il avait découvert Nietzsche, D'Annunzio, Bergson, Kropotkine et bien d'autres auteurs dans la bibliothèque familiale. Il était le frère d'un militant socialiste qui subira la prison avant d'être élu député. Chez les Soutine, on ne faisait pas de politique.

Jusqu'à l'arrivée de Barnes, en 1922, Soutine vivra dans une pauvreté confinant à la détresse. Grâce au soutien de sa famille, Modigliani connaîtra des éclaircies.

Quand il est venu à Paris, en 1906, il s'est installé tout d'abord dans un hôtel bourgeois de la Madeleine. Il a suivi des cours à l'académie Colarossi, puis il a loué un atelier à Montmartre. Il est passé d'une chambre d'hôtel à une autre, a emprunté brièvement les couloirs du Bateau-Lavoir, a découvert une remise sommaire au bout de la rue Lepic. Il a fini par échouer à Montparnasse, en 1909. Il avait largement dépensé l'argent que sa mère lui envoyait d'Italie. Il ne l'a jamais regretté. L'important, c'est d'être libre et de se consacrer à son art.

Modigliani est courageux. Lors de la déclaration de guerre, il a voulu s'engager. Les autorités militaires l'ont refusé. Il en nourrit un désespoir profond, ce qui ne l'empêche pas d'exprimer haut et fort sa verve antimilitariste : il se fera rosser pour avoir insulté des soldats serbes de passage à Montparnasse.

Soutine, lui, a peur de tout. Même des employés des administrations, qui lui rappellent les fonctionnaires antisémites de son pays. Il ne peut se rendre devant des guichets officiels qu'accompagné d'une personne qui le protégera en cas de malheur.

Il a peu d'amis. Il est né dans la même ville que Kikoïne. Les deux hommes ont étudié la peinture à Minsk. Ils ont voyagé ensemble de Wilno à Paris. Ils ont habité tous deux dans les mêmes cités d'artistes. Mais ils ne se parlent pas. Chaïm boude ses compatriotes : Kikoïne, mais aussi Krémègne, qui se vante d'être son grand rival.

Modigliani est connu de tous. En 1907, un an après son installation à Paris, il a fait la connaissance du docteur Paul Alexandre, qui fut son premier mécène, et l'un de ses premiers pourvoyeurs de haschich. Le docteur avait loué une maison rue du Delta, où venaient les artistes pauvres, parmi lesquels Gleizes, Le Fauconnier, le sculpteur Drouard et Brancusi. Modigliani y plaçait ses tableaux. Paul Alexandre a posé pour lui et lui a acheté une grande quantités d'œuvres. Il l'a convaincu d'exposer au Salon des Indépendants de 1908.

Apollinaire l'a aidé à vendre des tableaux. Paul Guillaume, qui fut son premier marchand, lui fut présenté par un autre ami : Max Jacob. Avec ce dernier, Modigliani parle religion et judaïsme. Il lui a offert son portrait ainsi dédicacé : « À mon frère, très tendrement. »

Il est également lié à Frank Haviland, qui lui offre sa maison pour peindre.

Il fait découvrir Paris à Anna Akhmatova, avec qui il récite des vers de Verlaine.

Il protège Utrillo, son grand ami de la Butte, dont il se sent plus proche que de Picasso.

Il est aussi l'ami de Soutine. Il l'a pris sous son aile.
C'est lui qui lui a enseigné à mastiquer bouche fermée,
à ne pas planter sa fourchette dans le plat des voisins,
à ne pas ronfler quand il s'endort dans les restaurants.
Pour Chaïm, Amedeo est son frère. Il lui voue une
reconnaissance infinie.

Les deux hommes sont profondément dissemblables,
mais quelques liens solides les unissent. Modigliani
détruit autant que Soutine. Ses toiles comme ses sculptures. À Livourne, il a jeté plusieurs marbres de Carrare
dans le canal de la ville.

L'un et l'autre partagent le même désir d'indépendance. Ils ne sont d'aucune bande. Proches ni des piliers
du Bateau-Lavoir, ni des futuristes italiens, à qui Modigliani a refusé de donner sa caution. Ils ne sont pas plus
cubistes que fauves, ils n'ont pas fréquenté l'académie
Matisse, ils ne vont que rarement chez les Stein, rue de
Fleurus. Ils se veulent libres, éloignés de toute école.

Tous deux ont à lutter contre un même ennemi qui
les ravage de l'intérieur. Modigliani souffre d'une lésion
pulmonaire qu'il a contractée dans l'enfance, et qui,
alcool et drogues aidant, se transformera en tuberculose.
Soutine est rongé par un ver solitaire et des douleurs à
l'estomac qui, malnutrition oblige, vireront à l'ulcère.
L'Italien est en proie à des quintes de toux épouvantables qui le brisent. Le Russe avale d'impressionnantes
quantités de bismuth qui desserrent à peine l'étau de
la douleur. Enfin, chacun porte son drame en soi. Tous
connaissent celui de Chaïm : c'est celui de son enfance.
Il suffit de le voir marcher dans les rues, voûté, les
mains enfouies dans les poches de son manteau élimé
pour comprendre combien le poids de son histoire lui
pèse.

Amedeo dissimule le sien sous des couches d'exubé-
rance. Peut-être le noie-t-il dans l'alcool et la drogue.

Mais ni les Quinquina, les petits marcs, les stout ou les Mandarin-citron, ni le haschich ou la cocaïne ne peuvent tromper Soutine. Il sait quelle douleur profonde Amedeo tente de surmonter. Quelles larmes il étouffe, dans les bras des femmes ou aux comptoirs des bistrots. Il le sait parce qu'ils ont habité ensemble cité Falguière, dans les années 10. À l'époque où Modigliani se battait contre lui-même, contre les assauts de la maladie pour réaliser le seul grand rêve qui lui tenait à cœur. Non pas la peinture. La sculpture. Seulement la sculpture.

LA VILLA ROSE

> Survage : « Pourquoi m'as-tu fait dans
> mon portrait un seul œil ? »
> Modigliani : « Parce que tu regardes le
> monde avec l'un ; avec l'autre, tu
> regardes en toi. »

Dans la cour de la cité Falguière, Foujita, Brancusi,
Soutine et le sculpteur Lipchitz regardent Modigliani
travailler la pierre. Maillet et burin en main, l'Italien
frappe sur les blocs allongés qui deviendront têtes et
cariatides. Celles-ci sont des « colonnes de tendresse »
qu'il destine à un « temple de la Beauté ». Autour de
lui, nulle bouteille, pas un seul verre : trois ans après
son arrivée à Paris, Amedeo boit peu. Il n'accorde pas
encore au haschich les vertus qu'il lui découvrira plus
tard : lui permettre de concevoir des ensembles particuliers de couleurs. D'autant qu'à l'époque, peindre n'est
pas son but.

L'Italien observe le soleil. Il frappe. La pierre dégage
un voile de poussière qui lui entre dans la gorge, descend dans les poumons. Il tousse. Il frappe. Il s'arrête,
emplit un arrosoir et mouille son travail. Il frappe. Il
tousse. Il laisse tomber ses outils, se plie en deux, porte
la main à la bouche et renonce.

Manquant d'argent pour acheter la pierre dont il a
besoin, il va chercher du calcaire auprès des maçons italiens qui construisent le Montparnasse moderne. Quand

ils ne peuvent lui en fournir, il convoque quelques copains, attend la nuit et pousse sa charrette à bras jusqu'aux chantiers déserts où il vole le matériau nécessaire. Parfois, la petite bande descend dans le métro, alors en construction, et dérobe quelques traverses ramenées aussitôt dans la cour de la Villa rose.

Le soir, Modigliani et Brancusi critiquent Rodin. Ils lui reprochent son excès de modelage, la boue dont il s'encombre. Pour eux, la taille directe est plus naturelle. Et Rodin, trop académique. Ils préfèrent les libertés et les inventions de l'art nègre. Le travail de Modigliani, ses visages allongés et déformés trahissent cette influence : on y trouve une inspiration proche des pièces exposées au musée d'Ethnologie du Trocadéro, que Matisse, Picasso, Vlaminck et Derain ont déjà découvertes.

Paul Guillaume, qui deviendra le marchand de l'Italien en 1914, expose dans sa galerie de la rue de Miromesnil des œuvres primitives que les locataires de la cité Falguière connaissent évidemment. Georges Charensol raconte qu'un jour qu'il se trouvait dans sa boutique en compagnie de Francis Carco, il vit le marchand prendre une statuette du Congo, se baisser et la frotter à la poussière du sol. Carco demanda à Paul Guillaume de lui expliquer le but de la manœuvre.

« C'est simple, répondit le marchand sans se démonter. Je lui donne des ans. »

Entre 1909 et 1914, Modigliani travaille la pierre. Brancusi l'aide. Le Roumain est arrivé à Paris en 1904. Il est venu à pied de Bucarest. Il est le fils d'un couple de paysans pauvres qu'il a quittés à l'âge de neuf ans. Il a appris à lire et à écrire seul. Il prête ses outils et offre son atelier. Pour lui comme pour Foujita, Zadkine ou Lipchitz, Amedeo est seulement sculpteur. Ils connaissent ses multiples dessins tracés au crayon bleu, mais ils ignorent qu'il manie les pinceaux. En 1914, dans *The New Age*, Beatrice Hastings publie quelques articles consacrés à son amant. Pas une seule fois il n'y est fait allusion à sa peinture. Pour eux tous, Modigliani n'est pas peintre. Il est sculpteur. Sa fille, Jeanne, le confirmera :

> *La première vocation du jeune Dedo, à peine sorti de l'enfance et né à l'art [...] était justement la sculpture*[1].

De là vient la tragédie de Modigliani : peu avant la guerre, il renonce à cette vocation. La pierre est trop chère. Les acheteurs ne se bousculent pas. Il refuse les tâches alimentaires qui lui permettraient peut-être de continuer. Surtout, la poussière résultant de la taille directe se fraye un chemin douloureux jusqu'aux poumons. Modigliani frappe. Il tousse. Une fois, ses amis l'ont retrouvé inanimé au pied de ses sculptures. Les séjours au soleil, à Livourne ou ailleurs, n'y changeront rien : sa santé ne lui permet pas de devenir le sculpteur qu'il rêve d'être.

Il sera donc peintre. Ses œuvres datant de la guerre et celles qui suivront portent à jamais la trace de ce désir inaccompli : elles sont comme des sculptures sur toile. Ces formes si pures, les visages et les bustes allongés, l'étirement des bras, du cou, des corps, rappellent étrangement les têtes sculptées entre 1906 et 1913.

Cette année-là, Modigliani quitte la cité Falguière pour le boulevard Raspail. Il a déniché un atelier dans une cour : une construction en verre où le froid, le vent et la pluie passent par tous les interstices. Il vit là. Il peint. Il déclame du Dante. Lorsque le froid le paralyse, il se réfugie chez des artistes plus riches dont il fait le portrait : ainsi dispose-t-il tout à la fois d'un toit et du matériel qui lui manque. Il peint de la sorte Frank Haviland, Léon Indenbaum et Jacques Lipchitz posant au côté de sa femme. Il réalise ce dernier tableau en une fois, comme il fait toujours. Mais Lipchitz insiste : à ses yeux, le portrait est inachevé. Amedeo objecte que s'il poursuit, il gâchera tout. Lipchitz ne cède pas : non pour l'obliger à travailler encore, mais pour le payer davantage. Finalement, Modigliani se plie à la volonté de son commanditaire. Le portrait de Lipchitz et de sa femme est l'un des rares qu'il n'ait pas tracé d'un seul jet.

Au sortir de ces séances de travail, il boit. Il passe du haschich à la cocaïne. Un jour que ses amis lui ont confié quelques pièces pour qu'il achète une dose collective, il revient, « hilare et reniflant, ayant tout absorbé à lui seul[2] ». Il dépense sans compter ses fièvres et ses fureurs. Mais c'est une grande âme. Vlaminck, à la dent pourtant si dure, en témoigne :

> *J'ai bien connu Modigliani ! Je l'ai connu ayant faim. Je l'ai vu ivre. Je l'ai vu riche de quelque argent. En aucun cas, je ne l'ai vu manquer de grandeur et de générosité. Jamais je n'ai surpris chez lui le moindre sentiment bas ; mais je l'ai vu irascible, irrité de constater que la puissance de l'argent qu'il méprisait tant contrariait parfois sa volonté et sa fierté[3].*

Rosalie est la première à faire les frais des intempérances de l'artiste. Cette Italienne est un ancien modèle de Montparnasse. Elle a ouvert un bistrot rue Campagne-Première. On y tient à vingt-cinq, à condition de bien se serrer. Avant-guerre, Rosalie servait des pâtes bolognaises aux habitués de la maison : les maçons qui bâtissaient le quartier, les peintres sans le sou, les rats venus des anciennes écuries voisines. La clientèle est restée fidèle. Si elle est incommodée par la gent animalière, c'est le même prix, et si le prix ne convient pas, on est prié de décamper. Rosalie a ses têtes, et n'en fait qu'à la sienne. Alerte derrière ses fourneaux, le verbe haut, elle couve d'un œil maternel et décidé les quatre tables d'une ancienne crémerie qu'elle appelle restaurant. Quand on frappe à la porte, elle ouvre. Si le nouveau venu la dérange, elle referme. Elle accepte tous ceux qui n'ont pas d'argent : si elle ne leur offre pas un bol de soupe, elle leur fait crédit. Elle refuse les économes qui viennent parce que ce n'est pas cher, et les snobs déguisés en Américains.

Parmi ses habitués, elle éprouve une tendresse particulière pour un quadrupède venu d'Arcueil. Elle a connu le chien en même temps que le maître : il tirait la carriole que poussait le rempailleur. Celui-ci a remis en état les chaises de la gargote. Son travail a duré quatre jours. L'animal en a bien profité. Lorsqu'il est parti, la panse était pleine. Quand elle fut vide, il a fallu la remplir de nouveau. Le chien a eu une idée : il a fait le chemin d'Arcueil à Paris. Seul et au flair. Puis il est revenu. Cela a duré douze ans. Il était certainement le client le plus fidèle de Rosalie.

Avec Modigliani.

La bougnate et l'artiste se vouent une amitié particulière : ils s'adorent et se chamaillent sans cesse. Elle lui reproche de trop boire, il voudrait encore du vin. Pour la plus grande joie des consommateurs, ils s'insultent à voix très haute. Tout y passe, sauf les assiettes. Lorsque la colère le submerge, le peintre décroche l'un de ses nombreux dessins épinglés aux murs, et il le déchire. Quand il revient le lendemain, tout contrit, il en apporte un nouveau. Qu'il détruit presque aussitôt. Entre eux, il s'agit presque d'un jeu. Celui-ci vire au vinaigre lorsque Utrillo débarque à son tour. Il n'est pas rare, alors, que les déambulations des deux poivrots s'achèvent au poste de la rue Delambre. En ces moments extrêmes, il faut faire intervenir le commissaire Zamaron.

Responsable des étrangers à la préfecture de police de Paris, Zamaron est un ami des artistes. Les murs de son bureau sont recouverts d'œuvres d'art : Suzanne Valadon, Modigliani, Soutine, Kikoïne et, surtout, Utrillo qu'il aime particulièrement.

Sitôt qu'un peintre se trouve dans la panade, Zamaron l'aide. Quand il n'est pas de service, il rallie le Dôme ou la Rotonde pour retrouver ses amis. Souvent, il prend fait et cause pour eux contre Descaves, l'autre flic de Paris, également amateur d'art. Descaves, lui, ne prodigue que des misères aux rapins de Vavin. Il échange ses services contre des toiles, parfois en achète quelques-unes, verse des arrhes, prie l'artiste de venir chercher le reste à la préfecture – où, bien entendu, nul ne se rend jamais.

Lorsqu'il quitte le poste de police, Modigliani va chez les uns, chez les autres, au Dôme, à la Rotonde ou chez Rosalie. Parfois, il longe le cimetière Montparnasse, retrouve le boulevard Raspail au niveau d'Edgar-Quinet et emprunte la rue Schoelcher, sur la droite. Il marche le long des hauts murs du cimetière jusqu'à un petit immeuble dont il grimpe allègrement les marches. Il frappe à une porte. Une jeune femme lui ouvre : c'est Éva Gouel. Elle cache la pâleur de son teint sous une couche épaisse de maquillage. Elle est malade. On parle d'une tuberculose. Elle a tenté de dissimuler son mal à son amant, que le spectacle de la maladie panique. Pendant longtemps, elle s'est tue : elle craignait qu'il ne l'abandonne. Mais Picasso est resté fidèle. Il l'accompagne chez les médecins et dans les cliniques où Éva se rend régulièrement.

Le couple a passé les premiers mois de la guerre dans le Midi. Il sort peu de la rue Schoelcher : dans les cafés, Picasso se fait trop souvent insulter par les soldats en permission qui ne comprennent pas pourquoi cet homme si bien accompagné n'est pas au front.

La baie de l'atelier plonge sur les tombes du cimetière Montparnasse. La pièce, assez grande, est encombrée de tubes, de palettes, de pinceaux. Craignant de manquer de matériel, le peintre a constitué des réserves considérables. Quatre ou cinq cents toiles sont alignées le long des murs. Le sol disparaît sous le papier dont Picasso se sert pour ses collages.

Il ne cesse de peindre : non seulement des toiles désormais plus proches d'Ingres que du cubisme, mais encore les objets, les chaises, les murs... Il ne supporte pas les espaces vierges.

Il se tient dos à la fenêtre, en short. Il a les traits tirés. Il paraît soucieux. Ce n'est pas la guerre, dont il ne parle pas sinon pour prendre des nouvelles des amis : c'est Éva. L'inquiétude le ronge.

Lorsque Modigliani arrive, il observe une enveloppe que le facteur vient d'apporter. Il lance à son visiteur un éclair de ce regard noir qui impressionne tant. L'Italien ne s'émeut pas. Il raconte sa nuit. Picasso l'écoute d'une oreille distraite. Éva a fui vers l'arrière de l'appartement.

Les deux peintres échangent des nouvelles : Kahnweiler est en Suisse ; les frères Rosenberg achètent les cubistes ; Gertrude Stein et Alice Toklas sont revenues d'Angleterre pour repartir à Palma ; Vlaminck tourne des obus dans une usine d'armement et, le soir, il écrit des romans moyens.

« Max Jacob se demande comment on peut être antimilitariste et donner sa sueur aux militaires, fait remarquer Picasso.

— Il a été réquisitionné », objecte Modigliani.

La conversation tourne court. Amedeo ignore que ses exubérances heurtent l'Espagnol. Lui qui s'apprête à prendre son envol vers les ors du grand monde a oublié ses propres frasques de l'époque du Bateau-Lavoir. Amedeo ignorera également que quelques mois plus tard, lors d'un bombardement, Picasso, soulevé par l'inspiration et en manque de toile, recouvrira une œuvre du peintre italien d'une nature morte faite au couteau.

Dix minutes à peine après l'arrivée du visiteur, les deux hommes n'ont plus rien à se dire. Modigliani tourne les talons, quitte l'atelier, descend les étages et disparaît dans la grisaille de la rue Schoelcher.

Picasso revient à l'enveloppe qu'il découvrait avant la venue de l'Italien. Elle a déjà été utilisée. Ce sont bien là les manières très économes de l'ami qui écrit. Mais cet ami-là est des plus fidèles. Et Picasso ne peut s'empêcher de sourire en se représentant le poète, si raffiné, si subtil, coquet, distingué, onctueux comme un prêtre, théâtral comme un pape, naïf comme un enfant, aujourd'hui les pieds dans la glace et les mains dans la boue !

Il décachette l'enveloppe et se plonge dans la lecture des dernières frasques militaro-amoureuses de Guillaume Apollinaire.

LES DAMES ET L'ARTILLEUR

> Si je mourais là-bas sur le front de
> l'armée
> Tu pleurerais un jour ô Lou ma bien-
> aimée.
>
> Guillaume APOLLINAIRE.

Apollinaire est parti aux armées. Un poète à la guerre. La fleur au fusil, un peu plus droite que celle des autres parce que pour tenir son rang au tableau d'honneur des apatrides, il devait gommer le souvenir d'une photo : celle qu'avaient publiée les gazettes à l'automne 1911 qui le montrait, menottes aux poignets, conduit à la prison de la Santé. Une honte extraordinaire pour un homme dont l'un des plus grands espoirs était d'être définitivement reconnu par le pays qui l'avait accueilli.

Il n'est pas parti aussi vite qu'il l'avait espéré. Sa bonne volonté s'est heurtée à la paperasserie : quand on est né à Rome d'une mère d'origine polonaise et d'un père trop vague pour vous avoir reconnu, la situation exige de la réflexion. Quant à la Légion, assaillie par les volontaires, elle refusait du monde.

Le temps que les autorités militaires se fassent une opinion, Apollinaire rejoignait des amis à Nice.

Trois semaines après son arrivée, il déjeune dans un restaurant de la vieille ville. Il est convié à une table voisine où brille une jeune femme de trente ans. En un instant, le poète en oublie Marie Laurencin, la muse qui l'a trahi et qui vient de passer en Espagne avec son époux de six semaines, Otto von Waetgen, « meilleur graveur que peintre » selon André Salmon[1].

Celle qui enflamme son cœur est brune, belle et vive. Elle virevolte de la voix et du geste entre les convives et les verres de cristal. Elle est tout à la fois « imprudente et osée, frivole et déchaînée[2] ». De la lave dans le regard, une énergie à ne pas savoir qu'en faire, une enfance étouffée dans le corset des génuflexions, un mariage à vingt-trois ans, un divorce rapide, un nom à particule qui fleure bon l'aventurière : Louise de Coligny-Châtillon. Côté pile, elle joue les infirmières bénévoles. Côté face, elle suit le cours d'une mondaine frivole très largement émancipée. Apollinaire en a la larme à l'œil.

Le lendemain de leur première rencontre, il lui déclare sa fougue et son amour. Cinq jours plus tard, il lui fait envoyer tous ses livres. Il lui promet d'en écrire un pour elle, pour elle toute seule. Plus terre à terre, il lui suggère de venir se promener avec lui. Sans témoin, de préférence. Déjà, il est son « serviteur à vie[3] ».

Ils se revoient très vite dans une maison où on fume l'opium. Puis dans des salles de restaurant, au bord de la mer, sur des plages désertes. Partout, sauf à l'hôtel. Chaque fois que Guillaume tente de pousser une porte, Louise murmure qu'ils sont amis et qu'il faut en rester là. Lorsqu'elle est allongée, la pipe entre les dents, elle offre une main et quelques promesses. L'artilleur s'en souviendra :

> *Je voudrais que nous soyons seuls dans mon petit bureau près de la terrasse couchés sur le lit de fumerie pour que tu m'aimes[4].*

Le temps des drogues étant passé, c'est bras dessus, bras dessous, peut-être davantage mais cela reste de toute façon insuffisant. Surtout lorsque la jeune femme avoue à son amoureux à demi transi que son cœur est déjà pris par un surnommé « Toutou », soldat dans l'artillerie.

« Quelle importance ? questionne Guillaume.

— Aucune. Je donne aussi ailleurs.

— Alors venez.

— Non. »

Après deux mois de ce régime, Apollinaire est à bout de souffle. Il hâte les formalités de son engagement et s'arme pour le grand départ. C'est alors que Louise lui cède. Ce n'est plus un peu ni beaucoup, mais passionnément. Au point que, l'espace de quelques jours, Guillaume regrette presque de s'être engagé. Lors de la déclaration de guerre, des amis lui avaient proposé de fuir en Suisse. Il avait refusé. Cette fois, il est muté à Nîmes, et il changerait volontiers d'avis.

Il y va, cependant. Le cœur en bandoulière.

Le lendemain, Louise est à la porte de la caserne. Elle demande Guillaume Kostrowitzky, deuxième canonnier-conducteur au 38e régiment d'artillerie, 78e batterie.

Il la rejoint.

Ils vont à l'hôtel.

Ils y passent neuf nuits.

Après, Apollinaire fait ses classes.

Il découvre les joies des manœuvres, des corvées de soupe et des appels. Il apprend à monter à cheval. Il en a mal au cul. Il a la colique. L'argent lui manque, c'est une angoisse profonde. Il porte la moustache, c'est une obligation. Dans ses lettres, il ne dissimule aucun détail de sa condition de bidasse à sa bien-aimée, à qui il fait des déclarations passionnées. Il la rassure : la guerre durera tout au plus un an. Moins, peut-être, s'il en croit

Picabia : cinq mois avant la mobilisation, celui-ci avait prévu le conflit ; il en voit le terme pour le mois de février. Apollinaire est confiant et patriote : « La valeur et la force françaises vaincront. Nous sommes des virils. Les autres, s'ils comptent, c'est seulement pour un peu plus que du beurre[5]. »

Lorsque Lou ne répond pas assez vite au courrier, trois jours c'est le maximum, le canonnier se désespère, geint, et lui remémore leurs nuits d'amour. Ces moments-là lui rappellent qu'ils ont d'autres pratiques. Il la menace du fouet, de la cravache, il se dépeint comme le fer de lance de la masculinité nationale, prêt à s'introduire férocement dans ses tranchées personnelles pour accomplir son devoir de brave.

En réponse, elle écrit qu'elle « fait menotte » en lisant son courrier.

Lui, il se retient. Il lui envoie son portrait peint par Picasso.

Le 1er janvier 1915, il obtient une permission de deux jours et rejoint Lou à Nice. Ils passent le plus clair de leur temps au lit. Dans le train du retour, entre Nice et Marseille, Apollinaire voyage en compagnie d'une inconnue. Elle est professeur de lettres au lycée de jeunes filles d'Oran. Elle s'appelle Madeleine Pagès. Ils se reverront.

Cinq jours après son retour à Nîmes, pour sa plus grande fierté, Apollinaire entre au peloton des élèves officiers. Il fait de plus en plus de cheval. Il suit des cours d'artillerie. Pourquoi est-il artilleur ? Parce qu'il est artiste, dit-il.

Sa condition d'apprenti-militaire ne lui pèse d'aucun poids. Il reçoit des colis de Sonia Delaunay, un chandail offert par la femme d'Archipenko, cent sous de Paul Léautaud, une lettre de Blaise Cendrars. Celui-ci écrit : « Je ne peux pas dire où nous somme. » Guillaume

exulte : la censure oblige à tant d'ingéniosité ! Mais il a
honte de son inaction et se sent coupable de n'être pas
encore au front. Du moins ce lent écoulement du temps
lui laisse-t-il le loisir de poursuivre avec sa maîtresse
une correspondance fantasmatique des plus affirmées. À
défaut de voir, il imagine. Il rêve de ses fesses. Il se
représente son doigt opérant « menotte » et ne retient
pas toujours les siens. Il lui rappelle leurs 69 et autres
figures géométriques. Elle est la femme de sa vie. À
côté, Annie Playden, Marie Laurencin, l'ensemble de
ses maîtresses, qu'il décrit toutes comme magnifiques et
inépuisables au lit, ne sont rien : « de la m... de ».

Lorsqu'elle lui raconte par le menu ses frasques avec
d'autres, il dissimule mal sa jalousie. Deux, d'accord.
Trois, éventuellement. Mais plus, c'est du vice. Un jour
qu'elle parle beaucoup de l'Italie dans ses lettres, il lui
pose poétiquement la question : « Y aurait-il un Italien
dans un petit pot de fleurs en ce moment-ci ? » Il se
compare, lui l'artilleur chaste, menant une vie ascétique,
à elle, qui ouvre son cœur et son lit comme s'ils étaient
des lupanars. Vacherie pour vacherie, il lui conseille de
prendre garde car déjà les marques de la volupté ont
fané son visage.

Quand il se fâche, il ne s'adresse plus à sa Lou ado-
rée, à sa Lou chérie, à son petit cœur, mais à sa « chère
amie », à sa « vieille consœur ». Il ne signe plus « Gui »
mais « Guillaume Apollinaire ». Il joue les débonnaires,
singe la pure amitié, tente de susciter des jalousies qui
le rassureraient en décrivant des jeunes filles qui passent
sous son regard et qu'il pourrait bien entraîner à l'hôtel...
Lorsqu'il lui semble que leur amour part à vau-l'eau, il
se dresse devant elle non plus comme un amant transi
mais comme un homme qui a de la surface. Il lui envoie
de l'argent. Quand elle va à Paris, il lui prête son appartement du boulevard Saint-Germain. Il se dépeint

comme poète. Elle doit conserver ses lettres et ses vers car il compte les publier après la guerre. Il se montre prévoyant : il écrira désormais au recto des pages pour qu'elles puissent être imprimées rapidement, et il joindra à part les fragments plus personnels. Il a déjà le titre de l'ouvrage : ce sera *Ombre de mon amour*.

Le jour de Pâques, Guillaume Apollinaire s'en va pour le front. C'est un des rares moments de sa vie où il se rappellera qu'il n'est pas encore français, et que son pays reste la Pologne. Il plaint sa patrie d'avoir tant souffert de la guerre. Il voit son peuple comme le plus noble et le plus malheureux de tous. S'il part, c'est aussi pour le défendre.

Le 9 avril, il rédige un testament en faveur de Lou. Il lui indique qu'elle doit conclure un accord avec le Mercure de France pour son livre *Alcools* qui, pense-t-il, rapportera quelque argent. Il dresse un état des lieux de sa production littéraire, des contrats signés, de ceux qui ne le sont pas, des avances et pourcentages qu'elle peut réclamer en son nom si par malheur il ne pouvait le faire lui-même. En attendant, elle est priée de se tenir correctement dans son logis du boulevard Saint-Germain. D'une part car un sénateur loge dans le même immeuble, de l'autre parce qu'il ne paie pas de loyer pendant la durée de la guerre et qu'il tient à ce que cette disposition soit maintenue ; enfin, il lui semble que festoyer dans Paris quand d'autres font le coup de feu à Verdun a quelque chose d'inconvenant.

Lorsque Lou se plaint d'anémie, il lui répond tantôt comme le mari viril qu'il voudrait être : vaccine-toi ; tantôt comme l'amant attentionné qu'il n'est plus : laisse l'eau du bain tiédir vingt minutes ; comme le furieux jaloux qui ne peut cacher ses aigreurs : si tu n'embrassais pas des typhoïdeux sur la bouche, tu ne serais pas malade...

À l'exception du dernier conseil, il s'adresse à elle avec autant d'autorité que sa propre mère, la Kostrowitzka, qui exige qu'il lui écrive, exige qu'il dise où il couche, exige de savoir qui est cette « Comtesse » de Coligny – une jeune, une vieille, une veuve ? Elle lui prodigue des admonestations qui en disent long sur la méconnaissance de la situation de son fils – à croire qu'au fond elle ne s'y intéresse pas, impérieuse égoïste dévouée d'abord et avant tout à elle-même. Sur le même ton que celui qu'elle employait dix ans auparavant, elle prie son fils (trente-quatre ans !) de faire attention, quand il chevauche printanièrement dans les bois, de ne pas se heurter à des obus, lesquels, paraît-il, font des trous énormes, « et ce serait terrible si tu tombais dedans avec ton cheval ! et même sans cheval[6] ». Le pire, selon la Kostrowitzka, ce sont les obus éclatant dans les forêts. Parce que du coup, ils font tomber les arbres. D'où le double conseil maternel : « Gare-toi pour ne pas être écrasé par un arbre » ; « Recommande-toi chaque jour à la Sainte Vierge pour qu'elle te protège. »

Le 11 avril, le poète devient véritablement soldat. Pour sa plus grande fierté, il est nommé agent de liaison. Il monte à cheval dans la nature, il est le copain de ses copains, il écrit à la lueur d'une lampe chargée à la graisse de bœuf. La guerre a bonne mine.

Il se fait le complice de Toutou, l'autre amant artilleur. Quand Lou le rejoint, il la prie de lui transmettre ses salutations. À travers elle, il s'adresse à son rival comme à un confrère : il lui fait part de ses progrès en matière de tir, il lui demande s'il n'a pas un sitomètre en trop... En manque d'informations, il n'hésite pas à employer les grands moyens : il envoie des cartes recommandées à Toutou, lui enjoignant de donner des nouvelles de leur bien-aimée commune... À celle-ci, il rappelle un peu sèchement que s'il s'est engagé, c'est pour défendre *sa* patrie.

La belle, hélas, semble prendre de la distance. La chair s'est apaisée. Le poète est toujours « raide comme un 75 », mais l'artillerie d'en face ne répond plus. Ou plus guère. On s'appelle toujours « mon Gui » ou « mon Lou chéri ». On fait montre de beaucoup d'attentions. Apollinaire envoie de l'argent sans rechigner. Sur ces bagues que les poilus confectionnent dans les douilles d'obus, il grave des mots d'amour. Grimpant sur les ergots de l'autorité qu'il affectionne, il rappelle à la demoiselle qu'elle lui appartient toute. Dans un domaine au moins : « Lou ne parle qu'au pieu. »

Il lui suggère de fouiller sa bibliothèque, d'y découvrir *Les Onze Mille Verges*, lui ordonne de n'en parler à personne mais de faire son miel avec. Pendant qu'elle y est, elle peut aussi s'amuser avec *Le Nouveau Chatouilleur des dames*, inclus dans l'un des tomes de *L'Enfer de la Bibliothèque nationale*, dont il fut l'initiateur.

Quand elle répond irrégulièrement à son courrier, il la tance. Et s'impatiente lorsqu'elle lui envoie du thé en tablettes car elle aurait dû savoir que ces tablettes ne fondent qu'à l'eau bouillante, et que l'eau bouillante manque à la guerre... Ces exaspérations, qui alternent avec les déclarations d'amour les plus brûlantes, traduisent la douleur du poète. Une fois encore, il est le mal-aimé de l'histoire. Lou s'éloigne, comme s'étaient éloignées Annie Playden et Marie Laurencin. Elle accepte d'être son amie, sa correspondante, peut-être sa maîtresse, mais ce *peut-être* est bien ce qui désespère l'artilleur : il veut tout. L'homme est le maître, la femme se soumet, on est ensemble pour la vie, l'amour est réciproque.

Sinon, il faut aller voir ailleurs.

Ailleurs, c'est peut-être dans le giron d'une amie de la sœur d'un ami qui, depuis avril 1915, écrit régulièrement au poète. Elle s'appelle Jeanne Burgues-Brun, a signé un roman et quelques vers du pseudonyme d'Yves Blanc. Au début, et aussi à la fin, elle est sa marraine de guerre. L'artilleur a sournoisement tenté de l'entraîner plus près de son cœur, mais la jeune femme s'y est absolument refusée : pas de flirt entre nous. Et pas même une photo. Malgré l'insistance du soldat, elle n'a jamais envoyé de portrait d'elle, et leurs attouchements resteront strictement littéraires. Ils ne se rencontreront qu'une fois, à la fin de la guerre, dans les jardins du Luxembourg.

Tant pis pour celle-là.

De toute façon, il y en a une autre.

Cette jeune fille rencontrée dans le train, en janvier 1915. Elle était très jeune : guère plus de vingt ans. Elle avait des longs cils. Elle venait de passer Noël chez son frère qui habitait Nice, et rentrait à Oran. Lui, il embrassait Lou, dans le couloir. Lorsque le train s'était ébranlé, Guillaume s'était assis en face de l'inconnue. Ils avaient un peu parlé. De Nice, de Villon, d'*Alcools*, paru deux ans plus tôt... À Marseille, il l'avait aidée à descendre et avait porté sa valise. Puis, on ne sait jamais, il lui avait demandé son adresse.

Qui ne risque rien n'a rien. En avril, Apollinaire hausse les épaules à Lou, qui n'a pas écrit depuis trois jours. Il envoie une carte postale à l'inconnue, ses hommages respectueux, et un baiser sur la main. Il surveille ses lignes. Deux semaines plus tard, dans les filets du vaguemestre, il y a un poisson pour lui : une boîte de cigares adressée d'Oran. C'est plus qu'il n'espérait. Cela mérite une réponse. Il la soigne. Il y mêle un peu de guerre, des considérations qui restent générales, une poignée de vers, un compliment : quel merveilleux souvenir que ce voyage en train ! Hommages très respectueux, Guillaume Apollinaire.

Six jours passent. Une carte arrive. Cela suffit pour que le « Mademoiselle » du début s'efface au profit d'une « Petite fée », plus tendre, moins impersonnel, un pas en avant. Mais Guillaume aime progresser plus vite encore. Il jette une sonde : il parle de Goethe, de Scott, de Nerval et, au détour d'une phrase, de Laclos et de ses vices en majuscules ; tiens, comme le hasard est étrange : ce Laclos n'était-il pas lui aussi dans l'artillerie ?

On remonte jusqu'aux mains : Apollinaire propose à la jeune fille de lui fabriquer puis de lui offrir une bague. Pourrait-elle envoyer la mesure d'un doigt ? Pas l'index, non ! Ni le majeur ! L'annulaire, bien sûr ! Et aussi, pendant qu'elle y est, une petite photographie. Il la mettrait du côté du sabre et du revolver, qui est aussi, quelle coïncidence, celui du cœur.

Sans doute a-t-il montré trop de précipitation. La réponse est moins spontanée que les précédentes. Gentille, aimable, mais manquant de chaleur. Par chance, cette retenue ne dure pas. La jeune fille envoie des chocolats. Le soldat répond par des pétales de rose et une nouvelle bague, avec pierre en cuivre gravée d'un « M », comme Madeleine.

Il lui reproche de signer ses missives d'un MP glacé, à quoi il oppose, cinq semaines après le début de leur correspondance, un « Ma petite fée adorable ». Qui devient « Ma petite fée très chérie » quelques jours plus tard. Et le 10 juillet 1915, dans un soupir extasié, l'artilleur met un pied en terre : « Je vous ai aimée dès que je vous ai vue[7]. »

Le lendemain, il donne du « Mon Lou chéri » à la demoiselle qui loge chez lui, boulevard Saint-Germain. Mais si le cœur y est toujours, les tons changent...

Entre la France et l'Algérie, les obus-cadeaux pleuvent : l'artilleur reçoit de l'eau de Cologne, il envoie un porte-plume fabriqué de ses mains avec « deux balles boches ». Madeleine répond avec des mouchoirs, des lacets de soie, des cigarettes, des nougats, des bonbons au miel précroqués qui sont comme des baisers. Il réplique avec des crayons, des encriers creusés dans des douilles, des ouvre-lettres martelés, des cœurs découpés dans des ceintures ennemies, des chargeurs, son képi, des ailes de papillon, des livres et des poèmes que, prudent comme toujours, il lui demande de conserver en vue d'une publication ultérieure.

Beaucoup de ces poèmes ont déjà été reçus par Lou ou par la Marraine, mais peu importe : c'est l'intention qui compte, et l'intention n'est pas la même. Avec Lou, c'était passionné, passionnel, physique, violent. On ne peut aller si vite avec Madeleine, timide, ignorant les hommes mais certainement pas les usages. Apollinaire se défait de sa peau de chair pour enfiler ses gants de poète. À part un baiser déposé plus tard sur les seins de la demoiselle, il est littéraire, sage, tendre, tout à la fois doux et autoritaire, comme il le reconnaît lui-même. Il ne parle plus de fouets, de cravaches, de fessées, mais évoque un tableau de Fragonard, *La Correction conjugale*. En passant et seulement pour voir.

Il est aussi sincère avec Madeleine qu'il avait été hâbleur avec Lou. Car il n'a plus besoin de parader au son des cornemuses amoureuses ou érotiques. Dans une lettre datant de juillet 1915, il met son cœur à nu. Il admirait – et admire encore – le talent de Marie Laurencin, l'inspiratrice du *Pont Mirabeau* et de *Zone*. Il a cru aimer Lou, qui n'était finalement qu'une femme d'attente grâce à qui il a chassé la douleur provoquée par le départ de Marie ; il éprouve de la pitié pour elle, qui est un jouet entre les mains des hommes ; il s'y était attaché charnellement, mais son esprit était resté loin d'elle.

Madeleine ? Il peut lui exprimer tout le bien qu'il pense de Gogol et tout le mal qu'il veut à Henry Bordeaux. La littérature est un des centres de leur correspondance. Le reste tourne autour de la guerre (quand même), et de leur amour. Il lui propose un tas d'enfants. Puis qu'elle devienne sa fiancée. Le 10 août 1915, il demande sa main à sa mère. Après quoi, il se comporte comme un gendre modèle : il déclare aimer beaucoup la maman de sa dame, qu'il n'a pourtant jamais vue. Il promet qu'il viendra en permission. Il lui écrit. Il l'embrasse filialement...

Les jouvenceaux, désormais, se tutoient. Madeleine envoie des photos. Il cherche ses courbes au-delà des lignes sépia. Ses hanches et ses seins. Il pourra, ensuite, la prier d'être moins pudique. Lui demander, par exemple, de contribuer à la réjouissance de ses sens olfactifs – dont il vante la puissance – en déposant sur ses lettres les parfums de ses toisons. Pour la remercier de sa bonne volonté, il lui envoie un recueil de poèmes, *Case d'armons* (ainsi appelle-t-on le caisson du canon de 75), écrit et polygraphié sur gélatine grâce à l'aide de ses camarades artilleurs et dont la couverture s'orne de cette mention symbolique : *Aux armées de la République*. Il l'adresse également à Lou, ainsi que des bulletins de souscription. « Tu tâcheras de m'en placer[8]. » L'argent qu'elle récoltera sera pour elle : « Si tu en places seulement vingt à vingt francs, ton dentiste sera payé... »

Le 25 août, le maréchal des logis Apollinaire, nouvellement promu, fait part de sa montée en grade à sa future nouvelle et belle-famille. Il est très fier. Et pas peu content, un mois plus tard, d'adopter le nouveau casque gris, qui ne brille plus au soleil, et la tenue réglementaire bleu horizon, qui change des couleurs rouges et cha-

toyantes visibles de très loin par les tireurs ennemis.
C'est d'ailleurs moins cet aspect sécurisant qui rassure
Apollinaire que le soyeux du toucher, qui comble sa
coquetterie.

Pas pour longtemps.

En novembre, il se porte volontaire pour l'infanterie.
Il est nommé sous-lieutenant au 96ᵉ de ligne. C'en est
fini de la guerre en pantoufles. Il découvre les tranchées
et la misère des poilus.

Le poète devient soldat.

Jusqu'alors, il avait entretenu une correspondance très
conséquente avec les unes, les autres, sans oublier ses
amis parisiens. Il avait envoyé des articles au *Mercure
de France* ou ailleurs et s'était soucié de ses publications
et de leur suivi. Le bruit des obus, miaulant comme des
chats, l'avait réjoui. Les tirs d'artillerie étaient comme
des feux d'artifice. Il couchait dans des huttes coiffées
de toiles de tente. Il observait avec ravissement les couleuvres se lovant à ses pieds, les rats détalant entre ses
jambes, les mouches dont les nez rappelaient ceux des
bouledogues, les araignées, si charmantes. S'il se plaignait, c'était seulement de l'ennui. Alors que tous ses
camarades de Montmartre et de Montparnasse s'inquié-
taient de savoir comment son raffinement et son sens
du confort s'accommoderaient des rigueurs alentour, lui-
même ne souffrait pas.

Comme la guerre est jolie ! Cette inscription, qu'il
avait gravée sur sa boîte de pâte dentifrice en 1915 (et
qui rappelle le *Ah Dieu ! que la guerre est jolie* des
Calligrammes), lui paraîtra bientôt passée d'actualité –
même si les premiers bruits de la canonnade lui semblent tout d'abord « épatants ».

Le front, c'est autre chose. Brutalement, le sous-lieutenant Kostrowitzky découvre les fusées-signal, les
mitrailleuses, les *Marie-Louise*, les *boîtes à merde*, les

seaux à charbon tombés du ciel, les canons, l'horreur
de la vie de tranchée. Le boche en face, à moins de deux
mètres. La terre déchirée, soulevée par les déflagrations.
Il est en première ligne, allongé dans la terre ensanglan-
tée, le canon sur la gueule. Il couche dans la boue et
parfois ne dort pas. Il grelotte. Il se lave quand il peut,
subit l'assaut de la ferraille et l'attaque des gaz. Les
barbelés le mordent, et la vermine, et les poux. Il se
protège derrière des sacs de sable ou des monceaux de
cadavres. Il apprend à creuser, à rebâtir, la nuit, comme
un troglodyte de l'ombre. En quelques mois, son régiment a perdu des milliers d'hommes. Ses camarades
tombent les uns après les autres. Du front, Apollinaire
envoie une lettre à Madeleine dans laquelle il la supplie
de l'attendre s'il est emmené comme prisonnier. Il la
fait héritière de tous ses biens, en remplacement de Lou,
à qui il avait légué sa fortune en mars.

Il songe à la mort, bien sûr. Pour autant, il n'a pas
peur. Il ne se plaint jamais, sauf des autorités militaires
qui convoquent des conseils de guerre pour n'importe
quoi. S'il faut combattre, il est le premier à jaillir des
tranchées. Il témoigne d'un courage remarquable. Ses
hommes l'aiment parce qu'il les protège, s'assure qu'ils
ont de quoi manger, partage son feu et ses colis avec
eux, ses couvertures quand elles sont moins trempées
que les leurs. « Kostrowitzky », c'est trop compliqué :
ils l'appellent « Kostro l'exquis » ou « Cointreau-
whisky ».

Noyé dans le vacarme de la guerre, « Cointreau-whis-
ky » se bat. Lorsqu'il dispose d'une seconde, il écrit à
Madeleine. La violence et la rage qui l'habitent ont raison de sa retenue coutumière. En décembre, il lui
adresse une lettre d'une grande fureur érotique. La seule.
Dans son esprit, au creux de ses espoirs, elle ouvre sans

doute la porte de cette permission qu'il a demandée depuis des mois.

Elle viendra à Noël. Elle sera son plus beau cadeau. Parti du front, le sous-lieutenant rallie directement Marseille. Sans même s'arrêter à Paris où se trouvent ses amis. Après des mois d'échanges épistolaires assidus, il n'a qu'une hâte : atteindre Lamur, en Algérie, et découvrir enfin cette jeune fille de vingt-deux ans dont il a demandé la main et qu'il n'a aperçue que quelques heures dans un train, un an auparavant. Quand l'artilleur ne s'était pas encore fait hussard...

L'ÉCRIVAIN À LA MAIN COUPÉE

> La première qualité d'un romancier, c'est
> d'être un menteur.
>
> Blaise CENDRARS.

« Je t'envoie un mot d'un de mes amis qui est un des meilleurs poètes actuels : Blaise Cendrars. Bras amputé[1] ! »

Le 6 novembre 1915, Guillaume Apollinaire annonçait à Madeleine la blessure de Frédéric Sauser, alias Blaise Cendrars, citoyen suisse, coauteur avec l'Italien Ricciotto Canudo de l'appel aux étrangers pour défendre la France.

Un furet, Cendrars. À moins de trente ans, il est passé et repassé partout. Il s'est enfui de chez lui à quinze ans et il s'est promené de pays en pays, Allemagne, Angleterre, Russie, Inde, Chine, Amérique, Canada – avant de poser ses valises à Paris, une première fois en 1907, la seconde deux ans avant la déclaration de guerre.

Il a fait mille métiers. Il s'est rodé au contact de toutes les populations et de toutes les classes sociales. Il défend haut et fort des conceptions libertaires et anarchistes. Il est poète, aussi. Poète voyageur.

À New York, en 1912, le jour de Pâques, étouffé par la misère, il est entré dans une église presbytérienne. Pour se réchauffer et s'asseoir, écouter quelques mesures de *La Création*, de Haydn. Lorsqu'il est revenu dans sa chambre, il s'est assis à sa table et a commencé à écrire un poème. Il s'est endormi. S'est éveillé quelques heures plus tard et a poursuivi son travail. Ainsi tout au long de la nuit. Le matin, la tête claire, il a relu. Il a offert un titre à cette œuvre née dans la détresse : *Les Pâques à New York*.

Trois mois plus tard, Cendrars est à Paris. Il vit de bric, de broc et d'audaces. Avec quelques amis anarchistes, il fonde une revue, *Les Hommes nouveaux*. Il finance le premier numéro en vendant les billets d'entrée d'un spectacle qu'il a organisé au Palais-Royal. Il loge avec un poète dans une chambre d'hôtel, rue Saint-Étienne-du-Mont. C'est la misère, toujours et encore. Il traîne au Dantzig, près de la Ruche. Il boit du vin blanc aux Cinq Coins. Il gagne à peine sa vie en collaborant à des revues et en vendant des éditions originales acquises quelques années auparavant. À la Ruche, il rencontre Modigliani, Chagall et Fernand Léger. Au cours d'une conférence sur l'anarchisme, il croise Victor Serge, qui traduira en russe *L'Or*, son premier roman.

Mais son plus grand désir, ce serait de faire la connaissance de Guillaume Apollinaire. Pourquoi lui ? Parce qu'il défend les avant-gardes. Parce qu'un type qui fut soupçonné d'avoir dérobé *La Joconde* est forcément un aventurier.

Au retour des Amériques, Cendrars avait envoyé son poème *Les Pâques à New York* à Apollinaire. Il n'avait obtenu aucune réponse. Un jour de septembre 1912, le bourlingueur passe devant la librairie des éditions Stock. Il découvre *L'Hérésiarque & Cie*. Il commence à le lire. Faute d'argent, il glisse le volume dans sa poche et s'éloigne. Mal lui en prend : un agent qui passait par là l'a vu. Blaise est arrêté et jeté au Dépôt. Que fait-il ? Il écrit à l'auteur de *L'Hérésiarque*, lui demande de régler pour lui sa dette aux éditions Stock et d'intervenir pour le faire libérer. Mais les portes de sa prison s'ouvrent avant qu'il ait eu le temps d'envoyer sa lettre.

Quelques mois plus tard, Cendrars rencontre Apollinaire au Flore (c'est la version défendue par Miriam Cendrars ; d'autres prétendent qu'Apollinaire a écrit à Cendrars après avoir reçu *Les Pâques à New York*, lui demandant de venir le voir).

Apollinaire a sept ans de plus que l'auteur des *Pâques*. Il est entouré de Robert et de Sonia Delaunay. À en croire Salmon, Delaunay s'était fait connaître en peignant en bleu des poissons rouges. Il était totalement dépourvu d'esprit et ne souriait jamais. Apollinaire le considérait quant à lui comme le grand maître de l'*orphisme* et vantait la façon dont sa femme et lui s'habillaient : Sonia en tailleur violet, corsage composé de pièces de drap, taffetas et tulle rose, bleu et écarlate ; Robert, en manteau rouge à col bleu, chaussures bicolores, veston vert, gilet bleu, cravate rouge. Cela, avant la guerre. En août 14, le couple Delaunay fila en Espagne...

Blaise se lie d'abord avec Sonia Delaunay, avec qui il parle en russe. Elle l'invite dans son atelier de la rue des Grands-Augustins. Là, devant plusieurs invités, parmi lesquels – prétendent certains – Guillaume Apollinaire, Cendrars lit *Les Pâques à New York* :

> *Seigneur, c'est aujourd'hui le jour de votre Nom,*
> *J'ai lu dans un vieux livre la geste de votre Passion,*
>
> *Et votre angoisse et vos efforts et vos bonnes paroles*
> *Qui pleurent dans le livre, doucement monotones...*

C'est un enchantement. Une liberté totale dans la métrique des vers, une approche sans fioritures du monde moderne, des villes, de ses rues, de ses passants... Une opposition définitive au symbolisme ancien.

Apollinaire est subjugué (mais si cette séance de lecture a réellement eu lieu, il l'était déjà : Cendrars, on l'a vu, lui avait préalablement envoyé son poème). Il travaille alors à un nouveau recueil de poèmes que le *Mercure de France* publiera en avril : *Alcools*, qui s'appelle encore *Eau de vie*. Il rassemble des œuvres composées depuis 1898, les classe selon un ordre non chronologique, puis décide brusquement de supprimer toute ponctuation : il considère que le rythme des vers suffit (Pierre Reverdy jouera quant à lui avec les blancs disposés entre les mots et les vers, procédé qu'utilisera à son tour Jean Cocteau dans *Le Cap de Bonne-Espérance*).

Alors qu'il corrige les épreuves du recueil, il choisit d'ouvrir le livre par un nouveau poème, probablement composé durant l'été, lu en octobre chez Gabrielle Buffet et Picabia, dans le Jura. C'est ici que fut trouvé le titre de cette œuvre, *Zone*[2], publiée une première fois en décembre dans *Les Soirées de Paris* :

À la fin tu es las de ce monde ancien

Bergère ô tour Eiffel le troupeau des ponts bêle ce matin

Tu en as assez de vivre dans l'antiquité grecque et romaine

Ici même les automobiles ont l'air d'être anciennes
La religion seule est restée toute neuve la religion
Est restée simple comme les hangars de Port-Aviation

Même modernité que chez Cendrars, des vers non métrés (ce n'est pas une nouveauté chez Apollinaire), la ville, la rue, la religion aussi...

Lorsque *Alcools* sort en librairie, Cendrars rend hommage à Apollinaire. Mais par-devers lui, il est heurté : *Zone* ressemble trop aux *Pâques*. Comme des tiers lui rapportent que Guillaume est fâché car Cendrars n'a rien écrit sur *Alcools*, il envoie à son aîné une courte lettre dans laquelle il lui reproche à demi-mot de ne pas lui avoir dédié *Zone*. La question de l'antériorité de l'une des deux œuvres sur l'autre pèse d'un poids réel sur les rapports entre les deux hommes. Elle explique évidemment la froideur que Cendrars manifeste à l'égard d'Apollinaire, celui-ci s'efforçant en vain d'obtenir une explication que le poète suisse se refuse à donner.

La querelle, cependant, en reste là : personne ne peut rien prouver, et personne ne prouvera rien. Même pas Tristan Tzara qui, au dire de Jacques Roubaud, montrait parfois un jeu d'épreuves d'*Alcools* corrigé d'après la *Prose du Transsibérien* et commentait perfidement : « Vous croyez tous que c'est Apollinaire qui a tout fait ! Mais il y a Cendrars[3] ! »

À une erreur près : les poèmes d'*Alcools* sont antérieurs au *Transsibérien*, ouvrage dans lequel, d'ailleurs, l'auteur rend hommage à Apollinaire :

> « *Pardonnez-moi de ne plus connaître l'ancien jeu des vers* »
> *Comme dit Guillaume Apollinaire*[4].

À ce petit exercice, on pourrait aussi relever que certains *Sonnets dénaturés*, écrits en 1916, font songer aux *Calligrammes*. Ou que les poèmes non ponctués de Cendrars ont été composés après *Alcools*... Mais Apollinaire n'est pas plus Picasso que Cendrars n'est Braque. Il n'existe entre eux aucune cordée commune. Les sources d'inspiration des deux poètes sont propres à chacun, même si elles se croisent et en retrouvent également d'autres : la modernité de cette époque s'était déjà exprimée en peinture à travers le cubisme et le futurisme... Apollinaire n'avait évidemment pas besoin de Cendrars pour écrire, et Cendrars ne souhaitait pas se faire un ennemi d'Apollinaire. De toute façon, s'il en cherchait une, Blaise aura sa revanche plus tard : il affirmera que le titre d'*Alcools*, qui remplaça *Eau de vie*, était de sa seule invention.

Peut-être. Peut-être pas. Cendrars, et c'est aussi son infinie richesse, était un immense baratineur... Selon Hemingway, « un bon compagnon, tant qu'il ne buvait pas trop et, à cette époque, il était plus intéressant de l'entendre débiter des mensonges que d'écouter les histoires vraies racontées par d'autres[5]... ».

Cendrars croit-il réellement qu'après Apollinaire, il aurait inspiré Charlie Chaplin qui, selon lui, lui aurait volé le personnage de Bikoff, camouflé en tronc d'arbre dans *La Main coupée*, et apparaissant pareillement dans *Charlot soldat*[6] ?

A-t-il copié pour le compte d'Apollinaire, qui lui-même agissait pour le compte d'un autre, à la bibliothèque Mazarine, les *Romans de la Table ronde* que les éditions Payot devaient publier ?

Sans doute.

A-t-il été le nègre d'Apollinaire comme il l'a affirmé, écrivant pour lui des livres érotiques ou quelques chapitres d'ouvrages historiques romancés dont René Dalize, Maurice Raynal et André Billy rédigeaient d'autres fragments ?

Peut-être. Peut-être pas.

A-t-il totalement inventé l'enterrement de Whitman tel que le rapporta Apollinaire dans un numéro du *Mercure de France* datant de 1913, ce qui valut au père d'*Alcools* les foudres de Stuart Merrill et de nombreux lecteurs de cette revue très sage ?

Certainement...

Walt Whitman était l'un des plus grands poètes américains du XIXe siècle. En France, son unique recueil de poèmes, *Les Feuilles d'herbe*, sans cesse augmenté au fil des ans, avait notamment influencé les poètes de *Vers et Prose*. Son existence fascinait certainement le jeune Cendrars, qui partageait avec Whitman le même goût pour le voyage, la faune la plus diverse et la liberté. Il rendit compte à Apollinaire de l'enterrement du poète, mort vingt ans plus tôt. À partir de ces informations, qui évidemment lui parurent véridiques, Apollinaire s'abandonna au lyrisme le plus échevelé. L'article ayant paru le 1er avril dans le *Mercure*, on eût pu croire à une blague. Peut-être d'ailleurs en était-ce une. Mais pour Blaise Cendrars seulement.

À en croire le chroniqueur du *Mercure de France*, Whitman avait lui-même organisé son enterrement. Moins comme une mise en terre que comme une excellente occasion de faire ripaille. Il avait donc prévu quelques fanfares, de quoi manger, des barriques de bière et de whisky... La foule était composée de fêtards alcooliques auxquels se mêlaient des journalistes, des hommes politiques, des fermiers, des pêcheurs d'huîtres, de jeunes mignons, des pédérastes en grand nombre... Toutes ces personnes avaient suivi le cercueil en donnant des coups dedans. L'enterrement s'était achevé par une orgie monstrueuse. La police, appelée à la rescousse, avait opéré cinquante arrestations.

Apollinaire se dépensa sans compter. Les lecteurs aussi. Ce fut un tollé : comment une revue aussi sérieuse que le *Mercure de France* pouvait-elle tolérer de tels articles qui faisaient de Walt Whitman un homosexuel dépravé et alcoolique ?

Huit mois plus tard, Apollinaire dut répondre. Il assuma la pleine responsabilité de son article. Il rappela qu'il l'avait écrit à partir du récit d'un témoin. Il refusa de citer ce témoin, se contentant d'indiquer que le propos lui avait été tenu « en présence d'un jeune poète de talent, monsieur Blaise Cendrars[7] ». L'arroseur n'était pas arrosé, mais il avait intérêt à bien se tenir.

Enfin, Cendrars a-t-il totalement inventé le récit de la mort puis de l'enterrement d'Apollinaire, certes onirique, mais invraisemblable du début jusqu'à la fin ?

Certainement. D'autant que nul ne le verra au chevet du poète, où il prétendait être.

Apollinaire a toujours admiré Cendrars, et il ne s'en est jamais caché. Cendrars a lui aussi admiré Apollinaire même si, dans ses propos, percent parfois quelques humeurs que d'aucuns pourraient expliquer par un soupçon d'envie.

> *Apollinaire*
> *1900-1911*
> *Durant 12 ans seul poète de France,*

écrit Cendrars dans *Hamac*[8]. Pourquoi douze ans ? Parce que, ensuite, Cendrars arrive...

Après la guerre, les deux hommes dissiperont rapidement les brumes qui s'étaient glissées entre eux. En 1918, les éditions de la Sirène, dont Blaise Cendrars sera le directeur littéraire, publieront *Le Flâneur des deux rives* d'Apollinaire. Plus tard, dans sa correspondance, Blaise reprendra une expression des plus apollinairiennes, et cela sonne comme un hommage définitif à son camarade poète : précédant sa signature, il recourra souvent à cette formule que tous les compagnons de Guillaume connaissaient : *Avec ma main amie...*

Le 3 août 1914, au lendemain de la déclaration de la guerre de l'Allemagne à la France, Blaise Cendrars s'engage. Un mois plus tard, il se marie. Quelques jours encore, et il rejoint son corps, le 1er régiment étranger de Paris.

Un an de guerre pour sa patrie d'adoption. Au début, comme Apollinaire, comme Cocteau, Cendrars découvre un monde qui fascine son imagination de poète. Mais cela ne dure pas. D'autant qu'il n'abdique pas cet anarchisme qui le rend plus insolent, plus libre, plus critique à l'égard de la chose militaire. Son regard devient narquois dès les premiers jours. Sous sa plume, le spectacle a de quoi surprendre : la troupe traverse Chantilly, où Joffre, ses fifres et ses sous-fifres planchent sur des cartes d'état-major. Le grand général ne veut pas être dérangé par le bruit des godillots de l'infanterie frappant le sol au pas cadencé. Pour protéger le silence nécessaire à un rassemblement stratégique de ses neurones bleu blanc rouge, Joffre fait déverser des tonnes de paille dans les rues de la ville.

Cendrars ricane de plus belle lorsque son régiment entreprend de rallier la mer du Nord. Il faut aller vite pour bloquer le passage à l'ennemi. Mais comme il convient aussi de s'entraîner afin d'arriver endurci au combat, les officiers ont une idée de génie. Le génie militaire n'a jamais été le génie civil. Pour cette fois, on fait escorter la troupe par les trains qui devaient les transporter ! Barda sur le dos, les soldats s'épuisent le long des voies ferrées sous le regard charbonneux, vide et reposé d'une loco allant au pas. Du grand art.

Blaise supporta tout : les brimades, les corvées, le front, le corps à corps. Il tint bon parce qu'à son côté, toujours, se trouvait un petit bonhomme encore dans les limbes dont il allait faire un grand personnage : Moravagine. Ce fut son meilleur compagnon en temps de guerre, et surtout le plus fidèle : les autres mouraient les uns après les autres.

Le 28 septembre 1915, en Champagne, un obus trancha la main amie de l'écrivain. Blaise Cendrars perdit son bras droit.

En mai, à Carency, alors qu'ils combattaient dans le même régiment, Braque avait été blessé à la tête, et Kisling avait reçu un mauvais coup de baïonnette. Leurs blessures leur valurent à tous trois la réforme. Doublée d'un lot de consolation non négligeable : la croix de guerre avec palmes. Et, surtout, la promesse d'une récompense à laquelle Kisling, Cendrars et tous les artistes étrangers combattant dans les tranchées aspiraient : la nationalité française.

LE PRINCE FRIVOLE

> ... Avant lui, les cafés du boulevard
> Montparnasse n'avaient retenti que de
> grosses querelles de personnes ou d'éco-
> les ; après lui on s'égarerait plus joliment
> en des tas de tours et détours comme s'il
> avait, par jeu et sans le dire, communiqué
> à chacun son art personnel de « l'em-
> brouille ».
>
> André SALMON.

Paris déconcerte ceux qui y reviennent. Après quinze
jours de permission passés dans les bras de sa fiancée
officielle, Apollinaire s'y arrête l'espace de quelques
heures. La ville est en guerre, mais ce n'est pas le front,
loin de là. Certes, les Zeppelin attaquent souvent la nuit.
Précédés par les sirènes des alertes, ils évoluent, gris et
oblongs, à cent cinquante mètres de hauteur. Les canons
s'épuisent à les atteindre. Dans la coulée des projecteurs,
les Parisiens les plus curieux aperçoivent parfois le lan-
ceur de bombes, bras levés au-dessus de la nacelle, son
projectile meurtrier dans les mains. Les spectateurs,
cependant, ne sont pas nombreux. Les familles se terrent
dans les caves, attendant la fin des alertes.

Certes encore, la faim en tenaille plus d'un. Et le froid
est glacial cet hiver-là. Mais que d'embusqués ! Selon
Jean Hugo, Léon-Paul Fargue utilise la complicité d'un
sous-officier du Val-de-Grâce pour faire réformer ses
amis. Apollinaire lance quelques piques à l'endroit de

ses camarades planqués dans les usines. Cendrars n'est pas plus tendre à l'égard de ceux qui ont fichu le camp en Espagne ou aux États-Unis. En 1915, Derain s'est passagèrement brouillé avec Vlaminck à qui il reproche à mots à peine couverts de s'être cantonné à l'arrière.

Que font les autres, ceux dont la guerre n'a pas voulu, ceux qu'elle a rejetés après les avoir charcutés dans les tranchées ?

Ils boivent des cafés-crème à la Rotonde. Ils attendent que ça passe. Ou alors, ils attendent que ça vienne. Les révolutionnaires russes, notamment.

À Paris, ils sont quelques milliers à espérer l'éclosion du grand soir. Réfugiés loin de leur pays, ils guettent les sauts et les soubresauts d'une révolution possible. Ils ont choisi Montparnasse comme terre d'abri.

Lénine habite rue Marie-Rose, du côté d'Alésia. Martov, Ilya Ehrenbourg (qui gagne sa vie en faisant des traductions et en promenant les touristes russes dans la capitale) et Trotski sont là. Ce dernier a accepté l'offre d'un journal de Kiev, la *Kievskaya Mysl*, qui lui a offert d'être son correspondant en France.

Trotski est arrivé à Montparnasse à la fin du mois de novembre 1914. Il a tout d'abord pris une chambre dans un hôtel de la rue d'Odessa puis, lorsque sa femme et ses enfants l'ont rejoint, il a déménagé rue de l'Amiral-Mouchez, aux confins de Montsouris. Outre son travail à la *Kievskaya Mysl*, il a développé une feuille quotidienne créée depuis peu par les émigrés russes. Il est resté deux ans en France avant que les autorités françaises l'expulsent.

Trotski est souvent venu à la Rotonde, et aussi chez Baty, au coin de Raspail et de Montparnasse (la légende prétend même qu'il laissa une ardoise chez ce restaurateur vanté par Apollinaire pour la qualité de ses vins, où les élégants un peu fortunés se retrouvaient).

Quelques années plus tard, cette présence des deux révolutionnaires russes sera fort contestée. Mais les témoins de l'époque restent formels[1]. Même s'ils en rajoutent dans la caricature, comme Vlaminck qui, rencontrant Trotski un jour à la Rotonde, se serait entendu dire :

> *J'aime bien ta peinture [...] Mais tu devrais peindre des mineurs, des terrassiers, des Travailleurs ! Exalter le travail, faire l'apologie du travail[2] !*

Et même s'ils s'accordent également à reconnaître que ce n'est pas parce que Trotski était déjà l'ami de Diego Rivera (il le rejoindra au Mexique beaucoup plus tard) que lui et ses camarades bolcheviques avaient le temps de s'occuper de matières artistiques...

Certaines rencontres sont en effet difficiles à concevoir. Imaginer Lénine, Trotski, Martov, une collection de mencheviks et de bolcheviks au milieu des fumées de la Rotonde, des vapeurs d'éther et des snifs de coco, relève de l'imaginaire. Avec, à droite, Modigliani hurlant des slogans antimilitaristes, à gauche, Soutine grommelant, nu dans son manteau, plus loin, Derain, ce jour-là en permission, fabriquant des petits avions en carton adroitement lancés dans les tasses de ces messieurs...

La présence de Max Jacob en ces lieux où traînent les artistes a quelque chose de plus réel.

Un jour de 1916, le poète pousse la porte de la Rotonde. Il raconte ses « classes » à la compagnie : il a servi un mois à Enghien comme ambulancier civil ; les blessés étant encore rares, il est resté trente jours dans un jardin très estival, au milieu de mères et d'épouses en pleurs, à classer ses poèmes et ses manuscrits en vue d'une publication posthume de ses œuvres.

Puis il parle de Picasso, naturellement. Il le maudit.

À mi-voix, car le peintre est en deuil : Éva a succombé à la tuberculose qui la rongeait depuis des mois. Ils étaient quelques-uns, dont Juan Gris, à l'accompagner au cimetière. Tout cela était si triste que Max a pris du réconfort. Du vin, seulement du vin. Grâce à quoi il a raconté des histoires canailles. Il est devenu très ami avec le cocher des pompes funèbres. On lui a reproché de ne pas savoir se tenir.

Depuis, Picasso boude. Et Max est dépité. Avec tout ce qu'il a fait pour lui ! Tout ce qu'il lui a donné !

À l'autre bout de la salle, un jeune homme écoute. Au nom de Picasso, son oreille s'est dressée.

Il est assis au bar, en face du père Libion. Il agite sa bottine d'aviateur, lacée jusqu'à la cheville. Le pantalon rouge tombe, impeccable, sur les bouclettes en cuir jaune. La tunique noire est du meilleur effet, mieux encore le casque peint en mauve (les langues moqueuses prétendent que c'est la dernière œuvre de Paul Poiret) que le poète balance nonchalamment au bout d'un poignet blanchi par la dentelle.

Il revient de la guerre. Il a d'abord été envoyé à l'intendance, à Paris ; puis il a obtenu sa mutation dans une unité d'ambulances commandée par le comte Étienne de Beaumont. Il a trouvé ça superbe. Très joli. Le matin, rien ne vaut le bruit du canon comme réveil. Et nul paysage n'est plus magnifique que le ciel bleu avec une volée de shrapnells cascadant autour des aéroplanes.

Le soldat très chic déploie sa petite personne au rythme d'une pensée vive et délicate dispensée sans effort, telle une manne, sur les petites fleurs alentour dont il s'efforce, faiblesse oblige, de se faire aimer.

« L'admiration me laisse froid, murmure-t-il. Mon œuvre exige l'amour ; j'en récolte[3]. »

Un peu ne suffit pas, et beaucoup à peine davantage.

Il lui faut du passionnément. Souvent, il récolte du pas du tout.

Vlaminck, qui vient de pousser la porte de la Rotonde, passe au large : il a repéré les ailes mobiles et gracieuses de Cocteau le zéphyr.

Il rejoint Salmon et Carco qui, assis côte à côte, ricanent en observant le gentleman soldat.

« Il est le fils spirituel de Picasso et de Max Jacob, grogne Vlaminck. Mais mis en nourrice chez Anna de Noailles[4]. »

Salmon lève son verre.

« À l'Ariel des salons[5] ! »

Carco choque sa tasse :

« À la coqueluche des vieilles dames. »

Il précise :

« Au couturier des Arts. »

Il ajoute :

« Au théoricien parfumé[6]. »

— Au prince frivole », conclut Vlaminck.

C'est là le titre d'un livre que Cocteau a publié en 1910, cinq ans auparavant. Rive gauche, cet ouvrage n'est guère apprécié des peintres et des poètes, qui détestent tout ce que le dandy de l'autre bord représente. Même si on se fait des mines, même si, plus tard, on tournera casaque, même si Cocteau lui-même, après avoir forcé un cercle qui ne voulait pas de lui, y fera son nid douillet, devenant l'intime de presque tous, la réalité des premières années demeure : ses manières étaient celles d'un étranger.

Francis Carco lui reconnaît un mérite : « Sans Jean Cocteau, qui aurait cru que le cubisme pût enchanter les snobs[7] ? » Selon Philippe Soupault, Apollinaire ne le tenait pas en grande estime : « Méfiez-vous de Cocteau [...] C'est un tricheur et un caméléon[8]. » Reverdy le considérait comme « l'antipoète », doublé d'un « exhibitionniste, imitateur, maniaque du succès, fourbe, spécialiste de l'embrouille ». Un mot que l'on retrouve sous la plume d'André Salmon, par ailleurs aussi sévère que les autres : « Venu de la rive droite qu'il allait rejoindre de toute la vitesse permise – hep ! Taxi ! – pour n'y plus jamais reparaître, le poète [...] s'en allait, ayant plié à d'inattendus raffinements dialectiques les barboteurs du café-crème[9]. »

Max Jacob n'est pas le dernier à compléter le costume. À quoi Cocteau réplique par quelques aiguilles bien piquées : l'auteur du *Cornet à dés* est un « parvenu du christianisme. Le type du touche-à-tout tendre et sale[10] » ; ou encore : « un Jean-Jacques Rousseau de WC, un danseur de sacristie ». Ce qui n'empêchera pas les deux hommes de devenir les meilleurs amis du monde. Cocteau, on l'a vu, interviendra, mais trop tard, pour tenter de sauver Max Jacob enfermé à Drancy.

Il interviendra aussi pour lui-même, en 1942, auprès des autorités de Vichy. Ce qui lui vaudra la solide inimitié de Philippe Soupault. Celui-ci raconte qu'en 1983, lors d'une vente publique de lettres et de manuscrits originaux au cours de laquelle fut cédé le texte des *Champs magnétiques*, il découvrit deux missives de Cocteau datant de 1942 et adressées à Pétain. Après que Jean Marais et lui-même eurent été en butte aux foudres de la Milice et de la presse collabo, l'auteur demandait au maréchal de s'entremettre afin que sa pièce *Renaud et Armide*, qui venait d'être interdite, fût malgré cela jouée à la Comédie-Française. Soupault cite des extraits des lettres :

J'avais décidé, avec les comédiens-français, d'écrire pour la Comédie-Française, une grande pièce lyrique exaltant ce que votre noblesse nous enseigne [...] Ma vie est impeccable. Mon œuvre sans tache. Je suis le cousin de

*l'amiral Darlan. Mais c'est à vous, monsieur le Maréchal,
que je m'adresse, parce que je vous vénère et vous aime*[11].

Bien avant cette date, les surréalistes n'éprouvaient
que mépris pour Jean Cocteau. Dans *Les Pas perdus*[12],
André Breton va jusqu'à s'excuser d'avoir à écrire son
nom. Il lui reprochait ce que les poètes et les rapins de
Montmartre avaient décelé chez lui avant et pendant la
Première Guerre mondiale : son arrivisme forcené, ses
mondanités, l'attention qu'il portait à la princesse
Bibesco, à la princesse de Polignac, à l'impératrice
Eugénie, à Liane de Pougy, épouse du prince roumain
Georges Ghika, et à des artistes qui partageaient son
goût pour les dorures et les salons : le musicien Rey-
naldo Hahn et le peintre Jacques-Émile Blanche.

Jean Cocteau brillait, et il brillait partout. Lorsqu'il
vint à Montparnasse, son plus beau joyau, celui qu'à
raison il exhibait le plus volontiers, c'était l'étincelante
parure des Ballets russes.

Le groupe Mir Iskustva avait été fondé à Saint-
Pétersbourg en 1898. Sous la baguette du chorégraphe
Fokine, il réunissait des peintres et des musiciens. En
1909, l'ensemble s'installa au théâtre du Châtelet, à
Paris. Fokine et Serge de Diaghilev comprirent que s'ils
voulaient rompre avec le ballet classique, ils devaient
adjoindre à leur équipe les tenants de l'art contemporain.
De ce point de vue, ils sont les fondateurs du ballet
moderne. Tournant le dos aux musiques de circonstance,
ils commandèrent des œuvres à des compositeurs résolument nouveaux : Auric, de Falla, Milhaud, Prokofiev,
Satie, Stravinski. Après Bakst, les décors furent signés
Derain, Braque et Picasso.

Nijinski et Karsavina provoquaient le délire... ou la
fureur. Ainsi pour le *Prélude à l'après-midi d'un faune*,
de Claude Debussy, et, surtout, pour *Le Sacre du prin-*

temps, d'Igor Stravinski, dont la première eut lieu en mai 1913, au théâtre des Champs-Élysées. Ce fut un scandale digne de la première d'*Hernani*. La salle croulait sous les perles et les fourrures. Tout le Paris des arts et des lettres était présent : Debussy, Ravel, Gide, Proust, Claudel, Sarah Bernhardt, Réjane, Isadora Duncan... et Jean Cocteau, bien sûr.

Dès le lever de rideau, ce fut l'empoignade. La salle se partagea entre ceux qui défendaient Stravinski et la chorégraphie de Nijinski, et tous les autres. D'un côté, on applaudissait, de l'autre on sifflait. Insultes et coups de canne. Personne n'entendait plus la musique. Sur scène, imperturbables, les danseurs évoluaient. Passant entre les rangs, en haut-de-forme, gants beurre frais et habit de cérémonie, Apollinaire baisait les mains des élégantes – quand elles n'avaient pas tourné de l'œil. Le scandale du *Sacre* fut comparable à celui provoqué par l'exposition des peintres cubistes au Salon des Indépendants quelques mois auparavant.

Abeille butineuse, Jean Cocteau récolta son miel.

Il connaissait Diaghilev depuis quelques années, et rencontra Stravinski en 1911. Un an plus tard, il écrivait un ballet mis en musique par Reynaldo Hahn : *Le Dieu bleu* sera créé en mai 1912 par les Ballets russes.

Dès lors, la grande idée de Cocteau, ce fut d'unir les avant-gardes. Apporter à Diaghilev ce qui lui manquait encore : la collaboration des peintres qui, à l'instar de la troupe de Saint-Pétersbourg, provoquaient l'ire du public. Il voulut devenir l'orchestrateur de l'art nouveau, de l'art total.

Après l'avoir beaucoup raillé, il se rapprocha du cubisme. Il fallut pour cela une rencontre avec Albert Gleizes, lequel l'entraîna du côté des artistes de la Section d'Or. C'était un début. Mais cela ne suffisait pas.

Lorsqu'il arriva à Montparnasse, Cocteau comprit

aussitôt – il l'a écrit – que, ses pairs étant partis au front, « Paris était à prendre ».

Paris, c'était Picasso. Très tôt, Cocteau mesura que si ce peintre drainait dans son sillage des personnes aussi illustres que Max Jacob, Pierre Reverdy ou Guillaume Apollinaire, il n'y avait pas de raison que lui-même, Jean Cocteau, n'attrapât point un bout de la traîne. Il s'y employa. Chaque fois qu'il en avait la possibilité, le jeune homme (il avait vingt-six ans) faisait des petits cadeaux à celui qu'il voulait dans ses filets d'or. Il envoyait du tabac. Il écrivait des lettres d'une tragique limpidité : « Mon cher Picasso, il faut vite peindre mon portrait parce que je vais mourir [13]. »

Quelques semaines avant la mort d'Éva, il parvint sans trop de difficulté à forcer la porte de l'atelier de la rue Schoelcher. Edgar Varèse servit de clé. Le poète fut ébloui : « Je crois être une des rares personnes aptes à pénétrer instantanément dans ton règne et digne de le traduire dans ma langue, de telle sorte que ma syntaxe obéisse aux mêmes impératifs que la tienne [14]. »

En somme, une révélation.

Depuis cette première visite, Cocteau n'a qu'un rêve : revenir. Parce que, tout comme Max Jacob, il sait déjà que Picasso est la grande rencontre de sa vie. Et tant pis si, pour atteindre son but, il doit passer par la Rotonde, frayer avec ces cubistes qu'il ne comprend pas vraiment, une bande de rapins mal vêtus, occupés à des conversations stériles, qui considèrent le chic et l'élégance avec des yeux de boutons de braguette. Il rêve de se voir sur une toile signée du peintre espagnol.

En janvier 1915, ce dernier a exécuté un portrait à la mine de plomb de Max Jacob. Dans sa facture, ce portrait ressemble étrangement à celui d'Ambroise Vollard, tracé la même année. Dans le landernau du carrefour Vavin, ces deux œuvres ont fait l'effet d'une bombe :

Picasso abandonnerait-il le cubisme pour un réalisme plus classique qui rappelle Ingres ? Même Beatrice Hastings en a parlé dans *The New Age*.

Si Max Jacob, pourquoi pas moi ? s'interroge Cocteau.

Mais comment obtenir cette immense faveur ? Il y a bien une piste... À vrai dire, elle n'est pas nouvelle. C'est en voyant l'*Arlequin* peint par l'artiste lors de la dernière phase de la maladie d'Éva que l'idée a germé dans le subtil esprit du poète. Léonce Rosenberg, qui a acheté l'œuvre, lui a confirmé l'attachement de Picasso pour les figures de cirque.

Cocteau dépose une piécette sur le comptoir, adresse un sourire à Libion et descend gracieusement du tabouret. Il vérifie le pli de son pantalon rouge, glisse la lanière du casque violet à son poignet droit puis, après avoir aimablement salué l'assistance, s'en va accomplir le plan qui a éclos dans son élégante cervelle.

LE COQ ET L'ARLEQUIN

> Je rentre. Il y a de grandes tempêtes et
> j'ai perdu en 2 jours la couleur nègre que
> j'avais passé 2 mois à obtenir.
>
> Jean COCTEAU.

Il habite rue d'Anjou, nº 10. Il aime y recevoir. C'est
ici que Jean Hugo, l'arrière-petit-fils de Victor Hugo, l'a
découvert :

*Le poète, debout au milieu d'un cercle d'admirateurs et
d'admiratrices, tenait d'une main le récepteur du téléphone
et s'émerveillait en imaginant les méandres que faisait sa
parole en suivant le fil qui serpentait sur le tapis*[1].

C'est ici également qu'il a lu à un aréopage de visiteurs son poème *Le Cap de Bonne-Espérance*, dédié à
l'aviateur Roland Garros, qui lui a fait découvrir les
joies de la navigation aérienne :

donc
cet ange ailleurs distrait

cela peut
chez nous
apparaître

L'adorable géant ra len ri se se condense

Le poète se tenait derrière un pupitre décoré de fleurs peintes. Il portait un habit noir et une cravate blanche. Il avait piqué à sa boutonnière un de ces gardénias dont il recevait, assurait-il, un exemplaire par jour. Pas de Paris : c'est trop commun. De Londres.

Lorsqu'il eut fini sa lecture, il s'en fut quêter les opinions de ses convives. Misia Sert (fille du sculpteur polonais Cyprien Godebski, et grande amie de Diaghilev) applaudissait, épaulée par le comédien Roland Bertin et par le peintre Valentine Grosz, future femme de Jean Hugo, qui avait introduit l'hôte dans le cercle de Montparnasse. André Breton, engoncé dans son uniforme de médecin militaire, ne prononçait pas un mot. Il disparut à la fin de la séance.

Cela, c'était avant la rencontre avec Picasso. Depuis, quelques gouttes d'eau ont glissé sous les ponts.

Cocteau ouvre les placards de sa garde-robe. Il choisit la tenue qui lui semble la plus adéquate et qui se trouve là pour un ballet qu'il prépare pour Diaghilev. Pantalon et chemise bariolés, couleurs vives en losanges : un costume d'arlequin.

Il l'enfile. Au moment de partir, il réalise que se promener dans Paris en pleine guerre affublé d'un habit pareil pourrait lui causer quelques désagréments. Alors il dissimule le déguisement sous un manteau aux pans très longs. Ça fait bizarre du côté des chevilles, mais si on lui pose la question, il dira qu'il a revêtu une tenue de camouflage...

Cocteau hèpe un taxi et se fait conduire rue Schoelcher. Il grimpe l'escalier le cœur battant. Comment Picasso accueillera-t-il le bel invité ? Son veuvage l'empêchera-t-il de peindre le doux profil ?

Le poète sonne. Le peintre ouvre. Le poète ôte négligemment son manteau et apparaît comme il est, ramage, plumage et esprit : de toutes les couleurs. Mais le peintre

ne dit rien. Il ne place aucune toile dans la lumière de
la baie ouvrant sur le cimetière Montparnasse, il ne
s'empare ni de ses pinceaux, ni de ses palettes. Cocteau
est désespéré. Il se consolera en réécrivant l'histoire :

> *En 1916, il* [Picasso] *désirait faire mon portrait en cos-
> tume d'Arlequin. Ce portrait s'est achevé en toile cubiste*[2].

Quand Cocteau débarque chez lui, Picasso se remet
du chagrin que lui a causé la mort d'Éva. Il se console
avec Gaby, une jeune fille de Montparnasse à laquelle
succédera Irène Lagut, qui quittera les bras de Serge
Férat pour ceux de l'Espagnol, lequel ouvrira bientôt son
cœur à Pâquerette, un mannequin de chez Poiret, puis à
Olga, sa première femme.

Cocteau patiente. Puisque, pour l'heure, les pinceaux
de Picasso sont pris ailleurs, il pose pour ceux de Modigliani et de Kisling.

Tout comme Cendrars, Moïse Kisling a donc été
réformé après la bataille de Carency. Il survit grâce à
l'aide d'un écrivain polonais, Adolphe Basler (grand
admirateur de Manolo), qui vend les toiles de l'artiste
dans son appartement.

Kisling traîne dans Montparnasse, fêtard joyeux vêtu
d'un bleu de chauffe déchiré et de sandales qui ont livré
maintes batailles aux trottoirs. Les nippes qu'il portait
en arrivant de Cracovie ne sont plus qu'un souvenir. Il
s'est coulé dans les vêtements et les habitudes de ses
nouveaux camarades. Il est intrépide. Il l'était déjà avant
la guerre. En 1914, il s'est battu en duel contre un autre
peintre polonais, Leopold Gottlieb. Nul ne connut jamais
la raison de ce combat fratricide. L'écharpage eut lieu
au parc des Princes, près d'une piste où des cyclistes
s'entraînaient. André Salmon était le témoin de Kisling,
et Diego Rivera celui de Gottlieb. Les deux combattants

s'affrontèrent d'abord au pistolet, deux coups à vingt-cinq mètres, puis ils se lynchèrent au sabre. Kisling ne s'était jamais servi d'une arme blanche. Les lames volaient, les cyclistes avaient interrompu leur ronde pour applaudir, les spectateurs étaient enchantés, les témoins réclamaient un entracte pour panser les blessures. Les deux Polonais refusèrent. Ils se battirent férocement pendant une heure, avec un acharnement qui leur valut un lot méritoire d'estafilades. La cessation du feu fut obtenue après que le sabre de Gottlieb eut emporté une partie du nez de son compatriote. Qui, le visage en sang mais tout sourires, se tourna vers l'assistance et clama :

« Quatrième partage de la Pologne ! »

C'était le cinquième. Six semaines plus tard, l'Autriche-Hongrie déclarait la guerre à la Serbie.

En attendant que Picasso lui ouvre son cœur, Cocteau se retrouve un jour rue Joseph-Bara, dans l'atelier de Kisling. Modigliani est présent. Les deux peintres doivent portraiturer le poète. Ce dernier a apporté une bouteille de gin et deux citrons : il aimerait poser devant une nature morte.

« Impossible ! » déclare Amedeo.

Il n'aime pas les natures mortes.

« ... Mais j'adore le gin-fizz ! »

Il s'empare de la bouteille de gin, presse les citrons, déniche un siphon d'eau de Seltz et se sert un verre. Puis deux. Puis trois. Puis la bouteille.

Kisling est fou de rage.

Cocteau attend toujours.

Quelques semaines enfin, et il exulte : Picasso commence un portrait de lui. Sait-il, alors, qu'entraîné par le sémillant jeune homme, il va bientôt changer de monde et d'univers ? Que le Bateau-Lavoir, déjà si loin, va couler pour de bon lorsque, bras dessus, bras dessous,

Cocteau et Picasso feront ensemble irruption dans le grand monde ?

Il ne l'ignore sans doute pas. Ni lui ni les autres. C'est la thèse de Maurice Sachs, qui explique pourquoi les anciens de Montmartre, Max Jacob et Picasso les premiers, s'abandonnèrent aux roueries de Cocteau : ils avaient besoin d'« un habile agent de publicité[3] ». En échange de son entregent, ils lui offrirent la nouveauté et l'avant-garde que l'autre réclamait. Il fut un merveilleux « animateur », et ils l'utilisèrent comme tel. Entre eux, il s'agissait d'« une amitié de parade qui couvrait, en réalité, des rivalités profondes et de terribles mépris[4] ».

C'est sans doute exagéré, mais il y a du vrai là-dessous. Bientôt viendra *Parade*. Cocteau et Picasso travailleront encore ensemble avec les Ballets russes. Mais le peintre prendra ensuite ses distances avec le poète. Gertrude Stein raconte à cet égard une histoire qui paraît significative[5]. Picasso se trouvait un jour à Barcelone. Il fut interviewé par un journal catalan. La conversation glissa sur Jean Cocteau. Picasso déclara que celui-ci était si célèbre à Paris que tous les coiffeurs chics déposaient ses poèmes sur leurs tables.

L'interview fut publiée dans la presse française, et Cocteau la découvrit. Il tenta de joindre Picasso pour lui demander des explications. Picasso fit le mort. Afin d'étouffer l'incendie qui menaçait sa réputation, Cocteau confia à un journal français que ce n'était pas son ami Picasso qui avait parlé de lui en des termes semblables, mais... Picabia. Par malchance, celui-ci démentit. Cocteau remonta à l'assaut de la forteresse Picasso. Il supplia le peintre de contrer le propos de Picabia. L'autre resta muré dans le silence.

Peu après, Picasso et sa femme (sans doute s'agissait-il d'Olga) allèrent au théâtre. Ils croisèrent la mère de Cocteau. Celle-ci demanda au peintre de lui confirmer qu'il n'était pas l'auteur des médisances colportées depuis l'Espagne sur son fils. Picasso ne broncha pas. Ce fut sa femme qui, malheureuse de voir souffrir une autre mère, répondit qu'en effet, jamais Picasso n'aurait parlé en ces termes de Jean Cocteau.

Ainsi le poète fut-il rassuré : il n'y avait aucune ombre entre eux.

De nouveaux nuages, cependant, ne devaient pas tarder à s'amonceler. Lorsque, dans les années 20, Picasso se rapprocha des surréalistes, qui détestaient « le veuf sur le toit », ce fut une pluie fine. Qui vira au grain quand, pendant et après la guerre d'Espagne, Picasso s'engagea clairement du côté gauche de l'échiquier politique. L'orage vint avec la guerre : Cocteau, qui échappa un peu miraculeusement à l'épuration, avait tout de même poussé le bouchon un peu loin. On lui doit notamment un hommage public à Arno Breker...

Même s'il pardonna beaucoup plus tard, même s'il devait de nouveau lui entrouvrir sa porte dans les années 60, Picasso n'oublia pas. Et il ne fut pas le seul. Françoise Gilot raconte que lorsqu'il se trouvait à Saint-Tropez avec Paul Eluard (de son vrai nom Eugène-Émile-Paul Grindel), il arrivait qu'un yacht abordât devant chez Senéquié. Tel un ludion, Cocteau descendait de la coupée. Eluard, qui ne l'aimait pas, lui battait froid. L'autre insistait tant qu'il finissait par obtenir une poignée de main... glacée. C'était mieux que rien. Cela permettait à Cocteau d'écrire qu'Eluard était « un grand ami [6] »... Picasso ne se montrait guère plus chaleureux. Il changea quelque peu d'attitude après la mort d'Eluard, en 1952 [7].

Une question demeure, à laquelle personne n'apportera jamais de réponse.

À Montparnasse, dans les années où Cocteau rayonnait, il y avait un autre poète qui brillait tout autant, d'une flamme aussi diverse bien que probablement plus durable ; qui avait également écrit des poèmes, des romans, des pièces de théâtre, dont le talent était protéiforme, et qui, bien qu'il sût lui aussi baiser les mains des dames dans les salons, n'avait fait aucun effort pour pénétrer le monde des avant-gardes et des génies de l'époque pour la simple et bonne raison qu'il était des leurs. Ce poète, c'était Guillaume Apollinaire.

Les deux hommes se connaissaient depuis la fin de l'année 1916. À l'origine, leurs rapports étaient semés de doutes et de méfiances. Écrivant à Picasso au printemps 1917, Apollinaire confiait qu'entre Cocteau et lui, la situation s'était un peu éclaircie. Était-ce à la suite d'une lettre datant du mois de mars dans laquelle le plus jeune avait carrément posé un genou en terre ?

> *Je vous jure que nous ferons du travail ensemble et que j'étais certain de notre contact. Pardonnez-moi maintenant d'avoir un peu insisté, quitte à paraître « le jeune homme qui cherche à se faire bien venir ». J'agissais courageusement et gravement pour la cause commune et je me réjouissais même de votre méfiance comme le maçon déguisé qui en éprouve un autre et constate sa retenue*[8].

Ou parce que Picasso, au dire de Cocteau, avait grandement insisté pour que les deux poètes se voient et se trouvent ?

> *Je me réjouis de notre rencontre si importante et que Picasso souhaite de tout cœur. « Pourvu que vous vous aimiez avec Apollinaire », dit-il souvent*[9].

Ils s'aimèrent avec quelques hauts et autant de bas. Cocteau se plaignait de ce qu'Apollinaire le jugeât « suspect » ; Apollinaire, selon Vauxcelles, en voulait à Cocteau de tenter de prendre la place que lui-même avait subtilisée à Max Jacob auprès de Picasso. Enfin, les can-cans, les histoires, les bredouillages mondains ne ces-saient de multiplier les ombres entre eux.

Lorsque, le temps ayant coulé, Cocteau proclama que Paris pendant la guerre était une ville à prendre, il son-geait probablement moins à la ville qu'à une place. Celle que, précisément, Guillaume Apollinaire avait abandon-née. D'où cette question qui demeurera sans réponse : quel eût été le destin de Cocteau si Apollinaire avait vécu ?

LA BLESSURE DU POÈTE

> La guerre, c'est le retour légal à l'état
> sauvage.
>
> Paul LÉAUTAUD.

Aux armées, 17 mars 1916.
Secteur 139.

Devant Berry-au-Bac, dans le bois des Buttes, Guillaume Apollinaire aménage son coin de tranchée. Il tend une toile de tente par-dessus le parapet : illusoire protection contre les shrapnells qui tombent alentour. Il coiffe son casque et s'assied dans la gadoue. Après sa permission passée à Lamur, avec Madeleine et sa mère, il a rejoint son unité en janvier. Pendant deux mois, il a effectué un entraînement intensif. Il a dirigé sa compagnie. Le 14 mars, il est remonté en ligne. Le jour du départ, il a écrit à Madeleine, la faisant de nouveau héritière de tous ses biens. Une lettre parmi d'autres.

Ils correspondent presque quotidiennement. Il lui promet un amour éternel, jure que dès qu'il en aura le temps, il s'occupera des formalités de leur mariage. Il y a la tendresse, mais pas la fougue. Lorsque la jeune femme paraît s'en inquiéter, il se montre rassurant, explique à demi-mot que la censure lui interdit d'intempestives déclarations. Parfois, il semble exaspéré par son insistance. Il la prie d'être « gentille » et d'adopter un registre plus littéraire, qui élève la pensée. Il lui conseille de perfectionner son anglais, de ne pas manger du poisson, lui recommande de se distraire, se préoccupe de ses pieds malades : « Masse-les doucement des orteils au cou-de-pied pendant deux minutes chacun le soir et passe-les au philopode [1]. »

Tout cela est fort raisonnable. Leurs échanges sont à l'image de la sagesse bourgeoise qui préside à leur histoire : fiançailles, demande de mariage à la mère, attentions chaudes et réconfortantes... Est-ce vraiment de cela dont Guillaume a envie ?

Il n'écrit plus à Lou. Les lauriers sont coupés. Son dernier envoi date du mois de janvier : il lui demandait de lui adresser une reconnaissance du mont-de-piété de Nice afin qu'il puisse récupérer une montre qu'il avait mise au clou. En revanche, il correspond de temps à autre avec Marie Laurencin sur un mode affectueux. Et avec les amis de Paris, Picasso notamment, à qui il a offert une bague faite de ses mains.

Il écrit des poèmes. Il envoie quelques pages au *Mercure de France*, ses *Anecdotiques* qui traitent de la guerre, du futurisme, de Stendhal ou de Jeanne d'Arc. Quoi qu'il arrive, il conserve un livre dans sa poche, qu'il sort sitôt que le front lui en laisse le répit.

Il ne se plaint pas, toujours pas, mais il a le cafard. Il est en proie à une « grande mélancolie ». Moins, semble-t-il, en raison de l'éloignement de Madeleine que de la guerre elle-même. Il s'est habitué à la pluie, à la boue, à la vie de caserne, aux marches et aux manœuvres sous la neige, aux gaz asphyxiants. Mais il ne se résout pas aux stupidités de l'état-major. Il a dû faire un compte rendu pour expliquer pourquoi les hommes de sa compagnie portaient un casque tandis que ceux de la compagnie voisine avaient un képi. Sans doute aussi est-il tenu informé des rigueurs disciplinaires dont souffre l'ensemble des armées. L'heure est aux conseils de guerre. Les mutilations volontaires sont punies de la peine de mort. Tout soldat blessé aux mains et portant des traces noirâtres autour de la plaie risque l'exécution : ces traces pourraient être de la poudre, celle-ci prouvant que le coup a été reçu de si près qu'il ne peut avoir été infligé par l'ennemi. De nombreux soldats sont ainsi passés par les armes pour des éclats d'obus ayant atteint leurs mains.

De même, le refus d'obéissance est cruellement sanctionné. En mars 1915, près de Souain, la 2e compagnie du 336e d'infanterie reçoit l'ordre d'attaquer les tranchées ennemies. Les hommes refusent de bouger : ils sont épuisés par les assauts et les contre-assauts ; de plus, ils doivent traverser une zone large de cent cinquante mètres couverte de barbelés et hachée par les mitrailleuses allemandes : un suicide.

Devant cette indiscipline caractérisée, le général commandant la division envisage d'abord de faire canonner les tranchées françaises. Sur l'intervention pressante du colonel commandant l'artillerie, il change de tactique. Il exige que six caporaux et dix-huit hommes soient choisis parmi les plus jeunes. Les otages passent devant le conseil de guerre et sont immédiatement condamnés à mort.

Il arrive aussi que les otages ne soient pas désignés par leurs officiers ou sous-officiers, mais tirés au sort. Puis fusillés à la place de ceux qui ont refusé de charger sous les batteries d'en face ou de traverser des champs de cadavres qu'il fallait piétiner, sur lesquels on se couchait pour se protéger des obus allemands.

Le sous-lieutenant Apollinaire n'a sans doute pas été insensible au cas d'un autre sous-lieutenant. Chapelant. Vingt ans, officier mitrailleur du 98e d'infanterie. En octobre 1914, il a été attaqué au bois des Loges. Les Allemands l'ont contourné, lui, ses deux mitrailleuses et ses quatre servants. Ils les ont capturés. Puis Chapelant a été blessé devant les lignes allemandes. Il est resté deux jours entre les barbelés. Quand les brancardiers l'ont ramassé, il a été conduit devant son colonel. Celui-ci l'a traduit devant le conseil de guerre. Pourquoi ? Parce qu'il était passé à l'ennemi.

Chapelant était couché sur son brancard quand il a entendu la sentence : peine de mort. Et pas n'importe quelle peine de mort : on l'a ceinturé à son brancard, on a élevé le brancard à la verticale, et il a reçu douze balles dans la peau.

Ces faits démoralisent les troupes. Apollinaire n'y est pas moins sensible que les autres. Derain, notamment, qui écrit à sa mère :

> *On sacrifie en vain des milliers de vies comme si ce n'était rien et pour rien de bien ordonné ni prévu. Des gens se sont arrogé tous les pouvoirs et disposent des autres comme d'instruments inusables et infatigables, leur demandant sans cesse de renouveler les efforts les plus pénibles. C'est effrayant, l'inconscience de ceux qui donnent des ordres [2].*

Quelques semaines avant de prendre position devant Berry-au-Bac, Apollinaire est parti en permission. Deux jours. Il en est revenu déçu : que la guerre est douce à Paris ! Max Jacob lui a flanqué le bourdon : il prévoit un conflit de trente ans. C'est très certainement exagéré. Mais Guillaume ne croit pas que la paix puisse être signée avant la fin de l'année 1917, voire à l'hiver 1918.

La seule bonne nouvelle, la meilleure depuis fort longtemps, tient en une lettre officielle reçue quelques jours auparavant. Cette lettre à en-tête du ministère de la Justice, direction des Affaires civiles et du Sceau, accorde à Guillaume Kostrowitzky, dit Guillaume Apollinaire, la nationalité française. Enfin !

Cette lettre est dans la poche du poète. Elle voisine avec un numéro du *Mercure de France*. Apollinaire l'effleure de la main, puis le prend. Il l'ouvre. Alentour, le bombardement continue. Mais à part se protéger, il n'y a rien à faire.

Il est quatre heures de l'après-midi ce 17 mars 1916.

Apollinaire se plonge dans la lecture du sommaire. Il tourne quelques pages. Soudain, en même temps qu'une explosion se produisant à une quarantaine de mètres, un choc résonne dans son casque. Un choc léger, côté droit, au niveau de la tempe. Apollinaire porte la main à sa tête. Il y a un trou dans le casque. Et une chaleur qui descend le long de la joue. Le sang.

Il appelle. Il est évacué vers le poste de secours. Un éclat d'obus de 150 s'est logé dans la tempe droite. Le médecin chef du 246ᵉ régiment lui panse la tête. On lui apporte sa cantine et on l'endort. Le lendemain, à deux heures du matin, il est incisé dans l'ambulance qui le transporte à l'hôpital de Château-Thierry : on extrait quelques éclats. Le 18 mars, il écrit à Madeleine pour la tenir informée de son état : la blessure est légère, il n'est que fatigué.

Le 22, il subit une radiographie. Il souffre. Cela ne l'empêche pas de relater dans son agenda les circonstances de sa blessure. Ni même d'écrire à Madeleine, à Yves Blanc et à Max Jacob.

Le 25, il doit être évacué de Château-Thierry, mais la fièvre le cloue au lit jusqu'au 28. Le 29, il arrive au Val-de-Grâce, à Paris. Ses amis viennent le voir. Il est parfaitement lucide. Apparemment, la blessure est saine et la plaie se referme.

Apollinaire se plaint cependant de maux de tête et de vertiges. Les médecins notent qu'il est fatigué. Le bras gauche devient plus lourd. Le 9 avril, Serge Férat, alors infirmier à l'hôpital de l'ambassade italienne, le fait transférer à l'Hôpital du gouvernement italien, quai d'Orsay. Les jours passent, et une paralysie se développe, doublée de pertes de connaissance. Le 9 mai, à la villa Molière (une annexe du Val-de-Grâce située boulevard de Montmorency, à Auteuil), Apollinaire est trépané et opéré d'un abcès crânien. Le 11, il envoie un télégramme à Madeleine : l'opération s'est bien déroulée.

En des billets souvent très brefs, il l'a tenue informée du déroulement des transferts et de l'évolution de la maladie. En août, lorsqu'elle manifestera le désir de le rejoindre, il la suppliera de n'en rien faire. Il lui demandera de lui écrire des lettres gaies, et pas plus d'une par semaine. Il la priera enfin de lui renvoyer son livret d'artilleur ainsi qu'une bague qu'il lui avait confiée. Et un exemplaire de *Case d'Armons*. Et deux aquarelles de Marie Laurencin. Il fera avec elle comme il avait fait avec Lou : il reprendra ce qui lui appartient et qu'il avait donné.

Madeleine, à son tour, quittera bientôt la vie de Guillaume Apollinaire. Est-ce parce qu'une autre femme, Jacqueline, venue le voir villa Molière, prendra bientôt sa place ? Ou parce que, ainsi qu'il le reconnaît lui-même dans la dernière lettre envoyée en Algérie, il est devenu « très irritable » ? Quoi qu'il en soit, quand il retourne à la vie civile, arborant un uniforme magnifique sur lequel est épinglée la croix de guerre reçue en juin, la tête bandée d'une coque de cuir qui remplace le turban des premières semaines, Guillaume Apollinaire n'est plus le même. Il n'est pas seulement irritable. Il témoigne d'un patriotisme excessif qui étonne ses amis. Il est inquiet, moins gai, déçu par les égoïsmes qui l'entourent et par cette vie parisienne si éloignée des misères du front.

Il va pourtant s'y mêler à son tour. Il va retrouver le Flore et son appartement du boulevard Saint-Germain.

Il va renouer avec les fêtes et les banquets. Cela durera le temps de la guerre : vingt-sept mois.

Vingt-sept mois. C'est aussi le temps qui lui reste à vivre.

L'ART DU FAUX

> Le camouflage de guerre a été l'œuvre
> des cubistes : si l'on veut, c'était aussi
> leur revanche.
>
> Jean PAULHAN.

En février 1916, Apollinaire écrivait à Madeleine pour lui annoncer une bonne nouvelle : il avait un uniforme neuf. Il se plaignait que le bleu horizon, nouvellement adopté en remplacement des vestes et des pantalons de couleurs vives, ne fût pas le kaki réservé à l'armée d'Orient. Ou, mieux encore, que les teintes ne fussent pas « arlequinisées » afin de mieux se fondre dans la nature et disparaître ainsi au regard de l'ennemi. Cette idée lui avait été soufflée par Picasso. Un an auparavant, celui-ci avait écrit à son ami poète pour lui faire part d'un point de vue stratégique : même peints en gris, les canons étaient aisément repérables ; pour les dissimuler, il eût aussi fallu jouer avec les formes, usant de couleurs vives agencées selon les pièces des costumes d'arlequin.

Dans *Le Poète assassiné*, Apollinaire écrit que l'Oiseau du Bénin (Picasso) camoufle des pièces d'artillerie lourde. Lequel Oiseau du Bénin, si l'on en croit Gertrude Stein, se serait exclamé, un jour qu'un convoi militaire passait sur le boulevard Saint-Germain : « C'est nous qui avons fait ça ! »

Nous : les cubistes.

L'expérience a commencé au seuil de la guerre, en France, près de Toul. Un décorateur eut l'idée de dissimuler un canon et ses servants sous une toile peinte aux couleurs du sol. L'état-major envoya un avion au-dessus du dispositif de camouflage. L'aviateur ne repéra que les arbres.

Quelques mois plus tard, à Pont-à-Mousson, un téléphoniste reçoit l'ordre de transmettre le commandement du feu. Il s'exécute. À peine le canon a-t-il propulsé sa charge qu'un obus ennemi le fait exploser. Le téléphoniste s'interroge : ne peut-on inventer et développer un système de protection efficace qui permettrait de fondre dans la nature les hommes et les pièces de combat ?

Le téléphoniste est peintre. Il suppose qu'on pourrait atteindre cet objectif en jouant sur les formes et les couleurs. Il en réfère à l'état-major. En février 1915, le ministère de la Guerre accepte de constituer une équipe travaillant sous sa direction. C'est ainsi que Lucien Guirand de Scevola (dont Apollinaire avait parlé avant-guerre dans ses Chroniques artistiques[1]) fonde la première unité de camouflage de l'histoire militaire. Trente volontaires au début, plus de trois mille camoufleurs et huit mille fabricants trois ans plus tard. Et un sigle qui ne trompe pas son monde : un caméléon doré brodé sur fond rouge.

À qui Scevola fait-il appel ? À des gens qui n'ont aucune compétence en matière de matériel militaire, de stratégie et de combats de tous ordres : les peintres cubistes. Jean Paulhan :

> *Les seuls tableaux à qui l'opinion publique eût obstinément reproché de ne ressembler à rien, se trouvaient être, au moment du danger, les seuls qui pussent ressembler à tout[2].*

Mieux que quiconque, les peintres cubistes savent jouer avec les formes et les plans, offrant à la surface de leurs toiles des objets sans corps mais représentés sous toutes leurs facettes. Ils restituent l'objet dans son intégralité et non plus selon le seul point de vue de qui regarde. Ils feront cela, et l'inverse. Ils camoufleront des objets en faisant disparaître leurs volumes. D'autres émergeront, créés de toutes pièces à partir d'un seul plan qui figurera une totalité. C'est le principe du leurre : l'œil de l'aviateur ennemi survolant un faux canon peint à plat et en trompe-l'œil doit croire que ce canon est réel, quel que soit l'angle sous lequel il l'examine. Et si les batteries existent bel et bien, dissimulées sous de faux branchages, l'œil de l'aviateur ennemi doit croire que ce branchage est réel, quel que soit l'angle sous lequel il l'examine. Les photographies aériennes elles-mêmes ne doivent rien montrer de ce qu'on veut cacher. Il ne s'agit pas seulement de dissimuler les structures et l'armement. Il faut aussi induire l'ennemi en erreur.

Sous le commandement du capitaine Guirand de Scevola, les cubistes se mettent au travail. Il y a là quelque chose d'ahurissant : ces peintres tant vilipendés avant-guerre, ceux que l'on tenait pour les grands défenseurs de l'« art boche », les artistes à la solde des Kahnweiler, Uhde et autres Tannhauser, tous au travail pour la défense de la patrie française ! Des peintres, mais aussi des sculpteurs, des décorateurs de théâtre, des dessinateurs et des architectes : Bouchard, Boussingault, Camoin, Dufresne, Dunoyer de Segonzac (qui dirige l'atelier de camouflage d'Amiens), Forain, Roger de La Fresnaye, Marcoussis, André Mare, Luc-Albert Moreau, Jacques Villon... Braque se joint également à l'effort, quelques mois en 1916. Mais malgré l'insistance de Scevola, Derain et Léger sont refusés.

Pendant toute la durée de la guerre, ces artistes dessineront à l'aquarelle des faux arbres qui seront fabriqués à l'arrière, dans les cirques ou les écoles des Beaux-Arts, équipés d'une échelle intérieure permettant à un guetteur d'observer les tranchées adverses (de là vient l'idée du Bikoff de Cendrars dont se serait inspiré Charlie Chaplin). Ils tendront des feuillages peints aux couleurs de la nature sur les casques et les canons, briseront les angles des machines en les recouvrant de teintes bariolées ou de filets de raphia, dissimuleront des postes de tir et d'observation dans de fausses ruines, des murs factices, des moulins en carton, des cheminées, des meules de paille, des cadavres d'hommes ou d'animaux exécutés au pinceau... Sur des toiles géantes, ils traceront de fausses forêts abritant des vraies mitrailleuses, des voies de chemin de fer, des bornes kilométriques. Ils dissimuleront des villages entiers, des tranchées, des ponts... Ils réaliseront des têtes de soldats munies de hampes que les poilus exhiberont du fond des tranchées pour attirer le feu ennemi. En 1917, sur la crête de Messine, ce seront plusieurs centaines de fantassins qui se lèveront de terre, bien dessinés sur des toiles tendues pour mettre les Allemands en déroute.

Le camouflage sera repris par toutes les armées du monde. Les cubistes français aideront les Anglais et les Italiens. Les Allemands s'y mettront en 1917. Au retour de la guerre, beaucoup de ces peintres seront dégoûtés par un art dont ils avaient perçu toute la sordide réalité : les arbres défoncés, les villages cul par-dessus tête, les monuments effondrés, les cadavres aux membres déchiquetés et éparpillés... Et certains poseront alors une question bien légitime : le cubisme, qui illustrait si bien la guerre, ne l'avait-il pas largement anticipée ?

DU CÔTÉ DE L'AMÉRIQUE

Objet-dard.

Marcel DUCHAMP.

En 1914, Georges Braque avait rejoint le 224e régiment d'infanterie. Nommé sergent, il était devenu lieutenant et s'était battu en première ligne, sur le front. En mai 1915, il fut gravement blessé à la tête à la bataille de Carency. Il fut trépané puis démobilisé en 1916.

Léger fit l'Argonne et Verdun. Victime des gaz, il fut réformé quelques mois avant la fin de la guerre.

En septembre 1915, Derain rejoignit le 82e régiment d'artillerie. Il participa aux hécatombes de Verdun et du Chemin des Dames. La paix le renvoya à la vie civile.

Roger de La Fresnaye resta dans l'infanterie jusqu'à ce que la tuberculose le clouât sur un lit d'hôpital en 1918.

Kisling fut blessé au cours d'une lutte au corps à corps à Carency. Cendrars perdit un bras en Champagne. Apollinaire revint à Paris après le bois des Buttes... Tous ceux-là critiquèrent leurs amis d'avant la guerre qui, ici ou là, avaient continué de travailler et de vendre leurs œuvres. Non pas ceux que les armées avaient refusés, comme Modigliani ou Ortiz de Zarate, mais ceux qui avaient pris la poudre d'escampette. Delaunay en Espagne, Picabia et Cravan en Amérique.

L'Amérique, c'était une histoire d'avant-guerre. Mais

elle reviendrait à Montparnasse quelques mois après l'armistice.

Le 17 février 1913, à New York, s'était ouverte l'« International Exhibition of Modern Art », manifestation plus connue sous le nom d'Armory Show. C'était la première exposition américaine d'art contemporain international et, selon Hélène Seckel, « la relance – sinon la naissance – du marché de l'art [1] ». Cette exposition devait avoir des répercussions considérables, car c'est là que s'effectuèrent les premières rencontres entre les artistes européens et les collectionneurs qui viendront à Paris dans les années 20.

Les œuvres de l'Armory Show étaient rassemblées dans une ancienne salle d'armes (« Armory »), près de Greenwich Village. L'un de ses promoteurs était un avocat américain, John Quinn, qui, après maintes batailles, avait obtenu que les œuvres d'avant-garde ne fussent pas taxées à l'importation. Recourant aux services d'Henri-Pierre Roché (le futur auteur de *Jules et Jim*), il devait acquérir nombre de pièces achetées en France. Walter Pach, traducteur d'Élie Faure en langue anglaise, rassembla lui aussi quelques tableaux pour l'exposition – notamment les peintres cubistes de la Section d'Or.

L'Armory Show exposait près de mille six cents œuvres d'artistes européens, parmi lesquels Cézanne (c'est à cette occasion que le Metropolitan Museum de New York acquit son premier tableau), Braque, Gauguin, Gleizes, Kandinsky, Léger, Marcoussis, Picasso, Duchamp et Picabia.

En 1913, seul Picabia avait les moyens de s'offrir la traversée de l'Atlantique. Il fut l'unique artiste français présent à l'Armory Show. La presse américaine consacra des colonnes entières à ce peintre né d'un père cubain et d'une mère française, qui incarnait l'image même de l'avant-garde.

Picabia avait été impressionniste dans sa jeunesse, pointilliste un peu plus tard, fauve sur les bords, vaguement cubiste, orphiste selon Apollinaire. L'Amérique lui donna le goût de la mécanique et des technologies. Il découvrit les voitures rapides, les démarreurs électriques, les richesses de la modernité. Il inaugura une nouvelle période fondée sur son goût pour les machines. Picabia fut fasciné par New York. Pour lui, la cité américaine était celle du futur, celle du cubisme.

De retour en France, ce jouisseur fêtard et riche reçut sa feuille de mobilisation avec un dégoût non dissimulé. Comme il avait de l'entregent, il se débrouilla pour devenir chauffeur d'un officier. À Paris, ce qui valait mieux que Verdun. Mais quand il fallut se replier sur Bordeaux, Picabia appela son père à l'aide. Par l'intermédiaire de l'ambassade de Cuba à Paris, celui-ci parvint à le faire envoyer à La Havane, chargé d'une mission commerciale officielle.

La Havane, ce n'était pas l'Amérique. Picabia ne s'y rendit que poussé dans les reins par sa femme, Gabrielle Buffet. Il y séjourna deux mois. Puis il revint en Amérique. De là, il passa à Madrid, visita la Suisse, fit de nouveau étape à New York, et regagna l'Espagne.

L'Espagne où, au cours de l'été 1914, devaient arriver Delaunay, sa femme, et le poète boxeur Arthur Cravan.

Cendrars n'est pas tendre avec ces trois-là. Ils étaient amis. Ils avaient participé à des fêtes aussi débridées qu'alcoolisées. On les avait vus danser le tango au bal Bullier, vêtus d'accoutrements chamarrés, décousus, en tous points remarquables. Cravan faisait fureur avec des pantalons trempés dans les palettes du peintre, des chemises trouées laissant apparaître tatouages et obscénités.

La sagesse était venue avec la déclaration de la guerre. Les fêtards d'hier se retrouvèrent tous à Lisbonne. Qu'ils fuirent bien vite lorsque le Portugal

déclara à son tour la guerre à l'Allemagne. Ils échouè-
rent à Madrid. Où les frontières n'étaient pas sûres.

Cravan décida de rallier l'Amérique. Pour financer la
traversée, il eut l'idée de faire organiser un match où il
disputerait son titre au champion du monde des poids
lourds, le boxeur Jack Johnson. Les deux hommes
s'étaient rencontrés dans des salles d'entraînement, à
Berlin et à Paris. Selon Cendrars, Johnson était boxeur
à temps plein et maquereau à mi-temps.

Les deux larrons s'entendirent. La rencontre eut lieu
dans une arène de Madrid (que Cendrars situe à Barcelone). Elle fut annoncée à grand renfort de placards
publicitaires et d'annonces dans la presse : une véritable
corrida. La veille du tournoi, Cravan avait réservé une
place sur un transatlantique en partance pour New York.
Sachant qu'il ne ferait pas le poids face à son adversaire,
il avait demandé à ce dernier de ne pas cogner trop fort
et de le dispenser du tapis pendant quelques rounds au
moins.

Cela fut plus rapide encore. La version rapportée par
Cendrars, qui la tenait d'« un témoin oculaire » (comme
pour l'enterrement de Whitman), montre un Cravan
pétrifié de trouille, rapetassé sur lui-même, immobile
dans l'arène, ployant sous les huées de la foule – face à
un Johnson d'abord hilare puis lui bottant le cul pour le
faire bouger un peu et lui assénant finalement une baffe
gigantesque qui abattit d'un seul coup le neveu d'Oscar
Wilde.

« Un, deux, trois », compta l'arbitre.

Cravan avait déjà décampé. Tandis que la foule et les
organisateurs du match le cherchaient, alliés à Johnson
qui jurait de lui faire la peau, le combattant soignait ses
plaies dans la cabine du navire.

Il fit scandale à New York. Duchamp et Picabia ayant
appris que des dames de la bonne société avaient orga-

nisé une conférence pour y entendre parler d'art moderne, ils décidèrent d'envoyer à ce public de snobs et d'incultes le plus exalté des leurs. C'est ainsi que Cravan fut choisi pour intervenir. On l'emmena déjeuner avant son intervention. Il mangea peu mais but beaucoup. Il se présenta à l'heure dans la salle où l'attendaient, pâmées d'admiration et prêtes à défaillir, les escouades de jupons huppés. Le conférencier leur tourna le dos, retira d'abord sa veste, puis ses bretelles, sa chemise, son pantalon, se retourna, insulta les premiers rangs, puis les autres, et fut finalement embarqué par la police. Ses amis payèrent la caution.

Cravan rallia le Canada dont il s'enfuit déguisé en femme, s'engagea comme mécanicien sur un bateau de pêche en partance pour Terre-Neuve, ouvrit une académie de boxe à Mexico et disparut en mer au large du Mexique après avoir épousé l'écrivain américain Mina Loy.

Quant à Jack Johnson, nul ne le revit sur un ring.

Cendrars a toujours reconnu l'« immense » talent poétique d'Arthur Cravan. Mais il ne lui a jamais pardonné d'avoir quitté la France à la veille de la guerre. Non plus qu'à ses amis de New York, « les trouillards de tout acabit que la tourmente qui soufflait sur l'Europe » avait rabattus là ; un mélange « de déserteurs européens, d'internationalistes, de pacifistes, de neutres[2] ».

Parmi eux, un jalon essentiel de l'art moderne, peut-être neutre, certainement pacifiste, mais en aucun cas déserteur : Marcel Duchamp.

Que fait-il en Amérique ?

Scandale.

Il est arrivé à New York en 1915, précédé d'une sulfureuse réputation. Deux ans auparavant, il avait été la vedette européenne de l'Armory Show. Son *Nu descendant un escalier* avait provoqué tollés, enthousiasmes, dégoûts, vénérations... La presse l'avait encensé, moqué, voué aux feux de l'enfer autant qu'aux grâces de tous les paradis.

Ce n'était pas la première fois. En 1912 déjà, lors du très parisien Salon des Indépendants, ses amis cubistes lui avaient demandé de décrocher. Gleizes et Le Fauconnier avaient dépêché ses deux frères, Jacques Villon et Raymond Duchamp-Villon, pour obtenir du cadet qu'il renonçât à exposer ce *Nu descendant un escalier*, trop osé dans la conception du mouvement pour être supporté par la critique.

Duchamp avait obtempéré. Une fois, mais pas deux : l'année suivante, son *Nu* était accroché aux cimaises du Salon de la Section d'Or. Puis il vogua vers l'Amérique.

Duchamp avait vendu à l'Armory Show les quatre œuvres qu'il exposait, grâce à quoi il avait récolté suffisamment d'argent pour quitter l'Europe en flammes et gagner New York. Il avait été réformé pour faiblesse cardiaque. Ce qui ne lui pesait pas : de son propre aveu, il manquait du patriotisme nécessaire à la morale de cette époque ; et lorsque, après l'entrée en guerre des États-Unis, il lui semblera qu'un petit pas s'impose, il s'engagera à la mission militaire française comme secrétaire. Durée des classes : six mois.

Quand il arrive à New York, Duchamp admet ses ascendances : un peu d'impressionnisme, un peu de fauvisme, un peu de cubisme ; pas d'admiration particulière pour Cézanne, mais un grand amour pour Monet, un respect bien réel pour Matisse, et un choc reçu chez Kahnweiler lors de l'exposition Braque de 1910.

Cependant, l'influence qui l'a le plus marqué n'est pas celle d'un peintre. C'est celle d'un écrivain : Raymond Roussel. Duchamp a toujours reconnu qu'il avait commencé *La Mariée mise à nu par ses célibataires, même*, après avoir vu la représentation d'*Impressions d'Afrique* au théâtre Antoine, en 1912. Guillaume Apollinaire l'accompagnait.

Alors, Raymond Roussel représentait l'archétype du jeune homme riche évoluant dans les hautes sphères de la Belle Époque. Il rappelait à Philippe Soupault le Proust de Cabourg : même élégance, mêmes goûts pour le raffinement, même exigence littéraire.

Après l'échec de sa première œuvre, *La Doublure*, Roussel avait été victime d'« une effroyable maladie[3] » dont il souffrit pendant longtemps. Plus tard, il lui arriva de se rouler par terre, en proie à la rage et au désespoir parce qu'il n'atteignait pas au plus sublime de la création littéraire.

Il se promenait dans une voiture-roulotte équipée de plusieurs pièces, d'une salle de bains et d'une cuisine. Allant tous stores baissés pour que le spectacle de la vie ne l'enlevât pas à son travail, Roussel écrivait. De même chez lui, où il payait un jardinier pour entretenir des fleurs qu'il ne remarquait même pas. Il employait sa fortune à éditer des livres qui ne se vendaient pas, à produire des pièces de théâtre qui provoquaient le calme plat ou, tout au contraire, le bruit, la fureur et l'anathème. Ainsi *Impressions d'Afrique*.

Il eut l'idée d'adapter son livre pour la scène afin de conquérir un public qui ne le demandait jamais en librairie. Seul Edmond Rostand jugea l'entreprise avec bienveillance. L'assistance, quant à elle, se déchaîna. Sa violence s'exerça précisément contre ce qui fascina Marcel Duchamp : la nouveauté du langage, la modernité du spectacle, les machines présentes sur scène, notamment les machines humaines dont l'une figurait un escrimeur. Roussel puisait ses sources là où cherchait l'avantgarde : dans la révolution des techniques, le mouvement, la vitesse, le cinématographe...

Le peintre comme l'écrivain devaient abandonner leur

art alors qu'ils étaient encore jeunes. L'un et l'autre se consacrèrent au jeu d'échecs, dont ils furent les rois les plus brillants de leur époque (Roussel fut notamment l'inventeur d'un mat du fou et du cavalier que loua Tartakower). Aucun ne rallia jamais la moindre école.

Duchamp avait une raison majeure pour refuser d'appartenir à un groupe : son *Nu* descendu par ses pairs de la Section d'Or l'avait dégoûté à tout jamais de la notion même de collectivité. En Amérique comme en France, il restera donc seul. Surtout lorsque les cubistes Survage, Gleizes et Archipenko excluront les peintres et les écrivains dadaïstes de la Section d'Or.

À New York, jeune homme débonnaire, Duchamp promène sa pipe et ses cigares au milieu de ses admirateurs. Il passe d'un salon à l'autre, ricanant silencieusement de se voir ainsi objet de culte ou de scandale. Il est le Commandeur de toutes les avant-gardes. Il donne de très vagues cours de français à de jolies demoiselles à qui il apprend les meilleures grossièretés de la langue. Il découvre le jazz, joue aux échecs, fume, boit et danse en compagnie de Man Ray, du musicien Edgar Varèse, de Francis Picabia, Arthur Cravan et Mina Loy. Les femmes passent, disparaissent, reviennent.

L'argent ? Pas de problème. Il faut ce qu'il faut, pas plus. Le père a toujours soutenu ses trois enfants artistes. Les mécènes américains ont pris le relais. Duchamp vit chez Louise et Walter Arensberg, qui lui paieront bientôt les œuvres acquises, non pas en banknotes mais en mois de loyer. Sur leurs murs, sont accrochées des œuvres de Cézanne, Matisse, Picasso, Braque... Les Arensberg sont résolument modernes et fervents défenseurs des avant-gardes.

C'est avec eux et son ami Man Ray que Duchamp fonde la Société des artistes indépendants. Le principe est semblable à celui des Indépendants de Paris : expose qui veut, sans censure.

Il joue le jeu. Il envoie aux Artistes indépendants un urinoir pour hommes, *Fontaine* ; il le date et signe du nom d'un marchand de sanitaires : R. Mutt. Nouveau scandale. L'urinoir n'est pas banni de l'exposition mais caché derrière une tenture. Duchamp démissionne.

Au-delà de la provocation immédiatement visible, que cherche-t-il ? À inventer de nouvelles formes, une approche de l'art qui romprait avec l'emprisonnement dans lequel se meurent les toiles, les pinceaux, les palettes – les outils habituels de la peinture. Lui aussi a songé à la quatrième dimension, invisible au regard. Sa cuvette de WC répond aux préoccupations inhérentes à sa recherche, laquelle ouvrira la voie à bien des vocations artistiques : comme le note Pierre Cabanne, « l'exemple de Duchamp suscita la plus grande mutation artistique de la seconde moitié du siècle, la synthèse néodada débouchant sur le pop art[4] ».

Fontaine n'est pas le premier « ready-made » (« déjà terminé ») proposé par Duchamp. L'idée de ces objets plus ou moins détournés lui était venue à Paris, un jour de 1913 : il avait fixé une roue de bicyclette sur un tabouret. Il avait également acheté un égouttoir. Ces objets avaient traîné chez lui sans qu'il eût songé à leur attribuer une valeur ou un rôle quelconques.

À New York, avant l'urinoir, il avait acheté une pelle à neige en bois et fer, qui était suspendue au plafond de son atelier. Titre de l'œuvre : *In Advance of the Broken Arm (En prévision du bras cassé)*. Suivront bientôt *À Bruit secret*, pelote de ficelle enfermée entre deux plaques de laiton, *Pliant de voyage*, constitué d'une housse de machine à écrire Underwood, *L.H.O.O.Q.*, Joconde enrichie d'un bouc et d'une moustache. Puis Duchamp écrira à sa sœur, lui demandant d'inscrire un texte court (perdu depuis) et sa signature au bas de l'égouttoir, transformé derechef en ready-made.

À partir des années 20, les ready-mades se compliqueront. L'artiste ne se contentera plus de signer des objets existants ; il les assemblera. Ainsi, *Why not sneeze* (*Pourquoi ne pas éternuer*, 1920), constitué de cubes de marbre, d'un thermomètre et d'un os de seiche contenus dans une cage à oiseaux ; *Fresh Widow* (*Veuve joyeuse*, 1920), réduction d'une fenêtre à double battant, signée d'un pseudonyme féminin que Duchamp utilisera beaucoup et qu'on retrouvera dans la poésie de Robert Desnos : Rrose Sélavy.

Duchamp s'est expliqué sur le choix de ce nom. Il voulait changer d'identité et avait d'abord songé prendre un nom juif. Finalement, il préféra jouer sur l'inversion des sexes. L'idée de Rrose Sélavy lui vint lorsque Picabia lui demanda d'ajouter sa signature à celle de ses amis (Metzinger, Segonzac, Jean Hugo, Milhaud, Auric, Péret, Tzara, Dorgelès...), dont les paraphes entouraient *L'Œil cacodylate* (1921) :

> *Je crois que j'avais mis Pi Qu'habilla Rrose – arrose demande deux R, alors j'ai été attiré par le second R que j'ai ajouté –, Pi Qu'habilla Rrose Sélavy.*

Et il conclut :

> *Tout ça, c'étaient des jeux de mots* [5].

Les mots passionnent Duchamp. Sur ses ready-mades, il ajoute souvent une phrase courte, « destinée à emporter l'esprit du spectateur vers d'autres régions plus verbales [6] ». Le titre de l'œuvre à laquelle il travaille entre 1915 et 1923, *La Mariée mise à nu par ses célibataires, même (Le Grand Verre)*, (huile, fil à plomb sur verre), s'orne de cet adverbe, *même*, qui ne correspond à rien, demeure un non-sens, mais un non-sens volontaire – ce qu'admirera Breton, qui considérait Duchamp comme l'homme le plus intelligent du XXe siècle.

Ces mots, Duchamp les doit aussi à Raymond Roussel. Là encore, les deux hommes se rencontrent. Ils ont le sens des retournements, des manipulations, du jeu. La Rrose Sélavy du peintre n'est pas étrangère au « Napoléon premier empereur » de Roussel, travesti en « Nappe ollé ombre miettes hampe air heure » de l'écrivain.

Et ces mots, ces machines, cette modernité se retrouvent également chez Francis Picabia, le grand ami newyorkais de Duchamp : pour lui aussi, l'Amérique représente comme un laboratoire de l'avenir.

Les deux hommes arpentent ensemble les trottoirs des villes américaines. L'un est aussi rond que l'autre est aigu. Picabia a un profil de benjamin joufflu et compense sa petite taille grâce à des fortes semelles ; Duchamp est un grand duc à la Roger Vailland. Ils attendent avec plus ou moins d'impatience la fin de la guerre en Europe. Ils se retrouvent souvent au 291, 5e Avenue, dans la galerie d'un photographe américain d'origine autrichienne, Alfred Stieglitz, où se croise toute l'avant-garde artistique des deux continents. Stieglitz expose des artistes à qui il remet toujours l'intégralité de la vente de leurs œuvres. Il gagne sa vie grâce à la photographie, et cela lui suffit.

La galerie a un journal, *291*, dont Picabia s'inspirera lorsqu'il créera *391* à Barcelone en janvier 1917 (la revue s'éteindra à Paris en 1924). Car la guerre n'empêche pas plus les voyages que les rencontres. Picabia partage ses plaisirs et ses dépressions entre Barcelone, New York et la Suisse, Cravan, Gleizes, Roché, Varèse, Duchamp, Marie Laurencin et Isadora Duncan. Il peint, il écrit, il va rendre visite à ses enfants qui se trouvent à Gstaad, il se fait soigner par un neurologue de Lausanne et retrouve à Zurich un petit homme à monocle qui se prépare à faire grandement parler de lui : Tristan Tzara.

Pour Cendrars, le franco-cubain est « le rastaquouère de l'art pour l'art[7] ». Quant au Roumain, « le grand mufti Tristan Tzara », il n'est qu'un pilier de bar autour duquel s'assemblent les espions, les esthètes, les pacifistes de toute nature réfugiés en Suisse.

Duchamp est à peu près le seul à échapper aux gémonies de l'homme au bras coupé. Pourtant, il est comme les autres, et les autres ne sont pas, ou pas seulement, des trouillards, des dégonflés, des civils apeurés par le choc des obus sur la terre. Le point de rencontre entre le Cabaret Voltaire de Zurich – où les dadaïstes se retrouvent autour de Tristan Tzara –, les salons new-yorkais – où vont et viennent Cravan, Duchamp et Picabia –, les surréalistes – qui révéreront ces trois-là –, c'est que les uns comme les autres revendiquent haut et fort une opinion dont l'époque ne veut pas même entendre parler : ils sont d'abord et avant tout les premiers ennemis de la guerre.

DADA & CIE

> ... Je suis contre l'action ; pour la conti-
> nuelle contradiction, pour l'affirmation,
> aussi, je ne suis ni pour ni contre et je
> n'explique pas car je hais le bon sens.
>
> Tristan TZARA.

De l'autre côté de l'Atlantique, loin de New York,
enfermés dans l'Europe en guerre, deux hommes jouent
aux échecs. L'un a quarante-cinq ans. Il a le front haut,
dégarni, une moustache, un bouc. L'autre porte
monocle. Il a vingt ans à peine. Une longue mèche noire
lui tombe sur le front. Il a le teint cireux. Il est myope.

L'aîné est russe. Le cadet, roumain. Ils sont à Zurich,
au Cabaret Voltaire, 1, Spieglegasse. Dans cette même
ville se trouvent aussi Romain Rolland, James Joyce et
Jorge Luis Borges.

Les deux hommes ne partagent pas grand-chose,
sinon le goût des échecs, une solide défiance à l'égard
de la guerre qui embrase le continent, et l'usage de pseudonymes. Vladimir Ilitch Oulianov. Samuel Rosenstock.

Le révolutionnaire et le poète.

Lénine et Tzara.

L'un est allé à Zimmerwald. En septembre 1915, les
délégués socialistes réunis dans ce village proche de
Berne ont publié un manifeste dans lequel ils condam-
naient la guerre impérialiste que se livrent les grandes

puissances. Ce qui ne donne pas, loin de là, un gage de pacifisme.

L'autre, lui, est viscéralement contre la guerre. Celle-ci, mais aussi toutes les autres. Cependant, pas plus que Duchamp à New York, Breton ou Aragon à Paris, il n'a rallié un groupe ou un parti combattant pour la paix. La politique, ce n'est pas l'affaire de Tristan Tzara. Et, pour le moment encore, pas plus celle des autres. À l'époque du Cabaret Voltaire, Tzara est un jeune homme sans doute indiscipliné, aimant Villon, Sade, Lautréamont et Max Jacob. Mais il n'est pas venu à Zurich pour bouleverser le monde. Il est là afin de poursuivre ses études.

Dada est né le 8 février 1916, à dix-huit heures. Le mot ne signifie rien, et c'est pourquoi il fut choisi. On le doit au hasard d'un coupe-papier glissé dans un dictionnaire. Cette absence voulue du moindre sens traduit le désir des fondateurs d'exprimer l'absurde et le grotesque. Hugo Ball, Christian Schad et Richard Huelsenbeck – Allemands –, le poète et sculpteur Jean Arp – Alsacien allemand –, Marcel Janco et Tristan Tzara – Roumains – sont en révolte non seulement contre la guerre, mais aussi contre la civilisation qui l'a fait naître. Ils prônent la recherche d'un absolu total allant à l'encontre d'une morale de plomb assise sur des soubassements ancestraux : Travail, Famille, Patrie, Religion.

La bande se réunit au Cabaret Voltaire, fondé par Hugo Ball. Viennent des poètes, des écrivains, des peintres, des étudiants, la plupart émigrés, antimilitaristes, souvent révolutionnaires : outre Lénine, passent au Cabaret Karl Radek et Willy Münzenberg.

Hugo Ball organise des spectacles d'un nouveau genre, où se mêlent musique, peinture, poésie, danse, masques, percussions. L'expression doit être spontanée. La poésie n'est plus seulement relayée par l'écriture. Il s'agit de dépasser Baudelaire, Rimbaud, Jarry et Lautréamont. Les mots peuvent être inventés, clamés plutôt que déclamés. Les artistes s'accompagnent les uns les autres en hurlant, en frappant sur des grosses caisses ou sur des boîtes avec des ustensiles divers. Ils dansent. Ils jouent, entraînant le public. En adjoignant à la poésie des sons des corps de phrases, des fragments de textes et de chants nègres, Tzara établit un parallèle avec les recherches picturales de Picasso, Matisse et Derain, ainsi qu'avec les collages d'Arp qui sont exposés à la Galerie Dada.

En juin, naît la revue *Cabaret Voltaire*. Elle est tirée à cinq cents exemplaires, compte des illustrations de Max Oppenheimer, de Picasso, Modigliani, Arp, Janco, un poème d'Apollinaire, un autre du poète futuriste italien Marinetti, et la première réalisation scénique d'un poème simultané signé, chanté et dit en allemand, en français et en anglais par Huelsenbeck, Janko et Tzara : *L'Amiral cherche une maison à louer*. Signant l'éditorial, Hugo Ball annonce la parution d'une revue internationale : *Dada*.

Le 14 juillet a lieu la première soirée Dada. Au programme : chants nègres, concert et danses Dada, poèmes mouvementistes et simultanés, danses cubistes.

Quelques jours plus tard, Tristan Tzara lit, au Cabaret Voltaire, *Le Manifeste de monsieur Antipyrine*, inclus dans *La Première Aventure céleste de monsieur Antipyrine*, qui sera reprise à Paris en 1920. L'ouvrage est publié dans la collection Dada, avec des bois gravés de Marcel Janco. Tzara en envoie quelques exemplaires à New York, introduisant ainsi le mouvement Dada aux États-Unis. L'antipyrine est un médicament dont use beaucoup l'auteur pour apaiser ses névralgies, et l'aventure céleste dont il est question permet à Tzara d'exprimer le premier manifeste dada :

Dada est notre intensité ; qui érige les baïonnettes sans conséquence la tête Sumatrale du bébé allemand ; Dada est l'art sans pantoufles ni parallèle [...] nous savons sagement que nos cerveaux deviendront des coussins douillets que notre antidogmatisme est aussi exclusivité que le fonctionnaire que nous ne sommes pas libres et que nous crions liberté Nécessité sévère sans discipline ni morale et crachons sur l'humanité. Dada reste dans le cadre européen des faiblesses, c'est tout de même de la merde, mais nous voulons dorénavant chier en couleurs diverses, pour orner le jardin zoologique de l'art, de tous les drapeaux des consulats do do bong hibo aho hiho aho[1].

En juillet 1917, avec un an de retard, paraît *Dada 1, recueil littéraire et artistique*. Puis viennent *Dada 2* et *Dada 3*. Bientôt, aiguillonné par le soutien de Picabia, dont l'énergie compensera celle des fondateurs du Cabaret Voltaire qui se seront éloignés, Tristan Tzara publiera le *Manifeste Dada 1918* (les deux hommes s'écrivent beaucoup avant de se rencontrer en janvier 1919).

Ce texte aura une répercussion considérable dans toute l'Europe, surtout en France, où les futurs surréalistes applaudiront à deux mains la violence, l'audace, la justesse de cette table rase du passé.

Tzara vilipende ceux qui cherchent des raisons, causes, explications à toutes choses – à commencer par le mot Dada, qui est un cheval de bois pour les uns, une nourrice pour les autres, deux fois oui pour les Russes et les Roumains, la queue d'une vache sainte pour les Nègres Krou... et ce que chacun veut ou imagine.

Tzara déclare que l'œuvre d'art n'est pas beauté car celle-ci, s'il s'agit de la définir « par décret, objectivement, pour tous », est morte. La critique est donc inutile, car propre à chacun. L'homme est un chaos que rien ne peut ordonner. Aimer son prochain est hypocrite, se connaître soi-même, une utopie. La psychanalyse, « une maladie dangereuse, endort les penchants antiréels de l'homme et systématise la bourgeoisie ». La dialectique conduit à des opinions qui de toute façon sont celles des autres et que l'individu aurait découvertes sans elle. Chacun parle pour soi, Tzara le premier, qui ne se soucie pas de convaincre et n'encourage personne à le suivre. « Ainsi naquit DADA d'un besoin d'indépendance, de méfiance envers la communauté[2]. »

Plus de groupes. Plus de théories. À bas les cubistes et les futuristes : ce ne sont que des « laboratoires d'idées formelles ». Cézanne regardait la tasse à peindre d'en bas, les cubistes, d'en haut, les futuristes voyaient la même en mouvement. « L'artiste nouveau proteste : il ne peint plus. » Les cerveaux ont des tiroirs qu'il convient de détruire, tout comme ceux de l'organisation sociale. Seul compte le « boumboum » personnel. La science spéculative et l'harmonie, qui met en ordre, sont des systèmes inutiles, comme tous les systèmes. La morale atrophie. « Il y a un grand travail destructif, négatif à accomplir. Balayer, nettoyer. »

Les mots de Tzara ont la puissance des balles, sauf qu'ils ne tuent personne. Le *Manifeste Dada 1918* est une déclaration de guerre à la guerre. Ou au vieux monde. Un texte d'une force inouïe qui prône une nouvelle humanité après le carnage. Il va apparaître comme le fer de lance du mouvement Dada, cristallisateur de sensibilités diverses que les surréalistes prendront bientôt dans leur main de fer. Et ils ne seront pas les seuls. À New York, Marcel Duchamp y verra nombre de convergences avec ses propres préoccupations :

Dada fut la pointe extrême de la protestation contre l'aspect physique de la peinture. C'était une attitude métaphysique. Il était intimement et consciemment mêlé à la

« littérature ». C'était une espèce de nihilisme [...] C'était un moyen de sortir d'un état d'esprit – d'éviter d'être influencé par son milieu immédiat, ou par le passé : de s'éloigner des clichés – de s'affranchir. La force de vacuité de Dada fut très salutaire. Dada vous dit : « N'oubliez pas que vous n'êtes pas aussi vide que vous le pensez[3] ! »

Un langage que ne partageront pas, loin s'en faut, les tenants de points de vue plus officiels – fussent-ils littéraires. En septembre 1919, lors de la reparution de la *NRF*, la rédaction – dans un article non signé – stigmatisera cette expression nouvelle venue d'ailleurs :

Il est vraiment fâcheux que Paris semble faire accueil à des sornettes de cette espèce, qui nous viennent directement de Berlin. Au cours de l'été dernier, la presse allemande s'est, à plusieurs reprises, occupée du mouvement Dada et des récitations où les fidèles de la nouvelle école répétaient indéfiniment les syllabes mystiques : « Dada dadada dada da[4]. »

Un peu plus tard, André Gide rectifiera quelque peu le tir, témoignant à l'égard de Dada d'une distance plus objective : l'opposant au cubisme – « une école » –, il y verra « une entreprise de démolition » tout en admettant qu'après la guerre, qui a vu les ruines proliférer, il paraît bien normal « que l'esprit ne reste pas en retard sur la matière ; il a droit, lui aussi, à la ruine. Dada va s'en charger[5] ».

Il y a donc *Dada* en Suisse, mais aussi *391* en Europe et ailleurs (les quatre premiers numéros furent publiés en Espagne, les trois suivants en Amérique, le n° 8 à Zurich, les onze derniers à Paris), *SIC* et *Nord-Sud* à Paris. Ces revues tentent de compenser le vide culturel des quotidiens, dont les maigres pages sont consacrées à peu près exclusivement aux affaires de la guerre. Elles comblent également l'espace laissé par la disparition des sages publications : seul subsiste le *Mercure de France*, trop classique du point de vue des trublions de l'art nouveau. De toute façon, les grandes dames de la littérature ne peuvent qu'être offusquées par ces poètes plus jeunes au sang trop chaud. Des noms nouveaux, des plumes inconnues qui vont prendre leur envol à partir de ces feuilles sous-estimées pour devenir, après seulement quelques années, les Hugo, les Zola, les Flaubert de ce siècle.

SIC (Son, Idées, Couleurs, Formes) prend le relais de la revue d'Ozenfant, *L'Élan*, qui avait paru en 1915 et 1916. Elle est l'œuvre d'un homme seul : Pierre Albert-Birot. Avant la guerre, il était poète et sculpteur. Puis il monta un petit commerce de cartes postales qu'il imprimait à ses frais et vendait aux soldats et à leurs familles pour faciliter leur correspondance. Désireux d'éditer ses propres poèmes et ceux de ses amis, Pierre Albert-Birot décida de créer une revue. Il s'inscrivit au chômage et finança son projet grâce aux allocations reçues. *SIC*, huit pages, cinq cents exemplaires, soixante centimes, sortit en janvier 1916. Son siège social, 37, rue de la Tombe-Issoire, était le domicile de son directeur, également l'auteur de tous les articles et poèmes du premier numéro. Celui-ci s'ouvrait sur ces mots :

> *Notre volonté :*
> *Agir. Prendre des initiatives, ne pas attendre qu'elles nous viennent d'Outre-Rhin.*

Pour agir, Pierre Albert-Birot agit. Lorsqu'il inaugure sa revue, il ne connaît aucun poète. Il est seul et assez ignare en la matière. Mais il s'est lancé, et il va bientôt récolter les fruits de son courage : il rencontre Severini, qui lui fait connaître Apollinaire, lequel accepte de lui donner quelques poèmes. Cela suffit pour lancer *SIC*.

Nord-Sud n'a pas le caractère débridé et enflammé de ses deux rivales. Son titre s'inspire du nom de la ligne de métro qui traversait Paris, de Montmartre à Montparnasse. Lorsque le premier numéro paraît, en mars 1917, la réputation de Reverdy ne dépasse guère un petit cénacle. Correcteur de profession, catholique, il s'est engagé puis a été réformé à la fin de l'année 1914. Il n'a pas plus d'argent qu'Albert-Birot, mais il dispose de plus d'entregent. Un poète chilien fortuné lui donne le coup de pouce nécessaire. Jacques Doucet aide également, ainsi que Paul Guillaume (réformé pour des raisons médicales), dont la publicité régulière en faveur de sa galerie apporte quelques francs au nouveau mensuel. Juan Gris contribue à la maquette de la page de couverture. L'élégance de la revue tranche avec les couleurs et le style de *SIC*, dont les effets typographiques relèvent parfois de la haute voltige.

Si *Nord-Sud* est un organe d'avant-garde, cela ne se voit pas. Cela se découvre. Pierre Reverdy, Max Jacob, la baronne d'Œttingen (qui use de ses deux pseudonymes usuels : Roch Grey et Léonard Pieux) et Guillaume Apollinaire le démontrent à longueur de pages jusqu'à la parution du dernier numéro, en mai 1918. Cela en dépit d'un désaccord entre Reverdy et Apollinaire (le premier reprochant au second un excès d'activités journalistiques) et une mésentente entre Max Jacob et le même Reverdy (qui n'acceptait pas que l'auteur du *Cornet à dés* se proclamât l'inventeur du poème en prose dont lui-même se réclamait).

En juin 1917, Cocteau fait un rapide aller-retour comme collaborateur extérieur. Sa signature ne réapparaîtra plus : Reverdy se défiait de l'auteur de *Parade*. De même pour les futuristes italiens, systématiquement refusés à *Nord-Sud* (mais bienvenus à *SIC*), exception faite de Marinetti, et probablement parce que dans le n° 2, il émet quelques réserves à l'égard des excès de ce mouvement qu'il a contribué à lancer (ce qui ne l'empêchera pas, quelques années plus tard, de devenir l'ami du Duce).

En revanche, de nouvelles signatures, et non des moindres, font leur apparition dans la revue : André Breton, en mai 1917 ; Tristan Tzara, le mois suivant ; Philippe Soupault, en août ; Louis Aragon, en mars 1918 (il publie son premier poème, *Soifs de l'Ouest*) ; Jean Paulhan, en mai.

Les mêmes se retrouvent au côté de Tristan Tzara : Reverdy dans *Dada 3* ; Aragon, Breton, Soupault dans *Dada 4-5*, où signe également Georges Ribemont-Dessaignes. Enfin, tous ces auteurs collaborent également au *SIC* de Pierre Albert-Birot, où apparaissent aussi les noms de Raymond Radiguet et de Pierre Drieu La Rochelle.

Par quel hasard ces signatures se retrouvent-elles dans ces trois revues, l'une publiée à Zurich et les deux autres à Paris, toutes liées aux mouvements d'avant-garde littéraires et artistiques qui embrasent l'Europe en guerre ?

Elles sont là par la grâce d'une seule personne. Celle que, dans le premier éditorial de son premier numéro, *Nord-Sud* célèbre comme l'homme qui « a tracé des routes neuves, ouvert de nouveaux horizons », et à qui la revue décerne toute sa ferveur et toute son admiration : Guillaume Apollinaire.

Encore lui.

LES COMPAGNONS DU VAL-DE-GRÂCE

> C'est dans nos premières rencontres avec
> Soupault et Aragon que réside l'amorce
> de l'activité qui, à partir de mars 1919,
> devait opérer ses premières reconnais-
> sances dans *Littérature*, très vite faire
> explosion dans *Dada* et avoir à se rechar-
> ger de fond en comble pour aboutir au
> surréalisme.
>
> André BRETON.

Il a été trépané, mais il va bien. Un peu nerveux,
souvent fatigué, capable néanmoins de recevoir ses
amis. Il se tient dans sa chambre d'hôpital, en uniforme, le front bandé, le cheveu ras. Il est volubile.
Il est généreux.

Pierre Albert-Birot, qui a découvert ses écrits depuis
peu, vient lui demander sa collaboration pour sa revue.
Du front, Apollinaire avait déjà envoyé un poème que
SIC avait publié dans son n° 4 : *L'Avenir*. Il promet à
Albert-Birot de recommencer souvent. Et il tient parole :
pendant plus d'un an, il lui donne régulièrement de la
copie. Ensemble, les deux hommes monteront bientôt
Les Mamelles de Tirésias. Apollinaire rédigera une préface pour les *Trente et un poèmes de poche*, que publieront les éditions *SIC*. Et lorsqu'il sortira du Val-de-
Grâce, le poète se rendra ponctuellement aux réunions
que le directeur du journal tient chez lui, tous les samedis, rue de la Tombe-Issoire. Il y entraînera ses amis,

Serge Férat, Pierre Reverdy, Max Jacob, Blaise Cendrars, Roch Grey. Et d'autres. Ainsi la revue s'enrichira-t-elle de nouvelles signatures qui contribueront à son rayonnement. Apollinaire restera un ami fidèle, en dépit des puérilités de Pierre Albert-Birot qu'il ne prenait pas vraiment au sérieux. Ainsi de la théorie du « nunisme » développée à longueur de pages et de colonnes par monsieur le directeur ; il s'agissait d'un art de l'instant qui revendiquait le mondialisme, l'universalisme, s'appliquait prétendument à la poésie, à la peinture et au théâtre... et ne convainquit pas grand-monde.

Avec Tzara, les rapports sont plus compliqués.

De Zurich, le père de Dada a envoyé partout ses publications. Il a découvert *SIC* et a adressé ses œuvres à Pierre Albert-Birot. Il a rendu compte de la naissance de *Nord-Sud*. Mettant son énergie au service de la cause qu'il défend, il a contacté tous les artistes d'avant-garde de l'Europe en guerre pour leur proposer les colonnes de son journal. Cendrars, Reverdy, Max Jacob ont eu droit à sa correspondance. Et Apollinaire aussi, naturellement. Mais le convalescent prend son temps avant de répondre. En juin 1916, le *Cabaret Voltaire* a publié un poème de lui sans solliciter son autorisation. Il ne s'en offusque pas. Mais il s'inquiète : est-il convenable de signer dans un journal imprimé en Suisse, pays dont la neutralité pourrait être entachée par l'allemand qu'on y parle ?

Il hésite. Tzara insiste. Apollinaire finit par lui répondre. Dans deux lettres, l'une datée de décembre 1916, et l'autre de janvier 1917, il lui reproche de ne pas défendre la France plus vigoureusement face à l'Allemagne. Il critique « la disparité des nationalités » de la rédaction de *Cabaret Voltaire*, « dont quelques-unes ont une tendance germanophile très nette ». Il conclut sur ces mots : « Vive le cubisme français ! Vive la France ! Vive la Roumanie [1] ! »

Tzara ayant dressé de lui un portrait apologétique dans *Dada 2*, Apollinaire remercie, persiste et signe :

> *Je crois qu'il pourrait être compromettant pour moi, surtout au point où nous en sommes de cette guerre multiforme, de collaborer à une revue, si bon que puisse être son esprit, qui a pour collaborateurs des Allemands, si ententophiles qu'ils soient [2].*

Indépendamment de ses sentiments ultra-patriotiques, Apollinaire craint-il les méfaits de la censure, qui se charge d'ouvrir et de lire le courrier en provenance ou à destination des pays étrangers ?

Quoi qu'il en soit, cette germanophobie devient source de conflit entre lui et Reverdy. Ce dernier, en effet, a très tôt sollicité la participation de Tzara à *Nord-Sud*. Or, un bruit malheureux s'est répandu à propos du poète roumain : on le soupçonne d'être inscrit sur « la liste noire » des espions allemands. Ce qui ne manque pas de sel quand on sait que Tzara fut interrogé par la police suisse pour avoir fréquenté des éléments troubles germano-bolcheviques...

Bien qu'il se défie de Dada, c'est tout de même Apollinaire qui, une fois encore, va établir la liaison (fût-elle indirecte) entre le groupe du *Cabaret Voltaire* et les futurs surréalistes. André Breton, en effet, découvre les deux premiers numéros de la revue au 202, boulevard Saint-Germain, domicile de Guillaume Apollinaire.

Les deux hommes se rencontrent pour la première fois le 10 mai 1916 au Val-de-Grâce, où Apollinaire vient d'être trépané. L'aîné a trente-six ans. Le plus jeune, vingt tout juste. Il est assez beau : l'œil vert, un visage massif et bien dessiné... Un an plus tôt, il a écrit à ce

« très grand personnage » qu'il admire. Il a profité d'une permission pour lui rendre visite.

Breton a été mobilisé en février 1915. Après avoir passé trois mois au 17e régiment d'artillerie de Pontivy, son diplôme de PCN (préparation en médecine) l'a conduit à Nantes où il a été muté comme infirmier militaire. Il n'a pas choisi la médecine par vocation mais « par élimination » et parce qu'il lui semblait que « la profession médicale était celle qui tolérait le mieux auprès d'elle l'exercice d'autres activités de l'esprit[3] ».

C'est à l'hôpital militaire de Nantes que Breton a rencontré Jacques Vaché, ce météore qui devait l'influencer considérablement. Vaché que nul ne connaîtra vraiment et qui mourra d'une overdose d'opium en 1919, à l'âge de vingt-deux ans. Il fascina Breton par sa conduite absolument libre en ces temps terribles, par le dégagement de son apparence et de ses paroles, son insubordination définitive. Il ne tendait jamais la main à personne. Il se promenait dans les rues de Nantes vêtu d'uniformes interchangeables – tantôt hussard, tantôt aviateur. Lorsqu'il croisait une connaissance, il tendait le bras en direction de Breton et disait : « Je vous présente André Salmon. » Car Salmon bénéficiait d'une notoriété que l'autre n'avait pas.

Vaché n'avait qu'un point commun avec Apollinaire : il admirait Jarry. Tout le reste l'en séparait. Breton lui-même, très proche de son camarade de Nantes, ne pouvait qu'être insupporté par les propos cocardiers de l'artilleur-poète. Après avoir passé trois semaines sur le front de la Meuse, au milieu de la boucherie générale, il considérait cette guerre comme la pire des monstruosités. À l'instar de Louis Aragon, de Paul Eluard, de Benjamin Péret et de Philippe Soupault – les fines lames du surréalisme à venir –, il avait haï sa jeunesse sous les drapeaux. Il avait quitté les champs de bataille sur un constat que partageaient les quatre autres : seule une révolution totale étendue à tous les domaines pourrait laver la civilisation de cette barbarie. C'est en cela que Dada devait leur apparaître comme l'une des rares voies de salut possibles. Cette voie était plus proche de Vaché que d'Apollinaire. D'ailleurs, Breton reconnaîtra avoir reporté sur Tristan Tzara les espoirs qu'il avait placés sur son ami nantais[4].

Mais quand il rencontre Guillaume Apollinaire, les divergences s'effacent devant la stature du grand homme. Elles n'apparaîtront au grand jour qu'en juin 1917, lors de la représentation des *Mamelles de Tirésias*. Vaché, présent dans la salle, dessillera les yeux de Breton, qui mesurera d'une manière définitive quel monde profond sépare les deux figures qui l'entourent. Il choisira son camp. Et s'éloignera d'Apollinaire.

Pour l'heure, celui-ci reste le grand poète de son temps. Breton, l'homme des envoûtements tantôt définitifs, tantôt provisoires, a été ébloui par le Valéry de *Monsieur Teste*, par Rimbaud, Lautréamont, Mallarmé. Il tombe sous le charme d'Apollinaire. L'homme le captive par son rayonnement, son immense culture, l'esprit nouveau qu'il incarne encore à ses yeux. Le connaître est « un rare bienfait[5] ».

> *Ce qui [...] me subjuguait chez Apollinaire, c'est qu'il allait prendre ses matériaux dans la rue, qu'il parvenait à dignifier, pour peu qu'il s'avisât de les assembler en poèmes, jusqu'à des bribes de conversation[6].*

C'est Apollinaire qui présente à Breton un autre de ses admirateurs dont il a fait publier un poème dans la revue *SIC* : Philippe Soupault. Les deux hommes se découvrent rapidement nombre de points communs. Soupault est fils de médecin. C'est un bourgeois élégant et dandy. Mobilisé, il n'a pas connu les tranchées : utilisé comme cobaye à l'instar de beaucoup d'autres (qui en mourront), il fut vacciné contre la typhoïde avant son départ pour le front. Empoisonné, il fut hospitalisé durant plusieurs mois.

Lui aussi éprouve une haine incommensurable pour cette guerre qui ne finit pas. Avec quelle arme exprime-t-il cette violence ? La plume. Il écrit avec rage. L'inspiration lui tombe dessus comme un grain soudain. Il est au café, il demande une plume au garçon, s'enferme en lui-même et compose un poème. Il sera le grand initiateur de l'écriture automatique et le coauteur, avec Breton, des *Champs magnétiques*.

Le troisième mousquetaire des surréalistes est également un étudiant en médecine. Il porte une mince moustache, a un an de moins que Breton et, tout comme son aîné, il suit des cours à l'hôpital du Val-de-Grâce. Son père s'appelle Louis Andrieux. Il est avocat de profession, fut député, préfet de police, ambassadeur, sénateur. Son fils ne porte pas son nom. D'ailleurs, rien ne prouve qu'il est son fils. Du moins pour l'état civil. Car lorsque la maîtresse de Louis Andrieux, Marguerite Toucas-Massillon (elle a trente-trois ans de moins que lui), a accouché de l'enfant, monsieur le préfet s'en fut le déclarer sous le nom de Louis Aragon, de parents inconnus. Pourquoi Aragon ? Parce que le père, a-t-on dit, avait une amoureuse espagnole qui s'appelait ainsi.

La faute était si grave qu'il fallait la cacher doublement. Pour l'état civil comme pour le voisinage. Ainsi fit-on croire au jeune Aragon que sa grand-mère (maternelle) était sa mère et, trois précautions valant mieux que deux, on précisa qu'elle n'était que sa mère adoptive. Le vrai père fut présenté tantôt comme le parrain, tantôt comme le tuteur, et la vraie mère devint la sœur. Changement de rôles et tours de passe-passe : la morale apparente était sauve. Cela permit peut-être au jeune Louis de suivre de bonnes études à Neuilly et de s'inscrire au PCN. En 1917, monsieur le préfet exigea que la mère avouât au fils qu'elle n'était pas sa sœur et que le parrain était le père : si le jeune homme devait mourir à la guerre, autant qu'il sût avant de quelle conjugaison de graines il relevait...

Aragon fit la guerre sans en mourir, assez bravement pour obtenir une médaille. Lorsqu'il rencontra André Breton, les deux hommes se trouvaient dans une situation comparable : ils alternaient les périodes militaires et les cycles d'études médicales.

Compagnons de chambrée au Val-de-Grâce, ils se découvrirent des affinités et des goûts communs. Ils parlaient de Picasso, de Derain, de Matisse, de Max Jacob, d'Alfred Jarry, de Mallarmé et de Rimbaud, de Lautréamont, le premier d'entre tous, qu'Aragon avait découvert dans le catalogue de prêt d'une petite librairie qui deviendrait grande, sise 7, rue de l'Odéon.

L'étudiant en médecine impressionnait Breton par sa culture. Il avait tout lu. Il était étincelant. Son désir de plaire se vérifiait autant dans la richesse de ses propos que dans celle de ses vêtements. Il était toujours élégamment mis. Cette recherche se percevait dans ses manières, dans la tournure de ses phrases, dans le regard tantôt ironique, tantôt chaleureux qu'il lançait à ceux qu'il voulait séduire – et qu'il séduisait.

Quand ils n'étaient pas au Val-de-Grâce, parmi d'anciens soldats rendus fous par la guerre, Aragon et Breton se retrouvaient dans la librairie de la rue de l'Odéon. On pouvait y acheter des livres, mais aussi en emprunter. On pouvait également venir y écouter des auteurs lire leurs œuvres, et feuilleter les revues d'avant-garde, *SIC*, *Nord-Sud* et *Dada*, auxquelles collaboraient désormais les écrivains et les poètes de la génération montante. Au dos de *Nord-Sud* étaient indiquées deux adresses qui recevaient les abonnements : le domicile de Pierre Reverdy (12, rue Cortot), et la librairie de la rue de l'Odéon. Cette Maison des amis des livres, ouverte en 1915, joua un rôle considérable dans la diffusion de la culture des vingt années qui allaient suivre. Elle était dirigée par une petite bonne femme rose de joues, claire de cheveux, un peu ronde : Adrienne Monnier.

AUX AMIS DES LIVRES

> Une boutique, un petit magasin, une
> baraque foraine, un temple, un igloo, les
> coulisses d'un théâtre, un musée de cire
> et de rêves, un salon de lecture et parfois
> une librairie toute simple avec des livres
> à vendre ou à louer et à rendre, et des
> clients, les amis des livres, venus pour les
> feuilleter, les acheter, les emporter. Et les
> lire.
>
> Jacques Prévert.

Quand elles ont ouvert la librairie, par un matin d'hiver, Adrienne et la jeune fille qui l'aidait ont disposé un
étalage sur le trottoir. Puis elles sont rentrées et se sont
cachées dans la boutique, effrayées, émues, intimidées
par les passants qui s'arrêtaient les uns après les autres
pour regarder le contenu des caisses. Il y avait de vieux
volumes provenant des bibliothèques familiales, des
revues littéraires et artistiques, des ouvrages de littérature moderne. La libraire n'avait pas les moyens d'acheter toutes les œuvres qu'elle aimait. Ainsi la spécialité
de la Maison des amis des livres vint-elle d'un choix
dicté tout d'abord par les nécessités économiques. Lors
de son ouverture, la clientèle trouvait chez Adrienne
Monnier tous les livres du *Mercure de France* et de la
Nouvelle Revue française dont elle avait acheté les
fonds. Plus tard, elle acquit l'ensemble de la collection
de *Vers et Prose* : Paul Fort en céda les invendus –

six mille six cent soixante-seize numéros, payables en plusieurs fois.

Ces numéros étaient diversement appréciés : certains n'étaient jamais demandés quand d'autres restaient à peine quelques heures à l'étalage. Ainsi le tome IV.

Le premier qui l'acheta fut André Breton. Il intimida la libraire :

> *Breton ne souriait pas, mais il riait parfois d'un rire court et sardonique qui surgissait dans le discours sans déranger les traits de son visage, comme chez les femmes enceintes soucieuses de leur beauté [...] La lèvre inférieure, d'un développement presque anormal, révélait, suivant les données de la physiognomonie classique, une forte sensualité gouvernée par l'élément sexuel [...] Il avait réellement ce que Freud appellerait le pouvoir libidineux du chef*[1].

Il revint, acheta de nouveau le tome IV de la revue *Vers et Prose*. Puis une autre fois, et une autre encore...

Peu après, se présenta un garçon portant moustache, chapeau et gants clairs. Il était d'une grande élégance. Sa poche droite contenait un volume de Verlaine, et la gauche un recueil de Laforgue. Il s'approcha de la libraire et, le plus aimablement du monde, demanda le tome IV de *Vers et Prose*.

Adrienne Monnier fouilla dans les caisses contenant la revue de Paul Fort et tendit le tome IV.

« Qu'a-t-il de si extraordinaire ? demanda-t-elle.

— Ouvrez à la page 69. »

La libraire découvrit ce texte qui fascinait André Breton : *La Soirée avec monsieur Teste*, de Paul Valéry.

Elle devait souvent revoir Louis Aragon. Il arrivait dans la librairie, commençait à parler avec Tel ou Tel, et cela durait trois heures : tous étaient emportés par son art de la causerie. Il se libérait ici du trop-plein dont il ne pouvait se défaire au Val-de-Grâce, où la grossièreté des propos tenus par ses camarades heurtait sa délicatesse naturelle.

Aragon, tout comme Breton et Soupault, écrivait dans les revues qu'Adrienne Monnier vendait : *SIC*, mais aussi *Dada*. Lorsque l'un de ses clients les plus fidèles demanda un jour à la librairie si elle consentait à lui prêter les deux premiers numéros du journal zurichois, il s'entendit répondre :

« D'accord, mais à une condition... Vous ne coupez pas les pages pour que je puisse renvoyer cette affreuse chose en Suisse... »

Le client était Jean Paulhan.

Une autre fois, la porte s'ouvrit sur un gros homme à la tête en forme de poire qui avait soigneusement examiné la vitrine avant d'entrer. Il chercha la librairie du regard. L'ayant trouvée, il pointa un doigt accusateur dans sa direction et s'écria :

« C'est tout de même un peu fort qu'il n'y ait pas un seul livre de combattant dans cette vitrine ! »

C'était Guillaume Apollinaire.

Il exerçait encore une très grande influence sur Breton. Celui-ci avait beaucoup parlé du poète à Adrienne Monnier avant qu'elle le rencontrât : il avait pour lui « un attachement fanatique ». Il était son disciple.

> *Je me souviens d'une ou deux scènes vraiment inoubliables : Apollinaire assis devant moi, causant familièrement, et Breton debout, adossé au mur, le regard fixe et panique, voyant non pas l'homme qui était présent, mais l'Invisible, le dieu noir, dont il fallait recevoir l'ordre*[2].

Apollinaire n'était pas le seul poète vivant que Breton admirait. Il y avait aussi Pierre Reverdy, le fondateur de *Nord-Sud*. Il appréciait chez lui une « magie verbale » incomparable, un goût marqué pour la théorie, mais lui reprochait un excès de fougue dans la discussion et une tendance trop évidente à défendre « une expression poétique en rapport avec le cubisme[3] ».

Ces griefs comptaient peu comparés aux foudres que Breton fit abattre ou laissa abattre sur le dos du malheureux poète qui, un jour de 1917, voulut à tout prix faire une lecture d'une de ses œuvres en présence d'André Gide.

Cet imprudent alla trouver Adrienne Monnier et lui dit :

« Cher Adrienne, monsieur Gide tient absolument à entendre mes vers chez vous. Seriez-vous d'accord pour prêter votre librairie ? »

Adrienne était d'autant plus d'accord qu'elle organisait souvent des cérémonies de cette nature ; elle y conviait ses amis, Léon-Paul Fargue, Paul Léautaud, Max Jacob, Erik Satie... Après que les écrivains eurent lu leurs œuvres, les participants étaient conviés à un goûter où le porto se mariait aux sandwiches et aux sucreries...

Fort de l'accord obtenu auprès de la libraire, le poète se rendit chez André Gide :

« Cher maître, mademoiselle Monnier m'a prié de vous dire qu'elle adorerait que je lise *Le Cap* chez elle en votre présence.

— C'est entendu », répondit Gide.

Le Cap, c'était *Le Cap de Bonne-Espérance*. Et le poète...

En mai 1917, dans le dix-septième numéro de *SIC*, Jean Cocteau fit paraître un poème : *Restaurant de nuit*. Ce texte fit quelque bruit, moins pour sa qualité littéraire que pour l'acrostiche qu'il contenait : la première lettre de chaque vers constituait une insulte pour le directeur de la revue. On pouvait lire : « Pauvres Birots ». Cocteau se défendit d'avoir écrit le poème. On accusa Metzinger, Warnod et quelques autres. L'auteur de la blague était Théodore Fraenkel, grand ami d'André Breton.

Adrienne Monnier était non seulement libraire, bibliothécaire et organisatrice de séances de lecture, mais aussi éditrice. Elle publia quelques livres, dont un chef-d'œuvre : *Ulysse*, de James Joyce. Elle se chargea de la version française. Le texte original, en langue anglaise, fut publié pour la première fois par l'amie d'Adrienne : Sylvia Beach.

Elle était américaine. Fille de pasteur et amoureuse de la France. Elle découvrit la librairie grâce à une petite annonce vantant la revue *Vers et Prose*. Elle se rendit rue de l'Odéon pour l'acheter. En 1919, conseillée et soutenue par Adrienne Monnier, Sylvia Beach ouvrait sa propre librairie : Shakespeare & Cie, rue Dupuytren. Deux ans plus tard, elle devait déménager pour s'installer 12, rue de l'Odéon, en face de la Maison des amis du livre.

Tous les écrivains américains qui vinrent à Paris après la guerre élurent domicile chez Sylvia Beach. Sa librairie fut un centre de rencontres, une adresse pour le courrier, le premier endroit que visitaient les littérateurs venus d'outre-Atlantique. Parmi eux, Hemingway, à qui la jeune femme fit maintes fois crédit tout en lui prêtant les ouvrages qu'il souhaitait lire. Et aussi Ezra Pound, qui persuada James Joyce de venir à Paris.

En 1918, à New York, *The Little Review* avait commencé la publication d'*Ulysse*. En 1920, sur plainte de la Société pour la suppression du vice, elle fut interrompue (il faudra attendre 1933 pour que la justice américaine autorise l'édition de l'ouvrage, qui sera assurée par Random House). L'année suivante, Joyce acheva son œuvre. Sylvia Beach lui proposa de faire paraître la version anglaise en France. Joyce accepta. L'ouvrage fut publié le 2 février 1922, le jour de ses quarante ans.

Valery Larbaud avait découvert *Ulysse* dans *The Little Review*. L'œuvre fascina ce fils de pharmacien, riche des bulles familiales : son père était l'exploitant-propriétaire de la source Saint-Yorre, à Vichy. Il écrivit à Sylvia Beach pour lui dire qu'il était « absolument fou d'*Ulysse*[4] » et qu'il se proposait d'en traduire quelques épisodes pour la *NRF*.

En décembre 1921, il fit une conférence sur Joyce dans la librairie d'Adrienne Monnier. Celle-ci et Joyce lui demandèrent de traduire *Ulysse* dans son intégralité. Après bien des tours et des détours, l'auteur de *Barnabooth* se chargea finalement de la fin de la dernière partie de l'ouvrage, *Pénélope*. Le reste de l'œuvre fut traduit par un jeune homme, Auguste Morel, et par un magistrat britannique, Stuart Guilbert. Larbaud et Joyce avaient participé au travail final.

En février 1929, la version française d'*Ulysse* paraissait à la Maison des amis des livres. Adrienne Monnier l'envoya à Paul Claudel, visiteur assidu de sa librairie, alors ambassadeur de France à Washington. Claudel répondit en ces termes :

> *Vous me pardonnerez si je vous renvoie le bouquin qui a, je crois, une certaine valeur marchande et qui pour moi n'offre pas le plus petit intérêt. J'ai autrefois perdu quelques heures à lire le* Portrait du jeune homme *du même auteur et cela m'a suffi[5].*

Deux ans plus tard, Adrienne Monnier écrivait de nouveau à Paul Claudel. On avait appris en France qu'une édition pirate d'*Ulysse*, copiée au caractère près dans l'édition de Sylvia Beach, circulait aux États-Unis. La libraire demandait à monsieur l'ambassadeur d'intervenir auprès des autorités américaines pour qu'elles poursuivent l'éditeur. Sous des prétextes divers, Claudel refusa. Avec cette argutie finale :

> L'Ulysse, *comme le* Portrait, *est plein de blasphèmes les plus immondes où l'on sent toute la haine d'un renégat – affligé d'ailleurs d'une absence de talent vraiment diabolique*[6].

Paul Claudel était incapable de goûter la substantifique moelle moderniste d'*Ulysse*. Il détesta Joyce et fut haï par les mousquetaires du surréalisme, Breton, Aragon, Soupault, Fraenkel, tous amis d'Adrienne Monnier en ces temps où la défense d'*Ulysse* relevait du combat littéraire.

Longtemps avant que l'ouvrage paraisse, *SIC*, *Nord-Sud* et *Dada* avaient quitté l'arène depuis longtemps. Ils avaient cédé la place à la revue *Littérature*, arme d'André Breton et des siens, qui ne se gênerait pas pour river son clou à Paul Claudel et aux « auteurs de poèmes patriotiques infâmes, de professions de foi catholiques et nauséabondes[7] ». Adrienne Monnier, qui avait tout excusé – et plus encore –, ne pardonnera pas à André Breton d'avoir attaqué son excellence l'ambassadeur : *Littérature* ne sera plus vendu rue de l'Odéon...

Mais il s'agit là d'une histoire d'après la guerre...

JOURS DE FÊTE À PARIS

> Ma conscience est un linge sale et c'est
> demain jour de lavoir.
>
> Max Jacob.

Le front était à cent kilomètres de Paris et la guerre
grandissait. Elle manifestait des poussées de fièvre et
d'urticaire qu'on éradiquait en changeant de médecin,
tantôt Joffre, tantôt Lyautey, ou en administrant des
remèdes puissants, c'est-à-dire mortifères : lance-flammes
et gaz chloriques. On parlait d'employer l'aviation
comme arme d'attaque. On disait que les Américains
allaient se joindre aux forces de l'Entente. On craignait
que les Russes, en proie à des troubles mal discernables,
ne fissent défection. Les cadavres s'amoncelaient dans
les tranchées. Les blessés refluaient.

À Montparnasse, tout allait bien. On soulageait sa
faim, on étanchait sa soif comme on le pouvait – à la
Rotonde, chez Marie Vassilieff, à la boulangerie de la
Samaritaine, où les croissants étaient revenus. La nuit,
trompant le couvre-feu, peintres et artistes traversaient
la ville aux lampes voilées pour échouer dans un appartement luxueux d'Auteuil ou de Passy, où un bienheureux costumé offrait à boire pour le seul plaisir de
s'enivrer avec les artistes. D'autres soirs, un atelier
ouvrait ses portes ; tout au long de la nuit, malgré l'interdiction de circuler, des inconnus survenaient, vidaient

leurs poches de quelques morceaux de pain ou de fromage qu'ils distribuaient comme autant d'offrandes.

Cendrars partageait sans doute ses nuits et ses cauchemars avec un bras coupé, Kisling avec la crosse qui lui avait démoli la poitrine, Braque et Apollinaire avec les lames, les scies et les marteaux qui leur avaient défoncé le crâne. Mais les blessures trouvaient des baumes dans les joies et les plaisirs. Il fallait oublier la guerre.

En juillet 1916, dans une galerie jouxtant les salons du couturier Paul Poiret, se tint le Salon d'Antin. Ce n'était pas la première manifestation artistique depuis le début de la guerre (Germaine Bongard, la sœur de Poiret, avait déjà organisé quelques expositions), mais c'était incontestablement la plus importante. Elle était l'œuvre d'André Salmon, qui avait voulu mêler artistes français et étrangers pour rappeler la solidarité de ceux-ci à l'égard de la France. Krémègne côtoyait Matisse, qui voisinait avec Severini, lequel était accroché non loin de Léger, De Chirico, Kisling, Van Dongen, Zarate... Max Jacob était présent également : français mais néanmoins breton – il avait tenu à le préciser.

L'hôtel de Paul Poiret se trouvait avenue d'Antin (aujourd'hui avenue Franklin-D. Roosevelt), nº 26, au bout d'une allée grandiose qui coupait des jardins rappelant Versailles. L'exposition se déroulait dans une galerie de dimensions assez réduites. Tout un mur était occupé par une œuvre achevée depuis longtemps, mais que le public n'avait encore jamais vue, son créateur ayant jusqu'alors refusé de la montrer : *Les Demoiselles d'Avignon*.

À l'extérieur, les jardins furent offerts aux poètes. Max Jacob lut *Le Christ à Montparnasse*. Cendrars, amputé, Guillaume Apollinaire, portant encore le bandeau de sa trépanation, furent acclamés.

Le soir, il y eut concert. Debussy, Stravinski, Satie,

interprétés par Georges Auric, Arthur Honegger, Darius Milhaud et quelques autres. Ce fut là, au milieu de ses amis musiciens, que Cocteau comprit comment il allait mettre définitivement la main sur Picasso.

Quelques jours plus tard, il lui proposait de collaborer à un ballet réaliste qu'il écrivait avec Erik Satie pour Serge de Diaghilev et les Ballets russes. Le spectacle montrait des comédiens de cirque jouant leurs numéros afin d'inciter les badauds à pénétrer sous le chapiteau.

Il semble que ce fut la présence de Picasso qui emporta la décision finale de Diaghilev, lequel ne se préoccupait nullement de *Parade*. Il rencontra le peintre, Satie et Cocteau à l'automne, et donna son accord. Aussitôt, le musicien et le librettiste se mirent au travail. Picasso, lui, quittait son atelier de la rue Schoelcher pour un pavillon de Montrouge. Il n'allait pas y rester long-temps.

À la fin de l'année 1916, d'autres lieux s'ouvrirent qui permirent aux artistes de se retrouver. Le premier d'entre eux se situait rue Huyghens, nº 6, au fond d'une cour. Là, un peintre suisse, Émile Lejeune, avait mis son atelier à la disposition des peintres, des poètes et des musiciens désireux d'exposer leurs œuvres, de les lire ou de les jouer.

Blaise Cendrars, Jean Cocteau et Ortiz de Zarate sont à l'origine de l'association Lyre et Palette, dont les manifestations accueillirent un public des plus variés : les habitués du carrefour Vavin, en chandails et panta-lons marqués par l'âge, côtoyaient les fourrures et les rivières du chic rive droite, entraîné par Jean Cocteau. Dans une salle tantôt surchauffée, tantôt polaire, ces deux mondes liaient connaissance. Au dehors, les limou-sines dorées sur chrome faisaient une petite place aux charrettes à bras transportant les œuvres exposées par les peintres ou les chaises prêtées pour un soir par la chaisière du Luxembourg.

Le 19 novembre, jour de l'ouverture de la première exposition de Lyre et Palette, Kisling, Matisse, Modigliani, Picasso et Ortiz de Zarate accrochaient leurs œuvres ensemble. Paul Guillaume avait confié des statuettes significatives de l'art nègre. Le soir, Erik Satie, venu à pied d'Arcueil, s'installait au piano pour jouer des œuvres aux titres résolument dada : *Airs à faire fuir, Danses de travers, Versets laïques et somptueux, Véritables préludes flasques pour un chien*.

Le lendemain et les jours suivants, ceux qu'on appelait les Nouveaux Jeunes et qui deviendront le groupe des Six – Arthur Honegger, Darius Milhaud, Francis Poulenc, Georges Auric, Louis Durey, Germaine Tailleferre –, prirent le relais.

Le 26 novembre, Cendrars, Max Jacob, Reverdy et Salmon lurent leurs œuvres. Cocteau récita une poésie d'Apollinaire, lequel était trop faible pour le faire lui-même. Il se tenait un peu en retrait, arborant un splendide uniforme d'officier acheté la veille à la Belle Jardinière, et des bottes de cuir fauve immaculées. Il époussetait sa vareuse bleu horizon, touchait fièrement le bandeau noir qui lui ceignait le front. Une jeune femme lui pressait le bras. Elle s'appelait Jacqueline, il la surnommait Ruby en raison de la couleur de ses cheveux. Elle ne connaissait pas grand monde. Il l'avait retrouvée par hasard après l'avoir croisée plusieurs fois, naguère, en compagnie de son fiancé, le poète Jules-Gérard Jordens. Celui-ci était tombé au bois des Buttes en 1916, là où Guillaume Apollinaire avait lui-même été blessé.

Le 31 décembre 1916, pour fêter la parution du *Poète assassiné*, recueil de contes et de nouvelles, les amis de Guillaume décidèrent d'organiser un déjeuner intime –

deux cents personnes – dans un endroit feutré – le palais d'Orléans, avenue du Maine. Le menu avait été fort subtilement rédigé par Max Jacob et Guillaume Apollinaire lui-même :

> *Hors-d'œuvre cubistes, orphistes, futuristes, etc.*
> *Poisson de l'ami Méritarte*
> *Zone de contrefilet à la Croniamantal*
> *Arétin de Chapon à l'Hérésiarque*
> *Méditations esthétiques en salade*
> *Fromages en Cortège d'Orphée*
> *Fruits du Festin d'Ésope*
> *Biscuits du Brigadier masqué*
>
> *Vin blanc de l'Enchanteur*
> *Vin rouge de la Case d'Armons*
> *Champagne des Artilleurs*
> *Café des Soirées de Paris*
> *Alcools*

Ce fut une réussite. Le déjeuner tourna à la bataille de mie de pain avec, d'un côté et à une table, Rachilde, Paul Fort, André Gide et quelques autres grandes figures des Arts et des Lettres, opposés à des artistes plus jeunes, tonitruants et extrêmement mal élevés – pour la plus grande joie de tous.

Deux semaines plus tard, on remettait le couvert. Chez Marie Vassilieff cette fois, et en l'honneur de Braque, revenu lui aussi trépané à la vie civile. Le comité d'organisation, qui comprenait Apollinaire, Gris, Max Jacob, Reverdy, Metzinger, Matisse, Picasso et quelques autres, invitait les amis, moyennant une participation de six francs, à se joindre aux agapes (André Salmon affirme que Picasso n'avait pas une seule fois écrit à Braque durant tout le temps de la guerre).

Ce ne fut pas un franc succès. Car pour son malheur, Marie Vassilieff avait invité Beatrice Hastings, qui s'était séparée de Modigliani. Elle vint ; mais pas seule : Alfredo Pina, sculpteur et nouvel amant en titre, l'accompagnait. On avait prié Amedeo d'aller voir ailleurs. Il se présenta néanmoins. Il paya ses six francs de droit d'entrée, salua les uns, les autres et, considérant que la monnaie valait un spectacle, il s'approcha de Beatrice et entreprit de lui réciter du Dante et du Rimbaud à l'oreille. Lorsque le sculpteur voulut s'en mêler, c'est-à-dire donner la réplique, Amedeo tenta de le renvoyer dans les coulisses. À quoi l'autre répliqua en sortant un Browning. Ce fut une belle stupeur. Qui vira à la grande pagaille. Max Jacob arbitrait. Apollinaire comptait les points. Juan Gris considérait, effaré, ces énergumènes tout en cris et en couleurs qui s'agitaient comme des coqs en colère. Imperturbable derrière sa barbe et ses lunettes, Matisse tentait de calmer le jeu. Finalement, Modigliani fut poussé sans gloire dans la rue.

Picasso, dans un coin, chantait à l'oreille de Pâquerette, son modèle préféré de chez Poiret. L'idylle, cependant, allait rapidement tourner court.

Un mois plus tard, le peintre s'envolait sur les ailes légères de Cocteau le zéphyr. Il visita Naples et Pompéi, rejoignit Diaghilev à Rome, tomba dans les bras d'Olga, et revint le 18 mai 1917 sur la scène du théâtre du Châtelet.

On y jouait *Parade*, ballet en un acte, argument de Jean Cocteau, musique d'Erik Satie, costumes et décors de Pablo Picasso.

Ce fut *Hernani*. La modernité en plus. Les particules de la noblesse venue ce soir-là s'aérer l'esprit auprès des senteurs troubles de l'art cubiste défendu par Cocteau dans son programme en eurent des petites frayeurs. Au début, *La Marseillaise*, c'était parfait. Le rideau tricolore avec arlequin, écuyère et forains divers, ça passait à la rigueur. Mais la fille au chapeau pointu ! Le nègre qui sert ! La jument avec des ailes ! Le cow-boy habillé avec des gratte-ciel dans le dos ! Et cette musique ! Il n'y a pas de notes, il n'y a que du bruit !

La princesse Eugène Murat ne s'en remettait pas. Elle portait un diadème. Elle donnait du Mon cher à son homme du jour et des coups d'éventail à ses voisins s'ils ne s'époumonaient pas dans des sifflets à roulette qu'on avait appris à manier l'après-midi même, en prévision. Ça frappait dans tous les sens. La comtesse de Chabrillan et la marquise d'Ouessant criaient : « Métèques ! Embusqués ! Rouges ! » C'en était follement excitant ! Les dames du monde cherchaient les grossiers artistes pour les attaquer avec leurs aiguilles à chapeau. Les unes, en robes du soir, donnaient le bras à des messieurs en fracs ou en uniformes ronflant de Légions d'honneur et de bijoux militaires. Certaines, comme la princesse de Polignac, étaient en tenue d'infirmière pour rappeler à Guillaume Apollinaire qu'il n'était pas le seul à avoir servi. Car Guillaume défendait les siens en habit militaire. Le bandeau qu'il portait autour de la tête, signe de sa blessure, en impressionnait plus d'un. Près de lui, Cocteau sautillait très haut pour vérifier que la salle était pleine du public qu'il avait choisi et qui resterait toujours le sien : le beau linge et le velours artistique. De la manche, il heurta un monsieur qui disait à son voisin : « Si j'avais su que c'était si bête, j'aurais emmené les enfants ! »

Le lendemain, la critique se déchaîna. *Parade* fut salué comme une manifestation du meilleur art boche. Les chroniqueurs tiraient à vue sur les machines à écrire, les dynamos et les sirènes. Ils clouaient au pilori Diaghilev qui, quelques semaines auparavant, avait eu le malheur d'embraser *L'Oiseau de feu* dans les replis du drapeau rouge des bolcheviks.

Erik Satie, premier visé par les flèches des journalistes, devait répondre par ces mots au chroniqueur du *Carnet de la semaine*, qui l'avait accusé tout à la fois d'avoir outragé le goût français et de manquer de talent, d'imaginaire et de métier :

> Monsieur et cher ami,
> Vous n'êtes qu'un cul mais un cul sans musique.

L'autre porta plainte en correctionnelle pour injures et diffamation. Satie fut condamné à une peine de prison avec sursis. Il ne fut pas moins bouleversé que Picasso le jour où il comparut devant le juge d'instruction pour le vol des statuettes ibériques. Il se vit doté d'un casier judiciaire, ruiné par la saisie de ses droits d'auteur, interdit de voyages (lui qui ne quittait Paris que pour Arcueil aller et retour !). Il manquait d'argent pour s'offrir un avocat et faire appel du jugement rendu. Ses amis, Gris, Cocteau et Max Jacob en tête, firent le tour des connaissances influentes pour venir en aide au musicien.

Pendant ce temps-là, en ce même mois de mai 1917, le président Poincaré nommait Philippe Pétain commandant en chef des armées. Car là-haut, dans les plaines du Nord, les bataillons décimés sortaient des tranchées pour appeler à la fin des carnages.

Pétain fit fusiller quatre cents rebelles pour montrer l'exemple. Quatre cents soldats qui s'ajoutèrent aux quarante mille crevés du Chemin des Dames.

COUP DE FOUDRE

> Il était seul, avait une frange brune et
> épaisse sur le front, des lunettes d'écaille,
> une chemise de coton à carreaux rouges
> et blancs, une petite moustache en forme
> de M, un costume en très beau tissu
> anglais...
>
> Youki DESNOS.

Campé derrière le bar de la Rotonde, la moustache
aux aguets, Libion veille au grain. Blaise Cendrars vient
de pousser la porte, sa valise à la main : passant d'hôtel
en hôtel, il déménage une nouvelle fois... Il s'approche
de Max Jacob, qui recopie l'un de ses manuscrits pour
le couturier Doucet. Il pourrait être vêtu ainsi que Léautaud l'a décrit : escarpins éculés, grosses chaussettes de
laine, pantalon à carreaux déteint et trop court, jaquette
minuscule et trop serrée, chapeau poussiéreux.

Cendrars s'assied. Max lui raconte le pugilat qui a
opposé Reverdy à Diego de Rivera à propos du cubisme.
Le peintre et le poète en sont venus aux mains. Cela a
commencé chez Lapérouse, au cours d'un dîner offert
par Léonce Rosenberg, pour s'achever chez Lhote, au
milieu des bibelots Louis-Philippe. Reverdy a défendu
le cubisme de Braque, Gris et Picasso, sans ménager les
artistes qui se trouvaient là. Offensé, Rivera l'a giflé.
Reverdy lui a tiré les cheveux. Il a fallu le jeter dehors...

Libion ne retient pas les bribes qui lui parviennent

de la salle. Il observe le manège d'une demi-douzaine d'agents cyclistes qui entourent le café, mettent pied à terre puis se regroupent non loin de l'entrée.

« Rafle ! » dit-il d'une voix forte.

La nouvelle n'impressionne personne : la clientèle est habituée. Depuis que les révolutionnaires russes et les pacifistes de tout poil ont choisi la Rotonde comme quartier général, ces messieurs de la préfecture font des;-descentes régulières. Tous ceux qui sont contre la guerre sont considérés comme défaitistes. Un mot qui n'est pas français, si l'on en croit le maréchal Joffre. Mais qui oblige à certaines précautions. Ainsi, pendant quelques semaines, Libion a placardé sur ses murs des affiches patriotiques. Il espérait qu'elles constitueraient des preuves à décharge. Elles n'ont pas suffi à disperser les dénonciateurs, les indicateurs et autres policiers en civil qui, depuis le début de l'année, font le siège des établissements considérés comme louches : la Rotonde en première place, suivie non loin par le Dôme et la Closerie des Lilas. Le restaurant Baty, qui campe en face, est moins inquiété : ses nappes blanches et sa carte – assez chère – plaident en faveur de ceux qui y déjeunent.

Une escouade de messieurs guindés apparaît soudain à l'entrée. Ils passent de table en table, vérifiant les papiers des consommateurs présents. Aucun ne peut fuir : les cyclistes postés sur le trottoir auraient tôt fait de rattraper la mauvaise graine. Mais cette fois, la chance sourit à ceux qui sont présents : le contrôle des identités s'effectue sur place et non au commissariat.

Les pandores entourent un petit Japonais vêtu d'une robe prune. Un collier scintille à son cou. Des boucles d'oreilles lui font une drôle d'apparence.

« C'est une dame ?

— Un monsieur, répond le Japonais.

— C'est à prouver.

— Je suis marié une première fois, et la seconde ne va pas tarder », réplique le Japonais avec un sourire ravi.

Il désigne une jeune fille qui se tient à l'écart et qui converse avec sa voisine sans prêter la moindre attention à celui qui l'observe.

« Le coup de foudre, messieurs.

— Vos papiers. »

Il les tend. Les agents se penchent pour mieux lire : Fujita Tsuguharu, dit Foujita, né en 1886 à Tokyo, Japon.

« Profession du père ?

— Général dans l'armée impériale.

— Depuis quand êtes-vous en France ?

— 1913... Mais je suis allé à Londres.

— Pour y faire quoi ? »

Foujita lance un regard scrutateur en direction de l'inconnue qui ne l'a pas encore remarqué. Il revient aux agents.

« Je travaillais pour un peintre. On faisait des tableaux ensemble, il les signait, il les vendait, et il ne me payait pas.

— Alors pourquoi restiez-vous ?

— Pour gagner ma vie.

La maréchaussée fronce le sourcil.

— Je me suis fait rouler, si c'est cela que vous voulez savoir...

— On veut tout savoir, et précisément.

— Ce peintre possédait une propriété et une écurie de chevaux, explique posément Foujita. Le problème, c'est qu'il savait tout peindre, sauf les chevaux. Je les faisais donc moi-même, et il se chargeait du reste : l'herbe, le soleil tantôt se levant, tantôt se couchant, les mignonnes barrières, le bucolique charmant. Et, bien entendu, la signature... Un jour, il est parti pour vendre l'œuvre commune. Je ne l'ai jamais revu.

— C'est alors que vous êtes venu en France ?

— Après avoir été modéliste à Londres, chez sir Gordon Selfridge. Là-bas, on vend des tailleurs coupés par moi.

Les agents fixent la robe couleur prune.

— Et ça ? C'est votre œuvre ?

— Cousu main... Une petite jupe de même couleur tenterait-elle l'un d'entre vous ? »

La préfecture opère un repli immédiat en direction de la sortie. Avec étape au bar, où campe Libion, mains aux hanches. On le prévient que si les dénonciations persistent contre son établissement, celui-ci sera interdit à la troupe.

De nouveau seul, Foujita cherche le regard de la jeune fille assise trois tables plus loin. Elle a vingt-cinq ans, l'œil rieur, le cheveu court, le nez en trompette, la gouaille parigote. Elle s'est tournée une fois vers lui et n'a pas paru choquée par sa robe prune. Ce qui n'étonne pas le petit Japonais : lorsqu'il est arrivé en France, il se promenait en compagnie d'Isadora Duncan et de son frère, qui professaient alors le retour aux idéaux grecs. Il portait un bandeau sur la tête, une chlamyde agrafée à l'épaule, un collier de grosses pierres, un sac de dame et des nu-pieds. Cette tenue n'empêchait pas les filles de tomber à ses pieds.

Lorsqu'il fait ses comptes, Foujita reconnaît tout ce qu'il leur doit : Marcelle lui a appris à boire sa soupe sans faire de bruit et à ne pas sucer sa cuillère au dessert ; Marguerite lui a enseigné l'art du baiser ; il doit à Renée le mode d'emploi pour entrer au cinéma sans payer sa place ; à Margot de connaître un grand répertoire d'insultes à caractère animalier ; à Yvonne de savoir se rendre au mont-de-piété afin de mettre sa montre en gage, l'y laissant le temps de quelques prises de coco ; à Gaby de porter des robes ou des pantalons impeccables maintenant qu'il les glisse sous son matelas la nuit... Mais celle-ci, que pourrait-elle lui apprendre ? Et d'abord, comment s'appelle-t-elle ?

Foujita se lève et s'approche de la jeune fille. Il s'incline cérémonieusement devant elle. Ils échangent quelques mots brefs. Puis le Japonais se retire.

Le lendemain, il revient à la Rotonde. Il entre, tout sourire, la mine conquérante. À son bras est pendue sa dernière conquête : la jeune fille dont il a réussi à connaître le prénom – Fernande – et l'adresse – rue Delambre. Elle paraît éperdument amoureuse de ce diable de Japonais qui l'a conquise grâce à une simple chemise : un corsage bleu qu'elle porte avec autant de fierté que s'il s'était agi d'une robe de princesse. Foujita, qui peut fabriquer une tunique en moins d'une heure, a passé la nuit à coudre ce cadeau. Il le lui a apporté le matin, ayant, la veille, obtenu l'adresse de la chambre que sa future amoureuse occupe près du Dôme. Et comme Fernande Barrey ne voulait pas être en reste de générosité, après qu'il lui eut offert ce présent fait main et comme il se plaignait du froid qui régnait dans la petite pièce, elle s'est emparée d'une hachette et a débité en bois de chauffage la seule chaise qu'elle possédait.

Treize jours plus tard, ils se sont mariés à la mairie du XIVe arrondissement. Foujita a emprunté les six francs nécessaires à la publication des bans à un garçon de la Rotonde, qu'il a remboursé en exécutant le portrait de sa femme. Ils ont choisi un témoin, et comme il en fallait deux, ont opté pour un professionnel de la chose qui attendait devant la mairie.

Quelques semaines plus tard, madame Foujita a quitté son domicile, devenu maison conjugale. Un carton à dessins sous le bras, elle s'en est allée rive droite où se trouvent la plupart des marchands de tableaux. L'his-

toire prétend que, surprise par la pluie, elle est entrée
chez Chéron, a offert deux aquarelles contre un parapluie, est revenue à Montparnasse sans avoir rien vendu.

Mais du moins a-t-elle gagné Chéron. Car après avoir
longuement regardé les aquarelles, le commerçant a traversé la Seine, s'est précipité rue Delambre et, sans
même remarquer les nattes sur le sol, les lampes ornées
d'idéogrammes, les tables aux pieds sciés, et, luxe inouï,
une vraie baignoire, il a demandé qui était l'artiste et où
il rangeait ses œuvres. Il a tout acheté, garantissant non
seulement les épinards mais aussi le beurre : sept francs
cinquante par aquarelle, minimum garanti, quatre cent
cinquante francs par mois.

Pour fêter la bonne nouvelle, Foujita a offert une cage
et un serin à sa femme. Puis, mêlant l'art traditionnel
japonais et l'avant-garde européenne, il s'est aventuré
sur une voie où nul ne pouvait le suivre. Naguère, faute
de moyens, il peignait des animaux et des fleurs à la
gouache et au pastel. Désormais, il peut s'offrir l'huile
et les pinceaux qui lui manquaient. Assis par terre dans
une ancienne écurie devenue son atelier de la rue
Delambre, ses couleurs autour de lui, Foujita peint serei-
nement des toiles que tout Paris va bientôt s'arracher.
Après Van Dongen et en même temps que Picasso, il
s'apprête à découvrir les joies de l'opulence. L'argent
frappe à la porte. La notoriété aussi.

UN PEINTRE ET SON MARCHAND

> Ce sont au fond les grands peintres qui
> créent les grands marchands.
>
> Daniel-Henry Kahnweiler.

Qui va à la chasse perd sa place. Citoyen allemand réfugié en Suisse, ses biens (donc ses toiles) mis sous séquestre, Kahnweiler finit par épuiser ses réserves : il ne parvint plus à soutenir ses artistes. Dès lors, la chaise resta vide. Elle fut bientôt occupée.

Le plus rapide l'emporta : Léonce Rosenberg. Conseillé par André Level et Max Jacob, il acheta des œuvres de Gris, de Braque, de Léger et de Picasso. Il devint le marchand attitré des cubistes alors que, de son propre aveu, il ne connaissait rien aux affaires. Et pas seulement : quelques années après la fin de la guerre, il conseillera à Miró de découper sa toile *La Ferme* pour qu'il puisse la vendre à des clients... vivant en appartement. Finalement, ce fut Hemingway qui l'emporta aux dés sur les autres amateurs...

Léonce Rosenberg payait relativement mal ses peintres – mais parfois mieux que Kahnweiler. Cependant, la plupart des artistes ne bronchaient pas, faute de savoir à quelle autre porte frapper. Et aussi, comme le note Max Jacob, car « sans lui, nombre de peintres seraient chauffeurs ou ouvriers d'usine [1] ».

Picasso était le seul à ruer dans les brancards. Il finit par quitter Léonce pour son frère, Paul Rosenberg, d'un discernement plus subtil ; il sera son marchand principal entre les deux guerres.

Modigliani, lui aussi, changea de monture. Il était avec Paul Guillaume, il choisit Léopold Zborowski. Celui-là était un grand défenseur de l'art contemporain, l'un des premiers à publier les catalogues de ses expositions. Celui-ci était un poète polonais que la guerre avait surpris à Paris alors qu'il poursuivait des études à la Sorbonne. Sous une mise élégante, il cachait une pauvreté qui n'avait rien à envier à celle de son client. Mais il avait un cœur d'or. Et une parole de platine. « Vous valez deux fois Picasso ! » dit-il à Amedeo lorsqu'il le rencontra pour la première fois.

« Vous pouvez le prouver ?

— Il faut en discuter. »

Cela se passait au cours d'une exposition de Lyre et Palette. Kisling s'était chargé des présentations.

L'artiste et son futur marchand se dirigèrent vers le bar du Petit Napolitain. Modigliani venait de gagner deux billets au cours d'une double séance de pose. Il laissa le premier sur le boulevard, dans le chapeau d'Ortiz de Zarate qui avait organisé une exposition ambulante au profit des artistes victimes de la guerre.

Ils s'assirent, et commencèrent raisonnablement par deux cafés-crème. Ils offrirent le troisième à un rapin de leur genre. L'homme portait un pardessus déchiré, une chemise qui ne valait guère mieux, et des godillots qui n'en menaient pas large non plus. Il toussait rauque. Modigliani glissa la main dans sa poche et, discrètement, laissa tomber son deuxième et dernier billet.

Puis il se baissa, ramassa la coupure et la brandit au-dessus de la table.

« Regardez ! Dix balles ! »

Il la posa devant le rapin.

« C'est pour toi... C'était sous ta chaise. »

L'autre voulut partager.

« Pas question ! s'écria l'Italien. Moi, je viens de gagner une fortune ! »

La deuxième séance de pose venait de disparaître pour le bonheur d'un autre.

Le rapin offrit sa tournée puis décampa.

Zborowski était un étrange jeune homme. Très élégant, le veston bien coupé, la barbe impeccablement taillée, un accent qui valait celui de Soutine, le désir forcené de se lier avec Amedeo... Il lui proposa quinze francs par jour, modèle et matériel fourni.

Pour Picasso, une aumône ; pour Modigliani, une aubaine...

L'Italien regardait, interloqué, cet individu qui lui proposait une manne quasi divine car quotidienne alors que sa cote valait à peine un petit marc au comptoir. Un type dont il n'était pas difficile d'écarter la cravate pour voir les boutons manquants, la chemise reprisée, la poitrine creuse, et comprendre qu'il était affamé autant qu'il l'était lui-même. Quinze francs par jour !

« J'ai aussi des amis de talent », fit le Livournais.

Il parla de Chaïm Soutine. Puis, comme il s'apprêtait à énumérer la suite du catalogue de ses camarades dans la dèche, le marchand l'interrompit d'un geste.

« Il faut que je vous explique. Très franchement... »

Il exposa sa situation : il n'avait rien. La guerre l'avait surpris à Paris, où il étudiait la littérature française à la Sorbonne. Il était devenu courtier en œuvres d'art, livres et gravures, parce qu'il se savait beau parleur et doué de quelques facilités pour négocier. Il n'avait pas eu la vocation. Il ne l'avait d'ailleurs toujours pas. Mais Lyre et Palette lui avait révélé le génie de Modigliani. Il voulait s'y consacrer et le défendre.

Oui ou non ?

Amedeo avait posé son bloc sur la table du bistrot. Il

fixait maintenant une Américaine qui consommait seule à une table voisine. Il dessinait son visage. Peut-être songeait-il à une autre rencontre avec un marchand. C'était avant que Paul Guillaume l'eût pris sous contrat. Le type avait négocié un lot de dessins, très bas, très très bas, de plus en plus bas. Lorsque Modigliani avait estimé que le niveau de la mer était atteint, il s'était emparé des dessins, il les avait percés, avait glissé une ficelle dans le trou, puis il était passé dans les toilettes où il avait accroché ses œuvres à la chasse d'eau. De retour devant le marchand, il avait seulement dit :

« Je vous les donne. Torchez-vous avec. »

Modigliani arracha de son bloc la feuille qu'il venait de noircir.

« Oui ou non ? » demanda de nouveau Léopold Zborowski.

Modi tendit son portrait à l'Américaine. Elle s'empara du dessin, l'observa avec suspicion, intérêt, bonté, joie, contentement, ravissement, gratitude, bonheur, et lorsque l'extase eut sanctifié ses traits, Amedeo dit :

« C'est trois stout. »

Qui leur furent immédiatement servies.

« Je veux la signature ! réclama l'Américaine.

— Les saints ne sont pas toujours des anges », remarqua Zborowski.

Modigliani reprit le dessin que la femme lui tendait.

« Pourquoi faut-il une signature ?

— La valeur ! exhala la bonne dame. Un jour, vous serez peut-être connu ! »

En dix pâtés parfaits, sur toute la diagonale de la feuille, Modigliani recouvrit le portrait des dix lettres de son nom. Et rendit le dessin à l'Américaine, qui le prit dans l'extase, le regarda avec gratitude, intérêt, suspicion et le déchira rageusement.

Modigliani se tourna vers Zborowski. Il choqua son verre contre le sien et dit :

« C'est oui. »

Chaque jour, le marchand partait à l'assaut des galeries. Amedeo ne lui demandait jamais de comptes, mais seulement des avances. Pour régler les verres, les plats, les bouquets de fleurs... Et Zborowski donnait ce qu'il pouvait. Quand il ne pouvait pas, il mettait les bijoux de sa femme au mont-de-piété, jouait au poker à la Rotonde, traficotait avec d'autres marchands, empruntait aux commerçants. On le rencontrait parfois assis à une table de la Rotonde, n'ayant rien mangé depuis deux jours. Son sort n'était guère plus enviable que celui de Max Jacob, qui passait de table en table pour vendre ses ouvrages publiés à compte d'auteur, ou que celui des habitués qui sortaient des toilettes après s'y être lavés, faute de disposer d'une salle de bains personnelle. Sans doute le marchand faisait-il comme les autres, qui dérobaient les croûtons des pains dépassant du comptoir. Lorsqu'un amateur se présentait, il bradait les œuvres de Modigliani, abandonnant pour une misère ce qui vaudrait cent fois plus cinq ans plus tard.

Zborowski était totalement dévoué à Amedeo. Il se sacrifiait pour lui, se passait de tabac, de charbon, de nourriture, donnait tout à l'autre pour que la misère fût moins rude. Cela autant par affection que par admiration. Il se battait à longueur de journée pour défendre ce peintre auquel nul ne croyait, sinon de vagues collectionneurs suisses attirés un jour par un article écrit dans un journal de Genève par Francis Carco. Ils acquirent quelques nus pour un prix dérisoire.

Zborowski cherchait partout la clientèle. Même parmi les commerçants du carrefour Vavin. Quand il ne pouvait pas faire autrement, Modigliani traitait directement avec eux. Francis Carco raconte qu'un jour où son marchand était dans le Midi, Amedeo croisa sa femme, Hanka, à qui il demanda de poser pour lui : il devait vendre deux toiles à un coiffeur. Elle accepta en échange d'une troisième œuvre qu'il lui offrirait. À l'issue de la séance de pose, la dernière toile n'étant pas sèche, Hanka Zborowska décida de revenir la chercher le lendemain. Lorsqu'elle se présenta à l'atelier, les trois œuvres avait disparu : deux se trouvaient chez le coiffeur ; la dernière avait été vendue à un acheteur qui était venu à l'improviste.

Hanka posa beaucoup pour Modigliani. Et Lunia, l'amie du couple, également. Quand il disposait des cinq francs nécessaires à leur rétribution, Zborowski se chargeait de trouver des modèles professionnels. Ainsi que le matériel nécessaire – brosses, couleurs, palettes, toiles, à quoi il fallait ajouter la bouteille rituelle.

Amedeo peignait à l'hôtel. Puis il vint chez son marchand, rue Joseph-Bara. Les conditions dans lesquelles il travaillait ne ressemblaient aucunement à celles que lui imposait le marchand Chéron qui, avant guerre, diton, enfermait l'artiste dans la cave de sa galerie, rue La Boétie, une bouteille de cognac sous la main, ne le libérant qu'une fois la toile achevée.

Chez les Zbo, Modi arrivait dans l'après-midi. Il lui fallait une séance de quelques heures pour achever une toile. Il n'émettait jamais le moindre reproche à l'égard de ses modèles. Son travail achevé, il partageait souvent des haricots achetés par Hanka à l'épicerie voisine. Puis il quittait son marchand et sa famille. Il revenait parfois dans la nuit pour réclamer une avance de quelques francs. À l'étage, on éteignait les lampes et on faisait semblant de dormir.

Modi amenait ses amis chez Zborowski. Soutine le premier. Il ne cessait d'insister auprès de son marchand pour qu'il s'occupât de lui. Mais le Polonais n'était guère convaincu. Sans doute car Hanka elle-même ne l'était pas : les manières de Soutine l'effrayaient. Elle adorait Modigliani, sauf lorsqu'il était avec lui. Elle lui reprocha longtemps de s'être levé un jour que tous étaient à table, d'avoir observé un court instant Soutine et de s'être exclamé : « Je vais te peindre ! »

Ce qu'il avait aussitôt fait. Sur la porte de la salle à manger.

Souvent, Modigliani venait avec la jeune fille qui, depuis le printemps de l'année 1917, avait remplacé Beatrice Hastings. On la surnommait « Noix de Coco » en raison du contraste que formait une chevelure sombre, nuancée de reflets roux, avec une peau très claire, diaphane.

Jeanne Hébuterne avait suivi des cours de dessin à l'atelier Colarossi. Elle était aussi douce, aussi timide que Beatrice Hastings était furieuse et extravagante. Un regard vert, très pur, semblable à une eau de source. Elle était belle et fragile, absente, impénétrable, n'exprimant guère qu'une infinie tristesse qui voilait un regard profond et magnifique. Elle était comme un animal un peu effarouché, cherchant une petite place dans le monde des grands. Ses parents, Eudoxie et Achille Casimir, catholiques pratiquants, stricts et rigoureux, n'avaient pas toléré la liaison de leur fille avec un artiste juif, italien, sans le sou et beaucoup plus âgé qu'elle. Elle avait dix-neuf ans. Modigliani en avait trente-cinq. La passion les avait emportés.

Zborowski leur trouva un petit atelier d'artiste rue de la Grande-Chaumière, en face de celui que Paul Gauguin avait occupé naguère. Il continua de veiller sur son protégé. À sa manière, qui n'était pas celle des marchands ayant pignon sur rue.

Certains, plus tard, lui reprocheront son amateurisme,

un manque de fiabilité guère contestable, quelques légè-
retés dont se plaindra, notamment, Daniel-Henry Kahnweiler. Ces reproches ne pèsent guère face à l'essentiel.
L'essentiel reste la peinture. Entre 1916 et 1920, c'est-
à-dire pendant les années Zborowski, Modigliani accom-
plira la presque totalité de son œuvre peinte. Notamment
son extraordinaire série de nus. Par une absolue malchance, ou un sinistre jeu du destin, lorsque le marchand
disparaîtra, douze ans après le peintre italien, il sera
ruiné et aussi pauvre que l'était Modigliani lorsque, le
matin de sa mort, Jeanne Hébuterne revint chez ses
parents, 8 bis, rue Amyot.

3, RUE JOSEPH-BARA

> Concierge ? Oui, mais concierge d'une
> maison d'artistes...
>
> André SALMON.

Les jeunes filles s'émancipaient. Les amours fugitives
naissaient un soir pour mourir au matin. Cendrars prétendait que la guerre vidait les maisons : les hommes
étaient au front, les femmes leur cherchaient des remplaçants pour occuper les lits dépeuplés... Les passions
amoureuses emportaient les âmes comme des fétus de
paille.

Kisling s'éprit de Renée-Jean, blonde, vingt ans, la
frange coupée net au ras des sourcils, vivante et passionnée, portant des pantalons et des chaussettes dépareillées
– à la manière des futuristes italiens.

Ayant hérité d'un sculpteur américain avec qui il avait
fait la bringue avant 1914, le fiancé put organiser un
mariage grandiose, la plus belle fête du quartier en ces
temps de guerre. Tout Montparnasse fut convié. Le cor-
tège partit de chez Kisling, rue Joseph-Bara. Ivre de vin
et de joie, la petite troupe entreprit de rallier la mairie,
avec pauses à la Rotonde puis au Dôme où le père Cam-
bon offrit de quoi se réconforter. L'assemblée grandit,
de verre en verre, de café en bistrot, jusqu'au « oui » à
peu près net que Kisling échangea avec Renée-Jean
devant monsieur l'adjoint au maire qui n'avait jamais vu
ça, une troupe de débraillés auxquels se mêlaient des

permissionnaires en tenue qui faisaient claquer leurs godillots dans la salle des mariages. D'autant que la mariée traitait son nouvel époux de « petit Polonais à la con » quand celui-ci, qui épousait la fille d'un commandant de la garde républicaine, était désespéré : lui dont les convictions antimilitaristes avaient été largement éprouvées allait se retrouver avec un beau-père officier ! Une honte ! Une calamité !

Après un déjeuner très arrosé, la compagnie fit un tour par les bordels du boulevard Saint-Germain, revint dans l'atelier de Kisling où Max Jacob tint son meilleur rôle en imitant Jules Laforgue. Modigliani lui courait après, le suppliant de lui laisser réciter du Dante, du Rimbaud, du Baudelaire, n'importe quoi pourvu qu'il jouât la comédie lui aussi. Il passa dans la petite chambre contiguë à l'atelier, s'en revint couvert des draps des jeunes mariés. Il grimpa sur un tabouret, fit le fantôme, déclama *Macbeth* puis *Hamlet*, tout cela sous les cris de fureur de Renée-Jean qui n'admettait pas qu'on utilisât ses draps de noces, fût-ce pour réciter Shakespeare. S'ensuivit une cavalcade dans les escaliers, un tonnerre de glapissements, les locataires répondant aux cris d'orfraie d'Amedeo et aux invectives de madame Salomon.

Madame Salomon était concierge. Une Bretonne cabocharde, minuscule et attifée comme une sorcière, mais dévouée et attentive à tous ces petits artistes qui peuplaient son univers. Elle les défendait auprès de ses consœurs de la rue.

L'été, elle passait ses nuits allongée devant sa porte. L'hiver, elle réintégrait la loge où, comme le Douanier Rousseau, elle dormait tout habillée. Il n'y avait aucun moyen d'échapper à sa vigilance. Au premier pas, elle jaillissait hors de sa boîte. Matin et soir, elle couvait sa nichée d'un regard tantôt sévère, tantôt scrutateur.

Elle éprouvait un amour particulier pour Kisling. Lorsqu'il était revenu blessé de la guerre, elle l'avait encouragé à boire du lait pour soulager la toux qui le ravageait. Chaque fois qu'il sortait ou entrait, elle surgissait de son poste d'observation, ajustait sévèrement son pince-nez et questionnait :

« Le lait ?

— Demain, demain ! »

Il l'embrassait sur ses cheveux décoiffés. Elle rouspétait, pour le principe.

Elle avait accueilli Renée-Jean comme l'oisillon tombé du lit. Elle espérait que la vie commune étancherait la soif festive de Kisling qui, avant de revêtir l'uniforme, rentrait souvent à l'aube, toujours fin saoul et rarement seul.

Elle déchanta rapidement : la vie conjugale n'avait pas conduit son protégé aux bonnes manières. La porte de l'atelier restait toujours ouverte : le matin, à partir de neuf heures, aux modèles qui se succédaient derrière ses toiles ; l'après-midi, aux amis ; le soir, aux facteurs de toutes les réjouissances. Et toujours, cette pauvre madame Salomon devait subir les malheurs horriblement sonores que lui causait le phonographe à pavillon branché chez Kisling.

« Il raye mes oreilles ! Il déforme mes goûts ! »

Elle détestait Fréhel et les tangos argentins.

Quand ce n'était pas la musique, c'était le vacarme du plateau à roulettes sur lequel le peintre faisait grimper ses modèles. Il le tirait, il le poussait, il le faisait tourner, aller et venir en fonction de la lumière prodiguée par le soleil, et lorsque, enfin, il avait découvert le meilleur angle, il prenait son souffle pour une petite chansonnette qui tenait du rugissement et qu'il accompagnait d'une danse de Sioux des plus sonores et des plus trébuchantes.

Ça, c'était pour le dernier étage. Il y avait aussi les autres. Car Kisling n'était pas le seul artiste locataire du n° 3 de la rue Joseph-Bara. André Salmon y avait vécu avant de changer de trottoir pour loger au 6. Chaque soir, un passant promenant ses chiens lui indiquait (bien involontairement) que le moment était venu d'aller se coucher. À onze heures, comme un rituel, cet homme prononçait un mot, un seul et toujours le même : « Goujat ! » Car les bestioles profitaient de l'heure de la promenade pour mordre ou gêner un quidam, qui insultait le maître-chien, lequel répliquait par cette injure toute littéraire et servie à horaire fixe.

On ne connaît pas le nom des bêtes. Leur propriétaire habitait près de la rue Stanislas et travaillait au *Mercure de France*. Il s'appelait Paul Léautaud.

Rembrandt Bugatti, sculpteur animalier et frère d'Ettore (le constructeur automobile), avait habité au rez-de-chaussée du 3. Il s'y était suicidé en 1915. L'année précédente, Jules Pascin avait quitté le dernier étage pour retourner à Montmartre.

Leurs remplaçants causaient bien de l'embarras à madame Salomon. Surtout le dernier : Leopold Zborowski, marchand. Il logeait au premier étage, un appartement de deux pièces qu'il partageait avec du monde. Il y avait sa femme, Hanka Zborowska – ce qui n'était pas anormal ; une amie, Lunia Czechowska, épouse d'un Polonais embarqué sur le front – c'était bizarre ; Amedeo Modigliani, qui vivait ailleurs mais peignait dans la deuxième pièce de l'appartement – c'était généreux de la part des Polonais mais sonore pour les autres occupants de l'immeuble.

Entre les étages, il y avait un va-et-vient permanent. Modigliani allait chercher des couleurs chez Kisling, qui descendait pour les récupérer, croisait Salmon qui montait, Apollinaire qui poussait une porte, un modèle qui cherchait l'étage, Renée-Jean s'éveillant, Lunia interrogeant l'un ou l'autre pour savoir s'il y avait ambiguïté entre Amedeo et elle, Hanka gémissant parce que Soutine était annoncé, Soutine, grimpant jusqu'à chez Zbo et Zbo descendant, les derniers dessins de Modigliani sous le bras...

Madame Salomon suivait et surveillait les allées et venues de ses locataires. Lorsqu'ils étaient particulièrement bruyants et agités, elle se consolait en songeant au chagrin qui l'eût étouffée si par malheur l'un d'eux n'était pas revenu de la guerre. Quand elle s'allongeait sur son lit, le soir, après une grosse journée de travail, elle tendait l'oreille, redoutant un autre chahut bien plus dangereux que les cris et les rires d'une demi-douzaine de peintres et de poètes : le feulement des Zeppelin, l'explosion des Gothas.

LES MAMELLES DE TIRÉSIAS

> ... Je suis encore très nerveux, irascible à
> l'excès, j'en ai paraît-il pour plus d'un an
> à me remettre du traumatisme capital qui
> a manqué me faire mourir.
>
> Guillaume APOLLINAIRE.

L'amour a frappé Kisling, Foujita, Modigliani et
Apollinaire. Picasso n'est pas épargné. Fernande est
loin, Éva enterrée, Gaby, Pâquerette et les autres,
oubliées. Sur la toile, grande, resplendissante, souve-
raine, apparaît Olga Khokhlova. Elle a vingt-cinq ans,
elle est russe, fille de colonel de l'armée du tsar, balle-
rine des Ballets russes. Picasso l'a rencontrée à Rome,
auprès de Diaghilev. Il l'a suivie à Naples et à Florence,
ils se sont retrouvés à Paris, ils sont allés ensemble à
Barcelone avec la troupe des danseurs.

Picasso n'est plus le même. Il porte costume, cravate,
pochette et chaîne de montre. Ses amis espagnols ne le
reconnaissent plus. La gloire des Ballets russes lui a
apporté une auréole que la peinture ne lui avait pas
encore donnée.

Amours toujours... En mars 1917, Ruby annonce à
Apollinaire qu'elle est enceinte. L'enfant ne verra pas le
jour. Hasard ou pas, à cette époque, Apollinaire prépare
une pièce dont l'idée centrale tourne autour du repeuple-
ment de la France : *Les Mamelles de Tirésias*. L'œuvre
est donnée le 24 juin 1917, au théâtre Renée-Maubel de

Montmartre. Le programme, distribué au public, est placé sous l'égide de Picasso : un de ses dessins orne la couverture. L'œuvre obtient un retentissement considérable. Plus encore que *Parade*, elle constitue « le grand événement de l'avant-garde en 1917[1] ».

L'idée de produire *Les Mamelles de Tirésias* vient de Pierre Albert-Birot. Il se trouvait un soir de novembre 1916 rue de la Tombe-Issoire, au siège de sa revue, en compagnie de Guillaume Apollinaire. Birot souhaitait que *SIC* ne se contentât pas de publier la poésie nouvelle : il voulait aussi un théâtre moderne. Apollinaire lui proposa alors un drame qu'il avait écrit en 1903 : l'histoire de Thérèse, devenue Tirésias qui, comme le devin de Thèbes, change de sexe et prend le pouvoir des hommes (l'œuvre n'est pas sans rappeler *L'Assemblée des femmes*, d'Aristophane).

Birot donna son accord. Apollinaire retravailla la pièce, sans doute profondément. Il la dota notamment d'un prologue qui n'existait pas dans la première version. Ce prologue exprime les intentions profondes de l'auteur :

Je vous apporte une pièce dont le but est de réformer les mœurs...

Il récuse le passé :

L'art théâtral sans grandeur sans vertu
Qui tuait les longs soirs d'avant la guerre

Il prône pour les femmes un rôle comparable à celui des hommes :

Je veux aussi être député avocat sénateur
Ministre président de la chose publique

Il se montre résolument antimilitariste :

Ils éteignent les étoiles à coups de canon.

Tout cela dans une débauche de travestissements, de jeux sonores et d'outrances qui peuvent apparaître comme autant de provocations. Non seulement car le pacifisme (assez nouveau chez Apollinaire) est un défaitisme, mais aussi parce qu'en ces temps de boucherie, s'il est sans doute bien vu d'encourager la procréation à des fins de natalité, il n'est pas conseillé de montrer sur une scène de théâtre une femme ouvrant son corsage pour en laisser échapper une multitude de ballons.

Les répétitions commencèrent. Ce ne fut pas une mise en scène mais plutôt, selon le mot de Pierre Albert-Birot, une « mise en engueulade[2] ». Les comédiens n'étaient pas des professionnels (Apollinaire envisagea même de tenir un rôle), les décors, signés Serge Férat, furent faits au dernier moment, et la partition musicale, qui devait être jouée par un orchestre au complet, le fut par une pianiste qui remplaça à elle seule les instrumentistes, introuvables en ces temps de guerre. Les chœurs étaient dirigés par Max Jacob. La musique était signée Germaine Albert-Birot.

Apollinaire ne fut jamais un passionné de musique. En 1917, lors d'un concert donné salle Gaveau, il composait des vers tandis que l'orchestre jouait une œuvre de César Franck. Il profita de l'entracte pour s'enfuir discrètement... Au cours des répétitions des *Mamelles*, il applaudissait à tout rompre la musicienne qui interprétait l'œuvre, moins pour la qualité de son jeu que pour la finesse de son tour de taille. Il appréciait Satie d'abord et avant tout parce qu'il était son ami. Mais les *Mamelles* l'intéressaient parce qu'il s'agissait de défendre l'avant-garde.

Lorsque le programme fut achevé, Birot demanda au poète ce qu'il convenait d'inscrire sur la couverture. Apollinaire suggéra le titre : *Les Mamelles de Tirésias*. Birot objecta que cela ne suffisait pas. Il fallait aussi caractériser la pièce.

« Drame, proposa Apollinaire.

— Trop bref. Et le public risque de penser qu'il s'agit d'un drame cubiste. »

Apollinaire réfléchit un instant et dit :

« Écrivons drame surnaturaliste.

— Impossible, rétorqua Birot. Nous sommes aussi éloignés du naturalisme que du surnaturel.

— Alors inscrivons seulement *Les Mamelles de Tirésias*, drame surréaliste. »

Le mot était lâché. Il sera repris par André Breton et Philippe Soupault en hommage à Guillaume Apollinaire.

Lors de la représentation des *Mamelles*, Breton était présent dans la salle. Il fut déçu par l'œuvre autant que par le jeu des comédiens. À la fin du premier acte, il remarqua un spectateur qui s'agitait à l'orchestre. C'était Jacques Vaché, vêtu d'un uniforme d'officier anglais. Il avait tiré son revolver de son étui et menaçait de s'en servir. Breton parvint à le calmer. Les deux hommes suivirent le spectacle sans y adhérer. Vaché, notamment, fut exaspéré autant « par le ton lyrique assez bon marché de la pièce que [par] le ressassage cubiste des décors et costumes[3] ».

Ce fut un hourvari. En quelque sorte, le premier de la longue série des scandales qui allaient baliser la voie du surréalisme. La presse se déchaîna, et le public tout autant. Malgré la prudence dont avait témoigné Pierre Albert-Birot, l'œuvre fut taxée de cubiste, Apollinaire voué aux gémonies, et Picasso, en raison du dessin affiché sur la couverture du programme, crucifié sur l'autel de l'art national. Le cubisme, toujours considéré comme d'inspiration « boche », n'était pas plus en cour qu'autour de l'année 1914.

Cependant, les peintres qui se considéraient comme les tenants du cubisme pur et orthodoxe revendiquaient hautement leur appartenance à cette école. Au point qu'à l'issue de la représentation des *Mamelles de Tirésias*, ils adressèrent une protestation aux gazettes, précisant qu'il n'existait aucun rapport entre leurs œuvres et « certaines fantaisies littéraires et théâtrales ». Suivez leur regard. Visant d'abord et avant tout Picasso, la charge était signée Gris, Hayden, Kisling, Lipchitz, Lhote, Metzinger, Rivera et Severini [4]. Elle bouleversa Apollinaire. Il considéra que Blaise Cendrars n'était pas étranger à l'attaque.

Le lendemain de la représentation des *Mamelles de Tirésias* au théâtre Renée-Maubel, Apollinaire était affecté au bureau de presse du ministère de la Guerre : la Censure. Il écrivait alors à *Excelsior*, à *L'Information*, dans *Nord-Sud*, la revue de Pierre Reverdy, et dans *SIC*, celle de Pierre Albert-Birot. Auparavant, il avait travaillé avec André Billy à *Paris-Midi*. Il n'avait pas perdu cet esprit frondeur qui faisait la joie de ses amis. Ainsi, à *Paris-Midi*, il envoyait de fausses nouvelles émanant de Londres, de Tokyo ou de New York...

Reprenant la tradition de Paul Fort, il réunissait ses amis tous les mardis au café de Flore, entre cinq et sept heures – Max Jacob appelait ces rencontres « les mardis de Paul Flore », et Pierre Reverdy parlait de « la faune de Flore ».

Il revit Lou une fois, par hasard, place de l'Opéra. Mais la passion s'était définitivement tarie. Apollinaire vivait désormais avec Jacqueline, dans son appartement du boulevard Saint-Germain. Celui-ci se trouvait au dernier étage. On y accédait par une succession d'escaliers.

Au revers de la porte, dans les contremarches de l'escalier, le locataire avait fait installer une ouverture minuscule qui lui permettait, de chez lui, de voir qui s'invitait. Si c'était un huissier, il n'ouvrait pas. Sur le battant, était épinglée une affichette : « On est prié de ne pas emmerder le monde[5]. »

L'appartement était traversé par des couloirs tortueux encombrés de livres, de statuettes et de mille fétiches glanés ici et là. C'était un lieu très étrange, une enfilade de petites pièces dans lesquelles, par la grâce d'un magicien installateur, on avait pu caser des meubles lourds et massifs. Des tableaux étaient accrochés aux murs ; d'autres, alignés le long des murs, attendaient une main amie : Apollinaire était la maladresse même, tout à fait incapable de planter un clou sans se percer trois doigts.

La pièce que le poète préférait était la salle à manger : sombre, minuscule, équipée de chaises bancales et d'une table sur laquelle étaient disposées des assiettes ébréchées. L'hiver, un feu flambait dans la cheminée. Il y avait aussi une cuisine et un bureau dans lequel une table de travail faisait face à une étroite fenêtre. Un escalier intérieur conduisait à la chambre. On accédait à une terrasse minuscule par une porte vitrée qui laissait voir les toits de Paris.

Là, Apollinaire se remettait de sa blessure. Il souffrait de crises d'emphysème. La disparition de son ami d'enfance, René Dalize, dédicataire des *Calligrammes*, tué à la guerre, l'avait profondément affecté. Dalize, le camarade de toutes les fêtes, son éternel parapluie sous le bras, qui se plantait devant les miroirs et lâchait, face à lui-même : « Beau sabotage d'existence ! »

Apollinaire était alors au faîte de la gloire : reconnu partout, sollicité sans cesse, plein de mille projets nouveaux. Mais il avait abandonné quelques poussières de sa joie de vivre au front. L'avenir l'inquiétait. Il était de plus en plus irascible. Lorsqu'ils venaient dîner chez lui, ses amis prenaient garde à ne rien déranger afin de ménager sa susceptibilité. Ils regardaient, un peu inquiets, le casque de l'artilleur percé de son trou à la tempe, qui trônait sur une table, dans l'entrée.

En janvier 1918, une congestion pulmonaire renvoya le poète à l'hôpital. Il en sortit peu après. La guerre, alors, avait changé de visage.

PARIS-NICE

> Au dessert le champagne a été débouché
> à 120 kilomètres de Paris ou plutôt c'était
> au-dessus de Paris ce soir-là. Toute la
> compagnie est descendue faire de l'esprit
> dans les caves.
>
> Max Jacob.

Au printemps de l'année 1918, Paris avait faim, froid, mais pas sommeil. On avait le ventre vide, ce qui n'empêchait pas d'aller au concert, au théâtre, au cinéma. Max Jacob écrivait ses poèmes sur du papier d'emballage, mais il trouvait des cigares pour Picasso. Le soir, les noctambules faisaient main basse sur toutes les bouteilles qu'ils pouvaient ramasser puis, à pied ou en taxi, ils cherchaient des endroits où rincer la sécheresse de leur misère. Les voitures allaient au pas jusqu'au moment où l'une dépassait les autres parce que ses occupants avaient eu l'idée d'un point de chute. Tous se retrouvaient ici ou là, tantôt dans une boulangerie de la rue de la Gaîté, tantôt dans l'arrière-salle d'un grand magasin de la rive droite où bouteilles et victuailles étaient mises en commun.

En mars cependant, après deux années de stratégie défensive, les Allemands attaquèrent en force les lignes françaises et anglaises. Le front fut enfoncé. Foch avait beau dire que le pays ne perdrait plus un mètre de son sol, et Clemenceau exhorter les soldats à ne céder à aucun prix, la guerre promenait son mufle à soixante-dix kilomètres de Paris. La nuit, la Grosse Bertha tonnait. Elle faisait peur, et elle était effrayante : des canons Krupp de trente mètres de long tirés sur rails, capables de projeter des projectiles à trente kilomètres de hauteur et cent kilomètres de distance. Les Allemands les appelaient les Pariser Kanonen. Les boulets touchèrent Grenelle, Vaugirard, l'église Saint-Gervais et le Champ-de-Mars. L'un d'eux s'abattit rue Liancourt. Un autre explosa à Port-Royal, dans une salle de la maternité Baudelocque, provoquant la mort de plusieurs enfants et de leurs mères. Un demi-million de Parisiens fuirent la capitale pour le sud de la France. Parmi eux : Soutine, Foujita, Cendrars, Kisling, Modigliani, Jeanne, Zborowski et sa femme.

Ces derniers partaient pour se protéger des bombardements, mais aussi parce qu'ils espéraient que le soleil niçois serait bénéfique à Amedeo, dont la tuberculose s'était aggravée, et à Jeanne, qui était enceinte. Lorsqu'elle apprit la nouvelle, Eudoxie Hébuterne décida qu'elle serait du voyage : il n'était pas question d'abandonner sa fille aux mains de cet artiste juif, malappris, inconséquent et sans talent.

Ils furent dans la même ville – Nice –, mais les humeurs virèrent si bien au rouge que le futur père dut aller à l'hôtel tandis que Jeanne et sa mère s'installaient dans un appartement rue Masséna.

Modigliani resta presque deux ans dans le Midi. Outre que le soleil le soulageait de ses douleurs, il ne put rentrer avant, s'étant fait dérober ses papiers. Il peignit beaucoup, but immodérément en compagnie des nombreux amis qu'il retrouva là-bas : Survage, le sculpteur Archipenko, Paul Guillaume et le peintre Osterlind.

Celui-ci l'emmena un jour chez Renoir. Perclus de rhumatismes, le peintre ne bougeait pas de son fauteuil roulant. Il peignait avec des pinceaux noués à ses mains. Grâce à un système de contrepoids, il faisait monter et descendre la toile. Il travaillait sans relâche afin de donner aux bonnes œuvres le plus de tableaux possible avant de mourir. Il peignait aussi pour le bénéfice des enfants sans le sou de son entourage. Il fuyait les marchands. Il recevait encore quelques amis, comme Monet, qui fit le voyage pour le rencontrer une dernière fois. Et alors qu'il était paralysé dans son fauteuil, fumant une cigarette qu'il fallait lui ficher dans la bouche, incapable de se mouvoir autrement que porté par autrui, il accueillit son compagnon octogénaire par ces mots :

« Alors Monet ? Il paraît que la vue baisse ? »

Renoir ouvrait aussi sa porte aux jeunes artistes. C'est pourquoi il reçut Modigliani. Il tenta d'engager le dialogue avec lui. Mais l'Italien ne desserrait pas les dents.

« Allez donc voir mes derniers nus », proposa Renoir.

Amedeo et Osterlind se rendirent dans l'atelier. L'Italien observa les toiles sans faire le moindre commentaire. De retour auprès de Renoir, il ne se montra guère plus bavard.

« Alors ? »

Alors rien. Osterlind commentait. Pour d'inexplicables raisons, Amedeo restait muet.

« Vous avez remarqué la couleur de la peau ? »

Silence.

« Le galbe de la poitrine ? »

Rien.

« Et ces fesses ?... Quand je peins des fesses, j'ai l'impression de les toucher... »

Modigliani se dressa soudain, regarda le vieux peintre et déclara sèchement :

« Moi, je n'aime pas les fesses. »

Puis s'en fut, laissant Renoir désemparé et Osterlind rouge de honte.

Il rejoignit Zborowski. Celui-ci passait ses journées à faire du porte à porte dans les hôtels de luxe. Quand il comprit que Modigliani n'avait pas plus de succès ici qu'ailleurs et que les oisifs riches du Sud n'achetaient guère plus que les marchands parisiens, il remonta dans la capitale.

À Paris, Apollinaire était sorti de l'hôpital. Il avait quitté les bureaux de la Censure pour le ministère des Colonies. Le 2 mai, il épousa Jacqueline Kolb. Une cérémonie religieuse eut lieu à l'église Saint-Thomas-d'Aquin. Les témoins de la mariée étaient Ambroise Vollard et Gabrielle Buffet-Picabia. Ceux du marié étaient l'écrivain Lucien Descaves et Pablo Picasso.

Deux mois plus tard, ce dernier, à son tour, passait devant monsieur le maire. Il avait essuyé un refus de Gaby et d'Irène Lagut. Olga Khokhlova accepta. Diaghilev avait prévenu Picasso : « Une Russe, on l'épouse. » Ce ne fut pas si simple en raison de la situation de la jeune femme : ses papiers n'étaient pas en règle, et il ne lui était pas facile de les faire régulariser pour cause de révolution russe. Apollinaire intervint auprès du frère de Lucien Descaves, qui travaillait à la préfecture. Le mariage fut fixé au 12 juillet 1918 à la mairie du VIIe arrondissement. Lorsque Max Jacob reçut la lettre de Picasso lui annonçant qu'il l'avait choisi comme témoin, il crut défaillir de joie ; d'autant que la date du mariage correspondait à celle de son anniversaire... Il courut à l'hôtel Lutétia, où la future mariée avait sa suite. Il ne l'y trouva point. Aller à Montrouge, où vivait encore Picasso, c'était risquer de manquer le futur marié. Il envoya donc un pneumatique extatique :

> *Cher parrain,*
> *La mort seule m'empêcherait d'être à la mairie du VIIe*

*vendredi à onze heures ; et en mourant je me désolerais de
n'y avoir pas été.*

Il y fut. À onze heures du matin, Paul, Diègue,
Joseph, François de Paule, Jean, Népomucène, Crépin
de la Très Sainte Trinité Ruiz y Picasso, né à Malaga
(Espagne) le vingt-cinq octobre mil huit cent quatre-
vingt-un, artiste peintre, épousait Olga Khokhlova, née
à Niégine (Russie) le dix-sept juin mil huit cent quatre-
vingt-onze, sans profession, en présence de leurs témoins :
Guillaume Apollinaire, trente-sept ans, homme de lettres
décoré de la croix de guerre ; Max Jacob, quarante-deux
ans, homme de lettres ; Valerien Irtchenko Svetloff, cinquante-quatre ans, capitaine de cavalerie ; Jean Cocteau,
vingt-sept ans, homme de lettres.

Le mariage religieux se déroula à l'église russe de la
rue Daru, au milieu de l'encens et des chants orthodoxes.

Quelques semaines plus tard, Picasso quittait sa maison de Montrouge pour l'hôtel Lutétia.

Il s'y trouvait le soir du 9 novembre 1918. La guerre
allait finir. Dans l'après-midi, il se promenait sous les
arcades de la rue de Rivoli lorsqu'il croisa une veuve de
guerre. Un coup de vent rabattit le crêpe de la femme
sur son visage. Rentré à l'hôtel, Picasso se planta devant
un miroir et observa longuement son visage. La rencontre de l'après-midi l'avait bouleversé. Il y voyait
comme un funeste présage. Il s'empara d'un crayon et
traça le visage que lui renvoyait la glace. C'est alors que
le téléphone sonna. Il abandonna son dessin et répondit.
Il resta longtemps immobile après avoir posé le récepteur sur sa fourche. Puis il revint à son autoportrait.

Il venait d'apprendre la mort de Guillaume Apollinaire.

FIN DE PARTIE

Nous n'irons plus au bois les lauriers sont
coupés
Les amants vont mourir et mentent les
amantes

Guillaume APOLLINAIRE.

Le 3 novembre 1918, Guillaume descend de chez lui
en compagnie de Vlaminck et de sa femme, qu'il a
invités à déjeuner. Sur le boulevard Saint-Germain, les
deux hommes discutent de la dernière pièce du poète,
Couleurs du temps, que la compagnie Art et Liberté doit
jouer quinze jours plus tard : Vlaminck s'occupe des
décors. Quand ils se séparent, Apollinaire se dirige vers
le journal *Excelsior*, auquel il collabore régulièrement.

Le soir, la fièvre le terrasse. Il s'allonge dans sa
chambre, sous le tableau de Marie Laurencin qui le
montre aux côtés de Max Jacob et de Picasso. Il se sent
mal, mais ce n'est pas comme d'habitude. Il ne veut pas,
une fois encore, se rendre à l'hôpital : il y a fait trop de
séjours depuis sa blessure à la tête.

La fièvre monte encore. Guillaume transpire. Jacqueline s'inquiète. Mais elle n'appelle pas le médecin. On
attend.

Le lendemain, Max Jacob passe. Puis Picasso. Ils
reviennent. Ils sont allés chez Jean Cocteau, rue d'Anjou, pour lui demander d'alerter le docteur Capmas.

Peut-être est-ce une congestion pulmonaire. Peut-être est-ce autre chose. On ne sait pas.

C'est la grippe espagnole. On prétend qu'elle a été apportée d'Asie par des marins espagnols. En vérité, elle vient des États-Unis et a contaminé l'Europe par le corps expéditionnaire. Elle couche les hommes plus vite encore que la guerre. Vingt-cinq millions de morts en deux ans. Sur le Chemin des Dames, les généraux concluent des trêves pour évacuer ceux qu'elle frappe. À Paris, les corbillards se suivent les uns les autres jusqu'aux cimetières. L'un d'eux a emmené Edmond Rostand.

Guillaume Apollinaire voit la mort venir. Au front, il l'a côtoyée chaque jour et jamais ne l'a crainte. Ici, la panique s'empare de lui. Il supplie le docteur Capmas de le sauver. Il ne veut pas s'en aller ainsi. Il ne comprend pas. Il s'est sorti d'un débris d'obus dans la tête, il ne va pas crever d'un microbe !

Les amis viennent. Et reviennent. Jacqueline Apollinaire, Serge Férat, Max Jacob ne le quittent pas. Il y a des fleurs dans la maison. Un ciel gris, plombé, par-dessus les toits. Et la mort, 202, boulevard Saint-Germain, ce 9 novembre 1918, à cinq heures du soir.

Que lentement passent les heures comme passe un enterrement.

Guillaume Apollinaire est couché sur son lit, revêtu de son uniforme d'officier, le képi près de lui. La guerre va finir. Plus de huit millions de morts, vingt millions de blessés. Un poète emporté sous un dais tricolore à Saint-Thomas-d'Aquin, puis au cimetière du Père-Lachaise.

Une section du 237e territorial rend les honneurs.

Madame de Kostrowitzky mène le deuil. Picasso l'entoure. Et Max Jacob, André Salmon, Blaise Cendrars, Pierre Mac Orlan, Paul Fort, Jean Cocteau, Metzinger, Fernand Léger, Jacques Doucet, Paul Léautaud, Alfred Valette, Rachilde, Léon-Paul Fargue, Paul Guillaume... Tant d'autres encore. L'armistice a été signé deux jours auparavant. Dans les rues, la foule fête la victoire au cri de « Mort à Guillaume ! ».

Le kaiser, pas le poète.

Les obus miaulaient un amour à mourir
Les amours qui s'en vont sont plus doux que les autres
Il pleut Bergère il pleut et le sang va tarir
Les obus miaulaient Entends chanter les nôtres
Pourpre Amour salué par ceux qui vont périr.

Le soir des funérailles, Pablo Picasso quitte l'hôtel Lutétia et se rend à sa maison de Montrouge. Il y rassemble ses affaires. Le lendemain, il envoie une lettre à Gertrude Stein pour l'informer qu'il va s'installer rue La Boétie. De nouveau, il traverse la Seine.

III

MONTPARNASSE, VILLE OUVERTE

KIKI

> Kiki ? Elle mérita bien qu'on la tînt pour
> la reine de Montparnasse.
>
> André SALMON.

Un soleil froid brille sur Paris en paix. L'heure est à
la démobilisation. Les touristes arrivent. Les premiers
d'entre eux sont les Américains du corps expéditionnaire. Ils ont découvert la France en temps de guerre.
Ils reviennent après avoir troqué l'uniforme contre le
costume des joies et des plaisirs.

Les bistrots du boulevard Montparnasse sont pleins.
Les anciens comme les plus jeunes, tel le café du Parnasse, qui fait la nique à la Rotonde.

Libion observe, sans joie. Ce n'est pas la concurrence
qui le tracasse, mais l'Autorité. Elle l'a plusieurs fois
mis à l'amende ou condamné à fermer ses portes : jadis,
parce que des déserteurs, ou prétendus tels, buvaient au
bar ; ensuite, parce que les bolcheviks et leurs sympathisants s'asseyaient au comptoir – comme Kikoïne,
dénoncé pour ses relations avec des révolutionnaires
russes – ; maintenant, parce que les fumeurs consom-
ment trop : Libion a acheté des cigarettes blondes, en
contrebande paraît-il, pour offrir quelques bouffées à sa
clientèle la plus pauvre. On le lui reproche. Il menace
de vendre (ce qu'il fera). Rien ne va plus.

Il avise une curieuse personne qu'il connaît pour
l'avoir déjà vue en compagnie de Soutine, et qu'il recon-

naît car elle porte un chapeau d'homme, une vieille cape rapiécée et des chaussures beaucoup trop grandes pour elle. Une jeune fille. Dix-huit ans en comptant large. Le teint blanc. Le cheveu court, d'un noir très sombre. D'une beauté particulière, faite d'un mélange de gouaille, de vivacité, une effronterie du langage qu'on retrouve dans ses gestes, son maintien, ses sourires. Pourtant, cette fois-là, elle ne répond rien à Kisling qui, se tournant vers Libion, questionne à haute voix :

« Qui est cette nouvelle putain ? »

Elle se contente de sortir une allumette de sa poche, la gratte, souffle la flamme et se noircit délicatement le sourcil gauche.

« Alors ? Qui est cette putain ? »

La jeune personne ne répond pas. Elle attendra que Kisling recommence pour lui envoyer des insultes soigneusement méditées auxquelles le Polonais répondra en termes de « chaude-pisse », « morue », « vieille véro-lée » et autres joyeusetés qui mettront la salle en joie. Après quoi, fait exceptionnel pour l'époque, le peintre engagera la jeune fille comme modèle pour une durée de trois mois.

Ainsi commença Alice Prin, surnommée « Kiki », puis « Kiki de Montparnasse », reine du quartier, porte-bonheur des artistes, figure légendaire et mondialement connue, qui posera pour Kisling, Foujita, Man Ray, Per Krogh, Soutine, Derain, et beaucoup d'autres. Elle deviendra la protégée de tous les peintres de Vavin, la première figure de ce Montparnasse d'après la guerre dont elle contribuera, par ses frasques et ses fougues, à répandre le soufre jusqu'en Amérique.

Jusqu'alors, Kiki n'a pas eu beaucoup de chance. Sa ligne de vie croise plus souvent la vallée des misères que les crêtes du bonheur. Elle est née en Côte-d'Or, si vite qu'elle a pointé le nez dans la rue avant de trouver lieu plus confortable et plus adapté. Le père, marchand de bois et charbon, s'était éclipsé depuis belle lurette.

Enfant naturelle : c'est le premier scandale de Kiki. Il touche également sa mère, que la morale des provinces en ce temps-là expédie à Paris, maternité Baudelocque, où la médecine obstétricienne s'emploie à dégoûter les dames célibataires d'être de nouveau enceintes.

La petite Alice vit donc chez sa grand-mère en compagnie d'une ribambelle de cousins et cousines, tous enfants de l'amour comme elle. Injustice et pauvreté : le grand-père est cantonnier à un franc cinquante par jour ; la grand-mère besogne chez les bourgeois de la ville. La mère envoie ce qu'elle peut. La maîtresse d'école n'aime pas les sans-le-sou, en sorte que Kiki passe ses matinées au fond de la classe et ses après-midi au piquet. Le soir, quand il n'y a plus de haricots dans les gamelles de la maison, sa petite cousine et elle vont frapper à la porte des bonnes sœurs Cornettes. Cette expérience ne rapprochera guère la jeune fille de la croix et du goupillon...

À douze ans, Kiki s'en va pour Paris. Sa mère l'appelle. La gamine connaît moins cette femme qui lui rendait visite un mois par an que sa grand-mère, qui l'a élevée et qu'elle adore. Dans le train qui la conduit, elle noie ses larmes dans ses provisions de voyage : saucisson à l'ail et vin rouge. Le compartiment est content...

À Paris, la petite Alice découvre les fiacres. Et les avenues, bien propres et bien droites.

« Dis, maman, c'est du cirage qu'on met dessus pour que ça brille tant ? »

Ça fait rire la mère, qui n'est pourtant pas drôle. Elle a quitté Baudelocque pour une imprimerie où elle est linotypiste. Souhaitant que sa fille reprenne le flambeau, elle l'envoie à l'école communale, rue de Vaugirard. Kiki y reste le temps de se dégoûter à tout jamais des études. « J'ai treize ans passés. Je viens de quitter l'école pour toujours. Je sais lire, compter... c'est tout [1] ! »

La fillette entre dans une imprimerie comme apprentie brocheuse : pour cinquante centimes par semaine, elle relie le *Kama-sutra*. Puis, à sa manière, elle fait la guerre. Elle est engagée dans une usine de chaussures qui donne une seconde vie aux godillots des poilus. Ils arrivent du front ; la petite Kiki les désinfecte, les assouplit à l'huile et les retape au marteau. De la godasse, elle passera à la soudure, aux ballons dirigeables, aux aéroplanes et aux grenades. Dans la noire misère, toujours. Elle ronge des lentilles aux cailloux offertes par les soupes populaires, et porte des chaussures d'homme de taille 40, dénichées dans une poubelle.

À quatorze ans et demi, elle est nourrie, blanchie et logée chez une boulangère qui tient commerce place Saint-Charles, dans le XVe arrondissement. Debout à cinq heures pour servir les ouvriers qui partent au travail ; départ à sept heures pour livrer dans les étages aux paresseux qui dorment encore ; à neuf heures, ménage, courses, cuisine et assistance au mitron. Lequel est déjà un sacré gaillard. À quinze ans à peine, il s'exhibe dans la toute-puissance de son jeune âge.

« Ça te dirait ?

— Pas encore. »

Mais quand, par la fenêtre de sa chambre, la petite Alice voit des amoureux s'embrasser sur la place, elle est troublée : « Je me suis sentie drôle ! Je me suis roulée sur mon lit et c'était très bon... et après, j'ai eu très peur [2]. »

La peur passera...

La fillette décide de dominer sa crainte en entraînant son voisin d'en face du côté de l'arrière-boutique. Baisers et caresses l'emportent au cinquième ciel. Mais le sixième l'effraie encore, et le septième, pire encore. On attendra un peu...

Kiki se maquille. À son âge, cela ne se fait pas. La découvrant un jour en train de se peinturlurer le visage, la boulangère s'écrie :

« Petite grue ! »

C'est un mot de trop. Qui vaut à la patronne un gnon dans l'estomac. Après quoi, la boxeuse prend la poudre d'escampette.

Elle atterrit dans l'atelier d'un sculpteur, pour qui elle pose. Nue. La première séance se déroule au mieux. La deuxième se clôt sur une condamnation sans appel. Ayant appris par le voisinage que sa fille se commet avec un presque vieillard pour la beauté d'un art dont elle ignore tout, la mère débarque, constate et hurle :

« Putain !... Ignoble putain ! »

Entre la mère et la fille, tout se termine là. L'aînée s'en revient auprès de son futur époux, un linotypiste un peu soldat, plus jeune qu'elle ; la cadette échoue chez une chanteuse de l'Opéra-Comique.

Elle devient bonne à tout faire. Mais comme elle est surtout bonne à faire le mur, cela ne convient pas à l'artiste lyrique. Chassée une fois encore, Kiki se réfugie chez son amie Éva, qui vit dans une chambre minuscule à Plaisance. Le lit est grand, mais pas assez pour trois. De temps en temps, Éva reçoit chez elle un ouvrier corse plus âgé qu'elle. En échange de deux francs par jour et d'un morceau de saucisson, il dispose du lit et de la locataire de l'endroit.

« Mate, conseille Éva à son amie. Comme ça, tu apprendras. »

Kiki s'assied et suit le déroulement des opérations. Elle attend que la fièvre passe. Ça ne lui fait ni chaud ni froid, à peine tiède. Elle est contente parce que, jouant les lanternes, elle peut mâcher tout à loisir le saucisson que le couple néglige. Mais elle se demande si elle est tout à fait normale.

« Pourquoi ? demande Éva.

— Je suis encore vierge !

— À quinze ans ?

— Je n'ai connu que de l'à-peu-près...

— C'est terrible ! Viens avec moi, on va s'occuper du problème. »

Les deux filles font le pied de grue boulevard de Strasbourg. Éva a promis qu'elle allait trouver un vieux pour sa copine.

« Les vieux, la première fois, ça fait moins mal... »

Kiki suppose. Elle en connaît, des vieux. Une ou deux fois, elle en a entraîné un derrière la gare Montparnasse, non loin d'une cabane qui lui servait de logement. Contre deux francs, ils avaient le droit de regarder ses seins. Pour cinq francs, ils pouvaient les toucher. Jamais plus, et jamais plus bas. Kiki n'est pas une catin : elle a seulement besoin de manger.

Le premier jour, boulevard de Strasbourg, Éva découvre un quinquagénaire acceptable. Elle le présente à Kiki. Il sent bon et il est d'accord. Il offre crème et croissants. L'entremetteuse s'éloigne. Kiki suit le bienheureux. Il l'emmène chez lui, à Ménilmontant. Il est artiste de variétés, plus précisément, clown. Il montre des costumes aussi beaux que ceux de Fratellini. Il nourrit son invitée d'un rôti de porc et lui fait boire du bon vin. Après, il s'occupe de sa toilette, la vêt d'une chemise de nuit qui lui appartient et la met au lit. Kiki est presque amoureuse. Elle se laisse border bien serré, écoute les berceuses que l'artiste clown lui joue sur sa guitare, et s'endort après des petites choses point désagréables.

Bilan le lendemain : le sixième ciel est atteint, mais la demoiselle n'a rien perdu.

Elle rencontre un peintre. Robert. Il lui offre un chocolat et l'emmène chez lui. Il se déshabille le premier. Ses chaussettes manquent de tout faire rater : elles sont coupées au bout. Kiki en rigole sans pouvoir s'arrêter.

« Je ne savais pas que ça existait, les mitaines pour pieds ! »

L'autre se vexe :

« C'est même la mode. »

Ils essaient. Ils y arrivent un peu. Mais pas assez. Pas complètement. Robert a une idée. Il revient un soir avec deux dames pêchées au Dôme.

« Regarde comment on fait, et apprends ta leçon. »

Kiki regarde. Une fois, deux fois, trois fois. Mais si elle est bonne en leçons, elle est mauvaise en devoirs. Robert perd patience. Il l'envoie tapiner boulevard Sébastopol. Pour un peu, il lui expliquerait que c'est comme d'aller au front, sauf que ce ne sont pas les boches mais les yankees. Des alliés. Kiki ne s'y résout pas. Elle préfère encore subir les coups de son peintre-maquereau qui, par chance, disparaît un jour pour ne plus revenir.

Elle déménage, habite un taudis rue de Vaugirard, un hangar derrière Montparnasse... Elle découvre la Rotonde, ses peintres et ses sculpteurs. Comme tous les pensionnaires du père Libion, elle se lave dans les toilettes et glisse les quelques pièces qu'elle possède dans les machines à sous, espérant gagner un croissant au change.

Elle récolte mieux encore : Soutine. Il l'héberge parfois cité Falguière, brûlant la moitié de son atelier pour la réchauffer. Il la présente à d'autres artistes, lesquels initient la jeune fille aux paradis artificiels, qui la transportent d'une cime à une autre, mais hélas, loin encore du septième ciel qui lui importe plus que tout autre.

C'est finalement un peintre polonais, Maurice Mendjizky, qui se révèle être l'ange salvateur qu'elle attend depuis si longtemps. Il lui ôte ce dont elle ne veut plus et lui offre ce surnom, Kiki, déclinaison tendre d'*Alice* en grec[3].

Mendjizky est le premier homme de sa vie. Elle pose pour lui avant ceux qui deviendront ses meilleurs amis : Kisling et Foujita.

La première fois qu'elle va chez le Japonais, il habite encore dans son atelier de la rue Delambre. Quand elle entre, elle est pieds nus et porte un manteau et une robe rouge.

« Déshabillez-vous », demande le peintre.

Elle ôte son manteau. Elle ne porte rien dessous : l'illusion de la robe rouge est donnée par un petit carré de tissu épinglé à l'échancrure du manteau. Foujita regarde son modèle, fasciné par un pubis imberbe. Il s'approche et met le nez sur la peau :

« Il n'y a pas de poils ?

— Ils poussent durant la pose. »

Kiki attrape un crayon noir qui traîne sur une table et se dessine une pilosité de circonstance.

« Ça vous plaît ?

— C'est rigolo ! » assure Foujita.

Kiki l'écarte du chevalet et prend sa place.

« Ne bougez pas. »

Le modèle s'empare des crayons et, tout en les suçant, les mordant, entreprend de tracer le portrait de celui qui devait la peindre. Quand c'est fait, elle dit :

« L'argent de ma pose, s'il vous plaît. »

Stupéfait par cette audace, Foujita paie. Kiki s'empare de son dessin.

« Au revoir, monsieur ! »

Elle se rend au Dôme, où un collectionneur américain lui achète son portrait de Foujita.

Le lendemain, le peintre japonais la retrouve à la Rotonde.

« Vous devez revenir dans mon atelier, et me laisser vous peindre !

— Accepté ! » fit Kiki.

Foujita réalisa une très grande toile : *Nu couché de Kiki.* Jamais il n'en avait fait de si imposante. Il l'envoya au Salon d'Automne. Toute la presse en parla. Il fut félicité par messieurs les ministres. L'œuvre fut achetée huit mille francs, ce qui était inespéré. Le peintre invita son modèle à fêter l'événement. Au dessert, il lui offrit quelques billets. Aussitôt, Kiki quitta la table. Lorsque, quelques heures plus tard, elle reparut dans l'atelier de la rue Delambre, elle portait un chapeau, une robe et un manteau neufs, des chaussures brillantes comme du verre.

« Je veux vous peindre dans cette tenue ! s'écria Foujita.

— Non, répondit Kiki. J'ai rendez-vous avec un autre.

— Un peintre ?

— Kisling. »

À l'époque, Montparnasse comptait trois Kiki : Kiki van Dongen, Kiki Kisling et Kiki Kiki.

Foujita ne pouvait que s'incliner devant la force de l'homonymie.

LA MORT EN MONTPARNASSE

> C'était un enfant des étoiles et la réalité
> n'existait pas pour lui.
>
> Leopold Zborowski.

Kiki Kisling attendait toujours Kiki de pied ferme.
Quand il disait neuf heures, c'était neuf heures. Pour
lui. Pour elle, c'était quarante minutes plus tard. Ce qui
donnait lieu à des apostrophes sévères et sonores, dont
se plaignait madame Salomon, si fragile d'oreilles. Les
deux Kiki s'empoignaient sur le mode de l'insulte, qu'ils
maniaient tous deux avec perfection.

Mais ils s'aimaient d'amour tendre. Lorsque madame
Kiki était triste, monsieur Kiki s'employait à la faire
rire. Il chantait et dansait pour elle, l'entraînant à
reprendre derrière lui. Ils faisaient aussi des concours de
bruits. Mais se taisaient lorsque débarquaient les voisins.
C'était tantôt Zborowski, tantôt un voyeur qui venait se
rincer l'œil.

C'était aussi Modigliani. Il était revenu de Nice en
mai 1919, suivi par Jeanne qui l'avait rejoint trois
semaines plus tard. En novembre de l'année précédente,
une petite fille était née, Jeanne. Il avait fallu chercher
une nourrice car, d'après le témoignage de la première
femme de Blaise Cendrars, ni le père, ni la mère, ni la
grand-mère ne savaient s'occuper d'elle.

Lorsqu'elle retrouva le père de sa fille à Paris, Jeanne
était de nouveau enceinte. Le 7 juillet 1919, Modigliani

s'engagea par écrit à l'épouser sitôt qu'il aurait reçu les papiers nécessaires aux démarches administratives. Cet engagement était contresigné par Jeanne elle-même, Zborowski et Lunia Czechowska. De nombreuses années plus tard, Lunia confessera à la fille de Modigliani qu'elle la gardait souvent dans l'appartement des Zbo, rue Joseph-Bara.

Modigliani carillonnait parfois la nuit, ivre mort, pour avoir des nouvelles de sa fille. Lunia lui criait par la fenêtre de ne pas faire de bruit, il se taisait, s'asseyait un moment sur les marches, puis repartait[1].

Il boit toujours. Il boit trop. Il ne cesse plus de tousser. Il découvre Isidore Ducasse, alias comte de Lautréamont, qu'il lit en compagnie d'André Breton sur un banc de l'avenue de l'Observatoire : le fondateur de *Littérature* a publié les *Poésies* dans le n° 2 de sa revue, après être allé les copier à la Bibliothèque nationale.

Il reçoit des modèles dans son atelier de la rue de la Grande-Chaumière, esquisse un trait, avale une gorgée de rhum, traîne les pieds sur un sol noir de charbon. Lorsqu'il ressort, c'est pour aller dans les cafés. Il échange des verres contre des portraits, distribue les pièces récoltées aux plus pauvres, avale un sandwich, tousse, boit, suit une bande d'amis, trébuche sur le parvis de l'église d'Alésia, s'y roule puis s'y endort sous la pluie.

Il cherche Zborowski afin de lui emprunter quelques pièces, oubliant que Zborowski est à Londres pour une exposition consacrée à son client et ami. Il traverse la Seine et grimpe à Montmartre, embrasse Utrillo et Suzanne Valadon, chante pour eux le Kaddish, redescend vers la rive gauche, écrit hâtivement à sa mère sur des cartes timbrées qu'elle lui a envoyées.

Il est malade. Nul ne l'entend jamais se plaindre de la tuberculose qui le ronge. Pas même Jeanne Hébuterne, dont il protège la fragilité diaphane par un silence de plomb. Depuis des mois, Zbo tente de le persuader de se rendre en Suisse, dans un sanatorium, pour s'y faire soigner. Chaque fois, Amedeo répond par les mêmes mots :

« Cesse de faire de la morale. »

Pourtant, la mort rôde, et sans doute le sait-il. Il boit pour repousser les souffrances, les douleurs, les misères qui l'assaillent depuis si longtemps. Au-dehors, la guerre est finie depuis plus d'un an. Au-dedans, elle a creusé ses tranchées et dégage le terrain pour l'assaut final.

Un soir de janvier, année 1920, Amedeo quitte la Rotonde avec des amis. La pluie tombe drue. Il s'enfonce du côté de la Tombe-Issoire, attend deux heures dans le froid, repart vers Denfert et s'assied sous le Lion de Belfort. Il tousse. Mais il n'a plus la force de boire. Il revient, tanguant sur la chaussée, s'appuyant aux murs, jusqu'à la rue de la Grande-Chaumière. Monte l'escalier trop raide qui conduit à l'atelier. S'effondre sur le lit, au côté de Jeanne. Il crache le sang.

Le 22 janvier, le peintre Ortiz de Zarate, qui habite l'immeuble, frappe à la porte. Il revient à Paris après une semaine d'absence. Il n'a pas de nouvelles de Modigliani. Ni lui, ni Zborowski, malade et alité lui aussi, ni personne. Ortiz frappe, et frappe encore. Aucun bruit ne lui parvient. Le Chilien attend quelques minutes puis, prenant son élan, il enfonce la porte.

Amedeo est sur le lit. Dans les bras de Jeanne. Il râle doucement. Il appelle l'Italie : *Cara Italia*. Le poêle est éteint. Un voile glacé recouvre les boîtes de sardines qui traînent au sol, les bouteilles vides, le silence lugubre du petit matin.

Ortiz de Zarate descend quatre à quatre l'escalier et

appelle un médecin. Celui-ci ordonne le transfert immédiat du malade à l'hôpital de la Charité, rue Jacob.

Deux jours plus tard, le 24 janvier 1920, la méningite tuberculeuse remporte sa victoire. Il est 20 h 45. La nouvelle fait le tour de Montmartre et de Montparnasse. Les amis viennent de partout. Ils forment une haie devant l'hôpital. Peintres, poètes, marchands, modèles : tous sont là, incrédules, horrifiés. Modigliani est mort. Modigliani est mort.

De l'autre côté des murs, dans une salle qui n'est que catafalque, Kisling se penche sur le visage de son ami. Ses mains sont blanchies par le plâtre. Aidé par le peintre suisse Conrad Moricand, il prend l'empreinte du masque mortuaire. Celui-ci se défait, emportant des lambeaux de chair. On appelle Lipchitz à l'aide. Il rassemble les fragments. Il coulera le masque dans le bronze.

Le lendemain, très tôt, d'autres camarades entourent une ombre hiératique qui fend la foule, sur les trottoirs. Elle a le teint blanc, elle est mince, elle est minuscule. Elle porte son ventre au creux de ses mains. Elle a la démarche chaloupée des femmes enceintes. Jeanne Hébuterne. Elle n'a pas dormi rue de la Grande-Chaumière, mais à l'hôtel. Lorsqu'elle est partie, sous l'oreiller, la femme de ménage a découvert un stylet.

On la conduit de couloir en couloir jusqu'à la morgue, où elle exige d'être seule. Elle reste là longtemps. Elle coupe une mèche de cheveux et la dépose sur le ventre du père de ses deux enfants. Puis elle s'en va. Nul n'obtient d'elle qu'elle entre en clinique, où une chambre lui est réservée. Elle revient chez ses parents. 8, rue Amyot. Elle y passe la fin de la journée. Le début de la nuit. À trois heures du matin, elle se lève, traverse l'appartement, gagne le salon, ouvre la fenêtre, enjambe le balustre et se jette dans le vide.

Cinq étages.

Le lendemain, un ouvrier découvre le corps disloqué. Il le prend dans ses bras et remonte. On ne sait si c'est le père ou le frère qui ouvre. On ne sait pourquoi celui qui ouvre demande à l'homme de porter la dépouille jusqu'à la rue de la Grande-Chaumière, n° 8, où habite la personne. On peut seulement imaginer l'horreur, l'indicible, l'épouvante des deux hommes face à face.

L'ouvrier redescend. Il couche le corps sur sa brouette. Il pousse. Rue Lhomond. Rue Claude-Bernard. Rue des Feuillantines. Rue du Val-de-Grâce. Boulevard du Montparnasse. Rue de la Grande-Chaumière. Au n° 8, la concierge refuse de laisser passer l'équipage : il faut un papier de la police. L'homme reprend sa brouette, avec Jeanne allongée. Il se rend au commissariat de la rue Delambre. Ou à celui de la rue Campagne-Première. Il obtient le papier. Traverse de nouveau le boulevard du Montparnasse. Jusqu'à la rue de la Grande-Chaumière.

Les amis ont été prévenus. Jeanne Léger étend le corps sur un drap russe offert par Marie Vassilieff. Salmon vient. Puis Kisling. Puis Carco. Tout Montmartre, tout Montparnasse. Le lendemain, Jeanne reste seule. On enterre Modigliani. C'est Kisling qui a payé les obsèques et prévenu la famille. Emanuele, le frère d'Amedeo, député socialiste, a écrit : *Enterrez-le comme un prince*.

Ce sera fait. Et mieux encore. Les peintres, les poètes, les modèles se sont cotisés pour offrir les fleurs. Les artistes ont rassemblé leurs tableaux : ils les vendront pour que vive la petite Jeanne Modigliani, orpheline de père et de mère, dont s'occupera la famille paternelle. Chacun pense à cette enfant qui n'est pas là alors qu'une foule considérable, dense et silencieuse, accompagne son père pour un dernier voyage.

Aux carrefours, les flics se figent au garde-à-vous tandis que passent les chars, les fleurs et les couronnes. Les marchands commencent à renifler la bonne affaire. Dans cette foule tristement assemblée, ils cherchent ceux qui possèdent des œuvres de Modigliani. L'un d'eux s'approche de Francis Carco, qui marche avec les autres. Il lui propose d'acheter les tableaux qu'il possède du peintre défunt. La fortune frappe enfin à la porte. C'est la porte d'une tombe.

Modigliani est enterré au Père-Lachaise. Jeanne Hébuterne ira à Bagneux.

Ce sera le lendemain. Très tôt, huit heures à peine, pour éviter le monde et le désordre. Un corbillard misérable devant la rue de la Grande-Chaumière. Un cercueil étroit, la famille l'accompagnant, vite, furtivement, avant que la rumeur se propage.

Mais la rumeur est là. À l'extrémité de la rue de la Grande-Chaumière, stationnent deux taxis et une voiture particulière. Salmon, Zborowski, Kisling, leurs femmes et des fleurs blanches.

Dix ans plus tard, la famille Modigliani obtiendra de la famille Hébuterne que Jeanne rejoigne Amedeo, au Père-Lachaise : il n'était plus, alors, un artiste juif maudit et inconnu.

Au Père-Lachaise, où reposait déjà un autre cher disparu, le peintre des mots qui avait tant de fois offert sa plume au poète des formes et des couleurs : Guillaume Apollinaire.

Montparnasse sans l'un, Montparnasse sans l'autre... Ce n'était pas seulement la guerre qui était finie. C'était aussi une jeunesse. Et une histoire.

PUGILAT À DROUOT

> Je voudrais vivre comme un pauvre, avec
> beaucoup d'argent.
>
> Pablo PICASSO.

Il y avait eu le Montmartre du Chat Noir, de Toulouse-Lautrec, de Depaquit, Poulbot, Valadon et Utrillo ;
la Butte du Bateau-Lavoir, des bleus de chauffe, des tirs
insolents et des fêtes au Lapin Agile. On avait traversé
la Seine pour serrer la main des poètes, Alfred Jarry,
Paul Fort et Blaise Cendrars. La guerre avait dispersé
les groupes comme une grenaille explosée. Montparnasse avait connu les rigueurs des temps de disette, les
fêtes clandestines, les retrouvailles autour d'expositions
pacifiques. Mais elle allait récolter ce que Montmartre
avait semé. La vie avait repris un cours plus joyeux. On
avait signé l'armistice, et on s'apprêtait à oublier la
guerre. La mort de Modigliani fut la dernière tragédie
de ce temps-là. Il était comme la peau des origines, et
cette peau se transformait. Il y avait mue à Montparnasse. Hier devenait souvenir. Les surréalistes arrivaient.
À l'instar de beaucoup d'autres, peintres et poètes descendaient des carrioles attelées pour monter dans des
automobiles pétaradantes qui filaient droit vers l'avenir.

Ceux du Bateau-Lavoir, les fauves, les cubistes,
avaient été des sortes de pionniers. Mais Picasso avait
déserté. Max Jacob s'apprêtait à faire retraite sur les
bords de la Loire. Van Dongen portait des vestes de

daim et des chemises blanches immaculées qui lui allaient comme des pochettes de soie ; il jouait les hommes du monde sur les planches de Deauville, donnait le bras à des comtesses et à des marquises qui se précipitaient ensuite dans l'atelier de l'artiste, à Denfert-Rochereau, pour poser avec tous leurs bijoux ou s'encanailler, la nuit, au creux des fêtes extravagantes que le Hollandais prodiguait généreusement.

Derain s'apprêtait à s'acheter une conduite, sportive avec sa collection de Bugatti, immobilière avec, tour à tour ou simultanément, un hôtel particulier rue du Douanier-Rousseau, un appartement rue d'Assas, un autre rue de Varennes, un atelier rue Bonaparte et une villa à Chambourcy. Jusqu'à ce que l'ambassadeur Abetz ait la malheureuse idée de les réunir au cours d'un sinistre voyage en Allemagne nazie, les deux grands fauves de Chatou ne se voyaient plus.

À la Tourillière, entre Beauce et Perche, Vlaminck guettait ses ennemis (il en avait beaucoup), fusil à chevrotines en main. Vêtu de tweed, le regard perdu sur ses propriétés, il vilipendait Picasso, Derain, Kisling et la moitié de la terre. Lorsque la rage devenait trop féroce, il grimpait dans sa Chenard et calmait ses nerfs sur les routes de la campagne où les poules n'avaient qu'à se garer.

Juan Gris conservait les distances qu'il avait toujours maintenues avec les autres. Il gagnait souvent le Sud pour y soigner des crises d'asthme que les médecins croyaient liées à la tuberculose, qui l'étaient peut-être, mais qui se révélèrent moins mortelles que la leucémie qui l'emporta en 1927.

Braque, voisin de Derain rue du Douanier-Rousseau, s'était éloigné de Picasso. Et aussi de tous les autres.

Quinze ans avaient passé depuis le Zut et l'Austin Fox. Dans les tirelires, l'argent sonnait doré. Pourtant, au-delà des maisons, des propriétés, des voitures magnifiques, il ne devait pas transformer la tête de ces gens-là en tirelires ou en bas de laine. Ils devinrent peut-être des bourgeois ; mais en aucun cas ils ne furent des petits-bourgeois. Daniel-Henry Kahnweiler, qui les connut tous à leurs débuts et la plupart longtemps après, l'a dit et répété :

> *Aucun d'eux, même pas Derain et surtout pas Picasso, n'ont changé leur genre de vie profondément [...] Ce que l'on sait de la vie, non pas de la vie privée mais de la vie domestique de ces peintres, c'est qu'au fond ils ont très peu de besoins. Ils ne se sont pas embourgeoisés sur le plan de la vie quotidienne*[1].

Mais ils ne s'aiment plus guère et ne cultivent pas les prétextes aux rencontres. Un événement va cependant les réunir : la vente de la collection de tableaux de Kahnweiler, marchand attitré des cubistes avant 1914.

Ses biens, tout comme ceux de Uhde et d'autres ressortissants allemands, avaient été mis sous séquestre pendant les cinq années de la guerre. Le traité de Versailles signé, et l'Allemagne rechignant à payer les réparations auxquelles elle était astreinte, on parlait d'indemniser les créanciers en vendant les possessions prises à l'ennemi. En matière de peinture, les uns étaient contre – Kahnweiler évidemment –, les autres pour, Léonce Rosenberg en tête. Ce dernier faisait à la fois un bon et un mauvais calcul. Il pensait qu'il préserverait sa position de premier défenseur des cubistes en empêchant le marchand allemand de récupérer les quelques centaines d'œuvres qui composaient son fonds – ce qui, hors morale, se défendait – ; il croyait que le cours des toiles cubistes flamberait – ce qui se révéla une ineptie, le marché ayant été rapidement saturé par la mise en vente de quelque huit cents tableaux.

Léonce Rosenberg était épaulé par tous ceux qui, une quinzaine d'années après l'exposition refusée de Braque au Salon des Indépendants de 1908, pensaient, espéraient, rêvaient que ce dernier coup porté au cubisme l'abattrait pour de bon. Quand l'espoir donne la main à l'imbécillité, et le bras à l'obscurantisme...

Kahnweiler rentra à Paris en février 1920 (un mois après la mort de Modigliani). Il s'associa à un ami d'enfance, ce qui lui permit de contourner le problème de la nationalité et d'ouvrir la galerie Simon, rue d'Astorg. Quand ce fut fait, il s'orienta vers un double combat : renouer avec les peintres qui lui avaient échappé pendant la guerre ; circonscrire la menace de la vente des œuvres mises sous séquestre.

Il avait perdu Picasso, et il ne le retrouva pas aussitôt. Il y avait un double cadavre entre eux : l'Espagnol reprochait à l'Allemand de ne pas s'être fait naturaliser, ainsi qu'il le lui avait conseillé – ce qui eût évité ce séquestre préjudiciable à l'artiste – ; le marchand devait vingt mille francs au peintre, somme qu'il n'avait pas les moyens de rembourser.

Les deux hommes ne devaient se revoir qu'après le paiement de la dette, vers 1925. Pour autant, Picasso n'abandonnera pas Paul Rosenberg, qui avait succédé à son frère Léonce.

Les autres peintres, Gris le premier, se montrèrent fidèles. Certains le furent pendant quelques années seulement : Vlaminck, Derain, Braque et Léger finiront par passer du côté Rosenberg.

Kahnweiler ne put empêcher la vente des œuvres confisquées par l'État français. Ni lui ni aucun de ses amis. Il parvint seulement à racheter en sous-main les toiles auxquelles il était le plus attaché (parmi celles-ci, aucune n'était signée de Picasso : la brouille durait et perdurait...). Sa nationalité l'empêchant d'agir à visage découvert, il créa un syndicat avec quelques amis et membres de sa famille qui œuvrèrent pour son compte.

À Drouot, entre 1921 et 1923, eurent donc lieu les cinq ventes de la collection acquise avant guerre par Daniel-Henry Kahnweiler (quatre relatives à sa galerie, une comprenant des œuvres personnelles). Ce fut un désastre. À tous points de vue. Robert Desnos, qui acheta un dessin au fusain présenté comme une œuvre de Braque alors qu'il s'agissait d'un Picasso, fut scandalisé à plus d'un titre :

> *Les tableaux étaient empilés sans ordre, des dessins roulés étaient pliés dans des cartons, d'autres, en rouleaux, étaient cachetés soigneusement pour qu'on ne puisse pas les voir ; d'autres encore, enfermés dans des paniers ou dissimulés derrière l'estrade. Le tout dans une saleté et un fouillis indescriptibles qui justifieraient les pires représailles de la part des peintres en cause : messieurs Braque, Derain, Vlaminck, Gris, Léger, Manolo, Picasso. L'accrochage, notamment, témoignait d'une incompétence ou d'une servilité commerciale dignes d'injures*[2].

Lors de la première vente, le 13 juin 1921, Braque ouvrit le feu. Si l'on en croit Gertrude Stein, il avait été plus ou moins mandaté par ses pairs pour canarder Léonce Rosenberg, promu expert. Ce ne pouvait être Gris ou Picasso, espagnols, Marie Laurencin, allemande depuis son mariage, ou le sculpteur Lipchitz, russe. Vlaminck n'avait pas les qualités requises, ayant guerroyé à l'arrière. On aurait pu envoyer Derain ou Léger. Mais ce fut Braque, français, officier, décoré de la croix de guerre et de la Légion d'honneur, qui plus est, grièvement blessé au front.

Il s'acquitta courageusement de la tâche qui lui avait été impartie. Il fonça sur Léonce Rosenberg, pieds et poings en avant, l'accusant de trahir les cubistes, d'être un salaud doublé d'un lâche. L'autre répondit en traitant son agresseur de « cochon normand », ce qui lui valut de se retrouver au tapis, puis au poste de police quand les deux combattants y furent emmenés par les agents survenus pour mettre un terme au pugilat. Matisse, arrivé sur ces entrefaites, prit la défense du délégué des peintres cubistes après que Gertrude Stein lui eut expliqué de quoi il retournait :

« Braque a raison, cet homme a volé la France ! »

Les plaies pansées – mais non cicatrisées –, le commissaire-priseur se retrouva face aux marchands : Bernheim jeune, Durand-Ruel, Paul Guillaume, Leopold Zborowski, et de nombreux étrangers. Il y avait également des banquiers, des peintres, des mécènes et des écrivains. Sans oublier les conservateurs des musées français qui levèrent si peu la main que la plupart des œuvres d'avant-garde leur échappèrent. Triste bilan.

Les marchands achetèrent peu. Léonce Rosenberg parce qu'il n'avait plus d'argent, son frère Paul parce qu'il estimait avoir acquis suffisamment de Picasso depuis la guerre, les étrangers parce que, en dehors de Picasso et de Derain, ils ne connaissaient pas les artistes dont les toiles étaient bradées. Jamais la cote des peintres ne s'envola.

Le syndicat de Kahnweiler put acquérir la plupart des œuvres de Gris et de Braque. Derain tint la corde, talonné par Vlaminck. Au fil des jours et des séances, le calcul de Léonce Rosenberg se révéla faux : les prix dégringolaient. Les marchés étaient incapables d'absorber la totalité des œuvres. Ceux qui en profitèrent le plus ne furent donc pas les professionnels de l'art, mais des amateurs éclairés agissant souvent pour le compte d'autrui. Ainsi le peintre suisse Charles-Édouard Jeanneret, qui ne s'appelait pas encore Le Corbusier, et qui acheta de nombreux Picasso pour un industriel, Raoul La

Roche. Ainsi Louis Aragon, qui, pour deux cent quarante francs, s'offrit *La Baigneuse* de Braque. Ainsi encore Tristan Tzara et Paul Eluard. Ainsi, surtout, André Breton, qui acquit des œuvres de Léger, Picasso, Vlaminck, Braque et Van Dongen.

Les poètes étaient donc présents, mais il ne s'agissait plus des mêmes. Ceux d'avant la guerre avaient disparu ou s'étaient effacés. D'autres prenaient leur place. Ils allaient acquérir les œuvres des peintres du Bateau-Lavoir, devenir les intermédiaires entre les anciens bleus de chauffe et les nouveaux mécènes. En occupant le terrain déserté par les plumes d'hier, ces poètes allaient contribuer à changer le visage de Montparnasse. À Drouot, au début des années 20, les surréalistes étaient là. Désormais, c'était à eux de jouer.

SCÈNES SURRÉALISTES

> ... C'est à cette époque qu'André Breton
> et moi nous découvrîmes ce procédé (à
> ce moment ce n'était à nos yeux qu'un
> procédé) que nous appelâmes, en sou-
> venir de Guillaume Apollinaire, « surréa-
> lismes ».
>
> Philippe SOUPAULT.

En 1919, dans la chambre misérable qu'il occupait à
l'Hôtel des Grands Hommes, place du Panthéon, André
Breton avait reçu la visite de ses parents venus lui
ordonner de cesser de faire le dada avec des clowns peu
recommandables. S'il ne reprenait pas ses études de
médecine, on lui couperait les vivres.

Ce qui fut fait. Du Val-de-Grâce, Breton était alors
passé rue Sébastien-Bottin, où les éditions Gallimard
avaient employé le jeune homme à des tâches de son
âge : envoi de la *Nouvelle Revue française* à ses abonnés ; correction des épreuves du livre de Marcel Proust,
Le Côté de Guermantes. Mais sa grande œuvre de
l'époque fut la rédaction des *Champs magnétiques* entreprise avec Philippe Soupault.

*En 1919, mon attention s'était fixée sur les phrases plus
ou moins partielles qui, en pleine solitude, à l'approche du
sommeil, deviennent perceptibles pour l'esprit sans qu'il
soit possible de leur découvrir une détermination préalable.
Ces phrases, remarquablement imagées et d'une syntaxe*

*parfaitement correcte, m'étaient apparues comme des élé-
ments poétiques de premier ordre* [1].

Chaque matin, pendant quinze jours, Breton et Soupault écrivaient au café La Source, boulevard Saint-
Michel, et à l'Hôtel des Grands Hommes. Respectant le
principe qui nie la logique au profit des images et, par
voie de conséquence, brise la censure pour promouvoir
une manière d'inspiration, les deux hommes modifiaient
la vitesse de l'écriture selon les jours, s'interdisant de
biffer et de corriger, travaillant tantôt séparément, tantôt
ensemble, tantôt l'un après l'autre (selon le procédé qui
deviendra la règle des *cadavres exquis*), arrêtant à la fin
du jour et recommençant le lendemain. Ainsi écrivirent-
ils cet ouvrage fondé sur une révélation qui avait troublé
Breton et qui constitue comme la clé de voûte du mouvement, rêves, sommeil hypnotique, médiums, écriture
automatique.

Selon ses auteurs, *Les Champs magnétiques* devaient
constituer l'acte de naissance du surréalisme, à une
époque où celui-ci ne portait pas encore son nom. Car
alors, tout était encore Dada.

Dada et scandales.

Les choses avaient sérieusement commencé en janvier 1920, quelques jours seulement après l'arrivée de
Tzara à Paris. L'équipe de *Littérature,* Breton et Aragon
en tête, avait lu des poèmes au Palais des Fêtes, rue
Saint-Denis. Le public, qui attendait une conférence
d'André Salmon portant sur *La Crise du change* (ainsi
annoncée par les affiches et les gazettes), avait découvert une brochette d'hurluberlus déclamant des vers de
Soupault, de Tzara, d'Albert-Birot et de quelques autres
qui n'avaient guère plus à voir avec *La Crise du change*
que les œuvres de Picabia exhibées devant un parterre de
curieux dont le nombre s'était raréfié au fil des minutes.

Quelques jours plus tard, les futurs surréalistes organisèrent la deuxième manifestation publique de Dada. Elle se tint au Grand Palais, le 5 février 1920.

La question posée était simple : comment attirer du monde ? La réponse fut rapidement trouvée : en envoyant des communiqués à la presse, annonçant que Charlie Chaplin était à Paris, qu'il viendrait au Grand Palais voir ses amis dadaïstes, ses complices, même, puisque, tout comme Gabriele D'Annunzio, Henri Bergson et le prince de Monaco, Charlot venait d'adhérer au mouvement.

Charlie Chaplin ne vint pas, ni Bergson, ni D'Annunzio. Mais ce fut devant une salle comble que Tzara, Breton et Aragon lurent leurs manifestes. Les explications avec l'auditoire furent sévères et animées.

Le 27 mars 1920, nouvelle provocation, cette fois à la maison de l'Œuvre où, vingt-cinq ans auparavant, *Ubu roi* avait déjà fait scandale. Sous prétexte de démonter l'absurdité des règles du théâtre classique, les « comédiens » se déchaînèrent. Ribemont-Dessaignes brisa les oreilles de l'assistance en faisant jouer *Le Pas de la chicorée frisée,* œuvre pianistique composée à partir de notes placées sur la portée selon le seul hasard. André Breton, protégé par une cuirasse en carton ornée d'une cible, lut *Le Manifeste cannibale* de Francis Picabia, qui s'achevait par ces mots :

> *Dada lui ne sent rien, il n'est rien, rien, rien.*
> *Il est comme vos espoirs : rien.*
> *Comme vos paradis : rien.*
> *Comme vos idoles : rien.*
> *Comme vos hommes politiques : rien.*
> *Comme vos héros : rien.*
> *Comme vos artistes : rien*[2].

Le 26 mai 1920, salle Gaveau, se tient le Festival Dada. La presse et des hommes-sandwichs parcourant les rues de la capitale ont largement annoncé la couleur : tous les Dadas se feront tondre les cheveux publiquement. Le spectacle sera autant sur scène (grâce à messieurs Aragon, Breton, Eluard, Fraenkel, Ribemont-Dessaignes, Soupault, Tzara...) que dans la salle, qu'on espère comble et vindicative.

Tzara ouvre le spectacle en exhibant *Le Sexe de Dada*, énorme phallus en carton monté sur ballons. Puis « le célèbre illusionniste » Philippe Soupault se présente, peinturluré en Noir, vêtu d'une robe de chambre, armé d'un coutelas ; il libère cinq ballons où sont inscrits les identités de ceux qui s'envolent et qu'il s'agit de crever : un pape – Benoît XV –, un homme de guerre – Pétain –, un homme d'État – Clemenceau –, une femme de lettres – madame Rachilde –, un Cocteau – qui meurt le premier, percé par la lame du poète surréaliste.

Dans la salle, c'est le tumulte. Si Gide, Dorgelès, Jules Romains, Brancusi, Léger, Metzinger ne bougent pas, les autres s'agitent : tomates, carottes, navets, oranges volent par-dessus les rangs jusqu'à la scène où Ribemont-Dessaignes, déguisé en entonnoir, est le premier visé. Ici, on chante *La Madelon*. Là, on tente d'entonner une *Marseillaise* vengeresse. Picabia est pris à partie par un spectateur qui le somme de venir s'expliquer sur un champ de tir. Plus loin, un jeune homme trapu se lève et hurle :

« Vive la France et les pommes de terre frites ! »

C'est Benjamin Péret. Il quittera bientôt le public pour monter, à son tour, sur la scène du surréalisme.

Dadaïsme ou surréalisme ? Pour le moment, c'est l'un et l'autre, ou l'un dans l'autre sans que personne le sache encore. Mais Breton se lasse. Tzara l'a déçu. Il respecte le poète, moins l'agitateur. Ce qui était bon à Zurich ne l'est pas nécessairement à Paris. Les cris ne suffisent pas. Il faut de l'action. Moins de stérilité, plus d'efficacité. Dada est libertaire, et Breton en convient : « Dada est un état d'esprit [...] Dada, c'est la libre-pensée artistique[3]. » Mais si le cœur de Tzara est plutôt libertaire, celui de Breton penche du côté de Lénine. C'est-à-dire, déjà, sur les questions de méthode, près des rives staliniennes.

Le 13 mai 1921, à partir de 20 h 30, salle des Sociétés savantes, rue Danton, s'ouvre le « procès Barrès ». Il s'agit d'une mise en scène, d'une mise en accusation et d'une mise en jugement de l'écrivain Maurice Barrès. Par qui ? Officiellement, le groupe Dada ; en réalité, André Breton. Pourquoi ? Parce que Barrès représente ce que l'équipe de *Littérature* (ainsi qu'une certaine gauche et nombre d'intellectuels de tous bords) exècre le plus : le patriotisme, le nationalisme, le conservatisme.

Tristan Tzara est contre la tenue d'un tel procès. Il estime que Dada n'est pas habilité à juger quiconque. C'est précisément cette opinion que lui reproche Breton, et pour la contrer qu'il joue de toute son énergie afin que le procès ait lieu. Il s'agit autant de juger Barrès que de juger Tzara. À cet égard, l'acte d'accusation exprime le double sens donné à l'affaire par Breton lui-même :

> *Dada estimant qu'il est temps pour lui de mettre au service de son esprit négateur un pouvoir exécutif et décidé avant tout à l'exercer contre ceux qui risquent d'empêcher sa dictature, prend dès aujourd'hui des mesures pour abattre leur résistance.*

La résistance de Maurice Barrès, donc, accusé de « crime contre la sûreté de l'esprit ».

Le tribunal est composé d'un président, André Breton, et de deux assesseurs : Pierre Deval et Théodore Fraenkel. Pour l'accusation : Georges Ribemont-Dessaignes. Pour la défense : Louis Aragon et Philippe Soupault.

Les témoins sont nombreux. Ils comptent des dadaïstes comme des personnalités en vue, cooptées pour des raisons incertaines : Benjamin Péret, Drieu la Rochelle, Tristan Tzara (contre son gré), Rachilde, le poète symboliste Louis de Gonzague-Frick...

L'accusé ne comparaît pas. Invité à se présenter devant la cour, il quitte précipitamment Paris. Il est donc remplacé par un mannequin en tissu qui trône sous une banderole indiquant que « Nul n'est censé ignorer Dada ». Le tribunal dans son ensemble arbore des bonnets et la veste blanche des étudiants en médecine.

Breton lit l'acte d'accusation, rédigé par lui-même. Le réquisitoire se révèle mou et consacre Dada plutôt qu'il ne condamne Barrès (Ribemont-Dessaignes tenait son rôle à contrecœur) ; la plaidoirie enfonce les clous là où le président les attend. Quant aux témoins... ils témoignent.

Le « soldat inconnu » a été appelé à la barre. Il est affublé d'un uniforme, porte un masque à gaz et marche au pas de l'oie. Son irruption sur la scène provoque les habituels sifflements, les habituelles *Marseillaise* et le départ habituel de Picabia qui n'apprécie guère les rixes.

Benjamin Péret, qui a bien tenu son rôle, rentre dans les coulisses et ôte son masque à gaz. Tristan Tzara prend sa place. C'est le témoin le plus attendu. Il est face à Breton. Entre les deux hommes, se joue bien davantage qu'une parodie de procès : c'est Zurich contre Paris, le passé face l'avenir, Dada et le surréalisme.

Tzara lance les dés :

> *Je n'ai aucune confiance dans la justice, même si cette justice est faite par Dada. Vous conviendrez avec moi, monsieur le Président, que nous ne sommes tous qu'une*

bande de salauds et que par conséquent les petites diffé-
rences, salauds plus grands ou salauds plus petits, n'ont
aucune importance [...]

　BRETON. – *Savez-vous pourquoi on vous a demandé de*
témoigner ?

　TZARA. – *Naturellement parce que je suis Tristan Tzara.*
Quoique je n'en sois pas encore tout à fait persuadé.

　SOUPAULT. – *La défense, persuadée que le témoin envie*
le sort de l'accusé, demande si le témoin ose l'avouer.

　TZARA. – *Le témoin dit merde à la défense [...]*

　BRETON. – *Après Maurice Barrès, pouvez-vous citer*
encore quelques grands cochons ?

　TZARA. – *Oui, André Breton, Théodore Fraenkel, Pierre*
Deval, Georges Ribemont-Dessaignes, Louis Aragon, Phi-
lippe Soupault, Jacques Rigaut, Pierre Drieu la Rochelle,
Benjamin Péret, Serge Charchoune.

　BRETON. – *Le témoin veut-il insinuer que Maurice Barrès*
lui est aussi sympathique que tous les cochons qui sont ses
amis et qu'il vient d'énumérer [...] Le témoin tient-il à pas-
ser pour un parfait imbécile ou cherche-t-il à se faire
interner ?

　TZARA. – *Oui, je tiens à me faire passer pour un parfait*
imbécile, mais je ne cherche pas à m'échapper de l'asile
dans lequel je passe ma vie.

André Breton espérait probablement que Maurice
Barrès serait condamné à la peine capitale. Le jury,
composé de douze spectateurs, en décide autrement :
l'écrivain écope de vingt ans de travaux forcés. Dès le
verdict rendu, Breton prépare la seconde manche.

Un an après le procès Barrès, alors que Picabia a pris
ses distances avec le groupe de *Littérature* autant
qu'avec les amis de Tzara, il convoque un « Congrès
international pour la détermination des directives et la
défense de l'esprit moderne ». Ce congrès doit réunir les
directeurs des principales revues du moment et quelques
artistes indépendants : Paulhan (*Nouvelle Revue fran-*

çaise), Ozenfant (*L'Esprit nouveau*), Vitrac (*Aventure*), Breton (*Littérature*), Auric, Delaunay, Léger.

Estimant que les modalités d'un tel congrès (appelé Congrès de Paris) ne correspondent pas à l'esprit de liberté propre aux dadaïstes, Tzara refuse finalement d'y participer. Breton, alors, commet une maladresse qu'il reconnaîtra lui-même par la suite : considérant que Tzara fait de l'obstruction systématique à son projet, il publie un communiqué de presse signé par les membres du comité du congrès (seul Paulhan manque) dans lequel Tzara est vilipendé comme « le promoteur d'un mouvement » venu de Zurich, qu'il n'est pas utile de désigner autrement et « qui ne répond plus aujourd'hui à aucune réalité[4] ». Pour que nul ne se méprenne sur la réalité des choses, le comité accuse Tzara d'être « un imposteur avide de réclame ».

C'est beaucoup. C'est trop. En réponse aux propos xénophobes de Breton, Tzara, assisté d'Eluard, de Ribemont-Dessaignes et d'Erik Satie, provoque à la Closerie des Lilas une réunion de tout le mouvement, de ses sympathisants et des artistes convoqués au Congrès de Paris. Breton se présente. Man Ray, Zadkine, Eluard, Metzinger, Roch Grey, Survage, Zborowski, Charchoune, Brancusi, Férat et beaucoup d'autres ont répondu à l'appel de Tzara. À la majorité des présents, Breton est condamné pour l'indélicatesse de ses procédés : non seulement il est le seul instigateur d'un communiqué présenté comme collectif, mais il a de plus insulté une personnalité dans le but de lui nuire. Les artistes lui retirent la confiance qu'ils lui avaient accordée pour organiser le Congrès de Paris. Celui-ci tombe à l'eau.

Et Breton se venge. Quelques jours plus tard, *Comœdia* publie un texte dans lequel il accuse Tristan Tzara de s'être attribué l'invention du mot « dada », de n'être que pour très peu dans la rédaction du *Manifeste Dada*

1918, de jouir d'une influence peu déterminante puisque, avant lui, il y avait eu Vaché, Duchamp et Picabia...

Enfin, moins bassement sous la ceinture, Breton s'emploie à ressouder l'équipe de *Littérature*. Le journal, fondé en 1919, avait accueilli ceux que Breton considérait comme les survivants du symbolisme (Gide, Valéry, Fargue), les poètes familiers d'Apollinaire (Salmon, Jacob, Reverdy et Cendrars), Morand, Giraudoux, Drieu la Rochelle. Puis étaient apparus Vaché, Eluard, Tzara, qui avaient éclipsé Valéry et Gide. Reverdy avait également pris ses distances, trop catholique pour croire au surréalisme.

Après l'échec du Congrès de Paris, le journal devient la machine de guerre du mouvement. Breton abandonne temporairement les escarmouches contre Dada. Il fait le ménage de ce côté-là et place ses troupes en ordre de bataille : Aragon, Péret, Limbour, Vitrac... À ceux-là, il ajoute une nouvelle recrue qu'il place d'emblée aux avant-postes de sa petite armée : Robert Desnos.

LE DORMEUR ÉVEILLÉ

> Surréalisme, n. m. Automatisme psy-
> chique pur par lequel on se propose d'ex-
> primer, soit verbalement, soit par écrit,
> soit de toute autre manière, le fonctionne-
> ment réel de la pensée. Dictée de la pen-
> sée, en l'absence de tout contrôle exercé
> par la raison, en dehors de toute préoccu-
> pation esthétique ou morale.
>
> André BRETON.

Lorsque Desnos est libéré de ses obligations militaires, il a vingt-deux ans et Breton vingt-six. L'aîné est
frappé par la « grande puissance de refus et d'attaque »
du plus jeune[1]. À cet égard, Desnos, en effet, est un
phénomène. Petit, brun, la mèche sur l'œil, l'œil mauve
couleur d'huître cerclé de bistre, le costume je-m'en-
foutiste. Passionné, emporté, aimant follement ou pas du
tout, ennemi des moyennes raisonnables. Ami des anars
de la bande à Bonnot. Les poings en avant, toujours.
Comme il ne sait pas se battre, une de ses amies lui a
donné quelques leçons de boxe. Cela ne l'empêche pas
de collectionner les coquards et les écorchures : quand
la connerie approche, il est le premier à monter au front.

Il est aussi prodigue en coups et blessures qu'en
audaces scribouillardes. Desnos est le magicien des
acrostiches, des anagrammes, des contrepèteries, des
inventions syllabiques en tout genre. Les libertés qu'il
manifeste dans ce domaine, brisant la logique et les

contraintes grammaticales, rejoignent les préoccupations surréalistes. Breton ne s'y trompera pas.

Dans la presse, où il travaille, il écrit n'importe quoi – mais avec un talent fou. Il a commencé en traduisant des prospectus publicitaires dans des langues dont il ne connaissait pas un mot. Il a poursuivi avec des articles sur le phylloxéra, la navigation à voile, la culture de la patate douce, les chiens écrasés, des reportages bidon et bidonnés de toute nature.

Il est l'ami d'Eugène Merle, un peu escroc, cœur d'or, fondateur de *Paris-Soir* (que Jean Prouvost rachètera en 1930) et du *Merle blanc,* « le journal qui siffle et persifle tous les samedis » depuis 1919. Huit cent mille exemplaires de moqueries, potins, coups de griffe à la sauce noire des anars joyeux. C'est Merle qui, voulant un jour de 1927 lancer un nouveau quotidien, *Paris-Matin,* appellera à la rescousse l'un des rédacteurs les plus prolixes du *Merle blanc,* un jeune homme de vingt-quatre ans qui avait déjà plus d'une corde littéraire à son arc : Georges Simenon. Ensemble, sous l'œil amusé et complice de Desnos, les deux compères monteront un canular à double détente. Ils signeront un contrat stipulant que l'écrivain s'engage à écrire en trois jours et trois nuits un roman que *Paris-Matin* publiera tout au long de sa rédaction. Pour corser l'exercice, il est entendu que Simenon décrira des personnages et une intrigue choisis par le public. Celui-ci assistera à la naissance de l'œuvre. Car il ne s'agit pas de s'enfermer dans l'alcôve mais, au contraire, de s'exposer au plus grand nombre possible. Comment ? En écrivant dans une cage de verre qu'on installera devant le Moulin Rouge.

La cage sera fabriquée. Georges Simenon touchera une avance de vingt-cinq mille francs sur les cent mille qui lui reviendront au terme de l'exercice. Un exercice passé à la postérité et salué avec tous les honneurs par mille témoins de l'époque, débusqués par plus malin qu'eux[2]. Youki Desnos décrivit, André Warnod félicita, Florent Fels admira, Louis Martin-Chauffier délira... et Merle s'amusa beaucoup : car il n'y eut jamais ni cage de verre, ni roman écrit en trois jours, ni public fasciné. Seul Simenon était vrai. Au dernier moment, l'opération avait été annulée...

Robert Desnos joue aussi. Ses jeux, cependant, ne ressemblent pas à ceux de son patron. Breton l'appelle le « dormeur éveillé ». Car plus qu'aucun autre, il cède à la tentation des grands sommeils surréalistes.

C'est René Crevel, en 1922, qui a introduit le sommeil hypnotique dans le cercle. L'année précédente, une voyante spirite l'avait félicité pour ses talents médiumniques.

Le sommeil hypnotique, comme tous les phénomènes issus du rêve ou d'activités psychiques non contrôlées, est en phase absolue avec le surréalisme, « qui ne souhaitera rien tant que d'effacer la frontière entre rêve et réalité, inconscient et conscient », et qui « se constitue comme un phénomène de frontière, la mise en relation de l'inconscient qui fournit et de la conscience qui reçoit et exploite[3] ».

Bientôt, ils s'y abandonnent tous. C'est comme une transe collective. Crevel sombre le premier. Doigts dans les doigts avec Max Morise, Robert Desnos et André Breton, dans une pièce en pénombre et isolée du bruit, il s'endort et, dans son sommeil, déclame, chante, soupire, raconte des histoires à dormir assis... Quand il se réveille, il ne se souvient de rien.

La fois suivante, c'est Desnos qui s'y colle. En pleine inconscience, il gratouille la table. Selon Crevel, ce chatouillis traduit un désir d'écriture. On place une feuille de papier devant l'endormi, on glisse un crayon entre ses mains. Miracle, il écrit. Crevel observe. Lui que Soupault admirait pour la rapidité avec laquelle il faisait jaillir ses livres hors de lui, poussé par une extraordinaire ébullition (Aragon est sans doute le seul à témoigner d'une semblable facilité de rédaction), ne croit pourtant pas à l'écriture automatique : les deux termes lui paraissent contradictoires. Il ne bronche pas.

Malgré tous leurs efforts, Ernst, Eluard et Morise ne s'endorment pas. Soupault reste à l'écart, et Aragon aussi. Desnos, lui, ne cesse d'embrasser Morphée. Il parle, il écrit, il rêve... Il s'endort pour un oui ou pour un non, souvent chez Breton. Une nuit, faute de parvenir à réveiller le poète, son hôte s'en va quérir un médecin qui est accueilli par des cris et des insultes.

Une autre fois, Desnos entre en relation télépathique avec Marcel Duchamp qui, depuis New York et par l'intermédiaire de Rrose Sélavy, lui dicte des phrases. Au reste, il lui rendra hommage :

Rrose Sélavy connaît bien le marchand du sel[4].

Il fait de la surenchère face à Crevel qui, un jour d'endormissement collectif, propose à l'assistance d'aller se pendre au portemanteau. Desnos préfère poursuivre Eluard dans un jardin, un couteau de cuisine à la main ; il faut toute la force de Breton pour éviter l'homicide. Et toute la persuasion du chef pour stopper là l'expérience :

Durant des années, Robert Desnos s'est abandonné Corps et Biens (c'est le titre d'un de ses livres) à l'automatisme surréaliste. J'ai tenté, pour ma part, de le retenir, de l'instant où j'ai pu craindre que sa structure individuelle n'y résistât pas. Oui, je continue à croire que sur cette voie, passé outre à une certaine limite, la désintégration menace[5].

Certes. Mais une question demeure : au cours des séances de spiritisme qui réunissaient les adeptes du geste et de la parole automatiques, Desnos faisait-il semblant de dormir ?

Au réveil, en tout cas, il est plutôt agile. Non seulement avec les mots, mais aussi, on l'a vu, avec les poings.

Après l'avoir introduit dans l'équipe de *Littérature,* Breton en fait l'un des pivots des combats futurs. Il n'a pas oublié l'essentiel, son premier objectif : Dada est toujours dans la ligne de mire. Mais avant de livrer l'assaut final, il est bon de s'entraîner. L'échec du Congrès de Paris date d'avril 1922. Huit mois plus tard, les escarmouches reprennent.

Le 11 décembre, deux œuvres sont à l'affiche du théâtre Antoine : *Locus Solus,* de Raymond Roussel, et une pièce patriote, *La Guerre en pantoufles.*

C'est encore sous l'étiquette Dada, et non sous celle du surréalisme, que Breton et les siens viennent soutenir Roussel. Aragon, Desnos, Breton et quelques autres se dispersent dans la salle. Pendant toute la durée de *Locus Solus*, ils applaudissent, félicitent l'auteur à très haute et très intelligible voix, se répondant les uns les autres par-dessus les invectives des spectateurs plus calmes. *La Guerre en pantoufles* provoque leurs ires multipliées et simultanées.

« Vive l'Allemagne ! s'écrie Aragon d'une travée.

— À bas la France ! réplique Desnos d'un autre bord.

— Et alors ? questionne un acteur, loin du fait et tout à son texte.

— Alors merde ! » hurle Breton du haut du balcon.

Le tumulte est intense. Pour la plus grande joie de Raymond Roussel :

L'affaire fit beaucoup de bruit et je fus connu du jour au lendemain [...] Un résultat était désormais acquis : le titre d'un de mes ouvrages était célèbre[6].

Au point qu'il donnera naissance à deux revues théâtrales jouées la même année : *Cocus Solus* et *Blocus Solus ou les bâtons dans les Ruhrs*.

Dix-huit mois plus tard, les surréalistes défendent *L'Étoile au front,* du même Roussel. Le scandale est tel qu'il faut baisser le rideau au troisième acte. À un spectateur qui lui lance, furibard : « Vous êtes la claque ! » Robert Desnos répond : « Je suis la claque et vous êtes la joue ! » Pan ! La gifle est sonore et bien appliquée.

Le coup suivant est porté par André Breton au théâtre Michel, rue des Mathurins, le 6 juillet 1923. Cette fois, c'est Dada et seulement lui qui est visé.

Ce jour-là, Tzara a regroupé ses amis pour un spectacle paisible mais bizarrement hétérogène, *La Soirée du cœur à barbe,* qui propose au public des œuvres de Stravinski, du groupe des Six, des poèmes de Cocteau, Soupault, Eluard et Apollinaire, des danses, des films inédits, et la représentation du *Cœur à gaz,* pièce en trois actes de Tristan Tzara.

Le problème, c'est que ni Soupault ni Eluard n'ont été consultés, et qu'aucun des deux ne conçoit que ses œuvres puissent être lues parallèlement à celles de Cocteau. Aussi sont-ils présents dans la salle, en compagnie de leurs renforts habituels.

Dans un premier temps, le spectacle se déroule sans heurts. Mais, après la partie musicale, un jeune dadaïste, Pierre de Massot, monte sur scène et entreprend de lire un texte condamnant, comme « morts au champ d'honneur », Gide, Picabia, Duchamp et Picasso... Picasso assiste au spectacle. Breton aussi. Prenant la défense du peintre, il grimpe sur la scène. Desnos et Péret le rejoi-

gnent. Ils immobilisent l'orateur. Breton lève sa canne
et l'abat sur son bras. Il y a fracture. La salle hue les
agresseurs et se tourne contre Breton. Tzara, qui surveille de loin, appelle les forces de l'ordre. Breton, Desnos et Péret sont expulsés. Le calme revient. Pas pour
longtemps. À peine la pièce de Tzara a-t-elle commencé
qu'un jeune homme grand et blond, très distingué, au
regard presque rêveur, se lève, interpelle l'auteur, exigeant de lui une explication : pourquoi a-t-il fait expulser Breton ?

Mais les pèlerines sont encore dans les murs. Elles se
précipitent sur Paul Eluard, immédiatement entouré de
ses amis et protecteurs. Poètes et policiers en viennent
aux mains. Là-dessus, Tzara apparaît sur scène. Aussitôt, changeant de cible, Eluard se jette sur lui et le gifle.
Puis Crevel, qui approchait. La bagarre s'étend bientôt
au public, aux machinistes. Elle se poursuit à l'extérieur.
Le lendemain, le directeur du théâtre refuse de céder sa
salle pour une nouvelle représentation : l'art, oui. La
boxe, non.

Breton ne pardonna que très tard à Tzara d'avoir
réclamé l'appui de la police pour le jeter hors du théâtre
Michel. Il dédicaça ainsi ses *Pas perdus* au père de
Dada : « À Tristan Tzara, au romancier de 1924, à l'escroc en tout genre, au vieux perroquet, à l'indicateur de
police. » *Les Pas perdus* incluaient un texte, *Lâchez
tout*, qui sonnait comme un adieu définitif à Dada :

> *Lâchez tout.*
> *Lâchez Dada.*
> *Lâchez votre femme, lâchez votre maîtresse.*
> *Lâchez vos espérances et vos craintes.*
> *Semez vos enfants au coin d'un bois.*
> *Lâchez la proie pour l'ombre.*
> *Lâchez au besoin une vie aisée, ce qu'on vous donne
> pour une situation d'avenir.*

Partez sur les routes [7].

Les deux hommes, cependant, se retrouveront. Mais il faudra pour cela attendre la publication du *Second Manifeste du surréalisme*.

L'année 1924 marque le grand tournant du mouvement. Breton, en effet, ne se contente pas de publier *Les Pas perdus*. Il édite également le *Manifeste du surréalisme*. Au même moment, Aragon publie *Le Libertinage*, Péret, *Immortelle maladie*, Eluard, *Mourir de ne pas mourir* et Artaud (que Breton rencontre cette année-là) *L'Ombilic des limbes*.

Outre des publications qui lui confèrent une existence dans le monde des lettres, le groupe dispose d'une adresse, 15, rue de Grenelle, siège du *Bureau de recherches surréalistes*, ouvert tous les jours de quatre heures et demie à six heures et demie. Il va bientôt inaugurer une galerie, rue Jacques-Callot, dirigée par Roland Tual, ce génie de l'imaginaire qui, hélas, n'écrivit jamais. Surtout, il va lancer *La Révolution surréaliste,* dont le premier numéro paraîtra en décembre sous l'égide de Pierre Naville et de Benjamin Péret, ses directeurs.

Enfin, 1924 marque un changement important dans la vie d'André Breton. Ce changement est lié à la mort d'Anatole France et au scandale que provoquèrent les surréalistes à propos de cet événement.

Breton détestait l'écrivain :

> *Nous étions tout à fait insensibles à la prétendue limpidité de son style, et surtout son trop fameux scepticisme nous répugnait [...] Sur le plan humain nous tenions son attitude pour la plus louche et la plus méprisable de toutes : il avait fait ce qu'il fallait pour se concilier les suffrages*

de la droite et de la gauche. Il était pourri d'honneurs et de suffisance [8].

Au moment des obsèques, Aragon, Breton, Eluard, Delteil, Drieu et Soupault publièrent un libelle d'une rare violence contre Anatole France : *Un cadavre*. Breton, notamment, n'y allait pas avec le dos de la plume. Sous le titre *Refus d'inhumer*, il écrivait :

> *Loti, Barrès, France, marquons tout de même d'un beau signe blanc l'année qui coucha ces trois sinistres bonshommes : l'idiot, le traître et le policier.*

Avez-vous déjà giflé un mort ? questionnait Aragon, qui prenait allègrement le relais de Breton :

> *Je tiens tout admirateur d'Anatole France pour un être dégradé [...] Exécrable histrion de l'esprit, fallait-il qu'il répondît vraiment à l'ignominie française pour que ce peuple obscur fût à ce point heureux de lui avoir prêté son nom ! Balbutiez donc à votre aise sur cette chose pourrissante, pour ce vers qu'à son tour les vers vont posséder [...] Certains jours j'ai rêvé d'une gomme à effacer l'immondice humaine.*

Le pamphlet collectif contre Anatole France devait coûter cher à André Breton. Ces textes d'une extrême violence lui firent perdre l'emploi qu'il occupait depuis plusieurs années, un emploi qui l'avait conduit à Drouot, lors de la vente des collections de Kahnweiler. Car alors, il achetait non seulement pour lui-même, mais aussi pour un homme qui l'employait à cette tâche. Un homme qui, pendant de très nombreuses années, avait fait vivre la plupart des artistes de Montparnasse, les peintres comme les poètes : le couturier-mécène Jacques Doucet.

LE COUTURIER DES ARTS

> Grâce à monsieur Doucet jusqu'à la fin
> du mois je n'avais plus rien d'autre à faire
> qu'à traîner dans les champs, me coucher
> dans l'herbe, fumer, rêvasser...
>
> Blaise CENDRARS.

En 1924, Jacques Doucet n'est pas très jeune, et la haute couture ne l'intéresse plus guère. D'ailleurs, il déteste qu'on le présente comme un homme de la mode. Certes, il fut – et reste – l'un des grands libérateurs de la femme de la Belle Époque, celui qui a introduit la légèreté dans les tissus, les dentelles, les plissés, les transparences, les broderies. Il a décidé que les femmes ne devaient plus se plier sous les carcans de formes artificielles et corsetées, mais apparaître comme elles sont, dans des robes moulantes, échancrées, sans artifices.

Il a habillé les plus grandes dames de son temps. Ses défilés sont de véritables manifestations artistiques. Le dimanche, à Longchamp, duchesses et comtesses aiment à montrer ses couleurs pastel, douces et délicates. Les artistes sont ses amies, Sarah Bernhardt et Réjane ses confidentes. Mais lui n'a qu'un désir : vendre sa maison. Car il est d'abord et avant tout un collectionneur. Un quidam un peu fou, même si cela ne se voit pas. Assez bel homme, d'une grande élégance, les cheveux argent, la barbe douce et parfaitement taillée. Il porte des guêtres et, dessous, des souliers incroyablement bril-

lants : la rumeur assure qu'il utilise un vernis spécial et
fait passer ses chaussures au four après chaque usage.

Il est assez cassant et, bien qu'il entretienne la moitié
des hommes de plume de Paris, il n'a que peu d'amis.
C'est pourtant un sentimental, un amoureux, un solitaire
qui n'a pas eu de chance côté cœur. Il fut amoureux
d'une première jeune fille qui le refusa, d'une seconde
qui mourut avant d'accepter, d'une dame mariée,
madame R., dont il entreprit le siège pour la convaincre
de divorcer. Dans la corbeille de la future mariée, il mit
un hôtel particulier qu'il entreprit de faire construire rue
Spontini, en bordure du bois de Boulogne. Lorsque la
belle convoitée accepta enfin de se rendre à une raison
si déraisonnable, Jacques Doucet acheta des tableaux de
La Tour, de Fragonard et de Boucher, des porcelaines et
des bibelots chinois qui s'ajoutèrent aux Watteau, aux
Goya, aux Chardin, aux sculptures et aux centaines
d'œuvres du XVIIIe siècle dont il avait déjà fait l'acquisi-
tion (en 1906, au cours d'une première vente à Drouot,
le couturier avait mis de l'ordre dans ses collections).

Madame R., hélas, ne vint jamais dans ce palais de
rêve : elle mourut quelques jours avant que la séparation
d'avec son premier époux fût enfin prononcée.

Doucet ne s'en remit pas. En 1912, il vendit sa collection. Il en obtint sept millions de francs or qu'il décida
de consacrer au développement d'une bibliothèque d'art.

Dès 1909, en face de son hôtel particulier de la rue
Spontini, il avait loué un logement qui rassemblait les
quelques manuscrits et éditions rares achetés par ses
soins. Puis il avait chargé un critique d'art, René-Jean,
de l'assister. Il fit agrandir le premier local, qui deviendra l'une des plus grandes bibliothèques de France. Pendant et après la guerre, André Suarès, André Breton puis
Marie Dormoy s'en occuperont. Jacques Doucet la
léguera finalement à l'Université de Paris.

Le collectionneur savait faire preuve de magnificence. Un jour qu'il assiste à une séance d'essayage dans sa maison, l'une de ses clientes s'exclame :

« Lorsque j'entends *Tristan,* je me pâme, je m'abandonne et je fais tout ce que l'on veut !

— Parfait ! » murmure le couturier par-devers soi.

L'histoire ne dit pas s'il aime Wagner. Mais il respecte suffisamment sa cliente pour mettre les petits plats dans les grands. Il loue un appartement, y installe des meubles raffinés et convie la mélodame. Elle vient. À peine son hôte a-t-il refermé la porte du salon qu'une musique s'élève de l'autre côté du mur.

« Venez voir », propose Doucet.

Et il entraîne sa bientôt dulcinée dans une petite pièce où des musiciens jouent des extraits de *Tristan.*

Ce fut une sorte de paradis.

Doucet témoigna de la même générosité à l'égard des artistes qu'il contribua à faire vivre pendant et après la guerre. Et, tout comme il avait fait avec sa belle, il exigea d'eux un don : non pas la personne, mais les écrits. Car il ne comptait pas seulement acquérir des éditions originales ou des manuscrits, aussi rares fussent-ils (Baudelaire, Rimbaud, Chateaubriand, Verlaine, Mallarmé, Flaubert, puis Claudel, Jammes, Gide...) ; il voulait aussi que les écrivains et les poètes qu'il subventionnait écrivent pour lui.

André Suarès, l'un des premiers contactés, fut chargé d'une lettre hebdomadaire portant sur la littérature contemporaine ou un sujet d'actualité. En 1916, Pierre Reverdy reçut cinquante francs pour chaque billet traitant du mouvement artistique de l'époque. Doucet l'aida également lorsque fut créée la revue *Nord-Sud.* Il le soutint matériellement et lui prodigua nombre de conseils. Ainsi le poussa-t-il à écarter Jean Cocteau de la rédaction. Ce qui n'empêcha pas ce dernier de parler de

« mon vieil ami Doucet » lorsque Raymond Radiguet profita à son tour de la générosité du mécène (cinquante francs par semaine en échange d'une chronique [1]).

André Salmon fut aussi rétribué pour son point de vue sur la littérature. Max Jacob, de même. À travers lui, Jacques Doucet voulait avoir des nouvelles des avant-gardes. Il en eut, mais pas celles qu'il espérait. Le poète lui rapporta en détails la rixe qui opposa Reverdy à Diego Rivera chez Lapérouse ; la représentation des *Mamelles de Tirésias* ; les heurts et malheurs d'Erik Satie avec la critique... Il lui offrit l'éventail de ses goûts et dégoûts en matière de littérature et de poésie. Mais il refusa catégoriquement de céder à la demande de son mécène qui le priait de lui parler de Picasso :

> *Je n'ai rien écrit sur Picasso. Il a horreur que l'on écrive sur lui. Il a horreur de l'incompréhension et de l'indiscrétion et j'ai pour lui un tel respect et tant de gratitude que je ne saurais rien faire pour lui déplaire [...] Certains amis ont vécu de son nom à l'aide d'échos, de chroniques, de fantaisies... Enfin... plus tard... on verra... mais beaucoup plus tard et, au fait, jamais, je crois bien [2].*

Il lui vendit quelques manuscrits, *Le Siège de Jérusalem*, *Le Cornet à dés*, *Le Christ à Montparnasse*, certains authentiquement originaux, d'autres recopiés pour l'occasion. Il lui conseilla de s'adresser à Apollinaire et à des littérateurs moins connus, parfois à des peintres pauvres et encore anonymes. Lorsqu'il manquait d'argent, il n'hésitait pas à lui demander des avances, et le remerciait en lui offrant des gouaches.

Blaise Cendrars fut lui aussi contacté. C'était l'époque où il n'avait rien à manger. Où, racontait-il, il s'était rendu au *Mercure de France* pour y déposer un poème. Vit-il Rachilde, Valette ou Léautaud ? Toujours est-il que lorsque son interlocuteur eut accepté son poème, Cendrars demanda une avance. L'autre manqua s'étrangler :

« Une avance de quoi ?

— D'argent, s'il vous plaît. »

La tension était grande, et le rouge avait gagné les joues.

« Apprenez, monsieur, que le *Mercure* ne rétribue jamais les poèmes en vers.

— Aucune importance, rétorqua l'écrivain en haussant les épaules. Mettez-le en prose, et lâchez six sous. »

Il ne les obtint pas. On ne sait s'il laissa sa prose au *Mercure*...

Peu de temps après, à l'en croire, il reçut la visite du valet de chambre de Jacques Doucet qui lui transmit la proposition de son patron : une lettre par mois contre une mensualité régulière de cent francs. Le marché lui parut osé :

> *Monsieur Doucet n'était pas un ami, il n'y avait aucune raison que je lui adressasse des lettres – et pour lui dire quoi ?... n'ayant même pas l'honneur de le connaître*[3].

La réponse fut donc négative. Avec un cadeau : le refus de Cendrars était notifié par écrit, ce qui valait une lettre gratuite pour le collectionneur. Mais, dans cette lettre, Cendrars faisait une contre-proposition : il acceptait d'écrire pour Doucet, à condition que ce fût un livre dont il rédigerait un chapitre par mois.

Le commissionnaire transmit à l'hôtel Spontini. Au retour, il déposa sur la table de Cendrars un billet de cent francs et une lettre-accord. En réponse – deux missives gratuites ! –, le poète précisa les termes du contrat : il s'agirait d'un petit livre écrit en douze mois, tant de pages par mois, tant de lignes par page, tant de mots par ligne, payables d'avance le premier de chaque mois, les droits d'édition restant à l'auteur. Ainsi fut rédigé *L'Eubage*. Et Cendrars assure qu'en nulle autre occasion il n'eut affaire à Doucet.

André Breton, comme tant d'autres, bénéficia donc lui aussi des mannes du couturier-mécène. En décembre 1920, il fut engagé comme bibliothécaire. Sa charge consistait à choisir les ouvrages qui lui paraissaient correspondre à la sensibilité de son époque. Il avait également pour mission d'éclairer son septuagénaire de patron en matière d'art moderne. Il lui fera acheter *Les Demoiselles d'Avignon* (pour vingt-cinq mille francs), *La Charmeuse de serpents*, du Douanier Rousseau, des œuvres de Derain, De Chirico, Seurat, Duchamp, Picabia, Ernst, Masson, Miró...

En 1922, Breton coopta Aragon pour établir un projet d'agrandissement de la bibliothèque, qui fut proposé à Jacques Doucet. Il s'agissait d'acquérir des œuvres que la littérature classique et officielle méconnaissait ou ignorait. Outre Lautréamont et Raymond Roussel, déjà intégrés, ils suggérèrent d'ouvrir les portes à Pascal, Kant, Hegel, Fichte, Bergson, Sade, Restif de la Bretonne, Sue, Jarry, Dada... Ils conseillaient également à Doucet d'acheter des manuscrits de Jean Paulhan, Tristan Tzara, Paul Eluard, Benjamin Péret, Robert Desnos, Jacques Baron, Georges Limbour... La fine fleur du surréalisme.

Breton ne cachait pas ses ambitions : il voulait aider ses amis. Il y parvint. Doucet s'enticha d'Aragon, qu'il finança comme les autres, obtenant notamment l'envoi de passages du *Paysan de Paris* et deux lettres régulières portant sur des sujets littéraires. Ainsi le couturier de Neuilly-Passy contribua-t-il à entretenir cette bande de jeunes littérateurs dont les frasques alimentaient la chronique scandaleuse des beaux quartiers.

L'idylle, on l'a vu, tourna court en 1924, à l'occasion

de la mort d'Anatole France. Devant la violence de leurs philippiques, Jacques Doucet prit sa gomme de patron et effaça les contrats qui le liaient aux surréalistes. Selon Breton. Marie Dormoy est plus nuancée. Elle prétend que Doucet fut mis au courant de propos moqueurs et désobligeants rapportés sur son compte par ses jeunes amis. Il convoqua l'ensemble du groupe surréaliste dans son bureau, promit qu'il s'acquitterait de la dette qu'il leur devait mais que leur collaboration n'irait pas au-delà. Sauf avec Aragon.

En 1926, l'écrivain s'éprit de Nancy Cunard, héritière de la compagnie maritime Cunard Line, dont la mère était très introduite à la cour d'Angleterre. Ce qui arrangeait bien les affaires du couturier. Il doubla donc la mensualité d'Aragon, lui demandant de l'informer des loisirs et des occupations d'un jeune mondain parisien... Ce dont le jeune homme s'acquitta jusqu'en 1927. Après avoir adhéré au parti communiste, il rompit définitivement avec Jacques Doucet pour des raisons politiques.

Plus tard, André Breton, tout en reconnaissant les qualités de mécène et de collectionneur de celui qui l'avait grandement aidé en diverses circonstances de sa vie (lorsqu'il se maria avec Simone Kahn, en 1921, Doucet, qui lui avait déjà offert cadeaux et voyages, doubla son salaire pour rassurer la famille de la jeune fille), mit un bémol à la gamme des louanges :

> *Comme je n'estime pas qu'il y va du secret professionnel et qu'il n'est pas, de nos jours, sans intérêt d'éclairer les rapports de l'artiste et de l'amateur, laissez-moi mentionner que les cordons d'une telle bourse ne se desserraient pas volontiers en faveur des jeunes peintres[4].*

C'était même pire : dans les histoires contées par Breton, il y a du Clovis Sagot (ce marchand qui conseillait à Gertrude Stein de couper les pieds d'une œuvre de

Picasso). Ainsi, l'écrivain aurait-il convaincu le collectionneur d'acquérir une toile de Max Ernst exposée aux Indépendants. Cette œuvre montrait cinq vases semblables contenant cinq bouquets semblables. Prix : cinq cents francs.

« Demandez à l'artiste qu'il nous fasse deux vases pour deux cents francs », suggéra Doucet.

Il faut dire que Derain lui avait montré les bonnes manières. Pierre Cabanne rapporte qu'un jour que Breton avait conduit chez lui le couturier mécène afin de lui faire acheter une nature morte, l'artiste avait sorti un mètre de sa poche, avait mesuré la toile convoitée par son visiteur, et avait dit :

« Si l'on se fonde sur le prix du centimètre carré, cela vous coûtera quarante mille francs. »

Un autre jour, devant un Masson minuscule, Doucet avait maugréé :

« Il manque quelque chose à ce tableau... »

Et le couturier de scruter l'œuvre tout en chatouillant sa barbe avant de s'exclamer, pris d'une lumineuse idée :

« On va demander à l'artiste d'ajouter quelque chose... Un oiseau ! Voilà ! Un oiseau, ce sera parfait ! »

Aragon ne s'est pas montré moins tendre avec son ancien mécène. Dans *Aurélien*, il l'appelle Charles Roussel et le met en présence d'un peintre nommé Zamora, qui n'est autre que Picabia. On reconnaît sans peine les travers du second : mondain, recevant avec bonheur « des jockeys célèbres, des duchesses, des littérateurs, des hommes riches et désœuvrés, des jolies femmes de toute espèce, des joueurs d'échecs, des connaissances faites en voyage, sur les transatlantiques[5] ».

Le premier est présenté comme un homme chic, « soigné comme un caniche et habillé avec une recherche qui frisait le mauvais goût à force de distinc-

tion ». Le trait est sans doute grossièrement forcé. Il l'est
un peu moins lorsque Aragon met en scène un poète de
la bande de Ménestrel (Breton) qui se fait étendre au
cours d'un scandale provoqué par les surréalistes. Il
s'agissait pour les assaillants, « qui ne pouvaient pas
blairer Cocteau », de perturber la représentation d'une
de ses pièces. À l'issue d'une brève rixe, Ménestrel/Bre-
ton se retrouve avec le nez en compote et du sang sur
sa cravate. Roussel/Doucet l'entraîne aussitôt dans un
café et lui demande, le regard brillant de furieuse
convoitise :

« Est-ce que vous ne pourriez pas m'écrire une petite
note pour ma bibliothèque, sur cette curieuse soirée ?
J'ai le manuscrit de la pièce, que j'ai acheté à Cocteau...
Je ferais relier votre note avec [6]... »

Moquerie pour moquerie, Aragon comme Breton
manquèrent passablement de reconnaissance à l'égard
d'un homme à qui ils durent beaucoup. Suffisamment
en tout cas pour que, de Kisling à Cendrars, en passant
par André Salmon, Max Jacob et Apollinaire, Radiguet,
Cocteau et Desnos, tous se fussent donné le mot pour
profiter des largesses et de la générosité d'un monsieur
à qui la plupart écrivaient avec une humilité qui frisait
souvent la prosternation... si ce n'est davantage.

Cendrars comme les autres. Car il se vante lorsqu'il
prétend que Doucet le contacta par l'intermédiaire de
son valet de chambre. La vérité est très différente. C'est
Cendrars lui-même qui écrivit à Doucet en 1917 : il sol-
licitait une aide de cinq cents francs afin d'achever son
roman *La Fin du monde*. En échange, il proposait un
manuscrit qui fut finalement celui des *Pâques à New
York*, écrit en 1912. Après quoi, les deux hommes s'entendirent sur *L'Eubage*. Il n'y eut donc pas une seule
affaire entre eux, comme le prétend Cendrars, mais au
moins deux. Et ce ne fut certainement pas l'écrivain qui

dicta ses conditions, de même qu'il n'avait pas dicté les
termes du contrat précédent : il demandait cinq cents
francs ; Doucet lui en accorda cent cinquante[7]. Il peut
toujours le traiter de « vieux beau de bonne compagnie »
dans *Le Lotissement du ciel*, cela ne l'empêcha pas de
le remercier épistolairement de sa générosité en s'incli-
nant très bas. Nul ne le suivra dans la description qu'il
fit de la bibliothèque de Jacques Doucet : on le voit
accompagnant le patron au milieu d'un dédale de caisses
et de cartons contenant des lettres, des manuscrits recopiés mais aucune œuvre majeure (sinon *L'Eubage*) ; il
écoute le vieillard se plaindre de tant recevoir, et
conclure par cette exclamation désespérée :

« Ils ne s'arrêteront jamais d'écrire ! »

C'est du Cendrars. Pas du Doucet.

LE COUTURIER ET LE PHOTOGRAPHE

Comme beaucoup d'artistes français, je fus très frappé par les Ballets russes et je ne serais pas surpris qu'ils aient eu sur moi une certaine influence.

Paul POIRET.

Doucet vendit sa maison de couture en 1924. Il avait été détrôné par des couturiers plus jeunes, notamment Paul Poiret, qui avait introduit dans la mode des couleurs plus vives, des verts, des rouges, des bleus, qui changeaient des teintes lilas et roses de ses prédécesseurs. Il débarrassa définitivement la femme du corset, lança le soutien-gorge, développa la robe étroite, près du corps.

Paul Poiret, qui avait fait ses classes chez Doucet, donna également dans le mécénat, mais, comparée à l'œuvre de son aîné, la sienne fait figure d'opuscule.

Il connut sa première heure de gloire en fabriquant un manteau de tulle noir pour Réjane. Il prit la porte après avoir dessiné des modèles pour sa fiancée, qui les avait fait exécuter chez une couturière : Doucet ne le lui pardonna pas. Libre, Poiret prit rapidement son envol, acheta un hôtel magnifique faubourg Saint-Honoré et commença d'habiller les dames de la haute et de la très haute.

Il ne fut pas insensible aux arts de son époque. Moins le cubisme que les Ballets russes, dont il admit avoir subi l'influence. Mais, d'un naturel assez vantard, Paul

Poiret n'oubliait jamais de préciser que sa réputation était très antérieure à celle de monsieur Bakst.

Dans les belles années montmartroises, il se rendait souvent au Bateau-Lavoir. C'est lui, nous l'avons vu, qui envoyait sa clientèle chic dans le réduit de Max Jacob, où les grandes de ce monde-là se faisaient tirer les cartes. Lui encore qui invitait les artistes un peu crottés à des fêtes grandioses où il exposait ses théories : selon lui, la couture était un art comme les autres ; à quoi Apollinaire répondait que s'il s'agissait d'un art, c'était un art inférieur.

Les deux hommes s'entendaient du bout des lèvres.

Paul Poiret éprouvait en revanche une tendresse particulière pour Max Jacob. Il le consultait à propos de tout et de n'importe quoi : la couleur de sa cravate, celle de ses chaussettes, l'emploi du temps de ses journées... Il lui proposa de faire jouer ses pièces de théâtre dans son hôtel particulier de la rue d'Antin – où Picasso avait exposé *Les Demoiselles d'Avignon* pendant la guerre. Il tissa autour de lui ce réseau mondain qui permettait à Max de découvrir des portes où frapper quand il était sans le sou ou désespéré.

Hormis pour son carnet d'adresses, le poète ne vouait pas une estime illimitée au couturier. Il lui reprochait de ne pas aimer ses amis et d'être très conservateur en matière artistique. Ce qui n'est guère contestable. Curieusement, bien qu'admirant tout ce qu'il voyait au Bateau-Lavoir, Poiret n'adhéra jamais au cubisme :

> *Je n'ai pas été étranger aux recherches de Picasso, mais je les ai toujours considérées comme des exercices d'atelier et des spéculations de l'esprit, qui ne devaient pas sortir d'un cercle d'artistes et que le public aurait dû ignorer* [1].

Sa grande force restait celle du mélange des genres.

Il était très lié à la danseuse Isadora Duncan. Après qu'elle eut perdu ses deux enfants, elle fit part à Poiret d'un projet qui lui était venu à l'esprit : elle voulait un nouvel héritier qui eût sa splendeur physique et la splendeur intellectuelle d'un poète de génie.

« Maeterlinck ! » s'écria aussitôt Poiret.

Il avait lu un de ses ouvrages la veille.

Isadora s'en fut trouver Maeterlinck pour lui demander s'il acceptait de lui faire un enfant. L'écrivain refusa : il était marié, et les complications de la situation...

Poiret avait aussi songé à Max Jacob. Il n'avait pas même formulé son nom devant la danseuse...

Fernande Olivier, qui travailla chez le couturier pendant quelque temps après sa rupture avec Picasso, confia à Paul Léautaud que ses magasins servaient de maisons de rendez-vous à des belles de jour. Elle se plaignait de ce que Poiret fût aimable à l'extérieur et odieux chez lui, avec son personnel. Seul lot de consolation : sa collection de tableaux d'avant-garde, l'une des plus belles de Paris.

Cette collection fut également admirée par un photographe qui, un jour de l'automne 1921, se présenta devant l'entrée principale de la maison Poiret, avenue d'Antin. C'était un jeune Américain d'allure assez classique, qui portait un carton contenant ses travaux. Il avait été envoyé chez le couturier par Gabrielle Buffet-Picabia.

Il donna son nom au portier en livrée qui faisait le pied de grue à l'entrée des jardins. On lui fit traverser des allées qui coupaient les pelouses plantées de crocus. Des chaises et des tables aux couleurs vives étaient disposées çà et là, au milieu de parterres qui rappelaient Versailles.

Le visiteur franchit les trois marches du perron. Celui-ci était borné par deux biches en bronze rapportées d'Herculanum, au pied du Vésuve. Il passa l'une des dix portes ouvrant sur l'intérieur, foula un tapis groseille illuminé par des lustres de cristal qui s'arrêtaient à l'arête d'un escalier massif à la rampe ouvragée.

Un groom le précéda dans l'ascenseur. Premier étage. Le jeune Américain suivit un couloir que longeait une multitude de salons d'essayage. Il déboucha sur une grande pièce où bourdonnaient de nobles dames. Elles suivaient du regard un mannequin qui présentait une robe nouvelle. Une statue de Brancusi trônait au centre.

Le visiteur s'approcha d'un planton et demanda où il pourrait rencontrer monsieur Poiret : il avait rendez-vous.

« Suivez-moi », dit l'autre.

De pièce en couloir et de fil en aiguille, l'Américain fut conduit jusqu'à la porte d'un bureau sur laquelle était placardée une affichette :

ATTENTION ! DANGER !
Avant de frapper demandez-vous trois fois :
« *Est-il indispensable de* LE *déranger ?* »

Après s'être fait annoncer, l'Américain fut introduit dans une pièce où se tenait un homme vêtu d'une veste jaune canari et d'un pantalon à rayures. Il avait une barbe en pointe. Son crâne était à demi dégarni. Le photographe américain déposa son carton sur le bureau. Le couturier ouvrit, regarda attentivement, ferma et dit :

« C'est bien... Que puis-je pour vous ?

— Je ne sais pas.

— Avez-vous déjà fait de la photo de mode ?

— Jamais... Mais je veux bien essayer... Sauf que je n'ai pas de studio.

— Quand on travaille avec moi, on travaille chez moi », répliqua froidement Poiret.

D'un geste ample de la main, il embrassa son bureau, les jardins, le second hôtel particulier qu'on apercevait plus loin.

« Les photographes sont sur place... Avez-vous le matériel nécessaire ?

— Il me manque une chambre noire.

— On vous la prêtera. »

Le photographe fut autorisé à faire des clichés des mannequins en dehors des heures de travail.

Il revint et s'acquitta de sa tâche. Il développa les photos dans la chambre minuscule qu'il habitait dans un hôtel borgne de Paris. Puis il revint chez Poiret pour les lui montrer.

« Très belles ! » s'exclama le couturier.

Sautant sur l'occasion, le photographe américain demanda s'il pouvait être payé. À quoi Poiret répondit par une grimace étonnée.

« Je ne paie jamais les photographes... Ce sont les magazines qui s'en chargent.

— Mais je ne connais personne ! s'écria le photographe. Je viens seulement d'arriver en France ! »

Poiret se montra généreux : il acheta quelques photos et les paya deux cents francs.

Sa fortune commençait alors à se lézarder. Elle fut emportée en quelques années : le couturier ne parvint pas à s'adapter au style plus sobre et moins riche de l'après-guerre. Au milieu des années 20, il ne restait plus rien de l'empire Poiret. L'homme, à l'en croire victime des banques, des percepteurs et des « menaces socialistes », quitta Paris pour une petite maison d'Île-de-France. Il y vécut en ermite, maugréant contre la terre entière, songeant même à soumettre son cas à la Ligue des droits de l'homme, y renonçant finalement, craignant « que cet organe lui-même ne fût entaché d'esprit maçonnique et, par conséquent, incapable d'indépendance[2] ».

Il avait conservé un ami : le médecin qui le soignait. Celui-ci vint un jour trouver le photographe américain pour lui demander de l'accompagner à la campagne chez Paul Poiret : le couturier déchu écrivait un livre de Mémoires qui serait bientôt publié ; une photo serait alors nécessaire.

En souvenir des deux cents francs, le photographe fit le voyage. Poiret le reçut avec élégance et tout le faste qui lui restait. On mangea, on but, on alla se promener. Lorsqu'on revint à la maison, la lumière n'était pas suffisante pour la photo. On se quitta tristement.

Quelques jours plus tard, le médecin qui avait servi d'intermédiaire vint chez le photographe américain. Celui-ci lui découvrit une certaine ressemblance avec Poiret du temps de sa splendeur. Il s'amusa à le faire poser.

Lorsque, une vingtaine d'années plus tard, l'ancien couturier vint à mourir, perclus de rancœurs et rongé par la paranoïa, un hebdomadaire demanda au photographe s'il ne possédait pas dans ses archives un cliché du disparu. L'Américain envoya le portrait du médecin. Celui-ci parut. Il illustra un article consacré à Paul Poiret, sa vie, son œuvre. Nul ne découvrit jamais la supercherie. Sauf le médecin, bien entendu. Et le photographe américain.

On ne connaît pas le nom du premier. Le second habitait Montparnasse depuis l'été 1921. Il s'appelait Man Ray.

UN AMÉRICAIN À PARIS

> J'ai fait connaissance d'un Américain qui
> fait de jolies photos [...] Il me dit : « Ki-
> ki ! Ne me regarde pas comme ça ! Vous
> me trouble... ! »
>
> KIKI DE MONTPARNASSE.

Lorsqu'il regagna sa chambre d'hôtel, ce jour où il avait photographié les mannequins de Paul Poiret, Man Ray ferma les rideaux de la petite pièce, alluma une lampe rouge inactinique et entreprit de développer ses plaques photographiques. Il disposait de fort peu de matériel : les produits chimiques indispensables, deux cuvettes, du papier et quelques accessoires.

Il trempa ses feuilles dans les bains de développement. Par mégarde, il en glissa une qui n'avait pas été impressionnée. Après l'avoir sortie de la cuvette, il posa dessus un entonnoir en verre. Puis alluma la lumière.

Sous mes yeux, une image prenait forme. Ce n'était pas tout à fait une simple silhouette des objets : ceux-ci avaient été déformés et réfractés par les verres qui avaient été plus ou moins en contact avec le papier, et la partie directement exposée à la lumière ressortait, comme un relief, sur le fond noir[1].

Man Ray abandonna pour un temps les photos prises chez Poiret. Il s'empara de tous les objets qu'il trouvait autour de lui, clé, mouchoir, crayon, ficelle, et les disposa sur du papier pas même trempé dans les bains. Puis il exposa le tout à la lumière. Il développa. Il fit sécher.

Le lendemain, il accrocha le fruit de ces expériences sur les murs de sa chambre d'hôtel. Le soir, Tristan Tzara, qui était arrivé à Paris un an auparavant, frappa à la porte. Man Ray ouvrit et lui montra son travail. Le jeune Roumain fut enthousiaste. Pendant une partie de la nuit, les deux hommes disposèrent mille et un objets sur le papier, développèrent, recommencèrent. La rayographie était née : elle permettait de faire de la photo sans appareil. Un an plus tard, Man Ray publiera son premier album de rayographies, *Les Champs délicieux*. La préface sera signée par Tristan Tzara.

Avant d'être photographe, Man Ray, fils d'un tailleur juif de Brooklyn, était peintre. Il avait suivi le cours Ferrer, ainsi nommé parce qu'il avait été créé par des sympathisants de la cause anarchiste, pour laquelle était mort Francisco Ferrer (que Picasso, on s'en souvient, admirait). Il avait également fréquenté tous les lieux de l'avant-garde new-yorkaise à l'époque de l'Armory Show. À commencer par la galerie d'Alfred Stieglitz, 5e Avenue, 291. C'est là qu'il avait rencontré Francis Picabia et, surtout, Marcel Duchamp, avec lequel il fut et resta très lié.

Man Ray possédait un appareil avec lequel il photographiait ses propres œuvres. Au fil de son travail, il découvrit la richesse des reproductions en noir et blanc et finit par « détruire l'original pour ne garder que la reproduction [2] ». Il devait bientôt considérer que « la peinture est une forme d'expression dépassée [3] », qu'un jour la photo détrônerait inévitablement. Plus tard, il reviendrait sur cette opinion.

À New York, il chercha des modèles. Non plus pour les peindre mais pour les photographier. Grâce au portrait du sculpteur Berenice Abbott, rencontrée dans un bar du Village (à Paris, elle sera son assistante pendant trois ans), il remporta son premier prix de photographie. En quelques mois, il photographia Edgar Varèse, Marcel Duchamp, les écrivains Djuna Barnes et Mina Loy, Elsa Schiaparelli (qui n'était pas encore couturière)...

Duchamp partit le premier pour Paris. Sitôt qu'il eut réuni l'argent nécessaire au voyage, Man Ray enferma ses toiles et quelques objets dadaïstes dans une malle, monta avec celle-ci sur un transatlantique et rejoignit son ami. Le peintre lui avait réservé une chambre dans un petit hôtel de Passy... où était également descendu Tristan Tzara. C'est ainsi que Man Ray rencontra les dadaïstes et les surréalistes de Paris, avec qui il se lia d'amitié : Breton, Aragon, Eluard, Fraenkel, Soupault, Desnos et les autres.

C'est Soupault qui eut l'idée d'organiser une exposition des œuvres que Man Ray avait apportées de New York. Dans le catalogue imprimé pour la circonstance, les dadaïstes présentèrent l'artiste comme un marchand de charbon doublé d'un magnat du chewing-gum, richissime et fort doué pour la peinture... Ces titres ne firent pas vendre la moindre œuvre. Man Ray retourna derrière ses objectifs. Il photographia tout d'abord les toiles de Picabia, puis Cocteau et son carnet d'adresses passèrent non loin. Il était lancé.

En 1921, il avait rencontré une jeune personne qui allait devenir son premier modèle puis l'égérie de Montparnasse pendant de longues années. Le photographe se trouvait en compagnie de Marie Vassilieff dans un café de Vavin cousin du Dôme et de la Rotonde. La salle était bondée. Il y avait là toute l'assistance qui constituait l'ordinaire du quartier depuis l'armistice : des peintres moins pauvres, des écrivains américains, des danseurs suédois, une armada de modèles, un Peau-Rouge avec toutes ses plumes nommé Colbert, Granowski, peintre, juif, polonais, déguisé en cow-boy, un poète lapon, des Russes – blancs désormais –, un Bulgare muet porteur d'un anneau de rideau accroché à son nez, Cocteau et son petit Radiguet, quelques déguisés en partance pour une fête ou un bal, des hommes pieds nus, une section de femmes un peu déshabillées, le peintre Jules Pascin de retour d'Amérique, Antonin Artaud, un musicien noir essayant un saxo à voix basse, Adamov, très jeune encore, pieds nus dans ses spartiates, rongé par la misère...

À une table éloignée, deux jeunes filles parlent fort. Elles sont maquillées comme des arcs-en-ciel, bijoutées des oreilles aux poignets. L'une d'elles est Kiki de Montparnasse. Elle répond vertement au garçon qui refuse de la servir sous prétexte qu'elle ne porte pas de chapeau. L'un parle ferme mais doux, l'autre réplique qu'un bistrot n'est pas une église, qu'on y vient comme on veut.

« Un Chambéry-fraisette, s'il vous plaît, demande Kiki. Et un autre pour ma copine. »

Le serveur rend les armes et appelle le patron.

« Sans chapeau, fait celui-ci, on pourrait confondre.

— Avec quoi ? Avec les Américaines ? »

Les Américaines ont leurs entrées dans les cafés, même sans couvre-chef.

« Ce n'est pas ce que je voulais dire, articule le bégayant.

— Et qu'est-ce que vous vouliez dire ?

— Sans chapeau, on pourrait penser que vous en êtes une...

— Une quoi ?

— Une putain ! »

Kiki se lève d'un bond. Un pied (nu) sur une chaise, l'autre sur la table, de sa gouaille inimitable, parlant très haut, très fort et très pointu, elle explique au jabot et

col dur qu'elle ne monnaye pas ses charmes, ce qui ne
l'empêche pas d'être une vraie bâtarde née dans une
vraie province française, la Bourgogne. Puis elle jure
que plus jamais elle ne reviendra, ni elle ni ses amis, et
saute au bas de la table, dévoilant dans un mouvement
de tissu savamment orchestré ce qu'il faut, et aussi ce
qu'il ne faut pas.

« Pas de chapeau, pas de chaussures et pas de culotte ! »

Man Ray lève une main en direction du serveur.
Marie Vassilieff appelle les deux jeunes filles.

« Deux verres pour ces demoiselles, demande l'Américain.

— Venez nous rejoindre », propose la Russe.

Kiki s'assied.

« Elles sont avec vous ? demande le garçon.

— Oui, répond Man Ray.

— Parce que je n'ai pas le droit de servir les dames
seules...

— ... Sauf si elles ont des chapeaux », rectifie Kiki.

On trinque. On recommence. On quitte le café pour
un autre. Puis pour un restaurant.

« Tu es notre ami américain ! » clament Marie et
Kiki.

On dîne très arrosé.

« Notre ami américain riche ! »

On va au cinéma, voir *La Dame au camélia*.

« Très riche ! »

Les jeunes filles sont assises au côté du magnat du
chewing-gum. Kiki regarde l'écran, passionnée comme
une enfant. Man Ray cherche sa main. Il la trouve. Il la
presse. Elle ne donne rien, mais elle ne retire pas non
plus.

À la sortie, il lui dit qu'il aimerait la peindre mais que
l'émotion le submergeant, il s'en croit incapable. Elle

répond qu'elle a l'habitude : la première fois, tous les artistes pour lesquels elle pose sont dans le même état.

« Alors je vous suggère autre chose. Laissez-moi vous photographier.

— Certainement pas ! » s'écrie Kiki.

Mais le lendemain, elle se rend à l'hôtel de Man Ray, monte dans sa chambre et se déshabille : il veut la photographier nue.

Il prend quelques clichés. Ils descendent au café. Il lui demande de revenir le lendemain pour une nouvelle séance de pose. Et aussi pour voir la première série de photos. Elle revient. Ensemble, ils regardent le travail de la veille. Puis Kiki se déshabille tandis que Man Ray prépare ses appareils. Il est assis sur le lit. Nue, elle le rejoint. Il lui prend la main. Elle lui offre ses lèvres. Ils ne se quitteront plus pendant six ans.

UN BOUCHON DE RADIATEUR SIGNÉ RODIN

> Et ainsi s'avancera sur la scène, comme un bel enfant sage, avec ses gestes mesurés, sa maîtrise de lui-même, et ses yeux qui semblent voir sans regarder, celui qui ne dessina guère que des femmes et des chats.
>
> Roger VAILLAND.

Tandis que Kiki et Man Ray s'endorment sur les premières pages de leur amour, une jeune fille d'une vingtaine d'années pousse la porte de l'appartement qu'elle habite seule rue Cardinet. Elle a le visage un peu rond, le corps bien en chair, le cheveu châtain, l'œil noir et vif. Elle est orpheline depuis trois ans. Elle ne travaille pas : l'héritage de ses parents lui suffit.

Lucie Badoul dépose sur une table la brassée de livres qu'elle vient d'acheter. Elle passe dans la salle de bains, se démaquille soigneusement, récupère ses ouvrages et pénètre dans sa chambre. Une petite chatte rousse la rejoint. La jeune fille se glisse entre les draps et choisit l'un des volumes qu'elle s'est offert simplement parce le titre lui plaisait : *La Femme assise*. Elle ne connaît pas l'auteur – Guillaume Apollinaire – et pas davantage le quartier qu'il décrit : Montparnasse. Mais au terme de sa lecture, les cafés semblent si extraordinaires, les gens qui vivent là si libres, l'atmosphère si différente de ce que Lucie Badoul connaît, qu'une sorte de fièvre s'empare d'elle.

Elle se lève, s'habille, se remaquille, prend sa chatte sous le bras et quitte la rue Cardinet. Direction : le métro.

Elle descend à la station Montparnasse et remonte le boulevard jusqu'à ce bistrot si incroyable dont parle Apollinaire : la Rotonde. Mais il est archi-comble. Le rez-de-chaussée est plein, et le premier aussi. Déçue, la jeune fille s'apprête à se retirer lorsqu'un groupe d'Espagnols libère une place. Elle s'assied. Elle regarde. Jamais, en aucun endroit, elle n'a croisé une telle animation, une telle connivence entre ceux qui entrent, ceux qui sortent, tous habitués du lieu, complices, amis. Lucie est fascinée.

Tard dans la nuit, elle rentre chez elle. Dès le lendemain, elle se retrouve à la Rotonde. La salle, cette fois, est moins encombrée. On ne voit pas seulement les silhouettes. Les visages apparaissent. Ils se détachent.

Cet homme, par exemple, qui franchit le seuil du café.

Il est seul. C'est un Asiatique. Une frange lui descend sur le front. Il porte des lunettes d'écaille. Sous un veston bien coupé retenu aux hanches par une ceinture de tissu, apparaissent les carreaux rouge et blanc d'une chemise de coton. Lucie regarde. Un voile descend sur elle. Elle comprend qu'elle est conquise, qu'elle vient de succomber à un coup de foudre. Mais l'homme tourne les talons et s'en va. La jeune fille reste là, immobile. Elle hèle le serveur et demande un verre de liqueur. Puis un autre. Un troisième... Il en faut six pour qu'elle ose poser la question qui la taraude. Elle se lève, se campe au milieu du café et demande si quelqu'un connaît ce Japonais qui est parti. Un inconnu se dresse. Il dit :

« Venez avec moi. »

L'homme est peintre. Il entraîne la jeune personne

jusqu'à chez lui. En un instant, au fusain, il trace le portrait de l'Asiatique.

« C'est lui ?

— Oui », répond Lucie.

Le peintre roule son œuvre et la lui tend.

« Il s'appelle Foujita.

— Vous le connaissez ?

— Bien sûr !

— Donnez-lui mon adresse », demande Lucie.

Elle l'écrit sur un billet, puis rentre chez elle. Elle accroche le portrait de Foujita au mur. Pendant huit jours elle ne sort pas. Elle attend. Mais l'homme de sa vie ne se manifeste pas. Alors Lucie retourne à Montparnasse. Le peintre qui avait dessiné le Japonais l'entraîne 5, rue Delambre, où se trouve l'atelier de Foujita. Celui-ci regarde la jeune fille, lui offre un éventail et lui donne rendez-vous le soir même à la Rotonde.

Elle y fut. Ils dînèrent ensemble. Il l'emmena à l'hôtel. Ils y restèrent trois jours sans sortir. Lorsqu'ils revinrent à la Rotonde, Lucie ne s'appelait plus Lucie. Foujita l'avait baptisée « Youki », qui signifie « Neige rose » en japonais (elle conservait encore le diminutif qu'il lui avait donné lorsque, en 1931, elle tomba dans les bras de Robert Desnos).

La vie avec Foujita ? Un rêve. Évidemment, il y a Fernande. L'épouse en titre n'abandonne pas facilement le terrain, bien qu'elle ait convolé ailleurs et depuis longtemps. Lorsque Foujita expose son tableau *Youki, déesse de la neige* au Salon d'Automne, Fernande agresse publiquement la maîtresse de son mari. Mais quand elle s'efface, la fête commence.

Dans les années 20, c'est Montparnasse en sons et lumières. Des amis en pagaille, des rencontres multiples, des fêtes extraordinaires. Vingt convives autour de la table, souvent deux ou trois fois plus, parfois davantage.

Tout dépend de qui invite.

Si c'est le comte de Beaumont, en son hôtel particulier de la rue Duroc, les pièces de réception, les couloirs et les escaliers sont pleins. Il y a bal de haut en bas, entresols compris. La plupart du temps, les invités viennent déguisés. Youki ne les reconnaît pas toujours. Marcoussis est en paysanne, Van Dongen en Neptune, Kisling en prostituée méridionale... Les femmes ont des casquettes, des brandebourgs d'officiers, les hommes des perruques, il y a des marins, des Pierrot, des clowns au visage tout blanc, des toréadors... Foujita, le roi des déguisements, vient souvent en robe. Un soir, on l'a vu tout nu, déguisé en porteur, une cage sur le dos, une femme dans la cage... Il arbore parfois des anneaux, parfois des boucles d'oreilles, un turban, un chapeau claque. Tout le monde rit, tout le monde danse, les couples se forment et se déforment. On boit.

Quand ce n'est pas rue Duroc, c'est à la maison Watteau, rue Jules-Chaplain, fief des Scandinaves. Une fois par an au moins, ils organisent un bal grandiose où tout Montparnasse débarque. Et si ce n'est pas là, c'est encore ailleurs. Dans des ateliers habillés pour l'occasion, les peintres se chargeant des décors et même des affiches placardées dans les rues. À Bullier, où l'Union des artistes russes cède parfois son tour à l'A.A.A. (Aide Amicale aux Artistes), qui organise des soirées pour les artistes nécessiteux. On rejoint aussi le bal des Quat'z'Arts, qui commence dans la cour des Beaux-Arts pour s'achever, tard dans la nuit – ou tôt le matin –, par un bain rituel place de la Concorde ou dans les jardins du Luxembourg. Le samedi ou le dimanche, parfois les deux, tous les fêtards se retrouvent au bal Nègre, rue Blomet, près de Vaugirard. Là, c'est la biguine, le punch, le rhum, les roulements de tambour et les vivaces clarinettes. Une foule considérable qui danse et chahute.

Beaucoup de Noirs, autant de mulâtres, des soldats de la Coloniale, de plus en plus d'artistes...

Il arrive encore qu'on aille danser au Moulin de la Galette ou au bal des Pompiers, rue de la Huchette, avant de se retrouver dans des endroits plus calmes, à l'ombre des fêtes.

Parfois, Youki et Foujita s'arrêtent au Caméléon, à l'angle du boulevard du Montparnasse et de la rue Campagne-Première. Naguère, l'endroit était vide dans la journée. On y mangeait une choucroute à peine plus chère que les spaghettis de Rosalie. Quelques colporteurs y vendaient des matelas ou des bas de soie à de très rares clients. Mais depuis qu'Alexandre Mercereau, sculpteur de son état, a décidé d'animer cet ancien bistrot, l'endroit est plein du matin au soir. Le soir, surtout. Le Caméléon a été transformé en université ouverte de Montparnasse. Musiciens et poètes de toutes les nations s'y retrouvent. Ils lisent leurs vers, ils jouent leurs œuvres, ils font des conférences. Le dimanche, ils viennent en nombre assister à des spectacles humoristiques. Même les gens de la haute s'y font une place. On y a vu Cocteau. Et aussi la comtesse de Noailles.

Cette dame est une admiratrice de Foujita. Moins, peut-être, pour la qualité de son œuvre que parce qu'il peint sur un terrain que ne délaisse pas Van Dongen : les mondaines. Il a fait les portraits de la comtesse de Clermont-Tonnerre, celui de la comtesse de Ganay, celui de la comtesse de Montebello. Pourquoi pas celui de la comtesse de Noailles ?

À l'époque, s'ils passent le plus clair de leur temps à Montparnasse, Youki et Foujita habitent rue Massenet, du côté de Passy. La comtesse de Noailles est leur voisine. Pour la première séance de pose, c'est elle qui se déplace.

Elle est toute petite mais elle porte un immense collier

de perles en sautoir. Ça l'aide à se tenir droite. Elle n'a pas beaucoup d'admiration pour les artistes qui l'ont croquée avant le peintre japonais, mais elle a une excuse : elle n'a d'admiration que pour elle-même. Elle s'aime sous toutes les coutures, particulièrement celles de la poésie qu'elle pratique assidûment. Elle est une grande artiste. Une immense poétesse. Une très belle femme. Avec un regard magnifique. Un front qui montre l'intelligence très subtile qui fait toute la force de sa séduction. Un corps de déesse qu'il convient de protéger parfois. « Vous comprenez pourquoi, mon bon Foujita, il faut aussi que vous veniez me peindre chez moi, quand je suis au lit pour que mes chairs, mes muscles et ma pensée se reposent. »

Il y va, le dévoué Foujita. Il passe par l'escalier de service parce que les concierges ne veulent pas d'un petit Japonais tout crotté chez les riches. La comtesse de Noailles l'attend. Elle repose, alanguie sur les soieries du baldaquin. Elle porte une robe de chez Poiret. Elle est dans la pénombre. Elle bouge tout le temps. Elle jacasse. Foujita peint. Les séances sont interminables. Quand il met enfin un terme au portrait, la comtesse de Noailles est furieuse : elle ne retrouve pas la joliesse de sa personne, la splendeur de son caractère, la divinité de son esprit... Mais c'est ainsi. L'artiste signe et s'en va. Il n'a même pas achevé son œuvre.

La vie avec Foujita est un rêve parce que sa carrière elle-même s'envole comme dans un rêve. Depuis qu'en 1922, Chéron a exposé ses gouaches, on le demande et on le redemande. Il est partout en Europe, et même aux États-Unis. Ses toiles se vendent très cher. En quelques mois, il est devenu l'un des rois les plus en cour et les plus riches de Montparnasse. Pour les vingt et un ans de sa fiancée (qui va bientôt devenir sa femme), il décide qu'elle doit changer de chauffeur. Jusqu'alors, elle avait droit à son taxi habituel, qui se garait au bas de ses robes sitôt qu'elle apparaissait à la porte d'un restaurant ou d'une boîte de nuit. La voiture était conduite par un monsieur qui ne touchait pas encore au grisbi, bien qu'il s'appelât déjà Albert Simonin.

Foujita offre à sa bien-aimée le cadeau dont tous les anciens rapins rêvent : une voiture. Et ce n'est pas n'importe laquelle. Il s'agit d'une Ballot jaune carrossée par Saoutchik, dotée d'un bouchon de radiateur signé Rodin et conduite par José Raso, Basque champion de pelote, promu chauffeur de maître.

Le vison qui va avec compte à peine, la secrétaire-dactylo à qui Foujita dicte désormais son courrier n'est qu'une goutte d'eau dans le verre des signes extérieurs d'une réussite qui se confirme au fil des ans.

Foujita est à Saint-Tropez.

Foujita est à Cannes, sur la Croisette.

Foujita fait du vélo sur les planches de Deauville. En quelle compagnie ? Maurice de Rothschild, Van Dongen, les Dolly Sisters ou Suzy Solidor, la meneuse de revue, qui s'exhibe en maillot de coquilles de nacre quand ce n'est pas dans un filet de pêche avec cache-sexe en liège. Il y a aussi Mistinguett, qu'André Salmon a croisée au tribunal correctionnel de Versailles, où « la reine des plumes » poursuivait de sa hargne et de ses foudres une femme de chambre qui lui avait volé un de ses cent soixante-douze manteaux de fourrure. Univers surprenant, impitoyable, élégant, diablement mondain – même si, tous l'assurent, Foujita ne change pas.

L'eau ayant passé sous les ponts, les ponts ont changé de nature. L'atelier de la rue Delambre a sombré dans les mémoires, en même temps que les domiciles de la rive droite. À partir de 1927, Youki et Foujita vivent rue du parc Montsouris, n° 3, un rez-de-chaussée, trois étages, une terrasse. Pour les meubles, on s'est arrangé avec les amis. Un jeune écrivain qui monte a vendu un tapis, des chaises et un bar américain des plus originaux. Il signe ses ouvrages du nom de Georges Sim, raccourci de son identité officielle : Georges Simenon. Lui aussi est un habitué de ces fêtes sublimes que les Foujita donnent en leur demeure, et qui valent celles, tout aussi fameuses, de Van Dongen. Lui aussi court le Dôme et la Rotonde, glisse du haschich dans sa pipe, attend son tour au rez-de-chaussée des bordels. Lui aussi quitte un bar pour un autre, abandonne un premier plaisir pour un deuxième, un troisième, un quatrième, jusqu'à ce que, très tard le soir, les nuages des fumées et des alcools le poussent de l'autre côté de la Seine, rue Boissy-d'Anglas, n° 28, où Jean Cocteau, réalisant la prophétie de Maurice Sachs, est devenu le plus extraordinaire des animateurs.

UN COCKTAIL, DES COCTEAUX

> ... Radiguet, monocle à l'œil, extrême-
> ment lointain et même prétentieux, qui se
> prenait pour Radiguet...
>
> Pierre BRASSEUR.

Depuis le 10 janvier 1922, Cocteau officie au Bœuf
sur le toit. Il a investi le bar de Louis Moysès avec sa
bande. Celle-ci rassemble tout ce que Paris compte de
chic, plus les musiciens du groupe des Six, Diaghilev,
Coco Chanel et quelques autres. Suffisamment pour
faire de ce lieu le centre rive droite de l'avant-garde en
marche.

Cocteau tient le flambeau. Wiener et Doucet sont au
piano, Williams à la batterie. On ne les écoute pas : on
vient ici pour se montrer. Ou pour boire. Ou pour admirer *L'œil cacodylate* de Picabia, racheté par Moysès
après que le Salon des Indépendants eut refusé l'œuvre.
Il s'agit d'un œil que Picabia avait dessiné alors qu'il
souffrait d'une affection oculaire soignée au cacodylate
(allusion médicale qui n'est pas sans rappeler l'*Antipyrine* de Tristan Tzara). Il avait demandé à ses amis d'enrichir le tableau de leur signature et de quelques mots :

Isadora (Duncan) *aime Picabia de toute son âme* ; *Je le
trouve* **Très** (Tristan Tzara) ; *Je n'ai rien à vous dire* (Georges Auric) ; *Je m'appelle Dada depuis 1892* (Darius
Milhaud) ; *J'aime la salade* (Francis Poulenc) ; *Couronne
de mélancolie* (Jean Cocteau, avec photo)...

Depuis ses premières passes montparnassiennes, Cocteau a fait son chemin. Il est devenu incontournable.

Avec un sens rare de la tactique, le jeune poète de la Danse de Sophocle (vingt-cinq ans en 1917) acheva de s'assurer la sujétion de ces gens du monde qu'il semblait fuir après les avoir pénétrés par son talent de stratège, et auxquels il reviendrait les mains pleines, mais toujours légères, de présents propres à les laisser stupides d'admiration[1].

Salmon a les mots pour le dire, et même s'il dit cruellement, il dit juste : une dizaine d'années après son apparition dans les milieux artistiques de Paris, Cocteau est là, et bien là. Chacun connaît désormais les dentelles de ses mondanités, mais elles sont admises. Mieux : on les recherche. Et au poète, on trouve des excuses. Il a tant besoin d'être aimé ! Il est si brillant !

Certes.

D'ailleurs, il jouit d'une grande aura parmi la jeunesse. Quand on propose au jeune Pierre Brasseur de le rencontrer, il n'hésite pas : « C'était en 1923 le désir de tous les jeunes gars[2]. »

Le futur comédien vient donc rue d'Anjou et découvre « ce personnage en fil de fer que nous admirions tous ». Le jeune homme est fasciné. Surtout par les mains du poète, « des mains qui en valaient quatre et qui voltigeaient même pour dire bonjour et dont il se servait admirablement, dessinant tout, ponctuant tout avec elles – des pinceaux – des éclairs – des plumes – enfin, les plus belles mains que j'aie jamais vues ! ».

L'hôte des lieux entraîne son visiteur jusqu'à la salle de bains, où il se rase sans cesser de parler.

Les mots étaient à l'envers, les idées se cognaient les unes contre les autres, et il en résultait des jeux d'idées, comme des jeux de mots [...] Cela partait comme des fusées

sans arrêt. Il suffisait de lui jeter un mot, une idée, pour
qu'il en fasse une blague poétique et la mette de côté,
comme une jolie image de ses merveilleux réflexes [...] Il
n'était jamais à court, le salaud.

La deuxième fois, Cocteau emmène Brasseur dans sa
chambre, dont les murs sont couverts de numéros de
téléphone. Un autre visiteur, Georges Charensol, alors
journaliste à *Paris-Journal*, relèvera la modestie ostenta-
toire de cette pièce comparée au luxe bourgeois de l'entrée, où trône le portrait du maître des lieux peint par
Jacques-Émile Blanche. Mais Brasseur est encore trop
jeune pour remarquer ces détails. D'autant qu'à peine
est-il entré dans la chambre qu'un géant sort de dessous
le lit. Il a le visage chiffonné et la bouche pâteuse :
l'opium, sans doute, dont les deux hommes ont dû user
et abuser au cours des heures...

Cocteau désigne le vague endormi et dit :

« Voilà l'enfant que j'ai fait dans la nuit[3]. »

Joseph Kessel.

Tout cela, évidemment, a de quoi impressionner la
jeunesse.

Le soir de l'inauguration du Bœuf sur le toit, Picasso
papotait avec Marie Laurencin, et Brancusi avec un
jeune homme qu'il avait rencontré quelquefois en
compagnie de Cocteau. Il n'était pas spécialement beau.
Il avait le teint blanc, les yeux pâles, il était petit,
myope, mal coiffé. Il roulait ses cigarettes et répandait
du tabac partout. Il utilisait des lunettes cassées qu'il
sortait de sa poche et appliquait contre l'œil, comme un
monocle.

C'est André Salmon qui, pendant la guerre, avait
introduit le jeune homme dans la bande de Cocteau. Le
poète travaillait alors à *L'Intransigeant*. En 1917, il avait

contacté l'un de ses vieux amis dessinateur afin de lui commander des dessins à paraître en première page (Salmon avait déjà aidé Foujita de la sorte). L'homme avait accepté la proposition : deux illustrations par semaine. Comme il habitait Saint-Maur (Parc-Saint-Maur à l'époque), il avait chargé son fils des livraisons.

Le fils était un gamin : quatorze ans et toutes ses culottes courtes.

Un gentil petit garçon au regard vif d'adulte encore naïf, mais bon candidat à la cruauté ; oui, un étrange regard ombré d'une mèche coquine, en plis lourds, en dure visière de casque[4].

Comment s'appelait-il ?

Raymond Radiguet.

Deux fois par semaine, Raymond Radiguet apportait les dessins de son père. Après quelques visites, il interpella André Salmon :

« Vous savez, moi aussi, je dessine ! »

Salmon ne releva pas.

« Vous voulez que je vous montre ? »

Sous l'œil ébahi du journaliste, le gamin ouvrit le carton à dessins contenant les œuvres de son père... et sortit les siennes.

« Alors ? »

André Salmon resta sans voix.

« Vous pourriez peut-être les publier... »

Comme le trait n'était pas mauvais – même s'il n'était que médiocre – et que son copain illustrateur avait besoin d'argent, Salmon accepta. À une condition : que le garçon choisisse une autre signature que celle de son père.

« Aucun problème », répliqua Raymond Radiguet.

Sous l'œil médusé du rédacteur, il s'empara d'un stylo et parapha : Rajki.

Une semaine passa. Lors de la visite suivante, Raymond Radiguet déposa le dessin de son père sur la table ; il y ajouta le sien. Puis :

« Je ne vous ai pas dit, mais j'écris aussi... »

Il sortit un poème.

« Allez voir Max Jacob », conseilla André Salmon.

Le lendemain, Raymond Radiguet téléphonait à Max Jacob. Puis il revint à *L'Intran* demander à Salmon s'il ne voulait pas l'aider à faire du journalisme. Enfin, il s'introduisit chez Léonce Rosenberg, où une lecture avait été organisée à la mémoire de Guillaume Apollinaire. Il lut un poème. Cocteau était présent. Max Jacob facilita le contact. Cocteau, fort impressionné, tomba dans les bras de la jeunesse.

Le soir de l'inauguration du Bœuf, comprenant qu'il n'avait rien à faire en ce lieu, Brancusi invita le jeune homme à revenir vers des cieux plus simples. Ils filèrent vers Montparnasse. À l'aube, le sculpteur proposa qu'on prît le train.

« Oui, mais pour où ?

— Le Sud... »

Ils se rendirent à la gare, montèrent dans la première voiture et se retrouvèrent en Bretagne. De là, ils changèrent et furent à Marseille la nuit suivante. Ils avaient conservé leurs vêtements de la fête : smoking et vernis.

Marseille étant triste, ils filèrent sur Nice. Nice étant désert, ils s'embarquèrent pour Ajaccio. Ajaccio manquant de femmes, ils visitèrent l'île. L'île n'étant pas très grande, ils retrouvèrent Paris onze jours plus tard. « Brancusi déposa Radiguet au Bœuf et n'y revint plus », constata simplement Jean Hugo [5].

À l'instar de Pierre Brasseur, Paul Morand, qui croisa le jeune homme pour la première fois au cours d'un bal costumé chez Paul Poiret, le jugea taciturne, hautain et prétentieux. Cocteau lui-même, fasciné, amoureux, transi, écrira plus tard, critique autant qu'autocritique :

> *Sans doute qu'il avait un plan, qu'il exécutait un pro-gramme, à longue échéance. Il aurait, un jour, orchestré son œuvre et même, j'en suis certain, fait toutes les démarches utiles à la mettre en vue* [6].

Mais ne l'a-t-il pas fait ? Et Cocteau ne l'a-t-il pas aidé ?

Lorsque Raymond Radiguet commence d'écrire cette liaison qui unit pendant la guerre un jeune homme à une femme plus âgée, le poète s'en mêle. On ne sait jusqu'où. Peut-être s'est-il contenté, comme il l'a dit lui-même, de boucler son poulain dans sa chambre pour le contraindre à dominer sa paresse. En tout cas, c'est lui qui s'est rendu aux éditions Grasset pour lire les premières pages de l'œuvre.

Bernard Grasset a aussitôt compris quel filon il tenait entre les mains : un auteur très jeune, un parfum de scandale, des parrains et des protecteurs dans le Tout-Paris des arts, des lettres et des mondanités.

Lorsque paraît *Le Diable au corps,* en mars 1923, la stratégie est très affûtée. Les éditions Grasset lancent l'ouvrage comme un produit. Pour l'époque, la publicité littéraire dans les journaux, les services de presse multiples, les amis donnant dans la presse (notamment Cocteau lui-même dans la *Nouvelle Revue française*)... tout cela est très nouveau. Résultat : cinquante mille exemplaires vendus en quinze jours. « Bébé » (comme Cocteau appelle le petit) peut être content.

Et il l'est. Au cours de l'année qui lui reste à vivre, il boit son triomphe, fume l'opium et consomme tout ce qu'il peut, très vite. Il laisse derrière lui Marthe, l'héroïne du *Diable au corps,* qui le cherchait en pleurant dans les salles de rédaction ; Beatrice Hastings, rencontrée chez Brancusi, aussi violente et passionnée avec Bébé qu'elle l'avait été avec Modigliani ; Jean Cocteau, enfin, qui ne se remet pas plus de celles-là qu'il n'accepte la petite dernière : Bronia Perlmutter, une jeune modèle d'origine polonaise, très recherchée à Montparnasse, peinte par Nils Dardel et Kisling, qui est venue au Bœuf vêtue d'une robe de chez Poiret, et que Raymond Radiguet a emmenée à l'hôtel.

Les jeunes gens prétendent qu'ils veulent se marier. Ils se cachent à l'hôtel Foyot, rue de Tournon. Ils fuient celui que les très mauvaises langues appelleront bientôt « le veuf sur le toit », et que les chroniqueurs singularisent au pluriel : un cocktail, des Cocteaux.

Radiguet brûle son extrême jeunesse dans ce Montparnasse engourdi par les chants et les danses, illuminé par les guirlandes des bonheurs argentés, dopé à la coco que distribuent les dames-pipi des cafés et des restaurants, noyé dans l'ivresse et les alcools que boivent les artistes d'ici et d'ailleurs, les touristes stupéfaits, les Américains trinquant au bonheur de se trouver là, dans cette ville libre et magnifique. Plus que jamais, rive droite, rive gauche, Paris est un chaudron. Un chaudron bouillonnant.

Mais quelques mois seulement après la parution du *Diable au corps*, les lumières s'assombrissent brusquement. Le 12 décembre 1923, Raymond Radiguet succombe à un accès de typhoïde. Lorsqu'il est transporté de sa chambre de l'hôtel Foyot à une clinique du XVIe arrondissement, il est déjà trop tard. Le médecin chef dépêché par un Cocteau anéanti n'a pas su détecter la maladie. Radiguet reçoit l'absolution et meurt dans d'épouvantables souffrances.

Coco Chanel organisa les funérailles. Le cercueil, les fleurs, les chevaux, les harnachements... tout était blanc. Cocteau, écrasé par la douleur, n'assista pas à l'enterrement. Quelques années plus tard, il écrira ces lignes admirables :

> *Radiguet était trop libre. Et c'est lui qui m'apprit à ne m'appuyer sur rien. [...] Comme je tenais de lui mon peu de clairvoyance, sa mort m'a laissé sans directives, incapable de mener ma barque, d'aider mon œuvre et d'y pourvoir*[7].

Raymond Radiguet avait vingt ans.

US AT HOME

> Vous autres, jeunes gens qui avez fait la
> guerre, vous êtes tous une génération
> perdue.
>
> Gertrude STEIN.

En Amérique, il y a la prohibition. En Europe, on peut
boire en paix. Autres avantages : la vie n'y est pas si
chère, et beaucoup d'amis s'y trouvent qui ne demandent qu'à aider.

Sylvia Beach, par exemple. Sa librairie est une maison d'accueil. Les voyageurs peuvent s'y faire envoyer
leur courrier. Shakespeare & Cie est à leur disposition.
Sylvia organise des rencontres et favorise les échanges.

Pour ceux qui veulent se retrouver autour d'un verre
en sortant de chez elle, il suffit de remonter la rue de
l'Odéon, de couper à travers le Luxembourg, rue Vavin,
rue Bréa, première à droite après le carrefour, rue
Delambre, n° 10. Il y a là un bistrot qu'un Américain
vient de racheter : le Dingo, *American bar and restaurant*. Dans la journée, on y mange pour assez cher. Le
soir venu, on y boit avec allégresse. Flossie Martin, une
danseuse qui a fait le grand écart au-dessus de l'Atlantique, règle le ballet de ses amis. Ils boivent sec et parlent avec l'accent yankee : le Dingo est l'un des hauts
lieux de la colonie américaine. Les écrivains, qui sont
quelques centaines à Paris, s'y retrouvent après le dîner :
Sherwood Anderson, Thornton Wilder, Eugène Jolas

(qui habite une maison, La Boisserie, dans un village, Colombey-les-Deux-Églises), Sinclair Lewis, Archibald Mac Leish, John Dos Passos, William Seabrook, Djuna Barnes, Mina Loy, Robert Mac Almon (qui publiera ses amis américains). Il y a également George Gershwin, qui écrit *Un Américain à Paris* dans les chambres d'hôtel ; Ezra Pound, l'un des premiers à avoir débarqué, correspondant à Paris de *The Little Review*, qui va quitter le pays en 1924 pour rejoindre l'Italie et, hélas, son Duce ; Natalie Clifford Barney et sa compagne, Romaine Goddard Brooks, qui tiennent table ouverte en leur hôtel de la rue Jacob. Il y a Henry Miller, qui passera rapidement en 1928 et s'arrêtera plus longuement deux ans plus tard, rodant peut-être au Dingo cette méthode infaillible qui lui permit de manger chaque jour à sa faim : il s'installait à une table, écrivait douze mots qu'il envoyait à douze consommateurs présents dans la salle, demandant à chacun de l'inviter à dîner une fois par semaine. Miller, qui, en échange d'une bouteille de champagne et d'une passe gratuite, rédigea les prospectus du plus grand bordel de la rive gauche, le Sphynx, dont les portes devaient s'ouvrir en 1931 (il touchait également une commission du même ordre sur la clientèle masculine qui se présentait de sa part).

Il y a aussi Sandy Calder, ses sculptures en fil métallique et son cirque. Il y a surtout Scott Fitzgerald, Zelda et la petite Scotty. *Gatsby* va bientôt être publié, mais, déjà, depuis la parution de *The Side of Paradise,* en 1920, les journaux américains s'arrachent les nouvelles de l'écrivain. Cela lui donne largement les moyens de faire la fête...

C'est au Dingo qu'il rencontre Hemingway. Celui-ci a débarqué une première fois à Paris en 1921, puis il est retourné un an aux États-Unis avant de revenir avec Hadley, sa femme, et leur enfant. Hemingway connaît tous les Anglo-Saxons de Paris, notamment Joyce avec qui il a bien bu (lorsqu'il est saoul, l'écrivain irlandais chante des airs d'opéra) et à qui il a donné des cours de boxe.

La famille Hemingway a tout d'abord habité le Ve arrondissement, puis elle est venue s'installer rue Notre-Dame-des-Champs. Au début de son séjour, Hemingway gagnait sa vie en écrivant des articles sportifs pour le *Toronto Star*. Depuis qu'il a renoncé au journalisme, il tente de se débrouiller en jouant aux courses et en proposant des nouvelles que les journaux américains refusent les uns après les autres.

Il écrit à la Closerie des Lilas, plus tranquille que le Dôme ou le Select (le seul poète qu'on y rencontre, c'est Blaise Cendrars). Parfois, son fils Bumby l'accompagne : il gazouille tandis que son père travaille. Lorsque l'heure du déjeuner approche, le jeu consiste à changer d'endroit et à se rendre quelque part où aucune tentation alimentaire n'existe : grâce à quel argent y céderait-on ?

Hemingway a repéré un trajet qui s'accorde à ses misères. Il s'agit tout d'abord de gagner le Luxembourg : les plantes et les arbres ont une bonne odeur qui n'évoque pas celle de plats alléchants. Entre la place de l'Observatoire et la rue de Vaugirard, les promeneurs affamés ne courent aucun risque : il n'y a pas de restaurants.

Si l'on veut changer de paysage et quitter le jardin, Hemingway conseille de descendre par la rue Férou jusqu'à Saint-Sulpice. On n'y croisera aucune table tentatrice. Ensuite, on peut glisser vers la Seine, tout en sachant que les boulangers, pâtissiers, épiciers et autres démons masticatoires sont légion. Le mieux consiste donc à tourner à droite dans la rue de l'Odéon en évitant la place (où trois restaurants aguichent le chaland) et de remonter jusqu'au n° 12. Sylvia Beach vous accueillera toujours aimablement. Elle poussera même la gentillesse jusqu'à vous prêter des livres. C'est ainsi qu'Hemingway a lu Tourgueniev, Gogol et Tchekhov.

Le soir, l'écrivain va souvent au Dingo. La première fois qu'il y rencontre Scott Fitzgerald, celui-ci vide coupe de champagne après coupe de champagne. À la fin de la nuit, il faut le hisser dans un taxi.

Quelques jours plus tard, les deux hommes se revoient à la Closerie des Lilas. Fitzgerald raconte à Hemingway comment il se débrouille pour publier ses nouvelles dans les journaux américains : il en envoie une au *Post,* puis, après publication, il la reprend, la coupe et la modifie avant de l'adresser ailleurs. Comme Hemingway s'insurge et traite son compatriote de « putain », celui-ci s'écrie :

« Il me faut ça pour avoir les moyens d'écrire de bons livres[1] ! »

Après quoi, Fitzgerald demande un service à son compagnon : pourrait-il l'accompagner à Lyon afin de récupérer la Renault que Zelda et lui ont dû laisser sur place en raison des intempéries ?

Hemingway accepte. S'ensuit un inénarrable voyage. Scott rate le train, et Ernest part seul. Quand ils se retrouvent, le lendemain, Scott a largement entamé sa dose de bouteilles quotidienne. C'est une mise en train. On prend des provisions pour la route avant de se rendre au garage. La Renault attend. Il s'agit d'une conduite intérieure sans toit. Surpris, Hem demande et Scott explique : le toit ayant été cabossé à Marseille, Zelda l'a fait scier. Raison pour laquelle ils ont abandonné la voiture à Lyon : la pluie leur a en quelque sorte coupé les ailes.

Les deux hommes s'installent, Scott au volant, Hem à côté. Bientôt, l'averse les contraint à stopper. On repart, on s'arrête, on repart, on s'arrête... Chaque fois, ou presque, on fait le plein de munitions vinicoles. Scott est ravi : il n'a jamais bu au goulot. Mais soudain, entre deux gorgées, voilà qu'il tousse. Serait-ce le début d'une congestion pulmonaire ?

« Certainement pas, répond Hemingway.

— Certainement si », objecte Fitzgerald.

Et c'est grave. Il connaît au moins deux personnes qui sont mortes de congestion pulmonaire. Il ne veut pas que la même chose lui arrive encore que, à son avis, le drame se profile.

À Chalon-sur-Saône, il stoppe devant un hôtel : il est malade, il doit s'aliter.

Dans la chambre, Scott se met en pyjama et se couche. Avant de fermer les yeux, il demande à Hemingway de lui promettre de s'occuper de sa fille et de sa femme. Hemingway promet d'autant plus volontiers que le pouls de son camarade est aussi normal que la fraîcheur de son teint. Mais il faut un thermomètre. On appelle le valet de chambre.

« Si je m'en sors, déclare sagement Fitzgerald, on prendra le train et j'irai à l'hôpital américain de Paris. »

Arrive le thermomètre. Scott le glisse sous son bras. Cinq minutes pour un résultat splendide : trente-sept six.

« C'est beaucoup ? interroge le malade.

— Ce n'est rien.

— Combien avez-vous vous-même ? »

Par devoir d'amitié, Hem prend sa propre température.

« Alors ? interroge Scott avec anxiété.

— Trente-sept six.

— Et vous n'êtes pas malade ?

— Pas le moins du monde. »

Fitzgerald saute du lit, se défait de son pyjama et s'habille à la hâte.

« Je guéris toujours très vite... »

Quelques jours plus tard, à Paris, Scott invite son copain Hem à déjeuner. Il doit lui faire part d'un problème majeur et douloureux : Zelda lui a assuré que son pénis était trop petit pour satisfaire les femmes. Que faire ?

« Voir », répond Hemingway.

Les deux compères quittent la table et s'enferment dans les toilettes. Bilan, établi au retour : normal.

« Faux, répond Scott. Il est en effet très petit.

— C'est parce que tu le vois de haut... De profil, il est parfait.

— Il faut que je vérifie.

— Allons au Louvre.

— Pour quoi faire ?

— Comparer avec les statues. »

Deux Américains à Paris...

Il y en a une troisième, qu'Hemingway ne connaît pas encore : le mécène du 27, rue de Fleurus. Gertrude Stein.

Lorsque Hemingway vient chez elle pour la première fois, il a vingt-trois ans. Elle le trouve très beau. À l'en croire, il est aussi fort respectueux. La dame est ravie. Non seulement le nouveau venu remplacera peut-être Ezra Pound, interdit de séjour depuis qu'il a cassé une chaise, mais il le remplacera très avantageusement : il s'assied et l'écoute. Mieux : il lui demande des conseils. Ne lui a-t-il pas proposé de venir chez lui afin de donner un avis sur ses manuscrits ?

Il lui montre des poèmes qu'elle juge acceptables, et un fragment de roman carrément mauvais. Pour l'orienter, elle lui fait lire sa dernière œuvre, *The Making of Americans*. Hemingway en reste la bouche ouverte : c'est une œuvre. Gertrude Stein écrit qu'Hemingway lui affirma « qu'il ne lui restait plus à lui et à sa génération qu'à consacrer leurs vies à la faire publier[2] ».

Ce à quoi, d'ailleurs, il s'emploie. Il recopie le manuscrit, corrige les épreuves et aide à sa parution. Ce colosse est tout gentil, tout dévoué. Quand Gertrude Stein lui conseille d'abandonner le journalisme pour se consacrer à l'écriture, Hemingway jure, la main à la couture du pantalon, qu'ainsi il fera. Et ainsi fit-il : s'il partit aux États-Unis, c'était pour se rendre aux conseils de cette bonne Gertrude, travailler là-bas afin de ne plus être journaliste ici, à son retour.

Un bon élève, donc. Au reste, c'est ce que disent de lui Gertrude Stein et Sherwood Anderson : Hemingway, « un si bon élève » !

Pourquoi cette qualité plutôt qu'une autre ? Parce que, écrit encore la grande Gertrude, il a d'excellents maîtres : le même Anderson, et elle-même, Gertrude Stein. Oui. Elle considère qu'ensemble ils ont formé le petit. Qui, elle le reconnaît, avait des compétences : il enregistre sans comprendre. Elle le compare à Derain : moderne avec une odeur de musée.

La version Hemingway n'est évidemment pas la même. D'abord, quand il vient chez Gertrude, c'est le plus souvent seul. L'hôtesse, en effet, n'apprécie guère les épouses. Pour les occuper, il y a Alice Toklas.

Il aime ces visites : on lui offre de l'eau-de-vie à volonté et il peut voir les tableaux magnifiques accrochés aux murs. La conversation n'est pas désagréable, encore que miss Stein s'étende mieux et plus longtemps sur les cancans liés à la vie des créateurs que sur leurs œuvres elles-mêmes. Quant aux cours d'éducation sexuelle qu'elle prodigue à son visiteur, ils sont franchement hilarants. Elle tente de le persuader que l'homosexualité masculine est sale et vicieuse alors que l'homosexualité féminine est belle et grandiose. Réponse, *in petto*, du jeune homme : « Suffit pas de baiser, faut garer son cul. »

Il estime son travail, sans plus. Il trouve certaines qualités à *The Making of Americans,* et aussi de nombreux défauts : c'est beaucoup trop long, répétitif, indigeste. Il s'entremet par amitié afin de faciliter la publication de l'ouvrage et corrige les épreuves pour la même raison. Pas davantage.

Leurs plus grandes préoccupations, pourtant, tournent autour de Gertrude Stein soi-même. Comme d'habitude. Sa vie, son œuvre. Miss Stein souhaite être publiée dans l'*Atlantic Monthly* ou dans le *Saturday Evening Post,* journaux où, selon elle, Hemingway ne peut espérer paraître : il n'est pas assez bon écrivain.

Les autres auteurs américains ou de langue anglaise ne valent guère mieux. Ils comptent à peine, assure la locataire de la rue de Fleurus. Huxley ? Nul. Lawrence ? Un malade. Joyce ? « Quiconque mentionnait Joyce deux fois devant elle se trouvait désormais banni[3]. » Pour Gertrude Stein, tous les écrivains qui ont fait la guerre ne pensent plus qu'à se saouler et ne respectent rien : ils sont, selon un mot devenu fameux car fameusement imbécile, « une génération perdue ».

À force de médire sur eux et sur tout le monde, Gertrude Stein finira par se brouiller avec la plupart de ceux qui avaient poussé la porte de la rue de Fleurus. Excepté Juan Gris, car il était mort. Tous les autres, y compris son frère Léo, se ligueront contre elle lorsque, en 1934, paraîtra en France le livre de ses Mémoires. Braque, Picasso, Tzara, Matisse, Salmon notamment publieront à leur tour plusieurs contributions critiquant les commérages de la dame, sa prétention à s'arroger les titres les plus divers, sa capacité à juger la peinture en fonction d'affinités personnelles plutôt que d'après l'œuvre elle-même.

Hemingway, plus tolérant que certains autres, acceptera de la revoir. Mais jamais plus il ne sera proche d'elle. Leur amitié ancienne devait lui revenir beaucoup plus tard, dans les années 60, alors qu'à la veille de se donner la mort, il renouait avec sa jeunesse parisienne pour écrire ce livre qui reste un hommage à la liberté de cette époque : *Paris est une fête*.

UN JUIF ERRANT

> Avec son chapeau sur la nuque, il ressemblait à un personnage de Broadway, vers la fin du siècle, bien plus qu'au peintre charmant qu'il était, et plus tard, quand il se fut pendu, j'aimais me le rappeler tel qu'il était ce soir-là, au Dôme.
>
> Ernest HEMINGWAY.

Alors qu'il marche sur le boulevard du Montparnasse, remontant de chez Gertrude Stein ou de la librairie de Sylvia Beach, Hemingway passe devant le Dôme. Un homme est assis à une table. Il dessine. Deux filles l'accompagnent. L'une est brune. L'autre est très jeune, jolie. L'homme est vêtu avec élégance : costume bleu, cravate, chemise claire fraîchement repassée, souliers vernis. Il porte une longue écharpe de soie blanche et un melon incliné sur le devant de la tête. Il a le teint légèrement mat, l'œil noir, vif et profond, traversé par de brusques éclairs de mélancolie. Une cigarette est vissée au coin de ses lèvres.

D'un geste de la main, il invite Hemingway à venir le rejoindre.

« Prenez un verre avec nous ! »

L'écrivain commande une bière. L'autre rétorque qu'il a de l'argent, qu'on peut boire des whiskies. Après quoi, il présente les deux filles, ses modèles, propose l'une d'elles à l'Américain, offre son atelier pour, et ils rient.

Comme le garçon apporte les commandes, l'homme au melon demande du papier. Il froisse puis jette la feuille sur laquelle il dessinait, prend une allumette soufrée, l'allume, l'éteint, la promène sur le vélin, dilue le trait au marc de café, esquisse le portrait d'une des deux jeunes filles qui lui font face, tout cela sans cesser de parler. Il a une voix douce, un accent d'Europe centrale. Le sourire intérieur. Il pose mille questions à son invité, dilue ses aquarelles à l'eau de Seltz... Peu à peu, le fil de la conversation se noue et un nouveau dessin apparaît, que Jules Pascin jette sous son siège, puis il demande une nouvelle feuille, et il recommence...

Quand Hemingway s'éloigne pour rentrer chez lui, Pascin propose aux deux jeunes personnes de boire un verre au Viking. Puis ils se retrouvent chez Alfredo, rue des Martyrs. Là, Pascin a ses habitudes. Les plats y sont fort médiocres, mais comme ils coûtent très cher, le peintre a l'impression d'inviter ses hôtes dans l'un des meilleurs restaurants de Paris.

À minuit, ils sont quinze à table : d'autres modèles, d'autres peintres, une poignée de noctambules... Pascin paie pour tout le monde. Puis la nuit se poursuit dans une boîte de Montmartre ou de Montparnasse, au rez-de-chaussée d'un bordel. Certains montent, d'autres pas. Pascin dessine les filles. Il est là en même temps qu'ailleurs. Entouré, fêté, adulé, tantôt riant aux éclats, tantôt seul avec ses plumes, ses crayons, ses verres de fine. Il boit beaucoup. Il boit trop. Ses amis utilisent des ruses vieilles comme l'alcool pour réduire les doses. Ils y parviennent rarement.

Pascin est le roi de toutes les fêtes. Souvent, profitant des voitures de ses amies, il emmène son petit monde à la campagne ou sur les bords de la Marne. Les femmes sont presque toujours plus nombreuses que les hommes. On mange des mets froids et on boit du vin, à demi dénudés pour cause de baignades. On rentre tard le soir après avoir achevé la journée dans un bar – sinon plus.

Au moins une fois par semaine, Pascin envoie des cartons ou des pneumatiques à ses amis. Chacun est prié de venir chez lui, 36, boulevard de Clichy, avec qui il veut.

Les premiers arrivés découvrent leur hôte en robe de chambre, occupé à se raser. Il déambule dans le couloir, la mousse au menton, tandis que ses modèles préférés vérifient qu'il y a suffisamment de jambons, de poulets, de gigots, de vins et d'alcools.

Aïcha, une jeune mulâtresse née dans le Pas-de-Calais que le peintre a découverte un jour sur un boulevard, est la plus fidèle. Elle est très attachée à Pascin, ce qui ne l'empêche pas de poser pour Kisling, Van Dongen, Foujita et beaucoup d'autres. Elle aide à repousser chaises et poufs pour agrandir l'espace de l'atelier. On boira, on rira, on dansera, une fanfare viendra peut-être... La fête sera grandiose mais simple. Ce ne sera pas une assemblée mondaine à la Van Dongen. Et peut-être qu'en fin de nuit, Pascin proposera d'aller à Saint-Tropez. Il l'a fait une fois. À l'aube, une cinquantaine de fêtards ont pris le train pour un voyage improvisé au bord de la mer. On est rentré après quelques jours de libation et autant de nuits d'ivresse.

Une autre fois, à Marseille, le peintre a offert un banquet à tous ses amis. Il n'y avait plus une seule place. Il est entré dans un restaurant voisin et a dîné seul à sa table. C'est Francis Carco qui raconte l'histoire. Elle est si belle qu'il l'a peut-être inventée. Mais peu importe : elle correspond à la nature profonde de Pascin. Il aime passionnément les fêtes car il ne peut se retrouver seul.

Une de ses distractions favorites consistait à offrir à boire à tout le monde. [...] Il fallait alors voir Pascin. Il rayonnait de joie, réclamait, provoquait des histoires, les écoutait et, l'ivresse augmentant, achevait la soirée par une bacchanale à laquelle prenait part l'établissement au complet. Plus on vidait de verres, plus il était heureux [...] Néanmoins, à certaines heures, on sentait qu'il souffrait de n'être nulle part chez lui, même à Montmartre et entouré de ses amis [1].

À l'aube, après avoir payé pour tout le monde, Pascin rentre seul chez lui, le cœur un peu lourd et pas seulement d'ivresse.

Au matin viennent d'autres filles qu'il affuble de ses propres bas noirs, fait poser, nourrit, roule parfois dans son lit... Elles lui achètent les tubes de couleurs qui manquent, elles rangent l'atelier... Il y a des danseuses à qui il offre des leçons, d'autres qui font office de cuisinières ou de femmes de chambre... Ces fonctions, essentiellement théoriques, ne les empêchent pas de se vêtir de dentelles, de voiles légers, et de prendre des poses, souvent suggestives, pour leur employeur artiste, parfois amant, toujours ami.

Elles sont très jeunes. Pascin n'a jamais le cœur de les renvoyer chez elles, d'autant que le plus souvent elles n'habitent nulle part, ou dans des réduits, des cabanons, les petits espaces des grandes misères. Alors elles restent chez lui, dormant sur les canapés ou à même le sol, enroulées dans des couvertures. Pascin aime la simplicité des filles du peuple.

Il est tout à la fois un prince oriental et, comme l'a défini son ami Georges Papazoff, peintre et compatriote, « juif – le Juif errant, déraciné, pourchassé, persécuté [2] ». Un homme d'une extrême générosité, entouré de cette cour qu'il nourrit et abreuve, dont il ne peut se passer et qui le suit de bars en fêtes, comme un sillage miroitant.

« Autour d'une table de restaurant présidée par Pascin on pouvait apercevoir toutes les teintes de la peau humaine », a noté l'un de ses amis et convives les plus assidus : Pierre Mac Orlan [3].

Aussi prodigue que Modigliani, Pascin offre ses dessins à qui lui demande, des billets de banque à ceux qui en ont besoin, ses propres objets aux amis qui les admirent, les soucoupes-additions aux plus pauvres assis dans les bistrots. Lorsqu'un ami se présente chez lui pour acheter une toile, Pascin le laisse choisir, promet qu'il enverra la note, celle-ci n'arrivant évidemment jamais : c'est sa manière à lui de faire des cadeaux.

Dans son atelier, il y a un tiroir toujours empli d'argent. Quand il reçoit un ami dans le besoin, il dit :

« Ouvre le tiroir et prends ce qui te manque. »

Parfois, on vole ses œuvres. Car tout le contenu du tiroir ne vaut pas un seul de ses dessins. Ceux-ci ont une telle cote que des faux circulent. Pascin ferme les yeux. Ce qu'il gagne lui suffit amplement. S'il appréciait les signes extérieurs de richesse, il vivrait comme Picasso ou Derain : il vend plus cher que celui-ci et seulement deux fois moins cher que celui-là. Mais il ne thésaurise pas. Il dépense tout. Davantage pour les autres que pour lui-même. Outre ses amis, ses modèles (qu'il paye beaucoup plus que la normale), les rapins pauvres de Montmartre et de Montparnasse, il entretient deux femmes. Il est marié, il en aime une autre, ainsi que toutes celles qui passent sous ses pinceaux, nubiles pour la plupart. Il est alcoolique, fêtard, outrancier, fornicateur. Mais aussi, déraciné, apatride et cosmopolite. Enfin, derrière la glace de tant d'excès, se cache un homme timide, anxieux, rongé par les douleurs d'amour.

Il est né en Bulgarie, au bord du Danube. Fils de commerçants aisés, plus riches que les Soutine ou les

Krémègne. D'un père turco-espagnol et d'une mère serbo-italienne qui passèrent la frontière à l'orée du siècle pour faire prospérer leurs affaires en Roumanie. C'est là que Pascin affûta les premières armes de cette sexualité dont l'aura scandaleuse allait le suivre toute sa vie : il tomba amoureux d'une femme au parfum doublement empoisonné. D'abord parce qu'il avait quinze ans et elle trente. Ensuite parce qu'elle dirigeait une entreprise dont les bénéfices lui assuraient le mépris des âmes bien-pensantes de la ville. Elle était en effet la patronne unique du plus grand bordel de Bucarest. De quoi intéresser le jeune Pascin. Et contrarier l'autorité familiale.

Son père expédia le garçon en Allemagne. Grâce au bagage acquis auprès de sa maîtresse et de ses employées, toutes croquées sur feuille blanche, le jeune homme était passé maître dans le trait et la caricature. Après avoir étudié le dessin à Munich, Vienne et Berlin (où il se lia avec George Grosz), il fut engagé par un journal satirique où signait déjà Steinlen : *Simplicissimus.* Ce fut la goutte d'eau qui fit déborder le vase paternel. Non content de se détourner du judaïsme familial dont il n'avait que faire, incapable de prendre la succession dans une affaire de grain qui prospérait et promettait une situation stable, ayant fait ses classes d'homme et d'artiste dans un claque innommable, voici que le garçon signait dans un torchon irrespectueux de tout, de tous et des valeurs !

Afin que la famille ne fût point déshonorée davantage, le père ordonna à son fils de changer de nom. Ainsi Julius Mordecaï Pincas devint-il Jules Pascin. Exactement comme Lautrec était devenu Tréclau l'espace de quelques semaines, obéissant à un ordre paternel semblable. Mais si le Français renonça vite à l'anagramme, le Bulgare le conserva sa vie durant.

Lorsqu'il arrive à Paris, le 24 décembre 1905, à vingt ans, Jules Pascin est un homme libre. Il a rompu avec les siens, il a tourné le dos à un avenir assuré, il porte un nom qu'il s'est lui-même choisi, et, enfin, il gagne confortablement sa vie grâce à la mensualité que lui verse *Simplicissimus*. Fait exceptionnel pour un immigré venu de l'Est, il est attendu à la gare. Les dômiers, Allemands en majorité, ont traversé la Seine pour accueillir celui dont ils connaissent si bien la signature. Il y a là Bing, Uhde, Wiegels et quelques autres. Ils embarquent le nouveau venu vers Montparnasse, lui prennent une chambre à l'hôtel des Écoles, rue Delambre, et... que la fête commence !

Elle débute boulevard Sébastopol, le soir de Noël, avec un cadeau tombé de cheminées inespérées : une fille.

Elle se poursuit en images et en couleurs, au Louvre, où Pascin, comme tant d'autres, copie les maîtres.

Elle file entre les étages des bordels, si fréquentés à cette époque.

Elle se clôt chaque jour à Montmartre, dans les hôtels où loge Pascin, qui n'habite pas encore les ateliers où viendront bientôt ses amis, notamment tous ceux qui écriront sur lui : Paul Morand, Pierre Mac Orlan, André Warnod, Ernest Hemingway, André Salmon, Ilya Ehrenbourg...

La fête recommence chaque matin au Dôme, où Pascin donne ses rendez-vous.

Comme Modigliani, il n'est d'aucune école. Et comme lui, il ne fréquente les bandes que sur leurs marges. À la grande époque du Bateau-Lavoir, il rencontre Picasso au cirque Médrano. C'est lui qui conduit l'enterrement du peintre Wiegels, qu'il avait connu en Allemagne et qui était venu le chercher à la gare le jour de son arrivée à Paris (cet artiste qui s'était pendu et que toute la bande du Bateau-Lavoir accompagna au cimetière de Saint-Ouen, Picasso et les siens en bleus de chauffe et tenues fauves, alors que Pascin était tout de noir vêtu, avec, déjà, son melon légendaire).

Comme Modigliani, Pascin aime les femmes, la fête, l'alcool. Sa générosité est également sans limites. Il est aussi entouré que l'était l'Italien et on l'aime tout autant. Ils appartiennent à la même génération. Leur histoire repose sur l'exil. Ils souffrent tous deux d'une plaie vive, l'un le deuil de la sculpture, l'autre le deuil d'une femme (elle arrive). Ils incarnent l'époque qui fut la leur, le premier dans la misère de l'avant-guerre, le second dans l'opulence de l'après-guerre. Ils partagent le même destin tragique, qui les emportera, souverains rongés par des douleurs secrètes, à dix ans d'intervalle.

Pascin, cependant, n'est pas un artiste maudit. À partir de 1908, il expose au Salon d'Automne, mais aussi à Berlin, à Budapest, et ailleurs. C'est lui qui inaugurera la galerie de Pierre Loeb, en 1924. Il choque parfois, au point que Berthe Weill doit accrocher ses œuvres à l'abri des regards. Cela ne l'empêche pas de recevoir chez lui une clientèle d'amateurs.

En 1907, alors qu'il habite encore l'Hôtel des Écoles (il le quittera en 1908), il partage un atelier rue Lauriston avec Henry Bing, l'un de ses amis du Dôme. Un soir, celui-ci annonce une visite pour le lendemain : une jeune fille qui fait de la gravure et peint des miniatures sur ivoire. Pascin décide de la recevoir en robe de chambre, une fleur à l'oreille.

Elle est grande, brune, et elle a un œil qui fout le camp : une mauvaise rencontre avec une baleine de corset quand elle était petite.

En une heure, Pascin fait sa conquête. Il lui offre ce qu'il faut de cognac pour l'étendre sur un matelas et constater que ses dessous sont cousus. Cette forme archaïque de ceinture de chasteté est une précaution prise par la mère pour s'assurer de la virginité de sa fille... de vingt et un ans.

Hermine David entre ce jour-là dans la vie de Jules Pascin. Elle est sa première femme et la seule légitime : il l'épousera dix ans plus tard. Pendant de nombreuses années, ils vivront tantôt ensemble, tantôt séparés, dans des chambres d'hôtel, des ateliers provisoires, jusqu'à l'emménagement du peintre boulevard de Clichy.

La deuxième femme de Jules Pascin, plus importante encore qu'Hermine, s'appelle Cécile Vidil. Lucy pour les habitués de Montparnasse. Elle fut apprentie charcutière à quatorze ans, apprentie couturière l'année d'après, puis modèle à l'académie Matisse. C'est là qu'elle rencontra les deux hommes de sa vie : Jules Pascin et Per Krogh.

Le premier se rendit à l'académie Matisse dans le seul but de croiser cette femme dont la rumeur prétendait qu'elle était l'une des plus belles de Paris. Elle était brune, elle avait la peau blanche, de jolies rondeurs... Pascin l'invita à poser pour lui. Elle accepta. Il demanda davantage. Elle accepta encore. Cela se passait dans un hôtel de la place d'Anvers. Après quoi, les amants d'une seule nuit ne se reverront pas pendant dix ans.

Per Krogh était le fils du peintre Christian Krogh et le filleul d'Edvard Munch. Lui aussi rencontra Lucy à l'académie Matisse. Elle vint poser chez lui. Il l'emmena au bal Bullier. Elle tomba dans ses bras. Ils devinrent tous deux des spécialistes du tango, se produisirent en Norvège puis revinrent à Paris où ils se marièrent en 1915.

Pascin, alors, était loin. En juin 1914, deux mois avant la déclaration de guerre, il avait quitté l'atelier qu'il occupait rue Joseph-Bara, nº 3, là même où vivaient Zborowski et Kisling. Il avait gagné Bruxelles puis Londres. De là, il s'était rendu aux États-Unis, où il n'était pas un inconnu : John Quinn lui avait acheté quelques œuvres pour l'Armory Show.

Il passa les années de la guerre entre New York, les États du Sud et Cuba. Il envoyait régulièrement des mandats à ses amis peintres engagés sur le front des tranchées. En 1920, il devint citoyen américain. Son témoin était Alfred Stieglitz. En octobre 1921, il regagnait la France.

Il s'en fut aussitôt rue Joseph-Bara pour y chercher les malles qu'il avait entreposées à la cave avant son départ. Dans la cour de l'immeuble, il croisa celle qui lui avait succédé au dernier étage : Lucy Vidil. Elle était devenue Lucy Krogh. Elle avait un petit garçon de trois ans. Cela n'empêcha rien. Ils se jetèrent l'un en l'autre. Le calvaire allait durer dix ans.

AU JOCKEY

Souple, élégante, Madame L. avait de
tout petits yeux perçants et une expression particulière. Ses lèvres formaient un
sourire constant, semblable au sourire
d'une madone. Sans doute elle représentait un genre de femme strictement déter-
miné, un peu mystérieuse peut-être, mais
gentille et charmante quand même. Vêtue
à la mode de l'époque, on voyait le dessin
précis de sa poitrine, tout juste bonne à
être regardée. Indéniablement elle répondait en tous points aux aspirations senti-
mentales qu'un homme peut revendiquer.
Elle répondait aussi à la sensibilité
sexuelle de Pascin qui était un homme
constamment amoureux.

Georges PAPAZOFF.

Il l'aime à la folie, elle répond sans passion excessive.
Alors qu'Hermine David s'en est allée pour vivre à
Montparnasse, Pascin reste à Montmartre. Il y travaille,
il y fait la bombe, il attend Lucy. Elle vient parfois,
souvent même, mais elle ne reste pas. Elle prétend
qu'elle ne peut quitter son mari et son fils, Guy. Il l'im-
plore. Elle rompt. Il lui propose de se voir « en
copains ». Elle ne répond pas. Il recourt à des ruses
d'enfant sioux : il se rend dans les cafés où elle se
trouve, feint de ne pas la remarquer, lui bat froid, attend,

espère, pour rien. Il rentre chez lui, envoie un mot annonçant qu'il compte venir rue Joseph-Bara prendre des affaires dans la cave, quel jour lui conviendrait, il ne dérangera pas...

Il ne dérange pas : il emporte. Non pas ses affaires, car les laisser là peut encore servir, mais elle. Ils passent quelques heures ensemble, peut-être une demi-nuit, puis elle repart. Elle revient. Il la supplie de ne pas l'abandonner. Elle repart. Il retourne à Montparnasse ou rue Joseph-Bara. Il prend une chambre à l'hôtel où ils se sont connus dix ans auparavant et lui envoie une lettre pour lui rappeler cet anniversaire. Il lui offre des cadeaux, lui promet des voyages, des repas de rois, une vie merveilleuse. Elle accepte, elle refuse, elle vient, elle se dérobe, elle pose pour lui, elle s'occupe de son atelier, elle lui trouve des modèles, elle se glisse entre ses draps, il est heureux. Quand elle s'en va, toujours trop vite, il peint. Si elle promet de revenir et qu'elle manque à sa parole, il se désespère de nouveau. Il lui envoie des lettres déchirantes. Il dit qu'il ne peut travailler lorsqu'il doit l'attendre, qu'il sait qu'elle va venir, qu'elle n'est pas là. Il a besoin d'elle pour peindre, pour vivre. Si elle décide d'espacer ses visites, il négocie au plus près, puis se venge en sortant.

Quand il sort, il boit. Quand il boit, il choisit une fille et la ramène chez lui. Quand ce n'est pas une fille, c'est un jeune garçon. Débarquant le matin, Lucy pique une grande colère. Pascin est ravi. Elle dit que lorsqu'il boit, il fait n'importe quoi. Il rétorque qu'il boit quand elle n'est pas là : elle est donc responsable de sa santé, de jour en jour plus fragile. Elle hausse les épaules et le punit en tournant les talons. Il court derrière elle. Elle s'arrête. Elle revient. Il la couche dans son lit. Lorsqu'elle se relève, le sempiternel cauchemar recommence : quand, la prochaine fois ?

Pascin, ce noceur toujours accompagné, est comme un enfant. Il a peur du noir. Quand Lucy est loin, c'est toujours le noir. Il se tord les mains, il dit qu'il en mourra. Hermine, sa femme, tente de l'aider. Elle aussi pose pour lui, elle aussi s'occupe de ses modèles et de son atelier. Elle voit beaucoup Lucy, avec qui elle est amie. Chacune à sa manière, les deux femmes tentent de sauver Pascin. C'est peine perdue, même si personne ne le sait encore. Pascin paie toujours pour tous, convie le monde entier à ses fêtes. Il est un peu plus seul, beaucoup plus triste, mais il donne encore le change.

Il sort en bande. Il y a là Nils Dardel et sa femme Thora, que peignit Modigliani quelques mois avant sa mort ; Abdul Wahab, peintre tunisien qui recevra Hermine et Pascin dans son pays ; Georges Eisenmann, un commerçant amateur de jazz ; les Salmon, les Cremnitz, Fatima, Morgan, Claudia, Simone, Aïcha – les modèles les plus fidèles. Il y a aussi Hermine. Il y a surtout Lucy, Guy et Per. Car nul ne cache rien à personne. Chacun sait et tout le monde ferme les yeux. Le scandale ne saurait ici exister. Autour de Pascin, tout est ivresse, liberté. Le son très pur des passions et des folies. Per n'ignore rien de la liaison de Lucy. Et Guy pas davantage. Hermine s'en moque. Ils partent tous ensemble dans la petite voiture de Lucy. Pour la campagne. Pour le bord de Marne. Pour le Jockey.

C'est là que le monde de Pascin croise celui de Kiki. Au coin du boulevard du Montparnasse et de la rue Campagne-Première. Dans une boîte ouverte en novembre 1923 par un ancien jockey, Miller, et un peintre américain, Hilaire Hiler. En un seul mouvement, les yankees ont rejeté le Caméléon à l'autre bout de la rue. Ils ont pris la place. Quelques mois avant le Select, qui ne va pas tarder à ouvrir ses grilles, ils ont inauguré la vie nocturne du quartier. Désormais, Montparnasse est ouvert toute la nuit. On peut chanter, rire et danser sous le soleil et les étoiles. Le Jockey est là pour ça.

Dehors, des Indiens et des cow-boys peints par Hilaire Hiler soi-même sur des murs noirs ; la foule devant l'entrée ; des limousines stationnées au bord du trottoir ; et surtout, miracle de la technique moderne : une enseigne lumineuse.

Dedans, c'est le Far West. Un bar, quelques tables, une piste de danse. Musique et fumée. Des centaines d'affiches collées aux murs. Un écriteau annonçant la couleur : *We only lost one customer... he died !* Des filles nues dansent ensemble sans que personne ne les remarque. Quand ce n'est pas Hiler, un Noir monte et descend les gammes au piano. Jazz partout. Shimmy et fox-trot. On s'invective gentiment dans toutes les langues.

Pascin est là, assis dans un coin. Il est parfois accompagné d'Hermine, de Lucy, de Per. Souvent, il est seul avec Per. Ils reviennent du Dôme, du hammam ou d'ailleurs. Parfois, Pascin dort dans l'atelier où le peintre vient d'emménager, rue du Val-de-Grâce. Ensemble, ils parlent de Lucy. Ou de la jeune personne qui vient d'entrer au Jockey et qui se fraie difficilement un passage jusqu'à la piste de danse où Kiki se présente sous les applaudissements.

Kiki est la reine du Jockey. Sa gouaille y fait fureur. Elle commence son numéro après Marcelle, qui imite les stars américaines, et Chiffon, dite Chiffonnette, un mètre cinquante sur talons, qui interprète quelques chansons de marins. Il y a aussi Floriane, grande, grotesque, qui s'efforce de danser bien ; et Barbette, un travesti à perruque. Lorsque Ben, le pianiste noir, annonce le tour de la vedette de l'endroit par un trille au saxo, une symphonie d'applaudissements répond. La salle encourage Kiki par des hurlements.

Elle débute assez sagement par *Nini peau de chien*, puis entonne *Les Filles de Camaret*.

> *Les filles de Camaret se disent toutes vierges*
> *Les filles de Camaret se disent toutes vierges*
> *Mais quand elles sont dans mon lit*
> *Elles préfèrent tenir mon vit*
> *Qu'un cierge, qu'un cierge, qu'un cierge...*

Kiki ne chante que saoule. Comme elle ne se souvient jamais des paroles de ses chansons, la jeune fille qui l'a rejointe sur la piste les lui souffle. C'est elle que Pascin regarde. Et Per Krogh, de même. Elle a une vingtaine d'années. Elle est aussi brune que Kiki, et sa bouille est aussi ronde. Elle enseigne la gymnastique. Elle s'appelle Thérèse Maure, mais elle préfère qu'on la connaisse sous le nom que lui a donné Robert Desnos, son amant d'hier, à qui elle donnait des cours de boxe : Thérèse Treize (lorsqu'il l'appelait dans la rue par son prénom, les lettres finissaient par se chevaucher, « Thérèse » devenant « Treize »). Ainsi ses parents ne sauront-ils rien des frasques de leur fille dans ce Montparnasse de toutes les libertés.

Kiki et elle s'adorent. Elles font la fête ensemble. La première s'oublie. La seconde est comme sa mémoire. Non seulement elle lui souffle les paroles de ses chansons, mais elle lui tient lieu d'agenda : c'est elle qui lui rappelle, les lendemains de fête, qu'elle a donné vingt rendez-vous à la même heure de la journée. Tout bas, pour que Man Ray n'entende pas. Elle encore qui danse avec sa copine quand les garçons deviennent trop entreprenants. Elle enfin qui, à la fin du spectacle, aide Kiki à monter sur les tables, la renverse quand l'autre a décidé de marcher sur les mains – pour le plus grand plaisir des consommateurs qui se rincent l'estomac en même temps que l'œil : Kiki ne porte jamais de culotte.

Alors que le public, déchaîné, applaudit à tout rompre, Thérèze Treize s'empare d'un chapeau et fait le tour de la salle.

« Pour les artistes ! » jette-t-elle.

La monnaie tombe. Et les compliments. Un seul l'intéresse : celui que prononcera Per Krogh lorsqu'elle passera devant lui. Car elle a remercié Robert Desnos pour une danse avec ce beau Scandinave dont la longue mèche la ravit.

Quand elle s'est éloignée de dix pas, Jules Pascin se penche vers le mari de Lucy et doucement remarque :

« Cette fille est formidable... Tu lui plais beaucoup. »

Per affiche un sourire enchanté.

« Mazel Tov ! » murmure le Bulgare.

Et il esquisse joyeusement un pas de deux.

PHOTOS, PHOTOS...

> ... J'essayais de faire en photographie ce
> que faisaient les peintres, avec cette diffé-
> rence que j'utilisais de la lumière et des
> produits chimiques au lieu de couleurs et
> cela sans le secours de l'appareil de
> photo.
>
> Man RAY.

Kiki ne fait pas encore l'amour avec Mosjoukine, son
amant-comédien russe. Elle n'a pas encore rejeté les
multiples demandes de ce ministre mexicain qui gare
son Hispano-Suiza devant le Jockey, pressé d'emporter
la diva de Montparnasse dans sa suite de l'hôtel Claridge
d'abord, au-delà des mers ensuite. Elle est revenue de
New York, où, officiellement, elle a suivi un couple qui
lui proposait de faire du cinéma, et où elle a tenu son
meilleur rôle : maîtresse du mari.

Elle file un amour moins que parfait avec Man Ray.
Il est jaloux, elle aussi. Ils se balancent des paires de
claques pour un oui ou pour un non. Naguère, elle
s'amusait à maquiller les numéros des dames dans les
calepins du photographe. Lui, il boudait parfois des journées entières sous des prétextes sans causes. Prétendait-
elle. Ainsi lorsqu'il attrapa une maladie vénérienne dont
il l'accusa d'être la source, ce qui l'obligea à fournir des
certificats de bonne santé qui étaient surtout des certificats de bonne conduite... Ou cette autre fois, lorsqu'il

lui offrit deux robes de chez Schiaparelli qu'elle découpa aux ciseaux parce qu'à la haute couture elle préférait ses propres modèles.

Ils se bagarraient toujours. Ils n'ont pas cessé. Ils se jettent de l'eau ou de l'encre au visage. Parfois, Kiki ouvre grande la fenêtre de leur chambre d'hôtel et hurle :

« À l'assassin ! »

Les voisins se plaignent.

Ils déménagent.

Peu après leur rencontre, Man Ray a loué un atelier extraordinaire. 31 *bis*, rue Campagne-Première. Un immeuble construit par Arfvidsson en 1911. À l'intérieur, de hautes façades vitrées, un escalier conduisant à une petite loggia, une salle de bains transformée en chambre noire. Lorsque Man recevait des clients, Kiki se cachait dans la loggia. La vie commune n'étant pas simple, ils conservèrent l'atelier mais louèrent un appartement. Avec salle de bains. Kiki restait des heures dans la baignoire. Mangeant désormais tous les jours, elle prenait du poids. Et, miracle des miracles, des poils lui poussaient au pubis. Elle était heureuse. Elle s'essayait au statut de femme d'intérieur.

Avec scènes.

Ils déménagèrent encore. Un hôtel rue Delambre, un autre rue Campagne-Première, près de l'atelier. L'hôtel Istria.

Ils s'y sont installés un mois après l'ouverture du Jockey. Ils y habitent toujours. Tzara est leur voisin, et le confident de Kiki qui se plaint à lui de la froideur de Man Ray.

À l'étage supérieur, Picabia, quand il n'est pas avec sa femme, vient avec sa maîtresse, Germaine Everling.

Satie, de passage, compose la musique d'un ballet que Picabia monte pour les ballets suédois de Rolf de Maré.

Marcel Duchamp, qui a quitté le 37, rue Froidevaux et

ses amis Matussière, joue à cache-cache avec les femmes qui le cherchent, l'attendant jusqu'à la porte de l'unique salle de bains de l'hôtel, au rez-de-chaussée. Il y a Mary Reynolds, une riche Américaine avec qui il fut et qu'il fuit désormais ; Fernande Barrey, avec qui il ne fut pas mais qu'il fuit quand même ; Elsa Triolet, qui n'a pas encore rencontré Aragon et qui aimerait bien au moins un baiser ; Jeanne Léger, folle amoureuse, prête à abandonner son mari de peintre pour conserver la chambre qu'elle a prise à l'hôtel Istria afin d'être plus près de celui qui ne veut plus rien savoir, rien entendre, rien de rien. Sauf jouer aux échecs, ce que supportent difficilement ses maîtresses et absolument pas sa femme de quelques semaines : elle ne le voyait pas le soir parce qu'il faisait un tournoi au Dôme, pas la nuit parce qu'il dormait dans son coin, pas le matin parce que, au réveil, elle le trouvait dans la cuisine, occupé à résoudre sur l'échiquier un problème qui lui avait causé des cauchemars durant son sommeil – jusqu'au jour où il ne parvint pas à déplacer les pièces : elle les avait collées sur leurs cases...

Man Ray joue parfois contre lui. Notamment dans le film de René Clair, *Entracte*. Les deux hommes sont assis de part et d'autre d'un échiquier, sur le toit du théâtre des Champs-Élysées, avant que Picabia balance les pièces d'un coup de jet d'eau bien appliqué.

Man Ray, qui s'exerce lui aussi au cinéma, se préoccupe surtout de photo. Il est désormais introduit partout. Le beau monde se l'arrache autant que la bohème devenue riche.

La marquise de Casati lui a ouvert les portes des maisons à particules. Il s'est présenté chez elle en 1922. Elle a reçu l'artiste dans sa tenue habituelle : trois mètres de python vivant autour de la taille. Elle lui a parlé de son ami Gabriele D'Annunzio, puis lui a fait visiter le jardin dans lequel se déroulent les fêtes qu'elle organise : tous les troncs d'arbre sont peints en doré. Après quoi, la marquise s'en est retournée dans ses appartements et a prié le photographe de se mettre au travail. Man Ray a branché ses lampes. Le choc des cultures a provoqué un court-circuit : les ampoules ont fait exploser le circuit électrique.

Que faire ?

La dame a pris la pose. Sans lumière.

Rentré chez lui, Man Ray a développé son travail. Celui-ci lui a paru insatisfaisant, ce qui ne fut pas le cas de la marquise : elle a adoré le bougé de son regard consécutif à un mouvement très involontaire.

« Savez-vous que vous avez photographié mon âme ? »

Satisfaite, la dame a acheté puis a fait s'entrouvrir les portes des hôtels particuliers de ses amis. C'est grâce à elle que Man Ray a pu s'offrir le studio de la rue Campagne-Première.

Après la marquise de Casati, le comte de Beaumont, grand ami de Cocteau, a invité le photographe afin qu'il immortalise les invités de ses grandioses bals costumés. Puis ce fut la comtesse Greffuhle, le comte Pecci-Blunt, le maharaja d'Indore, le vicomte et la vicomtesse de Noailles, possesseurs de plusieurs Goya, d'une scène de théâtre installée dans le jardin, de grilles côté intérieur recouvertes de miroirs, d'une salle de bal convertible en salle de cinéma...

Man Ray a aussi photographié Picasso costumé en toréador, Tristan Tzara dans tous les états de son monocle, Ezra Pound, Sinclair Lewis ivre, Antonin Artaud, Philippe Soupault, Matisse, Braque, Duchamp travesti en Rrose Sélavy, Picabia au volant de sa Delage... Il a surpris Joyce à l'instant où l'écrivain se voilait le regard, blessé par l'éclat des lampes. Il a exécuté les plus beaux portraits de Kiki de Montparnasse.

Il a conduit Meret Oppenheim, une amie de Giacometti, chez Brancusi, et l'a immortalisée, nue, bras et mains tachés par l'encre d'une presse à eau-forte. Il a aussi photographié le maître des lieux qui, contrairement aux artistes de Montparnasse, fréquente peu les cafés de Vavin. Il vit dans un grand atelier impasse Ronsin. Chez lui, tout est blanc : les murs, le plafond, le fourneau... Aucun meuble n'a été acheté en magasin. Des troncs servent de bancs. La table autour de laquelle les invités mangent des cuisses de mouton sorties de l'âtre est faite d'un pied encastré au sol sur lequel est posé un immense plateau de plâtre.

Lorsqu'il a reçu Man Ray pour la première fois, Brancusi lui a demandé de lui enseigner son art. Il estime que nul autre que lui ne saurait photographier son œuvre. Ils ont acheté un appareil, un pied, les produits nécessaires au travail en laboratoire... Brancusi a construit une chambre noire, a peint l'extérieur en blanc, et, au cours d'un dîner où il a joué du violon avec Erik Satie, a montré à Man Ray le résultat de ses recherches photographiques : des clichés flous, pâles, rayés... Mais le maître était satisfait.

Man Ray a photographié toute son époque, et aussi la fin de l'époque précédente. Il a même capté le visage de Marcel Proust, qu'il ne rencontra pourtant jamais. Il ne mettait pas les pieds à Cabourg du temps où Philippe Soupault croisait l'auteur d'*À la recherche du temps perdu* dans cet hôtel du bord de mer où chaque soir un fauteuil de rotin était avancé sur la terrasse ; il restait vide jusqu'à la tombée de la nuit ; alors, le soleil ayant enfin disparu, Proust s'asseyait précautionneusement et parlait d'abord du temps « comme les Anglaises », disait-il, puis de ses maladies, « compagnes chéries[1] ». Il était vêtu d'un paletot noir, il avait la voix lente et plaintive, un regard magnifique, le teint blanc, presque cireux, des grands malades. Mais, selon Jean Hugo, « il ne parlait qu'aux ducs [2] ».

Man Ray n'est jamais allé au bordel avec lui et n'a obtenu nulle confidence de Paul Léautaud qui racontait – et écrivait – qu'à une époque, Proust se rendait en taxi jusqu'à la porte d'une maison close, demandait la patronne, la priait de lui envoyer quelques jeunes personnes, les faisait monter dans la voiture, face à lui, leur offrait du lait et les écoutait parler de l'amour et de la mort. (Était-ce ce bordel de la rue Mayet où Léautaud se rendit un jour pour placer un chat ? Il fut accueilli par la sous-maîtresse qui le pria de la suivre, l'entraîna jusqu'à une pièce ronde où six femmes nues attendaient, et lui dit : « Choisissez votre chat, cher monsieur. »)

Man Ray n'était pas en France en 1914, au *Mercure de France*, lorsque Alfred Valette reçut une lettre de Marcel Proust lui reprochant à demi-mot de ne pas avoir publié de critique sur l'un de ses ouvrages antérieurs, à mots découverts d'avoir laissé Rachilde rédiger un article où elle avouait avoir jeté *Du côté de chez Swann* « comme un soporifique », et proposer, à titre de franche compensation, la publication d'un article favorable de Jacques Blanche paru dans *L'Écho de Paris* [3].

Man Ray n'a certainement pas connu Henri de Régnier, secrétaire perpétuel de l'Académie française, à qui Proust écrivit le 30 octobre 1919 pour lui demander quelles démarches il devait entreprendre afin d'obtenir le grand prix de l'Académie française pour *À l'ombre des jeunes filles en fleurs*.

Pourtant, c'est à lui que Cocteau s'est adressé le 19 novembre 1922. Il lui a demandé de faire une photo de Marcel Proust et d'en tirer seulement deux épreuves : une pour la famille, une pour Cocteau. S'il le souhaitait, Man Ray pouvait également faire un troisième tirage pour lui-même. Le photographe a accepté. Cocteau l'a accompagné jusqu'au chevet de l'écrivain. Celui-ci était allongé sur un lit, vêtu et inerte. Marcel Proust était mort la veille.

DOCTEUR ARGYROL ET MISTER BARNES

> Le docteur Barnes vient de quitter Paris [...] Le tintement aurifère des dollars précédant ses pas, les convoitises devant lui naissaient comme des apparitions, le suivaient, le lutinaient, le pourchassaient comme des feux follets.
>
> Paul GUILLAUME.

Un soir, Man Ray arrête sa Voisin devant le Jockey. Il descend, pousse la porte, et se retrouve aussitôt happé par la musique, la fumée, les rires... Il tente de se frayer un passage jusqu'à la piste de danse, où se trouve certainement Kiki. Il échange quelques mots avec Tristan Tzara, cravaté, monoclé, bientôt marié : il a rencontré une jeune artiste-peintre suédoise, Greta Knutson, dont la famille est si riche qu'elle a promis aux jeunes gens de leur faire construire une maison en plein Paris par Adolf Loos, architecte autrichien.

Ce soir-là, Greta n'est pas là. Tzara est en compagnie d'une autre héritière, grande amie, grande excentrique, brune, belle, élancée, aisément reconnaissable : Nancy Cunard porte une collection de bracelets d'ivoire qui se choquent et s'entrechoquent à ses avant-bras. On prétend qu'elle a été la maîtresse d'Aldous Huxley. Elle va en tout cas devenir celle d'Aragon qui, ce soir-là, n'est pas présent non plus.

Aïcha, la jeune mulâtre, modèle préféré de Pascin,

s'approche de l'Américain. Elle lui demande s'il ne veut
pas qu'elle pose pour lui, un jour. Man Ray répond peut-
être, pourquoi pas, et prend la carte de visite que la jeune
fille a sortie de son sac. Il lit : *Aïcha Goblot, artiste.* Il
sourit et poursuit son chemin. Où est Kiki ?

Il l'aperçoit enfin. Un cow-boy lui propose de danser.
Elle refuse. Plus loin, la batterie s'emballe. Pascin est
aux commandes : Man Ray reconnaît son melon et son
écharpe de soie blanche. Le peintre aime la musique ; il
manie parfois le tambour ou la grosse caisse. L'Américain s'est souvent rendu chez lui, invité à ses fêtes. Souvent aussi, il a assisté là-bas à des empoignades entre
modèles. Une fois, après un dîner très arrosé, ils sont
descendus à quinze dans un bordel. Pascin et Man Ray
sont montés chacun avec une fille. Ils étaient trop ivres
pour commettre le moindre délit.

Comme Man Ray parvient enfin sur la piste de danse,
le cow-boy enlace Kiki. Elle le repousse. Il insiste. Alors
Man Ray se fâche. Lui qui est capable de poursuivre sa
maîtresse arme au poing, il saute aux épaules du cow-
boy, l'agrippe par le côté et le fait tomber au sol. Les
deux hommes roulent l'un sur l'autre. Kiki pousse des
rugissements. On s'écarte pour voir et applaudir. Kiki
hurle à l'adresse de Man Ray :

« Achève-le ! Tue-le ! »

Quand l'Américain se redresse, elle l'embrasse, fière
de lui. Puis se tourne vers le cow-boy déconfit et
l'abreuve d'insultes. Ainsi va Kiki. Sa langue n'est
jamais dans sa poche. Le matin, quand on lui demande
si la nuit fut bonne, il n'est pas rare de l'entendre
répondre :

« Parfaite. J'ai bien limé... »

Lorsqu'on veut savoir pourquoi elle ne porte pas de
culotte, elle répond que les cafés n'ayant pas de toilettes
pour dames, il lui suffit de soulever ses jupes pour faire

tout haut, c'est-à-dire dans la rue, ce que les hommes font tout bas, c'est-à-dire dans les sous-sols.

Elle n'aime pas André Breton. Elle le lui a dit :

« Vous parlez trop d'amour pour savoir le faire ! »

Depuis, le pape du surréalisme la déteste. Mais Man Ray la défend toujours. Lorsqu'on lui demande si elle est intelligente, il répond que lui-même a assez d'intelligence pour deux – ce qui constitue plus une outrecuidance qu'une véritable gentillesse.

Il l'a également soutenue lorsqu'elle a eu des ennuis à Villefranche, dans le Midi. Elle était descendue avec sa copine Treize. Un soir, elle est entrée dans un bistrot. Le patron a voulu la refouler.

« Pas de putain ici ! » s'est-il écrié.

Kiki a ramassé une pile de soucoupes et les lui a balancées au visage. Il y a eu bagarre. Le patron a porté plainte. Le lendemain, un policier s'est présenté à l'hôtel.

« Accompagnez-moi jusqu'au commissariat. »

Kiki a dit non.

Le pandore est revenu avec le commissaire de Villefranche assisté de quelques hommes. Le gradé a réitéré l'ordre de son subalterne. Kiki a répondu qu'elle avait tout son temps. Comme elle le démontrait avec la meilleure volonté du monde, le commissaire a voulu la faire se hâter. Elle lui a répondu par des insultes et des coups. On l'a conduite à la prison de Nice. Prévenu, Man Ray a battu le rappel des amis. Le peintre Malkine a fait pression sur l'avocat, commis d'office. Fraenkel, compagnon de Breton et médecin, a produit un certificat attestant que Kiki était malade des nerfs. En sortant du tribunal, Kiki a confié : « Le plus dur, ç'a été quand mon avocat m'a fait : "Dites merci à ces messieurs [1]". »

Elle l'a dit. Grâce à cela, elle a obtenu le sursis. Man Ray, qui était descendu de Paris pour le procès, l'a ramenée au Jockey. Depuis, Kiki s'enorgueillit d'un nouveau titre de gloire : elle a passé plus de dix jours en prison.

Elle aime raconter ce haut fait à ses amis. Lorsqu'elle revient dans les entrailles du Jockey, après que Man eut défait le cow-boy entreprenant, elle passe de table en table pour narrer ses dernières aventures. Elle les relate à René Clair, à Foujita et à Kisling, qui se sont regroupés à l'écart de l'orchestre, non loin d'un autre groupe que préside, billets de banque en main, le constructeur André Citroën. Assis à côté, Fernand Léger vérifie que sa femme ne traîne pas du côté de Marcel Duchamp ou de Roland Tual. De toute façon, sa surveillance ne prête à aucune conséquence : le peintre connaît les frasques de Jeanne, les lui pardonne, et va jusqu'à boxer ceux qui médisent sur son compte. Il lui est même arrivé de corriger ses amants quand ils la traitaient mal ; il a frappé Thérèse Treize pour la même raison.

Sous le regard de sa copine Kiki, Thérèse Treize embrasse Per Krogh à pleine bouche. Pascin, qui a quitté la batterie, observe la scène. Elle ne l'emplit d'aucune joie. Il sait désormais que cette liaison n'arrangera pas ses affaires : pour son plus grand malheur, Lucy est jalouse de Thérèse. Elle surveille le couple et le cherche lorsqu'il se réfugie dans un hôtel du boulevard Edgar-Quinet.

Le Bulgare passe au large dans la salle du Jockey, désormais moins animée. Il croise Soutine, qui vient d'entrer avec son ami le peintre Michonze, mais il ne le salue pas. Kiki se souvient que Youki Foujita lui a raconté qu'elle avait présenté les deux hommes peu de temps auparavant. C'était au Select, seul autre lieu de Montparnasse ouvert la nuit et réputé pour ses Welsh Rarebit. Soutine a tendu la main à Pascin et lui a dit :

« J'aime votre peinture. Vos petites femmes m'excitent beaucoup ! »

— Je vous interdis de vous exciter avec mes femmes ! » s'est exclamé Pascin.

Il était furieux. Soutine, qui n'aura peint qu'un nu dans toute son œuvre, lui a pris les mains :

« Mais je vous aime beaucoup, monsieur Pascin ! Je vous aime beaucoup beaucoup ! »

Kiki abandonne Foujita et Kisling. Elle s'approche de Soutine, son pauvre ami devenu riche. Depuis les années de la guerre, lorsqu'il abritait la jeune fille pour une nuit dans un atelier glacé, Soutine a bien changé. Il n'a plus froid. Il n'a plus faim. Il ne ressemble pas au demi-clochard de naguère. Désormais, il fume des Lucky Strike à bout doré, porte les costumes dont il a longtemps rêvé, un pardessus chaud comme la peau et doux comme une assiette. Un miracle.

Ce miracle a une date : 1922 ; il a aussi un nom : Albert C. Barnes.

Barnes est un industriel américain, un peu médecin, un peu psychologue, un peu altruiste tendance paranoïaque. Il a établi sa fortune sur la production et la commercialisation d'un antiseptique de son invention, l'Argyrol.

Il est né à Philadelphie, en Pennsylvanie. Il a grandi dans un milieu populaire proche de la culture noire. Cela lui donnera le goût de l'art nègre, dont il deviendra un collectionneur avisé. Il est aussi passionné par la peinture contemporaine, et considère que l'art lui permettra d'aider son prochain.

Dans son usine, il a exposé tout d'abord des artistes américains. Puis il s'est intéressé à la peinture européenne. Avant la guerre, il a envoyé un émissaire à Paris. Williams James Glackens, peintre américain, était chargé de visiter les ateliers et les galeries, et de rapporter nombre d'œuvres significatives. Cézanne, Van Gogh,

Pissarro, Renoir et Picasso ont ainsi traversé l'Atlantique.

En 1912, après avoir acheté des tableaux de Renoir à New York, le docteur Barnes a fait le voyage lui-même. Il a rencontré Ambroise Vollard et s'est rendu à des ventes publiques. Gauguin, Bonnard, Daumier, Matisse, d'autres Cézanne (dont *Les Baigneuses)*, de nouveaux Renoir et Picasso ont rejoint sa collection. Il a également acheté des Matisse à Léo Stein. En 1914, avant la déclaration de guerre, Barnes avait acquis cinquante Renoir, quinze Cézanne et plusieurs Picasso. Ce n'était qu'un début. Assez prometteur.

En 1922, le collectionneur achète une propriété à Merion, près de Philadelphie. Il y fait construire un musée pour y abriter sa fondation. Celle-ci est d'abord destinée aux employés de l'usine produisant l'Argyrol ; ils doivent s'instruire et se développer en côtoyant l'ensemble de ces œuvres inspirées de l'art nègre et des écoles de peinture les plus modernes. Cette générosité pédagogique est évidemment enrichissante pour les ouvriers de la Barnes Company et pour tous ceux à qui est offert l'insigne privilège de franchir les portes du musée. Elle est insupportable pour tous les autres. Car suivant un principe que le collectionneur avait déjà énoncé au moment de l'Armory Show, refusant de prêter ses œuvres pour qu'elles fussent exposées, les tableaux acquis ne doivent pas quitter la fondation et nul n'a le droit de les reproduire sous quelque forme que ce soit. Ainsi disparaîtront au regard des amateurs et des historiens des œuvres considérables qui demeureront inaccessibles pendant près de soixante-dix ans. Entre autres, près de deux cents Renoir, des Cézanne, soixante Matisse, de nombreux Modigliani...

En décembre 1922, Barnes revient à Paris. Il s'installe à l'hôtel Mirabeau, rue de la Paix, et convoque le mar-

chand qu'il a choisi comme intermédiaire : Paul Guillaume. Celui-ci est un grand spécialiste de l'art nègre. Il
possède nombre d'œuvres de Matisse, Vlaminck, Derain
et Modigliani. Pendant quinze jours, chaque matin, il
vient chercher le collectionneur américain au volant de
son Hispano-Suiza. Il se fraie un passage parmi ses collègues et les dizaines de rapins qui attendent le docteur
sur le trottoir de l'hôtel, cartons à dessins sous le bras.
Il le conduit dans tous les musées de Paris, chez les
antiquaires, aux meilleures tables. Patiemment, il répond
aux questions incessantes que pose l'industriel à propos
des œuvres et des artistes contemporains, redoutant
l'instant rituel où, la nuit étant tombée et le digestif
avalé, Barnes se laisse aller sur son fauteuil, glisse les
pouces dans son gilet et propose :
« Si nous y allions ?
— Il est un peu tard...
— Êtes-vous fatigué ?
— Non...
— Alors en route ! »
Et Barnes se lève, aussi frais que s'il sautait de son
lit après une longue et bonne nuit, grimpe dans l'Hispano-Suiza, et, inlassablement, reprend le fil de son
questionnaire : pourquoi l'art nègre, pourquoi le
cubisme, pourquoi Matisse, pourquoi Picasso, pourquoi
Lipchitz ?
Il est allé chez le sculpteur accompagné de son men-
tor. Il n'a rien vu de la misère de l'artiste, qui n'a plus
de marchand et ne vend rien. Il a seulement regardé
l'œuvre. Il s'est renseigné sur ceci, cela, le reste et le
reste du reste. Il a pris des notes. Il a acheté huit sculptures. Il a invité Lipchitz à déjeuner. Le sculpteur en
bégayait de bonheur. Il cachait les trous de sa chemise
pour ne pas déparer avec l'élégance de Paul Guillaume,
les binocles d'or, le cigare et les gants de peau de

l'Américain au carnet de chèques. Lipchitz se croyait au paradis. Ce n'était qu'un purgatoire.

« Je construis un musée, a expliqué le docteur Barnes. J'ai besoin de votre aide. »

C'était au dessert. Un gâteau.

« Je veux cinq bas-reliefs pour la façade. Pourriez-vous les faire ? »

C'était la cerise sur le gâteau.

Et ainsi pour des dizaines d'artistes, des centaines d'œuvres...

Généralement, les interrogations se tarissent à l'approche de la rue La Boétie, où Paul Guillaume a sa galerie. Elles reprennent sitôt que les lumières sont allumées. Pourquoi les fauves, pourquoi Vlaminck, pourquoi Kisling, pourquoi Marcoussis ?

« Je ne sais pas », bredouille Paul Guillaume.

Il est épuisé.

« Vous ne savez pas ? Alors faites-les venir. Je leur poserai directement la question. »

À minuit, Paul Guillaume appelle Vlaminck, Kisling, Marcoussis. Pendant ce temps-là, le docteur fouille dans les tableaux. Une nuit, il s'arrête sur une toile aux couleurs vives, aux formes tordues, étirées. Il la pose, prend de la distance et l'observe plus attentivement. C'est un jeune homme. Il a une oreille monstrueuse, un chapeau sur la tête, une blouse blanche colorée de reflets jaunes, verts, bleus.

« Qu'est-ce que c'est ? demande-t-il.

— Soutine, répond Paul Guillaume. *Le Petit Pâtissier.*

— Vous connaissez son marchand ?

— Zborowski. »

Barnes attrape son manteau et se dirige vers la porte.

« On y va, déclare-t-il d'un ton décidé.

— Où ?

— Mais chez ce marchand ! Zborowski !

— Maintenant ? Pourquoi maintenant ?

— Parce que je veux tout acheter. Ce Soutine est un génie. »

LA CROIX DE SOUTINE

> ...Je crois que c'est l'un des plus grands
> peintres de notre temps. Après Goya, je
> ne vois vraiment personne qui soit aussi
> extraordinaire que Soutine.
>
> Chana ORLOFF.

« Il m'a acheté des dizaines de tableaux pour trois
mille dollars ! pétille Soutine.

— Moi aussi je dessine, fait Kiki. Il faudra que je te
montre.

— Après, poursuit le Lituanien, ma cote a monté
comme une Bugatti sur circuit. Aujourd'hui, un tableau,
c'est dix mille dollars ! »

Elle le regarde. Il est loin le temps où il combattait
les punaises qui envahissaient son atelier et qui, faute de
place plus chaude, s'étaient réfugiées dans son oreille.
Quand il n'avait rien à manger. Quand il se promenait
nu sous son manteau. Quand, devant s'inventer une élégance, il passait ses bras dans les jambes d'un caleçon,
transformait la ceinture en col et le caleçon en chemise.

Cet homme a souffert plus qu'aucun autre. Il souffre
encore. La nourriture qu'il ne pouvait s'offrir jadis n'est
pas plus pour lui aujourd'hui. Il rêve des plats de son
pays, de mets épicés, de harengs, de sauces... Mais il ne
peut rien avaler. Sauf le bismuth.

Cependant, il est méconnaissable. L'immigré fermé,
un peu fruste, qui apprenait le français tassé au fond de

la Rotonde, s'est métamorphosé. Désormais, il porte des chemises à pois et des cravates colorées. Ces cravates-là, il en a rêvé. Nul ne l'a jamais humilié comme ce collectionneur arménien qui lui demanda un jour de l'accompagner place Vendôme, dans un magasin de luxe qui vendait des cravates en soie. Il voulait être conseillé sur les couleurs et les nuances. Il en a acheté trois douzaines sans songer à en offrir une seule à l'artiste peintre qui le regardait avec envie, tassé dans son pardessus déchiré.

Depuis, Soutine a pris sa revanche. Non seulement il a les moyens de se rendre lui aussi place Vendôme, mais il peut également se faire oindre les mains puis les agiter devant lui (il les sait belles). Ses ongles ne sont plus marqués par la peinture qui s'incrustait lorsqu'il étalait ses couleurs avec les paumes et les doigts après avoir jeté rageusement les pinceaux dont il s'était servi. Ses cheveux, d'un noir de jais, luisent d'un éclat tout neuf : il les confie à une petite sœur des pauvres qui les noircit avec un onguent. Il dispose même d'une voiture et d'un chauffeur, Daneyrolles. Il explique à Kiki que tout cela n'est pas à lui mais à Zborowski, devenu riche grâce à Barnes et à lui-même. L'Américain s'est présenté rue Joseph-Bara pour voir les œuvres de Soutine. Chaque fois que le Polonais en sortait une de dessous son lit, l'autre s'exclamait :

« *Wonderful ! Wonderful !* »

Depuis, Zborowski a ouvert une galerie rue de Seine, où il expose Utrillo, Derain, Vlaminck, Kisling, Dufy et Friesz. Il a une maison dans l'Indre où viennent ses artistes et ses collaboratrices, Paulette Jourdain, par exemple, qui pose parfois pour Soutine (et aussi pour Kisling).

Quand il veut aller sur les bords de la Méditerranée, Soutine appelle Daneyrolles, se couche à l'arrière de la voiture américaine et se retrouve le lendemain au bord de la mer. Il n'aime pas Paris. Il fuit les images de ses anciennes infortunes en évitant ses camarades de naguère comme les lieux où il se rendait souvent. Il critique Modigliani, qui fut pourtant son seul soutien pendant la guerre. Il s'est fâché avec Élie Faure, qui écrivit le premier livre sur lui. Il ne salue pas Maurice Sachs alors que ce dernier a publié un article louangeur sur son œuvre. Lorsque des clients le reconnaissent dans les cafés, se lèvent, s'approchent et l'interpellent, il les dévisage sans aménité et lâche :

« Je ne vous connais pas... »

Et quand on insiste :

« Je ne vous ai jamais vu. »

Quitte la table et s'en va.

Sa fierté lui joue des tours. Elle a failli lui faire manquer la rencontre avec les Castaing, mécènes aussi importants pour lui que Barnes.

Les Castaing habitent un château près de Chartres et aiment la peinture. Marcellin s'occupe de la partie artistique d'une revue dont il est secrétaire de rédaction. Il se rend souvent à Montparnasse pour y rencontrer des artistes.

Un soir, quelque temps seulement avant la venue de Barnes à Paris, il débarque à la Rotonde. Sa femme, Madeleine, l'accompagne. Soutine passe. Un peintre suggère aux Castaing d'acheter un de ses tableaux : le Russe n'a pas le sou et rien à manger. Ils l'appellent. Marcellin demande à voir son œuvre. Soutine lui donne rendez-vous dans l'arrière-salle d'un café de la rue Campagne-Première. Il arrive en retard. Il tient deux toiles à la main. Les Castaing les regardent rapidement dans l'ombre, proposent de revenir le lendemain et offrent un billet de cent francs à titre d'acompte. Soutine prend le billet et le déchire.

« Je ne demande pas l'aumône !... Et vous n'avez même pas regardé mon travail ! »

Il est furieux. Les visiteurs se retirent.

Quelques semaines plus tard, Soutine expose *Le Coq mort aux tomates* dans une galerie proche de la Madeleine. Les Castaing veulent l'acheter. Ils cherchent et trouvent Zborowski. Ce dernier ne peut vendre le tableau : il appartient à Francis Carco. Le marchand ne précise pas qu'il l'a donné quelques mois auparavant à l'écrivain, donné et non vendu car à l'époque un tableau de Soutine ne valait rien.

Les clients insistant, Zborowski file chez Carco qui, très élégamment, rend le tableau, refusant l'argent que le Polonais lui propose. Les Castaing l'achètent. Puis un autre, et encore un autre. Lorsqu'ils viennent dans l'atelier de l'artiste, ils y restent dix heures d'affilée.

Après, c'est Soutine qui se rend au château de Lèves. Il y demeure souvent plusieurs semaines. Ses nouveaux mécènes le dorlotent. Surtout Madeleine, qui pose pour lui. Elle est fascinée par cet homme qui peint pour se sauver, avec une force et une énergie indescriptibles. Qui cherche des toiles du XVIIe siècle dont le grain seul le satisfait car le pinceau glisse sans riper. Qui supplie, à genoux, une blanchisseuse dont il fait le portrait de retrouver l'expression qu'elle a perdue. Qui peut rester des heures, des journées entières sur un détail imparfait. Qui, lorsqu'il peint, exige silence et solitude au point que personne n'approche ni ne parle. Qui se réveille à l'aube, demande que la voiture soit prête au plus vite pour l'emmener au marché où il doit acheter des poissons, et seulement des poissons, car il veut peindre des poissons. Qui, un autre matin, adjure Madeleine et Marcellin de l'accompagner dans les champs où il a vu un cheval admirable ; le cheval est une vieille rosse efflanquée, crottée, qui tire une roulotte de saltimbanques.

« Je veux le peindre ! » s'exclame Soutine.

Et tourne et tourne autour de l'animal, presque en transe. Marcellin Castaing négocie avec les bateleurs. Ils acceptent de faire étape au château en échange du couvert et de la boisson. Tandis qu'ils s'installent sur les pelouses, Soutine s'éloigne avec la rossinante. Puis peint un chef-d'œuvre.

Il témoigne d'une incroyable exigence à l'égard de lui-même. Il refuse de participer à des expositions collectives de peur d'être noyé parmi les artistes. Il crève chaque toile qui n'emporte pas tous les suffrages, les siens comme ceux des Castaing ou de ses proches.

Selon Man Ray, lorsque Barnes lui a acheté ses œuvres, Soutine s'est saoulé, après quoi il a hélé un taxi et s'est fait conduire directement dans le Midi. Il rêvait de voir la mer. Il est allé à Céret et à Cagnes-sur-Mer.

Deux ans après son retour, il s'emploie encore à détruire systématiquement les œuvres qu'il a peintes là-bas. Lorsqu'il en découvre chez Zborowski, il les brûle. S'il apprend qu'une galerie en détient, il tente de les racheter ou de les échanger contre des toiles plus récentes. Il les rapporte chez lui et les découpe soigneusement. Elles rejoignent d'autres fragments qu'il réutilise parfois, les cousant ensemble avant de les intégrer à de nouvelles œuvres. La plupart du temps cependant, elles échouent dans la poubelle. Où les amateurs – quand ce n'est pas Daneyrolles agissant pour le compte de Zborowski – les récupèrent, les portent chez monsieur Jacques, un bistrotier de la rue Mazarine qui les recompose au fil et à l'aiguille, restaurant ainsi une toile que les amateurs vont vendre aux galeries.

Les premières œuvres visées sont celles datant de Céret. Mais les autres n'échappent pas à la règle. Le marchand René Gimple place en hauteur les toiles de Soutine lorsqu'il reçoit le peintre chez lui. Il ne le laisse jamais seul dans une pièce où se trouve l'un de ses tableaux.

Soutine détruit tout, y compris les faux signés de son nom. Il s'attaque aux œuvres peintes au château de Lèves ou dans la maison creusoise de Zborowski ; aux tableaux faits à Montparnasse, dans les nombreux domiciles qu'il a occupés : boulevard Edgar-Quinet, passage d'Enfer, avenue du Parc-Montsouris, rue de la Tombe-Issoire, villa Seurat (où passeront Dali, Chana Orloff, Lurçat et Henry Miller).

En 1925, seule sa *Carcasse de bœuf* l'intéresse. Il y travaille dans son atelier de la rue Saint-Gothard. Il n'en est pas à son coup d'essai. Maintes fois déjà, il est revenu des Halles ou des fermes entourant le château des Castaing avec des dindes, des dindons, des canards, des lapins, des poulets, tous écorchés ou faisandés, qu'il a représentés sur sa toile après les avoir accrochés à un esse. Mais le bœuf, c'est autre chose. Le bœuf, c'est Rembrandt, qu'il admire tant. C'est aussi le boucher de Smilovitchi et la chambre froide dans laquelle l'enfant Soutine fut rossé puis enfermé pour avoir peint des images iconoclastes. C'est enfin un extraordinaire aveu du peintre :

> *Autrefois j'ai vu le boucher du village trancher le cou d'un oiseau et le vider de son sang. Je voulais crier, mais il avait l'air si joyeux que le cri m'est resté dans la gorge [...] Ce cri, je le sens toujours là. Quand, enfant, je faisais un portrait grossier de mon professeur, j'essayais de faire sortir ce cri, mais en vain. Quand je peignis la carcasse de bœuf, c'est encore ce cri que je voulais libérer*[1].

Soutine s'est rendu à la Villette, a acheté un bœuf entier et l'a pendu à des crochets dans son atelier. Les jours se sont écoulés. Le bœuf a commencé à pourrir. Paulette Jourdain, dévouée autant à Zborowski qu'à

Soutine, a fait le tour des abattoirs afin de trouver du sang qu'elle balançait sur la carcasse pour rajeunir les couleurs. Soutine l'aidait : au pinceau, il peignait le bœuf sur ses chairs avant de le peindre sur sa toile.

Bientôt, les mouches s'en sont mêlées. Soutine ne les voyait même pas. L'odeur est devenue pestilentielle. Les voisins ont porté plainte. Un matin, les services de l'hygiène se sont présentés. Affolé comme à son habitude par tout ce qui ressemble à un uniforme, le peintre s'est caché. C'est Paulette Jourdain qui a expliqué la présence du bœuf. Elle a convaincu les employés municipaux de désinfecter l'atelier et s'est fait expliquer le mode d'emploi pour éviter la décomposition et la puanteur : il suffit de piquer la carcasse à l'ammoniaque.

Depuis, Soutine se promène avec une trousse de seringues. Il pique tout ce qui ne bouge plus depuis peu et qu'il veut peindre.

Kiki voudrait lui parler de ses amours, mais elle s'abstient. Elle sait qu'il n'est plus aussi seul que par le passé. Il a retrouvé une femme de Vilno, un amour de jeunesse, Deborah Melnik. La rumeur prétend qu'ils se sont mariés religieusement et qu'ils ont eu un enfant ensemble. Mais Soutine a rapidement mis un terme à cette liaison, et lorsqu'on l'entretient de sa fille, il prétend qu'il n'en est pas le père et coupe court. Il ne veut rien savoir. Pourtant, il n'est plus aussi sauvage que naguère. Les femmes, désormais, accompagnent sa vie.

En 1937, il s'éprendra de Gerda Groth, une réfugiée allemande juive et socialiste. Il la surnommera « Mademoiselle Garde » car peu après leur première rencontre, elle veillera sur lui une nuit entière alors qu'il s'était alité, l'estomac rongé par une crise d'ulcère. Ils s'installeront ensemble villa Seurat puis à Civry, dans l'Yonne. Pendant la guerre, ils reviendront à Paris.

En 1940, Mademoiselle Garde fut internée au Vel'
d'hiv' puis au camp de Gurs (elle reviendra miraculeusement à Paris en 1943). Soutine rencontra alors une
jeune femme d'une grande beauté, fantasque, qui lui fut
présentée par les Castaing au cours d'un vernissage :
Marie-Berthe Aurenche. Elle avait été la deuxième
femme de Max Ernst. Elle fut la dernière compagne de
Soutine.

Pendant l'Occupation, le peintre était recherché par la
Gestapo comme juif et apatride. Il se promenait dans
Paris, le bord de son chapeau rabattu sur les yeux : il
croyait qu'ainsi nul ne le reconnaîtrait. Il ne mangeait
plus que des bouillies de pommes de terre et des
potages. Il était d'une maigreur ahurissante. Il perdait
ses cheveux. Pour les protéger, il cassait un œuf dessus
et cachait l'omelette sous un chapeau.

Il trouva refuge rue des Plantes, chez des amis de
Marie-Berthe Aurenche. Il ne sortait que la nuit. Lorsque le concierge le dénonça aux autorités d'occupation,
il s'enfuit en Touraine, à Champigny-sur-Veude. Marie-
Berthe le traîna d'hôtel en hôtel jusqu'à ce qu'ils trouvent une maison isolée. Ils s'y installèrent. Soutine souffrait de plus en plus. En août 1942, l'estomac se perfora.
Le peintre fut emmené à l'hôpital de Chinon. Il suppliait
qu'on l'opérât sur-le-champ. Marie-Berthe refusa : elle
voulait que l'intervention fût faite à Paris, par un spécialiste. On affréta une ambulance. Celle-ci revint à Cham-
pigny, où Marie-Berthe Aurenche souhaitait récupérer
des toiles. Puis elle alla ailleurs, où d'autres œuvres
attendaient. Et ainsi, pendant vingt-quatre heures. Lorsque, au terme de ce voyage de mort, Soutine arriva à
Paris, son ventre était en lambeaux. Il fut opéré le 7 août
1942. Il mourut le 9, à six heures du matin. Peu d'artistes l'accompagnèrent au tombeau, cimetière Montparnasse, où Pascin et ses petites femmes l'attendaient

depuis douze ans. Il y avait Picasso, Max Jacob, étoile à la poitrine, qui n'avait pas encore pris le chemin de Drancy.

Chaïm Soutine repose dans une concession qui appartient à la famille Aurenche. Il n'est pas sous son étoile, à cinq branches : une croix veille sur lui. C'est un paradoxe, mais ce n'est pas le seul. On s'est aussi trompé de date de naissance. Enfin, on a mal orthographié son nom...

SCANDALE À LA CLOSERIE DES LILAS

> ... Il en résulta quelques bizarreries qui
> n'alarmèrent guère sa famille jusqu'au
> jour où il se porta sur la voie publique à
> des extrémités peu décentes : on comprit
> alors qu'il était poète.
>
> Louis ARAGON.

Pour une matinée au moins, les hommes de plume ont
retrouvé la Closerie des Lilas. Un jour de juillet 1925,
Les Nouvelles littéraires organisent un banquet en l'honneur du poète Saint-Pol Roux, symboliste et catholique,
retiré à Camaret. Les surréalistes ont été invités : ils ont
contribué à un numéro des *Nouvelles* consacré au poète.
Ils excusent ses travers religieux car ils voient en lui un
parent de Mallarmé. André Breton lui a dédié *Clair de
Terre*. Vingt ans plus tard, Aragon rendra de nouveau
hommage à « la grande ombre » de celui qu'il appelait
« le Magnifique [1] ».

Pourquoi les surréalistes n'auraient-ils pas respecté un
homme qui a écrit ce vers :

*Je m'avoue légion comme les religions et les hérésies, et
volontiers je laisse à l'âne des Sorbonnes les têtus panon-
ceaux de son immuable opinion.*

Breton et ses amis sont donc là. Et ils ne sont pas
seuls. Il y a Lugné-Poe, directeur du théâtre de l'Œuvre
du temps où Jarry y fit scandale avec *Ubu roi*, à qui

Breton reproche d'avoir été employé par le contre-espionnage pendant la guerre. Installée à la table d'honneur, madame Rachilde préside. Breton en convient : « Les seuls mots de *table d'honneur* nous mettaient hors de nous[2]. » Les nerfs sont tendus. La présence de gens de lettres, qui restent des gens de petites voyelles pour les surréalistes, n'explique pas seulement la montée des colères. Sous les assiettes de la noble assemblée, les trublions ont glissé une réponse à l'ambassadeur au Japon, son excellence Paul Claudel, qui vient de déclarer à *Comœdia* que le surréalisme et le dadaïsme sont d'essence « pédérastique » ; et qui a rappelé ses brillants états de service durant la guerre : il a acheté du lard en Amérique latine pour nourrir les armées alliées. La réponse tient en un tract rouge sang aux propos non moins sanguinaires :

> Il ne reste debout qu'une idée morale, à savoir par exemple qu'on ne peut être à la fois ambassadeur de France et poète. Nous saisissons cette occasion pour nous désolidariser publiquement de tout ce qui est français, en paroles et en actes. Nous déclarons trouver la trahison et tout ce qui d'une façon ou d'une autre peut nuire à la sûreté de l'État beaucoup plus conciliable avec la poésie que la vente « de grosses quantités de lard » pour le compte d'une nation de porcs et de chiens [...] Écrivez, priez et bavez ; nous réclamons le déshonneur de vous avoir traité une fois pour toutes de cuistre et de canaille[3].

L'ambiance est donc électrique. Il suffirait d'un petit court-circuit pour faire sauter les plombs. C'est madame Rachilde qui met les doigts dedans. À la belle époque des manifestations Dada, elle appelait les poilus à monter à l'assaut des forteresses insouciantes et les encourageait à corriger une jeunesse si irrespectueuse. Ce jour-là, elle met le feu aux poudres en répétant un propos

germanophobe qu'elle a tenu quelques jours auparavant
au cours d'une interview :

« Une Française ne devrait pas épouser un Allemand ! »

Ce n'est pas dit très fort, mais c'est entendu par tous.
Ça frappe les surréalistes là où ils sont sensibles, l'Allemagne, précisément. D'abord parce qu'un surréaliste,
comme l'a exprimé Aragon, donne toujours la main à
l'ennemi, surtout quand l'ennemi est asservi par le traité
de Versailles, les réparations et l'occupation de la Ruhr
– même s'il a assassiné Rosa Luxemburg et Karl Liebk-
necht. Il y a également une autre raison que Breton, qui
s'est levé, exprime très calmement :

« Ce que vous dites là, madame, est fort injurieux
pour notre ami Max Ernst. »

Max Ernst opine du chef. Breton et lui partagent
nombre d'opinions communes. Le premier se désespère
aussi peu de la défaite de l'Allemagne que le second se
glorifie de la victoire de la France. Cela suffit à briser
la paix armée.

Une pomme est lancée. Puis une autre. Breton, dit-on,
jette une serviette au visage de Rachilde en s'écriant :

« Fille à soldats !

— Elle nous emmerde ! » renchérit un participant.

Saint-Pol Roux tente de calmer le jeu :

« Allons... On ne traite pas une femme de cette manière ! Il faut rester galant !

— La galanterie, on l'emmerde tout autant ! »

C'est parti. Ça déborde de toutes parts. Le poisson en
sauce sert de catapulte, avec ses légumes frais, les couverts qui vont avec, le vin, les verres, les assiettes...

Philippe Soupault prend son élan, atteint le lustre, s'y
suspend et se balance, jambes tendues, frappant tout ce
qui passe. Venu d'une pièce voisine, Louis de Gonzague
Frick se jette à son tour contre les surréalistes. André

Breton ouvre la fenêtre et la brise. Un attroupement s'est formé sur le trottoir. Max Ernst place ses mains en porte-voix et hurle :

« À bas l'Allemagne ! »

À quoi Michel Leiris répond :

« À bas la France ! »

« Vive la Chine ! » répond une voix.

« Vive les Rifains ! » crie quelqu'un, en hommage aux Berbères d'Abd el-Krim qui se soulèvent au Maroc.

Au sein de la foule amassée sur le trottoir, une jeune femme regarde en direction des fenêtres. Elle est russe. Elle n'a pas trente ans. Dans l'embrasure, elle vient d'apercevoir un homme vêtu d'un smoking. Il l'a laissée sans voix. Parce qu'il est beau. Parce qu'il est d'une élégance sans tache. Parce que, dans ce fatras de cris et de mouvements, ses gestes conservent un calme magnifique.

L'inconnu ne la voit pas. Il reste un court instant au-dessus de la foule. Quand il se retourne pour défendre Max Ernst, ou Breton, ou un autre, levant la main sur un régime de bananes aussitôt balancé en direction des tables, Elsa Triolet demande à l'un de ses voisins qui est cet homme-là. Nul ne le sait, évidemment. La jeune fille cherche un point de vue pour mieux voir. En bordure du boulevard Saint-Michel, elle avise un banc et y grimpe. Elle regarde. Mais l'homme a disparu. La demoiselle cherche encore. Puis elle redescend et s'éloigne. Son cœur est ravagé : elle sait qu'elle vient de voir l'homme de sa vie. Celui qu'elle cherche depuis si longtemps.

À l'intérieur de la Closerie, au milieu du désastre, Saint-Pol Roux tente toujours de ramener le calme. En vain. Michel Leiris revient vers les fenêtres et hurle de nouveau :

« Vive l'Allemagne ! »

Les badauds amassés sur le trottoir le somment de descendre pour s'expliquer. On le lynche à demi. Il est sauvé par l'arrivée héroïque des forces de l'ordre qui l'emmènent au poste pour, non moins héroïquement, le tabasser à guichets fermés (Youki Foujita prétend qu'il fut libéré grâce à l'intervention de Robert Desnos auprès d'Édouard Herriot).

Le scandale est considérable. Le lendemain, la presse dans son ensemble se déchaîne contre les surréalistes, accusés d'être « les terreurs du boulevard Montparnasse ». La Société des gens de lettres, l'Association des écrivains combattants, d'accord avec *L'Action française,* demandent qu'on ne mentionne plus jamais le nom de ces messieurs afin de les couper définitivement de tout public.

Ce n'est pas la première fois que les trublions sont mis sur la sellette. Mais jamais auparavant Montparnasse en général et la Closerie en particulier n'avaient vu poètes, peintres et écrivains s'affronter pour des raisons aussi étrangères à l'art.

André Breton en convient : « Ce que cet épisode – le banquet Saint-Pol Roux – présente d'important, c'est qu'il marque la rupture définitive du surréalisme avec tous les éléments conformistes de l'époque[4]. »

Mais il y a aussi autre chose. Le matin du banquet, Breton et ses amis se sont associés à une protestation condamnant la guerre du Maroc et l'envoi de contingents français contre Abd el-Krim : sept ans après la fin de la « der des der », ils comptent bien participer à la bataille pour la paix. Au-delà des cris et du tumulte qui ébranlent les vieux murs de la Closerie des Lilas en ce jour de juillet 1925, une réalité nouvelle apparaît. Paul Fort et ses ombres, qui chantaient et versifiaient en riant, sont très loin désormais. Sous la conduite des surréalistes, Montmartre et Montparnasse s'apprêtent une fois encore à changer d'histoire. Les poètes découvrent une prose nouvelle : la politique[*].

---

[*] Voir *Les Aventuriers de l'art moderne, Libertad !*

PETITE GÉOGRAPHIE SURRÉALISTE

> Notre père qui êtes au cieux, restez-y.
>
> Jacques PRÉVERT.

Le théâtre surréaliste se joue sur plusieurs scènes. Les unes sont au café, les autres chez Breton ou rue du Château, dans le XVe arrondissement. Le lieu de prédilection de ces messieurs (hormis Simone Breton, les femmes sont rares et toujours silencieuses), ce sont les bistrots. Non pas les comptoirs, mais les salles du fond, où les places sont réservées. On s'y rend à heures fixes, comme au bureau. On y a ses rendez-vous, on y joue au tarot, aux jeux du portrait, des questions et des réponses (il s'agit de donner des réponses à des questions ignorées)... Les enquêtes se déroulent là, notamment ces interrogations intimes ayant trait à la sexualité ou aux caractères de chacun, qui provoquent souvent des brouilles et des tensions. La presse est analysée, les événements commentés, les comptes soigneusement réglés, rarement en douceur... Les amis sont conviés à prendre l'apéritif, à midi ou à sept heures. Parfois, ce sont les candidats à l'adhésion qui subissent l'examen de passage.

Breton est toujours là, et Aragon, presque toujours. C'est le seul auquel le père du *Manifeste* parle avec respect et peut-être admiration. L'un est capable de colères homériques, l'autre ne se départ jamais d'un calme olympien. Ce sang-froid remarquable est très utile dans les échauffourées verbales.

On boit des grenadines parce qu'on en aime la couleur, ou des alcools rares, parce qu'on en aime le nom : Pick me Hup, Kees me quick, Omnium cocktail, Dada cocktail, Pêle-mêle mixture, Amer Picon, Porto flipp, Pastis gascon, Mandarin-curaçao... Le Chambéry-fraisette a une vertu supplémentaire : Apollinaire le vante dans *L'Hérésiarque & Cie.*

Chacun paie sa consommation : c'est une règle immuable. Breton, qui est riche des multiples tableaux achetés lors des ventes Kahnweiler et vendus au fil des besoins, se soucie toujours de l'argent des autres. Paul Eluard en a également beaucoup, mais il est pour ainsi dire le seul. Les restaurants choisis sont donc accessibles à toutes les bourses.

Autre règle : l'assiduité. Elle est quasi obligatoire. Aragon est mal vu s'il préfère les bras et les bracelets de Nancy Cunard aux étreintes bretonnantes. Et si l'on accepte de regarder les photos de Gala nue qu'Eluard montre avec fréquence et bonheur, on regrette en termes choisis ses absences, avec ou sans prétexte : on sait qu'il aime sa Gala, laquelle l'aime tout autant que Max Ernst, lequel l'aime tout autant qu'il aime Eluard, lequel ne souffre pas du triolisme à condition qu'on lui garde sa part. Mais dans tous les cas, lorsque Breton convoque, aucun mot d'excuse ne justifie l'absence, surtout si elle prend un caractère répétitif. « Le pape » règne en maître sur l'assemblée des fidèles, observant de son regard perçant sa petite troupe. Il est au centre de tout. Massif, raide dans ses costumes sombres – souvent vert bouteille –, les cheveux ondulés vers l'arrière, il compte les présents et note les absents. Lorsqu'une femme se présente, il se lève et lui baise la main. C'est ainsi que le baisemain deviendra un rituel surréaliste.

Où se rencontre-t-on ? À l'époque Dada, c'était la Source, boulevard Saint-Michel, proche tout à la fois du Val-de-Grâce où se trouvaient Aragon et Breton, et de l'Hôtel des Grands Hommes où vivait ce dernier. C'est à la Source que Breton fit lire à son meilleur ami, Aragon, les deux cahiers des *Champs magnétiques* dont *Littérature* devait publier les trois premiers chapitres. Et là encore que l'auteur d'*Anicet* prit sur lui pour ne pas manifester ce pincement au cœur qui sans doute l'étreignit, lui qui n'avait pas participé à cette expérience fondatrice pour cause de mobilisation.

Il eut sa revanche peu après, lorsque la bande quitta la Source pour rallier ce haut lieu du dadaïsme puis du surréalisme que devint le café Certà, 11, passage de l'Opéra, choisi précisément « par haine de Montparnasse et de Montmartre [1] ». Breton, Tzara et Aragon y recevaient les candidats à l'adhésion, et d'autres amis du groupe, comme Marcel Duchamp, Max Ernst, Jean Arp ou René Crevel, jeune, beau, fragile, toujours au bord de la révolte ou de l'enthousiasme.

Le café Certà permit à Aragon de se remplir un peu les poches à une époque où elles étaient désespérément vides : son ami Soupault lui commanda un texte sur le passage de l'Opéra (inclus dans *Le Paysan de Paris*) pour *La Revue européenne* dont il dirigeait la rédaction.

Dans les années 20, après l'emménagement de Breton rue Fontaine (aux confins de la place Blanche), le mouvement tenait ses assises chez son fondateur, ou encore au Cyrano, boulevard de Clichy. Il y resta jusqu'à l'arrivée de Buñuel et de Dali, en 1929.

Quand ils traversaient la Seine, les surréalistes se rendaient au café de la Mairie, place Saint-Sulpice. À partir de 1928, dans le sillage de Man Ray, d'Aragon et de Desnos, ils rallièrent la Coupole, où venaient aussi les peintres. Artaud et beaucoup d'autres restèrent fidèles au Dôme et à la Rotonde. Mais tous passèrent dans les deux maisons montparnassiennes qui furent les hauts lieux du surréalisme rive gauche.

La première se trouvait rue Blomet, dans le quartier de Vaugirard. Il s'agissait de trois bâtisses poussant sur un tapis de mauvaises herbes. En 1922, André Masson et Joan Miró donnèrent chacun un tour de clé. Les deux peintres s'étaient rencontrés à Montmartre, dans l'entourage de Max Jacob. L'Espagnol avait croisé Picabia, et donc la culture française, à Barcelone. Il vint à Paris en 1919.

Masson avait été blessé pendant la guerre. Celle-ci lui avait laissé une séquelle majeure : il était resté quelque temps en hôpital psychiatrique. À la sortie, la misère l'avait pris dans ses bras. Comme Miró. Il fut livreur, figurant, correcteur au *Journal officiel*. En 1922, Max Jacob le présenta à Kahnweiler. Celui-ci lui proposa aussitôt un contrat. Grâce à cette manne inattendue, Masson s'installa rue Blomet, avec sa femme et sa fille. En même temps que Miró sans que, prétend la légende, les deux peintres, pourtant amis, aient su qu'ils déménageaient pour le même endroit.

En 1924, conduit par Robert Desnos, Breton passe rue Blomet. Il rencontre Masson, qui l'envoie chez Miró. Dès le premier jour, le tombeur de Dada achète *Terre labourée*. Puis il acquiert d'autres toiles, dont il publie les reproductions dans *La Révolution surréaliste*. Pour lui, Miró est sans conteste l'un des siens.

En novembre 1925, la plupart des grands noms du surréalisme se retrouvent en haut d'un bristol appelant au vernissage d'une exposition de l'artiste à la galerie Pierre, rue Bonaparte : Breton, Aragon, Soupault, Naville, Eluard, Vitrac, Crevel (qui, après avoir suivi Dada, s'est définitivement rallié à Breton), Leiris, Max Ernst... Le vernissage a lieu à minuit, comme souvent à la galerie Pierre pour les manifestations du groupe. Miró est présent, bien sûr. L'Espagnol n'est pas opposé au soutien des surréalistes. À une condition : qu'il puisse rester à distance s'il le souhaite.

Masson est plus enthousiaste. Il donne régulièrement des dessins à la revue de Breton. Il lui restera fidèle jusqu'en 1928, date à laquelle il s'éloignera de l'autoritarisme du « chef » – ce qui, comme beaucoup d'autres, lui vaudra d'être exclu.

Les premières années, grands et petits surréalistes passent donc rue Blomet : Leiris, Artaud, Roland Tual, Bataille (qui fut proche du mouvement sans jamais y adhérer), Limbour, Aragon. On lit, on boit, on prend de l'opium. Et on n'est pas les seuls. Ceux qui, en 1926, remplaceront les premiers locataires useront des mêmes plaisirs, avec autant d'allégresse : le sculpteur André de la Rivière, le peintre Georges Malkine, et le poète Robert Desnos.

Celui-ci n'est plus amoureux de Thérèse Treize mais d'Yvonne George, une actrice belge qui chante à ses heures et exige de son chevalier servant (probablement transi) qu'il lui donne les fortifiants nécessaires. Desnos s'y emploie, goûte en passant, partage avec son copain Malkine, lequel aime Caridad de Laberdesque, danseuse.

Quand il ne dort pas – ou qu'il ne fait pas semblant de dormir –, Desnos va au bal Nègre : c'est lui qui a contribué à lancer cette grande fête de toutes les couleurs. Souvent aussi, il remonte vers Gaîté, en direction du cimetière Montparnasse. Il emprunte la rue du Château, derrière la gare, qui débouche non loin de l'ancienne cantine de Marie Vassilieff. Il s'arrête au n° 54. Il pousse une grille et se retrouve devant une maison à un étage qui servait jadis de comptoir de vente pour des peaux de lapins. Il grimpe quelques marches et arrive dans une grande pièce ornée d'une immense tenture d'inspiration cubiste peinte par Lurçat. Au sol, traînent des coussins, des objets épars ramassés au marché aux Puces ou dans les poubelles locales.

Un meuble bizarre est appuyé contre le mur du fond : il est tout en hauteur, inclut un placard, un vivarium avec sable et couleuvres vivantes, un vrai tourne-disque avec moteur électrique et, par-dessus l'ensemble, une cage où grenouillent des rats blancs. De l'autre côté, une loggia a été construite. Elle abrite les amis de passage, c'est-à-dire, le plus souvent, Benjamin Péret. En attendant Louis Aragon, qui vit des amours tumultueuses avec Nancy Cunard avant que sur cette loggia, dans la nuit du 6 au 7 novembre 1928, sa vie bascule pour de bon et pour toujours.

Derrière une porte, se dissimule l'atelier d'un des trois occupants de l'endroit, un homme grand, qui porte une houppette sur le haut du crâne : le peintre Yves Tanguy. Sur le plus grand mur de la pièce commune, il avait peint un Christ sanguinolent qu'il a effacé après avoir reçu un choc en découvrant, de l'impériale d'un autobus, la peinture de De Chirico. Depuis, il a abandonné l'expressionnisme pour des œuvres beaucoup plus iconoclastes dont *La Révolution surréaliste* publie les reproductions.

Au premier étage, vivent les deux autres habitants de la maison. Pour l'heure, Marcel Duhamel n'a pas encore créé la *Série noire*. Il est le patron d'un hôtel. Comme il est le plus riche du trio, c'est lui qui a financé les travaux d'aménagement de la maison.

Le dernier de la petite bande porte déjà cette casquette qui deviendra légendaire, ainsi que le mégot vissé au coin du bec. Il écrit des scénarios de cinéma qu'on lui refuse (cela ne durera pas), des chansons en collaboration avec Desnos qu'ils proposent à Kiki, laquelle n'en veut pas, estimant qu'elles sont trop intelligentes pour elle.

Il joue les figurants sur les films des copains. Il a peu fréquenté l'école, sauf quand elle était buissonnière. À seize ans, il a fait ses classes de chahuteur dans les rayons du Bon Marché où il gagnait sa vie. Il faisait livrer de fausses factures à de vrais clients, ou préparait les horloges du magasin pour qu'elles sonnent toutes en même temps, si possible aux heures de plus grande affluence. Comme il n'avait pas encore épousé Simone, il faisait la cour à une jeune vendeuse qui travaillait plus loin ; ses parents la défendirent contre l'agresseur, qui se retrouva sur le trottoir du Bon Marché, courant devant deux flics qui tentaient de le saisir.

Il a fait son service militaire en Meurthe-et-Moselle puis à Constantinople, ce qui lui a valu de rencontrer ses grands amis Duhamel et Tanguy, lequel avait vainement tenté de se faire réformer en avalant des araignées vivantes.

L'auteur de *Paroles* a croisé l'auteur de *Corps et Biens* dans un café de Montparnasse. Le premier s'apprêtait à tabasser un quidam qui parlait trop fort, et le second à prendre la défense, aux poings levés, de l'agressé. Florent Fels, qui se trouvait là, a présenté les deux bagarreurs l'un à l'autre : Robert Desnos, Jacques Prévert.

Ils ont rangé les gants de boxe et se sont serré la main. Prévert a entraîné Desnos du côté de Tanguy et de Duhamel. Ils sont devenus amis. Bientôt, ils se sont découvert un point commun : ils sont nés tous quatre en 1900. À l'époque de leur rencontre, ils n'avaient pas vingt-cinq ans.

Ainsi s'est effectuée la jonction entre la rue Blomet et la rue du Château, puis celle de Montparnasse rive gauche avec la rue Fontaine rive droite. Pour le plus grand bonheur d'un surréalisme qui venait de dire son nom et qui ne se pratiquera pas de la même manière chez le pape et chez les trublions.

LES CANCRES DE LA RUE DU CHÂTEAU

> La plupart du temps, on vadrouille dans
> Montparnasse, cette perpétuelle foire...
>
> Marcel DUHAMEL.

La première fois que la bande de Prévert se rend chez Breton, c'est après avoir sniffé une bonne dose de cocaïne pour se sentir mieux. Et tout le monde se trouve si à l'aise qu'on y retourne chaque jour et que chaque jour, dans l'autre sens, on vient rue du Château. Aragon, Queneau, Max Morise, Michel Leiris... Celui-ci, le premier jour, s'assied tout droit, s'empare d'une bouteille de gin, la vide, devient de plus en plus droit, de plus en plus impénétrable, de plus en plus muet.

Il recommencera.

Quand il débarque, Benjamin Péret, quant à lui, s'empare d'un accordéon, prend son souffle et tend brusquement les bras – si bien que la machine se déchire en deux parties égales.

Il ne recommencera pas.

Il fera mieux.

Le n° 8 de *La Révolution surréaliste* [1] l'a immortalisé dans son sport favori : la chasse au curé. Péret, en maillot de corps, interpelle un ecclésiastique qui passe dans la rue. La photo est ainsi légendée : *Notre collaborateur Benjamin Péret injuriant un prêtre.* Cela se passait à Plestin-les-Grèves, près de Lannion. C'est Marcel Duhamel qui a pris la photo. Il partait en compagnie des Prévert chercher les

Tanguy afin de les conduire en vacances chez Masson, qui avait loué une maison à Sanary. On avait traversé Pontoise à toute allure, les fenêtres de la Torpédo baissées pour que Péret puisse troubler le chaland en hurlant et en tirant avec un revolver dont il usait et abusait autant qu'Alfred Jarry vingt ans plus tôt.

Masson connaît bien les excès de Péret. Lorsque le peintre habitait avenue de Ségur (c'était avant la rue Blomet), Péret venait le voir chaque jour. Et chaque jour, pendant deux semaines, la même scène se reproduisait, immuable. Péret passait devant un rez-de-chaussée, une fenêtre ouverte, un concierge, sa femme et leurs trois enfants, un plat fumant sur la table. Il se penchait par-dessus le rebord de la fenêtre et posait cette aimable question à la famille déjeunant :

« Alors, elle est bonne, la merde ? »

Lui-même n'avait rien mangé depuis la veille ou l'avant-veille.

Après avoir médité pendant deux semaines, le vaillant défenseur des valeurs familiales offensées prit son courage à deux mains, se racla puissamment la gorge, et lorsque l'assaillant se présenta, passa à la contre-offensive :

« Sale boche ! » murmura-t-il.

Et ferma vivement la fenêtre pour éviter la beigne.

Péret admire Breton, qui l'en remercie. Il ne le contredit jamais et toujours le défend. Sauf lorsque l'abbé Gegenbach prend place à son côté. Aussitôt, Péret se lève et le gifle. L'homme en robe se retire. Breton a beau tancer son surréaliste le plus fidèle, rien n'y fait : Péret n'entend pas. Peu lui chaut que Gegenbach ait rallié le mouvement (il le vouera plus tard aux gémonies), qu'il soit amoureux d'une actrice de l'Odéon, qu'il danse en soutane au Jockey, qu'il boive à la Rotonde, une fille sur chaque cuisse, qu'il fréquente les bordels et fasse retraite à Solesmes quand il n'a plus le rond... Il reste un curé. Dans son n° 5, *La Révolution surréaliste* a publié une photo de l'abbé et de sa demoiselle. Péret n'a pu s'y opposer. Il assure donc sa revanche dans la rue. Sitôt qu'il aperçoit l'ombre d'une soutane, il se déchaîne. Souvent, Prévert l'accompagne. Lui non plus n'est pas en reste quand s'annonce le scandale.

Il est présent avec la bande de la rue du Château, un soir, boulevard de Clichy. On attend l'heure du film. Le trottoir est encombré de badauds qui circulent. Comme le temps est à la pluie, ils ont des parapluies. Breton déteste les parapluies. Surtout quand ils l'empêchent d'avancer à son pas. Exaspéré, il en attrape un des mains d'un passant, l'ajuste entre ses bras tendus et le plie sans effort. Prévert, que ce jeu amuse, fait de même. Desnos ne veut pas être en reste : il casse un troisième parapluie. Tanguy, Péret et Duhamel prennent les pépins en marche et jouent de la même manière... La foule gronde. Breton gifle un importun. La police arrive. Bientôt, il faut se rendre à l'évidence : le film, ce sera pour une autre fois...

Une autre fois, justement, Prévert, Duhamel et Tanguy sont à la plage, en Bretagne. Prévert joue les satyres. Au terme de ses frasques, il se cache dans un restaurant où les mets sont fins et les vins épais. Au dessert, pour s'amuser, il ouvre les fenêtres en grand et insulte les paysans qui sont rassemblés sur la place. Par chance, il évite le lynchage. Le miracle se reproduit quelques jours plus tard, lorsqu'il casse la gueule à un cycliste qui l'a renversé par mégarde.

Mieux vaut, dans ces conditions, réintégrer ses pénates...

Pour les voisins, le 54, rue du Château, c'est un bordel. Comment expliquer, sinon, ces va-et-vient permanents ?

Dans la journée, les locataires ne travaillent pas. Ils

écument les bars de Montparnasse. Ils vont au Ciné-Opéra. Desnos, dit-on, une fois par jour. Prévert, presque autant. Pierrot, son frère, qui est projectionniste dans une salle de la rive droite, le fait passer avec ses copains. Ils voient et revoient *Le Golem, Nosferatu, Les Frères Karamazov...* Le soir, quand ils reviennent, ils lisent *L'Histoire de l'œil,* de Georges Bataille, publiée sous le manteau.

Ils sont toujours très nombreux. Ils ont loué à trois, ils dorment à quinze. Avant de dormir, ils écoutent des disques de jazz américain. Ils boivent, ils fument, ils jouent à des jeux bizarres.

Quels jeux ?

Ils s'installent autour d'une table, devant des morceaux de papier. Ils se les passent entre eux, écrivent en se cachant les uns des autres, les plient, les transmettent et recommencent. C'est le jeu des petits papiers, initié par Tzara, cultivé par Prévert : c'est lui qui trouva le début de la phrase fameuse qui donna son nom au cadavre exquis :

Le cadavre exquis boira le vin nouveau.

Les peintres jouent également, composant des équipes où les poètes prennent aussi le pinceau : Man Ray – Miró – Morise – Tanguy ; Breton – Duhamel – Morise – Tanguy...

Ils parlent aussi politique. Ils se sont rapprochés de *Clarté*. Cette revue, fondée en 1919 par Barbusse, est devenue plus radicale en 1924. George Grosz considère que dans cette France « intellectuellement veule, presque moribonde », où « Romain Rolland, que l'on se plaît à citer comme l'annonciateur d'une humanité meilleure, est un radical aussi doux que Herriot l'est dans le domaine politique[2] », le groupe *Clarté* est le seul pôle de radicalité intéressant. Plus tard, la revue sera l'organe de l'opposition de gauche au PC. Pour l'heure, elle a pris la tête du combat contre la guerre au Maroc. Beaucoup d'intellectuels adhèrent à cette lutte. Les surréalistes parmi eux. Mais *Clarté* pose le problème du communisme. En 1926, dans *La Révolution surréaliste*, Breton a publié un très long texte, *Légitime défense,* en réaction aux attaques dont les intellectuels sont l'objet dans le journal *L'Humanité*, et pour répondre à une interrogation posée par Pierre Naville : les surréalistes sont-ils prêts à la révolution *dans les faits* ? Oui, répond Breton ; mais la révolution de l'esprit est aussi essentielle que la révolution *dans les faits* ; les membres du PC ne sont pas les seuls agents de la révolution.

La grande question de ces années-là, c'est de savoir si les surréalistes vont prendre le train du communisme. Prévert est dubitatif : « On me mettra en cellule[3]. » Il n'aura pas besoin du parti pour créer le groupe Octobre en 1929, et pour produire sa troupe de théâtre dans les banlieues ouvrières.

Leiris et Tanguy hésitent. Artaud et Desnos refusent. Breton, Aragon, Péret, Unik et Eluard sautent le pas en janvier 1927 (Breton, déçu par la politique culturelle du parti, fera rapidement machine arrière). Ils publient un texte, *Au grand jour,* dans lequel ils expliquent leur décision. Ce qui leur vaut une note acide de Paulhan publiée par la *NRF*, et une première réponse de Breton le traitant d'« enculé d'espèce française ». Paulhan envoie ses témoins, Marcel Arland et Francis Crémieux, afin d'organiser la passe d'armes. Mais Breton se dérobe. Paulhan répond d'un mot adressé à ses deux amis et publié dans la *NRF :*

Chers amis,
Merci. Je ne vous ai pas dérangés en vain ; l'on sait à

présent quelle lâcheté recouvrent la violence et l'ordure de
ce personnage [4].

À quoi Aragon avait antérieurement répondu, prenant la
défense de Breton dans une lettre très surréaliste :

> *Monsieur,*
> *Il y a diverses sortes de salauds. J'ai toujours pensé que*
> *les pires étaient les anonymes. Vous êtes un spécialiste de*
> *l'anonymat [...] Mais vous êtes trop con à la fin, je ne peux*
> *pas me contenter de vous le laisser dire. Je vous emmerde*
> *définitivement.*
> *P.S. : Dépêche-toi pour les témoins, je prends la fuite*
> *après-demain* [5].

Crevel adhère lui aussi. Il restera plus longtemps. Il
écrira dans les revues communistes, participera à des
actions militantes. En 1935, lors du Congrès international des écrivains pour la défense de la culture, il tentera
désespérément de rapprocher les communistes et les surréalistes. Il n'y parviendra pas. Se fâchera avec Breton
et racontera cette brouille en pleurant à Salvador Dali [6].
Quelques jours plus tard, rongé par le désespoir, miné
par la tuberculose, il se suicidera.

Péret, lui, est sur place depuis 1926. En plus, il est
prote à *L'Humanité*, ce qui lui rapporte quelques sous.
Il quittera le PC lorsque les incompatibilités entre
communisme et surréalisme lui paraîtront insurmon-
tables. En 1936, en Espagne, il soutiendra les trotskistes
du POUM. De même Pierre Naville, entré en cellule en
1926, directeur de *Clarté* la même année, exclu du parti
en 1928, dirigeant de la section française de la IVe Internationale, trotskiste.

Rive droite, le surréalisme rime mieux avec le trotskisme qu'avec le communisme. Rive gauche, le surréalisme rime plutôt avec l'anarchisme. Il est joyeux. Plus

fêtard. Plus libertaire. Moins assis sur des principes, moins soucieux de la ligne, moins enclin aux excommunications. Plus souple. Rue du Château, l'esprit du Montparnasse ancien perdure quelque peu. Certes, l'argent, les lumières, la modernité lui ont plombé l'aile. Mais il y a du Jarry, de l'Apollinaire, chez Desnos et Prévert. Breton fait plutôt songer à Matisse. Même lorsqu'il chahute, il ne perd pas son maintien. Il conserve le regard rivé sur la ligne bleue de soi-même. La différence essentielle, au moins jusqu'en 1928, la raison pour laquelle Montparnasse reste Montparnasse et ne saurait être confondu avec la rue Fontaine, c'est qu'autour de Prévert, les cancres sont rois. Dans l'école de la rue Fontaine, les premiers de la classe se prennent au sérieux.

RÈGLEMENTS DE COMPTES

> ... Il résulte aujourd'hui de mon inspec-
> tion bénévole que Morise a passé son
> temps à taper à la machine, que Vitrac
> n'a absolument rien fait...
>
> André BRETON.

Un jour de 1928, Youki Foujita prend un verre à la
Cigogne, rue Bréa. À une table voisine, un homme vêtu
d'un smoking rit d'une manière qui exaspère la jeune
femme. Une mèche lui tombe sur l'œil. Il joue avec des
pailles. Comme elle semble s'intéresser à ses manipulations, il vient à sa table et lui montre le dernier des jeux
surréalistes : il joint les emballages des pailles jusqu'à
fabriquer une araignée en papier. Puis il laisse tomber
une goutte d'eau sur la bestiole ; celle-ci agite ses pattes.

L'homme éclate de rire et se présente : Robert Desnos.

Youki demeure de glace.

Le lendemain, elle prend l'apéritif avec Breton qu'elle
connaît un peu pour l'avoir croisé dans les bars de Montparnasse. Elle lui raconte la scène et avoue que Desnos lui
a déplu. Aussitôt, Breton hèle un garçon, se fait apporter
une feuille de papier et écrit une lettre sévère à l'attention
de ce compagnon surréaliste qui ne sait pas plus se tenir
dans les cafés qu'auprès des dames. Youki tente de retenir
la main du Père Fouettard en même temps que l'envoi de la
lettre. Rien n'y fait : Breton est fou de rage.

Quelques jours plus tard, dans un autre café, Youki

remarque de nouveau Desnos. Elle l'invite à sa table et s'excuse de l'avoir desservi auprès de Breton. Mais Desnos s'en fout. Il est libre, il revient de Cuba, il est content...

Youki l'invite à dîner pour le soir même dans la demeure de Foujita à Montsouris. Ils se lient d'amitié. Quelques années plus tard, Youki Foujita deviendra Youki Desnos. Breton ne sera pas choisi comme témoin...

La lettre incendiaire envoyée à un jeune trublion après la rencontre à la Cigogne traduit la rigueur du pape des poètes, « intègre et rigide comme une croix de Saint-André », écrira Salvador Dali [1]. Breton dirige à la baguette.

Il joue sa partition sur des terrains multiples. Considère, par exemple, que le commerce des tableaux, que lui-même pratique (ainsi qu'Eluard), est une activité noble contrairement à celle de journaliste, où se compromettent Desnos (qui travaille à *Paris-Soir*), Crevel (il est secrétaire de rédaction aux *Nouvelles littéraires*), Soupault et beaucoup d'autres (en 1944, à New York, Soupault croisera Breton devenu journaliste faute de pouvoir se nourrir autrement : Pierre Lazareff l'avait engagé pour lire les informations à la radio ; le présentateur s'était imposé une limite qu'il ne franchit jamais : il rendait compte de tous les événements sauf ceux qui se rapportaient au pape).

La musique, qu'aiment Masson, Desnos et les habitués de la rue du Château ou du bal Nègre de la rue Blomet, est si mal et si peu entendue rue Fontaine qu'on y goûte en cachette.

Si l'amour pur est une vertu (et *Nadja* un exemple), l'homosexualité est un vice. C'est là un credo dont Breton ne s'écarte jamais. Le n° 11 de *La Révolution surréaliste* [2] rapporte les propos tenus au cours d'une de ces tables rondes qui réunissent les fidèles autour d'un problème spécifique. Ce jour-là : « Que pensez-vous de la pédérastie ? » Prévert n'en pense aucun mal, pas plus que Queneau qui déplore ce préjugé contre l'homosexualité très en cour chez les surréalistes. Péret, Unik et Breton montent au créneau. Breton, surtout, qui considère qu'à l'exception de Sade, les homosexuels proposent « à la tolérance humaine un déficit mental et moral qui tend à s'ériger en système [3] ».

Sans doute ce rigorisme explique-t-il pour partie le mépris que les surréalistes vouent à Cocteau. Il justifie également l'antagonisme qui oppose Breton à Ilya Ehrenbourg, écrivain soviétique vivant à Paris et homme-lige de Moscou.

Le Français reproche moins au Russe d'avoir sans cesse retourné sa veste pour complaire à la direction du parti, que d'avoir écrit quelques lignes violentes contre les surréalistes, accusés de fainéantise, de parasitisme et, crime entre les crimes, de se soucier à peu près exclusivement de pédérastie.

Lors de la préparation du congrès de l'Association des écrivains et artistes révolutionnaires, Breton croise Ehrenbourg qui descend de chez lui (il vit à Montparnasse) pour acheter du tabac dans un café. Il le suit et le gifle méthodiquement sans que l'autre réponde.

Usant tour à tour de la baffe et de l'insulte, souvent des deux, l'auteur du *Manifeste du surréalisme* n'y va jamais de main morte. Sur la durée, il est fort difficile d'éviter ses foudres. Celles-ci sont souvent imprévisibles. Par exemple, en 1929, lorsqu'il divorce d'avec Simone Breton, il considère comme un crime de lèse-majesté qu'on adresse seulement la parole à son ex-femme. De mauvaises langues vont jusqu'à murmurer que la brouille avec Pierre Naville a peut-être été attisée par le fait que la compagne (et future femme) de celui-ci, Denise Lévy, est la cousine de Simone.

Les ruptures avec Breton sont quasiment obligatoires. Elles se produisent toujours dans un climat de haine et d'insultes aussi violent que les passions que suscite cet homme au charisme inouï. La brutalité avec laquelle les dadaïstes puis les surréalistes provoquent le monde n'est pas seulement tournée vers l'extérieur. Elle leur revient comme un boomerang dès lors qu'il s'agit d'un membre du groupe qu'il faut condamner ou exclure (en 1946, dans l'*Avertissement pour la réédition du Second Manifeste*, Breton regrettera ces « fâcheuses traces de nervosité », et « les jugements parfois hâtifs » exprimés par lui-même).

Soupault, pourtant l'un des éléments fondateurs, l'un des deux pères des *Champs magnétiques*, est jeté dehors dans des circonstances qui ne sont pas sans préfigurer celles des expulsions de la grande famille stalinienne trente ans plus tard. Et, de même que nombre d'intellectuels se sentiront orphelins après avoir été chassés du parti, Soupault fera une dépression nerveuse quand il se retrouvera seul, sans bannière surréaliste à laquelle se raccrocher.

Il est convoqué un soir de novembre 1926. Comme lors du procès Barrès, Breton mène le jeu.

J'entrai dans une assez grande pièce, mal éclairée. Je me rendis compte que, selon la coutume, les assistants nombreux formaient un tribunal présidé, bien entendu, par André Breton, assisté de Louis Aragon et de Max Morise. L'acte d'accusation fut prononcé sur un ton hostile, injurieux même. Je ne m'attendais pas à cet accueil de ceux que j'avais jusqu'alors considérés comme des amis, que je m'étais efforcé d'aider lorsqu'ils avaient connu des difficultés de toutes sortes. Je compris assez vite que cette « cérémonie » qui me parut dérisoire et même assez ridicule avait été à l'avance préparée pour m'accabler. Il n'entrait pas dans les intentions des organisateurs d'écouter mes protestations. Les jeux étaient faits [4].

Que reproche-t-on à Philippe Soupault ? De n'avoir pas fréquenté assez assidûment le Cyrano où se tenaient les réunions du groupe. De collaborer à « des revues bourgeoises » et de pratiquer une « activité littéraire désordonnée » en écrivant des livres contestés. De refuser d'adhérer au parti communiste. De fumer des cigarettes anglaises, plus aristocratiques que le tabac noir et ouvrier des Caporal prolétariennes.

Et à Artaud, exclu dans le même élan ? De n'agir que bassement. D'être un irrationnel. Un métaphysique. « Une canaille », « une charogne ». D'avoir imprégné tout le n° 3 de *La Révolution surréaliste* de ce caractère « mi-libertaire », « mi-mystique » [5] qui risquait d'emporter le mouvement vers des dérives étrangères à son fondateur – lequel reprit le journal en main précisément pour lutter contre de tels dérapages.

Deux ans plus tard, quand Artaud mettra en scène *Le Songe*, « du vague Strindberg » (selon Breton), au théâtre Alfred-Jarry, il deviendra un « indicateur » agissant « dans un but de lucre et de gloriole [6] ». Le comédien génial haussera les épaules : pour lui, le surréalisme avait signé son arrêt de mort en s'alliant au communisme.

En 1926 toujours, c'est Max Ernst et Joan Miró qui sont sur la sellette pour avoir accepté de faire les décors d'un spectacle des plus conformistes : *Roméo et Juliette*, monté par Serge de Diaghilev. Ce jour-là, Breton, Aragon et leurs troupes se rassemblent dans la salle. Ils n'acceptent pas que les deux artistes se commettent avec les puissances d'argent. Des centaines de tracts insultants tombent des balcons. Non loin de la scène, Leiris déploie un drapeau gigantesque sur lequel une phrase est inscrite : *Vive Lautréamont !* Aragon, très élégamment vêtu, insulte la foule, soutenu par les cris de Péret et de Desnos... bientôt recouverts par les sifflets de la maréchaussée. La soirée se termine au poste.

De Chirico y passe à son tour. On a adoré sa première manière, on déteste la seconde. En mars 1928, contre l'avis du peintre et pour faire pendant à Léonce Rosenberg qui expose des toiles nouvelles, la galerie surréaliste propose ses œuvres anciennes. Celles-ci ont été acquises par Breton dans l'atelier que le peintre a occupé à Montparnasse, passage d'Enfer, jusqu'en 1913. Raymond Queneau se charge de l'exécution. Il y a bien, selon lui, deux périodes De Chirico : la première... et la mauvaise.

Le 11 mars 1929, la rue du Château est le théâtre d'un autre règlement de comptes. Non plus la maison, dont les anciens locataires ont cédé la place à de nouveaux venus beaucoup plus orthodoxes (Georges Sadoul et André Thirion), mais le café d'en face. Breton a convoqué le ban et l'arrière-ban du surréalisme afin de réfléchir à quelques thèmes majeurs : la révolution, le sort fait à Trotski par Staline, les actions communes...

Les grands absents à cette réunion sont Naville, Artaud, Vitrac, Limbour, Masson, Tual, Bataille, qui ont choisi de ne pas venir. Et deux des anciens locataires de la rue du Château, Duhamel et Prévert, que le comité central et surréaliste n'a pas daigné convier à la réunion en raison de « leurs occupations » ou de « leurs caractères [7] » (Man Ray et Tanguy, bien qu'« oubliés », feront tout de même le déplacement).

En revanche, sont venus des petits nouveaux qui se tiennent sur le banc des coupables. L'équipe du Grand Jeu, Roger Gilbert-Lecomte, René Daumal et Roger Vailland, réunis autour de la revue du même nom, sont taxés de mysticisme et accusés de préférer Landru à Sacco et Vanzetti (ainsi l'assure un titre provocateur de la revue *Le Grand Jeu*) ; enfin, Roger Vailland a publié dans *Paris-Midi* un éloge du préfet de police Chiappe. L'éloge est pour le moins moqueur et persifleur, qui commence par une comparaison, Chiappe étant comme « un grand-père qui comble de cadeaux ses petits-enfants » (lesquels sont évidemment les pèlerines de Paris) et s'achève par une pique plantée droit au cœur de « l'épurateur de notre capitale[8] ». Mais Breton n'y voit goutte. Vailland est journaliste. Cela suffirait à le clouer à tous les piloris de l'ire surréaliste.

Le lendemain du procès du Grand Jeu, Ribemont-Dessaignes envoie une lettre de rupture rue Fontaine : il ne supporte plus cette ardeur à juger dont témoignent Dieu et ses apôtres.

Pourtant, il n'a encore rien vu. En 1930, Breton publie le *Second Manifeste du surréalisme*. Il s'agit à la fois d'une remise en ordre du mouvement, d'un rappel de ses principes, et d'une attaque en règle contre « les pleutres, les simulateurs, les arrivistes », ceux qui ont trahi et se sont compromis.

On savait déjà que Masson était jaloux de Max Ernst et de Picasso, que, tout comme Artaud, il péchait par « abstentionnisme social » ; on n'ignorait plus rien de la complaisance de Desnos ; on ne doutait pas que Naville (à qui Breton avait confié ainsi qu'à Péret la direction de *La Révolution surréaliste* car ils étaient « les plus rebelles à toute concession[9] ») était entré au PC pour en sortir trois mois plus tard et se faire ainsi une publicité à bon compte, lui dont le père était par ailleurs si riche ; on supposait bien que Georges Bataille et Michel Leiris étaient à flanquer au piquet, le premier pour avoir fondé une revue concurrentielle, *Documents,* dont le second était secrétaire de rédaction, tous deux ayant commis la trahison suprême en ouvrant leurs colonnes aux renégats Desnos, Prévert, Masson, Limbour...

À tout cela, le *Second Manifeste* apporte primes et surprimes. Il permet d'apprendre que Vitrac, qui a eu le malheur d'écrire pour le théâtre, est un « véritable souillon des idées », que la plume de Limbour est trempée dans les « coquetteries littéraires », que Soupault n'est qu'« un rat qui fait le tour du ratodrome », l'incarnation de « l'infamie totale [10] »...

Un peu tout, et beaucoup n'importe quoi. Trop pour certains. En réponse aux diatribes de Breton, Ribemont-Dessaignes, Vitrac, Limbour, Morise, Baron, Leiris, Queneau, Boiffard, Bataille, Desnos et Prévert publient un pamphlet intitulé *Un cadavre*. Il pourfend très violemment André Breton, faux frère pour les uns, faux pape et faux évêque pour les autres, faux ami pour beaucoup, rongeur de cadavres et intellectuel professionnel pour certains, flic et curé pour tous.

Les briseurs d'icônes ont utilisé le titre du pamphlet jeté à la mémoire d'Anatole France en 1924. Ils ont repris les mots avec lesquels Breton lui-même avait conclu l'« hommage » : « Il ne faut plus que mort cet homme fasse de la poussière. » Cette phrase surmonte le visage de Breton, le front ceint d'une couronne d'épines, une larme de sang perlant au coin des yeux.

Breton, de son côté, a rassemblé ses troupes anciennes et nouvelles. Pour unir ceux qui restent autour de lui, il lui faut un objectif. Il l'a découvert. Il se prépare donc à livrer l'assaut final sur Montparnasse. Le premier avait démoli la Closerie des Lilas. Le dernier, cinq ans plus tard, va briser et dévaster un bar-dancing-dîners-soupers qui vient de s'ouvrir boulevard Edgar-Quinet, non loin de la rue du Départ et de la gare Montparnasse. Pour son malheur, ce lieu de plaisirs noctambules porte un nom que les chevaliers du comte de Lautréamont ne peuvent admettre de voir affiché à la devanture d'un débit de boissons : le Maldoror.

Ils ne sont pas tous là, le 14 février 1930, en ce soir d'expédition punitive. Les nouveaux venus, Buñuel, Giacometti, Magritte, Dali, Sadoul, Thirion, ne montent pas tous encore en première ligne. Ils sont quelques-uns, cependant, à donner la main à Aragon, Péret et Tanguy. Mais c'est Breton qui franchit le seuil du Maldoror en criant qu'il est l'invité du comte de Lautréamont. Lui encore qui essuie le premier tir de verres et d'assiettes qui brisent les vitres de la façade.

« Les surréalistes nous attaquent ! » crie une dame avec ses fourrures.

Thirion reçoit un gnon dans l'estomac. Tanguy écope d'une cassolette d'escargots au champagne nappés d'un zeste de beurre frais, et Eluard d'un jambon séché. Aussitôt, il lance ses jambes puis ses bras, et la mêlée s'amplifie. Les dames, en robe du soir, et les messieurs, en frac, se replient du côté des toilettes. René Char tire sur une nappe. Un soufflé répand son embonpoint sur les tapis chamarrés. Un seau perd son champagne, et le champagne, ses bulles. Le chef barman dégaine un fruit qui atteint Aragon à l'occiput, déclenchant une offensive de bordeaux millésimés accompagnés de quelques chaises et d'une ou deux tables. Tout cela se fracasse sur la porte des cuisines, qui vole en éclats. Surviennent trois cuisiniers. Quelqu'un hurle :

« Appelez la police ! »

D'autres bouteilles sont dégoupillées. On lance une demi-douzaine de rôtis assortis d'insultes salées, poivrées, corsées. On entend des sirènes. Les poètes se regroupent. René Char saigne à la cuisse, embroché par un couteau de cuisine. La chemise de Breton est en lambeaux.

Les assaillants se glissent dans l'entrée, s'effaçant pour laisser passer les agents. Dans le brouhaha général, Breton constate que l'honneur de Lautréamont est vengé : le champ du Maldoror est jonché d'éclats de verres et de bouteilles, de tables fracassées, de soupières brisées, de gras, de sauces et de résidus gratinés, glacés, pilés, couvrant les murs.

Les surréalistes s'éclipsent. Char est emporté en taxi. Les autres remontent le long du cimetière. L'œil de Breton luit de cette flamme enchantée qui l'anime après les rixes. Péret se frotte les mains parce que, cent mètres plus loin, sur le même trottoir, vient un prêtre. Aragon a la lèvre supérieure ouverte. Abandonnant les autres, il bifurque dans la rue Delambre. Il parvient au carrefour Vavin, oblique sur la gauche, passe devant le Dôme et la Rotonde, poursuit jusqu'aux tentures grenat d'un restaurant qui s'est ouvert deux ans auparavant et où, depuis le soir de l'ouverture, Elsa attendait son heure.

LE CITROËN DE LA LIMONADE

Depuis six mois, la précipitation avec laquelle les artistes quittent Montparnasse s'est accentuée. Ils fuient les hôtels chers, les ateliers qui ne peuvent plus servir que de studios à de riches Américaines et un pittoresque commercialisé par les panneaux-publicité de quinze boîtes de nuit et par une série de revues et journaux locaux nullement désintéressés.

Roger VAILLAND.

La Coupole. Deux mille quatre cents mètres carrés de repas, de danses, de séduction, de chaleur, de retrouvailles, de foires d'empoigne. Au rez-de-chaussée : un bouffodrome ; au sous-sol : un baisodrome ; au premier étage : un boulodrome.

En 1926, messieurs Fraux et Lafon, beaux-frères et restaurateurs auvergnats, ont acheté le dépôt de bois et charbon qui campait en face du Select. Auparavant, ils avaient repris le Dôme au père Chambon, lequel avait récupéré son bien après trois ans de loyaux services. Déboutés de leur rêve, les beaux-frères en avaient conçu un autre : ouvrir en plein Montparnasse le plus grand restaurant de l'endroit, sinon de la capitale.

Aussitôt songé, presque aussitôt fait. Les travaux commencent en janvier 1927. Moins d'un an plus tard, tout est fini. Trois étages, trois manières de (se) dépenser. Au rez-de-chaussée, on mange sous l'œil des artistes qui ont peint les piliers des colonnes. Ceux qui entrent par la porte à tambour ouvrant sur le boulevard se retrouvent dans le domaine de Bob, barman, qui officie derrière son comptoir. On passe du bar au restaurant en poussant la porte par laquelle les deux salles communiquent.

Ceux qui préfèrent jouer aux boules gagnent le premier étage. L'escalier est au fond à droite. Il débouche sur une terrasse où on mange l'été et où on lance le cochonnet en toutes saisons. Le peintre Othon Friesz est le grand ordonnateur du boulodrome.

Les noctambules doivent descendre sous terre. Deux orchestres, l'un de blues, l'autre de tango, permettent aux danseurs de se rapprocher à diverses cadences.

L'après-midi, les étreintes ont une autre saveur. La boîte se transforme en salon de thé où des dames très maquillées et un peu âgées viennent chercher des hommes fort jeunes et tout à fait désargentés. On échange un savoir-faire contre la monnaie. Ça rapporte, paraît-il, et ça rapportera jusqu'aux années 70.

Pourquoi la Coupole ? Parce que le Dôme et la Rotonde. La cadette appartient à la même famille que ses aînées. Messieurs Fraux et Lafon ont fait ajouter la vraie coupole après avoir découvert le nom de leur chef-d'œuvre. Et si elle monte à cinq mètres du sol, c'est pour que s'élèvent les fumées qui empuantissent les salles des bas de plafond.

Le soir de l'ouverture, 20 décembre 1927, deux mille personnes sont venues boire et manger. Lorsque les munitions ont commencé de manquer, les mille deux cents bouteilles de champagne s'étant rapidement évaporées, des taxis ont essaimé aux quatre coins de Paris pour chercher le complément. À leur retour, on se pressait tant et si bien autour des buffets que les petits malins ont décampé après avoir pris ce qu'il leur fallait de bouteilles. Ils sont allés au Select, au Dôme et à la Rotonde. Là, ils ont commandé des verres. Pour boire en paix au Montparnasse nouveau.

En 1914, à la Rotonde, le père Libion était assisté d'un trio qui constituait son personnel. À la Coupole, quatre cents employés officient. Monsieur Fraux est surnommé « le Citroën de la limonade ». Ses usines ? La Coupole. Quatre ans avant l'ouverture, prémonitoire, André Warnod avait eu ces mots :

> *L'industriel qui ouvrira le premier restaurant de nuit par là fera peut-être fortune, et les artistes s'en iront camper ailleurs qu'à Montparnasse*[1].

L'industriel a ouvert. Il fait fortune. Les artistes sont encore là.

Plus pour longtemps.

Et sont-ce encore les mêmes ?

Derain roule désormais en Bugatti. Man Ray a acheté une Voisin. Kisling, qui vit tout autant sinon plus à Sanary qu'à Paris, fait vrombir ses deux Willys Knight américaines. Picabia possède une Delage six cylindres, et Cendrars une Alfa-Romeo. Zborowski n'a pas de permis de conduire, mais il est riche. Plus pour longtemps. Foujita non plus, qui a troqué la Ballot de Youki contre une Delage décapotable que le chauffeur refuse de découvrir : ça ferait des plis. Changer la capote n'alourdirait cependant pas beaucoup la note que le percepteur vient de présenter : plusieurs centaines de milliers de francs, correspondant à divers rappels depuis 1925. Foujita a congédié son personnel. Il a organisé une exposition monumentale au Japon dont il espère beaucoup de bénéfices. Sinon, il faudra vendre la voiture. Déjà, il s'apprête à quitter sa demeure de Montsouris.

Le seul qui ne change pas, c'est Pascin. Il est l'un des

plus riches d'entre tous, mais ça ne se voit pas. Lorsqu'il arrive à la Rotonde, toujours entouré de ses modèles et de ses fidèles, c'est à pied. Il se fraie un passage entre les limousines qui stationnent, gagne le bar, offre des tournées générales et cherche Lucy Krogh du regard. Pour le moment, il est heureux : il revient d'un voyage aux États-Unis où elle l'a accompagné. Elle est enceinte de lui. Il ignore encore qu'une faiseuse d'anges lui a jeté un sort diabolique.

Pascin est fidèle autant à ce qu'il fut toujours qu'à son amour pour Lucy Krogh.

Ailleurs, c'est tohu-bohu et cœurs volants.

Youki s'apprête à quitter Foujita pour Robert Desnos, et Foujita à refaire sa vie avec Mady Lequeux, chanteuse-mannequin.

Paul Eluard, qui rentre d'un tour du monde en solitaire, a perdu Gala au profit de Nusch, découverte sans le sou dans la rue. Gala, dont le désir a si longtemps balancé entre Eluard et Ernst, a laissé les deux amis s'arranger ensemble pour sauter sur l'occasion Dali, toute neuve. Du temps d'Eluard, elle était « la punaise » ; pour beaucoup, elle va devenir « le tiroir-caisse ».

Bronia s'est consolée de la mort de Radiguet : elle va épouser René Clair, rencontré lors du tournage d'*Entracte*.

Kiki fait des scènes à son photographe américain : il s'apprête à passer ses bras autour des épaules d'une jeune Américaine, mannequin splendide et déterminée. Elle est venue en France pour apprendre la photo. Elle s'est présentée rue Campagne-Première afin de rencontrer Man Ray. Comme il n'était pas présent, elle s'en est allée l'attendre dans un café. Il est entré peu après. Elle est venue vers lui :

« Bonjour. Je m'appelle Lee Miller et je suis votre élève.

— Pardon ?

— Lee Miller... Désormais, je suis votre élève. »

Il la regardait, interloqué.

« Mais je n'ai pas d'élève !

— Si, moi. »

Man Ray partait le lendemain pour Biarritz. Il le lui a dit. Elle a souri, charmante, et a posé une simple question :

« Quand part notre train ? »

Au bar de la Coupole, Kiki lance des assiettes au visage de cet insupportable suborneur qui se montre si jaloux lui-même de toute silhouette masculine approchant Lee Miller qu'il se promène désormais avec un revolver dans la poche, prêt à exécuter quiconque voudrait sa place.

Man Ray fuit Kiki en se faufilant entre puis sous les tables. C'est la vie, et la roue tourne.

Mais Kiki en fait un peu trop. Elle-même convole avec un journaliste vaguement dessinateur, Henri Broca. Lequel lance des journaux dans Paris et sa nouvelle fiancée dans le monde, grâce à des expositions où Kiki vend ses œuvres (naïves) et sa réputation désormais officielle : elle a été élue reine de Montparnasse.

Derain règle ses comptes avec autant d'ardeur que l'ex-modèle préféré de Man Ray. Il a la cinquantaine bagarreuse et une maîtresse très riche. Elle s'appelle Madeleine Anspach, elle est la femme d'un banquier belge. Lorsqu'il est en proie aux passions alcooliques, elle le regarde prendre les verres, les chaises, les tables du bar de la Coupole, rugir et fracasser l'ensemble, sauter dans sa Bugatti, filer vers Barbizon à cent soixante-quinze à l'heure, revenir le lendemain, s'excuser, payer les dégâts et exhiber le moteur de sa petite voiture bleue en jurant que nulle œuvre d'art n'est aussi accomplie.

Madeleine Anspach acquiesce et lui demande deux renards argentés. La plupart du temps, il cède.

Mais le plus passionné de tous les habitués de la Coupole, celui dont chacun a suivi les parades amoureuses, c'est Louis Aragon.

Parade. Le mot ne convient pas à Denise Lévy, la cousine de Breton et bientôt femme de Naville, dont Aragon fut follement amoureux et qu'il coucha dans *Aurélien* faute d'avoir pu l'entraîner ailleurs : Denise fut la très chaste Bérénice de l'histoire.

Ce qui n'était pas le cas de Nancy Cunard, qui précéda, glorieuse et magnifique, l'entrée d'Elsa dans la vie du poète.

Entre 1926 et 1928, elle lui offrit son bras – ce bras cerclé de bracelets d'ivoire qui laissaient des traces sur les joues des hommes. Elle portait un chapeau, parfois une voilette, une cape assortie à celle de son compagnon. Celui-ci exhibait une des cannes dont il faisait collection. Il était aussi élégant qu'elle était belle. Ils étaient libres tous deux : elle parce qu'elle respectait avant tout ses aspirations, rendues possibles par une fortune colossale jetée au hasard des hôtels et des transatlantiques ; lui parce que *Le Con d'Irène*, publié sous le manteau (et illustré par Masson), rendait plus sulfureuse encore une réputation de dandy porté sur les choses de l'esprit autant que sur celles de la vie. Il était un écrivain surréaliste, elle était une égérie généreuse. Elle l'emmenait ici et là, rue Le Regrattier, où elle vivait (tout comme la Bérénice d'*Aurélien*), dans l'une de ses maisons, au lit, où elle le conduisit aussitôt après avoir décidé que parmi les habitués du Cyrano, ce serait lui.

Il y alla sans regimber. C'était un jour d'hiver, à Londres, au début de 1926. Aragon découvrit une femme qui n'était pas seulement libre : elle était également indépendante. Elle avait fait ce qu'il fallait pour ne pas avoir d'enfants, et elle faisait aussi ce qu'il fallait pour avoir les hommes qu'elle voulait. Elle les regardait, elle les prenait, elle les entraînait. Ils se saoulaient, ils jouaient, elle les jetait. Aragon restait, mais il se consumait. Il était à ses pieds. Elle pouvait l'insulter avec l'accent anglais et des mots français, le regarder, glacée, brûler les quinze cents pages du manuscrit de *La Défense de l'Infini* dans une chambre d'hôtel madrilène, lui reprocher sa jalousie, son étroitesse de cœur, son sens de l'exclusivité en matière sexuelle, il gardait un genou en terre, paralysé par sa passion.

Ils allèrent en Espagne, en Hollande, en Allemagne. En juillet 1928, ils étaient à Venise. Aragon attendait de recevoir l'argent de *La Baigneuse*, l'œuvre de Braque acquise à la vente Kahnweiler de 1922. Il l'avait achetée deux cent quarante francs. Six ans plus tard, il la revendit cent fois plus cher. Mais l'argent n'arrivait pas. Il ne pouvait plus vivre aux crochets de Nancy. D'autant que sa dulcinée faisait le tour de la place Saint-Marc avec un autre. L'autre s'appelait Henry Crowder ; c'était un pianiste de jazz américain que l'héritière de la Cunard Line avait enlevé à son instrument.

Aragon resta seul dans sa chambre d'hôtel. Il voulait mourir. Il le tenta. Il dira qu'il s'était jeté dans le Grand Canal. Ou qu'il avait pris des somnifères. Peut-être les deux. Quoi qu'il en soit, il fut sauvé à temps. Si bien que lorsque, enfin, l'argent arriva, il rentra à Paris.

Il s'installa rue du Château. En 1928, deux jeunes gens originaires de Nancy (la ville), communistes et surréalistes, avaient repris la maison occupée avant eux par Prévert, Tanguy et Duhamel : André Thirion et Georges Sadoul. Ils offrirent une chambre à Aragon.

Mais Nancy revint de Venise.

Tout recommença.

Jusqu'à quand ?

Jusqu'à ce qu'une Bugatti en tous points semblable à celle de Derain stoppât un jour devant la Coupole. En descendit une jeune fille. Elle était brune, vivante, elle portait un bonnet sur la tête et une souris blanche dans les bras. Elle était danseuse. Elle venait de Vienne. Elle s'appelait Léna Amsel. Aussitôt, une cour l'entoura. Mais ce fut Aragon qu'elle choisit, et Aragon qui l'emporta.

En ce temps-là, je me racontais que j'étais amoureux d'une autre femme, une Allemande. [...] Je faisais semblant de ne plus en aimer une autre. Une Anglaise[2].

Avec l'« Allemande », l'étreinte ne dura guère. Car au coin du bar, une femme regardait. Elle pensait que l'heure était venue. Elle se pencha vers un de ses amis, Roland Tual, qui sirotait une ale à son côté. Elle dit :

« Je veux que tu me présentes cet homme.

— Aragon ? demanda Tual.

— Aragon, répondit-elle.

— Pourquoi lui ? »

Elsa Triolet planta son regard noir dans celui de l'artiste surréaliste qui jamais n'avait peint ni écrit. Elle dit seulement :

« Parce que j'attends ce moment-là depuis trois ans. »

LA PRISE EN PASSANT

> L'amour est un lieu où se résume une vie,
> que dis-je où se résume, où se développe.
>
> Louis ARAGON.

Le 4 novembre 1928, Maïakovski est assis à une table de la Coupole. Maïakovski est l'un des plus grands poètes russes vivants. Il est arrivé à Paris quelques jours auparavant. Il loge à l'hôtel Istria. C'est Elsa Triolet qui l'a convié là. Elle connaît Maïakovski depuis l'enfance. Elle a été amoureuse de lui. Mais c'est sa sœur, Lili, qui l'a enlevé. Lili Brik, du nom de son mari. Celui-ci ne s'offusque pas plus qu'Eluard du temps de Gala et de Max Ernst. Et Elsa s'est consolée dans les bras de monsieur Triolet, un Français de passage à Moscou en l'année 1917. Il l'a emportée à Tahiti puis à Paris, où il l'a déposée puis quittée après l'avoir épousée.

Maïakovski est entouré d'amis appartenant à la bande d'Ilya Ehrenbourg. Sa taille et sa carrure le distinguent des autres. Il a le cheveu châtain, épais, des mains larges comme des battoirs. Mais un regard d'une infinie douceur.

Il est assis à côté d'une jeune fille de dix-huit ans, Tatiana, dont il est amoureux depuis peu, sans grande chance de l'emporter avec lui au pays des soviets : outre qu'il a vingt ans de plus qu'elle, ils ne sont pas du même côté de la barrière ; il est rouge, elle est blanche.

Dans la travée centrale, passe Aragon. Aussitôt, Maïakovski le fait appeler. Les deux poètes se connaissent de réputation. L'un ne parle pas un mot de français, l'autre pas un mot de russe. Par chance, il y a des interprètes. Aragon invite Maïakovski le surlendemain rue du Château : il organisera une fête en son honneur.

Le 5 novembre, alors qu'Aragon revient au bar de la Coupole, il est interpellé par l'un de ses amis. C'est Roland Tual. Et Roland Tual lui dit :

« Je voudrais te présenter une amie. »

L'amie est assise à une table. Elle porte une toque beige, un manteau de fourrure et une robe noire. Elle est petite, rousse, elle a la peau blanche, elle paraît sérieuse.

Aragon s'assied. Il est six heures du soir. La nuit n'est pas encore tombée qu'Elsa est invitée pour le lendemain à la fête donnée en l'honneur de Maïakovski.

« Je viendrai », dit-elle.

Elle vient, en effet. Elle se mêle aux autres invités. Aragon ne s'occupe guère d'elle. Il se soucie de Maïakovski, et aussi de son ami André Thirion qui s'est réfugié sur la loggia, un chagrin d'amour au cœur.

Aragon le rejoint. D'en bas, Elsa voit tout, comprend tout et saisit sa chance. Elle monte l'escalier et rejoint les deux hommes. Elle pénètre dans la loggia. Elle regarde autour d'elle et, comme une plaisanterie, lance :

« Ça sert à quoi ? À faire l'amour ? »

Elle se colle contre Aragon. Thirion en reste les bras ballants :

> *Elle attaqua immédiatement, sans pudeur, avec une volonté de conquête tenace et patiente qu'elle a développée sa vie durant* [1].

Un peu gêné, le témoin s'efface. Il descend l'escalier et joue les vigiles au pied des marches. Un quart d'heure plus tard, les amants rejoignent les invités. Ils ont le sourire aux lèvres. Ils dansent sur les disques de Duke Ellington et de Louis Armstrong abandonnés par Marcel Duhamel.

Ainsi le veut Thirion. Pour Lilly Marcou, Elsa et Aragon se sont en effet retrouvés rue du Château ; mais ils avaient passé une première nuit à l'hôtel Istria, où Maïakovski les avait croisés dans l'escalier. En outre, le jour de la rencontre, Elsa s'était fait accompagner par Vladimir Pozner, à qui elle avait demandé de filer à l'anglaise au moment opportun[2].

La suite, cependant, ne s'organise pas sans mal. Le couple n'en est qu'à ses débuts. Il n'a pas encore eu le temps de bâtir sa légende.

> *Je ne t'aimais pas, je ne t'aimais pas. Je ne t'ai pas dit que je t'aimais, puisque je ne t'aimais pas*[3].

Pour le moment, les yeux d'Elsa n'ont pas l'éclat qu'Aragon chantera plus tard. Il leur préfère ceux de Léna Amsel. La danseuse est plus vive. Plus jolie, aussi. Plus drôle. Mais, tout comme Nancy Cunard, trop libérée. Elle flirte avec d'autres. Notamment avec un sculpteur.

Lorsque Elsa cherche son amant, elle ne le trouve pas. Sitôt qu'elle met la main sur Thirion ou Sadoul, elle leur demande :

« Avez-vous vu Aragon ?

— Non », disent-ils, le regard fuyant.

Ils l'ont vu, bien sûr. Mais Aragon a demandé qu'on se taise. Il n'a pas choisi la Russe pour ses charmes. Il l'a prise en passant pour se venger de Léna et de son sculpteur. Du moins, c'est ce qu'il affirme à Thirion. Il dit aussi qu'il se méfie d'Elsa. Elle est trop collante. Elle est indiscrète. Il se demande même si elle n'est pas une indicatrice, si elle ne travaille pas pour la police. Celle-ci surveille les membres du parti. Pourquoi, grâce à la jeune femme, les pandores ne tenteraient-ils pas de recueillir des confidences abandonnées sur l'oreiller de la loggia, rue du Château ?

Aragon se trompe, bien sûr. Elsa est amoureuse à en crever. Mais si elle a remporté la première manche, la seconde n'est pas encore pour elle. Il va pour cela lui falloir attendre quelques semaines. Alors, elle jouera avec une habileté ahurissante. Et définitive.

Un soir, Aragon demande à Thirion d'aller à la Jungle prévenir Léna, avec qui il a rendez-vous à onze heures, qu'il sera en retard. La Jungle a remplacé le Jockey, mort au champ d'honneur des bâtisseurs : Helena Rubinstein a racheté toutes les bâtisses qui faisaient l'angle de la rue Campagne-Première et du boulevard Montparnasse afin d'y faire construire un immeuble moderne. Il a suffi aux noctambules de traverser pour continuer la fête. Les mêmes dansent des blues sur une autre piste, voilà tout.

À onze heures moins quelques glaçons, Thirion entre et s'assied à une table. La salle est loin d'être pleine : la nuit commence seulement. Le messager de la rue du Château commande à boire. Il attend. À onze heures plus quelques drinks, une jeune femme s'assied devant lui. Ce n'est pas Léna Amsel. C'est Elsa. Il fait chaud, soudain. La discussion s'oriente immédiatement sur un sujet qui déplaît à l'un mais qui seul intéresse l'autre : où est Aragon ?

De malaise en échappatoire et de rougeurs en lignes de fuite, craignant l'arrivée de la maîtresse en titre, Thirion finit par lâcher un morceau du morceau : Aragon est avec une autre femme.

« Qui ?

— Une danseuse.

— C'est une passade.

— Pas tout à fait... »

Le deuxième morceau y passe à son tour.

« Il l'aime. Elle le soulage de la souffrance que lui a causée Nancy Cunard.

— Il l'aime, avez-vous dit ?

— Un peu...

— Pas plus qu'"un peu" ?

— Un peu beaucoup.

— Mais encore ? »

Thirion souffle et soupire comme un malheureux.

« Il l'aime pour de bon. »

Elsa reçoit le coup. Elle ne répond pas. Elle pleure.

Mais voici qu'au-delà de la piste, un couple apparaît. Léna Amsel et Louis Aragon.

« Ouille ! murmure Thirion.

— Ah ! » s'écrie Elsa.

Comme un jet de vent, elle se lève. Quand il la voit, Aragon fait demi-tour et disparaît. Elsa observe Léna. Elle lui dit :

« Venez donc boire un verre avec moi... »

Les deux jeunes femmes prennent place à la table où Thirion se consume. Se tournant vers lui, la Russe l'expédie d'une pichenette :

« Retournez donc auprès d'Aragon ! S'il faisait une bêtise ! »

Thirion ne se le fait pas répéter. À minuit moins deux rasades, monté sur ressorts, il s'éjecte de la Jungle, prend de l'élan rue Campagne-Première, accélère dans Raspail, s'envole derrière le cimetière Montparnasse et freine rue du Château.

Aragon est là. Il s'enivre consciencieusement devant le portrait de Nancy Cunard.

Quelques minutes encore, et un nouvel équipage pousse la porte : Léna Amsel et Elsa Triolet. Les deux femmes sont tout sourires. Elsa s'approche d'Aragon, le

câline, et annonce le résultat des négociations : Léna a
compris que son amour ne pesait rien comparé à sa
propre passion. Donc, elle s'en va.

Aragon n'a pas le temps de dire un mot. Léna se
tourne vers André Thirion et lui demande :

« Vous pourriez m'accompagner jusqu'à un taxi ? »

Lorsque le surréaliste communiste (un jour gaulliste)
revient, la maison de la rue du Château est obscure.
Dans la loggia où naguère dormait Benjamin Péret,
reposent désormais le poète et sa muse.

Le rideau est tiré.

Marie-Laure de Noailles, qui s'y connaissait en fruits
de la passion, comparait Nancy Cunard à un papillon
de nuit d'espèce rare. Elsa, c'était le lierre. « On lutte
difficilement contre le lierre[4]. »

Madame Triolet n'avait pu devenir madame Maïakovski. Elle serait madame Aragon. Lili Brik était avec le
plus grand poète russe ; elle vivrait avec le plus grand
poète français.

En un tournemain, l'homme de plume fut ficelé.
Emporté hors de la rue du Château et de ses mauvaises
fréquentations. Brouillé avec tous ceux qui auraient pu
jouer les intermédiaires entre Nancy Cunard et lui.
Comme la vengeance est un plat qui se mange froid et
que, trente-cinq ans plus tard, Elsa n'avait pas achevé sa
digestion, elle empêcha Aragon de bouger l'ongle du
pouce lorsque Nancy appela à l'aide.

L'héritière de la Cunard Line avait alors dilapidé sa
fortune : elle avait beaucoup donné aux surréalistes, aux
républicains espagnols et aux Noirs américains. Elle se
trouva une nuit dans un taxi. Ivre, malade et d'une
effrayante maigreur. Il s'agissait seulement de lui éviter
de finir sa vie dans une salle commune d'hôpital.

Aragon n'empêcha rien.

Pour Léna Amsel, ce fut beaucoup plus rapide. Les circonstances aidèrent. Le 3 novembre 1929, Derain proposa à la jeune danseuse d'aller déjeuner à Barbizon. On emmènerait Florence, détournée l'année précédente par Max Ernst et prête à revenir à un autre bercail, rue du Château, auprès d'André Thirion. On prendrait deux voitures, la Bugatti ne permettant pas de se tenir à trois.

On prit deux voitures. On emmena Florence. On alla à Barbizon. Sur la route du retour, Léna et Derain, chacun au volant de son bolide, se lancèrent dans une course poursuite. La Bugatti allait vite et n'avait qu'un défaut : elle était trop légère pour sa puissance. Il fallait la lester d'un poids posé dans le coffre. Derain y avait songé. Pas Léna. Et c'était la saison des betteraves. Les roues à fil n'y résistèrent pas. La Bugatti de la jeune danseuse, qui suivait celle du peintre, glissa, dérapa, fit un tonneau, puis deux, puis trois, et le feu prit. On retrouva deux corps incendiés.

À la Coupole, ce 14 février 1930, lorsque Aragon fait rouler la porte à tambour après l'expédition du Maldoror, il est devenu l'homme d'une seule femme. Il est aussi l'un des piliers de ce Montparnasse nouveau que les artistes quittent au fil des jours.

Naguère, les touristes et l'argent avaient vidé Montmartre de sa veine artistique. Le poumon de Montparnasse s'essouffle à son tour. Les voitures rutilantes et les scintillements d'or et d'argent sont encore là, mais les peintres et les poètes cherchent des alcôves plus silencieuses. Certains, déjà, descendent vers la plaine de Saint-Germain-des-Prés qui, un jour, succédera aux hauteurs de Montmartre et de Montparnasse. La plupart sont ailleurs. Beaucoup ont tourné le dos à une manière de vivre et d'être ensemble que la Première Guerre mondiale a emportée et que la seconde brisera définitivement.

Picasso n'est plus là depuis longtemps. Max Jacob a fui sur les bords d'un autre fleuve. Guillaume Apollinaire est mort. Vlaminck hurle et tempête sur ses terres. Van Dongen traite ses contrats sur les planches de Deauville. André Salmon chronique à tour de bras et pas toujours gentiment. Braque ne s'approche plus guère. Derain compte les chevaux fiscaux de ses voitures. Juan Gris est mort. Modigliani est mort. Kisling passe tous ses hivers à Sanary. Zadkine ne donne plus de nouvelles. Soutine ne vient plus. Cendrars voyage.

S'il n'en restait qu'un, ce serait celui qui salue Bob le barman. Avec son melon, ses costumes bleu foncé et sa cigarette au coin des lèvres. Il adresse un petit sourire à Aragon, avec qui il partage au moins un point commun : lui aussi est l'homme d'une seule femme.

S'il n'en restait qu'un, oui, ce serait celui-là.
Jules Pascin.

LE DERNIER DES BOHÈMES

Homme libre, héros du songe et du désir
De ses mains qui saignaient poussant les
portes d'or
Esprit de chair Pascin dédaigne de choisir
Et maître de la vie il ordonne la mort.

André SALMON.

Le canot de l'amour s'est brisé contre la
vie courante.

MAÏAKOVSKI.

Il est rongé par la cirrhose. Par Lucy Krogh. Par
le dégoût de soi. Au fil des œuvres, il perd la liberté
de ses couleurs et de ses pinceaux. Il aime le trait
courant de la plume, la légèreté du lavis. Il faut de
l'huile : elle se vend mieux. Bernheim-Jeune lui a
proposé un contrat extraordinaire que même Derain,
même Picasso envieraient. Mais il ne veut pas devenir
un « maquereau de la peinture ». Il n'a pas signé. Pour
quoi faire ?

Pour loger Lucy Krogh. Pour vêtir Hermine David.
Pour nourrir les dizaines de modèles qui se succèdent
dans son atelier, des fleurs de trottoir, des gamines
d'à peine treize ans qu'on lui envoie, qu'il fait poser
sans les peindre... Il paie, elles sourient, trois petits
tours et puis s'en vont.

Mais reviennent.

Pour fuir ses démons, Pascin passe d'un hôtel à un autre, cherche des ateliers où nul ne le découvrira, où les bouteilles et les filles seront rares.

Lucy lui a trouvé un petit hôtel particulier, la villa Camélia, porte de Vanves, aux confins de Montparnasse. Il s'y rend. Il espère qu'elle le rejoindra, qu'ils y vivront ensemble.

Il revient boulevard de Clichy. Il peint. Il rôde. Il envoie des lettres déchirantes à Lucy parce qu'elle est toujours en retard, parce qu'elle n'est pas là, parce qu'ils ont décidé de ne plus se voir, parce qu'il ne sait pas renoncer à elle. Elle lui reproche de trop boire, de ne pas assez travailler, de rentrer le visage en sang de ses tournées nocturnes. Chaque fois, il dit :

« Tu es méchante. Tu est trop méchante. »

Lucy, Lucyfer.

Un soir du mois de mai 1930, elle lui dit que tout est fini. Il demande à récupérer ses affaires et quelques toiles qui se trouvent dans cet hôtel particulier de la porte de Vanves. Elle répond :

« D'accord, mais avant sept heures.

— Le soir ?

— Le matin. »

Il appelle à l'aide son copain Papazoff. Ils attendent toute la nuit devant le mur du cimetière Montparnasse. Puis ils arrêtent deux taxis. Ils se font conduire porte de Vanves.

Pascin revient boulevard de Clichy.

Lucy revient boulevard de Clichy.

Un peu.

Ils ne savent pas vivre ensemble. Ils ne savent pas se séparer. Cela dure depuis dix ans.

Le 1er juin 1930, Pascin s'assied à la table de l'atelier. Il écrit quelques lignes soigneusement calligraphiées. Puis il choisit un dessin parmi ses œuvres. Il s'habille de ce costume bleu marine que tout Montmartre et tout Montparnasse connaissent, même s'il est usé désormais, comme les souliers, comme le melon, mais pourquoi, pour qui changerait-il ?

Il descend l'escalier et se rend chez son médecin traitant, le docteur Tzanck. Depuis qu'il le soigne, le docteur Tzanck refuse d'être payé. Pascin lui offre le dessin.

Il traverse la Seine, comme il fait si souvent depuis 1905. Il remonte vers le carrefour Vavin, dont il connaît chaque porche, chaque banc, chaque arbre. Il pousse la porte à tambour de la Coupole. Bob est derrière son bar. Pascin commande une fine puis il paie ses notes anciennes.

« Vous réglez vos dettes, monsieur Pascin ?

— C'est cela. »

Le soir, la nuit, le peintre salue Paris. À l'aube, place Pigalle, il croise Pierre Mac Orlan qui sort d'un bar.

« Venez donc boire un dernier verre », propose-t-il.

Mais l'écrivain est fatigué. Il s'éloigne.

Pascin boit seul le dernier verre.

Il remonte chez lui. Il ferme la porte à clé. L'aube dessine une rougeur sur Montmartre et ses collines. Pascin ferme les volets pour ne plus rien voir.

Il dépose deux coussins sur le sol. Et deux bassines, de part et d'autre. Au dos d'une invitation pour une exposition berlinoise, il écrit un mot d'adieu adressé à Lucy :

> *Lucy, ne m'en veux pas pour ce que je fais. Merci pour les paquets. Tu es trop bonne, il faut que je m'en aille pour que tu sois heureuse !*
> *ADIEU ! ADIEU !*

Il va dans la salle de bains. Il prend son rasoir à lame. Il se tranche le poignet gauche.

Il revient dans l'atelier, relit le testament écrit le matin même : il lègue le contenu de son compte en banque et la totalité de ses œuvres à Hermine David et à Lucy Krogh.

Il trempe l'index droit dans le sang coulant du poignet gauche. Comme la pointe d'un pinceau sur la palette de sa vie.

Sur la porte du placard, il écrit : *Adieu Lucy.*

Il reprend le rasoir et se tranche le poignet droit. Il s'allonge sur les coussins et plonge ses deux avant-bras dans les cuvettes.

Il attend.

C'est trop long.

Une image lui revient. Celle d'un homme pendu, dans son enfance.

Il se relève. Il marche jusqu'à la cuisine. Dans un tiroir, il trouve une cordelette. Il fait un nœud coulant, le passe autour du cou. Revient dans l'atelier. Cherche du regard. Choisit la poignée de la porte. S'en approche. Glisse la corde, assure l'autre extrémité dans sa main et se laisse choir.

Lorsque Lucy le découvre, le 5 juin, son hurlement, et le cri de la jeune femme qui l'accompagne, et celui du serrurier qui a ouvert la porte, puis les larmes d'Hermine David, le constat du commissaire, les centaines de fleurs qu'apportent les amis, la longue et longue plainte qui se répand dans Paris lorsque l'atroce nouvelle est connue, le grincement des devantures des galeries, en deuil le jour de l'enterrement, les pleurs et les soupirs, les couleurs des peintres, les vers des poètes, tout cela bat comme une marée finissante échouant au bord des

tombes, trois petits cailloux sur la pierre, trois temps
d'une mesure oubliée.

Guillaume Apollinaire.

Amedeo Modigliani.

Jules Pascin.

À suivre

Merci à Philippe Dagen pour sa main amie.

NOTES

1. *Vers et Prose*, n° 23, octobre 1910 ; L'Échoppe, Paris, 1993.

Le maquis de Montmartre

1. Pierre Mac Orlan, *Le Quai des brumes*, Gallimard, 1927.

Litrillo

1. Roland Dorgelès, *Bouquet de bohème*, Albin Michel, 1947.
2. Francis Carco, *La Légende et la vie d'Utrillo*, Bernard Grasset, 1928.

La vie en bleu

1. Brassaï, *Conversations avec Picasso*, Gallimard, 1997.
2. Francis Carco, *Bohème d'artiste*, Éditions du Milieu du monde, Genève, 1942.

Deux Américains à Paris

1. Ambroise Vollard, *Souvenirs d'un marchand de tableaux*, Albin Michel, 1937.
2. Georges Charensol, *D'une rive à l'autre*, Mercure de France, 1973.

Cyprien

1. Conférence au musée des Beaux-Arts de Nantes.

2. Francis Carco, *Montmartre à vingt ans,* Éditions du Milieu du monde, coll. « Mémoires d'une autre vie », Genève, 1942.

3. Francis Carco, *Montmartre à vingt ans, op. cit.*

4. Max Jacob, *Correspondance,* Éditions de Paris, 1953.

5. *Pour les cinquante ans de la mort de Max Jacob à Drancy,* Les Cahiers bleus, 1994.

6. Max Jacob, « Le Christ à Montparnasse », *Les Écrits nouveaux,* avril 1919, Émile-Paul frères.

7. André Warnod, *Les Berceaux de la jeune peinture,* Albin Michel, 1925.

8. Pierre Brasseur, *Ma vie en vrac,* Ramsay, 1986.

9. Max Jacob, « Récit de ma conversion », *Correspondance,* Éditions de Paris, 1953.

10. *Pour les cinquante ans de la mort de Max Jacob à Drancy, op. cit.*

11. Max Jacob, « Le Christ à Montparnasse », *Les Écrits nouveaux, op. cit.*

12. *Pour les cinquante ans de la mort de Max Jacob à Drancy, op. cit.*

13. *Max Jacob et Picasso,* Réunion des Musées nationaux, 1994.

14. *Max Jacob et Picasso, op. cit.*

15. Paul Léautaud, *Journal littéraire,* Mercure de France, 1961.

Guillaume le bien-aimé

1. Guillaume Apollinaire, *Correspondance avec son frère et sa mère,* présentée par Gilbert Boudar et Michel Décaudin, José Corti, 1987.

2. Marc Chagall, *Ma vie,* Stock, 1972.

3. Vladimir Divîs, *Apollinaire. Chronique d'une vie,* N.O.E.

La belle Fernande

1. Fernande Olivier, *Souvenirs intimes,* Calmann-Lévy, 1988.

2. Françoise Gilot, *Vivre avec Picasso,* Calmann-Lévy, 1991.

3. Guillaume Apollinaire, *La Femme assise,* Gallimard, 1948.

Le Bateau-Lavoir

1. « La serviette des poètes », *L'Hérésiarque & Cie,* Stock, 1984.

2. Guillaume Apollinaire, *La Femme assise, op. cit.*

3. Alfred Jarry, *Les Minutes de sable mémorial,* Fasquelle, 1932.

La cage aux fauves

1. Henri Matisse, lettre à Signac du 14 juillet 1905, André Derain, *Lettres à Vlaminck,* Flammarion, 1994, texte établi et présenté par Philippe Dagen.
2. Maurice Vlaminck, *Portraits avant décès,* Flammarion, 1943.
3. Maurice Vlaminck, *Portraits avant décès, op. cit.*
4. Georges Charensol, *D'une rive à l'autre, op. cit.*
5. Daniel-Henry Kahnweiler, *Juan Gris,* Gallimard, 1946.

Du côté des saltimbanques

1. Pierre Daix, *Picasso créateur,* Seuil, 1987.
2. André Salmon, *La Négresse du Sacré-Cœur,* Éditions de la Nouvelle Revue française, 1920.
3. Hubert Fabureau, « Max Jacob », *La Nouvelle Revue critique,* 1935.

Le temps des duels

1. Arthur Cravan, *Maintenant,* juillet 1913. Repris *in* Cravan, *Maintenant,* Seuil-L'École des lettres, 1995.
2. Arthur Cravan, *Maintenant,* mars 1914.
3. Arthur Cravan, *Maintenant, op. cit.*
4. Arthur Cravan, *Maintenant, op. cit.*
5. André Salmon, *Souvenirs sans fin,* Gallimard, 1955.
6. Guillaume Apollinaire, *Le Poète assassiné,* Gallimard, 1947.
7. Francis Carco, *De Montmartre au quartier Latin,* Éditions du Milieu du monde, Genève, 1942.
8. *Vers et Prose,* n° 12, décembre 1907.

Un après-midi rue de Fleurus

1. André Salmon, *L'Air de la Butte,* Éditions de la Nouvelle France, 1945.

Le Bordel d'Avignon

1. André Derain, 7 mars 1906, *in* André Derain, *Lettres à Vlaminck, op. cit.*
2. Wassily Kandinsky, *Du spirituel dans l'art*, Denoël-Gonthier, 1969.

3. Daniel-Henry Kahnweiler, *Huit entretiens avec Picasso,* L'Échoppe, 1988.

4. Pierre Daix, *Picasso créateur, op. cit.*

5. Pierre Daix, *Dictionnaire Picasso,* Robert Laffont, 1995.

6. André Salmon, *Souvenirs sans fin, op. cit.*

7. Brassaï, *Conversations avec Picasso, op. cit.*

Le gentil Douanier

1. Guillaume Apollinaire, *Anecdotiques,* Gallimard, 1997.

2. Article de Guillaume Apollinaire, *Les Soirées de Paris,* 15 janvier 1914.

3. Fernande Olivier, *Picasso et ses amis,* Stock, 1933.

4. André Salmon, *Souvenirs sans fin, op. cit.*

5. Lettre à madame Eugénie-Léonie V., 19 août 1910, citée par Philippe Soupault, *Écrits sur la peinture,* Éditions Lachenal & Ritter, 1980.

Le vol de La Joconde

1. Guillaume Apollinaire, *Tendre comme le souvenir*, Gallimard, 1952.

2. Fernande Olivier, *Picasso et ses amis, op. cit.*

3. Fernande Olivier, *Picasso et ses amis, op. cit.*

4. *L'Œuvre,* septembre 1911.

5. Albert Gleizes, « Apollinaire, la justice et moi », *Rimes et Raison,* Éditions de La Tête noire, 1946.

6. Peter Read, *Picasso et Apollinaire, les Métamorphoses de la mémoire,* Jean-Michel Place, 1995.

7. Gallimard, coll. « Bibliothèque de la Pléiade », 1965.

Séparations

1. Guillaume Apollinaire, *Le Poète assassiné, op. cit.*

2. Roch Grey, « Les soirées de Paris », *Présence d'Apollinaire,* Galerie Breteau, décembre 1943.

3. *Vers et Prose,* n° 34, p. 189.

4. *La Nouvelle Revue française,* août 1909.

5. *L'Intransigeant* du 7 février 1912.

6. Paul Léautaud, *Journal littéraire,* t. IX, Mercure de France, 1960.

Cubisme

1. Max Jacob, *Correspondance, op. cit.*
2. Max Jacob, lettre à Tristan Tzara, 26 février 1916.
3. Max Jacob, lettre à Guillaume Apollinaire, 2 mai 1913.
4. Wassily Kandinsky, *Du spirituel dans l'art, op. cit.*
5. John Berger, *Réussite et échec de Picasso,* Denoël-Les Lettres nouvelles, 1968.
6. Jean Paulhan, *Braque le patron*, Gallimard, 1987.
7. Françoise Gilot, *Vivre avec Picasso, op. cit.*
8. Charles Baudelaire, « Qu'est-ce que le romantisme ? », *Salon de 1846,* Gallimard, coll. « Bibliothèque de la Pléiade », 1976.
9. André Derain, *Lettres à Vlaminck,* suivies de la *Correspondance de guerre*, texte établi et présenté par Philippe Dagen, Flammarion, 1994.

Premiers de cordée

1. Charles Baudelaire, « Pourquoi la sculpture est ennuyeuse », *Salon de 1846,* Gallimard, coll. « Bibliothèque de la Pléiade », 1976.
2. Pierre Cabanne, *Le Siècle de Picasso*, Gallimard, 1992.
3. Pierre Cabanne, *Le Siècle de Picasso, op. cit.*
4. Nino Frank, *Montmartre*, Calmann-Lévy, 1956.
5. Jean Cocteau, *Picasso,* L'École des Lettres, 1996.
6. Daniel-Henry Kahnweiler, *Mes galeries et mes peintres*, *entretiens avec Francis Crémieux*, Gallimard, 1961.
7. Daniel-Henry Kahnweiler, *Juan Gris, op. cit.*
8. Françoise Gilot, *Vivre avec Picasso, op. cit.*

Les cubisteurs

1. *Paris-Journal,* 1911.
2. Jean Cocteau, *Essai de critique indirecte*, Bernard Grasset, 1932.
3. Robert Desnos, *Écrits sur les peintres*, Flammarion, 1984.
4. Jean Paulhan, *Braque le patron, op. cit.*
5. Texte paru in *La Publicidad,* Barcelone, cité in *Max Jacob et Picasso,* Réunion des Musées nationaux, 1992.
6. Max Jacob, lettre à sa mère, 1927.
7. *Paris-Journal,* 15 mai 1914.
8. *La Nouvelle Revue française,* janvier 1914.
9. Arthur Cravan, *Maintenant*, n° 4, 1914.
10. Arthur Cravan, *Maintenant, op. cit.*

Guillaume Apollinaire prend l'ascenseur

1. *L'Intransigeant*, 1ᵉʳ octobre 1912.
2. *L'Intransigeant*, 3 octobre 1912.
3. Charles Baudelaire, *Salon de 1845,* Gallimard, coll. « Bibliothèque de la Pléiade », 1976.
4. Charles Baudelaire, *Salon de 1846, op. cit.*

Le poète et le marchand

1. Françoise Gilot, *Vivre avec Picasso, op. cit.*
2. Daniel-Henry Kahnweiler, *Mes galeries et mes peintres, entretiens avec Francis Crémieux, op. cit.*
3. Pierre Assouline, *L'Homme de l'art*, Balland, 1988.
4. Pierre Assouline, *L'Homme de l'art, op. cit.*

La Ruche

1. La Bible, Ex. 20.1.

Ubu roi

1. Robert de Souza, *Vers et Prose*, n° 2, 1905.
2. Guillaume Apollinaire, *Contemporains pittoresques,* Gallimard, 1975.
3. Alfred Jarry, *Les Minutes de sable mémorial, op. cit.*
4. Jacques-Henry Levesque, *Alfred Jarry*, Seghers, 1987.
5. Docteur Stephen-Chauvet, « Les Derniers Jours d'Alfred Jarry », *Mercure de France*, n° 832, 15 février 1933.
6. Guillaume Apollinaire, *Contemporains pittoresques, op. cit.*
7. André Breton, *Anthologie de l'humour noir*, Jean-Jacques Pauvert, 1966.
8. Charles Chassé, *D'Ubu roi au Douanier Rousseau,* Éditions de la Nouvelle Revue critique, 1947.
9. Charles Chassé, *D'Ubu roi au Douanier Rousseau, op. cit.*
10. Madame Fort-Valette, confidences recueillies par Marcel Trillat et Nat Lilenstein, *Magazine littéraire*, n° 48, janvier 1971.

2 août 1914

1. *Paris-Midi*, 3 mars 1914.
2. Guillaume Apollinaire, *Tendre comme le souvenir, op. cit.*

3. Paul Léautaud, *Journal littéraire,* t. III, Mercure de France, 1956.

Chaïm et Amedeo

1. Jeanne Modigliani, *Modigliani sans légende*, Jeanne Modigliani-Librairie Gründ, Paris, 1961.

La Villa rose

1. Jeanne Modigliani, *Modigliani sans légende, op. cit.*
2. Jean Arp, cité par Billy Klüver et Julie Martin, *Kiki et Montparnasse,* Flammarion, 1989.
3. Maurice Vlaminck, *Portraits avant décès, op. cit.*

Les dames et l'artilleur

1. André Salmon, *Souvenirs sans fin, op. cit.*
2. André Rouveyre, *Apollinaire*, Gallimard, 1945.
3. Guillaume Apollinaire, *Lettres à Lou*, Gallimard, 1969.
4. Guillaume Apollinaire, *Poèmes à Lou,* Gallimard, coll. « Bibliothèque de la Pléiade », 1956.
5. Guillaume Apollinaire, *Poèmes à Lou, op. cit.*
6. Guillaume Apollinaire, *Correspondance avec son frère et sa mère, op. cit.*
7. Guillaume Apollinaire, *Tendre comme le souvenir, op. cit.*
8. Guillaume Apollinaire, *Lettres à Lou, op. cit.*

L'écrivain à la main coupée

1. Guillaume Apollinaire, *Tendre comme le souvenir, op. cit.*
2. Guillaume Apollinaire, *Œuvres poétiques*, Gallimard, coll. « Bibliothèque de la Pléiade », 1956.
3. Jacques Roubaud, *Cahiers de la bibliothèque littéraire Jacques-Doucet,* n° 1, Doucet littérature, 1997.
4. Blaise Cendrars, « Prose du transsibérien et de la petite Jeanne de France », *Du monde entier*, Gallimard, 1967.
5. Ernest Hemingway, *Paris est une fête,* Gallimard, 1964.
6. Blaise Cendrars, *La Main coupée*, Denoël, 1946.
7. Article paru in *Mercure de France* de décembre 1913 ; Guillaume Apollinaire, *Anecdotiques, op. cit.*
8. Blaise Cendrars, « Dix-neuf poèmes élastiques », *Du monde entier, op. cit.*

Le prince frivole

1. Gustave Fuss-Amoré et Maurice des Ombiaux, *Montparnasse*, Albin Michel, 1925.
2. Maurice Vlaminck, *Portraits avant décès, op. cit.*
3. Jean Cocteau, *Essai de critique indirecte, op. cit.*
4. Maurice Vlaminck, *Portraits avant décès, op. cit.*
5. André Salmon, *Montparnasse*, André Bonne, 1950.
6. Francis Carco, *Montmartre à vingt ans, op. cit.*
7. Francis Carco, *Montmartre à vingt ans, op. cit.*
8. Philippe Soupault, *Mémoires de l'oubli*, Lachenal & Ritter, 1986.
9. André Salmon, *Montparnasse, op. cit.*
10. Jean Cocteau, lettre à Albert Gleizes, 1916, citée par Billy Klüver, *Un jour avec Picasso*, Hazan, 1994.
11. Philippe Soupault, *Mémoires de l'oubli, op. cit.*, lettre autographe adressée au maréchal Pétain, signée et datée, février 1942 ; 3 pages 1/2 in-4.
12. André Breton, *Les Pas perdus*, Gallimard, 1969.
13. Lettre du 15 septembre 1915. Citée par Billy Klüver, *Un jour avec Picasso, op. cit.*
14. Jean Cocteau, *Picasso, op. cit.*

Le coq et l'arlequin

1. Jean Hugo, *Le Regard de la mémoire*, Actes Sud, 1994.
2. Jean Cocteau, *Picasso, op. cit.*
3. Maurice Sachs, *Le Sabbat*, Gallimard, 1960.
4. Maurice Sachs, *Le Sabbat, op. cit.*
5. Gertrude Stein, *Autobiographie d'Alice Toklas*, Gallimard, 1934.
6. Jean Cocteau, *Picasso, op. cit.*
7. Françoise Gilot, *Vivre avec Picasso, op. cit.*
8. Jean Cocteau et Guillaume Apollinaire, *Correspondance,* Jean-Michel Place, 1991.
9. Jean Cocteau et Guillaume Apollinaire, lettre du 13 avril 1917, *Correspondance, op. cit.*

La blessure du poète

1. Guillaume Apollinaire, *Tendre comme le souvenir, op. cit.*, lettre à Madeleine du 24 janvier 1916.
2. André Derain, lettre à Vlaminck datée du 1er mai 1917.

L'art du faux

1. Guillaume Apollinaire, « Chroniques et paroles sur l'art », 1911, et « La Vie artistique », 1912, *Œuvres en prose complètes*, Gallimard, coll. « Bibliothèque de la Pléiade », 1991.
2. Jean Paulhan, *Braque le patron, op. cit.*

Du côté de l'Amérique

1. *Paris-New York,* Éditions du centre Georges-Pompidou-Gallimard, 1991.
2. Blaise Cendrars, *Le Lotissement du ciel*, Denoël, 1949.
3. Raymond Roussel, *Comment j'ai écrit certains de mes livres,* Jean-Jacques Pauvert, 1963.
4. Pierre Cabanne, *Duchamp et Cie,* Terrail, 1996. Marcel Duchamp, *Entretiens avec Pierre Cabanne,* Éditions d'art, 1995.
5. Marcel Duchamp, *Entretiens avec Pierre Cabanne, op. cit.*
6. Marcel Duchamp, *Duchamp du signe,* Flammarion, 1994.
7. Blaise Cendrars, *Le Lotissement du ciel, op. cit.*

Dada & Cie

1. Tristan Tzara, *Sept Manifestes Dada,* Jean-Jacques Pauvert, 1979.
2. Tristan Tzara, *Sept Manifestes Dada, op. cit.*
3. Marcel Duchamp, *Duchamp du signe, op. cit.*
4. *Nouvelle Revue française*, 1er septembre 1919.
5. *Nouvelle Revue française*, avril 1920.

Les compagnons du Val-de-Grâce

1. Guillaume Apollinaire, lettre à Tristan Tzara, 14 janvier 1917, citée par Marc Dachy, *Tristan Tzara dompteur des acrobates,* L'Échoppe, 1992.
2. Guillaume Apollinaire, lettre à Tristan Tzara, 6 février 1918, citée par Michel Sanouillet, *Dada à Paris*, Flammarion, 1993.
3. André Breton, *Entretiens avec Madeleine Chapsal,* juillet 1962, *in* Madeleine Chapsal, *Les Écrivains en personne,* UGE, 1973.
4. André Breton, *Les Pas perdus, op. cit.*
5. André Breton, *Les Pas perdus, op. cit.*
6. André Breton, *Entretiens avec Madeleine Chapsal, op. cit.*

Aux amis des livres

1. Adrienne Monnier, « Mémorial de la rue de l'Odéon », *Rue de l'Odéon,* Albin Michel, 1989.
2. Adrienne Monnier, « Mémorial de la rue de l'Odéon », *Rue de l'Odéon, op. cit.*
3. André Breton, *Entretiens avec André Parinaud,* Gallimard, 1969.
4. Valery Larbaud, lettre à Sylvia Beach du 2 février 1921. James Joyce, *Œuvres complètes,* Gallimard, coll. « Bibliothèque de la Pléiade », 1995.
5. Paul Claudel, lettre à Adrienne Monnier du 4 mai 1929. James Joyce, *Œuvres complètes, op. cit.*
6. Paul Claudel, lettre à Adrienne Monnier du 28 décembre 1931. James Joyce, *Œuvres complètes, op. cit.*
7. André Breton, *Point du jour,* Gallimard, 1970.

Un peintre et son marchand

1. Max Jacob, lettre à Jacques Doucet, *Correspondance, op. cit.*

Les Mamelles de Tirésias

1. Michel Decaudin, préface à Guillaume Apollinaire, *L'Enchanteur pourrissant,* Gallimard, 1972.
2. Pierre Albert-Birot, « Guillaume Apollinaire », cahier spécial de *Rimes et raisons*, Éditions de la Tête noire, 1946.
3. André Breton, *Entretiens avec André Parinaud, op. cit.*
4. Pierre Cabanne, *Le Siècle de Picasso, op. cit.*
5. André Breton, *Perspective cavalière*, Gallimard, 1970.

Kiki

1. Kiki, *Souvenirs,* Henri Broca, 1929.
2. Kiki, *Souvenirs, op. cit.*
3. Lou Mollgaard, *Kiki Reine de Montparnasse*, Robert Laffont, 1988.

La mort en Montparnasse

1. Jeanne Modigliani, *Modigliani sans légende, op. cit.*

Pugilat à Drouot

1. Daniel-Henry Kahnweiler, *Mes galeries et mes peintres, entretiens avec Francis Crémieux, op. cit.*
2. Robert Desnos, *Écrits sur les peintres, op. cit.*

Scènes surréalistes

1. André Breton, *Les Pas perdus, op. cit.*
2. Michel Sanouillet, *Dada à Paris, op. cit.*
3. André Breton, *Les Pas perdus, op. cit.*
4. Michel Sanouillet, *Dada à Paris, op. cit.*

Le dormeur éveillé

1. André Breton, *Perspective cavalière, op. cit.*
2. Pierre Assouline, *Simenon,* Julliard, 1992.
3. Gaëtan Picon, *Journal du surréalisme,* Skira, Genève, 1976.
4. Robert Desnos, « Rrose Sélavy », in *Corps et biens,* Gallimard, 1953.
5. André Breton, *Perspective cavalière, op. cit.*
6. Raymond Roussel, *Comment j'ai écrit certains de mes livres, op. cit.*
7. André Breton, *Les Pas perdus, op. cit.*
8. André Breton, *Entretiens avec André Parinaud, op. cit.*

Le couturier des arts

1. François Chapon, *Jacques Doucet ou l'art du mécénat,* Perrin, 1996.
2. Max Jacob, *Correspondance, op. cit.*
3. Blaise Cendrars, *Le Lotissement du ciel, op. cit.*
4. André Breton, *Entretiens avec André Parinaud, op. cit.*
5. Louis Aragon, *Aurélien,* Gallimard, 1944.
6. Louis Aragon, *Aurélien, op. cit.*
7. François Chapon, *Jacques Doucet ou l'art du mécénat, op. cit.*

Le couturier et le photographe

1. Paul Poiret, *En habillant l'époque,* 1930, et Grasset 1986.
2. Paul Poiret, *Art et phynance,* Lutetia, 1934.

Un Américain à Paris

1. Man Ray, *Autoportrait,* Seghers, 1986.
2. Cité in *Man Ray,* Centre national de la photographie, 1988.
3. Man Ray, *Autoportrait, op. cit.*

Un cocktail, des Cocteaux

1. André Salmon, *Montparnasse, op. cit.*
2. Pierre Brasseur, *Ma vie en vrac, op. cit.*
3. Pierre Brasseur, *Ma vie en vrac, op. cit.*
4. André Salmon, *Souvenirs sans fin, op. cit.*
5. Jean Hugo, *Le Regard de la mémoire, op. cit.*
6. Jean Cocteau, *La Difficulté d'être,* Le Livre de Poche, 1995.
7. Jean Cocteau, *La Difficulté d'être, op. cit.*

US at home

1. Ernest Hemingway, *Paris est une fête, op. cit.*
2. Gertrude Stein, *Autobiographie d'Alice Toklas, op. cit.*
3. Ernest Hemingway, *Paris est une fête, op. cit.*

Un Juif errant

1. Francis Carco, *Montmartre à vingt ans, op. cit.*
2. Georges Papazoff, *Pascin !... Pascin !... C'est moi !...,* Éditions Pierre Cailler, 1959.
3. Pierre Mac Orlan, « Le Tombeau de Pascin », *Pascin,* par Yves Kobry et Elisbeva Cohen, Hoëbeke, 1995.

Photos, photos...

1. Philippe Soupault, *Histoire d'un blanc,* Lachenal & Ritter, coll. « Mémoires de l'oubli », 1986, p. 71
2. Jean Hugo, *Le Regard de la mémoire, op. cit.*
3. *Mercure de France. Anthologie 1890-1940*, Mercure de France, 1997.

Docteur Argyrol et Mister Barnes

1. Kiki, *Souvenirs, op. cit.*

La croix de Soutine

1. Émile Szittya, *Soutine et son temps,* La Bibliothèque des Arts, 1955, *Soutine,* Catalogue raisonné, Taschen, 1993.

Scandale à la Closerie des Lilas

1. Louis Aragon, *L'Homme communiste,* Gallimard, 1946.
2. André Breton, *Entretiens avec André Parinaud, op. cit.*
3. Jean-Jacques Brochier, *L'Aventure des surréalistes,* Stock, 1977.
4. André Breton, *Entretiens avec André Parinaud, op. cit.*

Petite géographie surréaliste

1. Louis Aragon, *Le Paysan de Paris,* Gallimard, 1953.

Les cancres de la rue du Château

1. *La Révolution surréaliste,* 1er décembre 1926.
2. George Grosz, article paru dans *Europa Almanach,* 1925. Cité in *Paris-Berlin,* Éditions du centre Georges-Pompidou-Gallimard, 1992.
3. Marcel Duhamel, *Raconte pas ta vie,* Mercure de France, 1972.
4. *NRF,* 1er novembre 1927.
5. Bernard Leuilliot, *Aragon, correspondance générale,* Gallimard, 1994.
6. Salvador Dali, préface à René Crevel, *La Mort difficile,* Jean-Jacques Pauvert, 1974.

Règlements de comptes

1. Salvador Dali, préface à René Crevel, *La Mort difficile, op. cit.*
2. Mars 1928.
3. André Breton, *La Révolution surréaliste,* n° 11.
4. Philippe Soupault, *Mémoires de l'oubli, op. cit.*
5. André Breton, *Entretiens avec André Parinaud, op. cit.*
6. André Breton, *Second Manifeste du surréalisme,* in *Manifestes du surréalisme,* Jean-Jacques Pauvert, 1979.
7. Maurice Nadeau, *Histoire du surréalisme,* 1970, Seuil.
8. Roger Vailland, « L'Hymne "Chiappe-Martia" », *Paris-Midi,* 15 septembre 1928.
9. André Breton, *Entretiens avec André Parinaud, op. cit.*
10. André Breton, *Second Manifeste du surréalisme, op. cit.*

Le Citroën de la limonade

1. André Warnod, *Les Berceaux de la jeune peinture, op. cit.*
2. Louis Aragon, *La Mise à mort*, Gallimard, 1965.

La prise en passant

1. André Thirion, *Révolutionnaires sans révolution*, Le Pré aux Clercs, 1988.
2. Lilly Marcou, *Elsa Triolet, les yeux et la mémoire*, Plon, 1994.
3. Louis Aragon, *La Mise à mort, op. cit.*
4. Dominique Desanti, *Les Aragonautes,* Calmann-Lévy, 1997.

BIBLIOGRAPHIE SÉLECTIVE

AEGERTER Emmanuel, LABRACHERIE Pierre, *Au temps de Guillaume Apollinaire*, René Julliard, 1945.

AKHMATOVA Anna, *Poème sans héros et autres œuvres*, La Découverte, Paris, 1991.

ALLAIS Alphonse, *Autour du Chat noir*, Georges Bénard, 1955.

— *Amedeo Modigliani,* Musée d'art moderne de la Ville de Paris, 1981.

APOLLINAIRE Guillaume-PICASSO Pablo, *Correspondance*, Gallimard-Réunion des Musées nationaux, 1992.

APOLLINAIRE Guillaume, *L'Enchanteur pourrissant*, préface de Michel Decaudin, Gallimard, 1972.

–, *Anecdotiques*, Gallimard, 1955.

–, cahier spécial de *Rimes et raisons*, Éditions de la Tête noire, 1946.

–, *Contemporains pittoresques*, Gallimard, 1975.

–, *Correspondance avec son frère et sa mère*, Librairie José Corti, 1987.

–, *L'Hérésiarque & Cie*, Stock, 1984.

–, *La Femme assise*, Gallimard, 1948.

–, *Le Flâneur des deux rives*, Gallimard, 1928.

–, *Le Poète assassiné*, Gallimard, 1947.

–, *Les Onze Mille Verges*, Jean-Jacques Pauvert, 1973.

–, *Lettres à Lou*, Gallimard, 1969.

–, *Lettres à sa marraine*, Gallimard, 1951.

–, « Notes du mois », in *Le Festin d'Ésope, Œuvres en prose*, Gallimard, coll. « Bibliothèque de la Pléiade », 1991.

–, *Œuvres poétiques*, Gallimard, coll. « Bibliothèque de la Pléiade », 1990.

–, *Tendre comme le souvenir*, Gallimard, 1952.

ARAGON Louis, *Aurélien*, Gallimard, 1944.

—— *La Mise à mort*, Gallimard, 1965.

–, *L'Homme communiste*, Gallimard, 1946.

–, *La Défense de l'infini*, Gallimard, 1997.

–, *Le Paysan de Paris*, Gallimard, 1953.

ASSOULINE Pierre, *L'Homme de l'art*, Balland, 1988.

–, *Simenon*, Julliard, 1992.

BAUDELAIRE Charles, *Salon de 1846*, Gallimard, coll. « Bibliothèque de la Pléiade », 1976.

BAY André, *Adieu Lucy, le roman de Pascin*, Albin Michel, 1984.

BERGER John, *Réussite et échec de Picasso*, Denoël-Les Lettres nouvelles, 1968.

BERNHEIM Cathy, *Picabia*, Éditions du Félin, 1995.

BRASSAÏ, *Conversations avec Picasso*, Gallimard, 1997.

BRASSEUR Pierre, *Ma vie en vrac*, Ramsay, 1986.

BREDEL Marc, *Erik Satie*, Mazarine, 1982.

BRETON André, *Anthologie de l'humour noir*, Jean-Jacques Pauvert, 1966.

–, *Entretiens avec André Parinaud*, Gallimard, 1969.

–, *Les Pas perdus*, Gallimard, 1969.

–, *Perspective cavalière,* Gallimard, 1970.

–, *Manifestes du surréalisme*, Jean-Jacques Pauvert, 1979.

BROCA Henri, *T'en fais pas, viens à Montparnasse*, SGIÉ, 1928.

BROCHIER Jean-Jacques, *L'Aventure des surréalistes*, Stock, 1977.

Buisson Sylvie, Parisot Christian, *Paris-Montmartre*, Terrail, 1996.

Bureau de recherches surréalistes, *Cahier de permanence*, Gallimard, 1988.

Cabanne Pierre, *André Derain*, Gallimard, 1990.

–, *Le Siècle de Picasso*, Gallimard, 1992.

–, *Duchamp et Cie*, Terrail, 1996.

Cadou René-Guy, *Le Testament d'Apollinaire*, Rougerie, 1980.

Caizergues Pierre, Seckel Hélène, *Picasso-Apollinaire. Correspondance*, Gallimard, 1992.

Carco Francis, *Mémoires d'une autre vie*, Éditions du Milieu du monde, Genève, 1942.

–, *Bohèmes d'artistes*, Éditions du Milieu du monde, Genève, 1942.

–, *De Montmartre au Quartier latin*, Éditions du Milieu du monde, Genève, 1942.

–, *La Légende et la vie d'Utrillo*, Bernard Grasset, 1928.

–, *Montmartre à vingt ans*, Éditions du Milieu du monde, Genève, 1942.

Carluccio L., Leymarie J., Negri R., Russoli F., Brunhammer Y., *École de Paris,* Rive gauche productions, 1981.

Cendrars Blaise, *Œuvres complètes*, Denoël, 1952.

Cendrars Miriam, *Blaise Cendrars*, Balland, 1984.

Chagall Marc, *Ma vie*, Stock, 1972.

Champion Jeanne, *Suzanne Valadon*, Presses de la Renaissance, 1984.

Chapiro Jacques, *La Ruche*, Flammarion, 1960.

Chapon François, *Jacques Doucet ou l'art du mécénat*, Perrin, 1996.

Chapsal Madeleine, *Les Écrivains en personne*, UGE, 1973.

Charensol Georges, *D'une rive à l'autre*, Mercure de France, 1973.

CHASSE Charles, *D'Ubu roi au Douanier Rousseau*, Éditions de la Nouvelle Revue critique, 1947.

CLEBERT Jean-Paul, *Dictionnaire du surréalisme,* Seuil, 1996.

COCTEAU Jean-APOLLINAIRE Guillaume, *Correspondance*, Jean-Michel Place, 1991.

COCTEAU Jean, *La Difficulté d'être*, LGF, 1995.

–, *Picasso*, L'École des Lettres, 1996.

–, *Essai de critique indirecte*, Bernard Grasset, 1932.

–, *Romans, poésies, œuvres diverses*, Le Livre de Poche, coll. « La Pochotèque », 1995.

COGNIAT Raymond, *Braque,* Flammarion, 1977.

CRESPELLE Jean-Pierre, *Montparnasse vivant*, Hachette, 1962.

DACHY Marc, *Tristan Tzara dompteur des acrobates*, L'Échoppe, 1992.

DAGEN Philippe, *André Derain. Lettres à Vlaminck. Correspondance de guerre*, Flammarion, 1994.

–, *Le Silence des peintres*, Fayard, 1996.

DAIX Pierre, *Dictionnaire Picasso*, Robert Laffont, 1995.

–, *La Vie et l'œuvre de Pablo Picasso*, Seuil, 1977.

–, *Picasso-Matisse*, Ides et calendes, 1996.

–, *Picasso créateur*, Seuil, 1987.

–, *La Vie quotidienne des surréalistes*, Hachette 1993.

DALI Salvador, préface à *La Mort difficile*, René Crevel, Jean-Jacques Pauvert, 1974.

DECAUDIN Michel, *Apollinaire*, Séguier, 1986.

DESANTI Dominique, *Les Aragonautes*, Calmann-Lévy, 1997.

DESNOS Robert, *Écrits sur les peintres*, Flammarion, 1984.

–, « Rrose Sélavy », in *Corps et biens*, Gallimard, 1953.

DESNOS Youki, *Confidences*, Arthème Fayard, 1957.

DE VOORT Claude, *Kisling*, édité par Jean Kisling, préface d'Henry Troyat, 1996.

Diehl Gaston, *Modigliani,* Flammarion, 1977.

Divis Vladimir, *Apollinaire, chronique d'une vie*, N.O.E.

Dorgelès Roland, *Quand j'étais montmartrois*, Albin Michel, 1936.

–, *Bouquet de bohème*, Albin Michel, 1947.

Dormann Geneviève, *La Gourmandise de Guillaume Apollinaire*, Albin Michel, 1994.

Dormoy Marie, *Souvenirs et portraits d'amis*, Mercure de France, 1963.

Drot Jean-Marie, *Les Heures chaudes de Montparnasse*, Hazan, 1995.

Duchamp Marcel, *Entretiens avec Pierre Cabanne*, Éditions d'art, 1995.

–, *Duchamp du signe*, Flammarion, 1994.

Duhamel Marcel, *Raconte pas ta vie*, Mercure de France, 1972.

Durieu Pierre, *Modigliani*, Hazan, 1995.

Fabureau Hubert, « Max Jacob », in *La Nouvelle Revue critique*, 1935.

Faure Élie, *Histoire de l'art, l'art moderne*, Denoël, 1987.

Frank Nino, *Montmartre*, Calmann-Lévy, 1956.

Fuss-Amore Gustave, et Des Ombiaux Maurice, *Montparnasse*, Albin Michel, 1925.

Gauzi François, *Lautrec mon ami*, La Bibliothèque des Arts, 1992.

Gilot Françoise, Carlton Lake, *Vivre avec Picasso*, Calmann-Lévy, 1991.

Gimpel René, *Journal d'un collectionneur*, Calmann-Lévy, 1963.

Gindertael R.V., *Modigliani et Montparnasse,* Gruppo Editoriale Fabbri, Milan, 1967.

Glanton Richard, Blizot Irène, Cachin Françoise, Dis-

TEL Anne, « Le Docteur Barnes est à Paris », in *De Cézanne à Matisse, chefs-d'œuvre de la fondation Barnes,* Gallimard-Electa-Réunion des musées nationaux, 1993.

GLEIZES Albert, *Apollinaire, la justice et moi*, *Rimes et Raison*, Éditions de la Tête noire, 1946.

GREY Roch, *Présence d'Apollinaire*, Galerie Breteau, décembre 1943.

HEMINGWAY Ernest, *Paris est une fête*, Gallimard, 1964.

HUGO Jean, *Le Regard de la mémoire*, Actes Sud, 1994.

JACOB Max, *Correspondance*, Éditions de Paris, 1953.

–, *Les Écrits nouveaux*, Émile-Paul frères, avril 1919.

JARRY Alfred, *Les Minutes de sable mémorial*, Fasquelle, 1932.

–, *Ubu*, Gallimard, 1978.

JOYCE James, *Œuvres complètes*, Gallimard, coll. « Bibliothèque de la Pléiade », 1995.

KAHNWEILER Daniel-Henry, *Juan Gris*, Gallimard, 1946.

–, *Mes galeries et mes peintres, entretiens avec Francis Crémieux*, Gallimard, 1961.

–, *Huit entretiens avec Picasso*, L'Échoppe, 1988.

KANDINSKY Wassily, *Du spirituel dans l'art*, Denoël-Gonthier, 1969.

KIKI (PRIN Alice), *Souvenirs*, Henri Broca, 1929.

KLÜVER Billy, MARTIN Julie, *Kiki et Montparnasse*, Flammarion, 1989.

KLÜVER Billy, *Un jour avec Picasso*, Hazan, 1994.

KOBRY Yves, *Pascin,* Éditions Hoëbeke-musée de la Seita, 1995.

LACOTE René, *Tristan Tzara*, Seghers, 1952.

LAMBRON Marc, *L'Œil du silence*, Flammarion, 1993.

LANNES Roger, *Jean Cocteau*, Seghers, 1968.

LAROSE René, *Guillaume Apollinaire l'Enchanteur*, éditions Autres Temps, 1993.

LÉAUTAUD Paul, *Journal littéraire*, Mercure de France, 1961.

LEPAPE Pierre, *Gide le messager*, Seuil, 1997.

LEUILLIOT Bernard, *Aragon, correspondance générale*, Gallimard, 1994.

LEVESQUE Jacques-Henry, *Alfred Jarry*, Seghers, 1973

LOUŸS Pierre, *Journal intime*, éd. Montaigne, 1929.

–, *Paroles de Verlaine*, L'Échoppe, 1993.

MAC ORLAN Pierre, *Le Quai des brumes*, Gallimard, 1927.

–, « Le Tombeau de Pascin », in *Pascin*, Yves KOBRY et Elisbeva COHEN (dir.), Hoëbeke, 1995.

MAN RAY, *Autoportrait*, Seghers, 1986.

Man Ray, Centre national de la photographie, 1988.

MARCOU Lilly, *Elsa Triolet*, Plon, 1994.

MARE André, *Carnets de guerre 1914-1918*, Herscher, 1996.

MAUBERT Frank, *La Peinture moderne, du fauvisme à nos jours,* Fernand Nathan, 1985.

Max Jacob et Picasso, Réunion des Musées nationaux, 1994.

MODIGLIANI Jeanne, *Modigliani sans légende*, Jeanne Modigliani et Librairie Gründ, Paris, 1961.

MOLLGAARD Lou, *Kiki reine de Montparnasse*, Robert Laffont, 1988.

MONNIER Adrienne, « Mémorial de la rue de l'Odéon », in *Rue de l'Odéon*, Albin Michel, 1989.

MORAND Paul, *Lettres de Paris*, Salvy, 1996.

NADEAU Maurice, *Histoire du surréalisme*, Seuil, 1964.

OLIVIER Fernande, *Picasso et ses amis*, Stock, 1933.

–, *Souvenirs intimes*, Calmann-Lévy, 1988.

PAPAZOFF Georges, *Pascin !... Pascin !... C'est moi !...* Pierre Cailler, 1959.

PARINAUD André, *Apollinaire*, Lattès, 1994.

Paris-Berlin, Éditions du centre Georges-Pompidou-Gallimard, 1992.

Paris-New York, Éditions du centre Georges-Pompidou-Gallimard, 1991.

PARISOT Christian, *Modigliani,* Pierre Terrail, 1991.

PAUHLAN Jean, *Braque le patron*, Gallimard, 1952.

PENROSE Roland, *Picasso*, Flammarion, 1982.

PIAT Pascal, *Apollinaire*, Seuil, 1995.

–, *Picasso et Apollinaire, Les Métamorphoses de la mémoire*, Jean-Michel Place, 1995.

PICON Gaëtan, *Journal du surréalisme,* Skira, Genève, 1976.

PLANIOL Françoise, *La Coupole*, Denoël, 1986.

POIRET Paul, *Art et phynance*, Lutetia, 1934.

–, *En habillant l'époque*, Paul Poiret, 1930 ; Grasset, 1986.

Pour les cinquante ans de la mort de Max Jacob à Drancy, Les Cahiers bleus, 1994.

PRAX Valentine, *Avec Zadkine*, La Bibliothèque des arts, 1995.

READ Peter, *Picasso et Apollinaire*, Jean-Michel Place, 1995.

REVERDY Pierre, *Pablo Picasso*, Gallimard, coll. « Les peintres français nouveaux », 1924.

–, *Pablo Picasso*, Gallimard, 1924.

ROUBAUD Jacques, *Cahiers de la bibliothèque littéraire Jacques-Doucet*, n° 1, Doucet littérature, 1997.

ROUSSEL Raymond, *Comment j'ai écrit certains de mes livres*, Jean-Jacques Pauvert, 1963.

ROUVEYRE André, *Apollinaire*, Gallimard, 1945.

SABARTES Jaime, *Picasso*, L'École des lettres, 1996.

SACHS Maurice, *Au temps du* Bœuf sur le toit, Grasset & Fasquelle, 1987.

–, *Le Sabbat*, Gallimard, 1960.

SALMON André, *L'Air de la Butte*, Éditions de la Nouvelle France, 1945.

–, *La Négresse du Sacré-Cœur*, Éditions de la Nouvelle Revue française, 1920.

–, *La Vie passionnée de Modigliani*, Éditions Gérard & Cie, 1957.

–, *Le Manuscrit trouvé dans un chapeau*, Fata Morgana, 1983.

–, *Montparnasse*, André Bonne, 1950.

–, *Souvenirs sans fin*, Gallimard, 1955.

SANOUILLET Michel, *Dada à Paris*, Flammarion, 1993.

SECKEL Hélène, CARIOU André, *Max Jacob et Picasso*, Réunion des Musées nationaux, 1994.

SOUPAULT Philippe, *Écrits sur la peinture*, Éditions Lachenal & Ritter, 1980.

–, *Mémoires de l'oubli*, Lachenal & Ritter, 1986.

STEIN Gertrude, *Autobiographie d'Alice Toklas*, Gallimard, 1934.

STEPHEN-CHAUVET, Docteur, « Les derniers jours d'Alfred Jarry », in *Mercure de France,* n° 832, 15 février 1933.

SZITTYA Émile, « Soutine et son temps », La Bibliothèque des Arts, 1955, in *Soutine, Catalogue raisonné*, Taschen, 1993.

THIRION André, *Révolutionnaires sans révolution*, Le Pré aux Clercs, 1988.

TZARA Tristan, *Dada est tatou. Tout est dada*, Flammarion, 1996.

–, *Sept manifestes DADA*, Jean-Jacques Pauvert, 1979.

VAILLAND Roger, *Chronique des années folles à la Libération*, Messidor, 1984.

VLAMINCK Maurice, *Portraits avant décès*, Flammarion, 1943.

–, *Tournant dangereux*, Stock, 1929.

VOLLARD Ambroise, *Souvenirs d'un marchand de tableaux*, Albin Michel, 1937.

WARNOD André, *Drôle d'époque*, Arthème Fayard, 1960.

–, *Les Berceaux de la jeune peinture*, Albin Michel, 1925.

WARNOD Jeanine, *La Ruche & Montparnasse,* Weber, 1978.

REVUES

Maintenant, repris *in* Cravan, *Maintenant*, Seuil-L'École des lettres, 1995.

Vers et Prose.

Archives du surréalisme, Gallimard, 1988.

Les Soirées de Paris, 15 janvier 1914.

La Nouvelle Revue française.

Paris-Journal.

Magazine littéraire, nº 48, janvier 1971.

Paris-Midi.

Mercure de France.

La Révolution surréaliste.

SIC, Jean-Michel Place, 1980.

Dada, Jean-Michel Place, 1981.

Nord-Sud, Jean-Michel Place, 1980.

Les Écrits nouveaux.

Cahiers de la bibliothèque Jacques-Doucet.

Table

I

LES ANARTISTES
DE LA BUTTE MONTMARTRE

II

MONTPARNASSE S'EN VA-T-EN GUERRE

Table 637

III

MONTPARNASSE, VILLE OUVERTE

Du même auteur :

LES CALENDES GRECQUES, Prix du Premier roman, 1980, Calmann-Lévy ; Points.

APOLLINE, 1982, Stock ; Points.

LA DAME DU SOIR, 1984, Mercure de France ; Points.

LES ADIEUX, 1987, Flammarion ; Points.

LE CIMETIÈRE DES FOUS, 1989, Flammarion ; Points.

LA SÉPARATION, Prix Renaudot, 1991, Seuil ; Points.

LE PETIT LIVRE DE L'ORCHESTRE ET DE SES INSTRUMENTS, 1993, Points.

UNE JEUNE FILLE, 1994, Seuil ; Points.

TABAC, 1995, Seuil ; Mille et une Nuits.

NU COUCHÉ, 1998, Seuil ; Points.

LES AVENTURIERS DE L'ART MODERNE
    BOHÈMES, 1998, Calmann-Lévy.
    LIBERTAD !, 2004, Grasset.
    RÉSISTANCES (à paraître).
    JAZZ (à paraître).

Textes sur le *Carnet de la Californie*, de Picasso, Le Cercle d'Art, 1999.

LES ENFANTS, Prix des Romancières, 2003, Grasset.

LES ANNÉES MONTMARTRE, 2006, Mengès.

ROMAN NÈGRE, 2008, Grasset.

MINUIT, Grasset, 2010.

LES CHANTS DE BATAILLE, Grasset, 2012.

En collaboration avec Jean Vautrin :

LES AVENTURES DE BORO, REPORTER-PHOTOGRAPHE.
    LA DAME DE BERLIN, 1988, Fayard ; Pocket.
    LE TEMPS DES CERISES, 1990, Fayard ; Pocket.
    LES NOCES DE GUERNICA, 1994, Fayard ; Pocket.
    MADEMOISELLE CHAT, 1996, Fayard ; Pocket.
    BORO S'EN VA-T-EN GUERRE, 2000, Fayard ; Pocket.
    CHER BORO, 2005, Fayard ; Pocket.
    LA FÊTE À BORO, 2007, Fayard ; Pocket.
    LA DAME DE JÉRUSALEM, 2009, Fayard ; Pocket.

En collaboration avec Enki Bilal :

UN SIÈCLE D'AMOUR, 1999, Fayard.

Le Livre de Poche s'engage pour
l'environnement en réduisant
l'empreinte carbone de ses livres.
Celle de cet exemplaire est de :

700 g éq. CO₂

Rendez-vous sur
www.livredepoche-durable.fr

PAPIER À BASE DE
FIBRES CERTIFIÉES

Composition réalisée par NORD COMPO

Achevé d'imprimer en novembre 2013, en France sur Presse Offset par
Maury Imprimeur – 45330 Malesherbes
N° d'imprimeur : 183996
Dépôt légal 1re publication : avril 2006
Édition 07 – novembre 2013
LIBRAIRIE GÉNÉRALE FRANÇAISE – 31, rue de Fleurus – 75278 Paris Cedex 06

31/1794/2